소설 力道山 역도산

소설 力道山 역도산

펴낸날 | 2004년 12월 5일 초판 1쇄

지 은 이 | 김선영
펴 낸 이 | 이태권
펴 낸 곳 | 태일출판사
　　　　　서울시 성북구 성북동 178-2 (우)136-020
　　　　　전화 | 745-8566~7 팩스 | 747-3238
　　　　　e-mail | taeil@dreamsodam.co.kr
　　　　　등록번호 | 제6-58호(1979년 11월 14일)
　　　　　홈페이지 | www.dreamsodam.co.kr
기획 편집 | 이장선 정지현 가정실 구경진 마현숙 김세희
미　　술 | 이성희 김지혜
본 부 장 | 홍순형
영　　업 | 박종천 장순찬 이도림
관　　리 | 이영욱 안찬숙 장명자

ISBN 89-8151-168-3 03810
　● 책 가격은 뒤표지에 있습니다

소설 力道山

역도산

김선영 장편실화소설

태일출판사

"나는 세계 최강의 프로 레슬러 역도산이다!

그리고 당신을 제압한 것은 가라테춉이 아니라, 리키춉이다!"

〈소설 역도산〉을 펴내며

　〈소설 역도산〉은 필자가 1995년에 3권 분량으로 펴냈던 〈영웅 역도산〉을 일부분 덜어내거나 덧붙이고, 또 다듬어서, 근 10년 만에 개정판으로 펴내는 것이다. 한 권이긴 하지만 600쪽에 가까우니 내용이 많이 줄어든 건 아니다. 문장과 문단이 압축된 편이므로 읽는 맛이 오히려 나아졌다. 또 한국인으로서의 역도산의 내면이 좀더 부각될 수 있도록 해놓았다.

　역도산은 조국 분단의 아픔을 뼈저리게 맛보고 살아간 대표적인 재일 한국인이다. 어머니의 반대를 어기고 신방(新房)에서 달아나면서까지 일본 씨름인 스모를 배우고 챔피언 지위인 요코즈나에 오르기 위하여 일본에 건너갔지만, 폭발적인 힘과 뛰어난 실력에도 불구하고 조선인으로서의 냉대를 받다가 스모계에서 떠나야만 했다. 그리고 분노를 못 이기고 스모 선수의 상징인 상투를 스스로 잘라버렸던 것이다. 그 뒤 건설 현장 책임자로 일하다가 우연히 만난 것이 아메리카에서 인기를 끌며 일본에 상륙한 프로 페슬링이었다.

　혹독한 훈련을 치러낸 역도산은 하와이와 미국 본토에서 강력한 손날치기로 무수한 강적을 꺾어 인기를 끌고는, 일본에 귀국해서도 프로 페슬링 붐을 일으킨다. 마침내 그가 철인이라 불리던 세계 최강 프로 페슬러 루 테즈를 꺾고 인터내셔널 챔피언이 되었지만 조국은 이미 두 쪽으로 갈라진 상황. 고향이 휴전선 이북이었기에 고향과 혈육을 만날 수 없었던 역도산은, 조국 분단의 한(恨)을 풀지 못한 채 야쿠자의 칼에 피습당하였고, 끝내 수술 부작용으로 숨진다. 때는 1963년 12월 15일. 일본 천황 다음으로 우러르던 역도산의 사망 비보를 들은 일본인들이 오열했지만, 역도산이 같은 핏줄임을 아는 한국인들의 슬픔 또한 컸다.

   늘 조국을 그리워하고 자신이 한국인임을 잊지 않고 살았던 역도산의 참모습이, 이 소설을 통하여 독자들의 가슴에 잘 전해졌으면 좋겠다.

2004년 12월 1일
저자 김선영

차
례

1963년 12월 8일 밤의 프롤로그

거인(巨人)이 육중한 몸을 일으켰다. 상대방의 기(氣)를 죽이기에 충분한 우람하고 단단한 상하체. 그러나 거인의 얼굴에는 술기운이 붉게 배어 있었다.

1963년 12월 8일 밤, 도쿄(東京) 아카사카(赤坂) 소재의 나이트클럽 뉴 라틴 쿼터. 휘황찬란한 실내 조명이 더욱 흔들렸다.

"어머! 리키(力)야, 리키!"

테이블 여기저기에서 갑자기 탄성이 터져 나왔다.

"리키! 사랑해요!"

여성들의 시선은 스테이지에서 거인에게로 옮겨졌다. 넋을 잃은 일본 여성들의 시선은 휘황찬란한 조명에 섞여 격정적으로 흔들리고 있었다. 거인은 환호하는 젊은 여성들에게 부드러운 미소를 보내며 손을 흔들어주었다. 사각의 링 위에서 거대하게 폭발하던 가라테(空手)춉……. 바로 그 손…….

거인과 눈이 마주친 여성들은 감격에 겨워 어쩔 줄 몰라 했다. 눈물을 뱉어내는 여성도 있었고, 자신의 스커트 밑으로 손을 가져가는 여성도 있었다. 일본 여성들에게 이보다 더 남성적일 수 없는 남자, 일본의 어린이들에게는 가장 정의로운 투사, 그리고 일본 국민들에게는 전후(戰後) 최대의 영웅으로 군림하는 그 거인의 이름은 바로 리키도잔(力道山)이었다.

리키······. 그 말 한 마디로 일본 여성들의 가슴을 떨리게 만드는 힘의 상징, 역도산. 역도산의 인기는 링 밖으로, 아니 체육관 밖으로까지 이어지고 있었다.

역도산의 마음은 흘가분했다. '흰 복면과 마왕'이라 불리는 디스트로이어를 꺾고 제5회 월드리그전의 우승자가 되었으며, 잇따라 지방 순회 경기를 마친 데다 텔레비전 방송 출연 스케줄도 차질 없이 끝냈기 때문이었다. 일본 최고의 인기 프로 레슬러인 역도산으로서는, 시합만큼이나 방송 출연 등을 통한 인기 관리도 중요했다.

역도산은 온갖 마음의 부담감을 털어버리고, 오랜만에 양주를 양껏 마신 것이었다.

"코파카바나에 갈까?"

이곳 뉴 라틴쿼터에 들어오기 전에 역도산은 측근에게 그렇게 말했었다.

"뉴 라틴쿼터가 좋지 않겠습니까?"

"어째서?"

"그곳에선 클럽 리키 출신의 흑인 밴드가 연주하고 있습니다."

"호, 그래?"

역도산이 뉴 라틴쿼터에 대해 호감을 갖자, 비서 한 사람이 황급히 말렸다.

"사장님, 웬만하면 뉴 라틴쿼터는 피하는 게 좋을 것 같습니다."

"왜?"

"신변 안전 문제가 따르기 때문입니다."

"닥쳐라! 나에게는 마치이 회장이 있다. 내가 동성회(東聲會)에 비싼 보디가드 요금을 지불하는 이유를 아는가?"

대뜸 꾸짖었기 때문에 비서는 더 이상 아무 소리도 하지 못한 채 말문을 닫고 말았었다.

"괜찮으시겠습니까?"

긴자(銀座)의 호랑이라 불리는 일본의 조직폭력단 동성회 소속의 보디가드 노구치 세이이치(野口正一)가 번개처럼 일어나 따라붙으면서 물었다.

"아아, 괜찮아, 괜찮아……."

힘의 상징인 역도산에게는 보디가드가 오히려 거추장스런 존재인지도 몰랐다. 그러나 역도산의 보디가드를 맡고 있는 노구치 세이이치로서는 늘 역도산의 주위를 경계하지 않을 수 없었다. 역도산과 프로 레슬링 흥행 관계를 통하여 친하게 지내는 동성회 회장, 즉 자신의 오야붕인 마치이 히사유키(町井久人)가 자신의 부하인 기노시타 하루오의 다나카 기요구로(田中淸玄) 저격 사건으로 경찰의 조사를 받고 있는 데다, 최근 들어 야쿠자 사회의 분위기가 더욱 살벌해지고 있기 때문이었다. 만일에 역도산의 체면에 조금이라도 손상이 가는 일이 벌어지면 그건 순전히 노구치 세이이치 자신의 책임이라고 생각하고 있었다.

그렇지만 전후 일본 국민의 최대 영웅이자 일본 프로 레슬링의 실질적인 창시자 역도산을 누가 감히 건드릴 수 있으랴. 노구치 세이이치는 그대로 자리에 머물렀다. 보디가드란 직책 때문에 나이트클럽 안에서도 술을 입에 댈 수 없는 노구치 세이이치는 천천히 담배 한 대를 꺼내어 물었다. 늘 긴장된 상태 속에서 이따금 빨아대는 담배맛이란 각별하다. 노구치 세이이치는 담배맛의 각별함을 느끼는 순간 다소 긴장감이 풀리는 듯했다. 노구치 세이이치는 재떨이에 천천히 담배를 비벼 껐다. 그런데 바로 그 순간, 갑자기 등골이 오싹해지는 기분이 들었다.

"아아아아아!"

노구치 세이이치는 환청에 홀린 듯 멍해져서 입구 쪽으로 얼굴을 돌렸다.

분명히 젊은 여자의 찢어지는 듯한 비명 소리였다.

"아뿔사!"

노구치 세이이치는 테이블이 주저앉을 듯 강하게 누르며 벌떡 일어섰다. 역도산이 한 손으로 하복부를 누른 채 달려 들어오는 것이 아닌가. 하복부를 누르고 있는 그의 손가락 사이로 붉은 액체가 흐르고 있었다.

역도산은 호스티스의 안내를 받고 화장실로 갔었다. 그런데 무슨 일이……. 보디가드 노구치 세이이치는 날쌔게 홀 밖으로 달려나갔다. 빠른 그의 몸동작에 부딪힌 손님 몇 사람이 옆으로 밀려 넘어졌다. 젊은 사내가 계단을 뛰어 밟으며 달아나는 모습이 보였다.

"서라!"

노구치 세이이치는 그 사내를 향해 몸을 날려 덮쳤다. 몇 차례 붙잡고 뒹구는가 싶더니, 일순 두 사람 사이에서 은회색의 칼날이 번뜩였다. 젊은 사내가 쥐고 있던 등산 나이프였다.

"으……."

나이프에 찔린 노구치 세이이치는 신음을 흘렀다. 그는 상처를 움켜쥐고 반격을 하려 했지만, 사내는 잽싸게 빌딩 밖으로 뛰어나가 버렸다.

"서…… 라…….."

노구치 세이이치의 눈빛이 차츰 흐려졌다. 그는 자신이 당한 자상(刺傷)의 아픔보다도, 역도산을 제대로 호위하지 못한 수치감 때문에 가슴을 후벼파는 듯한 예리한 통증을 느꼈다.

술자리로 돌아온 역도산의 와이셔츠는 피로 흥건하게 젖어 있었다. 함께 자리했던 리키 관광 전무 캐피 하라다, 리키 엔터프라이즈 전무 요시무라 요시오, 리키 스포츠 팰리스 상무 하세가와 등은 황급히 역도산을 부축하려고 했다.

"어서 병원으로 가시죠."

하세가와가 말했다. 그러나 역도산은 이 정도는 아무렇지도 않다는 투로 대꾸했다.

"괜찮아."

16

스테이지에서는 흑인 악단이 연주를 하고 있었다. 역도산은 피로 물든 하복부를 누른 상태에서 쇼가 진행중인 스테이지로 뛰어올라갔다. 그러고는 노래하던 가수의 마이크를 빼앗아 들고 관객들을 향하여 소리쳤다.

"나에게 이럴 수가 있는가! 라틴쿼터가 사람을 고용해서 나, 역도산을 찔렀다!"

역도산은 화를 참지 못하고 마이크를 스테이지에 내팽개쳤다. 마이크는 박살이 났다. 쇼가 중지된 건 물론이었고, 장내는 여기저기서 들려오는 젊은 여자들의 비명 소리 등으로 일대 혼란을 이루었다. 링 안에서 이마를 물어뜯기거나 피범벅이 된 일은 여러 차례 있었지만, 이처럼 역도산이 링 밖에서 칼을 맞은 일이란 처음 있는 대사건이었다.

"오…… 리키…… 리키……."

울음을 터뜨리는 여성도 있었다. 역도산을 향한 그 여성의 짝사랑은 끓어오르는 자신의 가슴을 주체할 수 없게 만들었다.

15분 가량 지나서야 역도산은 승용차에 올랐다.

"빌어먹을……."

역도산은 여전히 분을 참지 못하는 표정이었다.

"마에다(前田) 외과로 가시는 게 좋겠습니다."

하세가와가 권한 마에다 외과는 아카사카에서 소문난 외과였다.

"아냐! 이 일이 세상에 알려지면 이 역도산의 체면이 말이 아니니까 산노(山王) 병원으로 가세."

산노 병원은 외과 전문이 아닌 산부인과 전문이었다. 그럼에도 불구하고 역도산이 산노 병원을 택한 것은 원장과 평소 교분이 두터웠기 때문이었다.

역도산을 찌른 사람은 대일본흥업(大日本興業) 소속의 무라다 쇼지(村田勝志). 대일본흥업은 1960년까지 역도산의 관동(關東) 일대 경호를 맡았던 조직으로, 무라다 쇼지는 역도산에게 감히 아는 체도 할 수 없을 만큼 조무래기인 셈이었다. 그런 애숭이의 칼에 찔린 것이다.

역도산은 언제 폭발할지 모르는 활화산 같은 사나이였다. 그래서 세상이 벌벌 떠는 이름난 야쿠자 간부들에게도 위협적인 행동을 서슴지 않았다.

술을 마시던 역도산이 야쿠자와 시비를 벌인 것은 이번만이 아니었다. 멋모르고 역도산에게 말대꾸했다가 그의 가라테춉을 맞고 늘씬하게 뻗어버린 야쿠자 피라미가 한두 명이 아니었다. 역도산은 그들을 승용차 트렁크에 싣고 그들의 두목 집에까지 찾아가서 오물 버리듯 내던져버리곤 했다. 이렇듯 역도산은 야쿠자 두목들에게 무척 성가신 존재로 군림했던 것이다. 그런 역도산이 대일본흥업의 스물다섯 살 난 애송이 무라다 쇼지에게 당했다.

상황은 이러했다.

호스티스의 안내를 받아 화장실로 갔던 역도산은 볼일을 보고 나와 호스티스에게 객담을 늘어놓고 있었다. 그때 무라다 쇼지가 나타나 역도산의 등 뒤로 빠져 화장실 안으로 들어갔다. 그 모습을 본 역도산이 소리쳐 불렀다.

"야! 너, 이리 와!"

무라다 쇼지는 주머니에 손을 꽂은 채 다소 건방진 폼새로 머리를 절구질치며 인사했다.

"안녕하시오?"

"아니, 뭐 이런 새끼가 다 있어? 너, 내 발 밟았지?"

"아뇨."

"방금 밟고 지나갔잖아, 임마!"

"안 밟았습니다."

"야! 네놈 새끼 보스가 누구야? 어떻게 버릇을 이 따위로 들여놨지?"

"그렇게 말씀하지 마십시오."

계속 대드는 듯한 무라다 쇼지의 태도에 역도산은 불끈 화가 치밀었다.

"이 새끼!"

역도산은 서양의 거인들을 때려눕히던 그 큰 손바닥으로 무라다 쇼지의 뺨을 냅다 후려갈겼다. 코피가 터졌다.

일순, 무라다 쇼지의 품 안에서 칼날이 번뜩이더니 휙 하고 좌우로 섬광을 그으며 역도산의 배를 갈랐다.

역도산은 생각하면 할수록 울분을 참을 길이 없었다. 그는 하복부의 자상(刺傷)에도 개의치 않고 무라다 쇼지 대신에 의료기구 등을 멋대로 집어 던지고 침대를 뒤집어엎었다.

"에잇! 집으로 돌아가겠어!"

한동안 날뛰던 역도산은 응급 치료만 받고 측근들과 함께 자택인 리키 아파트 8층으로 돌아갔다. 그리고 부인인 게이코(敬子)의 정성어린 간호를 받기 시작했다.

역도산이 자택에 도착한 것은 오후 11시가 조금 넘은 시각이었다. 얼마 후, 역도산을 등산 나이프로 찌르고 달아났던 무라다 쇼지가 자신의 두목인 대일본흥업 간부 고바야시 구스오(小林楠男)와 함께 사죄하기 위하여 역도산의 자택을 찾았다. 무라다 쇼지가 역도산에게 새끼손가락을 잘라 바치겠다는 뜻이었다. 그러나 역도산의 경호를 맡고 있는 동성회 소속 야쿠자들이 무라다 쇼지를 호락호락 받아들여 줄 리 만무했다. 역도산뿐만 아니라 자신들의 중간 보스인 노구치 세이이치마저 찔리지 않았는가. 이것은 조직에 대한 도전이라고 생각하고 있었다.

"우리 애가 실수를 한 모양인데, 역도산 선생께 사죄하러 왔소이다."

고바야시가 정중하게 말했으나 소용없었다.

"그래 너, 잘 걸렸다!"

역도산의 보디가드를 맡고 있는 젊은 동성회원 아홉 명이 일제히 달려들어 무라다 쇼지를 포박했다. 일본의 야쿠자 세계에는 후쿠로다타키(袋叩き)라는 사형(私刑)이 이어져 내려오고 있었다. 사사로이 범죄자를 자루 속에 처넣고 뭇매를 가하는 형벌이었다.

"반쯤 죽여버려!"

아홉 명 가운데 누군가가 외쳤다. 야쿠자의 보복은 실로 무서운 것이다. 포박당하여 꼼짝 못하고 있는 무라다 쇼지에게 일제히 목검(木劒)이 날아들었다.

퍽! 퍽!

살점이 찢겨지고 핏덩이가 튀었다.

"감히 역도산님을 찌를 수 있단 말인가!"

마치 자기가 당하기라도 한 듯 울분을 참지 못하고 한 사나이가 칼을 뽑아들었다.

"이 새끼!"

은회색 섬광이 허공을 갈랐다. 찰나, 무라다 쇼지의 얼굴에서 선지피가 꿈틀거렸다. 오른쪽 뺨을 도려낸 것이다. 무라다 쇼지는 피범벅이 된 채 비틀거리다가 마침내 의식을 잃고 쓰러져버리고 말았다.

"꺼져 버려, 이 새끼야!"

발길에 걷어차인 무라다 쇼지는 계단을 따라 처참하게 굴렀다. 이 장면을 묵묵히 지켜보고 있던 고바야시는 다시금 정중하게 말했다.

"당신들의 오야붕을 만나게 해주시오."

동성회 회장 마치이 히사유키. 한국명 정건영. 도쿄의 긴자, 신주쿠(新宿), 센조(淺草) 일대의 나이트클럽을 장악하고 있는 그는 고바야시의 단독 대면 제의를 수락했다. 고바야시는 그 자리에서 자신의 새끼손가락을 바쳤다. 그리고 무라다 쇼지는, 공교롭게도 역도산의 측근인 하세가와가 역도산에게 입원을 권했던 마에다 외과에 입원했다.

전치 3주.

그날 새벽, 아카사카 경찰서에는 비상이 걸렸다. 마에다 외과로부터 긴급 전화가 걸려온 것이다.

"역도산을 칼로 찌른 무라다가 역도산의 보디가드들에게 습격을 당해 심한 타박상과 자상을 입고 입원했습니다!"

"뭐라구요? 역도산이 칼을 맞아?"

당직 형사는 피가 거꾸로 치솟는 것처럼 아찔한 기분이었다. 무라다 쇼지 같은 조무래기 야쿠자가 린치를 당했다는 것은, 아카사카 경찰서의 형사로서는 별로 놀랄 만한 일이 아니었다. 그런데 그 원인이 역도산을 칼로 찌른 것 때문이라지 않은가. 역도산이라면 전후 일본 국민의 최대 영웅으로서, 내로라하는 정·재계, 예능·체육계의 비호와 선망을 받고 있는 거물 중의 거물이 아닌가.

"사건이다!"

당직 형사는 다급히 외쳤다.

관부연락선(關釜連絡船)

1940년 2월, 멀리 동래산에 잔설이 희끗희끗 묻어 있는 늦겨울이었다. 관부 연락선에 몸을 싣고 현해탄을 건너는 열여섯 살의 소년이 있었다.

김신락(金信洛). 나이는 비록 어리지만, 그 나이가 믿어지지 않을 정도로 크고 단단한 체구를 갖고 있었다. 신락은 부산에서 점점 멀어져가는 뱃전에 선 채 눈을 감았다. 함경남도 홍원(洪原) 땅에서의 어린 시절, 홍원 보통학교 시절이 뭉게구름처럼 떠올랐다.

"제발 이러지 마! 난 몰라! 난 몰라!"

신락이 등 뒤에 책보를 두르고 오솔길을 걷고 있는데, 갑자기 한 여자아이가 겁에 질려 외치는 소리가 들려왔다. 개울가였다. 사내아이 둘이서 여자아이 하나를 괴롭히고 있었다. 보기만 해도 징그러운 살모사 껍질을 여자아이의 머리꼬리에 댕기처럼 달아주려고 하는 것 같았다. 순간, 신락의 두 눈에는 불길 같은 용기가 솟구쳤다. 신락은 단걸음에 달려가 소리쳤다.

"야, 임마! 지금 무슨 짓을 하고 있는 거야? 이 나쁜 쪽발이 놈들아!"

"어라? 이 조센징 새끼가……."

사내아이 둘은 어이가 없었다. 자기들은 보통학교 6학년인데, 새까만 후배인 보통학교 3학년 아이가 겁도 없이 덤비는 것이다. 그것도 조선인인 데다가 겨우 혼잣몸이 아닌가.

"너 잘 걸렸다! 이 가시내 머리꼬린 관두고, 네 주둥이 속에다 살모사를 처넣어주마!"

두 사내아이 가운데 좀더 덩치가 큰 쪽이 오른쪽 다리를 번쩍 들어 신락을 향해 내질렀다. 그러나 신락은 상체를 숙이면서 오히려 양팔로 상대의 다리를 꽉 잡아버렸다. 그러고는 개울물로 휙 내던져버렸다. 뜻밖의 힘이었다.

"야! 너도 어서 덤벼봐!"

신락은 의기양양하게 다른 아이에게 소리쳤다.

"아, 아, 아니야……."

다른 아이는 자기 친구가 물에 빠져 허우적거리는 것을 보고 잔뜩 겁에 질린 듯했다.

"난 항복할래……."

그 아이는 두 손바닥을 내밀고 눈치를 살피며 슬금슬금 꽁무니를 빼더니, 어느 정도 떨어진 거리에 이르자 냅다 달아나버렸다.

"고마워, 신락아……."

"뭐…… 당연한 일을 한 건데."

"하지만 몸 조심해. 저 애들은 일본 애들이란 말이야."

"칫! 까불 테면 까불라지. 우리 큰형이 누군 줄 알아? 관북 일대에서 이름을 떨치는 씨름 장사란 말야. 이래뵈도 난 그 핏줄이라구. 칫! 두고보라지. 내가 이담에 커서 일본 쪽발이 새끼들을 죄다 혼내줄 테니까."

신락의 맏형인 김항락(金恒洛)은 관북 일대인 마천령 이북 지방에서 위명(威名)을 떨치고 있던 소문난 씨름 선수였다. 그러나 신락의 어머니는 결국, 신락의 팔을 끌고 개울물에 빠진 사내아이의 집에 가서 잘못했다고 엎드려

빌어야만 했다.

신락은 눈을 뜨고 하늘을 올려다보았다. 하늘은 푸르고 뭉게구름이 새하얗
게 피어올랐다. 그 뭉게구름에 주름진 어머니의 모습이 걸려 있었다.

"가면 안 된다!"

신락의 도일(渡日)을 반대하던 어머니의 울부짖음이 들려왔다. 눈물이 핑
돌았다.

"꼭 금의환향할래요, 어머니!"

신락은 하늘을 향해 소리쳤다.

신락이 일본으로 건너가게 된 연유를 말하자면, 일본인 조선 경찰관 오가타
도라이치(小方寅一) 순사를 빼놓을 수가 없다. 그가 현해탄을 건너 한반도로
오게 된 동기는 한 일본 기생 때문이었다.

오가타 도라이치의 친부(親父)는 오가타 요키치(小方與吉). 그는 오무라
(大村) 시에서 건어물이나 면류, 곡물류 등을 중개하는 대형 상인이었다. 종
업원만 서른 명이 넘었고, 집도 네 채나 가지고 있을 정도였다. 그런데 명(命)
이 짧았다. 마흔 살 되던 해에 식도암으로 세상을 떠났던 것이다. 오가타 도라
이치의 어머니인 히데는 서른일곱의 나이에 과부가 된 것이다. 그녀는 이제
아들인 오가타 도라이치와 어린 딸 하나를 데리고 남편 없이 살아가지 않으
면 안 되었다.

그때 한 남자가 접근했다. 오가타 가(家)에 출입하던 목수 모모다 미노스케
(百田巳之助). 과부인 히데는 모모다 미노스케와 눈이 맞았고, 두 남녀는 얼
마 안 있어 한 살림을 차렸다. 오가타 도라이치는 어느 날 갑자기 친부를 잃었
듯이, 어느 날 갑자기 모모다 미노스케를 의부(義父)로 맞게 된 셈이었다.

1923년, 오가타 도라이치는 일본 군대에 징집되어 오무라 연대에서 복무했
다. 2년 뒤에 돌아와보니, 친부가 남겨놓고 간 집 세 채가 온데간데없었다. 의

부가 자신의 사업 자금 조달을 위해 팔아넘겼던 것이다.

오가타 도라이치를 더욱 충격으로 몰아넣은 것은, 단 하나뿐인 어린 나이의 여동생이 기생이 되어 있다는 사실이었다. 여동생은 빚을 갚기 위해 화류계로 진출하지 않으면 안 되었던 것이다.

오가타 도라이치는 고민 끝에 한 채밖에 남지 않은 자택마저 팔아버렸다. 그러고 조선 경찰관 모집 공고를 보곤 한반도로 건너갔다. 여동생의 빚을 갚아 그녀가 기생 생활을 청산할 수 있도록 하기 위해서였다.

관부연락선에 몸을 실은 오가타 도라이치는 부산에서 곧장 서울로 향했다. 그리하여 서울에서 치른 조선 경찰관 채용 시험에 합격했다. 이듬해인 1926년 3월부터 조선총독부 앞에 있는 경찰관 강습소에서 5개월 간의 훈련을 받은 오가타 도라이치는 다른 동기생들과는 달리 국경 지대 근무를 자원했다. 그의 첫 근무지는 압록강이 흐르는 국경 도시 혜산진. 그곳에서 12년을 근속한 오가타 도라이치는 1938년에 동해안의 명태어장인 작은 고을로 근무지를 옮겼다.

그때 일본에서 의부인 모모다 미노스케가 찾아왔다.

"무슨 일로 이렇게 어려운 걸음을 하셨습니까?"

"조선에서는 단오 명절에 씨름 대회가 열린다더구나. 그래서 쓸 만한 역사(力士)가 있는지 한번 보러 왔다."

그 동안 흥행업과 기생을 거느린 유흥업에 손을 댄 모모다 미노스케는 어느덧 열렬한 스모(相撲) 팬이 되어 오무라 시 출신 스모 선수인 다마노우미(玉ノ海) 후원회의 간사장 역할을 맡고 있었다.

오가타 도라이치는 모모다 미노스케를 안내하여 단오절 씨름 대회를 참관했다. 조선일보사 주최 씨름 대회로 1등에는 황소 두 마리, 2등에는 황소 한 마리, 3등에는 광목 등의 상품이 걸려 있는 제법 큰 경기였다.

우승 김항락, 3위 김신락. 두 형제가 나란히 입상을 했던 것이다. 모모다 미노스케는 나이 어린 신락에게 관심을 기울였다.

"저 아이가 쓸 만하니까, 집안이 어떤가 알아보게."

오가타 도라이치는 곧장 신락의 집안에 대해서 알아보았다.

"한학자(漢學者)인 김석태의 3남 가운데 셋째아들입니다. 모친은 빼어난 미인으로, 엿새에 한 번씩 영무 역전에 서는 장에 나가 쌀을 파는 쌀장사를 하고 있습니다. 김신락의 큰형인 김항락은 이번 씨름 대회 우승자이며, 삼형제 가운데 가장 몸이 크고 씨름 솜씨가 남다른 데다, 성품이 온순하고 용모마저 준수해서 인기가 대단합니다. 여름철이면, 씨름판에서 김항락이 끌고 온 황소가 집 마당에 몇 마리씩 매어 있는 경우가 예사랍니다."

"씨름판에서 끌고 온 황소를 팔아서 집안 살림에 보태기도 하겠군."

"그런가 봅니다. 그런데, 둘째아들인 김공락(金公洛)은 두 형제와 달리 평범한 체격을 지녔다죠. 서울의 어느 병원에 조수로 취직을 했다고 하던데……."

"김신락은 어때?"

"보통이 아닙니다. 어릴 적부터 몸이 엄청나게 컸는데, 동급생 가운데는 씨름 상대가 아예 없을 정도랍니다. 5학년 때 벌써 100미터를 13초에 달렸다나요. 그리고 성미가 불 같아서 싸움을 자주 벌인다는데, 한번은 상급생 열 명 정도를 혼자서 해치우기까지 했답니다."

"믿을 수 없을 정도군……."

"학교 선생들도 혀를 내두르고 만답니다. 싸움에 강한 데다 또 계집애들을 보살필 줄 알아서, 계집애를 못살게 구는 상급생 사내아이가 있으면 돌진해 들어간다고 합니다. 그래서 별명이 '싸움닭'이라죠."

"싸움닭이라? 호…… 그것 참 근성이 대단한 소년이로군. 그래! 그 녀석을 일본으로 데려가 스모 선수로 키워야겠어!"

모모다 미노스케와 오가타 도라이치는 그 길로 신락에게 접근했다.

"너는 공부를 해도 되겠지만, 타고난 힘으로 이름을 떨칠 수 있는 길을 택하는 편이 나을 거다. 뭐니 뭐니 해도 힘으로 출세하려면 역사의 길이 최고지.

우리 일본의 씨름꾼인 스모토리(相撲取り)는 조선의 씨름꾼과는 영 딴판이야. 국민 모두가 사랑하고 존경하지. 게다가 떵떵거리는 부자가 돼서 살게 되는 거야."

신락은 일년 전에 홍원 보통학교를 졸업하고 때마침 앞으로의 진로를 고민하고 있었다. 모모다 미노스케의 제의는 신락의 마음을 충분히 흔들어놓을 만한 것이었다. 더욱이 동생이 씨름판에 나타나는 것을 달가워하지 않던 형 김항락도 생각을 바꾸었다.

"나는 여기서 집안을 짊어지고 살아가야 하기 때문에 일본으로 가고 싶어도 못 간다. 그러니 너만이라도 일본으로 건너가서 스모 선수로 성공하거라. 그래서 우리나라 사람들이 얼마나 강하고 무서운지를 일본인의 머릿속에 심어주거라."

하지만 그렇게 말하는 마음도 편치만은 않았다. 동생을 바다 건너 남의 땅으로 떠나 보내는 혈육의 심정이 오죽했으랴.

신락은 큰형의 말에 힘을 얻어 마침내 일본으로 건너가 이름난 스모 선수가 되겠노라고 다짐했다. 그러나 신락의 앞에는 너무도 큰 걸림돌이 있었다.

"안 된다!"

신락의 말을 들은 어머니는 펄쩍 뛰며 당장에 호통을 쳤다.

"하필이면 엉덩이까지 다 드러내고 남의 구경거리가 되는 스모 선수가 되겠단 말이냐? 더군다나 너는 식민지 백성이 아니냐. 일본에 가면 사람 대우를 받지 못하고 살 게 뻔하다."

어머니는 셋째아들의 마음을 돌려놓기 위해서 신락의 혼례를 서둘렀다. 그래서 신락은 뜻하지 않게 갑작스런 장가를 들게 되었다.

그 소식을 들은 오가타 도라이치는 신락에게 엄포를 놓았다.

"신부와 단 하룻밤이라도 잠자리를 같이 하면 절대로 일본에 데려가지 않을 테니 알아서 해라!"

신락의 마음은 흔들렸다. 그러나 어머니의 결심을 돌릴 수는 없어서 예정대로 혼례를 치렀다.

첫날밤. 숨을 죽인 채 신랑의 따스한 손길을 기다리고 있는 신부에게 신락은 말했다.

"나, 잠깐 볼일 좀 보고 오리다."

신락은 뒷간으로 가지 않고 살금살금 집안을 빠져나가 오가타 도라이치의 집으로 향했다. 밉지도 않은 신부를 독수공방하게 만들면서까지 신락은 기어코 도일(渡日)을 결행했던 것이다.

그리고, 아무도 몰랐다. 바로 이 소년이 훗날, 전후 일본의 최대 영웅이 될 줄은. 그리고 역사에 길이 남을 큰 별로 떠오를 줄은.

그러나, 알지도 몰랐다. 부산항에서 시모노세키 항(下關港) 사이를 오가는, 한반도와 일본 사이에 얽혀진 숱한 그늘진 역사가 아로새겨져 있는 관부연락선만큼은.

역사(力士)의 길

모모다 미노스케의 손에 이끌려 시모노세키 항에 도착한 신락은 곧바로 나가사키(長崎) 현 오무라 시에 있는 모모다 미노스케의 집으로 향했다. 그리고 그곳에 채 익숙해지기도 전에 다시 모모다 미노스케를 따라 먼 거리를 기차로 여행했다.

일본의 수도 도쿄. 여기서 신락은 곧장 니쇼노세키베야(二所ノ關部屋)라는 유명한 스모 도장에 입문했다. 현역 시절에 상위 랭커였던 니쇼노세키가 설립한 이 도장은, 합숙 훈련에 적합하도록 합숙소와 씨름판이 조화롭게 잘 갖추어져 있었다.

'스모는 곧 힘[力]의 길[道]이다.'

니쇼노세키베야의 관장은 이러한 지론(持論)을 갖고 있었다.

신락의 허우대를 살펴본 관장은 그에게 다른 동문(同門)을 붙여 팔씨름을 시켰다. 신락은 상대의 양팔을 번갈아서 거뜬히 넘겨버렸다. 상대의 팔뚝을 넘기는 신락의 눈빛에는 오로지, 모국(母國)을 버리고 떠나온 아픔을 딛고 일본 스모계의 일인자가 되리라는 강인한 의지만이 담겨 있었다.

관장은 신락이 완력(腕力)이 상당히 강한 역사라는 사실을 확인하고서, 모든 스모 선수들이 갖고 싶어하는 '역도산(力道山)'이라는 닉네임을 붙여주었다. 관장의 지론을 작명(作名)으로 받은 셈이므로, 스모 초년생으로서는 여간 영광스러운 일이 아닐 수 없었다.

리키도잔(力道山). 훗날의 역도산이란 세계적인 닉네임은 이렇게 탄생되었다. 그러나 선배들은 역도산을 낑(金)이라고 불렀다.

"이봐, 낑. 너는 탁음의 발음이 잘 안 되는 걸 보니까 조센징이 틀림없군."

역도산은 그 말을 듣고, 서투른 일본어를 불편하지 않도록 익히는 데 힘썼다. 그런데 스모 입문생에 불과한 풋내기 역도산에게 주어진 일들은 한두 가지가 아니었다. 청소와 세탁, 장작패기는 물론이고, 장보기와 장코 당번 업무도 주어졌다. 장코는 고기나 생선에 야채를 곁들여 끓이는, 스모 사회의 독특한 냄비 요리를 말한다.

역도산에게 장코 당번이 돌아왔다. 스모 도장에는 훈련장 옆에 장코 주방이 찰싹 붙어 있었다. 역도산은 랭킹 밖의 다른 당번 두 명과 함께 책임자인 다마노우미에게서 장코값을 받아 이른 아침부터 어시장으로 갔다.

어시장에서는 생선 경매가 한창이었다. 그곳에는 왕년에 스모 선수였던 관리인이 있었기 때문에 어렵지 않게 생선을 구입할 수 있었다. 일단 생선을 도장의 장코 주방에 가져다놓고, 이번엔 야채 가게로 향했다. 야채 가게 주인은 니쇼노세키베야에서 좋아하는 신선한 야채를 미리 준비해두었기 때문에 구입하는 데는 그리 오랜 시간이 걸리지 않았다.

오전 9시. 씨름판에서는 다른 고참 스모 선수들이 훈련에 열을 올리고 있었다.

"오늘은 어떤 맛으로 끓일까?"

세 사람은 장코 주방에서 머리를 맞대고 의논한 끝에, 대구, 표고버섯, 콩나물, 당근, 배추를 넣고 끓여서 초간장에 찍어 먹을 수 있도록 음식을 만들었다. 그리고 시금치무침, 단무지, 연어알, 김치 등을 밑반찬으로 곁들여 준비했다.

하드 트레이닝으로 배고픔이 극에 달한 스모 선수들은, 오전 열한 시가 되었을 때 랭킹 순서대로 목욕을 하기 시작했다. 그리고 역시 랭킹 순서대로 기저귀 같은 팬티 바람인 채 앉아서 상을 기다렸다. 역도산은 다른 당번과 함께 장코 냄비 요리가 올려진 상을 날라다 바쳤다.

랭킹 안에 있는 스모 선수들은 머리가 젖은 채로 장코 요리를 먹으면서 반주(飯酒)로 시원한 맥주를 곁들였다. 그 동안, 스모 선수의 머리를 매만지는 일을 하는 도코야마(床山)들은 그들의 머리에 기름을 바르고 상투를 틀어주었다. 머리 기름 냄새에도 아랑곳하지 않고, 고참 스모 선수들은 꿀꺽꿀꺽 음식을 잘도 삼켰다.

"어, 거참 맛 좋다!"

랭킹 밖의 다른 선수들과 함께 주위에 둘러서 있던 역도산은 침이 꿀꺽꿀꺽 넘어가는 것을 참을 수가 없었다. 애써 만들어놓은 음식을 남들이 포식하는 것이다. 마치 자기의 여자라도 강탈당하는 기분이었다.

"험!"

한 선배 선수가 밥이 떨어져간다는 신호를 보냈다. 그 선수의 가장 가까운 위치에는 역도산이 서 있었다. 어쩔 줄 몰라 하고 있을 때 다른 당번이 그의 옆구리를 쿡 찔렀다.

"이봐, 어서 사발을 받아."

역도산은 재빨리 두 손을 내밀어 밥 사발을 받았다. 그리고 밥을 가득 퍼 담아서 다시 두 손으로 받들어 선배 선수에게 내밀었다.

선배들의 식사가 끝나면 그 다음 서열대로 장코 요리를 맛볼 수가 있었다. 최하위의 선수인 역도산의 배에서는 연신 꼬르륵 소리가 울려 나왔다. 결국 한 시간이 지나서야 역도산은 간신히 상 앞에 앉을 수 있었다. 그런데 이게 무엇인가. 장코 냄비 속에서는 건더기라고는 찾아볼 수가 없었고, 밑반찬은 아예 눈에 띄지도 않았다.

"아, 오늘도 국물 신세로군."

누군가가 투덜댔다. 결국 역도산은 다른 최하위급 선수들과 함께 밥 위에 장코 국물을 뿌려 비벼 먹을 수밖에 없었다.

스모 선수들은 대개 먹으면 먹은 만큼 살이 찌는 체질이었다. 다른 선수들에게 뒤떨어지지 않기 위해서는 살이 찌지 않으면 안 된다. 그래서 식사를 마친 뒤에는 곧바로 두 시간 가량 낮잠을 자는 규칙이 있었다. 소화 흡수 기능을 활발히 하기 위해서였다. 명(命)을 재촉하는 일인지도 몰랐지만, 그래서 스모의 일인자인 역대 요코즈나(橫綱)의 평균 수명이 50대를 넘기지 못하는지도 몰랐지만, 어쨌든 스모 선수로서 성공하기 위해서는 배를 불리는 길밖에 달리 방법이 없었다.

역도산도 마찬가지였다. 밥을 먹고 바로 잤더니 5킬로그램이나 불어 있었다. 그러나 역도산은 지독한 연습 벌레였기 때문에 땀을 흠뻑 흘리고 나면 그럴 듯한 체구가 유지되곤 했다.

역도산은 니쇼노세키베야에 들어간 지 채 일년이 되기도 전에 첫 시합을 가졌다. 연습 벌레인 역도산은 데뷔 당시의 스모 선수 시절부터 여러 명의 동기생 가운데 뚜렷이 두각을 나타내기 시작했다. 겨우 나이 열여섯인데도 스무 살 먹은 스모 선수들이 맞붙자마자 나가떨어지는 이변이 일어나곤 했다. 그리고 역도산이 잘생긴 얼굴로 씨익 한번 웃으면 곧 팬들의 아낌없는 박수가 터져 나왔다.

"리키도잔! 멋있어!"

그러나 역도산의 이면에는 입에 담기조차 부끄러운 서러움이 존재하고 있었다. 역도산은 도장의 책임자인 다마노우미 우메키치(玉ノ海梅吉)의 스케비토(付人), 즉 시중 드는 사람이었다. 다마노우미는 여느 스모 선수와 마찬가지로 너무 뚱뚱하기 때문에 양쪽 둔부 사이로 손이 닿지 않았다. 그래서 다마노우미가 변소엘 가면 역도산은 얼른 종이를 들고 뒤따라가야만 했다. 다마노우미가 일을 치르고 나오면, 역도산은 부드럽게 구겨놓은 종이를 펼쳐서 다마노우미의 둔부 사이로 밀어넣었다. 밑을 대신 닦아주는 일이었다. 그렇

다고 눈살 한번 찌푸릴 수도 없는 노릇이었다. 냄새가 역겨워서 참아내기가 갑갑했지만, 역도산은 오로지 스모 최강자인 요코즈나가 되기 위해서 이를 악물었다. 달아난 아들을 찾아 밤새 빙판길을 뛰어다니며 울부짖었을 어머니를 생각하면 할수록 그 각오는 더욱 단단해졌다.

조센징과 요코즈나

젊은 스모 선수에게는 일상 생활에서 느낄 수 있는 별다른 재미라는 것이 없었다. 즐거움이 있다면 자신의 지위가 높아지는 것뿐이었다. 그 지위를 높이기 위해서는 오로지 강도 있는 훈련에 열중하는 길밖에 없었다. 타고난 연습 벌레인 역도산은 다른 선수에 비해 훈련에 대한 집념이 더욱 강했다.

'스모의 생명은 연습이다.'

이것은 역도산이라는 닉네임을 붙여준 관장이 늘상 강조하는 가르침이었다. 그러나 역도산에게는 충분히 훈련할 수 있는 시간이 좀체로 주어지지 않았다. 기라성 같은 선배들이 낮 동안 내내 씨름판을 차지하기 때문이었다.

"이봐, 하마유."

역도산은 어느 날, 동기생인 하마유를 넌지시 불렀다.

"우리, 밤에 같이 연습할까?"

하마유의 눈빛이 반짝였다.

"아무래도 우리가 충분히 훈련할 수 있는 길은 그것밖에 없는 것 같지?"

뜻이 맞았다. 두 사람은 서로 연습 상대가 되어주기로 하고는 밤마다 몰래 잠자리에서 빠져나왔다.

그러던 어느 날 밤.

"뭐야?"

느닷없는 호통 소리가 들려왔다. 변소에 가던 선배에게 그만 들켜버리고 만 것이었다.

"제멋대로 심야 훈련을 하다니! 선배한테 훈련 시간 좀 빼앗겼다고 이런 수작들을 부린단 말이냐? 특히 역도산! 너 같은 조센징이 무슨 배짱으로 감히 요코즈나가 되겠다고 밤새워 훈련을 한단 말인가?"

그리고 욕까지 퍼부었다.

"멍청이 새끼!"

스모 도장의 선배는 당장에 죽도(竹刀)를 집어들었다. 여러 군데 마디가 나 있는 굵고 시퍼런 대나무칼이었다.

"엎드려뻗쳐!"

역도산은 기저귀 같은 팬티 차림인 채 팔을 수직으로 세워 엎드렸다.

"엉덩일 들어!"

역도산은 살집이 통통한 둔부를 쳐들었다. 곧바로 죽도가 작두날처럼 떨어졌다.

퍽!

비명도 지르지 못했다. 죽도가 둔부에 떨어질 때마다 가슴속으로 아픔을 삭여야 했다. 그때마다 어머니의 목소리가 들려오는 것 같았다.

"그게 무슨 꼴이냐? 볼기를 맞고 볼기를 내놓는 시합에 나가려고 애쓴단 말이냐?"

조국에서 씨름을 배울 때는 이처럼 불합리한 폭력을 겪어본 적이 없었다. 역도산은 이것이 바로 조선인에 대한 일본인의 이유 없는 학대라는 것을 알았다.

'마음대로 때려라! 어차피 일본에 온 이상, 나의 목표는 어디까지나 요코즈

나다.'

역도산을 속으로 외쳤다. 최정상에 오르기 위해서는 몽둥이를 두려워할 틈이 없었다. 들킬 때마다 폭력을 당하면서도 하마유와 함께 피나는 심야 훈련을 거듭했다.

그런데 1941년 12월 8일, 일본은 벌떼 같은 전투기를 날려 하와이 진주만에 기습 포화를 퍼부었다. 미국과 영국을 중심으로 하는 연합국에 대해 전면전을 감행한 것이었다. 일본 정부는 이 태평양전쟁을 가리켜 '국가총력전'이라고 이름 붙였다. 전선(戰線)에서 적과 직접 총포를 쏘아가며 싸우는 병사들만이 전쟁을 할 수는 없으며, 모든 국민과 국력이 총동원된 전쟁이요, 모든 자원과 기술을 총동원한 전쟁이라는 뜻이었다.

정당이 해산되었다. 그리고 대정익찬회(大政翼贊會)라고 하는 국민 조직에서 도나리구치(隣組)라고 하는 국민 통제 말단조직까지 만들어져 전 일본 국민이 강제적으로 전쟁에 동원되도록 편성되었다. 국민으로부터 존경받는 인기 스포츠맨인 스모 선수라고 해서 예외일 수는 없었다.

역도산 역시 근로보국대에 동원되었다. 역도산이 다른 스모 선수들과 함께 근로 봉사에 동원된 곳은 아마가사키 군수 공장이었다. 그때부터 오전에는 아마가사키 군수 공장에서의 노동, 오후에는 위문 흥행 시합을 치르는 새로운 일과가 시작되었다.

"이것도 운동이라고 생각하자……."

역도산은 무거운 철근 따위를 들어올려 나르는 일 역시 운동으로 생각하며 요코즈나가 되는 꿈을 변함없이 불태웠다.

그러던 중 마침내 1942년에 조국을 방문할 기회가 왔다. 일본에서의 스케줄을 마치고 조선, 만주 등지에서 순회 경기를 갖게 되었던 것이다. 역도산은 간신히 짬을 내어 꿈에도 그리던 고향 땅에 들렀다. 그리고 첫날밤도 치르지 못한 채 두고 온 신부를 만났다.

합방(合房)을 했다.

"내, 반드시 성공하여 돌아오리다."

역도산이 말한 '성공' 이란 물론 일본 스모계의 챔피언인 요코즈나가 되는 것이었다. 역도산은 고향을 찾은 것도 잠시, 곧 어머니와 신부를 두고 떠나야만 했다.

그 동안 역도산의 스모 선수로서의 지위는 점차 올라가 있었다. 1942년 봄에 8일 간의 시합에서 전승(全勝)을 거두는 등 해마다 좋은 성적을 올렸기 때문이었다.

1943년의 어느 날, 역도산은 여느 때와 다름없이 근로보국대의 일원으로서 아마가사키 군수 공장에 나갔다.

"억!"

아차 하는 순간이었다. 무거운 쇠뭉치를 자신의 기운만 믿고 들어올리다가 그만 떨어뜨리고 말았다. 쇠뭉치는 왼쪽 팔목을 무겁게 짓누르면서 떨어졌다. 스모 선수에게 이러한 실수는 최악의 불길한 징후였다. 왼쪽 팔목의 힘을 제대로 쓸 수 없었다.

"빌어먹을! 이놈의 지랄 같은 전쟁이 사람을 지독히도 골탕먹이는군."

한탄해도 소용없었다. 스모 선수에게 팔목이란 오른쪽이나 왼쪽이나 똑같이 소중한 것, 1944년 1월 시합에서 역도산은 3승 5패란 좋지 않은 성적을 내고 말았다. 왼쪽 팔목을 제대로 쓸 수가 없었던 것이다.

역도산은 그 시합 이후로 자신의 신체를 아끼는 데 최대한으로 신경을 썼다. 힘과 힘을 겨루며 살아가는 사람에게 육체는 근본이었다. 자신의 육체는 자신이 사랑하고 아끼지 않으면 안 된다.

1944년 5월 시합에서 역도산은 비로소 팔목 부상이 완쾌된 상태로 출전할 수 있었다. 몸을 잘 관리한 덕분에 5일 간의 시합에서 전승을 거두었다. 우승이었으므로 당연히 스모 선수로서의 지위가 상당히 올라갔다.

그러나 그로부터 일년 뒤에 역도산을 포함한 장래성 있는 모든 스모 선수들에게 예기치 못한 불운이 찾아들었다. 그때는 역도산이 조선, 만주 순회 경기를 틈타 한 번 더 고향에 다녀온 1945년이었다.

"공습이다!"

미군기의 공습이 더욱 가공할 위력을 발휘하고, 사람들은 사이렌이 울리면 방공호로 대피를 하는 것이 주요 일과가 되어버린 시기였다.

쿠웅!

폭음이 지축을 뒤흔들었다. 해제 경보가 울리고 지상으로 나온 사람들은 모두들 아연실색하지 않을 수가 없었다. 스모 선수들은 갈비뼈 몇 개가 부서져 나간 기분이었다. 일본 근대 체육의 상징인 국기관(國技館)이 산산조각나 버린 것이다. 미군기의 공습은 그 정도로 위력적이었다. 앙상한 철근만이 여기저기 부러지고 구부러진 채 나약한 모습으로 남아 있을 뿐이었다.

'전쟁이 무엇이란 말인가……'

역도산은 앙상한 뼈대만 남은 국기관을 바라보자 허탈한 웃음만 나왔다.

1945년 8월 15일, 일본 천황은 마침내 백기를 들었다. 9월 2일, 도쿄 만에 정박한 미국 전함 미주리 호 선상에서 미국의 맥아더 연합군 총사령관과 일본의 대표단 사이에서 일본의 무조건 항복 문서가 정식으로 조인되었다.

역도산은 이 소식을 한 절간에서 들었다. 스모 경기의 거점인 국기관뿐만 아니라 모든 스모 도장이 불타버렸기 때문에 역도산이 속해 있는 니쇼노세키 베야의 스모토리들은 임시 숙소를 그 절간으로 정해놓고 있었다.

아무튼 전쟁은 끝났다. 전쟁 말기에 미군이 퍼부은 공습의 위력은 실로 엄청나서, 화재로 불타거나 강제 소개(疏開)로 인하여 헐린 주택이 310만 채, 대략 1,500만 명이 집을 잃고 그들의 재산이 불에 타 사라져버렸다. 멀리 전선에서 천신만고 끝에 돌아온 병사들이 집으로 찾아가 보았지만, 그들의 집은 이미 불에 타 사라져버렸고 가족들도 뿔뿔이 흩어져 찾아볼 길조차 없는 막막한 상태였던 것이다.

1945년도의 쌀 수확은 노동력의 부족에다 비료까지 모자라서 메이지(明治) 이래 최악인 4천만 석에 머물고 말았다. 따라서 전시(戰時)에는 그럭저럭 1인

1일 1작 정도는 되었던 주식(主食)도 배급이 어렵게 되었으며, 부득이 고구마 줄기, 콩, 깻묵, 옥수수 가루가 주식으로 등장하였으나 이것들의 배급마저도 걸핏하면 늦게 나오는 일이 많았다.

영양 실조가 오히려 정상적이었으며, 여기저기서 굶어 죽는 사람이 잇따라 생겨났다. 병자들의 사망률이 높아지고, 어쩌다 먹을 것이라도 생기면 혈육 간에도 서로 으르렁대더니 심지어는 살인까지 저지르는 사태마저 벌어졌다.

일본 국민들의 체중은 누구랄 것도 없이 모두 10퍼센트 정도나 내려갔다. 이른바 '다케노코 생활'이 시작되었다. 대나무 껍질을 벗기듯 자신이 가지고 있는 옷가지 등속을 농촌으로 가지고 가서 쌀이나 보리, 감자 등의 식품과 물물 교환을 하는 생활이 그것이다. 경제 상태마저 이 같은 원시적인 유통으로 되돌아가고만 것이다.

이런 상황에서 일본 정부는 그나마 유통 질서가 완전히 무너지는 사태를 미연에 방지하기 위하여 경찰력을 동원해 열차 안이나 역 주변에서 일제히 검문 검색을 실시하였으며, 주민들이 필사적으로 구해오는 쌀이나 보리 그리고 감자 따위를 발견하는 즉시 가차없이 몰수하기 시작했다.

역도산은 그 동안 근로보국대의 봉사 작업에 동원되었기 때문에 충분한 연습을 할 수가 없었다. 전쟁은 끝났지만 괴로운 생활은 여전히 끝나지 않았다. 남보다 몇 배를 먹어야 하는 역사들인데도 감자와 죽으로 대강 끼니를 때우고 시합에 출전해야만 했다. 역도산은 주린 배를 오기로 버티어 나갔다.

'조국이 해방되었지 않은가!'

역도산은 때때로 고국을 떠올렸다. 일제 통치하에서 신음하던 조국은 이제 어떻게 변화되어 가고 있는 것일까.

'이제까지는 우리를 압박하던 일본인들에게 지지 않으려고 싸워왔지만, 앞으로는 당당한 독립국의 국민으로서 일본의 스모토리들과 겨루겠다.'

역도산은 마음으로 부르짖으며 더욱 분투했다.

1945년 11월에 열린 종전(終戰) 후의 첫 경기에서 역도산은 좋은 성적을 거두었다. 그리고 1946년 11월에는 마침내 일급 선수로서 인정을 받게 되었다.
이듬해인 1947년 6월, 역도산은 히라마구(平幕) 등급으로 출전하였다. 여기
서 좋은 성적을 거두어 마침내 세 명의 최상급 선수들과 우승을 결정하는 시
합에까지 임할 수 있게 되었다.

우승 결정전 제1회전의 상대는 하구로야마(羽黑山). 이 자가 바로 스모 최
강자인 요코즈나였다. 하구로야마와 역도산이 등장하자 관중석에서 우레와
같은 박수가 터져 나왔다. 두 선수를 응원하는 관중은 각각 반으로 나뉘어져
있는 듯한 분위기였다.

잠시 후 하구로야마와 역도산은 둥그런 모래판 안에 들어서서 소금을 휙휙
뿌리기 시작했다. 부정(不淨) 타지 말라는 스모의 전통 의식인 '도효' 를 펼치
는 것이었다. 그런데 하구로야마가 갑자기 두 다리를 벌리고 무릎을 굽혀 앉
은 채 두 팔을 좌우로 쫙 펼쳤다. 그러고는 손바닥으로 앞뒤로 뒤집어 보이고
서 손뼉을 쳤다. 동시에 다리를 한 쪽씩 높이 치켰다 내렸다 했다. 요코즈나가
자신의 늠름한 풍채를 과시하는 전통 의식인 '도효이리' 를 펼치는 것이었다.

"쳇!"

역도산은 꼴같지 않다고 생각하며 콧방귀를 뀌었다.

잠시 후 두 선수는 쭈그려 앉은 자세로 두 손을 모래에 대고 마주하여 상대
방을 노려보았다. 심판이 상체를 구부린 채 손에 든 부채를 모래에 대고 있다
가 갑자기 몸을 일으키며 소리쳤다.

"핫키요이!"

마침내 경기가 시작되었다. 그러나 두 선수는 곧바로 다가서지 않고 잔뜩
노려보며 신경전을 펼쳤다. 그러자 심판이 소리쳤다.

"다가! 다가 다가라 다가라!"

그제서야 역도산과 하구로야마는 서로 허리춤을 꽉 붙잡고 달라붙었다. 비
교적 수비형인 하구로야마는 상대가 공격해오기를 기다렸다가 역으로 공격
하는 특기를 갖고 있었다.

"단숨에 결판을 내주마!"

역도산은 하구로야마의 허리춤을 단단히 고쳐 잡고 기합을 넣었다.

"이엿!"

역도산의 기합 소리는 장내가 떠나갈 듯 쩌렁 하고 울렸다. 순간 육중한 하구로야마의 몸이 번쩍 들렸다. 역도산은 날쌔게 하구로야마의 몸을 밀어뜨리면서 그 위로 덮쳤다. 하구로야마의 얼굴이 일그러졌다. 졌구나 하는 비참한 표정이었다. 그러나 양 선수가 생각한 것과는 달랐다.

"하구로야마, 승리!"

심판의 외침에 하구로야마는 안도의 한숨을 내쉬었다. 역도산은 어이가 없었다. 그렇다고 심판의 판정에 불복할 수도 없는 노릇이었다. 관중들에게 자신의 깨끗한 이미지를 심어주고 싶어서 불끈 치솟아오르려는 화를 바짝 움켜쥐었다. 그리고 자신은 겨우 히라마구 최강으로 공인받은 요코즈나에게 졌다고 해서 너무 속상해하지 말자고 자위했다. 어디선가, 역도산이 한국인이라는 것을 아는 사람들이 이렇게 말하는 것 같았다.

"일본 혈통도 아닌 작자가 요코즈나라니, 말도 안 되지."

이때부터 스모 세계에 대한 역도산의 불신은 싹트기 시작했다.

'혹시 내가 조선인이라는 것을 알고 일부러 불공정한 심판을 내리는 건 아닐까?'

역도산은 그날 밤 도무지 잠을 이룰 수 없었다. 스모 선수로서 성공하기 위해 고향과 부모를 두고 이역 만리를 떠나온 역도산 김신락이었다.

'고향은 어떻게 변했을까? 해방된 조국은 어떠한 모습으로 변해가고 있을까? 패망한 일본 대신에 다른 강대국이 점령하고 있는 것은 아닐까?'

역도산은 어머니를 소리 죽여 외쳤다. 자신이 일본인인 하구로야마에게 진 것이 왠지 어머니에 대한 불효처럼 생각되었다. 그때 어머니의 얼굴이 어둠 속에 연기처럼 피어올랐다.

"그 정도 일로 마음 상해서는 안 된다. 남의 나라 땅에서 그 정도 아픔이야

딛고 일어서야지. 그래야 대한의 사내 대장부인 것이야."

역도산은 이를 악물고 더욱 훈련에 열중했다. 동료들이 앉았다 일어서기를 2백 번 하면 역도산은 3백 번을 해내야만 직성이 풀렸다. 평범한 인간으로서 는 감내해내기 힘든 역도산의 지독한 훈련은 차츰 그 성과를 드러내었다.

1947년 11월 대회와 이듬해인 1948년 5월 대회에서도 좋은 성적을 거두었 으며, 10월 대회에서는 마침내 일급 중견 서열인 고무스비(小結)의 지위에까 지 오르게 되었다. 더욱이 1948년 5월 대회에서는 수훈상마저 거머쥐었다.

바로 그즈음, 역도산은 조국인 한반도가 미(美)·소(蘇) 군대가 남북으로 진주(進駐)한 가운데 38선을 경계로 분단되었다는 소식을 들었다.

"빌어먹을! 조국은 대관절 어찌 되어가는 사정이란 말인가?"

역도산은 자신도 모르게 큰소리로 부르짖었다. 역도산이 한국계 일본인이 라는 사실을 모르고 있는 동료들은 고개를 갸우뚱거리지 않을 수 없었다.

"이제 고향으로 돌아갈 길은 막연해진 것이 아닌가."

역도산은 불길한 예감이 들었다. 38선 이북은 소련이 간섭하고 있었으므 로, 미 군정 통치하에 들어선 일본의 스모 선수로서는 38선 이북 방문이 난감 한 쪽으로 기울어지고 말았다.

폐디스토마와의 결투

"그것 참 쓸 만한 물건이군."

역도산은 다른 역사들에 비해 시대 감각이 뚜렷했으며, 보다 새로운 것을 좋아하는 체질이었다. 도쿄 시내를 거닐다가 오토바이를 타고 다니는 순사들이 있는 것을 보고 당장에 오토바이를 구입했다. 그날 이후로 역도산은 임시 숙소인 절간에서 경기장까지 왕복하는 데 반드시 오토바이를 이용했다.

또 역도산은 술을 좋아하는 체질이었다. 그래서 시합이 끝난 날이면 어김없이 한잔 기울이는 것을 좋아했다. 한잔의 술은 부모 형제를 두고 고향을 떠나와 살고 잇는 한 외국인 역사의 외로움을 그 순간이나마 달래주었다.

역도산에게는 돈이 많은 팬들이 많았는데, 그들은 거의 매일 역도산을 술자리에 초청하다시피 했다. 술을 좋아하는 역도산으로서는 그러한 술자리 초청을 마다하는 일이 드물었다. 역도산은 술맛을 즐기는 애주가라기보다는, 술을 마시는 것 자체를 오래 끄는 폭주가였다. 기생이 시중을 들어주는 술자리의 초청이 잇따랐기 때문에 산다는 것 자체가 즐겁다고 생각할 정도였다. 하룻밤에 마신 맥주의 양이 50병을 넘는 것은 예사였다. 정종을 연거푸 두 병이

44

나 마시는가 하면, 위스키 한 병도 삽시간에 비워냈다. 돈이 많은 팬들의 술자리 초청이 없을 때라도 역도산은 훈련이 끝나고 나면 한꺼번에 2, 30병씩 맥주를 조달해 와 후배들에게 술 인심을 쓰곤 했다.

당시는 요코즈나라고 해도 맥주를 구하기가 힘든 시절이었으므로, 유망주인 요시노사토(芳ノ里) 같은 후배들은 선배 역도산의 그러한 점을 좋아했다. 고되고 엄한 훈련이라도 후배들은 맥주 마시는 재미로 강훈련을 참아내곤 했다. 역도산의 몸에는 그처럼 야릇한 조련사의 기질이 배어 있었다.

그러던 어느 날이었다. 역도산은 좋은 성적을 올리고 나서 여느 때처럼 한잔 기울인 다음, 오토바이를 타고 절간에 도착했다. 오토바이의 시동을 끄고 난 역도산이 임시 숙소 쪽으로 걸음을 옮기려는데, 웬 그림자가 어둠 속에서 어른거리는 것이 아닌가.

"누구냐?"

역도산이 소리치자 그림자 둘은 그 자리에 우뚝 선 채 움직이지 않았다. 역도산이 다가가 살펴보니, 스모 도장의 후배인 와카노하나(若ノ花)와 고토케하마가 아닌가.

"이게 뭐야?"

역도산은 어이가 없었다. 후배들은 양쪽 어깨에 커다란 짐을 메고 있었던 것이다.

"이 녀석들! 운동이 힘들다고 제멋대로 도망을 치려는 모양이군……."

역도산은 다짜고짜 그들의 뺨을 후려갈렸다. 역도산은 팔 힘이 특히 센 스모 선수였다. 그랬으니 뺨을 한 방 맞은 것인데도 그 강도가 매우 위력적이었다. 시뻘겋게 손자국이 나고 코피가 흐를 정도였다.

두 후배는 역도산 앞에서 무릎을 꿇고 오직 선배의 처분만을 기다렸다.

"좋다! 어디 한번, 네 녀석들의 사정 얘기 좀 들어보자!"

역도산은 화를 좀 가라앉히고서 물었다.

"역사 생활에 자신이 없어졌습니다."

"그래서?"

"고향으로 돌아가고 싶습니다."

역도산은 다시금 화가 불끈 치밀었다. 자신은 한반도에서 건너온 뒤로 줄곧 외로움을 견디며 훈련에 열중해왔고, 드디어 일급 중견급인 고무스비의 지위에 올랐는데, 이 후배들은 일본이 고향인 신입 선수이면서도 벌써부터 사나이답지 못한 행세를 하고 있지 않은가.

"그 따위 약한 소리를 해서 어디에 쓰겠냐?"

역도산은 두 후배의 뒷덜미를 잡고서 숙소 안으로 끌고 들어갔다.

"이게 뭐야? 아무리 이 녀석들이 잘못했다고는 해도 자네의 처벌은 너무 심했잖아."

시퍼렇게 멍이 든 후배들의 뺨을 보고 한 선배가 역도산을 나무랐다.

"아무튼 자네는 팔 힘이 너무 세. 그러니 아무 데서나 힘자랑을 하지는 말라구."

스모에서 역도산의 주특기는 윗손 지르기와 윗손 던지기, 그리고 들어올리기 등이었다. 이 가운데 윗손 지르기는 손바닥 후려치기라고도 할 수 있는 역도산의 강력한 공격 무기였다. 어느 상대 선수는 역도산의 손바닥 후려치기 한 대에 완전히 뻗어버린 적도 있을 정도였다. 역도산의 이 가공할 무기는 스모 용어로 '하리테(張手)'라고 하는데, 이것은 예전에 사무라이들이 진검(眞劍) 승부에서 수도(手刀)로 상대의 손목을 쳐서 칼을 놓치게 하는 기술인 골법(骨法)에서 유래된 것이었다.

손바닥으로 상대의 얼굴을 치는 기술인 하리테. 역도산은 힘이라면 결코 물러서지 않을 역사들이 기라성같이 포진해 있는 스모 바닥에서 한걸음 앞서 가기 위하여 피나는 하리테 훈련을 거듭했다. 이처럼 강한 역도산의 윗손 지르기를 맞았으니 후배들의 부상이 쉽게 아물 리 없었다. 아무튼 그 일을 계기로 그 후배들은 계속해서 도장에 머무르게 되었다.

한편, 역도산의 키는 177센티미터, 몸무게는 109킬로그램으로 성장해 있었다. 그리고 1948년 10월 대회와 이듬해인 1949년 3월 대회까지 잇따라 승승장구를 거듭하여, 기어코 스모 최상급의 제1단계인 세키와키(關脇)에까지 오르게 되었다.

1949년 5월, 역도산은 마침내 세키와키 등급의 선수로서는 처음으로 시합을 갖게 되었다. 그런데 며칠 앞두고 있을때 갑자기 기침과 담이 나오고 헛구역질이 나곤 하는 것이었다. 처음에는 별일 아니겠지 하고 생각했으나, 날이 갈수록 미열이 계속되면서 식욕이 떨어지고 눈에 띄게 체력이 떨어졌다. 하는 수 없이 역도산은 야나기바시(柳橋)의 메이지(明治) 병원을 찾았다.

"이 상태로 시합에 출전하는 건 무리입니다. 당신은 폐(肺)디스토마에 걸렸습니다."

의사는 경기 출전 금지를 경고했다.

어느 술자리에서 안주 삼아 몹시 좋아하는 민물가재를 잘못 먹어 감염된 모양이었다. 그러나 역도산은 자신의 감염 사실을 비밀로 해두고서, 죽어도 출전하겠다는 결심을 굽히지 않았다. 하지만 눈에 띄게 떨어진 체력 때문에 역시 성적은 좋지 않았다. 3승 12패. 역도산이 스모 선수가 된 이래 가장 형편없는 성적이었다.

질병은 계속해서 역도산의 가슴을 압박했다. 역도산은 결국 야나기바시의 메이지 병원에 입원하고야 말았다. 완치를 보장할 수 없는 입원이었다. 서글펐다.

"역사가 씨름을 할 수 없다니……."

113킬로그램에 육박하던 역도산의 체중은 졸지에 97킬로그램까지 줄어들었다. 역도산의 입원 소식을 듣고, 친지인 오바다(小畑)가 문병을 왔다.

"여기저기 수소문해보니까 여기서는 특효약을 구하기가 어려운 모양이야. 미국에서도 구하기 힘든 것은 마찬가지인 모양인데, 아무튼 다녀와 봐야지."

오바다는 일부러 약을 구하기 위하여 미국까지 다녀왔다. 오바다의 정성에 탄복했음일까, 이번에는 행운의 여신이 역도산에게 마음을 주었다. 오바다의 가방에는 폐디스토마에 잘 듣는다는 '에메친' 주사약이 들어 있었다. 역도산은 하루에 다섯 번씩 에메친 주사를 맞았고, 더불어 '그로로긴'을 복용했다. 그러자 차츰 병세가 회복되어, 입원한 지 2개월 후에 퇴원할 수 있었다.

병원에 입원해 있는 두 달 동안 역도산은 인생의 허무함을 아주 깊이 체험했다. 장래의 요코즈나를 꿈꾸고 있는 상황이라 그 감정은 불길 같았다. 더욱이 문병을 와준 사람은 극히 일부의 사람뿐이었기 때문에 스모 사회의 몰인정마저 원망했다. 신문도 몰인정하기는 마찬가지였다. '역도산, 재기 불능인가?' 하는 표제의 기사가 실릴 정도였다.

역도산은 체력이 충분히 회복되지 않은 상태에서 불뚝 힘을 내어 10월 대회에 출전했다. 경기장이 있는 장소는 오사카. 결과는 좋지 않았다. 8승 7패. 세키와키의 지위는 점차 떨어져갔다.

1950년에 들어서면서 역도산이 소속된 스모 도장인 니쇼노세키베야는 새로운 변화를 가져왔다. 절간의 임시 도장에서 도쿄의 한 구역에 새로 지은 도장으로 옮겨간 것이다. 1월 8일에는 오사카에 머물러 있던 다마노우미를 새 관장으로 맞아들였다.

역도산은 늘, 전 관장이 남겨둔 교훈을 가슴에 되새겼다.

'스모의 생명은 연습이다.'

그리고 스스로 교훈을 만들어 가슴에 새겨놓았다.

'스모는 이겨야만 살아남을 수 있는 세계다!'

새 도장의 설비가 아직 미비한 상태였지만 역도산은 서둘러 연습을 시작했다. 아직 폐디스토마의 후유증 때문에 충분한 연습을 할 수 있는 체력이 부족한 것이 안타까웠다.

구라마에(藏前) 가설 국기관에서 1월 14일부터 대회가 시작되었다. 역도산은 부족한 체력을 정신력으로 이겨 나가리라 생각하고 시합에 뚝심껏 출전했다. 역도산은 체력상의 불리한 조건을 염두에 두고 초반전부터 손바닥 후려치기를 사용했다. 허공을 가르는 강한 손바닥 후려치기에 상대 선수들은 속속 나가떨어졌다. 그 바람에 일간지 스포츠 기자들은 앞 다투어 악평을 썼다.

'역도산은 형편없이 단순한 공격만 펼치고 있다.'

호된 비난이었다. 결과는 10승 5패. 역도산은 다시 중견 선수인 고무스비 지위를 되찾을 수 있었다.

5월 대회. 역도산은 이 시합에서 승승장구, 다시 고무스비에서 세키와키 지위로까지 올라갔다.

한밤중의 스모 상투

6월이 되었을 때, 역도산은 조국에서 전쟁이 터졌다는 소식을 들었다. 그날부터 역도산은 부모님과 형님 생각에 마음이 갑갑하여 견딜 수가 없었다.

매미도 헉헉거리며 우는 아주 무더운 여름이었다. 역도산은 도장의 일행과 더불어 북해도(北海道)와 동북(東北) 지방으로 순회 시합을 떠났다. 당시 역도산은 폐디스토마 치료 때문에 빚을 많이 져서 경제적으로 상당히 곤궁한 상황에 처해 있었다. 가족들의 궁핍한 생활은 말할 것도 없었고, 심한 운동을 하는 몸인데도 먹을 것을 제대로 못 먹는 형편이었다. 그러나 그런 사정을 아는지 모르는지 관장 다마노우미는 선수들이 순회 경기를 치르고 있는데도 월급을 내놓는 데 인색하게 나왔다.

역도산은 지방 순회 경기 도중에 더 참지 못하고 월급을 좀 가불해 달라고 요구했다. 그러자 다마노우미는 대뜸 호통을 치는 것이었다.

"이놈! 줄 때까지 잠자코 기다릴 일이지 왜 건방지게 나오는가?"

역도산을 불끈 화가 치밀었다.

"관장님! 그 말씀은 너무하십니다. 제 말이 뭐가 잘못됐습니까? 기다릴 만큼 기다리다가 더는 견딜 수가 없어서 이렇게 말씀 드리는 게 아닙니까?"

"뭐야? 요즘 들어서 인기가 다시 올라갔다고 함부로 기어오르는 건가? 너 같은 놈에게는 한푼도 줄 수 없다. 이놈의 개떡 같은 조센징!'

역도산은 더 이상 참을 수가 없었다. 해머 같은 두 주먹이 부들부들 떨렸다. 사실 역도산의 불만은 하루 이틀 전에 생겨난 것이 아니었다. 종전 후의 어려운 사회 형편으로 말미암아 스모 협회 운영이 넉넉하지 못한 것은 역도산으로서도 잘 알고 있었지만, 폐디스토마에 걸려 죽음과 삶의 기로를 넘나드는 선수에게 아무런 도움도 주지 못하는 협회의 냉대에 역도산은 불만의 싹을 틔우고 있었다.

더욱이 1950년 1월 대회에서의 진행표는 역도산의 가슴을 끓어오르게 만들었다. 진행표란 시합 운영 순서 발표와 동시에 각 역사들의 지위 결정도 발표되는 것인데, 역도산은 지난해 10월 대회에서 8승 7패로 승수(勝數)가 하나 더 많음에도 불구하고 지위가 아래로 떨어졌는 데 비해, 다른 역사 한 사람은 오히려 그 지위가 위로 올라간 것이었다.

스모 선수들은 누구든 진행표에 발표되는 승진을 큰 보람으로 여기고 있었다. 그런데도 스모 협회에서는 이처럼 가혹한 냉대를 하는 것이다. 이때 역도산은 협회 간부들에게 정식으로 이의를 제기한 적이 있었다.

사실 새로 꾸민 니쇼노세키베야는 태평양전쟁이 끝난 뒤의 어려운 시절에 역도산과 다마노우미가 힘을 합쳐 만든 것이나 다름없었다. 그런데 이번엔 무엇인가? 새 관장까지도 자신을 냉대하는 것이 아닌가? 더욱이 조선 사람이라는 단 한 가지 이유만으로.

역도산은 관장에 대한 예우를 갖춘다는 점에서 다른 어떠한 모욕도 참을 수 있었다. 그러나 세키와키 지위까지 오른 마당에 '조선인'을 얕보는 모욕적인 언사를 듣게 되다니……. 역도산은 의자에서 벌떡 일어섰다. 두 눈이 불을 뿜고 있었다. 바위 같은 주먹은 당장에 다마노우미의 두개골을 박살내버릴 듯 부들부들 떨렸다. 하지만 상대는 관장이었다. 역도산은 꾹 참고 말했다.

"스모를 그만두겠습니다."

역도산의 각오는 냉엄했다. 역도산은 피 묻은 차디찬 칼날을 칼집에 집어넣은 무사처럼 싸늘한 표정으로 방을 나섰다.

역도산은 그날 있었던 시합, 그러니까 9월 1일의 히가시(東神) 가나가와(奈川) 경기장에서 가졌던 시합을 마지막으로 하고 도쿄로 돌아왔다.

역도산은 그 동안 신세를 져온 니다(新田) 건설 사장 니다 신사쿠(新田新作)를 찾아갔다. 역도산의 후견인 역할을 맡고 있던 니다 신사쿠. 그는 본시 건달 출신으로 스즈모토라는 도박 조직에도 가담한 바 있었다. 그러다가 전후에 토건업에 손을 대어 일본 주둔 미군 캠프 건설 등으로 큰돈을 모을 수 있었다.

부자가 된 니다 신사쿠는 장래가 촉망되는 스모 선수인 아즈마후지(東富士)의 후견인 역할을 맡아주었으며, 얼마 후 아즈마후지는 요코즈나가 되었다. 이때 역도산은 요코즈나인 아즈마후지의 다치모치로서, 아즈마후지가 모래판에 들어설 때 칼을 받들고 들어가는 역할을 맡고 있었다. 역도산이 니다 신사쿠와 인연을 맺게 된 것은 아즈마후지와의 그러한 인연 때문이었다.

"결국 상투를 자르기로 결심했습니다."

역도산의 고백을 듣고 니다 신사쿠는 펄쩍 뛰면서 꾸짖었다.

"리키! 자네는 상투가 있기 때문에 사회에서 인정받고 있다는 사실을 알아야 하네. 상투 없는 역도산, 스모 선수가 아닌 역도산은 이 사회가 거들떠보지도 않을 거야."

그러나 니다 신사쿠의 따끔한 충고도 역도산의 불길 같은 고집을 꺾지는 못했다.

1950년 9월 10일 밤, 역도산은 니혼바시(日本橋) 하마마치(浜町)에 있는 집으로 돌아가, 잠들어 있는 2남 1녀와 아내의 얼굴을 내려다보았다.

태평양전쟁이 끝나고 일본과 북한 사이에 왕래할 수 있는 길이 막혀버리자 역도산은 교토의 여염집 여성과 재혼했었다. 그때 2남 1녀를 갖게 되었다. 장녀 지에코(天惠子), 장남 요시히로(義浩), 차남 미쓰오(光雄).

그러나 얼마 후 역도산은 세 자녀의 어머니와 헤어졌다. 그리고 다시 만난 여성은 일본 기생 출신인 오자와 후미코였다. 역도산은 싹싹한 성품을 가진 오자와 후미코의 잠든 얼굴을 한동안 내려다보았으나, 상투를 자르겠다는 결심이 바뀌지는 않았다.

역도산은 몰래 부엌으로 들어가 식칼을 들었다. 칼을 든 손이 부들부들 떨렸다. 만감이 교차했다.

지난 대회의 승률은 매우 좋았다. 자신의 지위는 현재 스모계 최고의 지위와 영예를 눈앞에 둔 세키와키. 스모 선수의 상투를 자르고 나면 얼마나 많은 고난이 자신의 앞길에 따를 것인가. 오랜 세월을 두고 정들어 온 스모 세계를 떠나야 하다니…… 그러나 역도산은 이를 악물었다.

'내가 잘못 생각했다. 왜놈의 근성을 모르고 이 바닥에서 일하려던 내가 잘못이다. 이 상투를 잘라야 한다. 두 아들을 데리고 모든 걸 술로 잊고 살아가리라.'

미련, 외로움, 서글픔…… 역도산은 마침내 잔뜩 날이 돋은 식칼을 번쩍 치켜들었다. 상투가 잘려나간 것은 아주 순식간의 일이었다. 가슴의 살점과도 같은 한 움큼의 상처. 역도산의 눈에서는 굵은 눈물이 주르륵 흘러내렸다.

일본 제일의 인부

　역도산이 무도(武道)의 귀신으로 일컬어지는 대산배달(大山倍達, 오야마 마쓰다쓰), 즉 최영의(崔永宜)란 이름을 처음 알게 된 것은 이미 가라테에 관심을 갖고 있던 1947년이었다. 이때 최영의가 대산배달이라는 이름으로 전(全) 일본 가라테 챔피언 자리에 올랐던 것이다.

　"같은 한국인이다!"

　역도산은 전율과도 같은 강한 자극을 받았었다.

　"당신이 가라테의 챔피언이라면 나는 기필코 스모의 챔피언인 요코즈나가 되겠소!"

　역도산은 맹수가 포효하듯 부르짖었었다. 그러나 이제 그 꿈은 사라져버리고 말았다. 역도산은 이제 상투를 잃은 스모토리였다. 아니, 상투를 잘라버린 이상 이제 더는 스모토리일 수 없었다.

　역도산이 상투를 자른 이튿날, 오사카의 아베노(阿倍野) 가설 국기관에서 열릴 9월 스모 대회 진행표가 발표되었다. 그의 진행표는 여전히 세키와키에 머물러 있었다. 동편의 요코즈나는 지난 대회에서 세 번째의 우승을 차지한 아즈마후지로 되어 있었다.

"후우……."

역도산의 입에서는 나직한 신음소리가 새어 나왔다. 스모 세계가 자신과는 거리가 먼 다른 사람들의 일로 생각되었다.

당시 니쇼노세키베야에는 3개의 파벌이 형성되어 있었다. 다마노우미와 사가노하나 연합군, 오노우미(大ノ海) 그룹 그리고 혁신 그룹이라 일컬어지는 가미가제(神風)·역도산·와카노하나 등의 파벌이었다. 그런데 이 파벌의 내분이 좀체로 그칠 기미를 보이지 않았기 때문에 다마노우미는 역도산을 섭섭하게 대했던 것이다. 사실 전후에 재건된 니쇼노세키베야는 역도산이 다마노우미와 힘을 모아서 만든 것이나 다름없었다. 그럼에도 불구하고 역도산은 다마노우미로부터 자신의 공로를 무시당한 채 조롱만 당했다.

역도산은 무시당하고는 못 견디는 체질이었다. 그리고 성질이 일단 폭발하면 치솟아오르는 불길 같았다. 역도산이 일단 술이 오르면, 주위에 있는 후배들은 우선 입조심을 해야만 했다. 역도산이 술에 취했을 때 숯불이 담긴 쇠화로를 그대로 집어던진 때도 있을 정도였기 때문이다.

그뿐만이 아니었다. 니쇼노세키베야에 고용 책임자로 방계(傍系)의 에다가와(枝川)가 들어온 일이 있었다. 그때 역도산은 오토바이를 몰고 무자비하게 책임자의 방으로 날아 들어왔고, 에다가와는 역도산의 무시무시한 주먹이 두려워서 뒷문으로 달아나버렸을 정도였다.

불행하게도 역도산의 스케비토를 맡았던 다나카 요네타로는 걸핏하면 술에 취한 역도산에게 폭행을 당해야 했다.

역도산과 헤어진 뒤 마음이 갑갑하던 다마노우미는 도쿄의 자택 관리인인 요도가와에게 전화를 걸었다.

"여기, 요코하마야. 일이 생겼어. 이곳은 순회 흥행의 첫 흥행 도시인데도, 입장식이 시작될 시간에 역도산이 나타나지 않지 뭔가. 자네도 알다시피 역도산은 오제키(大關)인 사가노하나보다도 더 인기가 있지 않은가. 그래서 하는 수 없이 입장식 시간을 끌고 있는데 다행히 역도산이 나타난 거야. 간신히 입장식과 역도산의 시합을 마칠 수 있었지."

다마노우미의 음성은 몹시 격앙되어 있었다.

"그런데 역도산이 자신의 경기를 끝내자마자 곧장 나한테로 와서 불쑥 차용증을 내미는 거야. 돈을 빌려 달라더군. 엄청나게 많은 액수였어. 첫 순회 흥행지에서 지각을 한 주제에 뚱딴지같이 차용증을 내밀다니 이게 무슨 경우인가."

다마노우미는 역도산과 사귀고 있던 미군부대 군무원인 보하네키를 의심하고 있었다. 그는 스모의 순회 흥행에도 역도산을 따라오곤 했던 것이다.

"그래서 내가 호통을 쳤네. 이제까지 도쿄에서는 가만히 있다가 순회 흥행지에서 갑자기 거액을 내놓으라니 대관절 무슨 영문인지 모르겠다고 말이야. 그랬더니 역도산은 벌떡 일어나서 대기시켰던 자동차로 떠나버리더군. 도무지 종잡을 수가 없는 일이야."

그런 사정이니까 자신의 친지 누구에게 부탁해서 돈을 마련한 다음 역도산에게 건네주라고 다마노우미는 요도가와에게 지시했다. 그러나 요도가와는 역도산을 찾을 수 없었다. 순회 흥행지인 오사카에 도착한 다마노우미는 역도산이 상투를 잘랐다는 기사를 일간지를 통해서 알았다. 다마노우미는 태평양전쟁에서 일본이 패한 뒤로 역도산이 몹시 달라졌다고 생각하고 있었다. 그는 스승도 없고 선배도 없는 사람인 것 같았다.

언젠가 다마노우미가 새 응접 세트를 친지에게 주문해서 만든 일이 있었다.

"호, 그것 좋군요. 이건 대관절 어디서 맞춘 겁니까?"

"그건 알아서 뭐할 건가?"

"소개해주십시오. 만드는 솜씨가 아주 좋아서 그럽니다. 내가 이래봬도 예술적 감각이 있는 놈 아닙니까."

그래서 다마노우미는 자신의 친지를 소개해주었다. 그랬더니 역도산은 다마노우미의 것보다 더 호화로운 응접 세트를 주문해서 배달시켰다는 것이다.

"그런데 돈을 한푼도 물지 않은 겁니다."

다마노우미의 친지는 다마노우미에게 전화를 걸어 하소연했다.

"그래서 대금을 청구하러 가니까 다마노우미님에게 가서 받으라는 거지 뭡니까."

역도산이 다마노우미의 성미를 긁어놓은 것은 하루 이틀의 일이 아니었다. 그만큼 역도산은 일본인 실력자에게 정면으로 대항하고 있었다.

역도산이 상투를 잘랐다는 기사를 읽은 다마노우미는 도쿄로 달려갔다.

"아니, 역도산. 자네는 곧 오제키가 될 텐데, 왜 그런 무모한 짓을 했단 말인가! 제발 좀 자중하게."

"하하핫! 오제키가 되면 뭐, 많은 돈이라도 벌 수 있단 말입니까?"

역도산은 다마노우미의 만류를 단칼에 외면해버렸다. 다마노우미는 미군부대 군무원인 보하네키를 더욱 의심하게 되었다. 다마노우미는 역도산이 보하네키와 손을 잡고 미국 본토로부터 중고차를 들여와 일본에서 파는 사업에 손을 대려는 게 아닌가 생각하고 있었다.

이즈음 역도산에게《오락 요미우리(娛樂讀賣)》잡지에서 인터뷰 요청이 왔다. 역도산은 이 자리에서 시사평론가인 오야 소이치를 만났다.

"스모토리 생활과 결별하게 된 사연은 무엇입니까?"

"우선 내가 세키와키 지위에까지 올랐는데도 불구하고 가족을 먹여 살릴 수 있을 만큼의 충분한 보수를 받지 못했습니다. 더욱이 나는 폐디스토마라는 병에 걸려 있었는 데다, 사실 랭킹에도 불만이 있어 떠나기로 했습니다. 현재 스모 협회가 은행에 지고 있는 빚이 얼마나 되는지는 알 수 없습니다만, 내 생각으로는 일년에 네 차례의 대회를 열면 막대한 수입이 된다고 봅니다. 그런데 그 돈 가운데 선수들에게 돌아가는 것은 고작 2할뿐. 그렇다면 8할의 행방은 어떻게 된 것입니까?"

오야 소이치와의 대담에서 자신의 속사정을 밝힌 역도산은 니다 신사쿠를 찾아갔다. 니다 신사쿠는 상투가 달아나버린 역도산을 매우 곤혹스런 표정으로 바라보았다.

"사장님이 상투를 자르는 것을 강력히 반대했음에도 불구하고 저는 이미 이렇게 결행하고 말았습니다. 마음이 쓰라리지만, 깨끗이 잊어버리고 이제부터 새출발을 하고 싶습니다. 차라리 사장님을 도우며 니다 건설에서 일을 배워보고 싶습니다."

니다 신사쿠는 한 손으로 턱을 괴고서 역도산의 말을 잠자코 듣기만 했다.

"알았네. 그렇다면 내 밑에 와서 일을 보도록 하게나. 단, 새로운 인생의 출발임을 꼭 명심해야 하네."

"막벌이 인부라도 좋습니다. 아무 일이든 일단 맡겨만 주십시오."

역도산은 스모 선수 시절에 근로보국대에 동원되어 무거운 철근 따위를 숱하게 옮겨 나른 경험이 있는 몸이었다. 살아 나가는 데 어떠한 힘든 일인들 못하겠는가. 친어머니가 없는 두 아들을 기를 수만 있다면…….

"우선 자재부장 일을 맡아보게나."

처음 건설 회사 일을 하게 된 역도산으로선 비교적 중책을 떠맡은 셈이었다. 자재부장이라고는 했지만, 사무실에 들어앉아 펜대만 굴리면 되는 직책이 아니라 실은 공사장의 현장 감독이요, 인부의 우두머리인 십장인 셈이었다. 그러나 역도산에게는 오히려 그게 체질적으로 더 어울리는 일인지도 몰랐다. 과거의 세키와키 등급의 스모토리 경력으로 보나, 믿음직한 체구와 껄껄껄 웃을 줄 아는 호남형의 얼굴로 보나 현장에서 강력한 리더십을 발휘할 가능성이 많았다.

"어차피 이 길로 뛰어든 이상, 반드시 일본 최고의 인부가 되리라!"

역도산은 둘째 갈 일이라면 애당초 하려고 들지도 않았을 것이다.

그의 일과는 이른 새벽부터 밤늦게까지 쉬임 없이 이어졌다. 어느 인부들이든 혀를 내두르지 않는 자가 없었다. 십장이라고 해서 어깨에 힘만 주고 있는 것이 아니라, 때로는 직접 무거운 자재를 나르기도 했으니까. 그래서 늘 인부들보다 더 많은 먼지를 뒤집어쓰고 있었으니까.

역도산이 맡은 일은 다치가와(立川)에 터를 잡은 미군 기지 공사였다. 이 공사에는 시미즈(淸水), 오바야시(大林) 등의 굵직굵직한 건설 회사들이 참여했는데, 이런 회사들을 상대로 역도산은 공사 입찰을 보기 좋게 낙찰시킨 예도 있었다. 하마마치에 건설중이던 메이지 좌(明治座) 공사에서도 조명 시설이라든지 변전 시설 같은 물량이 큰 일은 대부분 역도산이 맡았으며, 강력하고 신속한 리더십으로 보기 좋게 공사를 마무리지었다.

"무슨 일이든 배워두고 볼 일이다."

역도산은 이것을 좌우명으로 삼고 자기가 맡은 일에 대해서는 앞뒤를 가리지 않고 해치웠다.

첫 월급은 5만 엔. 종전 후의 상황에서는 결코 적은 액수가 아니었다. 이제는 식구들을 굶게 하지 않아도 되었다. 그러나 역도산이 맡은 일이 화이트 칼라와는 거리가 먼 거친 일들 뿐이었기 때문일까, 그의 사생활도 날이 갈수록 거칠어져 갔다.

밤이면 밤마다 술집을 찾았다. 술에 취하면 이런저런 상념들이 머릿속에 떠올라 마음이 울적하고 괴로웠다. 스모 선수를 그만두기 위하여 상투를 자른 일, 해방이 되었지만 38선으로 남북이 갈려지고, 더욱이 지난 6월에 남북간에 동족상잔의 전쟁이 터졌다는 불길한 소식, 고향의 부모님은 무사하실까, 자신은 이제 운동선수가 아니므로 이런 식의 일을 해나가다가 사업가가 되어야 할까……. 역도산은 스스로 머리의 냉정성을 마비시킴으로써 온갖 울분을 잊으려 했다. 그러나 알코올은 그의 마음을 진정시켜주기는커녕 오히려 더욱 황폐하게 만들었다.

어느 날 술에 취해 있는 그의 입에서 자신도 모르게 고향에서 부르던 노래가 흘러나왔다.

"도라지 도라지 백도라지…… 심심 산천에 백 도라지……."

이렇게 시작된 노래는 〈아리랑〉으로, 또 〈함경도 목가(牧歌)〉로 이어졌다.

"저 친구, 지금 뭐라고 씨부렁거리는 거야?"

"옳거니! 조센징인 모양이군."

그때 한편에서 술을 마시고 있던 일본인 야쿠자 두 명이 눈을 부라렸다.

"가만, 힘이 세겠는데……."

"힘이 세면 뭣해, 제깐놈이? 이미 술에 절었구먼."

그렇게 말을 주고받으면서도 함부로 역도산에게 시비를 걸지는 못했다. 그런데 그들이 내뱉은 말들이 이미 역도산의 귀에 꽂혀버리고 말았다.

역도산은 언제 술을 마셨나 싶게 벌떡 일어섰다. 신장 180센티미터의 역도산은 그 동안 페디스토마도 완쾌되었고 체중도 늘어나 120킬로그램이나 되어 있었다. 육중한 그의 몸집을 보고서 위압당하지 않을 사람이라곤 식당 안에 아무도 없었다.

"네놈들 지금 뭐라고 했어? 뭣이? 조센징놈이라구? 그래, 조센징이라서 뭐가 어쨌다는 거냐? 망해버린 네놈의 나라 복구 작업을 해주고 있는데 고마워해야 할 거 아냐! 마침 잘됐군……. 매운 김치를 두 포기 먹고 싶었는데, 네놈들을 대신 안주 삼아야겠군."

두 야쿠자는 미처 피할 새가 없었다. 그들 앞으로 성큼 걸어간 역도산은 곧바로 손바닥 후려치기를 두 야쿠자에게 퍽퍽 먹였다. 일순간에 벌어진 일이었다. 두 야쿠자는 인사불성이 되도록 술에 취한 사람처럼 시멘트 바닥에 처참하게 늘어져버렸다.

"나는 지금 네놈들에게 매운 양념을 뿌려준 거야."

술집 주인은 뭐라 말도 못하고 역도산의 눈치만 살피고 있었다.

"이 따위 놈들이랑 술 거래를 하다니……. 앞으로 손님을 잘 받으라구!"

역도산을 술값을 세어서 집어던지고 밖으로 나가버렸다. 밤바람이 차가웠다. 한동안 바람을 맞고 서 있으니 술기운이 식는 기분이었다.

"나중엔 별 송사리들까지 다 까불고 있군……."

역도산은 아무 일도 없었다는 듯이 중얼거렸다. 그런 송사리들을 후려친 자기 자신의 손바닥이 아깝다고 생각했다.

역도산의 부활

어느덧 스모 세계에서 떠난 지 일년 하고도 수개월이 지났다.

'이렇게 공사 현장의 십장으로만 계속 머물러 있을 것인가.'

어쩌면 자기는 지금 허송세월을 보내고 있는 건지도 모른다는 생각이 들었다. 귀소본능이랄까, 문득문득 스모 선수 시절이 향수처럼 다가오는 것이었다.

사실 역도산은 상당액의 월급을 받는 만큼, 스모 선수 시절부터 신세를 져온 니다 신사쿠 사장에게 하나하나 은혜를 갚아 나가고 있는 건지도 몰랐다. 폭력배들이 날뛰는 건 도쿄라고 해서 예외일 수 없었다. 그러므로 공사 현장을 안전하게 지킴으로써 일을 수월하게 진척시키는 건 십장인 자재부장의 책임이기도 했다. 역도산은 그 방면에서도 충분한 능력을 발휘하고 있었던 것이다. 역도산이 버티고 있는 공사 현장에는 야쿠자들이 하이에나처럼 함부로 끼어들지 못했다.

역도산은 차츰차츰 '다시 한 번 스모 세계로 돌아갈 수 없을까……' 하는 생각이 깊어져 갔다.

1951년 9월, 오사카 부립(府立) 체육관에서 스모 대회가 열렸다.

"아즈마후지의 시합도 보러 갈 겸 체육관에 갈까?"

니다 신사쿠가 본사 사무실에서 공사 현장에 나가 있는 역도산에게 전화를 걸어 말했다.

"그, 그럴까요……."

역도산은 묘하게 흥분되는 감정을 맛보았다.

오랜만에 보는 스모 경기는 역도산의 마음을 더욱 뒤흔들어놓았다. 다시 스모판으로 돌아가고 싶은 그리움은 두드러기처럼 전신에 도졌다.

"저길 봐. 왕년에 세키와키까지 지낸 역도산이 바로 저 사람이야."

"오야카타와 다투고 나서 은퇴 시합도 갖지 않고 그만두었다지."

어디선가 그런 대화가 들려오는 것 같았다.

경기가 끝난 후 요코즈나인 아즈마후지를 불러 술자리를 같이 했다. 구라마에 국기관 건설에도 큰 몫을 한 니다 신사쿠는, 스모계의 후원자로서 특히 아즈마후지의 후원에는 더욱 적극적이었다. 스모계의 최강자인 아즈마후지는 역사회(力士會) 회장을 맡고 있었는데, 역도산과도 각별한 친분을 맺고 있었다. 한때 역도산은 이 스모계의 선배로부터 스모 훈련 지도를 받은 적도 있었던 것이다.

역도산은 니다 신사쿠와 아즈마후지 앞에서, 요즘 마음 한가운데 일고 있는 자신의 솔직한 감정을 토로했다.

"하하. 다시 스모가 그리워지셨군. 어디 한번 겨뤄볼까?"

아즈마후지는 복귀하고 싶어하는 역도산의 심정을 마치 자신의 일처럼 이해했다.

"우리는 친근한 벗이잖아. 내가 한번 노력해보지."

그런데 문제는 스모 협회 규정에 은퇴한 선수가 다시 복귀할 수 있는 조항이 없다는 점이었다. 그러나 역도산의 스모계 복귀를 도우려는 강력한 인사가 있었기 때문에 상황은 희망적인 쪽으로 급진전되어 가기 시작했다. 중의

원이며 정계의 숨은 실력자로 손꼽히고 있는 오아사 다다오(大麻唯男). 그는 광적인 스모 애호가였는데, 역도산의 최근 심정을 전해들은 그가 마침 역도산의 스모계 복귀 문제를 스모 협회 간부들에게 종용하고 나섰던 것이다. 또한 스모계에 연고가 있는 인사인 이세 도라이코(伊勢寅彦)도 역도산의 부활에 신경을 써주었다. 더욱이 역도산 외에도 1950년 1월 대회를 마치고 은퇴했던 또 다른 일급 스모토리가 복귀할 뜻을 비쳤기 때문에 상황은 더욱 유리해졌다. 그래서 역도산은 일이 한가할 때를 틈타 자신의 옛 도장인 니쇼노세키베야를 찾아가 몸을 단련하고 연습을 쌓아 나갔다. 아직 그의 몸은 굳어 있지 않았다.

'이만하면 복귀하더라도 충분한 승산이 있다!'

마침내 스모 협회 간부 회의에서 스모 협회 규정에다 '은퇴나 폐업을 한 역사를 복귀시킬 수도 있다.'는 조항을 새로이 삽입할 것을 결정하였다. 이 소식을 들은 역도산은 물고기가 제 물을 만난 기분이었다.

그러나 역도산의 복귀를 희망하여 크게 힘을 써준 아즈마후지의 노력에도 불구하고 역사회의 반대에 부딪히고 말았다. 아즈마후지는 안타까운 표정으로 말했다.

"자네의 상승이 두려운 모양이지……."

역도산은 어차피 자기가 선택한 은퇴였기 때문에 이 일로 서운해하지는 않았다. 사실 주위의 권고가 없었더라면 복귀하고픈 욕구를 아쉬운 대로 달랠 수 있었을지도 모른다. 역도산은 아즈마후지에게 말했다.

"괜찮소. 아무튼 정말 고맙소, 아즈마후지. 그리고 내가 비록 스모계에 복귀할 수는 없게 되었지만, 우리는 영원한 친구로 살아갈 수 있기를 바라겠소. 다만 나의 이 넘치는 에너지를 어디에다 방출해야 할지 그게 문제지만……."

아즈마후지는 술잔을 들고 있는 역도산의 손을 굳게 잡아주었다.

그런데 어느 날 갑자기 역도산이 넘치는 에너지를 방출할 기회가 찾아들었다. 역도산은 후배 스모 선수인 요시노사토 등을 찾아가 술을 사주고 있었다.

정종과 맥주가 뒤섞이는 술판이었다. 후배 가운데 다마노카와(玉ノ川)라는
선수가 있었다. 그 후배는 술이 얼큰하게 취하자 역도산과 좀더 친해지고 싶
었다. 그래서 '세키도리(關取リ)' 하고 부르면서 역도산의 어깨에 손을 얹었
다. 이것이 사고의 발단이었다.

"뭐라고? 이 건방진 자식!"

역도산은 크게 꾸짖으면서 한 되들이 정종병으로 다마노카와의 머리를 냅
다 후려쳤다. 다마노카와의 머리 꼭대기가 깨진 건 물론이고 금방 선지피가
솟구쳐 올랐다. 역도산은 거기서 그치지 않았다. 이번엔 맥주병을 들고 상처
난 곳을 또다시 후려쳤다. 다마노카와는 안면이 시뻘건 피로 흥건하게 물든
채 이 난국을 어떻게 타개해야 할지 몰라 쩔쩔매고 있었다.

"다마노카와! 어서 튀어!"

보다못한 요시노사토가 소리쳤다. 그제서야 다마노카와는 몸을 굴려 역도
산의 사정권에서 벗어나 달아나버렸다. 달아난 다마노카와는 역도산의 눈에
띄면 맞아 죽을 것 같아서 경찰서로 피신했다. 스모토리로 복귀하지 못한 역
도산의 울분이 하필 다마노카와의 머리에서 폭발한 것이었다.

프로 레슬러

역도산은 나가사키 현 오무라 시의 한 동사무소에서 걸어나왔다. 입에서 자신을 조소하는 듯한 씁쓸한 웃음이 흘러나왔다. 한국인 김석태의 3남이었던 역도산 김신락은, 나가사키 현 오무라 시가 본적인 일본인 모모다 미노스케의 장남으로 입적된 것이다.

"조센징 주제에 다시 스모 복귀를 하겠다고? 흥! 제멋대로군!"

스모 협회의 누군가가 그렇게 비웃는 것 같았다. 역도산의 마음은 곧 허물어져내릴 것처럼 고독했다. 자신은 이제 패권을 노리는 스모토리 역도산이 아니라, 니다 건설의 자재부장 명함을 가진, 공사장의 현장 감독 모모다 미쓰히로(百田光浩)였다.

"자네는 정말 일본 제일의 인부야. 그게 일본 제일의 스모토리로 바뀌어지면 더 좋을걸."

니다 신사쿠는 역도산의 스모 복귀가 이루어지지 않은 것을 자신의 일처럼 몹시 안타까워했다.

1951년 9월 말, 공사 현장에서 일을 마치자 여지없이 밤이 찾아왔다.

역도산은 날이 어둑어둑해지면 주점 '은마차' 와 '플로리다' 를 자주 찾곤 했다. 그곳에서 걸핏하면 술에 취해 소란을 피웠으며, 그를 통제하러 온 미군 헌병을 번쩍 들어 시멘트 바닥에 등뼈가 부러지도록 내동댕이치기도 했다. 그 바람에 미군 헌병대로부터 추적을 당한 일도 있었다. 때로는 술값을 내지 않아 경찰에 끌려간 적도 있었다. 그러나 파출소 안에서도 역도산은, "천하의 역도산에게 망신을 주다니 도저히 용서할 수 없다."며 행패를 부리곤 했다.

"오늘은 어디로 갈까?"

역도산은 사업상 친해진 미군 군무원 보하네키에게 물었다.

"은마차를 타러 가지."

보하네키가 유쾌하게 웃으며 말했다. 보하네키는 다치가치 미군 군사 기지 건설에 참여하는 미군 군무원 가운데서 소문난 싸움꾼이었다. 그래서인지 술집의 소문난 취객 난동꾼인 역도산과 손발이 잘 맞았다. 역도산과 보하네키는 잠시 후 은마차로 들어갔다. 그들 둘이 붙어서 들어오는 것을 보고 술집 종업원들은 아찔한 표정을 감추지 못했다. 또 무슨 소란을 피우게 될지 모르기 때문이었다. 두 사람의 술버릇에 대해서 익히 알고 있는 어떤 손님들은 미리 자리를 뜨기까지 했다.

그들은 2층으로 올라갔다.

"어떤 놈이든 한번 걸려봐라!"

역도산과 보하네키는 독한 양주를 잇따라 주거니 받거니 하면서 주위를 자주 돌아보았다. 싸움할 상대를 고르고 있는 중이었다. 그들은 싸움 상대를 마치 뷔페 식당에서 안주 고르듯이 찾고 있었다.

"잠깐!"

불쑥 역도산의 눈에 거인 한 사람이 눈에 들어왔다. 일본인이 아닌 미국인 2세로 느껴졌는데, 무척 강인해 보이는 체구를 갖고 있었다.

"억세겠어……. 보통 놈이 아니야."

보하네키가 말했다.

"저 정도는 돼야 상대를 하지. 저 친구, 기분 좋게 술을 마시고 있는 것 같은 데, 아예 꿈나라로 갈 수 있도록 우리가 도와주는 게 어떨까?"

역도산은 입맛을 다시고 있었다. 그런데 두 사람의 수작을 알아챈 것일까, 갑자기 그 사나이가 자리에서 벌떡 일어나더니 역도산과 보하네키의 테이블 로 다가오는 것이 아닌가.

"아니, 저 녀석이? 옳거니, 잘 걸렸다. 네놈이 먼저 시비를 걸려고 오는구 나."

역도산은 쾌재를 부르며 본능적으로 주먹을 움켜쥐었다. 공교롭게도 너무 빨리 에너지를 발산할 수 있는 기회가 온 셈이었다. 보하네키도 어느새 주먹 을 가다듬고 있었다.

잠시 후 두 사람의 테이블 앞에 우뚝 선 사나이는 정말 만만치 않게 보였다. 서로간에 눈이 마주쳤을 때, 그 사나이가 먼저 입을 열었다.

"당신 레슬러요? 체격이 좋군. 상당히 쎄겠어!"

서툰 일본말이었다.

"뭐라고 감히 주둥일 놀리는 건가? 뻗어봐야 알겠나?"

역도산은 사나이를 노려보며 벌떡 솟구치듯이 일어나려고 했다. 그때 보하 네키가 얼른 그의 팔을 잡으면서 말렸다.

"싸움 상대가 아니야. 약해 보이지가 않잖아. 내가 한번 영어로 대화를 나 눠보지."

그런 다음 보하네키는 그 사나이와 마주 서서, 역도산으로서는 알아들을 수 없는 어려운 영어를 열심히 주고받았다. 잠시 후 보하네키가 말했다.

"역도산, 진정해도 되겠어. 이 사람은 해롤드 사카다(坂田)라고 하는 일본 계 미국인인데, 직업은 프로 레슬러야."

"프로 레슬러?"

"미국에서 인기 절정인 스포츠지. 그런데 역도산처럼 듬직한 체격을 갖춘 일본인은 처음 보았다는군."

"흠, 그래? 그렇다면 내 소개도 해드려야겠군. 보하네키, 통역 좀 부탁해."

보하네키는 해롤드 사카다란 사나이에게 역도산의 소개를 대신 해주었다.

"이 친구는 과거에 일본의 막강한 스모 선수였는데, 지금은 은퇴하고 공사장의 현장 감독으로 일하고 있소."

해롤드 사카다는 역도산이 과거에 스모 선수 생활을 했다는 말을 듣고 더욱 흥미를 가졌다.

"차라리 프로 레슬러가 되어 보는 것이 어떻겠소? 왜냐하면 프로 레슬러는 상당한 돈벌이를 할 수 있는 직업이거든. 체력도 연마하고 돈도 벌고……. 이거야말로 일거양득이 아니겠소."

그러나 역도산은 별로 흥미를 느끼지 못했다.

"일단 우리들이 연습하는 곳으로 놀러와 보시오. 그리고 우리 프로 레슬러들과 함께 연습도 해보시오."

해롤드 사카다는 열심히 말했지만, 역도산은 속으로 콧방귀를 뀌었다.

'쳇! 건방지게 주둥이를 잘도 놀리는군. 죽기 살기라면 내가 더 고단수라네, 이 친구야!'

아무튼 역도산은 슈라이나즈 클럽에서 다시 만날 것을 약속한 뒤에, 은마차를 나서서 해롤드 사카다가 묵고 있는 방으로 안내받아 갔다. 그 방에는 마침 역도산에 뒤질 것 같지 않은 근사한 체격의 일본인 두 사람이 기다리고 있었다.

"서로 인사를 나누시죠."

해롤드 사카다가 역도산과 두 사람을 맞대면시켜주었다.

"나는 엔도 고키지(遠藤幸吉) 유도 4단이올습니다."

"나는 사카베 도시유키(辦部利行) 유도 6단이오."

두 사람의 자기 소개에 역도산도 짤막하게 자기를 말했다.

"나는 세키와키 등급에서 은퇴한 스모 선수 역도산이오."

"아! 스모 세계에서 이름난 분이라, 소문 들어 알고 있었습니다. 이런 자리에서 만나뵙게 될 줄은 몰랐군요."

엔도 고키지는 말투로 미루어볼 때 상당히 예의 바른 사람이었다.

"유도 고수들도 만만치 않지요."

역도산은 화답해주었다.

"그런데 두 분은 무슨 일로?"

역도산이 묻자 엔도 고키지가 먼저 대답했다.

"프로 유도가 해산되어버렸지요. 그래서 지금은 다른 일을 하는 동시에 '유도 요코하마(橫濱)'에서 유도 사범을 하고 있는데, 이번에 프로 레슬링계에 입문하기 위하여 사카다 씨를 찾아온 겁니다."

이어서 사카베 도시유키가 자신이 프로 레슬링계에 입문하려고 마음먹게 된 동기를 설명해주었다.

"나는 일전에 기무라 마사히코(木村政彦) 유도 7단, 야마구치 도시오(山口利夫) 유도 6단과 더불어 하와이로 유도 원정을 갔었던 일이 있지요. 그때 프로,레슬링을 실제로 보아서 알고 있었습니다. 그리고 그곳에서 사카다 씨와도 알게 되었는데, 지금 엔도 씨를 권유하여 이렇게 입문하고자 찾아온 것입니다."

엔도 고키지가 고개를 끄덕이면서 덧붙였다.

"이왕이면 같이 해보십시다 하는 말에 마음이 끌렸지요. 혼자라면 생각도 못했을 겁니다, 아마."

역도산은 그때, 프로 레슬링계에 입문하는 문제는 뒤로 미루어두더라도, 백인들에게 자신의 강한 힘을 똑똑히 보여주고 싶었다.

며칠 뒤, 역도산은 자신의 실력을 과시함으로써 백인 프로 레슬러들을 놀라게 해주리라 벼르면서 슈라이나즈 클럽의 도장을 찾아갔다. 해롤드 사카다는 다섯 명의 프로 레슬러를 역도산에게 소개시켰다. 전(前) 세계 챔피언 보비 브란즈, 닥터 레일 홀, 앙드레 아드레이, 케시 베카, 오비라 아세링. 이 가운데서 코치급인 노장 보비 브란즈는 매우 점잖은 품격을 갖추고 있는 신사였다.

보비 브란즈는 역도산에게 말을 건넸다.

"역도산 씨, 당신에 대해서는 사카다로부터 잘 들었소. 당신은 정말 사카다의 말대로 탐이 날 정도로 훌륭한 체격을 지니고 있군요."

보비 브란즈는 잘 발달된 역도산의 위압적인 상체를 물끄러미 바라보더니 다시 말을 이었다.

"내가 이곳에 온 목적의 하나는, 동양 사람 가운데서 프로 레슬링 선수가 될 수 있는 훌륭한 체격의 소유자를 스카우트하고자 하는 것이오. 그런데 마침 사카다가 당신을 발견하게 되었소. 이건 우리들의 행운이 아닐 수 없소. 당신이라면 충분히 할 수 있을 것이오. 물론 당신의 하고자 하는 마음이 중요하지만. 자, 그럼 우리들이 연습하는 것을 한번 보지 않겠소?"

보비 브란즈는 역도산과 엔도 고키지 그리고 사카베 도시유키를 슈라이나즈 클럽 안마당에 가설해놓은 임시 도장으로 안내했다. 링이 있기는 했지만, 엄밀히 말하면 그것을 링이라고는 할 수 없고 나무로 된 마루 위에 단지 로프를 둘러놓은 공간일 뿐이었다.

해롤드 사카다까지 포함한 프로 레슬러 여섯 명은 다리 운동이나 팔 운동, 목 운동 따위의 기본적인 연습이 아닌 프로 레슬러의 기술에 포함되는 보편적인 연습 과정을 여러 가지 보여주었다. 가령 프로 레슬링의 기본 기술로서, 상대방을 양손으로 들었다가 매트로 던짐으로써 다음 동작으로의 연결을 꾀하고 상대방의 전신에 타격을 주는 데 효과적인 보디 슬램(body slam). 자신의 한 팔로 상대방의 머리 중심부를 감아 조름으로써 머리에 심한 고통을 주는 헤드 록(head lock). 프로 레슬링에서 가장 많이 사용하는 기본 기술이라 할 수 있는, 자신의 양손으로 상대방의 한 팔을 감아 꺾는 암 록(arm lock).

이러한 기술 연습 과정을 지켜보면서 역도산은 속으로 중얼거렸다.

'이 정도라면 나도 간단히 할 수 있겠군. 저자들 정도라면 간단히 들어서

집어던질 수가 있겠어.'

기술 연습 과정을 직접 시범 보인 보비 브란즈가 역도산에게 눈짓을 했다. 한번 겨루어보자는 뜻이었다. 역도산은 기다렸다는 듯이 옷을 벗어던지고서 로프 안으로 뛰어들었다. 단숨에 보비 브란즈를 스모 기술로 밀어넘길 작정이었다. 그러나 웬일인지 보비 브란즈는 뿌리박힌 바윗덩이처럼 꿈쩍도 하지 않았다.

역도산은 기술을 바꾸어 허리치기를 사용했다. 그런데 보비 브란즈는 뒤로 자빠지는 듯하더니 곧 낙법을 이용하여 스프링처럼 가볍게 튀어올라오는 것이 아닌가. 역도산은 아찔했다. 스모와는 영 딴판이었다. 역도산이 그 동안 닦아온 스모 기술은 좀체로 먹혀들지가 않았다. 사실 1천여 가지가 넘는 프로 레슬링의 기술에 비하면 스모 기술은 너무 단조롭고 딱딱했다.

보비 브란즈와 뒤엉켜서 얼마 뛰지 않았는데도 역도산의 호흡은 거칠어졌다. 온몸은 땀으로 뒤범벅이 되었고, 체력은 급격히 떨어져서 곧 쓰러질 지경이 되었다.

'제기랄……. 프로 레슬링이란 스포츠도 함부로 얕볼 것이 아니로군.'
역도산은 속으로 중얼거리면서 로프 밖으로 시선을 던졌다. 민망스럽게도 해롤드 사카다가 그것 보라는 표정으로 웃음을 머금고 있었다.

해롤드 사카다. 그는 1948년 런던 올림픽 역도 부문 라이트헤비급 은메달리스트로서, 보디빌딩 미스터 와이키키 타이틀까지 차지했던 꽤 유력한 사나이었다.

데뷔전

　역도산이 더욱 놀랐던 사실은, 서른다섯의 노장 보비 브란즈가 노스웨스턴 대학을 졸업하여 MBA 학위를 가진 지식인이라는 점이었다. 10여 년의 프로 레슬링 선수 경력과 전 세계 챔피언이라는 경력이 말해주듯, 미국에서는 일류급으로 통하는 프로 레슬러였다. 현재는 미국의 세인트루이스에서 프로 레슬링 프로모터로도 활약중이었다. 이런 보비 브란즈에게 역도산은 점차 매력을 느껴갔다.

　보비 브란즈 일행은 마가트 소장(少將)이 회장으로 있는 재(在) 일본 자선 단체인 투우리 오아시스 슈라이나즈 클럽 초청으로 내일(來日)한 것이었는데, 초청 목적은 신체 불구자를 위한 자선 기금을 모집하기 위함이었다. 이 초청의 주선자는 GHQ(맥아더 지휘하의 일본 점령 연합군 총사령부의 약칭으로, 1945~1952년 동안에 걸쳐 일본 통치의 중심이 되었다) 사법국에 근무하던 프랭크 스코리노스. 그는 스모의 전 요코즈나를 비롯한 스모 선수 일행의 미국 순회 경기를 알선한 전력도 있는 사람이었다.

　1951년 9월 19일에 일본에 도착한 보비 브란즈 일행은, 그 동안 줄곧 슈라이나즈 클럽의 임시 도장에서 트레이닝을 해왔고, 이미 9월 30일에 메모리알 홀에서 자선 경기를 벌인 바 있었다. 이것이 일본 스포츠 역사상 처음 치러진 프로 레슬링 경기였다.

일본 적십자사가 협찬하기는 했으나, 모든 집행 절차는 미국인이 맡았다. 입장객 수는 메모리알 홀 안에 반쯤 들어찬 4천 명 정도였는데, 대부분이 미군 병사나 군무원들이었고, 일본인의 수는 헤아릴 수 있을 만큼 적었다. 스포츠를 마음놓고 즐길 수 없는 일본인들의 사정도 사정이지만, 아직은 프로 레슬링이 뭘 하는 건지도 모를 정도로 낯선 탓이었다.

시합 결과는 보비 브란즈 대 오비라 아세링 전은 무승부, 해롤드 사카다 대 케시 베카 전은 사카다의 2 대 1 승, 메인 이벤트인 닥터 레인 홀 대 앙드레 아드레이 전은 홀의 2 대 1 승.

프로 레슬링의 기원과 역사, 변천 과정, 제반 규칙, 자주 쓰이는 기술의 종류에 대해서 보비 브란즈로부터 설명을 듣고 난 역도산은 일단 프로 레슬링을 배워보리라고 결심했다. 특히 역도산의 흥미를 끈 것은, 미국의 16대 대통령인 에이브러햄 링컨이 스물한 살 때(1830년) 레슬링의 명수로서 지방 챔피언을 지내기까지 했다는 사실이었다.

프로 레슬링의 유래는 지금으로부터 약 45만 년 전으로 거슬러 올라간다. 그 당시의 인류인 북경원인이나 자바원인들은 생존하기 위하여 짐승과 싸우고 때로는 사람끼리도 싸워야 했다. 특별히 어떤 기술이나 규칙이 정해진 건 아니었지만, 이때 바로 원시적인 레슬링이 시작되었던 것으로 학자들은 풀이하고 있다. 그 증거는 매우 많으며, 20세기 들어서도 남미 아마존 강 유역에 터를 잡고 사는 샤반데스 족이나 뉴기니아 고지의 나체족들은 현대 문명을 등지고 고대 석기 시대의 생활을 하고 있는데, 이들에게는 아직도 원시적인 레슬링 형태의 싸움이 남아 있다.

더욱이 고대 이집트 시대에 만들어진, 나일 강 유역의 베니핫산에 있는 오래된 무덤의 벽화는 두 인간의 레슬링 격투 장면을 보여주고 있다. 그리고 미국 펜실베니아 대학 탐험대가 발견한, 이라크 바그다드 시 근교에 있는 고대 메소포타미아의 유적 카후아지 사원의 브론즈 주판 두 점에도 마찬가지로 레슬러의 자세로 싸우는 두 명의 격투사 그림이 남아 있다. 이것은 약 5천 년 전의 유물로 추정된다. 이처럼 인류의 생활은 레슬링과 밀접한 관계를 맺고서 발달되어 왔던 것이다.

그러나 이것은 너무 먼 이야기가 아닐 수 없다. 프로 레슬링의 본고장은 미국이다. 15~16세기의 아메리카에서는 서양의 개척자(혹은 침략자)들과 원주민인 인디언간의 피나는 싸움이 숱하게 벌어졌다. 미국의 프로 레슬링은 바로 여기서 유래되었으며, 미국인들은 미국 특유의 자유형 레슬링을 만들어 계속 발전시켜 왔다. 에이브러햄 링컨도 한때 이 레슬링을 배웠던 것이다.

역도산은 그 길로 니다 건설 사장실을 찾아갔다.

"오, 역도산군. 어서 오게. 그래, 일은 잘 돼가는가?"

니다 신사쿠가 반갑게 맞았다.

"예. 공사는 차질 없이 잘 진행되고 있습니다만……."

"그런데?"

역도산은 그 동안 있었던 자초지종을 설명하고서 프로 레슬러가 되리라는 결심을 굳혔다고 털어놓았다.

"내가 경영하는 니다 건설도 그리 견디기 어려운 곳은 아니라고 믿고 있네. 그런데 하필 지금 또 다른 새출발을 자청해서 신참으로서의 고통을 겪을 필요는 없을 텐데……."

역도산의 은인이라고도 할 수 있는 니다 신사쿠의 표정에는 서운해하는 기색이 역력했다. 역도산은 난감했다. 스모 선수 생활을 청산하려고 했을 때도 니다 신사쿠는 반대했었다. 그런데도 역도산은 그의 당부를 어기고 끝내 상투를 잘랐다. 그 뒤로 니다 신사쿠는 역도산의 살 길을 터주었다. 니다 신사쿠가 없었다면 역도산이 세 자녀를 데리고 제대로 살아왔을지도 의문이었다.

하지만 역도산은 역시 일본 제일의 인부가 아니라 일본 제일의 스포츠맨으로서 살아가고 싶었다. 자신의 넘치는 에너지를 충분히 발산할 수 있는 것은 오직 그 길밖에 없다고 생각했다.

"인생이란 기껏해야 오십 년에서 육십 년이지 않습니까. 그런데 저는 어느 덧 그 절반을 덧없이 보내버리고 말았습니다. 하지만 아직도 늦지 않았다는 생각이 듭니다. 이제부터라도 사나이로서 후회 없는 나머지 삶을 살아보고 싶습니다. 물론 앞날을 예측할 수 없는 생소한 프로 레슬러의 길이지만, 왠지 주저하지 않고 뛰어들고 싶은 심정뿐입니다. 버릇없는 저의 처세를 아무쪼록 용서하여 주십시오."

역도산의 말에 니다 신사쿠는 눈을 지그시 감고서 깊은 생각에 잠겼다가, 얼마쯤 지나서야 입을 떼었다.

"그렇다면 해봐야지…… 하지만 정말 후회 없는 인생을 만들어야 하네."

그러나 그의 얼굴에서 서운한 표정은 가셔지지 않았다. 그러니까 속마음으로는 찬성도 반대도 하지 않은 셈이었다.

그날 이후로 역도산은 미군 기지 공사 현장 대신에 슈라이나즈 클럽의 임시 도장으로 부지런히 나갔다. 새벽같이 출근했던 것과 마찬가지로 새벽같이 나가서 운동을 했다. 처음엔 엔도 고키지, 사카베 도시유키와 함께 트레이닝을 시작했는데, 프로 레슬링 입문에 엔도를 끌어들였던 장본인인 사카베가 첫날 이후로 웬일인지 모습을 감추었다. 그래서 역도산과 엔도 고키지만이 일본 프로 레슬링의 실질적인 창시자로서 뜨거운 우정을 나누며 트레이닝에 열중했다.

보비 브란즈 일행의 프로 레슬링 경기는 요코하마에서 두 번째 열렸으며, 10월 28일에는 도쿄에서 열리게 되었다. 일본에서는 세 번째 시합이지만 역도산에게는 더없이 뜻깊은 날이었다.

시합이 열리기 전날, 땀으로 뒤범벅이 된 채 열심히 트레이닝을 하고 있는 역도산에게 보비 브란즈가 다가왔다.

"역도산, 이제 당신은 상당한 훈련을 쌓았으니까 시합에 한번 나가보는 게 어떻겠소? 당신이라면 반드시 해낼 수 있을 거요."

"연습을 시작한 지 겨우 3주일밖에 안 되었는데……."

"당신은 능력이 충분하니까 그다지 염려할 것 없소. 상대는 내가 하겠소. 10분 원폴제."

그날 밤 역도산은 잠을 이루지 못하고 이쪽저쪽으로 몸을 뒤척였다. 내일 있을 경기는 역도산의 프로 레슬링 데뷔전이 아닌가. 씨름판에 처음 나설 때처럼 가슴이 방망이질치는 흥분에 사로잡히지 않을 수가 없었다.

이튿날. 왕년에 스모를 하던 경기장 안으로 프로 레슬링 경기용 팬티를 입고 등장한 역도산은 묘한 기분에 사로잡힌 채 링 위로 올라섰다. 왕년에 상투를 달고 오르던 둥근 씨름판은 흔적도 없고, 오직 차가운 로프에 둘러싸인 사각의 링만이 밝은 조명 아래 놓여져 있었다. 헤아릴 수 있을 정도로 많지 않은 일본인 관중들이 역도산에게 시선을 집중하고 있었다. 그 가운데는 링 사이드 맨 앞자리에 앉은 니다 신사쿠의 모습도 있었다. 링 아나운서 모리스 립튼이 양 선수를 소개했다.

"전 세계 헤비급 챔피언 보비 브란즈!"

보비 브란즈는 느긋하게 웃으며 긴 팔을 올려서 미군 관중들의 환호에 답하였다.

"일본의 유망주 역도산!"

링 아나운서의 쩌렁쩌렁 울리는 선수 소개가, 황량한 벌판을 쓸고 지나가는 강풍처럼 역도산의 몸에 와닿았다.

'나는 지금 스모를 하기 위해 올라온 것이 아니다. 프로 레슬링을 하기 위해 올라온 것이다.'

현실 감각이 그를 자극했다.

'좋다! 부딪쳐보리라! 할 수 있는 데까지 해보자!'

역도산은 급히 만들어 입은 헐렁한 가운을 벗었다.

마침내 공이 울렸다. 이미 선수 대기실에서 스모식으로 발을 구르거나 팔을 뻗치는 등 워밍업으로 몸을 충분히 푼 뒤인데도 역도산의 몸은 뻣뻣이 굳어 있었다. 긴장감이 역도산의 심장에서 벗어나지 않았기 때문이었다. 당연히 몸은 잘 움직여지지 않았다. 역도산은 정면에서 보비 브란즈를 향해 달려들었다. 그러나 보비 브란즈는 슬쩍 몸을 피해버렸기 때문에 결국 불필요한 공격을 한 셈이 되었다. 역도산은 균형을 잡지 못하고 매트 위에 한 바퀴 구르고 말았다.

데뷔전을 화려하게 장식하고 싶다는 생각은 할 수도 없었다. 역도산은 오로지 최선을 다하겠다는 마음뿐이었다. 역도산은 몸이 굳은 상태로나마 잇따라 공격을 퍼부었다. 보디 슬램이나 목을 잡아 던지는 등의 프로 레슬링 기본 기술을 구사하는가 하면, 스모 기술까지 동원하여 보비 브란즈를 연거푸 공격했다. 그러나 보비 브란즈는 연거푸 공격을 받고서도 조금도 지쳐 보이지 않았다. 오히려 역공을 가하는 것이었다. 역도산은 점차 숨이 차올랐다. 이런 식으로 가다가는 곧 그라운드 레슬링(ground wrestling)으로 끌려 들어갈 판이었다. 그라운드 레슬링이란 매트에 누워서 겨루는 레슬링의 형태를 말한다.

'난관이다…….'

역도산은 아직 충분한 기술 연마를 하지 못했으므로 그라운드 레슬링에는 자신이 없었다. 여차하다가는 보비 브란즈의 기술에 말려들어 패하고 말 가능성이 많았다. 역도산이 스모 선수 출신이 아니라 유도 선수 출신이었다면 그라운드 레슬링에도 자신이 있었을 것이다. 그때 순간적으로 반짝 하고 떠오른 것이 있었다.

'손바닥 후려치기!'

바로 그 기술은 역도산에게 스모 선수로서의 주가를 올려준 비장의 무기가 아닌가. 역도산은 즉시 보비 브란즈의 목을 밀어젖힌 다음 손바닥 후려치기를 힘껏 날렸다.

픽!

가슴팍을 진동시키는 큰 소리와 함께 보비 브란즈의 공격이 주춤했다. 보비 브란즈는 좀 어리둥절한 기색이었다. 그래도 자기는 프로 레슬링을 가르쳐준 스승인데, 그 은혜에도 불구하고 역도산이 던진 손바닥 후려치기의 강도가 너무 심했던 것이다.

역도산은 최선의 공격이 최선의 방어라는 생각으로 손바닥 후려치기를 몇 차례 더 퍼부었다. 하지만 공격하는 것도 체력 소모가 많은 법이었다. 보비 브란즈와 달리 역도산의 심장은 몹시 헐떡거렸다. 그러므로 손바닥 후려치기의 위력도 더 이상은 나오지 않았다.

'10분이 이렇게 길단 말인가.'

그때 시합 종료를 알리는 공이 울렸다. 심판은 역도산과 보비 브란즈의 두 팔을 동시에 끌어올렸다. 무승부였다. 그럭저럭 비기기는 했지만 역도산은 더 이상 매트 위에 버티고 서 있기가 어려울 정도로 지쳐 있었다.

사실 이 시합은 승부를 가리는 데 의미가 있다기보다 역도산이 프로 레슬러로서 첫 경험을 한다는 데 의미가 있었다. 기진맥진한 역도산은 링 위에서 내려와 선수 대기실로 들어가자마자 마룻바닥 위에 큰 대(大)자로 길게 뻗어버렸다. 곧 보비 브란즈와 해롤드 사카다가 들어왔다. 해롤드 사카다가 역도산을 내려다보며 말했다.

"역도산, 몹시 지쳐 보이는군. 하지만 불과 3주밖에 안 되는 트레이닝의 결과치곤 참으로 훌륭히 싸운 셈이오. 나는 매우 만족하고 있소."

그러나 역도산은 대꾸조차 할 수 없었다. 역도산이 지쳐버린 것은 호되게 앓았던 페디스토마 때문이 아니었다. 페디스토마는 이미 깨끗이 나은 상태였다. 상투를 자르고 스모 선수 생활을 그만둔 지 어느덧 일년의 세월이 지나서이기 때문일까. 그 동안 체력이 급격히 떨어진 것일까.

역도산의 체중은 현재 123킬로그램으로 불어나 있었다. 체격이 커진 것은 사실이나, 그 동안 규칙적인 트레이닝을 멈추고 공사 현장 일에만 신경을 곤두세웠기 때문에 체력은 오히려 떨어진 것이었다.

'프로 레슬링의 생명은 내구력이다!

역도산은 첫 시합을 통해서 아주 중요한 교훈을 한 가지 터득한 것으로 만족해야 했다.

갈색의 폭격기

이튿날인 1951년 10월 29일, 보비 브란즈는 피로가 말끔히 가신 역도산의 어깨를 툭툭 치며 격려했다.

"어제 시합으로 미루어볼 때 당신에게는 프로 레슬러로서 성공할 소질이 다분히 있소. 내가 도와주겠소."

승부욕이 강하다는 말일까? 역도산은 자기가 보비 브란즈의 가슴팍에 손바닥 후려치기로 맹공을 퍼붓던 상황을 떠올렸다.

사실 보비 브란즈는 스모에 대해서도 어느 정도의 예비 지식을 갖추고 있었다. 스코노스의 알선으로 스모 선수 일행이 도미(渡美)하였을 때, 시범 시합에 출전한 스모토리들의 겨루기 장면을 이미 보아두었기 때문이었다. 보비 브란즈는 슈라이나즈 클럽의 초청으로 일본에 오기는 했지만, 실은 은퇴 후에 프로모터로서 활약할 준비를 하고 있었다. 일본 스모 선수들의 겨루기 장면을 보면서 그는 나름대로 가능성을 점쳤고, 마침 역도산이 장래의 세계 챔피언감으로 눈에 들었다. 게다가 직접 겨루어보았으니 그 실감은 더했다.

보비 브란즈 일행은 11월 들어서도 계속해서 일본에 머물렀는데, 11월 14일에 그야말로 거물 스포츠맨이 태평양을 건너 일본 땅을 밟았다. 프로 복싱 전 세계 헤비급 챔피언 조 루이스. 역도산은 가라테뿐만 아니라 복싱에 대해서도 관심을 갖고 있었기 때문에 조 루이스라는 복서의 명성을 너무도 잘 알고 있었다. 해머와도 같은 강력한 펀치를 지녔기 때문에 '갈색의 폭격기'라는 닉네임을 가진 사나이. 세계 챔피언의 권좌를 무려 12년 동안이나 지켰으며, 스물다섯 명의 도전자 가운데 스물두 명을 KO시킨 조 루이스. 그도 역시 프로 레슬러 보비 브란즈 일행과 마찬가지로, 신체 불구자 구제 기금 모집 자선 흥행에 참가하기 위하여 슈라이나즈 클럽의 초청으로 일본 땅을 밟은 것이다. 여기에 연합군 위문 목적이 추가되어 있었다.

그런데 조 루이스는 일본과 마찬가지로 패전(敗戰)의 상처를 안고 있었다. 일본 방문 한 달 전, 세계 챔피언 벨트를 되찾기 위해서 전초전을 가졌었다. 상대는 펀치는 강하지만 실력은 아직 미지수인 신인 로키 마르시아노. 결과는 조 루이스의 참담한 KO패로 끝났다.

"마음이 괴로울 텐데 연합군 위문이 가능할까요?"

"오히려 컴백의 계기로 삼으려는 것일 테지."

역도산은 보비 브란즈와 해롤드 사카다가 나름대로의 의견을 나누는 것을 듣고서 말했다.

"하지만 일본에는 상대할 헤비급 복서가 아직 없는데 말입니다."

"매니저와 트레이너까지 동행했는데 소용이 없어졌지요. 그래서 주일(駐日) 미군 병사 가운데서 아무나 도전할 수 있게 하겠다는 거요. 우리 프로 레슬링은 오픈 게임으로 짜여져 있고."

해롤드 사카다의 말이었다.

1951년 11월 18일 오후 1시. 도쿄 고라쿠엔(後樂園) 스타디움 특설 링. 관중은 조 루이스의 유명세 때문인지 무려 1만여 명이나 운집해 있었다. 이윽고 조 루이스가 열렬한 관중의 환호에 답하며 링 위로 올라왔다. 역도산은 그의 몸을 유심히 살펴보았다. 소문대로 매끄럽게 잘 발달된 훌륭한 체구의 소유자였다.

"흠…… 갈색의 폭격기란 닉네임이 잘 어울리는군."

그때 링 아나운서가 관중들에게 말했다.

"누구든 조 루이스를 다운시키면 250달러의 상금을 주겠습니다!"

200달러가 넘는 상금. 꽤 괜찮은 조건임에 틀림없었다. 해외 파견 병사들은 여자에 굶주려 있었다. 200달러라면 굳이 강간이라는 범죄를 저지르지 않고도 서비스 좋은 양공주를 마음껏 살 수 있을 것이다.

잠시 후, 주먹깨나 쓴다는 헤비급 체중의 해병대 병사들이 여섯 명이나 도전하겠다고 나섰다. 그러나 결과는 너무도 참담했다. 세 명의 해병대는 주먹 한번 뻗어보기도 전에 얼굴이 시퍼렇게 멍들도록 얻어맞다가 1라운드에서 KO당했고, 나머지 세 명도 일방적으로 몰리다가 다운당하기 직전에 2분 간의 1라운드를 간신히 넘겼을 뿐이었다. 2라운드까지 진행되었더라면 그들 세 명도 모두 피투성이가 된 채 KO당했을 것이다.

박력이 넘치는 조 루이스……. 역도산은 가슴이 뛰었다.

'내가 한번 도전해볼까…….'

역도산은 헤비급 복싱에 대해서도 무한한 매력을 느꼈다. 언젠가 역도산은 오사카에 갔을 때 복싱 클럽의 베비 코스테로와 연습용 글러브로 맞붙은 적이 있었다. 베비 코스테로는 전 일본 페더급 챔피언답게 몸이 무척 빨랐다. 역도산은 한 대도 명중시키지 못하고 일방적으로 얻어맞았다. 그러다가 기회를 틈타 한방 휘둘렀는데, 그 파괴력이 너무 강력하여 베비 코스테로는 곧장 링 밖으로 날아가버리고 말았다. 그런데 조 루이스는 베비 코스테로 같은 페더급 선수에게도 뒤지지 않을 스피드와 엄청난 파워를 동시에 지니고 있었다.

이날 오픈 게임에 출장한 역도산은 캐나다 챔피언인 오비라 아세링과 맞붙었다. 역도산은 첫 시합 때처럼 체력이 급격히 떨어지지는 않았다. 다만 이제까지 닦은 실력으로는 오비라 아세링의 스피드를 잡기가 어려워서 역시 승부를 내지 못하고 말았다.

'다음 시합 때는 나의 스피드 능력을 시험해야겠다.'

다음 시합이 있기 전까지 역도산은 스피드를 기르는 트레이닝에 주력했다.

조 루이스의 제2차전은 11월 22일에 센다이(仙台) 미야기(宮城) 야구장 특설 링에서 열렸다. 오픈 게임은 프로 레슬링 2게임으로 역도산 대 보비 브란즈, 엔도 고키지 대 해롤드 사카다. 역도산은 지난 시합과 다르게 공이 울리자마자 상당히 빠른 속도로 움직이면서 스탠드 레슬링을 펼쳤다. 스탠드 레슬링이란 선 채로 시합을 끌고가는 레슬링 형태였다.

이번에는 사정이 달라졌다. 속도가 붙은 역도산의 손바닥 후려치기와 밀어젖히기는 보비 브란즈의 가슴팍에서 제법 유효하게 터졌다. 그러나 한정된 시간 속에서의 결과는 무승부.

긴장감 때문에 몸이 굳어져 있던 유도 4단 엔도 고키지의 데뷔전 결과 역시 무승부. 엔도 고키지는 프로 유도 선수 출신답게 그라운드 레슬링에서도 상당한 위력을 발휘했다.

이어서 조 루이스의 2차전이 벌어졌다. 돈에 군침을 흘리는 일본 주둔 미군 병사 세 명이 도전했다. 하지만 조 루이스의 가공할 펀치를 맞고 두 명은 1라운드부터 일찌감치 나가떨어지고 말았으며, 단 한 명만이 여러 차례 다운을 당하면서도 3라운드까지 버티었다. 미군 병사들은 하나같이 실컷 얻어터지기만 하고 창녀를 살 돈은 만져보지도 못하는 신세가 되고 말았다.

조 루이스의 메인 이벤트마저 끝난 뒤에 보비 브란즈가 역도산에게 다가왔다.

"자꾸 반복되는 말이 될지는 모르겠으나, 불과 한 달도 채 못 된 트레이닝으로 당신처럼 잘 싸우는 레슬러는 과거에 없었소. 당신은 역시 크게 성장할 소질을 충분히 가지고 있소."

역도산은 다시금 자신의 장래에 대해서 자신감을 갖게 되었다.

조 루이스의 3차전은 11월 25일에 오사카 야구장 특설 링에서 열렸으며, 프로 레슬링 오픈 게임은 10분 단판 승부에서 15분 단판 승부로 연장되어 벌어졌다. 이번에는 상대를 바꾸어 역도산 대 해롤드 사카다, 엔도 고키지 대 보비 브란즈. 역도산의 상대인 해롤드 사카다는 왕년의 경력을 무시할 수가 없었다. 하마터면 은마차 주점 안에서 역도산과 주먹 다툼을 벌일 뻔한 해롤드 사카다는 런던 올림픽 역도 라이트헤비급 은메달 리스트였다. 한마디로 완력 대 완력의 싸움인 셈이었다. 그러나 해롤드 사카다는 프로 레슬링 경력이 일년여밖에 안 될 정도로 일천(日淺)했으므로 테크닉은 상당히 달렸다. 그래서 역도산은 손바닥 후려치기를 마음껏 구사할 수가 있었다. 역도산의 강력한 손바닥 후려치기가 몇 차례 연거푸 가슴팍에 터지자 해롤드 사카다는 더 이상 버티지 못하고 녹다운되었다. 역도산은 기회를 놓치지 않고 몸을 날려 덮쳤다. 124킬로그램의 육중한 체중이 실린 보디 프레스(body press). 보디 프레스란 가슴 전체의 힘으로 상대를 누름으로써 폴승을 거두려는 기술이다.

그러나 해롤드 사카다는 허리를 튕겨 간신히 빠져나왔다. 역도산으로서는 시간이 아쉬웠다. 결과는 역시 무승부가 되었지만, 다음에는 충분히 이길 수 있다는 자신감을 갖게 되었다.

엔도 고키지 역시 보비 브란즈와 무승부. 보비 브란즈는 전 세계 챔피언답게 뛰어난 기술을 갖추고 있었지만 나이는 속일 수 없는지 이제 서서히 쇠퇴기에 접어들고 있었다.

한편, 일본 주둔 미군 병사들을 상대로 한 갈색 폭격기는 요코하마, 도쿄 시범 경기까지 모두 5차전을 마치고서 이튿날인 12월 12일 아침에 일본 땅을 떠났다.

"조 루이스는 대만, 홍콩, 호놀룰루를 거쳐서 미국 본토로 돌아가는 도중에 링으로 복귀할 것인가를 결정하겠다는군. 프로 레슬러로 전향할 생각도 하고 있는 모양이야."

보비 브란즈는 어쩌면 조 루이스가 프로 레슬러로 전향하기를 바라고 있는 건지도 몰랐다. 역도산은 조 루이스 자선 · 위문 경기에서 총전적 5전 5무승부를 거두었다. 사실 데뷔한 지 2개월도 채 안 된 역도산에게 있어서 승부 결과는 그다지 중요한 게 아닌지도 몰랐다.

역도산은 정말 중요한 교훈을 실전 경험을 통해서 얻을 수 있었던 것이다. 그것은 선수마다 제각기 스타일이 다르고 특기가 다르다는 점이었다. 보비 브란즈는 베테랑급의 기교파였으며, 오비라 아세링은 체력이 뛰어나고 스피드 있는 경기 운영을 하는 반면에, 해롤드 사카다는 기술이 부족한 대신 힘겨루기에 능하다는 걸 직접 몸으로 느꼈다.

'힘과 스피드를 동시에 갖추고서 강력한 손바닥 후려치기를 주무기로 삼는다면……'

역도산은 거기까지 생각이 닿자 온몸에 힘이 불끈 솟는 기분이었다.

이제 보비 브란즈도 일본 땅을 떠날 때가 되었다. 보비 브란즈는 역도산과 헤어지는 것을 무척 아쉬워했다.

"역도산, 미국에는 무려 3천 명 이상의 프로 레슬러가 활동하고 있소. 그리고 모두 제 나름대로의 스타일을 갖추고 있소. 프로 레슬러에게는 이러한 자기 색깔이 결여되어서는 안 되오. 팬은 바로 컬러풀한 선수에게 매력을 느끼고, 그 선수는 곧 인기를 얻게 되는 것이오. 그런데 당신에게는 스모 세계에서 세키와키 등급에까지 올랐던 왕년의 네임 밸류가 있는 데다, 체력은 물론 금방 기술을 터득할 수 있는 소질도 있으니 장래가 매우 밝다고 볼 수 있소. 분명히 말하지만, 나는 당신이 프로 레슬러로서 성공할 수 있을 것이라고 확신하오."

역도산은 보비 브란즈의 논리 정연한 칭찬에 겸연쩍기까지 했다.

"그럼, 내가 귀국하는 대로 역도산 당신을 미국으로 초청할 수속을 밟도록 하겠소. 그 동안 쉬지 말고 트레이닝을 계속 하도록 하시오."

보비 브란즈는 역도산의 두 손을 꽉 잡아주었다. 역도산은 순간, 자신의 내부에서 뭉클거리며 솟아오르는 백두산의 정기(精氣)를 느꼈다.

모래밭 8킬로미터

먼 산에는 아직도 잔설이 흩날리는 1952년 2월 1일 밤. 메구로(目黑)의 아서원(雅叙園)에서 성대한 연회가 열리고 있었다.

니다 건설 대표 니다 신사쿠, 정계의 숨은 실력자로 인정받고 있는 중의원 오아사(大麻) 등의 유력 인사, 그리고 스모 선수들이나 스모 관계자들의 모습이 여기저기서 눈에 띄었다. 그 가운데는 환하게 웃고 있는 역도산의 모습도 보였다. 역도산은 많은 사람들에게 둘러싸여 있었다.

연회의 주인공은 바로 역도산이었다. 니다 신사쿠가 주축이 되어 역도산의 첫 도미(渡美) 환송을 대신한 성대한 연회를 베풀어준 것이다.

역도산이 쉬지 않고 프로 레슬링 훈련에 열중하고 있을 때, 드디어 보비 브란즈로부터 서신 연락이 왔었다.

'하와이 호놀룰루로 오시오. 프로모터 알 카라시크가 당신의 뒤를 보아줄 것이오.'

그 즉시 역도산은 수속을 밟았다. 역도산의 출국 일자는 연회 이틀 뒤인 2월 3일이었다. 화제가 분분한 연회장에서 오아사 다다오가 역도산에게 말했다.

"아무것도 모르는 새로운 일을 하게 된 자네는 이제부터가 괴로움의 연속이 되겠지. 그러나 사나이로서 한번 시작한 일은, 비록 돌을 씹어 삼키는 일이 있더라도 초지를 관철시키길 바라네. 자네라면 반드시 성취할 수 있으리라고 기대하고 있겠네."

격려의 말을 들은 역도산은 몸이 뻣뻣하게 굳어버렸다. 이틀 뒤면 하와이로 떠난다는 것이 피부로 다가왔기 때문이다. 그래서인지 술맛도 제대로 느껴지지 않았다.

이틀 뒤인 1951년 2월 3일. 역도산은 희망과 불안감이 뒤범벅된 상태에서 비행기 트랩을 밟았다. 김신락이 아닌 역도산으로서는 첫 해외 진출이었다. 스모 선수가 되기 위해서 관부연락선에 몸을 싣고 현해탄을 건너왔는데, 이번에는 프로 레슬러가 되기 위해서 비행기에 몸을 싣고 태평양 상공을 날아가는 것이다.

태평양 상공을 날고 있는 비행기 안이기 때문일까. 역도산은 자꾸 조국에 대한 그리움의 병(病)이 도져 가슴을 주체할 길이 없었다. 전쟁은 어찌 되어가는 것일까, 부모님은 안녕하실까, 어찌하여 그런 전쟁이 일어나야만 했을까. 역도산은 가슴이 답답했다.

"되도록 잊고 지내자. 나에게는 프로 레슬링이란 앞길이 있다. 지금은 일본인으로서 살고 있지만, 프로 레슬러로 대성한 뒤에 반드시 내가 대한 남아라는 것을 당당히 밝히리라……. I am a Korean…… I am a Korean……."

역도산은 입 속으로 되뇌었다.

하와이 호놀룰루 공항에는 보비 브란즈가 서신으로 소개한 알 카라시크와 함께 나와 있었으며, 예상 밖의 많은 취재진들이 역도산을 기다리고 있었다. 역도산은 로비로 들어서면서, 하와이에서 프로 레슬링의 인기가 얼마나 높은지를 직감했다. 더욱이 역도산을 놀라게 한 것은, 미리 대기하고 있던 아리따운 원주민 여자가 역도산의 목에 화환을 선사한 일이었다.

"환영합니다, 미스터 역도산."

그것도 미리 암기해두었는지, 서투른 일본어로……. 역도산은 화환을 목에 건 양복 차림으로 기자들을 향해 한 손을 흔들었다. 카메라맨들의 플래시가 집중하여 터졌다.

"이거 너무 과분하군요."

역도산과 보비 브란즈가 오랜만에 만난 지기(知己)처럼 뜨겁게 악수를 나누었다.

"잘 왔소. 지금부터가 당신의 진정한 출발이오. 이분이 바로 서신에서 소개한 유력 프로모터 알 카라시크 씨요."

역도산은 알 카라시크와 악수를 나누었다. 역도산보다는 작은 몸집이지만, 악수를 하는 순간 운동으로 단련된 사람이라는 느낌을 받았다.

"알 카라시크 씨는 왕년에 프로 레슬러로 활약한 적이 있소. 당시에 세계 라이트헤비급 챔피언을 지낸 화려한 과거를 늘 가슴속에 지니고 다니지요."

역도산의 예감이 적중한 셈이었다.

"그리고 이곳에서 당신의 트레이닝을 맡아줄 명(名) 트레이너를 한 분 소개하겠소."

이어서 보비 브란즈는 초로(初老)의 한 뚱뚱한 남자를 소개했다.

"이분은 일인계(日人系) 프로 레슬러의 시초를 개척한 오키 시키나(沖識名) 코치십니다. 호놀룰루의 YMCA 도장 소속 프로 레슬러들의 트레이너로 활동하고 계시는데, 지난번에 나와 함께 일본을 방문했던 해롤드 사카다도 이분의 지도를 받고 레슬러가 되었습니다."

목이 보이지 않을 정도로 비만한 체구의 오키 시키나는, 톤의 변화가 없는 무뚝뚝한 목소리로 인사를 건넸다.

"역도산, 우리 함께 잘 해봅시다."

"오키 씨는 일본계 신문을 통해서 당신이 하와이로 오는 것을 알고 트레이너로 나서겠다고 자청했습니다."

알 카라시크의 말이었다.

역도산은 오키 시키나의 멋없는 포커 페이스(poker face)에서 오히려 친근감을 받았다.

"잘 부탁합니다."

역도산의 구두 인사에 오키 시키나의 대답은, "OK." 뿐이었다.

간략한 인사 소개가 끝나자 오래 참았다는 듯이 신문 기자들의 질문 공세가 날아들었다. 신문 기자들은 일본의 스모에 대해서 상당한 관심을 갖고 있었다. 역도산은 기자들의 질문에 하나하나 귀기울이며 스모의 위력을 차근차근 소개했다. 그런데, "스모와 프로 레슬링 중 어느 쪽이 더 강하다고 생각되십니까?" 하는 질문이 나왔다. 이런 건 참으로 대답할 길이 막연한 어처구니없는 질문이 아닐 수 없었다.

하지만 역도산은 빙긋이 웃으며 대답했다.

"현재의 나에게 있어서 스모는 마치 적이나 마찬가지인 존재가 되었지만, 만일 외국의 프로 레슬러가 요코즈나에게 도전하겠다고 말한다면…… 나는 서슴지 않고, 나를 먼저 이긴 다음에 스모에 도전하라고 말하고 싶소."

의미심장한 역도산의 말에 모두들 고개를 끄덕였다. 그러나 오키 시키나는 이번에도 표정 하나 변하지 않았다. 오랜 세월 동안 굳어져 왔을 포커 페이스……

이튿날부터 YMCA 도장은 역도산을 기다리고 있었다.

오키 시키나는 먼저 나와 기다리고 있다가 그를 맞았다.

"역도산, 자네가 하와이에서 트레이닝을 하게 된 것은 정말 다행한 일이야. 이곳에는 미국 본토에서 우수한 레슬러가 많이 오고 있지. 배우는 데는 다시 없는 조건이 갖추어져 있다고 할 수 있네."

역도산의 프로 레슬링 사범으로 인연을 맺게 된 오키 시키나. 그는 하와이 이민 일본인 2세로, 본명은 시키나 모리오(識名盛雄)였다. 과거에 유도와 스모의 하와이 챔피언을 두루 지낸 무도인인 그는, 1930년에 프로 레슬링으로 전향했다. 그의 주특기는 재퍼니즈 암 록(japanese arm lock). 이것은 유도의 기술인 관절 꺾기에서 유래된 것이었다.

프로 레슬링 데뷔 일년째인 1931년, 당시의 세계 챔피언은 헤드 록의 대명사인 에드 스트랭글러 루이스였다. 빠른 속도로 팬들의 인기를 확보한 오키 시키나는 포틀랜드에서 챔피언에게 도전했다. 결과는 무승부.

그 뒤에 에드 스트랭글러 루이스는 헨리 딜런에게 타이틀을 빼앗겼다.

오키 시키나는 이번에는 새로운 챔피언인 헨리 딜런에게 도전했다. 장소는 하와이. 오키 시키나는 자신의 주특기인 재퍼니즈 암 록으로 맹공을 퍼부어 기권승을 거둘 찰나에 이르렀다. 그런데 하필 그때 경기 종료를 알리는 공이 울리고 말았다. 결과는 무승부. 아쉽게도 세계 챔피언의 행운은 그에게 돌아오지 않았다.

1932년에는 새로이 세계 챔피언 자리에 등극한 짐 론도스에게 세 차례나 도전했다. 그러나 '황금의 희랍인'이라 일컬어지는 짐 론도스는 호락호락 넘어가지 않았다. 2무 1패로 챔피언 획득에 실패.

그후 7년이 지난 1939년에 당시의 세계 챔피언인 브랑코 나굴스키에게 도전. 장소는 오스트레일리아. 이때 챔피언은 목 조르기를 당해 의식을 잃고 말았다. 그러나 반칙이라는 이유로 또다시 도전 실패.

하지만 오키 시키나는 멈추지 않고 그 이듬해인 1940년에 새로운 세계 챔피언 에베렛 마셜에게 도전했다. 장소는 헐리우드. 그러나 결과는 무승부. 그 뒤로 더 이상 세계 타이틀 도전의 기회는 오지 않았으며, 오키 시키나는 1948년에 프로 레슬링 선수로서의 생활을 끝냈다.

그런 화려한 전력을 지닌 오키 시키나의 트레이닝은 일본에서 보비 브란즈에게 배웠던 것과는 격이 달랐다. 매우 체계적인 훈련이긴 했지만, 본격적인 트레이닝이 처음인 역도산으로서는 힘에 부칠 때가 자주 있었다.

관중들은 프로 레슬링을 관전할 때 많은 종류의 기술을 보면서도 그 기술의 이름이나 타격 효과를 잘 이해하지 못하는 경우가 많다. 그만큼 기술의 가짓수가 많기 때문이었다. 1천여 가지에 이르기 때문에 웬만큼 단련된 프로 레슬러가 아니고서는 일일이 기억하기도 어려운 노릇이었다. 1천여 가지 기술 가운데 대개는 200여 가지의 기술이 사용되고 있으며, 이 가운데 빈번히 등장하는 기술만 해도 70가지에 이르렀다.

"프로 레슬링의 기술은 상대방의 손이나 다리를 잡아 꺾을 때의 각도나 방향 그리고 방법에 따라 변화를 가져오는 변형 기술이 형성되는 법이지. 그러므로 단순형의 기술과 복합형의 기술, 그리고 변형의 기술로 크게 나누어지는 셈이네."

오키 시키나는 포커 페이스를 조금도 흐트러뜨리지 않은 채 차근차근 설명했다.

"다섯 가지로 나누어 설명해볼까?"

역도산은 한눈 팔지 않고 정신을 집중해서 귀를 기울였다.

"먼저 던지기[投技]. 이것은 유도의 허리치기와 같은 기술로 플라잉 메이어 같은 것이 있지. 다음은 조르기[締技]. 이것은 손이나 다리로 목을 감아 조른다든지 허리를 감아 조르는 기술일세. 헤드 시저스나 베어 허그 같은 걸 들 수 있지. 다음은 관절 꺾기[關節技]. 인체 구조상 관절이라는 것은 뼈와 뼈가 이어져 있는 부분을 말하지. 이 관절에 타격을 주면 심한 통증을 느끼며 꺾여지기도 한다네. 이러한 인체의 약점을 이용하여 공격하는 기술인데, 여기에는 토 홀드나 보스턴 글러브 같은 것이 있지. 다음은 누르기나 조르기[押技]. 이것은 상대방을 누르거나 조르는 기술인데, 그 가짓수가 가장 많네. 플라잉 소시지나 스터먹 클로 같은 기술을 예로 들 수 있지. 다음은 쇼크 기술. 이것은 상대방에게 갑자기 충격을 주는 기술을 말하네. 여기에는 드롭 킥이나 헤드 버트가 있지."

헤드 버트는 훗날 김일의 대명사로 불리는 박치기를 말하는 것이었다.

역도산은 문득 자신의 하리테, 즉 손바닥 후려치기를 떠올렸다. 이것 역시 쇼크 기술에 해당되는 것이 아닌가.

"또한 프로 레슬링 기술은 서 있는 자세로 겨루는 입기(立技), 즉 스탠드 레슬링과 누운 자세로 겨루는 침기(寢技), 즉 그라운드 레슬링으로 구분되기도 하지."

오키 시키나의 설명이 쉽기도 했지만, 역도산은 다른 누구보다 이해하는 속도가 빨랐다. 이어서 실전 훈련. 이번엔 트레이닝이 끝나자마자 이어지는 로드워크. 몸을 불리는 것을 우세한 조건으로 여기는 스모 선수들에게 달리기 훈련은 잘 길들여져 있지가 않았다. 그것도 와이키키 해변의 모래밭을 달려야 하는 로드워크이고 보니, 배가 나온 역도산으로서는 1킬로미터를 달리기도 쉽지가 않았다. 모래밭 위에 쓰러져 거친 숨을 몰아쉬고 있는 역도산에게 오키 시키나는 입나팔을 하고 소리쳤다.

"역도산! 쉬어서는 안 돼! 뛰면서 스태미나를 몸에 붙여야 한다구!'

'좋다! 견뎌보자!'

역도산은 이를 악물었다. 그리고 모래에 휘말려 빠져드는 다리를 이끌며 뛰고 또 뛰었다. 혓바닥이 갈라지는 갈증을 끝내 견디지 못하고 백사장에 벌렁 드러누워 햇살을 바라보고 있을 때면, 그 햇살을 타고 일본에 있는 응원자들의 얼굴이 나타났다. 역도산의 은인 니다 신사쿠, 스모계의 왕자 아즈마후지 그리고 아내와 세 아이들……. 그들은 하나같이 이렇게 말하고 있었다.

"그것을 못 이겨서야 되겠는가!'

"아버지, 힘을 내세요!'

역도산은 용기를 내고 일어났다. 그리고 다시 뛰었다.

그러나 오키 시키나의 트레이닝 코스는 날이 갈수록 힘이 들었다. 시간은 점점 길어지고, 또한 상당한 고난도의 기술도 익혀야 했다. 역도산의 숙소인 다르마 호텔에는 마침 해롤드 도키(쟌흄)라는 프로 레슬러가 있어서 그의 대화 상대가 되어주었다. 역도산이 원하면 그가 동행해주었으므로 하와이 생활에도 곧 익숙해질 수 있었다.

"역도산은 웃는 모습이 정말 멋있소. 팬들에게 친근감을 줄 수 있는 얼굴이란 말이오. 앞으로 시합에 나가게 되면 많은 팬들을 확보할 수 있을 거요. 그래, 훈련을 해보니 어떻소?"

역도산이 YMCA 도장의 마룻바닥을 뒹굴고 와이키키 해변의 백사장을 뛰어다니는 강훈련을 시작한 지도 벌써 열흘이 넘었다.

"한마디로 프로 레슬링의 트레이닝이란 무시무시하군요. 그만큼 힘들다는 말이지요. 스모 훈련과는 확실히 차이가 있소. 스모는 오로지 스파르타식으로 하면 되지요. 그리고 자신이 부딪쳐가면 선배들이 져주곤 했어요. 그러나 프로 레슬링이란 자기 스스로가 해야 한다는 각오가 없으면 안 된다는 것을 깨달았소. 다른 사람이 하는 것을 보고 연구해야 하고, 또 여러 사람들과 직접 맞붙어서 겨루는 방식으로 기술을 외우지 않으면 안 된다는 말이지요. 남에게 듣고 깨닫기는 쉽지만, 그 깨달은 바를 실행한다는 것은 정말 어렵더군요."

팔 근육을 강화시키기 위해서는 바벨을 들어야 했는데, 이것은 몇 시간이고 스스로 알아서 거듭해 나가는 끈기가 없이는 도저히 이루어질 수 없는 운동이었다.

그러나 역도산은 버텼고, 그의 몸은 며칠 사이에 거짓말처럼 변화되어 가고 있었다. 멋없이 부풀어오르기만 했던 배는 줄어들었고, 그 대신 가슴이 단단하게 솟아올랐다. 팔은 날이 갈수록 굵어지고 하체에도 점점 근육이 붙었다.

"이제는 트레이닝에 자신이 생겼소. 그만큼 프로 레슬링에 자신이 생겼다는 말이지요. 도장에서 트레이닝 세 시간, 그리고 와이키키 해변의 모래밭 로드웍 거리가 8킬로미터……. 어떻소? 대단하지 않소?"

해롤드 도키는 마치 자신의 일이라도 되는 양 흐뭇한 미소를 지어 보였다.

"당신한테는 누구에게든 지지 않으려는 악착 같은 의지력이 있구려."

역도산은 그 의지력이야말로 자신의 목숨보다 소중한 것이라고 생각하고 있었다.

'그렇소. 나의 인생은 오직 몸으로 부딪쳐 나갈 뿐이오. 내가 역사 생활 십 년간 체득한 것은, 몸을 던져야 비로소 얻는 것이 있으리라는 교훈이오. 나는 이미 몸을 희생시킬 각오가 되어 있소. 최선을 다할 투지도 갖추고 있소. 나는 목숨이 다하는 날까지 내 능력의 한계를 실험할 것이오.'

역도산은 가슴으로 부르짖었다.

맹호 리키도잔

호놀룰루에서 프로 레슬링 주경기장으로 이용되는 곳은 시(市) 공회당인 시빅 오디트리엄이었다. 수용 인원 6천 명.

"함께 가볼까?"

역도산은 오키 시키나의 안내로 시빅 오디트리엄에 도착했다. 현관 옆에는 출전 선수를 소개하는 대형 포스터가 나란히 걸려 있었다. 럭키 시모노비치, 더티 딕 레인즈, 리키도잔(RIKIDOZAN).

역도산은 로마자로 'RIKIDOZAN'이라고 큼지막하게 씌어져 소개되어 있는 이름을 바라보았다. 스모 선수 시절의 특수 의상을 입은 등신대(等身大)의 모습. 특수 의상에는 백두산 호랑이가 포효하고 있었다.

"나와 겨룰 상대는 누구지요?"

"바로 이 자야. 닉네임은 치프 리틀 울프."

역도산은 치프 리틀 울프의 사진을 노려보았다. 아메리카 인디언들이 쓰는 새털 모자를 썼으며, 몸에는 화려한 망토를 걸치고 있었다.

'바로 저 녀석이 해외에서의 나의 첫 상대란 말인가?'

역도산은 온몸을 용광로처럼 달아오르게 하는 짜릿한 흥분감에 사로잡혔다.

'드디어 올 것이 왔군. 나 역도산은 동양인의 명예를 걸고 사력을 다해 싸우겠다!'

역도산은 부르짖었다. 그러나 한국인 레슬러가 아닌, 하필이면 일본인 레슬러로 출전해야 한다는 것이 역도산의 가슴을 아프게 만들었다.

마침내 시합 날짜가 다가왔다. 1951년 2월 17일 밤. 일본에서와는 달리, 수많은 관중들의 열기로 들끓고 있었다. 하와이 호놀룰루는 미국 본토와 한국 사이를 잇는 병참라인의 중계 기지 역할을 하고 있는 군항(軍港)이었다. 한국 전쟁이 한창이었기 때문에 호놀룰루와 한국 사이를 오가는 군인들이 장내에 많이 들어차 있었다.

역도산은 심호흡을 하고서 링 위로 올라섰다. 다리를 길게 보이도록 하기 위한 검정 타이츠에 검정 슈즈 차림이었다.

'어떻게든 이겨야 한다!'

역도산의 눈빛은 투지로 불타올랐다.

"가벼운 기분으로 경기에 임하게. 자네의 체력과 완력이면 저 녀석쯤 충분히 이길 수 있을 테니까."

오키 시키나가 역도산의 긴장을 풀어주기 위해 말했다. 그러나 역도산의 몸은 나무토막처럼 뻣뻣하게 굳어 있었다. 도쿄에서 보비 브란즈와 맞붙을 때와는 긴장의 정도가 다른 것이었다.

'지금이야말로 프로 레슬러로서 첫 출발하는 것이다!'

하지만 이러한 각오는 오히려 역도산에게 부담감만 안겨주었다. 자꾸 어깨에 힘이 들어갔다.

심판을 사이에 두고 역도산은 치프 리틀 울프와 마주 섰다. 상대는 역도산에 비해 키도 작고 체중도 덜 나갔다. 그러나 적갈색의 피부는 몹시 탄력이 있어 보였으며, 그의 눈초리는 음산하기까지 할 정도로 마음에 들지 않았다.

'자식, 정말 기분 나쁜 눈을 가졌군.'

드디어 공이 울렸다. 역도산은 거칠게 달려드는 상대의 머리를 일단 팔로 감아 조였다. 헤드 록 공격이었다. 그러나 역도산의 헤드 록 공격은 그리 오래 가지 못했다. 치프 리틀 울프는 교묘하게 역도산의 완력으로부터 빠져나가더니, 난데없이 주먹을 휘두르며 달려들었다.

'아니, 이 녀석이?'

역도산은 불끈 화가 치밀었다.

'오냐. 뜨거운 맛 좀 보여주마.'

역도산은 얼른 손바닥 후려치기로 맞섰다. 역도산의 손바닥 후려치기가 울프의 주먹보다 빨랐다. 가슴에 손바닥 후려치기 몇 발을 연거푸 허용한 치프 리틀 울프는 매우 당황한 표정이었다. 이제까지는 그런 식의 손바닥 후려치기 공격을 받아본 적이 없는 데다, 컥 하고 숨이 막힐 정도로 그 강도가 거세었던 것이다.

치프 리틀 울프는 자신이 일방적으로 밀리게 되자 더욱 거친 플레이로 나오기 시작했다. 특별히 어떤 기술이라고는 볼 수 없는, 발로 짓누르고 손으로 쥐어뜯는 등의 반칙에 가까운 플레이를 마구잡이로 퍼부었다. 보비 브란즈 등과의 경기와는 딴판이었다.

'오냐! 죽기 살기의 싸움이라면 결코 나는 지지 않는다!'

역도산은 더욱 거세게 손바닥으로 치프 리틀 울프의 가슴팍을 후려쳤다. 그리고 휘청거리고 있는 그를 번쩍 둘러메어 링 아래로 힘껏 메다꽂았다. 그러나 치프 리틀 울프는 상당한 충격을 받았음에도 불구하고 쉽사리 포기하지 않았다. 곧 정신을 차리고 링 위로 기어오르려는 것이 아닌가.

'악착 같은 놈이군.'

역도산은 사정을 봐주지 않고 발로 힘껏 걷어찼다. 치프 리틀 울프는 역도산의 거센 발길질에 대항하지 못하고 몇 번이고 링 밖으로 굴러 떨어졌다.

"나에게 수비는 없다! 오직 공격만 있을 뿐이다!"

장내가 쩌렁쩌렁 울릴 정도로 역도산은 큰 소리로 외쳤다.

치프 리틀 울프는 순식간에 잔인한 늑대에서 쫓겨다니는 고양이 신세로 바뀌고 말았다. 역도산은 잇따른 손바닥 후려치기 공격으로 상대를 맥도 못추게 만들어놓은 다음, 이번엔 난데없이 이마로 들이받았다. 헤드 버트(head butt). 이마가 터진 울프는 피를 내뿜으며 나가 떨어지고 말았다. 훗날 박치기왕으로 명성을 날린 김일의 박치기는 바로 역도산에게서 유래된 것이었다. 잇따른 역도산의 보디 프레스……

심판이 카운트를 세기 시작했다.

"원! 투! 스리!"

역도산은 기어코 8분 40초 만에 폴승을 거두었다. 하지만 역도산은 승리의 기쁨을 별로 느끼지 못했다. 그보다는, 잔인하게 날뛰던 상대의 콧대를 납작하게 눌러버렸다는 데 희열을 느꼈다. 링에서 내려온 역도산에게 오키 시키나가 여전한 포커 페이스로 말했다.

"역도산, 너무 좋아할 것 없네. 이기는 것만이 프로 레슬링의 전부가 아니거든."

역도산은 어이가 없었다. 격려는커녕 오히려 나무라고 있지 않은가.

"이기는 것이 뭐가 나쁘다는 말이오?"

"프로 레슬링은 무엇보다 관중이 우선이야."

역도산은 그 말뜻을 이해할 수가 없었다. 그렇다면 자신이 관중들에게 재미없는 경기를 보여주었단 말인가? 역도산은 오키 시키나의 충고를 듣고 좀 난감해졌다.

매주 일요일만 되면 시빅 오디트리엄으로 수많은 관중들이 모여들었다. 정기적인 프로 레슬링 시합이 열리기 때문이었다. 역도산도 앞으로 거의 매주 출전하게 되었는데, 금방 그의 첫 시합 소문이 호놀룰루 전역에 퍼져나갔다.

"좀체로 공격을 당하지 않는다며?"

"아무튼 시원해, 시원하다니까. 차가운 맥주를 들이켜고 난 기분이더라구."

무더운 호놀룰루에서 역도산의 경쾌한 플레이는 볼거리임에 틀림없었다.

시빅 오디트리엄 경기장의 수용 능력은 6천여 명. 1만여 명을 수용할 수 있는 일본의 도쿄 체육관이나 구라마에 국기관보다는 작은 규모였으나, 역도산이 출전하는 날에는 오히려 더욱 큰 느낌이 들었다. 역도산은 그 이유가 자신의 인기 때문이라는 것을 차츰 실감하게 되었다. 평소에는 4천 명 정도의 관중이 몰리던 것이, 역도산이 출전한 날에는 빈틈조차 없을 만큼 많은 관중이 들어찼다. 역도산의 힘찬 플레이를 보기 위해 동양인 관중이 많이 몰리는 것이었다.

하와이에는 적지 않은 수의 동양 이민자들이 모여 살고 있었다. 일본인이나 중국인들도 있었지만, 1900년대 초에 사탕수수 농장으로 이주한 한국인들도 적지 않았다. 그들 가운데 역도산의 시합을 보러 왔던 사람들은, 그의 몸에 한국인의 피가 흐르고 있다는 것을 느낄 수 있었을지도 모른다. 동양인 관중들은 역도산에게 열광적인 응원을 보냈다.

그리고 동양인 관중들은 서양인 관중들과 좋아하는 시합의 취향이 달랐다. 오키 시키나의 충고는 다름 아닌 서양인 관중의 취향에 맞춘 것이었다. 시합을 일부러 오래 끈다든가, 관중을 즐겁게 하기 위하여 적당히 스탠드 플레이를 한다든가……. 그러나 역도산은 그런 쇼맨십에 타협하기가 싫었다. 타협하기 싫은 정도가 아니라 단호히 배격했다. 역도산은 어디까지나 승부 본위로 전력을 쏟았으며, 자신은 정통파인 스트롱 스타일로 갈 것이라고 작정했다. 동양인 관중들은 반칙이 적은 역도산의 깨끗한 플레이를 좋아했다.

"크린 파이팅!"

관중들은 역도산의 깨끗한 플레이에 두 주먹을 불끈 쥐고 응원했다. 그런가 하면 반칙을 일삼는 상대 선수에게는 야유를 퍼부었다. 심지어 어떤 관중은 마루를 쾅쾅 구르거나 삶은 달걀을 던지기도 했다. 그렇다고 역도산에게 야유가 없는 것은 아니었다. 역도산은 백인들에게서 많은 야유를 받았다. 하와이에서는 백인 선수를 물리친 흑인 레슬러나 원주민 복서들이 폭행을 당한 실례가 많았다. 백인 폭력배들에 의해 숙소나 자동차가 불태워지곤 했다. 심지어는 가혹한 린치를 당하여 시체가 바다에 버려진 사례도 있었다. 그것이 두려워서 멀리 유럽이나 남미로 잠적해버린 선수들마저 있을 정도였다. 그러므로 이런 위험에서 벗어나기 위해서는 적당히 져주기도 해야 한다는 게 프로모터들의 요구이기도 했다.

그러나 역도산은 단호히 거절했다. 목숨을 걸고 배수의 진을 쳤으며, 정당하게 싸워 이겼다. 그래서 백인 관중들의 압력은 점점 드세어졌으며, 때로는 흥행사들의 축출 공작도 가해졌지만, 역도산은 어디까지나 실력 대결을 신조로 삼고 백인 레슬러들을 잇따라 거꾸러뜨렸다. 하와이 프로 레슬링계를 주름잡던 미국인 선수들. 그러니까 치프 리틀 울프를 시작으로, 버트 커티스, 칼 킬러 데이비스, 맥스 레다, 보비 브란즈, 럭키 시모노비치, 알 코스테로. 그들은 모두 역도산의 제물로 잇따라 무너졌다.

역도산의 진가는 동양인들 사이에서 영웅처럼 널리 퍼져나갔으며, 마침내는 그를 해치려는 사람들에 대항하여 동양인 경호부대 같은 것도 만들어졌다. 다행인 것이 백인 관중들의 취향도 점차로 바뀌어갔다. 지나친 쇼맨십 위주의 백인 레슬러들보다, 역도산의 시원시원한 경기에 매료되기 시작했던 것이다.

역도산은 이때 이미 프로 레슬링 세계 제패의 야욕을 불태우고 있었다.

'스트롱 스타일이 아니고서는 세계 제패의 꿈이란 어림도 없지.'

'링' 의 극찬

역도산은 손바닥 후려치기도 강했지만 박치기도 강했다. 바로 버트 커티스라는 미남 레슬러와의 대전에서 그 진가가 여지없이 드러났다. 금발에 푸른 눈과 흰 피부를 가진 버트 커티스는 쇼맨십이 대단한 사나이였다. 라커룸을 출발하여 장내로 들어올 때도, 열광하는 관중들의 성원에 보답하듯 춤추는 듯한 가벼운 걸음걸이로 입장했다.

"버트! 버트!"

그에게는 젊은 여성팬들도 많았다. 잘생긴 얼굴과 날렵한 동작 덕분이었다. 역도산은 상대 선수의 인기가 너무 좋은 것이 못마땅했다.

'기생 오라비같이 생긴 녀석이 주제넘게시리……. 조금만 기다려라, 내가 그 잘난 얼굴을 짓뭉개줄 테니!

상대를 짓이기겠다는 생각은 버트 커티스 쪽도 마찬가지였다.

'프로 레슬링이 뭔지도 모르는 애송이 주제에 치프 리틀 울프를 조져놨겠다. 하지만 나한테 걸렸으니 어림도 없다! 몇 주일은 침대에서 못 일어나게 해주마!

버트 커티스의 눈빛에는 깨끗한 얼굴에 어울리지 않게 살기마저 감돌았다.

공이 울렸다. 링 중앙에서 맞서자마자 버트 커티스는 엘보 스매시(elbow smash) 공격을 퍼부었다. 자신의 팔굽으로 상대방을 강타하는 기술인데, 1931년 당시 세계 챔피언이던 데이크 시거트가 고안해낸 특기였다. 그러니까 버트 커티스는 팔꿈치로 역도산의 얼굴을 으깨어버리겠다는 뜻이었다. 재빨리 피하기는 했지만, 왼쪽 이마를 스쳤다 싶은 순간 찍하고 붉은 액체가 배어 나왔다. 백인 관중들은 역도산의 피를 보자 그 동안 피에 굶주렸던 늑대들처럼 열광하기 시작했다.

'아니, 뭐 이런 녀석이 다 있지? 처음부터 잔인한 공격으로 나오다니……'

역도산은 정신을 바짝 차렸다. 이번엔 버트 커티스가 드롭 킥(drop kick)을 날렸다. 자신의 두 발을 동시에 비행하면서 내지르는 모듬 발차기 기술인데, 세계 챔피언인 루 테즈의 특기로 소문나 있었다.

역도산은 불의의 공격에 비틀거렸다. 발뒤축으로 가슴을 강타당했기 때문에 살점이 떨어져 나가고 피가 흘렀다.

"바카야로!"

일본어에 익숙해져 있는 역도산은 맹수처럼 부르짖었다. 생사를 걸고 싸우는 데는 누구한테도 지지 않을 자신이 있는 역도산이었다. 역도산은 얼굴을 일그러뜨리더니, 곧장 달려나가 버트 커티스의 몸을 밀어붙였다. 버트 커티스의 몸은 뒤로 밀렸다가 곧바로 로프에 튕겨져 나왔다.

바로 그 순간이었다.

"으아아아악!"

버트 커티스의 비명 소리가 장내에 울려 메아리쳤다. 로프에 튕겨져 나온 버트 커티스를, 역도산이 단단한 이마로 냅다 받아버렸던 것이다. 그 바람에 버트 커티스는 왼쪽 눈썹 위가 참혹하게 터져버렸다.

이제 두 사람 모두 피투성이가 되었다. 말 그대로 혈전(血戰)이었다. 일본계 관중들은 목이 터져라 역도산을 응원했다. 그들은 그 동안 프로 레슬링을 여러 차례 보아왔지만, 이처럼 가슴 후련하고 통쾌한 장면을 맛본 적은 없었다. 역도산은 사정을 두지 않고 잇따라 두 번째 박치기를 버트 커티스의 안면에 퍼부었다.

빠악!

버트 커티스는 자신의 안면에서 원자폭탄이라도 폭발해버린 듯한 통증을 느끼며 참담하게 무너져내렸다. 코뼈가 으깨어지고 말았던 것이다. 시합은 삽시간에 끝나버리고 말았다.

역도산은 사실, 처음부터 그럴 작정은 아니었다. 상대가 먼저 거친 공격으로 자신의 피를 뽑아놓았기 때문이었다. 역도산은 피를 보면 거친 야수로 급변하는 재주가 있는 천재적인 싸움꾼 체질이었다.

역도산에게는 천부적인 박치기 실력말고 스모 선수 시절에 닦아놓은 발군의 기술이 몇 가지 있었다. 그가 이따금 프로 레슬링 시합에서 써먹은 손바닥 후려치기, 즉 하리테말고도 두 발의 뒤축을 뒤로 밀면서 두 팔을 뻗어 상대방을 미는 우에츳바리, 그리고 부치가마시가 바로 그것이었다. 역도산의 이 공격은 맥스 레다와의 대전에서 터져 나왔다.

맥스 레다는 '번개' 라는 닉네임에 걸맞게 버트 커티스보다는 스피드가 좋고 날렵한 사나이였다. 아마추어 레슬러 출신으로서 현재는 영국 챔피언이었다. 그러나 역도산은 영국 챔피언이 뭐 그리 대단한 것이냐고 생각했다. 치프 리틀 울프와 버트 커티스를 연거푸 박치기로 빠개놓고 나니 어떠한 레슬러와도 겨룰 수 있다는 자신감이 천정부지로 솟구쳐올랐던 것이다.

맥스 레다는 처음부터 플라잉 헤드 시저스(flying head seissors) 공격으로 나왔다. 자신이 비행하면서 양다리로 상대방의 목을 감아 자신의 몸을 회전시켜 떨어지면서 던지는 기술인데, 세계 챔피언인 루 테즈의 주특기로 정평이 나 있었다. 그런데 맥스 레다는 역도산을 던지는 대신 잽싸게 역도산의 오른팔을 키 록(key lock)으로 조였다. 오른팔이 자물쇠처럼 걸려 묶인 채 한참을 공격당해 핏기가 가신 상태에서 역도산은 안간힘을 다해 일어났다. 겨우 팔을 빼내기는 했지만 몹시 저려와서 제 힘을 쓸 수 없었다.

'하는 수 없지…….'

역도산은 방심한 채 다음 공격을 준비하고 있는 맥스 레다에게 느닷없이 박치기를 터뜨렸다.

"으아악!"

맥스 레다의 비명이 싸늘하게 허공에 울려퍼졌다. 그러나 이때까지도 역도산은 팔 힘을 제대로 쓸 수 없었기 때문에, 맥스 레다의 이마를 뜯어놓았음에도 불구하고 다음 공격을 제대로 펼칠 수가 없었다. 오히려 맥스 레다의 거친 공격이 펼쳐졌다.

"감히 헤드 버팅을 해?"

맥스 레다는 소리를 지르며 앞발로 역도산의 안면을 걸어찼다. 코피가 터지고 이마가 찢어졌다.

역도산은 손바닥에 묻어나는 자신의 뜨거운 피를 확인하자 극도로 흥분했다. 또다시 박치기를 퍼부을 작정이었다. 그러나 오히려 맥스 레다의 보디 슬램 공격에 잇따라 두 차례나 링 바닥으로 팽개쳐졌다. 맥스 레다는 역도산을 피투성이로 만들기 위하여 계속해서 공격을 퍼부었으며, 역도산은 곧 허물어질 듯이 보였다. 맥스 레다는 펀치를 퍼부어 시합을 끝장내려고 역도산 앞으로 다가섰다. 그때 역도산은 무의식적인 방어 본능으로 두 팔을 앞으로 길게 내밀었다.

"억!"

순간, 멀쩡하던 맥스 레다가 갑자기 뒤로 밀려 나가떨어졌다. 역도산의 몸에서 무의식중에 우에츳바리 공격이 터져 나왔던 것이다. 역도산이 스모 선수 시절에 상대인 요시바야마와 와카세가와를 나락으로 침몰시킨 바 있는 가공할 무기였다. 이것은 헤비급 프로 복서의 스트레이트 펀치 위력과 맞먹는 강력한 파워를 갖고 있었다. 맥스 레다는 캔버스에 벌렁 나자빠진 채 일어나지도 못하고 부들부들 떨었다.

그해 미국의 《링》 4월호에는, 하와이 주재 기자인 해리 스미드 기명(記名)의 다음과 같은 기사가 실렸다.

'영국 챔피언 맥스 레다는 매트에 무너져 졸도했다. 매우 일방적인 우세로 여유 있는 경기를 펼쳐나가던 맥스 레다가 거대한 해머에라도 맞은 것처럼 갑자기 쓰러지고 말았던 것이다. 일본의 신예 리키도잔이 내뻗은 두 팔 가운데 오른팔의 일격이 맥스 레다의 목 동맥 근처를 후려친 순간 그는 갑자기 동작을 멈추고 말았다.

기자의 식견으로 미루어보자면, 이 공격은 일본과 중국 등지에서 예로부터 전해 내려오던 가라테의 응용이 아닐까. 이 무술은 주먹을 쥐지 않고도 상대방에게 치명적인 손상을 입힐 수가 있다. 그러므로 프로 레슬링에서는 반칙이 성립되지 않는 공격 기술에 해당되는 것이다.

앞으로 프로 레슬러들은 이 가라테촙으로 인하여 상당한 위협을 받게 되지 않을까. 더욱이 일본의 신예 레슬러에게 눈길을 끌 만한 요소는 승리에 대한 그의 끈기다. 소위 운동선수의 투지와는 다르게 처참한 분위기가 느껴진다. 아마도 이것은 일본의 전통적인 사무라이 정신이 아닐까?

오로지 스스로의 힘으로 승리를 쟁취했던 다른 경기도 기자는 목격한 일이 있다. 호전적이면서 굴욕엔 목숨을 걸고서라도 저항하는 사무라이. 앞으로 이 사무라이 레슬러와 가라테촙의 앞날은 어찌 될 것인가. 매우 흥미로운 일이 아닐 수 없다.'

오키 시카나의 번역으로 이 기사를 맛본 역도산은 속으로 중얼거렸다.

'쳇! 나의 손바닥 후려치기 같은 것은 가라테촙이 아니라 리키촙이다, 리키촙……. 그리고 사무라이 정신은 또 뭔가? 나의 끈기는 오로지 대한인의 기질에서 나온 것이다!

철인 루 테즈

"한잔 더 하러 갈까?"

역도산의 옆자리에 앉아 있는 잔인한 인상의 사내가 물었다.

"그거 좋지."

역도산은 성격이 잘 맞는 친구 한 사람을 사귀게 되었다. 하와이에서 잔뼈가 굵은 프로 레슬러인 칼 킬러 데이비스였다. 그는 본명이 칼 데이비스였는데, 여기에 '살인자(킬러)'라는 닉네임이 붙었다. 그는 닉네임만큼이나 시합이 거칠었다. 아주 태연히도 난폭한 공격을 일삼는 것이다. 그러나 역도산에게는 결국 지고 말았다. 역도산의 완력 앞에서는 살인자의 기량을 좀체로 발휘할 수 없었던 것이다.

그런데 시합 이후에 만난 두 사람은 금세 가까워지고 말았다. 두 사람 모두 서로의 시원시원한 성격이 마음에 들었던 것이다. 그래서 두 사람은 역도산·킬러 조(組)라는 태그팀을 짜기에 이르렀고, 호흡이 잘 맞았던 두 사람은 태평양 연안 태그 타이틀을 갖고 있던 보비 브란즈·럭키 시모노비치 조에게 도전하여 순조롭게 승리했다.

두 사람은 또한 서로 뒤지지 않을 만큼 주호(酒豪)인지라, 시합이 끝나고 나면 한잔 기울이는 것을 좋아했다. 한쪽에서 제의하면 한쪽에서 거절하는 법이 없었다.

역도산은 칼 킬러 데이비스가 운전하는 승용차에 올랐다.

"2차도 양주인가?"

역도산이 물었다.

"왜? 싫은가?"

"때로는 정종을 마셔보는 것도 괜찮지?"

"정종?"

"일본 술이네."

"그놈 맛 좀 한번 볼까!"

칼 킬러 데이비스는 마셔보기도 전에 기분을 냈다.

"그런데 데이비스는 역시 공(公)과 사(私)가 철저한 사람이야."

"무슨 칭찬을 하려는가?"

"링 위와 링 밖을 철저히 구분한다는 말이지. 이렇게 편안하고 좋은 친구가, 링 위에서는 나를 죽일 듯이 마구 괴롭혀 공격했으니 말일세."

"괴롭혔으면 뭘하나? 결국 패하고 말았는걸. 사실 링 위와 링 밖을 철저히 구분하는 신사다운 면모에서라면 루 테즈를 이야기하지 않을 수 없지."

"루 테즈?"

"그렇네. 세계에서 가장 강한 상대……. 그나저나 정종을 마시려면 일인촌(日人村)으로 가야겠지?"

칼 킬러 데이비스는 승용차의 액셀러레이터를 힘껏 밟고서 차를 몰아갔다.

"도대체 그자는 얼마나 강한가?"

역도산이 묻자 오키 시키나가 설명해주었다.

"모든 레슬러들이 그를 쓰러뜨리는 것을 최대의 목표로 삼을 만큼 우상적인 영웅이라고 할 수 있지. 패배라곤 모르는 막강한 세계 챔피언. 그의 레슬링은 그야말로 승부만을 추구하는 스트롱 스타일이라고 할 수 있지. 체중은 자네보다 가볍지만, 온몸이 강철과도 같은 근육으로 이루어져 있는 데다, 엄청난 스피드를 자랑하고 있지. 더욱이 강렬한 투지는 누구에게도 뒤지지 않아."

얘기만 들었을 뿐인데 역도산은 가슴이 설레었다. 마침내 자기가 도전해야 할 상대가 누구인지를 알게 되었던 것이다.

"그에 대해서 좀더 알고 싶군요."

오키 시키나는 루 테즈에 대해서 자세한 설명을 아끼지 않았다. 언젠가는 역도산이 상대할 수 있으리라는 기대감 때문이었을까.

"루 테즈를 레슬링의 제왕 혹은 철인(鐵人)이라고 부르는 데는 그만한 까닭이 있지. 루 테즈는 프로 레슬링이 탄생된 이래 지금까지 아무도 이루지 못한 기록을 몇 개씩이나 세운 사람이기 때문이야. 루 테즈의 부친은 아마추어 레슬러로서 헝가리 계통의 아메리카 이주민이었는데, 루 테즈가 일곱 살이 되던 해부터 그에게 레슬링을 가르쳤지. 그런데 열일곱 살이 된 테즈가 연습 도중에 그만 부친의 갈비뼈를 부러뜨렸던 거야. 가슴을 너무 세게 조였기 때문이지."

"으음……."

역도산은 나직하게 신음을 내뱉었다. 그 다리의 힘이 대관절 어느 정도란 말인가.

"그런데 루 테즈가 열여덟 되던 1935년에 에드 스트랭글러 루이스가, 루 테즈가 살고 있는 고장인 세인트루이스에 그 모습을 나타냈지."

"아, 에드 스트랭글러 루이스!"

역도산은 이야기를 들으면 들을수록 흥미로워서 군침마저 삼키고 있었다. 에드 스트랭글러 루이스는 세계 헤비급 챔피언을 다섯 차례나 지낸 불세출의 선수로서 헤드 록의 왕자라도 불리고 있었다. 역도산의 사범인 오키 시키나의 도전을 받아 무승부로 방어한 장본인.

"이미 그의 나이는 쉰셋의 고령이어서 믿을 만한 제자를 물색하던 중이었지. 그런데 세인트루이스에 레슬링을 썩 잘하는 소년이 있다는 소문을 듣고 서 부랴부랴 달려간 거야. 에드 스트랭글러 루이스는 루 테즈의 솜씨를 알아 보기 위해서 시범 경기를 가졌지. 그런데 뜻밖에도 루 테즈는 영원한 세계 챔 피언이라 불리는 에드 스트랭글러 루이스를 단 22초 만에 꺾어버리고 만 거 야. 에드 스트랭글러 루이스는 루 테즈야말로 자기의 뒤를 이어나갈 후계자 라고 생각하고서 자신의 제자로 삼아버렸어. 그러고서 프로 레슬링에 관한 모든 것을 가르쳐주었지. 에드 스트랭글러 루이스의 특별 훈련을 받으면서부 터 루 테즈의 실력은 눈부시게 발전했네. 훌륭한 스승 밑에서 훌륭한 제자가 나온다고 해야 할까…… 마침내 1937년에 루 테즈는 세인트루이스에서 세계 챔피언인 에베렛 마셜에게 도전하여 백 드롭(back drop)으로 승부를 내었네. 겨우 스무 살에 세계 챔피언의 권좌에 오른 거야."

백 드롭. 이것은 아마추어 레슬링의 그레코로만형에서 유래된 것으로, 상 대방의 후방에서 양손으로 허리를 잡고 자신의 한쪽 무릎을 꿇는 자세로 매 트에 대면서 자신의 상체를 후방으로 젖히고 뒤로 상대방을 잡아 던지는 살 인적인 기술이었다. 상대방의 두개골이나 목이 상할 우려가 많은데, 특히 루 테즈의 전매 특허품으로 이름나 있었다. 루 테즈…… 역도산의 뇌리에선 그 의 이름이 줄곧 머물렀다.

"그리고 세계 태그 매치 챔피언인 벤 샤프와 마이크 샤프 형제도 기억해두 게. 그들 형제는 핏줄로 맺어진 팀답게 시기 적절한 교대 공격을 하는 데 있어 서는 타의 추종을 불허하지. 뿐만 아니라 그들 두 형제는 각자 개인 시합에서 도 우수한 플레이를 보여주고 있지."

루 테즈와 샤프 형제에 대한 오키 시키나의 흥미로운 설명을 듣다 보니 어 느덧 행선지에 도착했다. 일본인 식당에 도착한 역도산 일행은 정종을 시켜 마시기 시작했다. 역도산은 워낙에 정종 체질인지라 몇 잔째 연거푸 마시고 도 끄떡없었으나, 위스키를 물 마시듯 하는 주호인 칼 킬러 데이비스는 웬일 인지 정종 석 잔에 맥을 추지 못했다.

다르마 호텔 숙소로 돌아온 역도산은 루 테즈에 관한 생각으로 밤새 잠을 이루지 못했다. 역도산은 헤드 록의 명수인 에드 스트랭글러 루이스의 괴력에 대해서 오키 시키나 등으로부터 상세히 들어 이미 잘 알고 있었다. 몸통 조르기의 귀신으로서, 에드 스트랭글러 루이스의 당대 맞수였던 조 스테커는 루이스의 헤드 록으로 인한 타격으로 정신착란증을 일으켜 미네소타 주에 있는 연방 정부 병원에서 쓸쓸한 여생을 보내고 있다는 것이었다.

강자들의 세계는 그처럼 냉정하고 처절한 것이었다. 그런데 그런 괴력의 소유자를 단 22초 만에 눌러버린 루 테즈라면 도대체 얼마나 강하다는 말인가. 그러나, 그러면 그럴수록 역도산의 정상을 향한 투지는 활활 불타올랐다.

"반드시 루 테즈를 내 앞에 굴복시키리라……."

이튿날, 역도산은 칼 킬러 데이비스를 만나 물어보았다.

"어제는 왜 그렇게 쉽게 떨어졌소? 이해할 수 없군. 차가운 알코올이 뱃속에 그득 차 있는 상태에서 갑자기 더운 술이 들어갔기 때문인가?"

"하하하. 그건 말일세. 정종은 알코올 성분이 적기는 하지만 오히려 알코올이 덜된 것이어서 몸에 쉽게 흡수되는 것 같더군."

듣고 보니 그런 것도 같았다.

그날 프로모터인 알 카라시크는 역도산에게 루 테즈의 경기 필름을 돌려서 보여주었다.

"잘 보게, 역도산. 저 유명한 루 테즈가 얼마나 지능적인 선수인가를."

화면 속에서는 루 테즈가 상대 선수의 턱을 조이고 있는 장면이 나왔다.

"아니!"

역도산은 등골이 오싹해질 정도로 놀랐다.

우드득! 우드득!

"지금 턱뼈가 부서지고 있는 겁니까?"

"하하하, 너무 놀라지 말게. 아무리 철인 루 테즈라고 한들 헤드 록으로 턱뼈를 부술 수야 있나? 저건 실제로 턱뼈를 부수는 소리가 아닐세. 그러나 테즈는 저렇게 음향 효과를 넣음으로써 관중을 두려움에 사로잡히도록 만드는 거야. 상대 선수를 겁먹게 하는 데도 도움이 되겠지. 앞으로 역도산도 가라테촙을 주무기로 삼기 위해서는 저런 식의 음향 효과에 신경을 써야 하네."

역도산은 치프 리틀 울프뿐만이 아니라 버트 커티스라는 선수에게도 박치기를 퍼부어 코뼈를 뭉개버렸는데, 알 카라시크는 그의 가라테촙을 헤드 버트보다 더 가공할 무기로 보고 있었다. 그러나 역도산의 주무기는 아직 알 카라시크가 말한 가라테촙이 아니었다. 스모에서 사용하던 손바닥 후려치기였다.

"역도산, 이제 곧 미국 본토로 진출할 수 있을 걸세. 그쪽의 일급 프로모터인 말코비치 형님에게 부탁해두었어. 그러니까 그날이 올 때까지 가라테촙으로 중무장을 해두라구."

알 카라시크는 차분한 목소리로 가라테촙을 한층 강조했다. 그때 역도산은 같은 한국인이며 가라테의 고수인 배달 최영의를 떠올렸다

'그에게 본격적인 가라테촙을 배울 수는 없을까?

그런데 마침, 역도산과 더불어 프로 레슬링에 입문했던 유도인 출신의 엔도 고키지가 배달 최영의와 함께 일본에서 하와이를 향하여 출발했다는 소식이 들려왔다.

황소뿔에 도전한 사나이

역도산이 일본으로 건너가기 한 해 전인 1939년에 또 한 명의 비범한 소년
이 관부연락선에 몸을 실었다. 나이는 겨우 열여섯.

"저의 꿈은 비행사가 되는 것입니다. 푸른 하늘을 마음대로 훨훨 날아다니
는 비행사가 되고 싶습니다. 비행사가 되려면 항공 학교에 입학해야 합니다.
일본에 항공 학교가 있다고 하니 저는 일본으로 건너가려고 합니다."

열여섯 살의 소년은 부모님 앞에서 비장한 각오로 말했다.

"어디 네 맘대로 해봐라!"

아버지의 얼굴에는 노여움의 빛이 스치고 지나갔다. 어머니는 소리를 죽여
울고만 있었다. 어머니가 눈물짓는 것을 보면서도 도일(渡日)을 강행하는 것
이 못할 짓일지도 모른다는 생각도 들었지만, 그렇다고 어린 시절부터 가슴
에 품어온 꿈을 저버릴 수는 없었다. 그것은 자기 자신에 대한 배반이었다.

'자기 자신을 배반한다면 앞으로 무슨 일을 해나갈 수 있단 말인가.'

소년은 자유를 갈망하고 있었다. 하늘을 마음대로 날아다니고 싶은 자유.
그러나 한국의 전통적인 제도는 늘 소년을 압박하고 구속하려 들었다. 결국

소년이 마음먹은 자유를 실현하기 위해서는 집을 떠나는 길밖에 없었다. 소년은 이를 악물고 짐을 꾸렸다.

"오빠! 가지 마!"

바로 밑의 누이동생이 뒤쫓아 달려나왔다. 그러나 소년의 빠른 뜀박질을 따라잡을 수는 없었다. 누이동생은 돌부리에 걸려 넘어진 채 무릎을 잡고 울었다. 무릎에는 빨간 피가 내비치고 있었다.

"화용아…… 나는 가야만 해……."

소년은 전북 김제에서 부산으로 그리고 부산항에서 관부연락선에 올랐다. 오랜 뱃길에서 소년은 갈매기를 무수히 보았다. 하늘을 자유롭게 날아다니는 갈매기……. 갈매기의 꿈…….

모국에는 이미 대한항공의 전신인 KNA가 창설되어 있었고, 창설자인 신용욱(愼鏞項)은 비행기를 타고 갈매기처럼 날아다니고 있었다. 소년은 신용욱처럼 비행기를 타고 싶었다. 그래서 갈매기처럼 날아다니고 싶었다. 소년은 하늘에 온통 정신을 빼앗기고 있었다. 하늘만큼 자유로운 공간은 없기 때문이었다.

소년은 김제에서 소문난 악동이었다. 악동이라고는 하지만 좋은 말로 하면 개구쟁이였다.

"어린아이가 공부하는 데 신경을 안 쓰고 이런 식의 편지를 써서 보내고 있으니 참 곤란합니다."

학교를 방문해 달라는 연락이 있어 어머니가 찾아가 보니, 담임인 여교사가 종이 한 장을 불쑥 내미는 것이었다. 담임 선생님에게 보내는 순정어린 러브레터였다.

"아니, 이 녀석이……."

어머니는 한숨을 내쉬었다.

"이뿐만이 아닙니다."

"또 무슨 짓을 저질렀습니까?"

"걸핏하면 다른 아이들에게 주먹을 휘둘러대서 코피를 흘리게 하니, 그 아이들의 부모님한테서 투서가 들어오곤 합니다."

이 소식을 전해들은 소년의 아버지는 소년을 앉혀놓고 호통을 쳤다.

"아버지가 이 고을을 꾸려가는 면장인데, 네가 허구한 날 아버지 망신을 시킬 작정이냐?"

그러나 주먹을 잘 쓰는 소년의 버릇은 좀체로 고쳐지지 않았다. 소년은 아버지에게서 꾸지람을 들을 때마다 가슴속으로 중얼거리곤 했다.

"저는 약하고 착한 아이들은 건드리지 않아요. 힘세고 못된 녀석들만 골라서 혼내주는 거예요……."

소년은 6척의 장신인 아버지와 유도, 복싱, 축구를 잘하는 형들을 닮아 기골이 장대하고 주먹을 잘 쓰는 체질이었다.

어느 날 새벽, 마을 앞에 있는 와룡산에서 갑자기 이상한 소리가 들려왔다.

"누웠던 용이 드디어 일어났다!"

그 소리에 놀라서 십여 리 안팎에 사는 마을 사람들이 새벽잠에서 깨어났다. 원인을 알아보니, 소년이 와룡산 산마루에서 고함을 질러댄 것이었다. 그런데 그 고함질은 하루로 그친 것이 아니었다. 새벽마다 올라가서 있는 대로 고함을 쳐댔고, 와룡산의 마을 사람들은 그때마다 벌떡벌떡 일어나 단잠을 깨곤 했다.

"최 면장 아들이 오늘도 미쳐부렀구먼."

마을 사람들의 불평은 날이 갈수록 심해졌다. 오래도록 비가 내리지 않을 때는 심지어 이런 소리까지 나돌 정도였다.

"이 가뭄이 다 최 면장 아들놈 탓이여."

소년의 집안은 1백 석이 넘는 농가였는데, 스무 명이 넘는 머슴 가운데 덕보라는 경상도 청년이 있었다. 덕보는 덩치도 남달리 컸지만, 십팔기(十八技)라고 하는 무술을 할 줄 알았다.

"덕보, 나한테 십팔기 좀 가르쳐주지 않을래?"

덕보는 고개를 절레절레 흔들었다. 그때 소년에게 반짝 하고 떠오른 것이 있었다. 덕보가 술을 좋아한다는 사실이었다. 그래서 이 악동은 어머니가 아버지를 위해 빚어서 안방 장롱에 깊숙이 감추어놓은 밀주를 바가지로 퍼내어 덕보에게로 갔다. 덕보는 달콤한 밀주를 마시게 된 대가로 소년에게 십팔기를 서투른 대로 가르쳐주었다. 소년은 주먹을 어떻게 써야 제대로 된 힘이 나오는가를 이때 처음으로 깨달았다.

소년이 주먹을 쓰는 법을 배우고나서부터 집안의 담벼락이 여기저기 부서져내리는 해괴한 사건이 생겨났다. 소년이 담벼락 치기 연습을 하곤 했던 것이다. 흙으로 된 시골집의 담벼락은 소년의 단단한 주먹질에 잘 견디지를 못했다.

주먹질을 잘하는 소년에게 다른 아이들이 매료되어 뒤를 따르기 시작했다. 골목대장이 된 소년은 무리를 이끌고 참외 서리와 닭 서리를 하며 온 동네를 제집처럼 뛰어다녔다. 그리고 걸핏하면 이웃 마을 아이들과 패싸움을 벌여 매번 승리를 거두었다. 소년은 이때부터 이미 상대에겐 결코 질 수 없다는 승부사의 기질을 기르고 있었다.

소년의 승부사 기질은 서울의 영창중학교에 입학해서도 여지없이 드러났다. 여자 문제로 다른 중학교의 폭력 서클 두목과 결투를 벌였다가 팔뚝이 10센티미터나 찢어지는 상처를 입었다. 문제는 거기서 그치지 않았다. 한번은 하숙방이 피바다가 되는 습격을 당한 적도 있었다. 그런 거친 생활 속에서도 그는 서울시 복싱 선수권 대회에 출전하여 웰터급에서 우승을 차지했다. 그런가 하면, 한겨울에 추위에 떨고 있는 노상(路上)의 거지에게 자기의 속옷을 서슴없이 벗어주기도 했다. 이처럼 승부사의 기질을 가지고 있으면서도, 한편으로는 따뜻한 애정이 살아 숨쉬는 소년. 그리도 부모의 반대를 물리치고 일본으로 떠나간 소년. 그 소년의 이름이 바로 최영의. 일본 이름으로 오야마 마쓰다쓰였다.

다다미의 문지방

역도산보다 한 해 전에 일본으로 건너간 최영의는 비행사의 꿈을 펼치기 위하여 야마나시(山梨) 항공 학교에 들어갔다. 그리고 기숙사에서 생활하며 우유와 신문 배달 아르바이트를 하느라 새벽부터 이리저리 뛰어다녔다.

그러나 비행사의 꿈은 겨우 일년 만에 깨어지고 말았다. 항공 학교의 일본인 조교를 반주검이 되도록 두들겨 패서 학교 당국의 처벌을 받게 되었던 것이다. 최영의가 한국인이라는 데 대한 조교의 모욕과 멸시. 그로서는 도저히 견딜 수가 없었다. 그래서 십팔기와 복싱으로 단련된 주먹을 사정없이 휘둘렀다. 그 바람에 더 이상 기숙사에 머물러 있을 수 없게 된 최영의는 들개처럼 도쿄 바닥을 헤매고 다녔다. 당장에 하숙집을 찾지 않으면 안 되는 상황이었다. 그러나 "빈 방이 없어요." 하는 말이 하숙집 주인들의 일관된 대답이었다.

석양 무렵이었다. 배가 고팠다. 그리고 서글펐다. 지친 그는 어느 집 대문 앞에 쓰러졌다. 눈을 감았다. 어머니의 주름진 얼굴이 떠올랐다.

'나의 이런 꼴을 보신다면 얼마나 괴로우실까?'

그는 어머니의 품이 못 견디게 그리워서 하염없이 눈물을 쏟았다. 하지만 고국으로는 돌아가지 않을 작정이었다. 무슨 수를 써서라도 일본에서 살아남을 작정이었다. 이제 비행사의 꿈은 물 건너갔지만, 어떻게든 성공할 길이 열릴 것이라고 생각했다.

그는 눈을 뜨고 하늘을 바라보았다. 붉은 노을에 어머니의 모습이 걸려 있었다. 그는 참지 못하고 울부짖었다.

"어머니!"

그리고 내일은 꼭 맏형의 하숙방을 찾아가야지 하고 뇌까리다가 굶주림과 과로를 더 이상 버티지 못한 채 의식을 잃고서 쓰러지고 말았다.

깨어나 보니 병실 안이었다. 최영의가 쓰러진 장소는 마침 어느 재벌집 대문 앞이었고, 그의 가련한 모습을 발견한 재벌의 딸이 병원에 입원시켜주었던 것이다. 그에게 모욕적인 언사를 서슴지 않았던 항공 학교의 일본인 조교와는 전혀 딴판인 일본인 여성……. 그녀는 그를 입원시켜준 것으로 그치지 않고 알뜰히 간호까지 해주었다.

이 사실이 병원 관계자들을 통하여 신문 기자들의 귀에 들어갔다. 곧 일간지에 이렇게 보도되었다.

'일·한간에 핀 인간애……'

"아니, 이 아이가……."

행운의 여신이 이 따뜻한 일본 여성의 마음씨에 감복했음일까, 아니면 단순한 행운일까. 일간지의 기사가 와세다(早稻田) 대학에 유학중이던 그의 맏형 최일운(崔逸雲)의 눈에 띄었다. 맏형은 당장에 병원으로 달려왔다.

"영의야, 많이 컸구나."

"형, 미안해요. 이런 초라한 꼴은 보여주지 않으려고 했는데……."

"녀석…… 괜찮다. 이젠 힘을 내야지. 우리 한민족에게 일본 땅이란 이렇게 험난한 곳이다."

일본 경찰에 의해 사상범으로 검거되어 콩밥을 먹은 적도 많은 맏형의 목소리는 떨리고 있었다. 두 형제는 현해탄 건너의 땅에서 부둥켜안고 조용히 눈물을 삼켰다.

"나는 일본의 명문 대학에 다니고 있는 몸이지만 꼭 한 가지 지키는 것이 있지. 같은 한국인 유학생끼리 만나면 절대로 일본말을 쓰지 않는 거야. 우리말이 통하지 않는 사람이라면 모르지만 말이야. 일본인들의 눈총을 받으면서도 내가 왜 그런 줄 아니? 나는 누가 뭐라 해도 한국인이기 때문이야."

최영의는 맏형의 말에 깊은 감화를 받았다.

"아무튼 가자. 내가 머물고 있는 하숙방에서 아쉬운 대로 견뎌 나가야지."

최영의는 야마나시에서 도쿄에 있는 형의 하숙방으로 거처를 옮겼다. 거리를 쏘다니는 들개의 신세는 면하게 되었지만, 그렇다고 속 편한 처지는 못 되었다.

최영의는 대식가였다. 밥 한 그릇을 후딱 먹어치우고서 허전해하는 동생의 모습을 보고 형은 자기의 밥을 덜어 주었다. 두 사람이 하숙방을 쓰고 있었지만, 한 사람이 2인분의 하숙밥을 먹는 모양새였다. 자기 때문에 번번이 배를 곯는 형이 안쓰러워서 일부러 숟가락을 들지 않으면 형은 버럭 화를 내었다.

"먹으라면 먹어. 나는 소식 체질이니까 그런 대로 견딜 만하다."

하지만 숟가락을 드는 최영의의 마음은 늘 갑갑했다. 결국, 최영의는 도쿄에서 다쿠쇼쿠(拓植) 대학에 다시 입학했다. 운동에는 천부적인 소질을 타고난 그는 이 대학에서 복싱, 유도, 역도 등의 수련을 하루도 게을리하지 않았으며, 단급이 주어지는 유도에서는 강도관 4단에 올랐다.

이때쯤 최영의에게 한층 매력적으로 다가온 운동이 바로 가라테였다. 복싱이나 유도와는 달리 가라테에는 어딘지 신비스런 기술과 영적(靈的)인 힘이 깃들어 있는 것 같았다.

"가라테를 배우자!"

최영의는 그 길로 황도관의 후나고시(船越) 관장을 찾아갔다. 가라테는 당수(唐手)에서 유래된 권법(拳法)으로, 역시 당수에서 유래된 태권도와 유사하게 맨손과 맨발을 사용하여 겨루기를 하는 운동이었다.

하지만 그는 늘 고독했다. 단지 한국인이라는 이유로 곳곳에서 멸시를 당하기 일쑤였다. 그래서 그는 더욱 심혈을 기울여 가라테 수련에 정진했다. 가라테에 입문한 지 2년, 마침내 그는 기왓장 열 개를 겹쳐 쌓아놓고 단 일격에 격파할 수 있는 실력이 되었다.

그즈음 일본의 군국주의가 팽창일로를 걷더니, 어느 날 갑자기 태평양전쟁이 터졌다. 이 이상한 전쟁은 두 형제를 헤어지게 만들었다. 늘 최영의에게 민족 자존심을 심어주던 그의 맏형이 학병(學兵)으로 중국에 끌려가버렸던 것이다. 최영의도 군대에 끌려가기는 마찬가지였다. 일본군에 강제 징집되어 규슈에서 복무했다.

전쟁이 끝났다. 그러나 도쿄로 돌아온 그는 또다시 혼자였다. 형에 대한 걱정과 종전 후의 극심한 식량난으로 배를 곯아 그의 의식과 신체는 헐벗을 대로 헐벗어 있었다. 그는 우동 한 그릇을 먹기 위하여 자신의 기(氣)를 밑천으로 삼았다. 사람들 앞에서 엄지와 검지 두 손가락으로 동전을 구부려 보이는 것이다. 비굴하다는 생각은 들었지만 그렇다고 가만히 앉아서 굶어 죽을 수는 없는 노릇이었다. 그러나 그 바람에 온몸에 두드러기가 나고 심지어는 피오줌까지 쏟아졌다. 온몸의 기가 빠져나가 버렸기 때문에 보이는 증세였다.

일본에서의 미(美) 군정 시대. 도쿄의 밤거리는 일본 여성들에게 공포의 도가니로 변해 있었다. 미군들의 군화발 덕분이었다. 혼자서 밤길을 걷다가 미군에게 욕을 당한 일본 여성이 점점 많아졌다. 하지만 신고를 받고 달려간 일본 경찰은 미군 앞에서 쩔쩔매기만 할 뿐이었다.

최영의가 폐허가 된 도쿄의 밤거리를 걷고 있을 때 어디선가 젊은 여인의 비명 소리가 터져 나왔다. 처녀가 강간을 당할 때의 경악에 질린 음성.

'저것이 바로 소문에 듣던 성(性)에 굶주린 미군들인가? 젊은 일본 여성을 노리는 미군들……'

아무리 피해자가 한국인이 아닌 일본인이었지만 최영의의 정의감은 잠자코 있지를 않았다.

"기다려!"

최영의는 기다리지 않고 즉각 몸을 날렸다. 거대한 체구의 미군이 여자의 몸 위에서 벌떡 일어났다.

"엽!"

우레와 같은 기합 소리와 거의 같은 찰나에 최영의의 2단 옆차기가 솟구쳤다. 단 한 방으로 미군은 저만치 밀려 나가떨어졌다. 상체에 중상을 입은 미군은 몸을 일으키지도 못한 채 그대로 고꾸라져 있었다.

"밤거리를 함부로 다니지 말아요, 아가씨!"

찢어진 치마로 국부를 간신히 가리고 있는 일본 여성은 몸을 바르르 떨고 있었다. 이때부터 최영의는 밤이 되면 습관적으로 우에노 공원까지 뛰어나갔다. 우에노 공원에서 미군들의 일본 여성 강간 사건이 자주 일어났기 때문이었다. 이제 일본 여성의 작은 몸을 노리는 미군의 거구를 향하여 단 한 방의 발차기를 날리는 것이 최영의의 하루 일과가 되었다. 특히 미군들 가운데는 헤비급 체중의 흑인이 많았다.

어느 날 밤, 최영의는 다른 날과 마찬가지로 폐허가 되어 으슥한 건물에 몸을 숨기고서 바깥 상황을 살피고 있었다. 풀벌레 소리가 들려오는 적막한 밤, 그때 한 젊은 여성이 혼자서 풀밭길을 걸어가고 있지 않은가.

"무슨 배짱으로 혼자서 걷는가?"

최영의는 그렇게 소리치며 달려나가고 싶었지만, 오히려 자기가 치한으로 의심받을 것 같아서 꾹 참았다. 바로 그 순간, 낄낄거리는 소리가 들려오더니, 아니나다를까, 한 흑인 병사가 젊은 여성의 앞길을 가로막아 서는 것이었다. 곧 여성의 옷이 찢겨지고 알몸이 드러날 상황이었다.

"멈춰랏!"

최영의는 어둠 속에서 쏜살같이 몸을 날렸다.

"엉?"

흑인 병사는 반사적으로 몸을 움츠렸다. 미군을 노리는 날쌘 동양인이 도쿄에 있다는 소문을 익히 들어 알고 있는 그로서는 겁을 집어먹지 않을 수 없었을 것이다.

'잘못하면 불알을 채인다……'

미군 병사는 그 점이 가장 두려웠다.

"네놈의 짐승 같은 성욕을 이 어르신이 고쳐주마!"

최영의는 소리쳤다. 그런데 바로 그 순간, 그는 살벌한 기운을 맛보았다. 어디서 나타났을까, 흑인 병사 대여섯 명이 순식간에 그를 포위하고 있었던 것이다.

"빌어먹을……"

최영의는 그제서야 깨달았다.

'처음의 이 흑인 녀석은 나를 덫에 걸리게 유도하려는 미끼였단 말인가.'

그러나 이미 때는 늦었다. 독 안에 들어서고 말았다. 최영의는 더 기다리고 있을 여유가 없었다.

"엽!"

한밤의 정적이 부서지는 기합과 함께 몸을 띄웠다. 연속으로 이어지는 강력한 발차기 공격. 길지 않은 동안에 세 거구가 마른 낙엽처럼 나가떨어졌다. 그런데 어느 순간 빈틈이 생겨났고, 최영의는 한 흑인 병사로부터 해머 같은 강한 펀치를 허용했다. 이어지는 주먹 세례……. 그는 피투성이가 되도록 호되게 얻어터졌다.

그러나 최영의의 협객의식은 버려지지 않았다. 최영의는 계속해서 굶주린 흑인 늑대들을 때려눕히고 다녔다. 최영의의 활약 소식을 들은 일본인들은 모두들 기뻐하며 입을 모았다.

"구라마 뎅구가 다시 태어난 거야!"

구라마 뎅구란 한국의 홍길동이나 임꺽정 같은, 일본의 빼어난 의적(義賊)

의 이름이었다.

그러나 미 군정 당국에선 미군 병사들 사이에서 동일한 수법의 피해 사실이 계속 나타나자 마침내 수사에 착수하게 되었다. 그래서 최영의는 미군 정보처 G-2에 쫓기는 상황에까지 처했다. 일본의 G-2 책임자는 육군 소장 찰스 윌로우비였는데, 그는 태평양 전선의 맥아더 정보 책임자였으며, 그의 정보원들은 미군 점령하의 일본에서 좌익을 정탐하고 교란시키기 위해서 야쿠자들을 이용하는 것을 주업무로 삼고 있었다.

이들에게 쫓기는 몸이 된 최영의는 실상은 반공주의자(反共主義者)였다. 건국청년동맹에 가입하여 반공 투쟁을 시작하였고, 일본에 거류하는 공산당과 싸움도 숱하게 벌였다. 그러나 아무리 좋은 뜻이라 하더라도 미 군정 당국의 시각에는 여전히 밉살스럽게 비쳤다. 도쿄 한복판에서 일본 거류 공산당과 총알이 목덜미를 스치고 지나가는 아슬아슬한 총격전을 수차례 벌이기도 했고, 게다가 신탁통치 반대 데모에 앞장서기까지 했으니 최영의는 그들에게 있어서 눈엣가시였다. 그래서 맥아더 사령부에 체포되기를 무려 세 차례, 오키나와까지 압송되는가 하면 감옥 신세를 지기도 했다.

그런 와중에서도 최영의는 1947년에 전(全) 일본 가라테 챔피언 자리에 등극했다. 이때 역도산은 비로소 최영의란 존재에 대해서 관심을 갖게 되었던 것이다.

이때쯤 최영의는 비행기 조종사에 이은 두 번째 꿈을 키우고 있었다. 훌륭한 정치가가 되어서 가난한 내 조국을 부강한 나라로 만들어보겠다고 생각했다. 일단 그는 재일 대한민국 거류민단의 조직에 앞장섰으며, 민단 훈련원 도장의 책임자라는 간부직을 맡기도 했다. 그러나 시간이 흐를수록 그는 조직의 지도자들이 저마다 국가와 민족을 위한다고 떠들어대면서도 실상은 사리사욕에 눈이 먼 족속들이라는 사실을 깨닫게 되었다.

결국 그들과 다투는 일에 그만 지쳐버리고 말았다. 그들에게서 환멸을 느끼고 번민했다. 무궤도한 생활의 연속, 최영의의 심신은 폐허가 된 도쿄 거리처럼 거칠어졌으니, 진정한 무도인(武道人)으로서의 발전도 기대 할 수 없었다.

"정치가의 꿈도 버린다!"

최영의는 부르짖었다.

"내가 갈 길은 오로지 무도일 뿐이다!"

이런 번민 끝에 조영주(曺寧柱) 스승을 찾았다. 스승은 눈을 감고 나직한 말로 가르침을 주었다.

"인간 사회에서 물러서서 자연에서 위안을 찾아라."

스승의 권유와는 달리 가까운 친구들은 대부분 반대했다.

"세상은 달라졌어. 눈 깜짝할 사이에 원자폭탄이 떨어지는 세상이라구. 그런 판국에 총알 하나도 막아내지 못하는 가라테가 무슨 소용인가?"

그러나 최영의는 끝내 주위의 반대를 물리치고 스승의 뜻을 받들었다. 입산수도(入山修道). 입산을 결심한 최영의는 마침내 짐을 꾸렸다.

요시가와 에이지(吉川英治)의 무도 소설 〈미야모토 무사시〉. 그는 불세출의 무도인 미야모토 무사시를 늘 흠모하고 있었다. 그밖에 칼과 창, 바벨, 엽총. 그는 가라테 외에 무기를 이용한 무술을 함께 익혀볼 작정이었다.

입산 장소는 지바(千葉) 현에 있는 기요즈미 산(淸澄山). 이 산은 국철(國鐵) 야스보고미나도 역(安房小湊驛)에서 10킬로미터 정도 떨어진 곳에 우뚝 솟아 있으며, 니치렌(日蓮)이 수업한 곳으로 유명한 청등사(淸澄寺)라고 하는 절이 소재하고 있었다.

기요즈미 산에는 떡갈나무와 단풍나무 그리고 온갖 잡목(雜木)들이 정글처럼 무성하게 자라 있었다. 무거운 짐을 둘러메고 입산하여 걸어 올라가던 최영의는 이제껏 들어보지 못한 청명(淸明)한 개울물 소리를 들었다. 혼탁했던 마음이 일시에 후련해지는 느낌이었다.

"무도란 무엇입니까?"

개울물 소리를 타고 어디선가 홀연히 미야모토 무사시의 가르침 소리가 들려왔다.

"거기 다다미의 문지방을 걸어보라. 그 위를 걷는 것이 곧 무도이니라."

도살장 안의 거지

거지가 따로 있으랴. 최영의는 바로 거지가 되어 있었다. 그런데 거지치고
는 좀 특별한 거지였다. 산 속에서 극도의 수련을 쌓고 내려온 거지였다.

"무도란 무엇입니까?"

누군가 이렇게 묻는다면 그는 미야모토 무사시의 말을 그대로 옮겨 대답해
줄 수 있을 것 같았다.

"거기 다다미의 문지방을 걸어보라. 그 위를 걷는 것이 곧 무도이다."

최영의는 이제 그 말뜻을 해석하게 되었던 것이다.

"다다미의 문지방을 걸어가는 마음을 언제나 지속하여, 어떤 때라도 평상
시와 다름없는 마음을 지속하게 되면 그 사람은 곧 무도의 달인인 것이다."

최영의가 기요즈미 산중에서 수련을 쌓은 기간은 일년 반. 길다면 길고 짧
다면 짧은 세월이었다.

최영의는 일년 반 전에 입산하였을 때, 우선 비바람을 피할 수 있는 작은 움
막부터 만들었다. 그리고 이튿날부터 정확하게 일과표에 맞추어 생활했다.

새벽 4시에 기상하여 개울에서 목욕을 한다. 뛰어서 움막까지 돌아와 바벨에 매달린다. 이것은 기초 체력 단련을 위한 트레이닝이었다. 땀을 흘리고 나면 밥과 된장이 고작인 식사 그리고 독서. 오후부터는 본격적인 가라테 훈련 1단계로 나무 몸통에다 칡덩굴을 감아놓고 정권(正拳), 수도(手刀), 관수(貫手)를 단련한다. 2단계로 발차기 기술을 단련한다. 밤이 되면 원(圓)을 그린 종이를 벽에다 붙여놓고서 이것을 똑바로 쏘아본다. 정신 통일 훈련. 피나는 훈련이 거듭되는 이 규칙적인 산중 생활은 눈이 오나 비가 오나 하루도 거르지 않고 계속되었다.

그러던 어느 날 밤, 최영의는 미칠 것 같은 고독감 때문에 몸을 떨었다. 인기척마저 단절된 깊은 산 속. 이십대의 끓어오르는 젊음은 여성의 품을 그립게 만들었다. 그러나 최영의는 하산하고 싶은 생각이 들 때마다 여우가 울어대는 소리나마 듣는 것으로 외로움을 달래고 마음을 누그러뜨렸다. 그래도 밤만 되면 하산하고 싶은 생각이 여지없이 들곤 했다.

"안 되겠다. 차라리 한쪽 눈썹을 밀어버리자."

그는 하산하고 싶은 생각을 없애버리기 위하여 한쪽 눈썹을 남김없이 밀었다. 거울을 들여다보니 일부러 그렇게 만들려고 해도 만들어지지 않을 기절초풍할 몰골이 그 속에 들어 있었다. 목을 덮는 긴 머리에 수북이 자란 수염도 볼썽 사나운데, 이번엔 외눈썹의 사나이가 된 것이다.

"후후……."

최영의의 입에서는 허탈한 웃음소리가 새어 나왔다.

석 달쯤 지나 눈썹이 자라면 서둘러 면도칼을 들었다. 이따금 쌀을 날라다 주는 그의 동료도 최영의의 그러한 모습을 보고서 사람을 잘못 본 게 아닌가 의심했을 정도였다.

그는 가라테 훈련 외에 제자리에서 뛰는 도약력도 연마했다. 옛 인술사(忍術士)들은 뛰고 나는 힘을 기르기 위해서 성장 속도가 빠른 삼[大麻]을 이용했다고 한다. 그는 이것을 응용하여 매일 삼 위를 뛰어넘었다. 삼은 하루가 다르게 무럭무럭 자라났으며, 그의 도약력도 날이 갈수록 향상되었다.

그러던 어느 날 한 나무꾼이 최영의가 무술 훈련을 쌓고 있는 것을 발견했다. 그런데 어깨를 덮는 장발에 거친 수염 그리고 외눈썹을 가진 산도깨비 같은 사나이가 쉬지 않고 나무와 씨름하고 있으니 겁을 먹지 않을 수가 없었다. 그날 이후로 산 아랫마을에는 산 속에 이상한 사람이 살고 있다는 소문이 퍼져 나갔다. 아이들일수록 호기심이 많은 법. 마을 아이들 몇 명이 무리를 지어 산으로 올라갔다.

과연 이상한 사람이 있었다.

"도사(道士)인가 봐."

아이들은 수풀 뒤에 숨어 최영의가 무술 수련을 하는 모습을 훔쳐보면서 속삭였다.

"저것 봐. 주먹으로 나무를 때리고 있어. 손이 아프지도 않은가 봐."

"아프게 때려서 시들어 죽어버린 나무들도 있어."

인간에게 혈맥(血脈)이 끊어져서는 안 되듯이, 나무는 수맥(水脈)이 끊어지면 못 견딘다.

"저렇게 높은 삼 위를 어떻게 뛰어넘을 수 있을까?"

아이들은 보면 볼수록 신기했다. 그러다가 최영의와 아이들의 눈이 마주쳤는데, 최영의는 아무 말 없이 씨익 웃어주었다.

"나쁜 도사는 아닌가 봐. 우릴 보고 웃었어."

아이들은 이상한 사내가 자기들을 발견했는데도 해치려들지 않자 안심을 하고 접근했다. 어떤 아이는 최영의의 가라테 연무(鍊武) 동작을 따라서 흉내내 보기도 했다. 최영의는 아이들이 귀엽고 반갑기는 했지만 결코 놀이 상대가 되어주지는 않았다. 이 일로 시간을 낭비하고 있을 수가 없었던 것이다.

어느덧 최영의의 수련은 자연석(自然石) 격파로까지 이어졌다. 그러나 자연석은 나무의 수맥을 끊어놓는 최영의의 격파술에도 쉽게 굴복해주지 않았다. 인적 없는 산 속에서 온갖 거친 풍상을 맞으며 굳을 대로 굳어진 자연석이 아닌가.

그러나 그는 물러서지 않았다. 길이 10~15센티미터, 두께 5~6센티미터의 자연석을 움막 안으로 옮겨다놓고는 호롱불 아래서 밤마다 쏘아보았다. 눈빛으로라도 깨어 부술 작정이었던가……. 어느 날 갑자기 자연석을 쏘아보다 말고 번뜩이는 영감을 받았다.

"깨어질 것이다!'

그 순간 최영의는 움막 바깥으로 나가 그 자연석을 정중히 월광(月光) 아래 모셔놓고, 기(氣)를 모아 오른쪽 수도(手刀)를 내려쳤다.

따악!

놀랍게도 자연석은 보기 좋게 두 조각이 나 달빛 아래에서 나뒹굴었다.

그뒤로 수많은 자연석이 최영의의 수도에 견디지 못하고 조각났다. 그는 자신의 수도에 의하여 격파당한 돌이 어느덧 커다란 돌무덤을 이루고 있는 것을 보고 나서야 비로소 하산을 결심했다. 최영의는 산에서만 머물러 살 수 없는 엄연한 인간이기 때문이었다.

최영의는 행색은 비록 거지 같았지만, 몸 속에는 실로 거대한 하산풍(下山風)을 지니고 있었다. 한 손으로 쌀 한 가마니를 거뜬히 들어올릴 수 있는 그의 에너지는 당장에 폭발할 것 같았다. 마침내는 발산하지 않고는 못 견딜 지경에 이르자, 그는 전봇대를 발견하는 즉시 정권을 뻗었다. 그것도 한두 번으로 그치는 것이 아니므로, 그를 발견한 사람들은 발작한 미친 사람을 보기라도 하는 것처럼 뒤를 쫓아다녔다. 하나둘 그 구경꾼들이 늘더니, 마침내는 한 떼를 이루었다.

최영의는 거기서 다데야마(舘山) 도살장으로 발걸음을 옮겼다. 그는 산속에서 기른 자신의 힘을 테스트하기 위하여 소를 상대하기로 결심했던 것이다. 마치 사자나 악어와 싸우는 타잔에 비유할 수 있으리라. 그는 부지런히 걸어, 이윽고 다데야마 도살장에 도착했다.

"아니, 뭐라구요? 소 한 마리를 죽이겠다구요?"

관리인은 기가 막혔다. 거지도 상거지 같은 사람이 뜬금없이 나타나서 느닷없이 소를 죽이겠다니.

"백정(白丁) 일을 하겠다는 거요?"

"그게 아니라, 제가 갈고 닦은 무술이 소에게 먹히는지 한번 시험해보고 싶은 겁니다."

"무술이요?"

"예. 맨손으로 겨루는 가라테지요."

최영의의 말에 관리인은 벌어진 입을 다물지 못했다. 아무 무기도 없이 맨손으로 소와 겨루겠다니. 이미 도살장 앞에는 최영의의 뒤를 쫓아온 마을 사람들이 몰려들어 웅성거리고 있었다. 관리인은 당황했다.

"저는 말입니다, 지금으로부터 18개월 전에 기요즈미 산엘 올라갔지요. 딱한 가지, 무술을 수련하려는 목적으로……. 그런데 이제는 소와 승부를 내지 않고는 몸이 터질 것 같아서 도저히 견딜 수가 없는 상태입니다."

최영의는 열 번도 넘게 설명했다. 그러나 대답은 언제나 "미친 짓이오." 였다. 그때 마을 사람 가운데 누군가가 끼어들었다.

"한번 시켜보지 그러슈. 어차피 죽여야 될 소가 아니겠소?"

"소야 어차피 죽을 소지만, 사람이 죽을까봐 문제지요."

관리인은 자기가 일하는 도살장에서 사람이 죽는 것을 원치 않았다.

"사람이 꼭 죽는다고 할 수 있겠소? 아, 옛날 얘기에 맹수를 때려잡는 장사 얘기도 있지 않소."

"그렇기는 하지만……."

결국 관리인은 난처한 표정을 지우지 못한 채 승낙을 했다.

최영의는 곧 도살장 안으로 들어갔다. 잠시 후에 관리인이 우리 안에서 다 자란 황소 한 마리를 끌고 나왔다. 그런데 막상 황소를 대하고 보니 최영의의 긴머리가 쭈뼛 솟았다. 체중이 500킬로그램은 족히 넘을 것 같았다. 그는 일

순간 당황했지만, 곧 정신을 가다듬었다.

"제 아무리 큰 덩치라고 해도 결국은 가축에 불과하지 않은가. 황소의 머리라고 해서 모진 풍파를 견뎌온 자연석보다 단단할 리는 없을 것이다. 도살장에서는 둔중한 해머로 미간을 힘껏 내리쳐서 소를 죽인다. 해머도 통하는데 하물며 나의 수도가 통하지 않겠는가. 자연석을 깨어온 나의 손날이다!"

그는 마음으로 부르짖었다.

이윽고 최영의는 자신의 정권에 온몸의 기(氣)를 집중시켰다.

"이엽!"

아주 짧은 순간, 그는 소의 미간에 정권을 내질렀다. 이어서, 놀란 소가 앞으로 뛰어들 것에 대비해서 잽싸게 소의 겨드랑이로 파고들었다. 그러나 소는 쓰러지지 않았다. 도리어 입과 코로 선혈을 내뿜으면서 미쳐 날뛰는 것이었다. 그러나 뒤에 도살장의 사람들로부터 그 소의 두개골에 금이 가 있었다는 소식을 들었다. 병든 소가 아니고서는 두개골쯤 깨어졌다고 해서 곧 나자빠지지 않는다는 것을 그는 미처 몰랐던 것이다.

최영의는 용기를 내었다. 그리고 골몰했다.

"어떻게 해야 소를 완전히 때려 눕힐 수 있을까?"

그런데 어떤 이가 전혀 예측하지 못했던 한 가지 사실을 알려주었다.

"소의 미간을 때리는 해머의 끝을 보시오. 뾰족하게 돌기가 되어 있지 않소? 이 돌기가 두개골을 통해 뇌에 들어가 박히기 때문에 소가 쓰러지고마는 것이오. 그러나 당신의 수도나 정권에는 돌기가 있는 것이 아니지요."

"그렇다면 다른 급소를 노려야 한다는 말입니까?"

"사람은 귀와 눈 사이의 관자놀이, 그러니까 음식물을 씹으면 움직이는 부위가 안면부의 주요 급소라고 할 수 있지요. 소에게는 이 부위가 바로 귀 밑에 자리 잡고 있습니다."

당장에 최영의는 다시금 소를 잡는 일에 도전했다. 그리고 성공했다. 그것도 단 일격에. 이후로 최영의가 다데야마 도살장에 드나들면서 때려잡은 소의 수만도 무려 마흔아홉 두(頭)나 되었다.

어느 날 도살장에서 막일을 하는 한 노인이 최영의에게 물었다.

"젊은이, 소만 쓰러뜨릴 것이 아니라 소뿔을 한번 꺾어보는 것은 어떻겠소?"

그로서는 구미가 당기는 일이었다. 자신의 생명을 위협받는 일 따위는 문제가 아니었다. 오로지 자신의 힘을 좀더 구체적인 방법으로 시험해보고 싶었다. 처음엔 자신이 수도로 쓰러뜨린 소의 뿔을 날려버렸다. 다음엔 살아 있는 소의 뿔마저 뽑아버렸다.

역도산과 최영의의 만남

　배달 최영의는 엔도 고키지와 함께 여객기로 하와이 호놀룰루 공항에 도착
했다. 미국 본토로 가기 위해서 호놀룰루를 경유하는 것이었다. 뜻밖에도 공
항까지 역도산이 마중 나와 있었다.

　"엔도 씨, 어서 오시오!"

　"역도산 씨! 이렇게 마중까지 나와주실 줄이야……."

　역도산과 엔도 고키지는 오랜만에 지기(知己)를 만난 기분이었다. 역도산
의 가슴속에선 향수(鄕愁)마저 피어오르고 있었다. 그러나 그것은 어디까지
나 일본 땅을 그리는 마음이었고, 잠시 후 역도산은 조국에 대한 향수로 가슴
이 벅차올랐다. 엔도 고키지의 소개로 최영의의 손을 맞잡은 순간, 역도산은
같은 배달민족만이 느낄 수 있는 뭉클한 교감을 맛보았다.

　"반갑습니다, 최영의 씨!"

　"반갑습니다, 역도산 씨."

　두 사람은 서로 상대의 악력(握力)이 대단하다는 사실에 감탄을 했다.

　"그 동안 엔도 씨의 소식이 궁금했는데……. 이번에 미국 본토로 떠나는 일

은?'

역도산이 자신의 승용차를 세워둔 곳으로 길을 안내하면서 물었다.

"나야 뭐…… 본격적인 레슬링 수업을 쌓으려고 그러지요. 사실 나보다는 최영의 씨의 일이 중대합니다.

"가라테?"

역도산의 질문에 최영의가 말을 받았다.

"실은 가라테를 전세계에 보급하기 위해서 도미(渡美)하는 것입니다. 그러나 처음 건너가는 일이니만큼 온갖 난관이 닥치겠죠."

"하하. 아무튼 멋진 생각이십니다. 그런 일을 최영의 씨가 아니면 감히 누가 하겠습니까?"

"과찬이십니다."

세 사람은 공항 대합실을 벗어나 승용차에 올랐다. 그때였다. 풍만한 가슴이 티셔츠 안에서 물결치는 백인 여자 둘이 역도산을 알아보고는 촐랑거리며 뛰어왔다.

"어머! 리키도잔!"

"사인 좀 부탁해요!"

역도산은 흐뭇하게 웃으며 그녀들이 내민 메모지에 한자로 '力道山'이라고 적어주었다. 그녀들은 역도산의 사인이 적힌 메모지를 받아들고 즐거워서 깔깔거렸다.

"인기가 대단하시군요."

최영의의 말에 역도산이 조금 쑥스러운 표정을 지으며 말했다.

"뭐, 열심히 경기에 임했을 뿐인데요. 아마 최영의 씨의 황소뿔을 꺾는 묘기를 보게 되면 사정이 달라질 겁니다. 여자들은 강한 남자에게 매료되는 약점이 있지요."

역도산은 최영의가 일본에서 황소뿔을 꺾었다는 사실을 소문을 통해 이미 알고 있었다. 그래서 최영의에게서 진정한 가라테춉을 구사할 수 있는 수도 가격법을 배우고 싶었다.

역도산은 두 사람을 그들이 묵을 호텔 숙소까지 바래다주고, 이튿날 와이키키 해변의 모래밭에서 다시 만나기로 했다.

이튿날 아침. 와이키키 해변은 깨끗한 그림처럼 단정하게 펼쳐져 있었으며, 그 위를 역도산과 최영의 그리고 엔도 고키지가 달리고 있었다. 운동선수나 무도인들은 단 하루라도 체력 단련을 하지 않으면 안 되는 것을 금기(禁忌)로 여겼다. 술을 마신 다음날도 마찬가지였다. 역도산은 술을 마신 다음날도 트레이닝을 쉬지 않는 버릇을 길러왔으며, 지금의 최영의와 엔도 고키지는 여행 경유지에서도 트레이닝을 하고 있는 셈이었다. 모래밭 로드워크에 이은 물 속 쪼그려 걷기, 물 속 전력 질주.

얼마 후 세 사람은 지칠 대로 지쳐서 야자수에 등을 기대고 앉았다. 거친 숨결이 잦아지고서 최영의가 물었다.

"역도산 씨, 혹시 무슨 걱정거리라도 있습니까? 안색이 별로 좋지 못하군요."

역도산은 잠시 눈을 감고 있다가 입을 열었다.

"실은…… 나의 가라테춥 때문이지요……."

"……."

"최영의 씨는 일본의 가라테계에서 말 못할 배척을 받아왔던 것으로 알고 있소. 최영의 씨의 이름처럼 배달의 자손이라는 민족 감정 때문이겠지요. 나 역시 그런 연유로 해서 스모계로부터 냉대를 받아온 게 사실이오. 결국 이렇게 우연한 기회에 프로 레슬링계로 발을 들여놓게 되었고, 이제는 미국 본토로 진출할 수 있는 길도 곧 열리게 되었소. 그런데……."

역도산은 말을 잇지 못하고 한동안 푸른 하늘을 멍하니 바라보았다. 뭉게구름 몇몇이 떼를 지어 기어가고 있었다.

"미국 본토의 프로 레슬링계에는 강자들이 무수하게 도사리고 있습니다. 이곳 하와이에서 활약하는 미국 선수들은 그 가운데 일례에 불과하지요……. 물론 여기서는 나의 체중을 실은 손바닥 후려치기가 먹혀들었지만……."

"손바닥 후려치기?"

"그렇습니다. 나의 주무기는 아직 가라테촙이라고 할 수가 없습니다. 단지 손바닥 후려치기일 뿐이죠."

"그렇다면 그 기술은 어떻게 연마하게 된 겁니까?"

"혹시 골법이라고 들어보셨나요?"

"사무라이들이 진검 승부에서 상대의 칼 든 손을 때려 칼을 놓치게 한다는 골법 말입니까?"

"그렇지요. 그 골법이 스모에 도입되어 하리테란 공격 기술이 만들어졌지요. 이것을 바로 손바닥 후려치기라고 할 수 있는데, 나는 이 기술로 상대방 스모 선수를 녹다운시킨 적이 여러 번 있습니다. 지금도 프로 레슬러들이 나의 이 손바닥 후려치기에 걸리면 번번이 혼이 나지요."

"그렇다면 별 문제가……."

"그렇지만 내 생각은 다릅니다. 좀더 강한 촙을 구사하고 싶은 겁니다. 어떤 상대라도 무릎을 꿇고야 말……. 가령 루 테즈 같은 철인까지도……."

"음……."

"최영의 씨, 어떻소? 나에게 진정한 가라테의 수도를 가르쳐주시지 않으시겠소? 황소의 뿔을 꺾는 당신의 가공할 수도를 배워 익힐 수만 있다면 그 어떤 프로 레슬러라도 두렵지 않을 것이오."

최영의는 그처럼 간곡한 부탁을 듣고 거절할 수가 없었다.

"좋습니다. 그럼 우선, 손을 수도 모양으로 해보시오."

세 사람은 자리에서 일어났고, 역도산은 손바닥 후려치기를 펴부을 때 사용하던 식으로 손바닥을 펼쳐 힘을 주었다.

"아아, 그게 아닙니다. 그렇게 손가락에 힘을 주어 펴면 보기엔 힘이 있어 보여도 제대로 파워가 실리지 않습니다. 우선 엄지손가락을 안쪽으로 굽혀 넣어서 손바닥을 강하게 누르고, 다음에 다른 손가락 모두에 힘과 기(氣)를 넣으면 자연스럽게 구부러지게 됩니다."

역도산은 최영의가 가르쳐준 대로 수도의 자세를 취했다.

"그렇죠. 바로 그렇게 해야만 파괴력이 나옵니다. 자, 그럼 한번 쳐보시죠, 이 야자수를."

"하하, 난 아직 그런 것도 모르고 있었으니……. 이렇게 말이죠……."

역도산은 팔을 비스듬히 치켜들었다.

"엽!"

역도산의 손날이 야자수의 몸통을 때렸다. 야자수에는 물론 강한 충격이 들어갔을 것이다. 그러나 최영의는 만족하지 않았다.

"상대를 때리는 찰나에 곧바로 자기 쪽으로 당기는 듯한 요령이 필요합니다."

최영의의 지론은 전설적인 복서 슈거 레이 로빈슨의 타격법과도 일치하는 것이었다. 타격에서 중요한 건 맞히는 데 있는 게 아니라 떼는 데 있다.

"다시 한 번 해보지요."

역도산은 다시 오른팔을 치켜들었다.

"엽!"

그러나 이번에는 너무 빨리 손날을 떼고 말았다. 그 바람에 야자수에는 역도산의 체중 실린 힘이 미처 도달되지 못했다.

"타이밍을 다시 한 번 잘 맞춰보십시다. 야자수를 상대 선수의 가슴팍이라고 생각하고……."

역도산은 다시금 오른팔을 치켜들었다.

"이엽!"

기합 소리와 함께 엔도 코키지의 "앗!" 하고 놀라는 소리가 동시에 터져 나왔다. 강한 충격을 입은 야자수는 심하게 진동했으며, 그 바람에 야자열매가 벼락 같은 속도로 떨어져내렸다.

따악!

찰나의 일이었다. 자신의 머리 위로 떨어져내리는 야자열매를 향하여 최영의는 쏜살같이 정권을 내뻗었고, 최영의의 정권과 부딪친 야자열매는 곧장 두 조각이 나버렸다.

역도산은 최영의의 정권 격파에 입을 벌리고 말았다. 야자열매는 외피가 돌처럼 딱딱한 데다 무게도 상당하기 때문에, 높은 나무에서 가속으로 떨어질 경우에 그것을 맞으면 웬만한 사람의 두개골은 박살나버리고 말 것이다. 그러나 최영의의 정권은 무사하고 오히려 야자열매가 박살나버린 것이다.

"야자열매란 질긴 섬유질이 가로 세로로 그물처럼 복잡하게 얽혀 있는 데다, 또 그 속엔 딱딱한 껍질이 있어서 이곳의 원주민들은 작두를 몇 차례 사용하여 겨우 깨뜨립니다. 그런데 최영의 씨는 한 주먹에 부숴버렸습니다. 도저히 믿어지지가 않는군요."

역도산의 말에 최영의가 화답했다.

"아뇨, 오히려 내가 놀랐습니다. 이처럼 높은 나무에 달려 있는 야자열매를 가라테춉으로 친 진동만으로 떨어뜨렸으니……. 머지않아 역도산 씨는 그 위력적인 가라테춉으로 세계를 제패할 수 있을 겁니다."

최영의는 길지 않은 하와이 경유 시간을 이용하여 역도산에게 좀더 구체적인 가라테 격파술을 지도했다. 어깨의 힘이 아니라 배꼽 밑의 단전에서 뽑아 올린 기(氣)를 허리에 모아 손날 끝에 터뜨려야 한다는 것, 그래야 비로소 가라테춉의 위력이 발휘된다는 것 등등……. 격파 훈련을 하는 동안에 역도산은 팔의 뼈마디를 접질려서 고생하기도 했으나 민간요법대로 사람의 소변, 특히 젊은 여자의 소변에 팔을 씻음으로써 부기를 빼내곤 했다.

고된 훈련 끝에 역도산은 마침내, 최영의가 전(全) 일본 가라테 대회에서 수립한 기왓장 18장을 깨뜨리는 데 성공했다.

최영의와 엔도 고키지는 어느덧 하와이 경유 일정을 끝마치고 미국 본토로 떠나게 되었다.

"서로 지지 말고 잘 해봅시다."

역도산은 두 사람과 굳게 악수를 나누었다.

미국 본토 진출

역도산도 최영의와 엔도 고키지보다 좀 늦게 미국 본토로 건너갔다. 역도산이 하와이로 원정을 간 지 4개월 만인 1952년 6월 10일의 일이었다.

샌프란시스코 공항. 덩치가 커다란 사내가 공항에 부는 바람에 흰머리를 날리며 서 있었다.

"어서 오시오, 역도산!"

그 사내는 몹시 반갑게 역도산을 맞았다. 조 말코비치. 세인트루이스의 샘 마조닉(NWA 회장)과 더불어 태평양 연안의 프로 레슬링 경기를 좌우하는 프로모터의 대부(代父). 그는 하와이에 있는 알 카라시크가 형님으로 모시는 거물로서 '왓풀 이어'라는 닉네임을 갖고 있었다. 과거 프로 레슬러 시절에 부상을 당해서 귀가 우글쭈글해졌기 때문이었다. 그는 루 테즈의 스승인 에드 스트랭글러 루이스가 전성기이던 시절에 손꼽히던 강호였다.

그의 세력권 아래 있는 일류 프로 레슬러들은 일일이 열거할 수도 없을 정도였다. 세계 챔피언 루 테즈, 세계 태그 챔피언 샤프 형제, 레오 노메리니, 보보 브라질, 로드 레이튼……. 바로 그러한 거물 조 말코비치는 역도산의 첫인

138

상을 보자 마음이 든든한 모양이었다.

"역도산, 당신에 관한 이야기는 알 카라시크를 통해서 잘 들었소. 뭔가 굉장한 춥을 구사하는 모양인데, 앞으로 그 무기를 주특기로 삼으시오."

사흘 뒤, 역도산은 미국 본토에서의 첫 시합을 샌프란시스코에서 갖게 되었다. 상대는 악명 높은 닉네임 '켄터키의 폭탄'의 소유자 후렛 아킨스. 그는 자신의 닉네임만큼이나 손으로 쥐어뜯고 발길로 걷어차는 등 역시 거칠게 나왔다. 역도산은 이제껏 겪어보지 못했던 심한 공격을 받고서 시종 수세에 몰렸으나, 순간적인 기회를 포착하여 말코비치가 일러준 대로 체중이 실린 손날을 후렛 아킨스의 어깨에 수직으로 꽂았다.

어깨를 난타당한 후렛 아킨스는 맞을 때마다 다운되었다. 작두날 같은 위력이 아닌가. 연속해서 타격을 입고 녹다운되어 있는 아킨스에게 역도산은 몸을 날리듯이 덮쳤다. 보디 프레스.

심판이 외쳤다.

"원! 투! 스리!"

역도산의 극적인 폴승이었다.

그리고 사흘 뒤. 이번 상대는 스페인 선수인 마리오 데 소다였다. 그는 체중이 100킬로그램밖에 나가지 않는지라 얕보고 있었는데, 조 말코비치가 시합 전에 한 가지 사실을 일러주었다.

"역도산, 마리오 데 소다는 비열한 시합을 일삼는 선수니까 처음부터 끝까지 조심하시오."

역도산은 충분한 각오를 하고 출전하는 한편, 만일 상대가 거칠게 나오면 나올수록 본때를 보여주겠다고 이를 갈았다. 그는 나가자마자 마리오 데 소다의 어깨와 뺨에 잇따라 가라테춥과 손바닥 후려치기를 퍼부었다. 그런데 상대는 악명 높은 소문과는 영 딴판이었다. 역도산의 예봉(銳鋒)을 피하려고 자꾸 달아나기만 하는 게 아닌가.

"지저분한 놈!"

경기는 뜻밖에도 너무 싱겁게 끝나버리고 말았다. 역도산은 이기기는 했지만 내심은 불쾌했다. 겁먹고 도망 다니는 선수와 시합을 치르는 것도 못할 짓이라고 생각했다. 역도산은 상대가 누구이건 진정한 승부를 겨루고 싶었던 것이다

2차전을 끝낸 후 역도산은 샌프란시스코 시내 관광을 나갔다.

"이곳은 역시 호놀룰루와는 비교가 되지 않는군."

샌프란시스코는 역시 태평양 연안에서도 손꼽히는 대도시답게 번듯번듯한 고층 빌딩들이 그 위용을 자랑하고 있었다.

"이런 고층 빌딩만큼 위력적인 레슬러들도 많을 테지……."

그리고 사흘 뒤.

"이번 상대는 좀 다르오, 역도산."

조 말코비치가 말했다. 역도산은 그 말 한 마디에 괜히 어깨에 힘이 들어갔다.

"이름은 프리모 카르넬라. 그는 이곳에서 최상급의 인기 레슬러라고 할 수 있소. 전 프로 복싱 세계 헤비급 챔피언이며, 신장 202센티미터, 체중 128킬로그램의 거구라오."

그렇게 듣기만 했을 뿐인데도 상당한 위력이 느껴졌다. 도대체 2미터가 넘는다면 얼마나 큰 것인가.

"그리고 이번 시합은 메인 이벤트요, 역도산."

그 말을 들은 역도산의 가슴은 곧 터져버릴 듯이 벅차올랐다. 프로 레슬링의 본고장에서 드디어 메인 이벤트 시합을 갖게 되었던 것이다.

"역도산, 카르넬라 같으면 당신의 가라테춉에 어울리는 적수가 될 것이오. 그의 펀치도 무시할 수는 없으니까. 춉이냐, 펀치냐? 관중들은 두 사람 모두

에게 열광적인 응원을 보낼 것이오."

프로 레슬링은 이처럼 사흘에 한 번 혹은 일주일에 한 번씩 계약된 한 선수가 계속해서 시합을 벌여야 하기 때문에 상대 선수를 분석할 겨를이라곤 조금도 없었다. 시합 당일에 프로모터로부터 상대 선수가 누구인지를 통보받으며, 그때 짤막하게 상대 선수의 특징을 전해들을 뿐이었다.

"이 신문 보도를 보시오."

조 말코비치가 내민 일간지에는 스포츠면의 거의 전면을 차지할 정도로 대서특필되어 있었다.

'복서와 일본 스모토리의 결사적 대결.'

이 선전 문구가 미국인의 호기심을 자극시켰던 것일까. 샌프란시스코의 윈터 랜드 경기장은 수용 인원 5천 명을 훨씬 웃도는 많은 관중들로 가득 메워져 있었다.

"리키! 리키!"

"카르넬라! 카르넬라!"

응원하는 관중들은 유색인들과 백인들로 양분되어 있었다. 역도산은 긴장된 마음을 풀기 위하여 서너 차례 심호흡을 길게 하고서 장내로 들어섰다.

"리키! 리키!"

유색인들은 '리키'를 더욱 열심히, 목청껏 외쳐댔다.

역도산은 로프 상단을 오른손으로 잡고서 훌쩍 뛰어넘어서 링 안으로 들어갔다.

"역시 가라테춉의 명수라 다른걸."

"저 육중한 체구를 날려서 로프 위를 사뿐히 뛰어넘다니……."

관중들은 군침을 삼키면서 링 안으로 시선을 집중하고 있었다. 이제 곧 벌어질 시합은 어떤 고급 요리보다도 맛있을 것이다.

"카르넬라! 카르넬라!"

엄청난 환호성이었다. 역도산은 다리를 접었다 폈다 하면서 몸을 푸는 동안에, 카르넬라의 인기가 절정에 달해 있다는 것을 실감했다.

'바로 이거다! 저런 최상급의 인기 레슬러를 반드시 꺾어야 한다!'

역도산은 이를 악물었다.

마침내 열광하는 관중들의 환호성에 파묻힌 채 카르넬라가 링 위로 올라왔다. 2미터를 넘는 장신이다 보니, 로프 상단으로 성큼 넘어가는 게 오히려 자연스러울 지경이었다.

'정말 크군……'

역도산은 그 순간 거대한 기린 한 마리를 보는 것 같은 착시현상을 일으켰다. 아니, 맹수의 이빨이 달린 기린이라면 적당할까? 그러나 상대가 누구이든 간에 상관없었다. 오히려 크고 끈질긴 상대일수록 좋다고 생각했다. 그래야만 가라테춉과 손바닥 후려치기를 마음껏 구사할 수 있지 않은가.

'폴이 문제군……. 어떻게 하면 일어나지 못하도록 저런 거구를 짓누를 수 있을까?'

잠시 후 양 선수가 소개되었다. 그 순간, '카르넬라!' 와 '리키!' 를 외쳐대는 관중들의 해일 같은 환호성으로 장내는 곧 떠나갈 것 같았다.

땡!

역도산에게 공 소리가 이처럼 무겁게 들린 적은 없었다. 역도산은 탱크 부대 앞으로 돌진하는 병사처럼 맹렬히 달려들었다. 네가 무너지든 내가 무너지든간에 초전박살을 내고야 말겠다는 뜻이었다. 일단 아이리시 휩(irish ship) 기술로써 프리모 카르넬라를 매트 위에 넘어뜨렸다. 아이리시 휩 기술이란 상대방의 측면에서 한 손으로 상대방의 한쪽 팔을 감고 잡아당기면서 전방으로 던지는 기술이다. 1935년에 당시 세계 챔피언 대니 오마호니 선수가 고안해낸 특기인데, 유도의 배치기나 허리치기 기술에서 변형된 것이라고 할 수 있다.

그러나 프리모 카르넬라는 용수철처럼 곧장 튕겨 오르듯이 일어났다. 프로복서 출신이라 몸의 탄력이 좋았고 순발력도 있었다.

역도산은 틈도 주지 않고 곧바로 가라테춥을 거인의 어깨에 수직으로 날렸다. 약간 신경이 거슬린 듯 카르넬라는 야수처럼 거칠게 포효했다. 그리고 역도산의 가라테춥에 맞서 주먹을 휘둘렀다.

"욱!"

갑자기 강한 좌우 스트레이트 펀치를 몇 차례 안면과 몸통에 허용한 역도산은 견디지 못하고 매트 위에 벌렁 드러눕고 말았다. 왕년에 프로 복싱 세계 챔피언답게 가공할 만한 핵주먹이었다. 그러나 도저히 일어날 수 없을 정도로 심한 타격을 입은 것은 아니었다.

사실 펀치는 원시적인 형태의 반칙 가운데 하나였다. 손바닥을 펼친 상태에서 타격을 하는 손바닥 후려치기나 가라테춥과는 경우가 달랐다. 그런데 엄연한 반칙임에도 불구하고, 심판들은 펀치로 가슴이나 팔, 복부를 가격하는 것은 관중들의 흥미를 끌게 한다는 점에서 어느 정도 묵인하고 있었다. 그러나 하복부의 급소나 후두부의 급소를 강타당하는 경우에는 매우 위험한 것이 사실이었다. 충격을 줄이기 위해 글러브를 사용하는데도 실신이나 사망 사고가 더러 일어나는 프로 복싱의 경우를 보라.

역도산은 그러나 심판이 허용해주고 있는 카르넬라의 반칙을 절대로 두려워하지 않았다. 자신에게는 상대의 펀치를 충분히 제압할 수 있는 1톤급 파워의 가라테춥이 있다고 생각했다.

그런데 카르넬라의 공격은 거기서 그친 것이 아니었다. 쓰러진 채 기회를 엿보고 있는 역도산에게 벼락같이 달려들어 날렵하게 보디 시저스(body scissors) 공격을 펼치는 것이 아닌가. 보디 시저스는 자신의 양다리로 상대방의 허리를 교차 상태로 감아 가위질을 하듯이 조르는 기술로서, 다리가 긴 선수가 사용하면 더욱 효과적이며 공격을 당하는 선수는 복부를 상할 우려가 많다. 한때 에드 스트랭글러 루이스와 쌍벽을 이루던 조 스테커가 고안해낸 특기.

빠져나가려고 하면 할수록 카르넬라의 길고 굵은 다리는 역도산의 복부를 심하게 조여왔다. 이제야말로 위기의 상황에 처한 것이다. 펀치보다 무서운 공격이었다.

'상대의 펀치에만 신경을 쓰고 대비한 나머지, 이 자의 또 다른 특기를 몰랐군……'

방심의 결과였다. 역도산은 카르넬라의 강인한 다리 묶음 속에서 벗어날 묘책이 도저히 떠오르지 않았다. 호흡이 가빠왔다.

"기브 업! 기브 업!"

그는 더 버티지 못하고 마침내 항복 선언을 하고 말았다. 더 버티었다면 숨이 막혀 실신해버렸을지도 모른다.

역도산은 한 가지 중요한 것을 깨달았다. 누워서 겨룰 때는 길고 긴 수족(手足)을 가진 상대에게 자신이 불리하다는 사실을. 하지만 아직 역도산에게는 기회가 남아 있었다. 3판 2승제. 그러므로 한 판을 빼앗으면 이길 수 있는 기회도 생긴다. 역도산은 카르넬라의 강한 펀치 공격에도 결코 눕지 않고 버티었다. 그리고 그라운드 레슬링으로 빨려 들어가는 것을 경계하면서 시종일관 스탠드 레슬링을 구사했다.

마침내 절호의 찬스가 왔다. 프리모 카르넬라가 헛손질을 한 순간 그의 가슴팍과 어깨가 널찍하게 드러난 것이다.

"받아랏!"

역도산은 소리치며 오른쪽 손날을 높이 쳐들어 프리모 카르넬라의 어깨 위에 힘껏 내리꽂았다. 거인의 어깨가 허물어지는 것이 보였다. 역도산은 공격의 고삐를 늦추지 않았다. 작두날 같은 수직 가라테춉을 연속으로 내리꽂았다. 온 체중이 실린 1톤급의 파워였다.

"우우욱……"

카르넬라는 마침내 거목이 쓰러지듯 링 바닥에 나뒹굴었다. 비참했다. 역도산은 잽싸게 몸을 날렸다. 보디 프레스.

심판이 매트를 두들기며 외쳤다.

144

"원! 투! 스리이……."

역도산의 폴승이었다. 그러나 아쉽게도 시간이 다 가고 말아 시합 결과는 1 대 1 무승부. 역도산은 패하지는 않았지만 비로소 강적을 만난 기분이었다.

'이런 험난한 산은 결코 한두 봉우리에 그치지 않을 것이다.'

역도산은 링 위에서 내려오며 두 주먹을 불끈 쥐었다.

"이 바닥에서 살아남는 길은 오직 승리하는 것밖에 없다!"

어제의 적은 오늘의 동지인데

"역도산, 카르넬라가 당신에게 반했소. 강펀치와 살인적인 당신의 가라테 춉. 두 사람은 아주 잘 어울리는 한 쌍이 될 거야."

프로모터인 조 말코비치의 말이었다.

한 쌍이라니? 그것도 두 사람 모두 기진맥진할 정도로 거칠게 싸운 어제의 적(敵)과 한 쌍이라니? 역도산은 어리둥절했다. 말코비치는 큰웃음을 흘리며 덧붙여 말했다.

"왜, '어제의 적은 오늘의 전우'라는 말도 있지 않소. 이번에는 어제의 적이 었던 카르넬라와 태그팀을 짜고 겨루는 거요. 카르넬라의 펀치와 당신의 가라테춉이 콤비를 이루면 관중들로부터 상당한 갈채를 받을 수 있을 거요."

말을 듣고 보니, 역도산으로서도 수긍이 갈 만큼 그럴 듯했다.

"그렇다면 상대 선수는 누굽니까?"

"최강의 태그팀."

"최강?"

역도산은 신경이 곤두섰다.

"들어봤을 거요, 아마. 두 미남 형제로 짜여진 샤프 형제팀."

"아, 샤프 형제!"

역도산은 하와이에서 그들의 소문을 들어 이미 알고 있었다. 싱글 매치의 일인자가 루 테즈라면, 태그 매치의 일인자로는 단연 샤프 형제가 손꼽혔다.

"그렇지 않아도 그들과 꼭 한번 겨루어보고 싶었소."

역도산은 힘주어 말했다.

"대전 일자는 23일이오. 상대는 세계 태그 챔피언인 샤프 형제이니만큼, 그 시합에서 승리한다면 역도산과 카르넬라는 세계 최강의 태그팀이 되는 셈이오."

조 말코비치는 그 큰 덩치에 어울리지 않게 윙크까지 보내면서 말했다. 사실 조 말코비치는 이처럼 관중에게 어필할 수 있는 대전을 짜는 데 명수였다. 프로선수에게 있어서 관중에게 강한 인상을 남겨놓는 것만큼 중요한 일도 없었다. 물에 물 탄 듯하는 흐리멍텅한 선수라면 그날 이후로 다시는 링에 서지 못할 것이다.

"역도산, 우리 한번 해봅시다! 그 녀석들을 후련하게 해치워버리는 거요!"

프리모 카르넬라가 갑자기 나서서 언성을 높였다.

"왜, 그들에게 원수진 일이라도 있소?"

프리모 카르넬라의 낯빛이 흥분하여 다소 붉어져 있었다.

"내, 날짜도 잊어버리지 않소. 바로 작년 5월 16일의 시합이었소. 초대 세계 태그 타이틀 매치. 장소는 샌프란시스코. 나는 산다 자보와 함께 팀을 짜고 그들 샤프 형제와 맞붙었소. 그러나 지고 말았소. 그들은 그 시합에서 승리함으로써 초대 태그 챔피언이 되었고, 지금까지 타이틀을 지켜오고 있는 거요."

"그래서 복수하고 싶다 이거요?"

"그렇소. 그들의 특기는 터치 교대가 교묘하다는 점이오. 그러나 이번에야 말로 승부의 세계가 얼마나 냉혹한지 느끼게 될 것이오. 그때는 자보가 너무 못했소. 하지만 이번에는 역도산 당신이 있으니까 걱정 없지. 당신은 무조건 가라테춉을 휘두르시오. 나는 매서운 펀치를 먹여줄 테니까. 끊이지 않는 춉과 펀치에는 제아무리 최강자라도 버티기가 힘들겠지……. 흐흐흐."

프리모 카르넬라는 벌써부터 군침마저 흘리고 있었다. 그 정도로 치열한 복수 심리…….

이윽고 23일 밤이 찾아왔다. 장소는 샌프란시스코의 카우 팰리스. 논타이틀 경기는 대개 윈터 랜드에서 열리는 반면, 타이틀 매치는 카우 팰리스 차지였다. 체육관의 정원은 8천 명인데, 그 숫자를 훨씬 넘어설 정도로 많은 관중이 몰려들었다. 이것은 샤프 형제의 인기에다 카르넬라와 역도산의 인기가 더해진 탓이었다. 당사자인 네 명의 레슬러로서는 더없이 좋았지만, 마음 한편은 그만큼 더욱 흥분되었다.

샤프 형제는 똑같이 자색 점퍼를 입고 링 위로 올라갔다. 카르넬라는 검은 가운, 역도산은 성난 파도를 물들인 특색 있는 가운이었다.

링 위에 선 역도산은 서양 선수들의 체구가 확실히 크다는 것을 실감했다. 다른 세 선수는 더 이상 클 수 없을 것처럼 시원스런 장신을 자랑하는 데 비해, 역도산은 고작 180센티미터에 지나지 않았던 것이다. 카르넬라는 말할 것도 없고, 상대편인 샤프 형제도 머리 하나 크기는 더 얹혀져 있는 것 같았다.

마침 보비 브란즈가 샌프란시스코에 와 있었는데, 자청해서 역도산 조의 세컨을 보아주었다. 스승격인 보비 브란즈였으므로 역도산은 다소 마음의 위안이 되었다.

공이 울리고 시합에 접어들자, 역도산은 곧 샤프 형제의 위력을 실감할 수 있었다. 그들이 트레이드 마크로 삼고 있는 세계 제일의 팀워크를 인정하지 않을 수 없었다. 찬스를 포착하면 그들의 교묘한 터치 교대로 무산되고 마는 것이었다.

'이건 1 대 1의 시합이 아니긴 하지만, 그렇다고 2 대 2 시합도 아니다. 2 대 4이거나 2 대 3의 시합이다.'

역도산은 탄식했다. 그들 두 형제는 분명히 세 사람, 네 사람 몫의 힘을 발휘하고 있었다.

'이것이 피가 엉킨 형제의 호흡이란 말인가. 과연 무섭다.'

가령, 이런 식이었다. 카르넬라를 자기편 코너로 끌고가면 둘이서 재빨리 번갈아 교대하며 연거푸 공격을 퍼붓는 것이었다. 그러므로 공격하는 사람은 덜 지치고 공격당하는 사람만 일방적으로 지쳤다. 더욱이 역도산이 한 명의 샤프를 가라테춥으로 공략한 뒤에 폴로 누르려고 하면 어느 틈엔가 또 한 명의 샤프가 링 안으로 뛰어 들어와 역도산의 등허리를 짓밟아버렸다. 그러고 상황은 바뀌어버렸다.

샤프 형제의 끈질긴 팀워크……. 역도산과 카르넬라는 모두 혀를 내두르고 말았다. 역도산과 터치 교대를 하여 링 안으로 들어간 카르넬라는 드디어 화가 치밀었다.

"이 개새끼들!"

카르넬라는 마치 과거의 권투 선수 시절처럼 무자비하게 주먹을 내뻗었다. 강펀치는 잇따라 샤프의 안면에서 터졌다. 마침내 이마가 깨지고 피가 흘렀다.

"원! 투! 스리이……."

심판이 다섯까지 세었는데도 카르넬라의 펀치는 성난 코뿔소처럼 멈추지 않았다. 심판이 마침내 카르넬라의 반칙패를 선언했다. 카르넬라는 더욱 흥분하여 곧 심판을 후려칠 듯이 항의했다. 그러나 카르넬라의 펀치는 명백한 반칙이었으며, 그것도 카운트 5를 넘겼으니 반칙패를 모면할 수 없었다.

"권투 선수 출신답게 때리는 것이 좀 몰상식하군."

태그 매치에서는 다른 선수가 패하면 자기 자신이 패하는 것이나 마찬가지였으므로 역도산은 좀 실망스러운 표정으로 중얼거렸다. 역도산은 상대편 코너를 건너다보았다. 그가 바라보기에도 좀 안쓰러울 정도로 한 명의 샤프는 이마가 철저히 으깨어져 있었다. 검붉은 피는 가슴팍을 타고 흘러내려 팬티까지 얼룩지게 만들었다. 두 샤프는 얼굴과 신체 구조가 비슷하여 잘 분간이 가지 않았지만, 이마가 찢어져 얼굴이 피투성이가 된 쪽은 형인 벤 샤프였다.

승부의 세계는 냉혹한 것이었다. 역도산은 마음이 안되었지만, 한 번 더 지고 나면 완전히 패하는 것이므로 피투성이 상태의 벤 샤프를 상대로 가차없이 공격을 퍼부었다. 가라테춥, 손바닥 후려치기, 보디 슬램, 보디 프레스……. 역도산의 스피드가 돋보였다. 숨 돌릴 틈도 없는 역도산의 전광석화와도 같은 줄기찬 공격에 마침내 벤 샤프는 축 늘어지고 말았다.

"원! 투! 스리!"

역도산은 삽시간에 경기 상황을 동점으로 이끌었다.

'카르넬라에게 맡길 것 없이, 나 혼자 전력을 다해서 아예 끝장을 내버리자!'

시간이 얼마 남지 않은 것을 의식한 역도산은 2 대 1로 승부를 결정짓기 위해서 심판이 파이트를 외치자마자 또다시 쉴 틈 없는 맹공을 퍼부었다.

"리키! 리키!"

일본계 사람들뿐만 아니라 백인들까지도 역도산의 인파이팅을 성원했다. 샤프 형제의 교묘한 태그 기술에 식상한 탓인지도 몰랐다. 역도산은 쇠망치를 휘두르듯이 가라테춥을 퍼부었다. 그러나 시간은 역도산에게 승리의 여신을 불러다주지 않았다. 역도산은 자꾸만 카르넬라의 반칙 펀치가 유감스러웠다.

유혈이 낭자한 벤 샤프는 동생인 마이크 샤프와 세컨의 부축을 받아 비치적거리며 링에서 내려갔다. 무승부로나마 타이틀은 방어한 셈이었으니, 그야말로 상처뿐인 영광이었다.

"역도산, 미안하오. 내가 너무 흥분하고 말았어. 하지만 당신에게는 반드시 챔피언 벨트를 차지할 기회가 오고 말 거요. 오늘 시합에서 나는 졌지만, 당신은 이긴 거니까……."

카르넬라가 덩치에 걸맞지 않게 겸연쩍은 웃음을 흘리며 말했다.

"하하하, 괜찮소. 나는 전력을 다했기 때문에 만족스럽게 생각하고 있소."

태그 매치는 무승부로 끝남으로써 챔피언이 되지는 못했지만, 결과적으로 역도산은 좋은 경험을 한 셈이 되었다. 태그 매치에서는 어떤 기술이 필요한지를 생각하게 되었던 것이다.

조 말코비치가 타월을 두른 역도산의 강철 같은 어깨를 잡고서 말했다.

"역도산, 이번에는 이 말코비치가 당신에게 흠뻑 반했소."

치아를 드러낸 역도산의 환하고 넉넉한 웃음은 프로모터 조 말코비치의 의식을 사로잡고 있었다.

역도산의 첫 패전(敗戰)

역도산은 숙소로 돌아와서 태크 매치에 대해서 집중적으로 연구했다.

"벤 샤프와 마이크 샤프 두 사람은 모두 나무랄 데 없는 좋은 체격을 가졌다. 그런데 기술적인 면에서는 형인 벤이 앞서고 굳센 박력 면에서는 동생인 마이크가 앞선다……. 그러나 그들 형제를 보다 강하게 만드는 것은 반칙도 반칙이 아닌 것처럼 일사불란하게 움직이는 팀워크다……."

반칙도 반칙이 아닌 것처럼……. 역도산은 샤프 형제가 일년이 넘도록 타이틀을 방어할 수 있었던 것은 바로 반칙을 교묘하게 이용할 수 있는 숙달된 솜씨 때문이라는 사실을 깨달았다.

그렇다면 대관절 어찌하여 숙달된 반칙이 승리를 가능하게 하는 것일까? 태그 매치란 다시 말하면 복식 경기. 이 시합은 오스트레일리아에서 처음 시작되었기 때문에 미국에서는 오스트레일리안 태그 매치라고 불리고 있었다. 두 명의 선수가 한 조가 되어 상대편의 두 선수와 싸운다. 그러나 링 안에서는 반드시 한 사람만 나가서 싸운다. 그 동안 다른 선수는 자신의 코너에서 코너에 매어놓은 태그 로프(대기 선수가 잡고 있는 줄)를 잡고 줄이 움직일 수 있는 범위 안에서만 활동할 수 있다. 그리고 교대할 때는 반드시 같은 편 선수끼리 손과 손이 마주쳐야만 한다. 그래야만 코너에서 기다리던 선수에게 링 안으로 들어가 싸울 수 있는 권리가 부여되는 것이다. 그러므로 싱글 매치와는 경기 규칙 면에서 좀더 복잡한 차이가 있다. 복잡하다는 특징이 있기 때문에, 여기서 바로 반칙을 행할 수 있는 기회가 생겨나는 것이다.

역시 2 대 2의 태그 매치에서 관중들을 가장 흥미롭게 하는 것은 두 선수가 한 선수를 동시에 공격할 수 있다는 점이다. 프로 레슬링에서는 같은 헤비급일 경우에 선수 개개인의 실력 차이가 크게 벌어지지 않는다. 싱글 매치에서 두 선수의 균형이 싱겁게 깨지는 경우란 그리 많지 않다. 그렇기 때문에 태그 매치에서 두 선수가 한 선수를 공격한다면 매우 유리하다. 루 테즈와 같이 더없이 강력한 선수일지라도 두 명 앞에서는 똑같은 힘을 발휘할 수가 없는 법이다.

태그 매치에서는 주심과 부심 두 명의 심판이 시합 전개를 살펴보고 있기는 하지만, 그런 상황 속에서도 샤프 형제와 같은 태그 매치의 고수들은 어떻게든 심판의 눈을 속이면서 교묘한 반칙으로 시합을 전개하는 것이다.

역도산이 샤프 형제에게 당한 교묘한 반칙만 해도 무려 다섯 가지가 넘었다. 먼저 코너에 몰아넣기 작전이 있었다. 벤 샤프가 역도산을 자신의 코너로 몰아넣으면, 대기하고 있던 마이크 샤프가 역도산을 움직이지 못하게 붙잡고 그 사이에 벤 샤프는 맹공을 퍼붓는 것이다.

다음으로 장외 공격 작전이 있었다. 마이크 샤프가 뒤편에서 역도산의 양 어깨를 잡아 젖혀 자신의 코너로 밀어넣으면, 대기하고 있던 벤 샤프가 공격을 가하는 것이었다.

그리고 다리 잡기 작전이 있었다. 샤프 형제의 코너 부근에서 대전하고 있을 때, 벤 샤프든 마이크 샤프든 대기하고 있던 선수가 역도산의 다리를 잡아당긴다든지 움직일 수 없도록 누르곤 했다.

또한 노 터치 작전을 감행하는 것이었다. 마이크 샤프가 벤 샤프를 도와주

기 위해서 링 안으로 들어갈 때 터치를 하지 않고 들어가곤 했다. 다섯을 헤아
릴 동안에 퇴장하면 반칙패가 성립되지 않기 때문이었다.

그리고 샤프 형제는 이용하지 않는 방법이지만, 아주 지능적인 속임수 작전
이 있다. 대개 터치용 로프는 코너 기둥에 아주 단단히 매어져 있으므로 움직
일 수 없게 되어 있다. 그런데 그것을 고의적으로 풀어, 손을 마주칠 때에는
자신이 움직일 수 있는 범위를 자유롭게 확대하곤 하는 것이다. 샤프 형제는
더욱 교묘한 속임수를 쓸 줄 알았다. 벤 샤프가 손바닥을 치면서 나오는 소리
를 이용하여, 교대하기 위해 손과 손이 마주친 듯이 보이게 심판을 속이는 것
이었다.

그러나 역도산은 샤프 형제에게서 좋은 인상을 받았다.

"과연 두 사람은 우수한 프로 레슬러군요. 내가 이제까지 상대한 프로 레슬
러 가운데서 단연 최고의 실력을 가졌다고 할 수 있겠습니다."

조 말코비치에게 이렇게 소감을 말했을 정도였다.

더욱이 시합이 끝난 이후의 샤프 형제는 역도산이 감탄할 만큼 신사적이었
고 매너가 있었다. 남의 손가락질을 받을 만한 일상생활이라곤 조금도 하지
않는다고 조 말코비치가 칭찬까지 할 정도였다.

"뿐인가. 샤프 형제는 '남 도와주기 운동'의 열렬한 후원자이기도 하오. 자
신들은 링 위에서 온갖 난폭한 짓을 하더라도, 평상시엔 대단히 인정이 넘치
지. 자신들이 강하기 때문에 세상에 아무것도 두려울 게 없는 탓으로 여길 수
도 있겠지만, 그보다는 여느 사람과는 정신적으로 좀 다른 점도 없지 않소."

역도산은 샤프 형제에게 더없는 친근감을 갖게 되었다.

"역도산, 다음 상대는 더욱 강한데…… 바로 이놈이오."

조 말코비치는 사진을 한 장 내밀었다. 사진 속에서는 미식 축구 유니폼을
입은 강건한 사내가 허리를 구부리고 스타트 자세를 취한 채 전방을 잔뜩 노
려보고 있었다.

"보통 다부진 인상이 아니군요."

"그놈의 이름은 레오 노메리니. 모든 레슬러를 공포에 떨게 하는 괴력의 소유자지."

마침 샌프란시스코에 체류중인 보비 브란즈가 거들며 설명했다.

"전직 미식 축구 선수인가요?"

미식 축구라면 프로 야구 이상으로 미국인들로부터 인기를 끌고 있는 대형 프로 스포츠였다.

"아닐세. 현직 미식 축구 선수지."

"그럼 두 가지 운동을 한꺼번에?"

"그만큼 자신에 넘친다는 말이지. 그놈은 미식 축구 샌프란시스코팀의 주장으로서 타의 추종을 불허하는 폭발적인 인기를 얻고 있네. 프로 레슬러로서는 아직 신인이지만, 최고의 미식 축구 선수이기 때문에 그 파워를 무시할 수가 없어. 루 테즈마저도 핵폭탄 같은 신인이 나타났다고 경계할 정도니까."

"루 테즈에 필적할 만한 신인?"

"이미 챔피언의 자리에 올랐던 적도 있지, 물론 다시 빼앗기기는 했지만. 그 때까지 패배라곤 모르던 샤프 형제에게서 세계 태그 챔피언을 빼앗았던 거야."

"파트너는?"

"혼브레 몬타나. 그러나 역시 레오 노메리니의 강공이 돋보이는 한판이었지."

"그 녀석이 나의 다음 상대란 말이지요?"

"이제까지의 대전 경험과는 분명히 다를걸세."

"첩첩산중이군요."

"모든 산을 넘어가야 떳떳하게 세계 최강의 자리에 오를 수 있는 거야. 자, 힘을 내게, 역도산!"

"자신 있소!"

보비 브란즈의 말대로라면 레오 노메리니 또한 루 테즈에 버금가는 최강의 선수임에 틀림없었으나, 역도산은 그런 것에 상관없이 맞서 싸울 수 있는 용기가 넘쳐흘렀다.

"그래, 역도산은 반드시 잘 해낼 거야. 강한 레슬러와 대전해오는 동안 상당한 능력의 진보가 돋보이고 있으니까."

보비 브란즈는 역도산의 어깨를 툭툭 치며 격려해주었다.

시합 장소는 카우 팰리스. 이곳은 카르넬라와 한 편이 되어 샤프 형제와 대전했던 장소인데, 관중은 그때보다도 더 많았다.

"저게 다 노메리니의 팬들일세. 하지만 절대로 기죽지 말라구."

보비 브란즈가 귀엣말로 전해주었다.

역도산은 관중들의 틈바구니로 걸어 나갔다.

"헤이, 노란둥이!"

"자신을 알고 까불어야지! 상대가 누군 줄 알아?"

역도산의 귀로 거친 사내들의 야유가 쏟아졌다. 역도산은 신경쓰지 않고 링 위로 날 듯이 뛰어올랐다. 잠시 후 레오 노메리니가 장내로 들어섰다. 그 순간 관중들은 일제히 소리치기 시작했다.

"레오!"

"레오!"

샌프란시스코는 과연 레오 노메리니의 천국이었다. 미식 축구 경기장을 그대로 옮겨놓은 듯한 분위기였다. 미식 축구 톱스타로서의 인기가 프로 레슬링에도 그대로 전해진 셈이었다. 그러나 역도산은 위축되지 않았다. 노메리니에 대한 격렬한 성원에 대해서도 결코 서운해하지 않았다.

"멋대로 돼라!"

역도산의 내면에서는 일순 체념 비슷한 투지가 솟아올랐고, 두 주먹이 불끈 쥐어지며 어깨에 힘이 들어갔다.

레오 노메리니의 별명은 '사자(獅子)'. 공이 울리자마자 역도산은 질풍같이 달려들어 사자의 가슴에 무조건 가라테춥을 날렸다. 기선을 제압할 작정

156

이었다. 그러나 과연 레오 노메리니는 사자였다. 사자다운 체력과 박력의 소유자였다. 역도산의 어깨에 너무 많은 힘이 들어가 있었기 때문일까, 웬일인지 레오 노메리니는 역도산의 체중을 실은 가라테춉을 맞고도 넘어지기는커녕 비틀거리지조차 않았다.

'세다!'

역도산은 레오 노메리니의 힘에 기가 막힐 정도였다.

레오 노메리니의 주특기는 크로스 휩(cross whip), 즉 발십자 조르기. 레오 노메리니가 마침내 자신의 주특기를 걸고 나왔다. 자신의 양팔로 엎드린 상태에 있는 역도산의 양다리를 감아 잡고, 자신의 다리 힘으로 역도산의 어깨를 감아 누르면서 꺾어 누르는 것이었다. 엄청난 파워에 역도산은 온몸이 부서져버릴 것 같았다. 그러나 역도산은, "죽기 살기라면 나도 자신 있다!" 하고 외치는 체질이었다. 역도산은 강인한 어깨와 팔 힘으로 버티고 일어났다. 겨우 일어서는 순간 링 아나운서의 음성이 들려왔다.

"50분 경과!"

50분 3폴 승부제였으므로 시간은 얼마 남지 않은 상태였다. 그러나 링 위에선 사람에게 10분이란 실로 엄청나게 긴 시간이다. 체력이 떨어진 데다가 자칫 실수하면 찰나에 승부가 나버리기 때문이다.

역도산은 양팔로 어깨를 교차하여 주무르며 반격의 순간을 노렸다. 그런데 어떤 기술로 반격을 할까 미처 생각을 정리하기도 전에, 느닷없이 레오 노메리니가 대포알처럼 묵직하고 빠른 속도로 날아드는 것이 아닌가. 그것은 레오 노메리니의 결정적인 공격 무기인 플라잉 태클(flying tackle)이었다. 자신의 몸과 어깨를 앞으로 내어 미는 자세로 비행하면서 상대방의 안면이나 가슴을 강타하는 기술.

역도산은 옆으로 살짝 피했기 때문에 다행히 정면으로 맞지는 않았다. 그러나 안도의 한숨을 쉴 겨를도 없이 레오 노메리니는 거듭 플라잉 태클을 날려왔다.

"욱!"

123킬로그램의 체중이 역도산의 몸에 육중하게 부딪쳤다. 순간, 역도산의 몸이 링 위로 붕 솟구치는가 싶더니 링 줄을 넘어서 장외의 마룻바닥으로 날아가 떨어지고 말았다.

쿵!

역도산은 일어나려고 했으나 머리가 어지럽고 다리가 풀려서 마음대로 할 수가 없었다.

'음…… 방심이 낳은 실수다…….'

역도산은 간신히 정신을 가다듬고 링 위로 기어 올라갔다. 그러나 심판의 카운트는 이미 20을 넘은 상태였다. 카운트 20을 셀 동안 링 위로 복귀하지 못하면 패전하는 것이다.

결국 역도산은 링 아웃으로 한 판을 빼앗기고 말았는데, 정해진 시간은 이제 얼마 남지 않았다. 역도산은 몹시 초조해졌다. 자신의 프로 레슬링 경력이야 일천하기는 하지만, 신인 선수이긴 마찬가지인 레오 노메리니한테 허망하게 무너질 수는 없는 노릇이었다. 아직까지 패배를 모르던 역도산의 장도(長途)가 아닌가.

역도산은 더 이상 앞뒤를 가릴 겨를이 없었다. 링 중앙으로 나서자마자 오직 가라테춥으로 일관된 맹폭을 퍼부었다. 온 체중이 실린 강력한 파워였기 때문에 레오 노메리니도 놀라서 주춤거렸다. 그러나 시간은 곧 역도산의 맹공을 멈추게 만들었다. 시간 종료로 시합이 끝나고 말았던 것이다. 프로 레슬링에 입문한 이후의 첫 패배. 역도산은 가슴이 끊어질 듯 쓰라렸다.

"역도산, 너무 실망하지 말게. 이번에야말로 좋은 경험을 한 거야. 순간적인 마음의 빈틈이 얼마나 큰 결과를 초래하는가 충분히 느꼈을 테지?"

보비 브란즈가 위로의 말을 던졌다.

"그때 내가 왜 피하지 못했는지 모르겠소. 몸을 돌릴 여유가 없었던 건 아닐 텐데……."

"그만큼 노메리니의 플라잉 태클이 강력한 걸세."

"레오 노메리니……."

역도산은 그의 이름을 되뇌이며 링 위에서 내려갔다. 그러고 보비 브란즈의 뒤를 따라 퇴장하는데, 어디선가 고향의 체취 같은 것이 느껴졌다.

"역도산! 당신은 혹시 한국인이 아니오?"

한 황색인 관중이 이렇게 소리쳐 묻는 것이 아닌가. 정말 반가운 한국인의 목소리였다. 그러나 역도산은 기분 좋게 대답해줄 수 없는 처지였다. 역도산은 마음으로 외쳤다.

'I am a Korean!'

과연 언제까지 일본인 행세를 해야 하는가? 역도산은 마음이 한없이 갑갑했다. 그러나 아직은 시기상조라고 자신을 위로했다.

호텔로 돌아가 샤워를 마친 다음 침대에 누워 있어도 영 잠이 오질 않았다. 레오 노메리니의 태클 공격을 받고 링 밖으로 나가떨어지던 당시의 상황이 자꾸 반복되면서 뇌리를 떠나지 않았다. 1만 관중들 앞에서 자신의 치부를 고스란히 드러내 보인 것처럼 치욕스럽기까지 했다. 역도산은 밤새 잠을 이루지 못하고 뜬눈으로 누워 있었다.

이윽고 날이 밝아서야 미친 듯이 이렇게 부르짖었다.

"오냐! 이 복수는 반드시 하고야 말리라! 나는 한국인이다! 한국인은 미국인이나 일본인에게 절대로 지지 않는다!"

역도산의 눈빛은 성난 불길처럼 타오르고 있었다.

샌프란시스코에서 로스앤젤레스까지

"샤프 형제가 역도산과 다시 한 번 겨룰 것을 제의해왔소."

역도산은 조 말코비치의 말을 듣고서 쾌재를 불렀다. 그렇지 않아도 꼭 재경기를 치르고 싶었던 것이다. 그런데 그 기회가 너무도 빨리 찾아왔다.

"이번에도 카르넬라와 한 팀입니까?"

역도산으로서는 카르넬라의 반칙 펀치가 영 마음에 걸렸다.

"아니오. 마리오 데 소다."

역도산의 인상은 잔뜩 찌푸려졌다. 그는 시종일관 도망만 다님으로써 역도산에게 불쾌감만 잔뜩 안겨준 지저분한 레슬러가 아닌가.

"그 녀석이라면 스페인을 망신시키는 레슬러가 아닙니까. 스페인은 투우의 나라라는데, 설마 투우에게 쫓겨다니기만 하다가 엉덩이에 뿔을 받히고마는 비겁한 투우사 출신은 아니겠지요?"

"하하하. 태그 매치라지만 그 녀석은 사실 무용지물인 셈이지. 하지만 너무 실망 마오. 그 녀석은 샤프 형제한테 시종일관 두들겨맞는 역할을 잘 해낼 테니까. 역도산에게는 오히려 득이지 뭐겠소. 역도산은 그 대신에 샤프 형제를 두들겨 패주는 일을 잘하면 되는 거지."

경기는 역시 싱겁게 끝나고 말았다. 1 대 1 무승부. 예상대로 마리오 데 소다가 한 판을 빼앗기고 말았고, 역도산은 사력을 다하여 가라테춉을 퍼부음으로써 한 판을 빼앗아 동점으로 만들었다. 하지만 50분의 시간은 더 늘어나지 않았다. 그러나 역도산으로서는 후회 없는 경기를 펼친 셈이었다. 그리고 샤프 형제의 완벽한 팀워크에 다시 한 번 감탄하지 않을 수 없었다.

"역도산, 떠날 채비를 하시오."
샤프 형제와의 경기가 끝나고 나서 조 말코비치가 난데없이 그렇게 말했다.
"하와이로 돌아가는 겁니까? 미국 본토 경기는 겨우 이것으로 끝입니까?"
"그게 아니라 이번에는 로스앤젤레스요. 하와이에서 샌프란시스코 그리고 샌프란시스코에서 로스앤젤레스로."
"로스앤젤레스?"
"거긴 동양인이 많이 사는 땅이오. 당신 같은 일본인뿐만 아니라, 지금 한창 전쟁이 터져 난리인 한국인들도 많이 있소. 중국인들도 물론 많고……."
조 말코비치는 역도산이 한국인이라는 걸 모르고 그렇게 말했지만, 역도산으로서는 코끝이 찡하게 저려왔다. 아메리카에서의 한국 독립 운동의 본거지가 아니었던가.
'내가 바로 한국인이오.'
역도산은 그렇게 말하고 싶은 속내를 꾹꾹 눌러 참았다.
"그곳의 유력한 프로모터인 줄리어스 스트롬보와 연락이 되었소. 당신은 그곳으로 가서 상대를 가리지 않고 싸우기만 하면 되는 거요."
"한마디로 싸움 기계로군요."
"하하하. 그 표현이 적당하군."

줄리어스 스트롬보는 태평양 연안에서는 말코비치에 버금갈 만큼 유력한 프로모터로서, 장래가 돋보이는 레슬러들이 그의 밑으로 많이 모여들었다. 그리고 그도 역시 조 말코비치와 같은 시대에 활약한 실력 있는 프로 레슬러 출신이었다.

　로스앤젤레스에 도착한 역도산의 제1회전 상대는 산다 자보. 전(前) 세계 챔피언, 전(前) 태평양 연안 챔피언으로 나이는 벌써 40대 중반이었다.
　"그는 로스앤젤레스를 본거지로 삼아 시합을 하는 한편, 프로 레슬링 학교를 경영하며 후진 양성에도 힘쓰고 있소."
　줄리어스 스트롬보가 말했다.
　"프로 레슬링 학교?"
　"그렇소. 프로 레슬링 도장보다 훨씬 체계적인 수업이 가능하도록 훌륭한 시설을 갖추고 있소. 나랑 함께 가봅시다, 역도산. 산다 자보가 마침 학교에 있다고 하니까."
　과연 줄리어스 스트롬보의 말대로 이제껏 역도산이 트레이닝을 쌓아왔던 도장과는 전혀 다른 훌륭한 시설을 갖추고 있었다. 우선 빌딩 전체가 프로 레슬링 학교로서 섬세하게 이루어져 있으며, 그 안에서 많은 풋내기 레슬러들이 트레이닝에 몰두하느라 죄다 땀범벅이 되어 있었다.
　역도산은 줄리어스 스트롬보의 뒤를 따라 교장실로 들어갔다. 산다 자보는 이름이 주는 어감과는 달리 상당히 말쑥한 인상이었다.
　"LA로 온 것을 진심으로 환영하오, 역도산."
　"이런 훌륭한 선배와 겨루게 되어 무한히 기쁩니다."
　"어떠시오, 우리 학교가?"
　"훌륭한 시설에 탄복할 뿐입니다."
　역도산은 내심, '나도 언젠가는 이런 근사한 스포츠 학교를 운영하고 싶소.'라고 말하고 있었다. 역도산이 갖추고 있는 사업가적인 기질의 번뜩임이었다. 과거에 니다 건설에서 일본 제일의 인부가 될 수 있었던 것도, 실은 역도산의 타고난 사업가적 수완 때문이 아니었던가.

"트레이닝을 하는 젊은이들이 하나같이 믿음직한 체구의 소유자인 점도 무척 인상적이군요."

역도산이 덕담(德談)을 했다.

"미국이나 캐나다에서 활약하는 프로 레슬러는 무려 3천 명이 넘습니다."

이 말은 이미 보비 브란즈에게서 들은 적이 있었다. 그런데 산다 자보는 더욱 충격적인 사실을 들려주었다.

"하지만 그 가운데서 매년 5백 명 가량의 프로 레슬러가 사라져버리곤 합니다."

"5백 명씩이나?"

"아예 다른 길로 진출하는 사람도 있겠고, 나처럼 후진을 양성하는 일에 전념하는 사람도 있겠고, 또 스트롬보 씨처럼 영향력 있는 프로모터는 못 되더라도 작은 규모의 프로모터로 활동하는 사람도 있겠죠. 그러나 이것은 어디까지나 선수 경력이 화려하다거나 개런티를 많이 모았을 경우에나 가능하죠."

"그렇다면 그늘진 선수들은?"

"능력이 떨어지므로 팬들의 인기를 얻지 못하여 자연스럽게 도태되는 겁니다. 혹은 치명적인 부상을 당하거나 부상을 입은 후에 홀연히 링을 떠나버리는 경우도 있고……."

"그 치명적인 부상이란 게 도대체 어느 정도를 말하는 겁니까?"

역도산은 아직까지 병원에 실려갈 정도의 심한 부상을 입은 적은 없었다. 과연 미국 본토에서 활약하는 프로 레슬러의 길이 얼마나 험난한 건지 상세히 알고 싶었다.

"2년 전인 1950년 가을, 캐나다 몬트리올에서 일어난 일이었소."

산다 자보가 말했다.

"킬러 커월스키와 유콘 에리크의 대결. 이 두 선수는 모두 엄청난 인기를 끌고 있었소. 킬러 커월스키는 190센티미터가 넘는 거인이면서 몸무게도 130 킬로그램이나 나갔지. 그런 우람한 몸집으로 한때 캐나다 챔피언의 자리에도 오른 적이 있을 정도로 막강한 실력자였다오."

역도산은 무의식중에 군침을 삼켰다.

"킬러 커월스키. '킬러' 라는 닉네임 그대로 그는 살인자적인 공포의 레슬러였소. 그래서 아예 실력 차이가 나는 선수는 상대하지 않고, 세계적인 일류 레슬러들만을 상대로 싸웠소. 가령 루 테즈 같은……."

루 테즈 같은 강력한 상대만 골라서 겨룬다?

"킬러 커월스키와 겨루게 된 유콘 에리크 또한 대단한 레슬러지요. 알래스카에서 캐나다로 흐르는 줄기찬 힘의 강이 있소. 바로 유콘 강. 그래서 그의 닉네임이 유콘 에리크가 된 것이오. 그는 원래 산에서 나무를 찍어대는 평범한 나무꾼에 지나지 않았는데, 어느 날 그의 몸집이 크고 힘이 센 것을 발견한 한 프로모터가 그를 설득했소. 그래서 유콘 에리크는 프로 레슬링에 입문하게 된 것이오."

줄리어스 스트롬보가 산다 자보의 설명에 짤막하게 덧붙였다.

"그가 루 테즈 같은 투지만 갖추었다면 진작에 세계 챔피언이 되었을 것이오. 유콘 에리크는 보통 사람의 대여섯 배나 되는 괴력을 가지고 있으니까. 그 괴력으로, 두 복면 선수를 양팔에 잡아 더블 헤드 록을 구사할 정도지."

"굉장한 힘이군요."

역도산은 혀를 내둘렀다.

산다 자보가 다시 말을 이어갔다.

"킬러 커월스키는 보통 사람의 대여섯 배가 넘는 엄청난 힘을 가진 유콘 에리크를 냅다 메다꽂았소. 그리고 쓰러져 있는 유콘 에리크의 몸 위에 자신의 주특기인 강력한 니 드롭(knee drop)을 날렸소."

니 드롭은 점프하거나 로프 위에서 뛰어 내려오면서 한쪽 무릎을 꿇는 자세로 상대방을 강타하는 기술이다. 다만 한쪽 다리로 먼저 링 위에 뛰어내려 버티어 서기 때문에 다른쪽 무릎 공격의 충격을 다소 완화시킬 수가 있다. 만약 그렇게 하지 않고 무릎에 온 힘이 실려서 상대방을 가격한다면 상대방이 치명상을 입을 건 뻔한 일이다.

"그런데 유콘 에리크가 피하느라 얼굴을 돌린다는 것이 그만 실수가 되고 말았소. 버팀발 역할을 해줘야 할 왼발이 유콘 에리크의 귀에 세게 충돌했고, 그 순간 유콘 에리크의 귀는 감쪽같이 뚝 떨어져버리고 말았소."

"귀를 깎아낼 정도였으니……."

"유콘 에리크는 순식간에 왼쪽 귀를 잃어버렸으며, 그 뒤로 그의 별명은 유콘 에리크가 아니라 '외짝 귀의 에리크'가 되고 말았소."

"끔찍하게 불행한 선수로군요."

그러자 줄리어스 스트롬보가 거들었다.

"불행하기는 킬러 쪽도 마찬가지지. 물론 고의적인 일은 아니겠지만, 커월스키는 그 일로 해서 요즘 노이로제에 걸려 있소. 언제 다시 매트 위에 복귀하게 될는지……."

역도산은 이 사고 외에도 좀더 많은 사고 사례를 귀담아들어 두었다. 이것은 세계를 제패하기까지 자신의 부상을 방비할 대책이 될 수도 있기 때문이었다. 1930년에 마이크 로마노가 워싱턴 어리너에서 상대 선수의 보디슬램에 잘못 걸려 떨어져 목뼈가 부러짐으로써 숨을 거둔 일. 1928년에 조 스테커가 에드 스트랭글러 루이스의 헤드 록에 장시간을 버티다가 머리에 이상이 생김으로써 만년(晩年)에는 정신착란증을 일으키게 되고, 그 뒤로 미네소타 주 연방 정부 병원에서 쓸쓸한 여생을 보내게 된 일. 부디 오스틴이 파일 드라이버 (pile driver)를 잘못 써서, 두 명의 레슬러를 두개골 파열과 목뼈를 부러뜨려 저승으로 보내버린 일. 파일 드라이버는 상대방의 전방에서 등 위를 덮쳐 자신의 가슴을 상대방의 등에 밀착시키고 양팔로 허리를 감아 들면서 상대방의 양다리가 자신의 어깨 위로 걸치게 회전시켜 방아를 찧는 기술로, 공격을 당하는 사람은 수직으로 뒤집힌 채 머리를 내려찍힌다.

"이런저런 사고로 부득이 링을 떠나게 되는 사람이 많지요. 그럼에도 불구하고, 가슴 벅찬 희망을 안고 프로 레슬링으로 향하는 문을 두드리는 젊은이들이 줄잡아 매년 5백 명에 이릅니다."

"꽤 많군요."

"제자들을 지도하면서 늘상 느끼는 바지만, 녀석들은 대개 몸으로 부딪쳐서 갑부가 되려는 꿈을 갖고 있는 겁니다. 루 테즈를 보세요. 그는 '지상 최강의 철인'이요, '레슬링의 신(神)'이라는 별명에 걸맞게 수백 연승의 대기록을 수립하고 있지만, 또한 대부호로도 소문나 있습니다. 궁전과 같은 별장에서 여러 개의 회사, 더욱이 2천만 달러가 넘는 엄청난 재산을 가지고 있지요."

산다 자보의 그 말을 듣는 순간, 역도산의 눈빛이 예리하게 빛났다.

새해 첫날의 정종

산다 자보는 로스앤젤레스에서 상당한 인기의 아성(牙城)을 쌓아놓은 굵직한 존재였다. 줄리어스 스트롬보에게는 역도산이 아직 미지수였으므로, 역도산의 첫 시합 테스트 상대로는 산다 자보가 적당했을 것이다.

그런데 역도산의 젊은 패기와 힘 앞에서 40대의 산다 자보는 너무나도 무기력했다. 역도산의 가라테춉 몇 발에 간단하게 나가떨어졌다. 이것은 역도산을 테스트하기 위한 시합이므로, 산다 자보는 애당초 승부에는 별 관심이 없었던 건지도 모른다. 승부에 집착하게 되면 그만큼 위험 부담도 따르는 법. 그래서 승부욕이 없는 프로 레슬러는 적당히 지고 말 수도 있는 것이다.

아무튼 역도산은 줄리어스 스트롬보의 돈벌이에 일익을 담당해줄 특징 있는 프로 레슬러로서 자리가 매겨졌다. 더욱이 산다 자보를 물리쳤기 때문에 순식간에 많은 팬을 확보할 수 있었다. 야유를 보내는 관중들도 팬은 팬인 것이다. 가령 반칙 전문의 악역 레슬러들일수록 팬들이 많은 것도 그러한 이유에서다.

역도산에게는 이제 매주 6회씩의 시합이 주어졌다. 그만큼 많은 팬들이 역도산의 경기를 선호하게 되었다는 것을 증명하는 셈이었다. 누구든 상대가 주어지면 역도산은 링 위로 올라갔고, 붙어 싸우면 이겼다. 한 차례쯤 패배할 법도 한데, 역도산은 그런 자존심 상하는 구경거리를 팬들에게 제공하지 않았다. 그것이 어쩌면 역도산의 인기를 계속 상승시키는 요인인지도 몰랐다.

"리키도잔!"

일본계 주민들이 길거리를 걷는 역도산을 부르며 환호하는 일들이 빈번해졌다.

"아이 러브 리키도잔!"

'사랑한다'는 말도 영어로 하면 사용하기가 쉬어지는 모양이었다. 이런 말을 하는 것은 비단 일본계 여자들뿐만이 아니었다. 금발에 크게 출렁거리는 가슴과 둔부를 가진 백인 여자들도 마찬가지였다.

"헤이, 리키! 아이 러브 유!"

사인을 요청하는 백인도 있었고, 심지어 말을 나누고 싶어하는 백인도 있었다. 선글라스를 쓰고 다녀도 쉽게 그를 알아보았다.

"텔레비전에서 당신의 춤을 보았소. 나한테도 지금 당장 가르쳐줄 수 있겠소? 나의 여자친구에게 자랑하고 싶소."

그런 익살스런 팬도 있었다.

"그럼 우선 한 방 선사할 테니 맞아보시오."

역도산이 능청스럽게 받아넘기면 그 팬은 놀라서 혼비백산, 줄행랑을 놓기가 일쑤.

아무튼 1952년의 시합을 단 1패도 기록하지 않고 잘 마무리지은 역도산은, 1953년 새해를 머나먼 이방 로스앤젤레스에서 맞이했다. 점심때쯤 되어 일본계 주민이 경영하는 일본 요리집으로 들어갔다.

"정종에 바닷가재 좀 주시오."

주방장 겸 주인이 요리를 만들다 말고 나와 역도산을 반겼다.

"역도산님, 정초부터 저희 집을 찾아주신 걸 무한한 영광으로 생각합니다."

"뭘요……. 쓸쓸한 데다 게살 생각이 간절히 나서 온 건데……. 로스앤젤레스에서도 게나 가재를 먹을 수 있는 집이 이렇게 있으니까 내가 오히려 고맙지요."

"과분한 말씀이십니다."

얼마 후, 역도산이 좋아하는 바닷가재 요리와 정종이 나왔다.

"제가 한잔 따라 올리겠습니다."

"고맙소."

이 머나먼 미국 대륙에서도 마음껏 마실 수 있는 뜨거운 정종은 역도산의 허전한 마음을 조금이나마 달래주는 보약과도 같았다.

"언제까지 미국에서 시합하실 겁니까?"

"글쎄요……. 좀더 순회 시합을 가져야겠지요."

"결혼은 하시지 않았습니까?"

순간, 역도산은 술기운이 급속도로 오르는 기분이었다.

"결혼? 후우……."

한숨부터 나왔다. 문득, 스모 선수 생활을 그만두기 위하여 상투를 자를 때의 생각이 떠올랐다.

"아이들이 보고 싶소."

"예? 그렇다면 결혼을 하셨군요?"

"딸아이 하나와 두 사내아이가 있소. 씩씩한 아이들이죠. 어미 없이 자라면서도 결코 눈물을 내비치지 않는……."

그랬던가? 아이들이 정말로 헤어진 친어머니 생각으로 눈물을 내비친 적이 없었던가. 아이들에게 있어서 친어머니란 존재는 그야말로 필요한 존재가 아니던가. 역도산의 생각은 좀더 과거 속으로 묻혀 들어갔다.

'북녘땅에 계실 어머니……. 지금은 전화(戰火)가 한창이라는데 무고하신 걸까……. 무슨 일이 일어난 건 아닌지……. 모모다 미노스케를 따라 일본으로 건너오지 않았다면 나는 지금쯤 무슨 일을 하고 있을까……. 1937년에 중

일전쟁이 터지면서 한반도는 전시 체제로 바뀌었고 젊은이는 무조건 전쟁에 강제 동원시켰다. 신사 참배를 강요받았으며, 1939년에는 창씨개명으로 나의 이름이 김신락에서 가네무라 미쓰히로로 바뀌었었다. 그때 나는 어쩌면 전쟁에 끌려가 개죽음을 당했을지도 모른다.'

사람의 운명이란 한치 앞도 예측할 수 없는 것이었다. 어느 때 어느 장소에서 어떤 사람을 우연히 만나면서 인생은 180도로 바뀔 수 있다. 역도산과 해롤드 사카다의 만남이 바로 그런 식이었다.

역도산이 해롤드 사카다를 만나지 못했다면 지금쯤 무슨 일을 하고 있을 것인가? 일본 제일의 인부로서 혹은 사업 수완이 돋보이는 기업 간부로서 스모 선수 생활을 그만둔 것을 못내 아쉬워하며 살아가고 있을 것인가? 역도산의 가슴속에는 잔잔한 슬픔과 내일을 자신하는 원기(元氣) 같은 것이 한데 어우러져 물결 치고 있었다.

일본 요리집에서 가족도 없이 혼자서 새해를 축복하고 있는 한 이방인 프로 레슬러의 심정은 그만큼 공허하기도 하거니와, 한편으로는 희망적이기도 했다.

"주인장, 나를 줄곧 지켜보시오. 내게 패배의 치욕을 안겨준 레오 노메리니는 물론, 세계 최강이라는 루 테즈도 반드시 내 앞에서 무릎을 꿇게 할 테니까."

역도산은 미국 본토에 상륙한 뒤로 수많은 시합을 치르면서 이제는 프로 레슬링에 상당한 자신감을 얻게 되었다. 그리고 이러한 격투기는 유도와 스모가 전통적인 인기를 구가받고 있는 일본에서도 환영받을 수 있으리라고 생각했다.

더 마시고 싶은 술을 꾹 참고 호텔로 돌아온 역도산은, 며칠 전에 날아온 한 장의 편지를 읽어 나갔다.

'……나는 늘 역도산의 건투를 빌고 있네……'

이따금 안부를 물어오는 니다 건설 사장 니다 신사쿠의 편지였다. 역도산은 답장을 써나갔다.

'이곳에는 일일이 헤아릴 수 없을 만큼 훌륭한 프로 레슬러들이 많이 있습니다. 그러나 저는 추호도 양보하지 않고 대결해 나가리라고 작정했습니다. 그리하여 누구에게나 인정받는 훌륭한 레슬러가 된 뒤에 돌아가도록 하겠습니다.'

쓸쓸하다……. 허전하다……. 그러나 이 처절한 고독과의 싸움에서 기필코 이겨 나갈 것이다. 이것이 진정한 프로 레슬러의 삶이다.

홀연히 두 글자가 그의 커다란 몸을 휘감아왔다.

'인고(忍苦).'

역도산은 두 주먹을 불끈 쥐었다.

공포의 붉은 전갈

"그것 참 고약한 인상이군."

줄리어스 스트롬보 옆에 앉아 있는 낯선 사내를 보고서 역도산은 생각했다. 얼굴색이 붉어서 더욱 사나워 보인다.

"역도산, 인사하시오. 이 사람의 이름은 탐 라이스. 닉네임은 레드 스콜피언."

역도산이 맞은편 자리에 앉자 스트롬보가 말했다.

레드 스콜피언이라면 '붉은 전갈'이 아닌가.

"왜 하필 그런 닉네임을?"

역도산은 음산한 웃음을 흘리고 있는 레드 스콜피언을 쳐다보았다.

"레드 스콜피언이란 별명을 갖게 된 데는 나름대로 납득할 만한 이유가 있소."

줄리어스 스트롬보가 말했다.

"이 친구의 몸은 일년에 한 번씩 주기적으로 붉어지는데, 그때는 상대가 손을 쓸 수 없을 정도로 미친 듯이 사납고 난폭해진다오."

"그럼 지금이 바로 그런 시기란 말입니까? 화가 나고 미쳐서 날뛰는 시기?"

역도산의 웃음 섞인 말을 듣고 레드 스콜피언의 얼굴이 더욱 붉어졌다.

"호, 그런가? 글쎄, 그러고 보니 그런 것도 같군."

줄리어스 스트롬보는 레드 스콜피언의 얼굴을 유심히 살펴보고서 말을 이었다.

"미국의 네바다 주에는 붉은 전갈이란 독충(毒虫)이 살고 있소. 그 시기에는 강렬한 독을 품고 있기 때문에 짐승이든 사람이든 일단 쏘이면 즉사하고 만다오. 바로 그러한 증상을 탐 라이스가 꼭 빼어 닮았기 때문에 레드 스콜피언이란 닉네임을 얻게 된 거요."

"으하하하하!"

역도산은 탐 라이스가 레드 스콜피언이 된 유래를 듣자 갑자기 터져 나오는 웃음을 참을 수가 없었다.

"끄응!"

레드 스콜피언은 변비를 앓는 사람이 쭈그리고 앉아 기운을 쓰고 있는 것처럼 기묘하게 찌푸린 인상을 지었다.

'정말 재수없는 인상이군……'

역도산은 그의 인상에서 다소 불길한 예감을 받았다.

"역도산, 어떻소? 이 격투사와 한번 붙어보는 게……."

"격투사?"

"그렇소. 레드 스콜피언은 레슬러보다 오히려 격투사로서 가공할 위력을 발휘하고 있소. 왕년에 날리던 프로 복서인데, 미국 대륙에서 24연속 KO승을 기록했었소. 마침내 대전할 상대가 떨어지자 활동 무대를 유럽으로 옮겼소. 미국의 무쇠 주먹과 유럽 챔피언간의 빅 이벤트. 초반부터 유혈이 낭자한 보기 드문 난타전이 벌어졌소. 유럽 챔피언의 턱에 금이 갈 정도였으나, 심판의 편파적인 경기 운영과 판정에 의해 탐 라이스는 패하고 말았소. 이에 분개한 탐 라이스는 순식간에 레드 스콜피언으로 돌변하여 심판의 턱을 사정없이 부쉬버렸지."

"흐흐흐……. 단 한 방의 베어너클에 그 녀석의 입 안에는 잇몸밖에 남지 않았지."

역도산을 노려보며 레드 스콜피언이 음산하게 웃었다.

주심을 때린 복서 탐 라이스. 그 바람에 그는 권투계에서 영원히 축출되어 버렸고, 그 길로 붉은 전갈이 되어 프로 레슬러로 살아가게 되었던 것이다.

"역도산, 어떻소? 탐 라이스와 한판 붙어보겠소?"

역도산은 상대가 강해 보이면 보일수록 한치도 물러서지 못하는 체질이었다.

"좋습니다!"

역도산은 붉은 전갈의 허리를 칼날 같은 가라테춉으로 두 동강내버리겠다고 생각하며 탐 라이스의 도전을 흔쾌히 받아들였다.

시합 당일 아침. 스포츠 신문에는 역도산 대 레드 스콜피언의 시합 기사가 대서특필되어 나왔다. 특히 레드 스콜피언의 인터뷰 기사가 세인들의 눈길을 끌었다.

'역도산, 역도산 하는데, 그가 과연 스트롱 마운틴이냐? 팬들은 이 붉은 전갈이 가라테춉을 깨뜨리는 것을 분명히 보아두시오. 이번 시합을 계기로 춉을 무기로 쓰는 괴이한 레슬러들을 전멸시키겠다.'

역도산은 이 기사를 읽고 콧방귀를 날렸다.

"녀석, 가라테춉이 무섭긴 무서운 모양이군."

기자들 역시, '하와이와 샌프란시스코를 흥분시킨 역도산 춉, 로스앤젤레스의 붉은 전갈을 과연 깨뜨릴 것인가.' 하는 식의 기사를 쓸 정도로 흥미를 느끼고 있었다.

역도산이 좀더 분석해본 바에 의하면, 그의 주특기는 우선 해머 블로였다. 해머로 내려치는 듯한 무게가 실린 라이트 스트레이트. 그 라이트 스트레이트에는 간혹 강한 스냅이 실린다. 군함의 스크루처럼 소용돌이를 일으키며 돌아가는 칼날 주먹. 강한 스냅이 실린 라이트 스트레이트를 맞으면 안면의 살점이 신문지처럼 부욱 찢겨져 나간다. 게다가 레드 스콜피언은 무용수처럼 춤을 잘 출 정도로 유연한 허리를 가졌으며, 클레이 사격(클레이 피전, 즉 석회와 피치를 섞어 만든 원반 모양의 표적을 공중에 던져 산탄으로 쏘아 맞히는 사격 경기)의 베테랑일 정도로 눈이 빨랐다. 한마디로 삼위일체화된 레슬링의 인파이터인 것이다.

그러나 역도산은 레드 스콜피언의 그러한 가공할 힘에 절대로 기죽지 않았다. 오히려 레드 스콜피언에게 자신의 끓어오르는 기운을 선사해주고 싶어 시합 시간이 기다려질 뿐이었다.

마침내 그 시간이 왔다. 장소는 로스앤젤레스의 올림픽 오디트리엄. 심판은 프로 복싱 전 세계 헤비급 챔피언인 잭 뎀프시. 링 아나운서가 심판을 소개하자 관중들은 열렬한 환호를 보내주었다. 시합을 하는 레슬러 이상으로 잭 뎀프시는 은퇴 후에도 꾸준한 인기를 끌고 있었다.

잠시 후, 사각의 링 위에 거대한 두 구(具)의 몸집이 자기 코너를 등지고 마주 섰다.

"홍 코너 250파운드…… 일본의 영웅…… 리키…… 도…… 잔……!'

링 아나운서가 역도산을 소개했다. 절반은 거친 야유조의 함성, 절반은 환호성 같은 느낌을 역도산은 받았다.

"저놈이 일본의 영웅이냐? 그렇다면 죽여라!'

"원수 같은 가미가제!'

야유를 퍼붓는 사람들은 비단 백인들뿐만이 아니었다. 중국인 그리고 역도산과 같은 핏줄인 한국인들도 끼여 있었다.

'나의 동포들도 일본 국적으로 살고 있는 나를 원수 보듯이 하고 있다……'

한국은 아직 전쟁중. 자신이 프로 레슬러로 살아남고 성공하기 위해서는 일본 땅이 필요했다. 역도산은 잠시 현기증을 느끼며 몸을 떨었다.

'이들과 싸우는 내 마음은 언제나 한국인이오!'

역도산은 가슴으로 외쳤다.

"리키! 리키!"

역도산을 응원하는 관중들은 거의가 일본계였으며, 그의 가라테춉에 매력을 느끼고 있는 백인들도 더러 끼여 있었다.

때앵!

링 위에 마주 선 두 거인의 머리 위로 마침내 공 소리가 울려퍼졌다. 역도산은 링 한가운데로 돌진하기 전에 먼저 레드 스콜피언의 눈빛을 쏘아보았다. 전에 없이 불길한 눈빛이었다. 섬뜩한 살기가 느껴졌다. 역도산은 마음을 굳게 다지려고 이를 악물었다. 탐 라이스는 역도산보다 키가 10센티미터 가까이 커 보였으나, 역도산은 이미 2미터가 넘는 거구 프리모 카르넬라와도 싸워본 경험이 있었기 때문에 별다른 위압감은 들지 않았다.

레드 스콜피언은 링 한가운데로 다가서자마자 선제 펀치를 날리고, 팔굽으로 치는 엘보 스매시 공격을 해왔다. 처음부터 반칙으로 총공세를 취하는 것이었다. 역도산은 질세라 도끼날을 찍듯이 수직으로 내려치는 가라테춉을 날렸다. 가공할 주먹과 가공할 손날의 교환이었다. 장검(長劍)이라도 후려친 듯 허공을 가르는 손바람 소리.

관중들은 숨을 죽이고 링 위로 시선을 모았다. 링 위에서는 곧 무슨 사건이 일어날 것처럼 살벌한 분위기가 감돌고 있었다. 레드 스콜피언은 속사포처럼 빠른 역도산의 가라테춉을 유연한 허리를 이용하여 요리조리 피했다. 레드 스콜피언은 상체를 약간 굽힌 상태로 역도산의 허점을 노리고 있었다. 어느 순간에 가공할 스크루 펀치가 날아올지 모른다. 그러나 체중이 실린 손날 공격을 몇 번 실패하는 동안 역도산은 몸의 긴장을 늦추어버렸다.

바로 그때, 레드 스콜피언의 온몸이 구릿빛으로 검붉게 달아오르더니, 일순 전광석화 같은 연타를 쏘았다. 좌우로 교차하여 이어지는 더블 펀치의 연속,

그리고 스냅이 실린 스트레이트. 연속되는 반칙 공세를 심판인 잭 뎀프시는 고스란히 허용해주었다. 역도산은 잠깐 사이에 레드 스콜피언의 펀치를 다발로 얻어맞고 곧 다운될 것처럼 휘청거리는 신세가 되고 말았다.

그러나 역도산은 로프 반동을 이용해 빠져나오면서 레드 스콜피언의 명치에 손날을 날렸다. 몸은 지쳐 있었지만 역도산의 손날은 녹슬지 않았다. 레드 스콜피언은 주춤거리며 다시금 기회를 잡으려고 눈을 번뜩였다. 그러나 역도산은 일단 기회를 잡으면 놓치는 법이 없었다. 역도산의 연속되는 가라테촙을 잇따라 허용한 레드 스콜피언은 잠깐 사이에 수세로 몰렸다. 전세는 역전되었다. 역도산의 가라테촙이 시합을 곧장 마무리지으려는 듯 폭발적으로 레드 스콜피언의 어깨 위로 떨어졌다. 120킬로그램의 체중이 고스란히 실린 강타였다. 레드 스콜피언은 매트에 무릎을 꿇고 넘어졌다.

'이놈이 나를 그라운드 레슬링으로 끌어들이려는가?'

역도산은 피나는 훈련과 실전 경험으로 그라운드 레슬링에도 어느 정도 자신을 갖고 있었다.

"그 전에 끝장낸다!"

역도산은 폴로 가져가기 위하여 곧장 리스트 록(wrist lock) 공격으로 들어갔다. 리스트 록은, 자신의 한 팔로 상대방의 손목을 감아 잡고 다른 한 팔은 떠받치는 형태로 잡으면서 자신이 후방으로 회전하여 상대방을 던지는 기술이었다. 그러나 레드 스콜피언은 유연한 허리를 이용하여 역도산의 팔 조르기 동작에서 빠져나갔다.

'쥐새끼 같은 놈이군.'

어느 틈에 역도산의 등 뒤로 돌아간 레드 스콜피언은 재빨리 역도산의 발목을 잡아 넘어뜨렸다. 그러고는 빠른 속도로 등 위에 올라탔다.

'이런……'

역도산이 허점을 보였구나 싶은 순간, 레드 스콜피언은 곧장 자신의 주특기인 보스턴 글러브 홀드(boston glove hold) 제1형으로 들어갔다. 이것은 매트에 엎드린 상대방의 등에 거꾸로 올라타서 양팔로 상대방의 양다리를 감아 잡고 허리를 꺾는 기술인데, 일단 걸려들면 탈출이 거의 불가능했다. 역도산은 참을 인(忍) 자 하나를 가슴에 새기며 버티었다. 곧 등뼈가 부러질 듯한 통증이 쏟아졌다. 역도산은 혼신의 힘을 다해 허리를 들었다. 탈출 방법은 허리의 힘으로 버티면서 튕겨내는 수밖에 없었다.

"이얍!"

역도산의 힘에 의해 레드 스콜피언은 저만치 튕겨나갔다. 레드 스콜피언의 안면에는 땀이 비오듯 흘러내리고 있었다. 보스턴 글러브 홀드 기술은 상대방을 폴로 제압하거나 기권시킬 수 있는 공포의 기술인 반면에, 공격하는 사람도 혼신의 힘을 다하지 않으면 실패한다. 그래서 레드 스콜피언도 지칠 대로 지쳐버렸다.

"리키! 반격해라!"

"허리를 꺾이다니! 억울하지도 않은가!"

역도산의 가라테촙을 좋아하는 팬들과 일본계 관중들이 세찬 물결처럼 아우성치고 있었다. 역도산은 그렇지 않아도 화가 머리끝까지 솟구친 상태였다. 두 주먹이, 힘줄이 뚜렷하게 솟을 정도로 불끈 쥐어졌다.

"이엽!"

로프에 기대어 서 있는 레드 스콜피언에게 불도저처럼 밀듯이 달려간 역도산은 가차없이 온 힘을 실은 가라테촙을 수직으로 내리쪘었다.

퍼억!

무방비 상태에서 어깨에 강력한 가라테촙을 서너 대 허용한 레드 스콜피언은 황급히 몸을 피했다. 찰나, "우욱!" 하고 비명을 지르며 레드 스콜피언의 거구가 일시에 허물어져내렸다. 가라테촙을 피하려다가 실수로 목을 얻어맞은 것이다. 팔은 안으로 굽는 법인가. 역시 프로 복서 출신인 잭 뎀프시는 기다렸다는 듯이 달려와 역도산에게 반칙패를 선언했다. 역도산은 더욱 화가 치밀었다.

"이것은 고의가 아니었다!"

역도산은 잭 뎀프시에게 거칠게 항의했다.

"수도로 목을 친 건 잘못이지만 고의가 아니었으며, 그것도 단 한 차례에 불과했다! 저 전갈놈의 펀치는 인정해준 놈이, 도대체 이게 뭐냐?"

역도산의 노여운 감정은 불길처럼 거세게 타올랐다. 그러자 잭 뎀프시가 역도산을 노려보더니, '잘 걸렸다'는 표정으로 오히려 시합 몰수를 선언했다. 역도산은 당장에, 잭 뎀프시의 목줄기를 작두날 같은 수도로 후려쳐서 끊어버리고 싶었다.

그러나 꾹 참았다. 한국인임을 자랑스럽게 밝히지 못하면서도 이제껏 참고 살아오지 않았던가. 언제고 떳떳하게 밝힐 수 있는 날을 기다리면서 꿋꿋이 살아가고 있지 않은가.

"빌어먹을!"

역도산은 잭 뎀프시의 몰골이 레드 스콜피언의 몰골보다 더 더럽게 느껴져서 당장에 구역질이 나올 것만 같았다. 아무튼 졌다, 또 졌다. 진다는 것은 비참한 일이다. 역도산은 묵묵히 링 위에서 내려갔다.

그때 링 사이드에서, 입을 굳게 다문 채 역도산을 놓치지 않고 바라보는 한국인이 있었다. 역도산보다 먼저 미국 본토로 건너온 일본 가라테의 고수, 황소뿔을 꺾은 무도의 달인인 배달 최영의였다.

승부사의 위기

하와이에서 엔도 고키지의 소개로 역도산과 만난 적이 있는 최영의는 역도
산보다 앞선 4월에 미국 땅을 밟았다. 그 뒤로 해가 넘어가기까지, 생사(生死)
를 건 시범 경기를 갖고 그 개런티를 모아서 곳곳에 도장을 설립하는 동안, 최
영의는 엔도 고키지와 더불어 죽을 고비를 수도 없이 넘겼다.

미국 순업(巡業) 첫 달부터 유리판 위를 걸어가는 행진은 시작되었다. 회색
의 도시 시카고. 4월인데도 아직 옷깃을 여미고 지나다니는 사람들이 창 밖으
로 드문드문 보였다. 최영이는 엔도 고키지와 함께 시카고의 한 호텔 방에 머
물고 있었다.

"어찌 되어가는 심판인지……."

엔도 고키지가 안경테를 매만지며 중얼거렸다. 그때 방문이 덜컥 열리며
통역자가 들어섰다.

"오늘밤부터 나가게 되었소, 두 사람 모두! 어떻소?"

순간 야릇한 긴장감이 두 무도인의 가슴을 쓸고 지나갔다.

"그러나 오늘밤에 팬들의 호응을 얻지 못하면 다시 도쿄행 비행기를 타야

할 거요."

겁을 주는 듯한 통역자의 말에 두 무도인은 한숨을 내쉬었다.

"가라테를 보여주는 데 필요한 게 있으면 지금 말하시오."

최영의는 오른손으로 턱을 괴고 한동안 생각했다.

"격파 시범에 쓸 것들이 필요하오. 두께 1인치 가량의 판자 5~6장, 길이 10~15센티미터, 폭 5~6센티미터 가량의 돌, 그리고 벽돌을 좀 준비해주시오."

그날 밤 시카고의 레슬링 홀은 1만 5천 명이 넘는 관중들로 들끓었다. 최영의가 링 위에 올라가자 프로 레슬러이자 프로모터인 그레이트 도고가 그를 관중들에게 소개했다.

"일본의 가라테맨 오야마 마쓰다쓰!"

최영의는 곧 고난도 가라테형의 연무(演武)에 들어갔다. 그런데 관중들이 갑자기 링 위로 동전을 던지고, 욕을 하듯이 마구 떠들기 시작하는 것이 아닌가. 최영의는 당황했다.

"이게 무슨 영문이오?"

통역이 비웃는 투로 진상을 알려주었다.

"시시하다는 거요! 차라리 노래나 부르라는 얘기지."

미국인들은 가라테의 연무형(演武型)을 어린애 장난쯤으로 여기고 있는 모양이었다.

"그렇다면 격파 시범이다!"

최영의는 링 사이드에서 대기하고 있는 엔도 고키지에서 눈짓을 했다.

"그런데 오야마…… 이게 말이오…… 1인치가 아니라 5인치나 되오."

엔도 고키지는 얼굴이 새파랗게 질린 채 귀띔을 해주었다.

"하는 수 없지, 그거라도 격파하는 수밖에……."

"실패하는 날에는?"

"나 혼자서라도 도쿄로 돌아가는 수밖에……."

"그럴 수는 없소. 만일 일이 실패로 돌아간다면 나도 귀국하겠소."

"좋소! 해보이리다!"

두께 5인치의 판자. 환산하면 10센티미터가 넘었다. 엔도 고키지는 그것을 양손으로 내밀어 받쳐 들고 왼쪽 발을 뒤로 뺀 채 단단하게 섰다. 최영의는 이제까지 10센티미터가 넘는 두께의 판자를 격파해본 경험이 없었다. 그러므로 첫 시도를 하는 셈인 만큼 실패할 확률도 높았다. 최영의의 눈빛이 빛났다.

"이엽!"

최영의의 정권이 날았다. 엔도 고키지의 양손에 받쳐져 있던 판자는 어느새 두 조각이 나 있었다.

"우왓!"

관중석에서 탄성이 터져 나왔고, 엔도 고키지는 식은땀을 닦으며 안도의 한숨을 내쉬었다. 다음은 벽돌 격파. 최영의는 엔도 고키지가 넘겨준 벽돌을 손으로 만져보았다.

"이런!"

최영의는 순간 놀라지 않을 수 없었다. 자신이 일본에서 상대했던 벽돌과는 그 재질과 강도에 있어서 비교가 되지 않을 만큼 단단했다. 게다가 시범 장소는 철상(鐵床)이 없는 매트. 그러나 이제와서 물러설 수는 없는 일이었다. 최영의는 벽돌 위에도 수건을 깔았다. 더는 생각하지 않았다.

'실패하면 끝이다……'

최영의는 온몸의 기(氣)를 맨손에 모았다.

"이엽!"

관중들이 숨을 죽이고 있는 긴장된 장내에는 최영의의 기합만이 싸늘하게 울려퍼졌다. 그러나 벽돌은 '가소롭다'는 표정으로 멀쩡히 누워 있었다.

"관둬라!"

"노란둥이놈!"

"입장료를 내놔랏!"

관중들의 아우성이 때를 기다리고 있었다는 듯이 한꺼번에 터져 나왔다.

"이엽!"

관중들의 아우성을 자르듯, 최영의의 두 번째 수도가 날았다. 그러나 결과는 마찬가지였다.

"이번이 마지막이다!"

세 번째 실패는 무엇을 불러올 것인가. 관중들뿐만 아니라 프로모터도 가만히 있지는 않을 것이다. 최영의는 이번이 마지막이라 생각하고 벽돌을 싸늘하게 노려보았다. 그리고 서서히 마음을 비우고 배꼽 아래의 하단전에서 기(氣)를 뽑아올렸다. 허리에 그 기가 쏠렸다 싶은 순간, 최영의는 쳐들었던 손날을 날쌔게 내리쳤다.

"이엽!"

최영의의 기합 소리와 거의 동시에 관중석에서 탄성이 터져 나왔다.

"우아아!"

얇은 수건 밑에 있는 콘크리트 벽돌은 보기 좋게 두 조각으로 갈라져 있었고, 갈라진 틈에서 튀어나온 벽돌 부스러기들이 여기저기 흩어져 아우성치고 있었다.

이제 최영의의 손날은 보검(寶劍)이 되어 찬란하게 빛나고 있었다. 일본인에게 인색한, 그리고 최영의를 한국인이 아니라 일본인으로 알고 있는 많은 백인 관중들도 박수를 보내주었다. 오픈 게임에서 이처럼 우레와 같은 박수가 터지기는 실로 보기 드문 일이었다.

최영의가 엔도 고키지와 함께 라커룸으로 돌아와 있을 때 헤비급의 한 중년 사내가 들어섰다.

"나, 잭 뎀프시요."

한때 프로 복싱 헤비급 세계챔피언이었으며, 지금은 프로 레슬링 심판으로 맹활약하고 있는 잭 뎀프시였다. 역도산이 레드 스콜피언에게 날린 가라테춉이 반칙이었다며 반칙패를 선언함으로써 석연치 않은 판정 사례를 남기게 되는 인물. 그래서 한동안 역도산과의 사이에 감정의 골이 깊어진 인물.

최영의는 잭 뎀프시와 악수를 나누었다. 잭 뎀프시는 악수를 마치고 나서 최영의의 오른손을 주의 깊게 살펴보았다.

"오, 이 손은……."

피부가 돌덩이처럼 굳어 있는 것이 아닌가.

"내 아들의 손도 이렇게 강하게 만들어줄 수 있다면……."

최영의의 손을 '신(神)의 손'이라고 생각했다. 이날부터 최영의의 '갓 핸드(God hand)'는 최영의의 대명사가 되었고, 일본인 2세 프로 레슬러 겸 프로모터인 그레이트 도고를 따라서 미국의 태평양 연안 도시를 순회하는 험난한 행진이 시작되었던 것이다.

'신의 손'의 복수

최영의는 이를 부드득 갈았다. 각 스포츠 신문에서 앞을 다투어 '역도산의 패배'를 '가라테의 패배'로 다루었기 때문이다. 심지어 레드 스콜피언은 기자들 앞에서 "가라테를 물리쳤다!"고 큰소리쳤으며, 앞으로의 계획을 묻는 기자의 질문에 "내 주먹으로 가라테를 잡겠다."고 공언했던 것이다.

'사실상 역도산이 진 게임도 아니지 않은가.'

최영의는 역도산의 패배가 마치 자신이 당한 패배인 것처럼 가슴이 아팠다. 최영의는 혼잣몸으로 고독하게 프로 레슬링 수업에 전념하고 있는 역도산에 대해서 말로 표현하기 힘든 호감을 갖고 있었다. 더욱이 최영의가 가라테를 전세계에 보급하기 위하여 미국의 각 주(州)를 순회하며 땀 흘리고 있는데, 역도산이 미국 본토의 링 위에서 보여준 시원한 가라테춉은 가라테 선전에도 많은 도움이 되었던 것이다. 머지않아 역도산의 가라테춉은 일본에서도 그 빛을 발할 것이다.

일본에는 최영의가 거의 다 외우다시피 하는 〈미야모토 무사시〉라는 소설 외에도 꽤 많은 무술 소설이 나와 있다. 그런데 이 가운데 유도를 다룬 몇몇

소설들에 대해서는 자연히 솟아오르는 불만을 지울 수가 없었다. 이 소설 속에서 유도인들은 한결같이 정의를 상징하고 있었고, 가라테인은 웬일인지 악인으로 그려져 있었다.

실생활에서도 그런 현상은 두드러졌다. 최영의가 형의 하숙집에서 기거하고 있을 때 동네 아이들에게 가라테의 초보 기술을 무료로 가르친 일이 있었다. 그러나 그 꼬마들의 부모들이 불량한 짓이라며 눈을 부릅뜨고 말렸기 때문에 할 수 없이 그만두고 말았다. 분명 소설의 영향을 받은 탓이었을 것이다.

이럴 때 링 위에서 미국인 레슬러들을 격파하는 역도산의 가라테춉은 원자폭탄을 맞받아치는 듯한 통쾌감을 줄 것이다. 그렇게 되면 전쟁에 패한 쓰라린 상처를 안고 있는 일본인들은 가라테를 더 이상 악의 상징으로 바라보지 못할 것이다. 그런 점에서 가라테춉의 위력을 과시하는 역도산은, 보다 전투적인 가라테를 보급하려는 최영의에게 있어서 은인인 셈이었다. 그런 마당에 역도산을 반칙승으로 꺾은 레드 스콜피언은 주제넘게 큰소리를 치고 있는 것이다.

"그렇다면 이 최영의를 얕보고 있다는 말이 아닌가!"

최영의는 두 주먹을 불끈 쥐고 소리쳤다.

"스콜피언! 내가 도전한다!"

불 같은 성질의 최영의는, 그 길로 로스앤젤레스 프로 레슬링 시장의 대부인 줄리어스 스트롬보에게 도전장을 보냈다. 자신의 인생은 돈을 벌기 위해서 살아가는 것이라고 주장하는 스트롬보가, 모처럼 굴러 들어온 흥행거리를 놓칠 리 없었다. 레드 스콜피언도 휘파람을 불며 도전을 선뜻 받아들였다.

"흐흐흐. 생각지도 않았던 돈방석에 앉게 되었군."

레드 스콜피언은 최영의의 도전을 받아들이고도 조금도 두려워하지 않았다. 오히려 대전 날짜가 잡히자 자신의 훈련 캠프로 신문 기자들을 불러들였다.

"으하하하하! 기자 여러분, 그 원숭이 같은 잽이 나에게 도전을 했다니 우스워서 참을 수가 없군요."

레드 스콜피언이 말한 '잽' 이라는 것은 '일본인(Japanese)' 을 얕보고 줄여서 말하는 것이었다.

"기자 여러분이 더 잘 알겠지만, 역도산도 나한테 졌소. 그런데 그 쥐방울만한 가라테맨이 제 분수도 모르고 덤벼들었으니 얼마나 가소로운 일이오. 으하하하하!"

"하지만 오야마 마쓰다쓰는 이미 힘 좋은 프로 레슬러들을 여러 차례 무찌른 전력이 있는데요."

오야마 마쓰다쓰는 일본에서 쓰는 최영의의 이름이었다.

"이젠 기자 여러분마저 나를 웃길 셈이오? 레슬러면 다 레슬러인 줄 아는가? 프로 레슬러 가운데도 일류가 있고 삼류가 있는 법이지. 그 녀석에게 나가떨어진 것들은 죄다 한물 간 레슬러이거나 오픈 게임용이란 말이오. 게다가 나는 왕년에 일류 프로 복서 생활을 했소. 복싱에다 레슬링을 둘 다 연마한 나 같은 일류한테 그 따위 가라테맨이 적수가 될 수 있을 것 같소? 역도산의 가라테춉도 나한테는 먹혀들지 않았소."

"하지만…… 우리가 아는 바로는, 역도산은 정통으로 가라테를 수련한 레슬러는 아니었습니다."

"그게 뭐가 어쨌다는 말이오?"

"오야마 마쓰다쓰는 황소의 뿔까지 꺾은 정통파 가라테맨입니다."

"정말 가소로운 말씀만 하시는군. 자, 이 주먹을 좀 보시오!"

샌드백을 툭툭 잽으로 찌르던 레드 스콜피언은 갑자기 기자들 앞에서 오른주먹을 불끈 쥐었다.

"이 주먹에는 왕년에 24연속 KO승이란 무서운 전설이 어려 있소. 유럽 헤비급 타이틀에 도전했을 때는 말도 성립되지 않는 반칙패를 당했지만, 오히려 승리는 나의 것이었소. 그때 챔피언은 의식을 잃을 정도로 완전히 뭉개졌었지."

그 정도가 아니었다. 편파적인 판정에 불만을 품은 레드 스콜피언은 아예 주심의 주둥이를 맨주먹으로 짓뭉게버리고 말았다. 그 사건이 레드 스콜피언을 프로 복싱 세계에서 영원히 떠나게 만든 원인이었다.

"말로만 해서는 잘 실감이 나지 않을 거요. 내가 스파링을 통해서 이 철권의 위력을 보여주리다."

기자들의 시선을 끌기 위해서 레드 스콜피언은 일찌감치 스파링 파트너를 두 명이나 고용해놓았다.

레드 스콜피언은 두 사람을 동시에 불렀다. 한 사람은 캘리포니아 주 헤비급 랭킹 선수인 흑인 복서. 또 한 사람은 현역 미식 축구 선수.

기자들은 레드 스콜피언이 자신의 위력을 과시하기 위하여 미식 축구 선수까지 고용한 데 놀라지 않을 수 없었다. 미식 축구 선수는 강하다는 관념이 이미 그들의 뇌리에 박혀 있었기 때문이다. 루 테즈가 미식 축구 선수 출신인 브랑코 나굴스키에게 당했고, 역도산 역시 미식 축구 선수 출신인 레오 노메리니에게 당했다. 루 테즈가 닦아놓은 세계 제일의 기술도, 역도산이 펼치는 가공할 가라테춉도 두 미식 축구 선수 출신 레슬러에게는 먹혀들지가 않았던 것이다.

"미식 축구 선수에게 일단 채이면 웬만한 사람은 산산조각 나기 십상이지. 그러나 나는 다르오. 한꺼번에 이 두 거인을 깨뜨려 보이겠소."

레드 스콜피언이 호언을 하고 나자, 일시에 그의 온몸이 붉게 물들었다. 역도산과 겨룰 때도 그런 몸빛이었다.

"자, 덤벼!"

두 스파링 파트너를 노려보며 레드 스콜피언이 소리쳤다. 그러자 미식 축구 선수가 벼락같이 달려들어 볼을 걷어차듯 앞발차기를 했다. 그러나 살짝 피한 레드 스콜피언은, 잇따라 주먹을 내뻗으며 달려드는 프로 복서의 턱을 오히려 레프트 스트레이트로 정확하게 명중시켰다. 단 한 방이었다. 프로 복서는 뒤로 벌렁 나자빠져 일어날 생각을 하지 못했다. 위력적인 크로스 카운터였다.

그때 다시 미식 축구 선수가 무서운 기세로 스콜피언을 향해 돌진해 들어갔다. 부딪치면 끝장날 것 같았다. 그러나 결과는 반대였다. 레드 스콜피언은 가볍게 점프를 해서 피하더니 날렵하게 파트너의 안면을 움켜잡고서 힘껏 링 바닥에 내팽개치는 것이었다.

　"오!"

　기자들은 새파랗게 질린 얼굴로 레드 스콜피언을 쳐다보았다.

　"이제야 이 스콜피언의 위력을 알겠소? 왜 화가 나면 나의 살덩이가 붉어지는가를 알겠느냐구?"

　"아…… 알다마다요."

　기자들은 아예 주눅이 들어버렸다.

　"가서 그 원숭이 같은 잽에게 전해주시오! 내가 그 가라테맨인지 뭔지를 아예 죽여버리겠다고!"

　데드 매치에서 경기 도중에 상대를 죽이는 것은 살인죄에 해당하지 않는다. 기자들로부터 그 말을 들은 최영의는 놀라지 않을 수 없었다. 스콜피언은 생사를 건 싸움을 위하여 무모하다 싶을 정도의 강도 있는 스파링을 무난히 치러내고 있지 않은가.

　"지금 레드 스콜피언은 오야마 씨를 죽이고 말겠다고 큰소리치고 있는 모양입니다."

　엔도 고키지가 걱정이 되어 말했다. 최영의는 아무런 대꾸도 하지 않았다.

　레드 스콜피언. 그는 분명히 강자였다. 게다가 가공할 정도의 맹훈련을 쌓고 있다. 솔직히 최영의는 두려웠다. 과거에 조국에서 복싱을 한 적이 있었기 때문에 하드 펀치의 강도가 얼마나 무섭다는 것을 잘 알고 있었다. 위력 있는 헤비급 복서의 주먹을 정확히 한 방 허용한 뒤에 세상을 떠나는 실례도 적지 않았다. 최영의의 가슴속 깊은 곳은 공포에 떨고 있었다. 간밤에 지독한 악몽을 꾸기까지 할 정도였다.

그러나 시간은 여지없이 흘러가는 법. 어느덧 결전의 날이 왔다. 아니, 오고야 말았다.

라커룸에 앉아 있는 최영의의 두 다리는 공포에 못 이겨 부들부들 떨고 있었다. 단검을 휘두르고 권총을 들이대는 갱단과 맨손으로 싸울 때도 결코 죽음이 두렵지는 않았었다. 그것은 무기를 가진 갱과 맨손의 격투사와의 싸움이었으므로 죽어도 부끄러울 일이 없기 때문이었다. 그러나 지금은 사정이 달랐다. 프로 레슬링과 프로 복싱으로 무장된 합작품과 겨루어야 하는 힘겨운 대전이다.

관중들은 최영의를 일본인으로 알고 있었다. 역도산을 그렇게 생각하는 것과 마찬가지였다. 최영의는 가슴속에 태극기를 품은 듯한 마음으로 비장하게 걸어나왔다. 맨발에 닿는 캔버스의 감촉은 차가웠다.

"레드 스콜피언! 그 원숭이 같은 잽을 한방에 날려보내라!"

"가라텐지 뭔지 그 괴상한 무술의 가면을 벗겨라!"

최영의를 응원하는 관중은 한 사람도 없었다. 아니, 일본계 관중들이 있기는 했지만, 그것은 한국인 최영의를 응원하는 것이 아니라 일본인 오야마 마쓰다쓰를 응원하는 것이었다.

레드 스콜피언은 자신의 코너를 잽으로 툭툭 치며 펀치의 위력을 보란 듯이 과시했다. 힘 안 들이고 툭툭 치는 건데도 라이트 스트레이트를 뻗기라도 한 것처럼 위력적이었다. 로프가, "패앵! 패앵!" 하고 바람 소리를 내며 흔들리고 있지 않은가. 그 광경을 지켜보는 최영의의 이마에는 식은땀이 맺혔다. 긴장된 표정, 초조감이 역력했다.

"내가 미국 본토에서 이제까지 겨루어 쓰러뜨린 여느 레슬러들과는 분명히 다르다……."

"흐흐흐흐. 이 어리석은 노란둥이 잽아! 내 펀치의 강도에 충격을 받았겠지? 내친 김에 한번 더 보여주마!"

이번엔 아예 라이트 스트레이트를 코크 스크루 블로로 내질렀다. 코크 스크루의 힘찬 회전력이 들어간 살인적인 펀치 기술이었다. 훗날 무하마드 알리가 캐시어스 클레이라는 이름으로, 세계 핵주먹으로 정평난 소니 리스튼을 파괴시킬 때 나비처럼 날아가 벌처럼 쏜 펀치가 바로 그것이었다.

히로시마에 투하된 원자폭탄 같은 핵펀치였다. 로프가 기타줄처럼 끊어지는 게 아닌가 우려될 정도였다.

"으하하하하! 나는 왕년에 12온스 글러브를 끼고도 24연속 KO승을 거둔 돌주먹이다! 그런데 오늘은 프로 레슬러로서 싸우기 때문에 맨주먹이 아닌가!"

그랬다. 그가 있는 힘을 다해 일격을 가하면 상대가 죽어버릴 수도 있었다. 그의 맨주먹은 공포 그 자체였다. 목숨을 내놓고 싸우는 데드 매치. 어느 한쪽이 끝장날 때까지, 숨돌릴 사이도 없이 싸워야 한다.

최영의의 눈에는 태극기가 보였다. 그의 가슴속에서 솟아나와 허공에 흩날리는 태극기……. 그는 태극기를 향해 외쳤다.

"나는 가라테를 제2의 생명으로 삼은 뒤로 지금까지 무수한 시련을 이겨냈다. 생과 사의 갈림길에서 가라테를 연마했다. 그런데 이제 와서 공포에 떨고 있다는 건 조국을 위하여 할 도리가 아니다!"

최영의는 서서히 냉정을 되찾아가고 있었다. 그리고 애당초 짜놓았던 치밀한 작전 구상을 떠올렸다. 최영의는 갑자기, "이엽!" 하는 기합 소리와 함께, 오른쪽 손날을 치켜들었다가 자신의 코너를 향해 비스듬히 내리쳤다.

패앵!

로프가 맹렬하게 떨었다. 가공할 위력이었다. 그 장면을 본 레드 스콜피언의 안색이 돌변했다.

'아니? 저건…… 분명히 역도산의 가라테춉과 형태가 다르지 않은가?'

그랬다. 최영의는 한때 역도산에게 일러주었듯이, 배꼽 밑 3센티미터 아래의 하단전에서 뽑아올린 기(氣)를 허리에 모아 수도를 날리는 것이었다.

"홍! 나는 역도산의 기관포 같은 가라테춉을 피한 몸이다! 게다가 나의 크로스 카운터에 걸리면 누구라도 무릎을 꿇고야 만다!"

레드 스콜피언은 자신의 당혹감을 감추려고 애써 콧방귀를 뀌었다. 그러곤 더욱 분주하게 자신의 코너를 샌드백 치듯 두들겼다. 그의 몸은 이미 붉게 달아올라 있었다. 링을 감싼 로프는, "윙! 윙!" 하고 음산한 소리를 지르며 좌우로 떨고 있었다. 경기 시작 전부터 무시무시한 살기가 감돌았다.

"저 자그마한 잽의 가라테도 예사로 볼 게 아닌데……."

"콘크리트 벽돌을 깼다는 게 우연은 아니었나봐……."

관중들이 웅성거리기 시작했다. 그때 링 아나운서가 올라와 공중에서 내려온 마이크 앞에 섰다.

"신사 숙녀 여러분! 오래 기다리셨습니다! 이 경기는 프로 레슬링과 가라테의 혼합 경기이기 때문에 레퍼리는 따로 없는 데드 매치로 펼쳐지겠습니다!"

"와! 와!"

관중들의 함성이 장내를 뒤흔들었다. 과연 어느 선수가 죽어나갈 것인가. 데드 매치는 프로 레슬링 시합 방법의 한 가지로, 철조망으로 둘러싸인 사각의 링 안에서 두 선수 가운데 한 선수가 완전히 쓰러질 때까지 무제한 시간으로 경기가 펼쳐진다. 데드 매치는 무자비한 경기를 가장 좋아하는 텍사스에서 펼쳐졌기 때문에 일명 텍사스 매치라고도 불리고 있었다. 이번 최영의와 레드 스콜피언의 데드 매치에는 철조망까지 동원되지는 않았다. 관중들의 시야를 넓혀주기 위함이었다.

공이 울렸다. 최영의는 링 중앙에 서자 양팔을 높이 쳐들었다. 레드 스콜피언의 공격을 유도하기 위해서였다. 그러자 기다렸다는 듯 레드 스콜피언이 선제 공격을 날리기 시작했다. 최영의는 한 발 한 발 뒤로 물러서다 보니, 어느새 자신의 코너까지 밀려와 있었다.

"오야마! 복서의 공격을 뒤로 피하면 안 됩니다!"

세컨을 보고 있던 엔도 고키지가 다급히 외쳤다. 그러나 이미 레드 스콜피언의 강력한 스트레이트가 날아간 뒤였다.

그런데 어찌 된 것일까? 계속해서 뒤로 밀리던 최영의의 모습이 갑자기 레드 스콜피언의 시야에서 사라져버리고 말았다. 관중들은 일제히 경악했다. 로프 반동을 이용한 최영의의 3단 뛰어차기!

"으으으윽……."

최영의의 발바닥 뒤쪽으로 뒤통수를 맞은 레드 스콜피언은, 붉어진 몸이 더욱 붉어지면서 그대로 링 밖으로 날아가 떨어지고 말았다.

3단 뛰어차기. 그것은 예로부터 내려오는 신비스러운 필살법(必殺法)으로, 최근에 와서 최영의가 연구, 수련하여 재현해낸 것이다.

순간, 장내를 진동시키던 관중들의 환호성은 뚝 끊기고 말았다. 찬물을 끼얹은 듯한 분위기가 감돌았다. 기침 소리 하나 들리지 않았다. 관중들은 저마다 자신의 눈을 의심했다. 이게 현실에서 가능한 일이란 말인가…….

최영의는 조용히 장내를 빠져나갔다. 엔도 고키지가 얼른 뒤따랐다.

"방금 원자폭탄이 떨어진 것 아니냐?"

어느 정도 시간이 흐르자, 좀 조크를 할 줄 아는 이는 그렇게 말했다. 레드 스콜피언은 실신한 채 들것에 실려나갔음은 물론이었다.

라커룸에 털썩 주저앉은 최영의는 중얼거렸다.

"아아…… 나는 레드 스콜피언의 주먹이 두려운 나머지 후퇴했던 것이다……."

뒤따라 들어온 엔도 고키지가 기쁨을 감추지 못하고 말했다.

"오야마 씨, 정말 잘했습니다! 당신은 최고의 격투사입니다!"

"아니오, 아니오……. 나는 비겁했소……."

"그게 무슨 소립니까? 당당히 이겨놓고서!"

"나는 속임수를 썼던 것이오. 첫째, 역도산과 흡사한 가라테춉을 보이기 위해 링 코너를 가격하는 것으로 진검(眞劍)을 감추었고, 둘째, 공이 울린 뒤에 양팔을 번쩍 치켜들어 그를 방심하게 만들었소. 그리고…… 그리고 레드 스콜피언이 구경한 일이라곤 없는 필살법인 3단차기를 사용하여 적을 공격했소. 무도인으로서 실로 부끄러운 일이 아닐 수 없소……."

"아니, 무슨 말씀이십니까? 오야마 씨는 당당하게 페인트 모션을 썼을 뿐입니다."

"아니오…… 아니오……."

최영의는 그렇게 되뇌이면서 끊임없이 자신을 질책하고 있었다. 그때쯤 라커룸 안으로 기자들이 연방 플래시를 터뜨리며 몰려들었다.

"승리의 소감을 한 말씀 부탁합니다."

최영의는 잠시 생각을 가다듬고서 말했다.

"미안한 얘기지만 레드 스콜피언은 과거에 명성을 떨치던 시절의 탐 라이스가 아니오. 지금은 한낱 퇴물 복서에 불과하단 말이오. 나는 현역 헤비급 복서와 겨루고 싶소. 그래서 당당한 승리가 무엇인가를 보여주고 싶소."

"오오!"

기자들은 탄성을 올렸다.

최영의는 과연 어떤 싸움에도 자신이 있는 것일까? 최영의는 굳이 하지 않아도 되는 일을 기어이 저질러버린 것이다. 그러나 상대할 선수는 좀체로 나타나지 않았다. 레드 스콜피언처럼 창피를 당하여 얼굴이 붉어질 필요는 없었던 것이다. 그래서 최영의는 자신을 이기는 선수에게 3천 달러를 내놓겠다는 기자회견을 가졌다.

마침내 한 흑인 철권(鐵拳)이 나타났다.

"헨리 아서라고요?"

엔도 고키지가 더욱 놀랐다. 프로 복싱 네바다 주 헤비급 챔피언이자 프로 복싱 미국 헤비급 랭킹 4위. 미국에서 헤비급 4위라면 세계 랭킹 4위나 마찬가지였다. 헨리 아서는, 분명히 퇴물 복서로서 프로 레슬링계를 떠돌고 있는 레드 스콜피언과는 그 격이 달랐다. 최영의는 스스로 지옥의 문을 두드린 셈이었다.

로키 산맥의 얼음

탐 라이스를 이겨놓고도 굳이 일류 프로 복서와 대결하려는 최영의의 생각은 어쩌면 무모한 건지도 몰랐다. 그러나 이제 와서 생각을 돌이킬 수도 없는 노릇이었다. 드넓은 미국 땅에서 자신의 입지를 확고히 하기 위해서는 아무리 단단한 바위산이라도 부딪쳐보지 않을 수 없었다.

시합 일자까지 불과 보름을 남겨두고 최영의는 혼자서 로키 산맥을 찾았다. 로키 산맥의 웅대함과 한번 겨루어보는 것으로 트레이닝을 대신하고 싶었던 것이다. 로키 산맥의 만년설과 찬바람은 실로 매서웠다. "휘이이익!" 하고 음산한 소리를 내며 눈보라를 일으켰다.

최영의는 그 한가운데 추위를 참고 서 있었다. 정신 통일이 끝나자, 하단전의 기를 끌어올려 기합을 넣었다.

"이엿!"

최영의의 기합 소리에 위압당한 듯 눈보라가 사방으로 흩어지고 얼음 기둥이 끊어졌다. 최영의는 빙벽을 상대로 자신의 정권을 연마했다. 기요즈미 산에서의 입산 수도의 재현인가. 아니, 분명히 그보다 한 단계 높은 훈련이었다.

며칠 뒤, 로키 산맥에서 내려온 최영의는 바람 없는 호수의 잔잔한 물결처럼 자신의 마음이 고요히 흐르는 것을 느꼈다.

마침내 시합 당일. 장내는 온갖 격투기 팬들로 들끓고 있었다. 링 아나운서가 양 선수를 소개했다.

"청 코너…… 네바다 주 헤비급 챔피언…… 헨리…… 아서……!"

"와아! 와아!"

관중들의 환호성이 천장을 찔렀다.

"홍 코너…… 동양의 가라테맨…… 오야마 마쓰다쓰……!"

최영의를 응원하는 팬들도 적지 않았다. 대부분이 일본계 미국인이었다.

드디어 공이 울렸다.

'나는 발을 쓰지 않고 두 주먹만으로 싸울 것이다!'

최영의는 링 한가운데로 빠르게 튀어나가며, 이미 라커룸에서 생각했던 그대로를 되뇌었다. 장내는 일시에 고요해졌다. 관중들은 숨을 죽인 채 살기가 돌고 있는 링을 지켜보았다.

최영의가 헨리 아서의 움직임을 노려보고 있는 순간, 미처 피할 사이도 없이 헨리 아서의 날카로운 잽이 날아 들어왔다. 과연 빠르다 싶은 순간, 헨리 아서는 한치의 틈을 주지 않고 라이트 스트레이트를 쭉 뻗었다.

"으윽!"

1톤의 무게가 그대로 최영의의 턱에 꽂혔다. 최영의는 헨리 아서의 속전속결 작전에 그대로 빨려들고 말았다.

"원! 투! 스리이!"

주심은 카운트를 세기 시작했다. 시합 규정은 프로 복싱 룰에 따르고 있었다. 카운트 10을 셀 동안 일어나야만 지지 않는 것이다. 코피를 쏟으며 최영의는 일어나려고 안간힘을 썼다. 카운트 7을 헤아렸을 때, 가까스로 몸을 일으켰다. 그러나 이미 눈이 풀리고 술에 취한 사람처럼 휘청거리고 있었다.

"복스!"

심판이 다시 두 사람을 맞붙여놓았다. 헨리 아서는 그로기 상태인 최영의의 사정을 봐주지 않았다. 레프트 어퍼컷, 라이트 스트레이트, 레프트 훅, 라이트 훅……. 최영의는 네바다 주 챔피언이 샌드백을 치듯 자유자재로 내뻗는 펀치를 한 발도 남겨두지 않고 고스란히 허용하고 있었다.

"헨리! 뭘 꾸물대는 거야?"

"그 원숭이 잽을 지옥으로 보내버려!"

하지만 백인 관중들의 그러한 주문도 필요없었다. 최영의는 또다시 허물어지고 있었던 것이다.

"오야마 씨! 힘내요!"

최영의의 코너에서 엔도 고키지가 안타깝게 외쳤다. 그러나 최영의는 더 버티지 못하고 그대로 링 바닥에 나가떨어지고 말았다. 눈앞이 흐려졌다. 매트와 로프는 좌우로 번갈아가며 솟구쳐오르는 것 같았다. 최영의는 점점, 아니 급속도로 의식이 흐려지고 있는 중이었다.

"…… 세븐! 에잇!"

심판이 카운트 8을 세었을 때 최영의는 기어코 일어났다.

"복스!"

여느 프로 복싱 시합 같았으면 심판은 이미 경기를 중단시켰을 것이다. 그리고 헨리 아서의 TKO승을 선언했을 것이다. 하지만 이 경우는 달랐다. 공포의 데드 매치인 것이다.

헨리 아서는 조금도 주먹을 쉬지 않았다. 최영의는 로프에 기댄 채 양팔로 힘겹게 상대의 핵주먹을 커트시키고 있었다. 거의 무의식중에 나오는 동작이었다. 그러나 모든 펀치를 막아내기란 어려웠다. 전광석화 같은 헨리 아서의 라이트 스트레이트가 또다시 최영의의 턱을 짓이겨 놓았다. 최영의는 1단 로프에 휘청 하고 등허리가 걸쳐지더니, 가속도를 못 이기고 그대로 링 밖으로 나가떨어졌다.

쿵!

마룻바닥이 크게 흔들렸다.

"원! 투! 스리이!"

심판은 또다시 카운트를 세기 시작했다. 이 경우는 프로 레슬링 룰을 따라 카운트 20을 셀 동안 링 위로 올라와야 했다. 하지만 최영의는 죽은 사람처럼 움직이지 않았다. 몸을 일으킬 가능성이라곤 조금도 보이지 않았다.

"쳇! 저 정도가 무슨 수로 탐 라이스를 이겼지?"

최영의가 과거에 닦아놓은 전과(戰果)를 의심하는 관중도 있었다. 입에 고인 침을, 씹고 있던 껌을 최영의의 몸 위로 뱉어 날리는 관중도 있었다. 링은 비정했다. 링 사이드 역시 비정했다. 이제 심판이 헨리 아서의 손을 치켜올리는 수순밖에 남아 있지 않는 듯싶었다.

"오야마 씨……."

최영의의 세컨을 보고 있는 엔도 고키지는 너무 안타까워서 숫제 할 말조차 잊고 있었다. 그때였다.

때앵!

마침 1라운드 종료를 알리는 공이 울렸다. 구원의 종소리인 셈이었다. 최영의는 가까스로 몸을 일으켰다. 엔도 고키지는 최영의의 몸을 일으켜주고 싶은 마음이 굴뚝 같았지만, 그렇게 되면 최영의의 기권패가 선언된다. 최영의는 자기 몸이 부서지더라도 그런 상황을 바라지 않을 것이다. 간신히 링 위로 올라간 최영의는 일 분에도 못 미치는 동안을 쉬었다.

"하는 수 없지. 발 공격을 쓰는 수밖에……."

최영의는 주먹만으로는 일류 프로 복서를 상대하기가 어렵다는 걸 깨달았다. 2라운드를 알리는 공이 울렸다. 헨리 아서는 최영의가 어느 정도 기운을 회복한 걸 눈치 챘는지, 나비같이 부드러운 푸트워크로 최영의의 사방을 맴돌았다. 하지만 그것도 잠시, 곧 한 방에 날려버릴 수 있는 핵주먹을 가동시켰다. 최영의는 헨리 아서의 잽에 이은 라이트 어퍼컷을 피하고 재빨리 몸을 숙였다. 잇따라 빈틈이다 싶은 헨리 아서의 허벅지를 돌려차기로 내갈겼다.

'어라?'

헨리 아서는 멈칫했다. 최영의의 돌려차기를 허용한 허벅지의 근육이 갑자기 경직되는 듯한 느낌이었다.

'가까이 접근했다간 봉변을 당하겠군.'

헨리 아서는 또다시 날아올 최영의의 발차기를 경계했다. 단발에 근육을 경직시키는 발차기가 안면으로 날아들면, 상황은 일시에 거꾸로 돌아갈 수도 있는 것이다. 헨리 아서는 최대한 벌린 사정거리에서 잽을 툭툭 던지고는 라이트 어퍼컷을 큰 각도로 휘둘렀다. 또다시 안면이 터진 최영의는 1라운드처럼 그로기 상태로 접어들었다. 1백여 킬로그램의 체중이 실린 무서운 펀치였다. 또다시 기회를 잡은 헨리 아서는 사정 두지 않고 무차별 난타를 퍼부었다. 최영의는 마치 술 취한 사람이 춤을 추는 모양새였다.

찰나, "아!" 하고 최영의는 외쳤다.

보였다. 보이고 있었다. 헨리 아서의 빈틈이 보였다. 최영의는 재빨리 헨리 아서의 명치를 향해 정권을 내질렀다.

"허억!"

명치를 허용한 헨리 아서가 숨이 막히는 듯한 표정을 보였다.

"이때다!"

최영의가 잇따라 기습 공격을 펼치려는 순간, 이번에는 2라운드 종료를 알리는 공이 헨리 아서를 살려주었다. 자기 코너로 돌아간 헨리 아서는 최영의의 기습 공격을 두 차례 허용한 게 못마땅한 듯 느닷없이 글러브를 풀어버렸다.

"네놈이 정 그렇게 버틴다면 나도 맨주먹으로 싸우겠다!"

헨리 아서의 눈에는 살기가 돌았다. 최영의는 아랫입술을 꾸욱 눌러 깨물었다. 피가 배어나왔다. 비장한 각오였다.

3라운드 공이 울렸다. 화가 난 코뿔소처럼 성급하게 달려나온 헨리 아서는 이제 맨주먹으로 잽을 날리기 시작했다. 그러나 맨주먹의 사정거리는 더 가까워야 명중하는 것이었다. 글러브를 끼었을 때와 감각이 다르기 때문에 헨리 아서는 계속해서 헛손질을 연발했다.

최영의의 입장으로도 상대가 맨주먹인 편이 오히려 홀가분했다. 숙달된 수비법이 제 능력을 발휘하기 때문이다. 그때 문득 뇌리에 떠오르는 것이 있었다.

'나에겐 로키산맥의 빙벽을 깨뜨리던 정권이 있다!'

최영의는 헨리 아서의 라이트 스트레이트가 날아 들어오기를 기다리며 왼쪽 턱의 빈틈을 짐짓 내보였다.

"원숭이 잽아, 받아랏!"

아니나다를까, 최영의의 빈틈을 발견한 헨리 아서는 기회를 놓치지 않고 온체중을 실은 라이트 스트레이트를 내뻗었다. 순간.

빠악!

장내를 울리는 이상한 소리에 관중들이 경악했다. 체중이 실린 헨리 아서의 라이트 스트레이트를 최영의가 자신의 정권으로 맞받아쳤던 것이다. 주먹과 주먹이 부딪쳤다.

"으아아아아!"

헨리 아서는 자신의 손목을 움켜쥐고 비명을 질렀다. 손뼈가 부서져버렸던 것이다. 헨리 아서의 펀치력은 가공할 만했지만, 최영의처럼 온갖 자연물을 상대로 단련된 것은 아니었다. 손이 아파서 쩔쩔매고 있는 헨리 아서의 가슴팍을 향해 칼날 같은 것이 번뜩이며 날아갔다. 수평으로 날린 최영의의 가라테춉이었다.

헨리 아서는 마침내 짐승처럼 울부짖으며 쓰러졌다. 이어서 최영의의 몸이 공중으로 떴다.

"아!"

관중들의 비명이 울린 찰나, 최영의의 팔굽이 허공에서 떨어져, 누워서 신음하고 있는 헨리 아서의 턱을 무참하게 깨뜨려버렸다. 엘보우 드롭(elbow drop)이었다.

260전 5패

한편, 역도산은 심판 잭 뎀프시에 의한 편파적인 반칙패를 선고받은 이후, 후렛 아킨스에게 부상 기권으로 1패를 추가함으로써 레오 노메리니에게 진 것까지 해서 도합 3패를 기록하고 말았다. 물론 이것은 싱글 매치에서 패배한 기록이었다. 태그 매치에서의 2패가 있었으나, 그것은 파트너의 수세로 진 것이었다.

그리하여 로스앤젤레스, 샌디에고, 오클랜드, 새크라멘토 등지의 태평양 연안에서 펼친 역도산의 미국 본토 순회 경기 기록은 대략 260여 전 250여 승이었다.

패배는 고작 다섯 차례밖에 당하지 않은 것이다. 그 동안 실전 경험을 통해서 프로 레슬링의 견문을 넓힌 셈이었다.

프로 레슬링의 세계는 참으로 넓었다. 각지에는 섣불리 상대하기 힘든 크고 강한 선수들이 얼마든지 포진하고 있었다. 그들은 나름대로의 개성과 장기를 자랑하며 수많은 팬들을 끌어모았다.

최장신의 위용을 자랑하는 폴 번연. 최중량의 무게를 과시하는, 공룡처럼 크고 무서운 봅 험프리. 누구보다 힘이 억센 아데리안 바이라존. 잔재주에 능한 기교파 레슬러 엔리키 토레스. 쇼맨형의 험프리 몬타나. 스트롱 스타일의 정통파 레슬러 레오 노메리니. 그리고 팀워크가 뛰어난 샤프 형제. 모두가 역도산에게는 넘기 어려운 힘겨운 산이었으며, 언제고 또다시 싸워야 하는 숙명적인 상대들이었다. 역도산은 이러한 쟁쟁한 레슬러들을 무수히 거쳐가면서 한 가지 집념을 불태웠다.

'나는 절대로 험프리 몬타나 따위의 쇼맨형 레슬러는 되지 않겠다. 나는 어디까지나 시멘트로서 살아가리라!'

'시멘트'라는 말은 '스트롱 스타일'을 일컫는 것이다. 역도산은 프로 레슬링을 쇼처럼 여기는 것을 철저히 배격했다. 그래서 260여 전을 치르는 동안 단 한 번도 목숨을 걸고 싸우지 않은 적이 없었다. 실전에 돌입하면 오로지 이기는 것 이외에는 아무런 생각도 하지 않았다.

'내가 일본으로 돌아가서 제자들을 양성할 때도 이 점을 강력히 주장할 것이다.'

이따금 일본에서 날아오는 니다 신사쿠의 격려 편지도 큰 힘이 되어주곤 했는데, 어느 날 그에게 귀심여시(歸心如矢)가 달려들었다. 일본으로 돌아가고 싶은 마음이 화살촉 같았던 것이었다. 260여 전을 치렀으니, 그리고 좋은 성적을 거두었으니 이제는 돌아가도 되지 않겠느냐는 마음이 슬그머니 고개를 들었다.

물론 조국의 고향 땅으로 돌아가고 싶은 마음은 더욱 컸으나, 현재는 전쟁 중이라 방문할 수도 없는 상황이었고, 그보다는 우선 조국이 자신을 반겨줄 수 있도록 일본 땅에서 성공해야만 했다.

그때 하와이에서 연락이 왔다. 프로모터 알 카라시크였다.

"이제 미국 본토에서의 원정 시합은 마무리 단계에 접어들었으니, 당분간은 호놀룰루로 와서 시합을 가지게."

"알겠소."

본격적인 트레이닝을 시작한 곳이 하와이인만큼 정이 깊이 들었으므로, 역도산은 흔쾌히 동의했다.

돌아온 역도산

1953년 3월 6일. 하와이 발 팬 아메리칸 여객기에는, 미국 본토와 하와이에서 그 실력을 충분히 인정받은 역도산이 타고 있었다. 승객들 가운데서 역도산을 알아본 이들은 사인을 요청하기까지 했다.

역도산은 7개월 만에 미국 본토 원정을 마치고 호놀룰루에 돌아왔을 때의 기억을 떠올렸다.

"역도산, 당신 이야기는 잘 듣고 있었소. 훌륭한 레슬러가 되었더군. 직접 보니 체격도 완전한 레슬러가 되었소."

알 카라시크와 더불어 반갑게 맞이해준 해롤드 사카다는 역도산을 추켜세우고는, 뜻밖에도 YMCA 도장에서 한 일본계 미국인을 소개시켜주었다.

역도산은 처음에는 코웃음이 나올 지경이었다. 알로하를 입었는데, 키가 170센티미터도 안 되면서 팔뚝만 절구통처럼 굵은 사내였기 때문이다. 그러나 해롤드 사카다로부터 소갯말을 듣고 보니 사정이 달랐다.

"이 친구는 헬싱키 올림픽 때 역도 라이트급 금메달 리스트인 토미 고노라고 하오. 이 친구가 바벨을 드는 것을 눈여겨보시오."

런던 올림픽 역도 은메달 리스트인 해롤드 사카다의 후배인 셈이었다. 토미 고노는 곧 웃통을 벗었다.

"호!"

역도산은 깜짝 놀랐다. 참으로 훌륭한 몸이었다. 근육이 이상적으로 발달되어 어느 한 군데 쓸모없거나 부족해 보이는 곳이 없었다.

"옷을 입어서 오히려 체격이 작아 보인다는 말에 꼭 들어맞는 친구로군."

토미 고노는 키가 정확히 165센티미터밖에 안 되었으며, 체중은 80킬로그램 정도였다. 그러나 운동으로 다듬어진 그의 육체는 가히 예술품이라고 할 수 있을 정도였다.

"토미 고노와 한번 팔씨름을 해보시지."

해롤드 사카다가 역도산에게 제의했다. 팔 힘이라면 누구보다도 자신있는 사람이 바로 역도산이었다. 세상을 떠난 니쇼노세키베야의 초대 관장이 그래서 역도산이라는 닉네임을 붙여주지 않았던가.

"흐흐…… 어디 덤벼보시지."

역도산은 자신 있게 나섰다. 그러나 안간힘을 쓰는 소리가 토미 고노가 아닌 역도산의 목구멍에서 밀려나왔다. 헤비급에다 팔 힘이 좋기로 소문난 역도산이 오히려 압도당하고 말았다.

"후…… 사카다 씨가 후배를 자랑하고 싶어하는 심정을 이해할 수 있겠소."

"역도산, 혹시 세계에서 가장 작은 세계 챔피언에 대해서 아시오?"

"……."

"요즘 프로 레슬링 선수는 점점 거대화의 경향으로 흐르고 있소. 하지만 토미 고노처럼 작다고 무시했다가는 큰코 다치기 십상이지. 역대 세계 챔피언의 평균 신장은 180~185센티미터이고, 체중은 95~115킬로그램에 이르고 있소. 당신과 비슷한 체격이라고 할 수 있지. 그런데 1900년대 전후에 유명한 프랭크 고치라는 선수가 있었소."

"아, 프랭크 고치!"

역도산도 프랭크 고치에 대해서는 일찍이 들어서 알고 있었다. 미국의 스포츠 팬 가운데서 프랭크 고치의 이름을 모르는 사람은 거의 없다고 할 정도였다. 루 테즈의 스승이며 '목 조르기의 명수'라는 별명을 가진 에드 스트랭글러 루이스는 몰라도 프랭크 고치는 안다고 할 정도였다. 그래서 '프랭크 고치 이전에 프랭크 고치 없고, 프랭크 고치 이후에 프랭크 고치 없다.'는 말까지 생겨났을 정도였다. 한마디로 미국 프로 레슬링 사상 최고의 선수로 손꼽히는 사나이.

그런데 프랭크 고치를 이야기하려면 먼저 조지 하켄슈미트를 짚고 넘어가지 않을 수가 없다. 유럽에는, "내가 세계 챔피언이다!"라고 주장하는 '러시아의 사자'가 있었다. 그 이름은 조지 하켄슈미트.

1878년 여름, 러시아의 에스토리아 트루바트라는 마을에서 독일인 부친과 스웨덴인 모친 사이에서 태어난 그는, 아마추어 레슬링 선수 시절부터 좋은 성적을 올려서 그레코로만형 선수로서 이름을 날렸다. 1899년에 휜슈미링그를 물리치고 러시아 선수권을 획득한 다음, 그 이듬해인 1900년에 프로 레슬러로 전향했다.

신장 175센티미터, 체중 94킬로그램의 그다지 큰 체구는 아니었지만, 온몸이 강철 같은 근육으로 중무장되어 있었기 때문에 자신보다 두 배나 무거운 거한을 마음먹은 대로 떡 주무르듯이 할 정도였다. 귀족형의 생김새도 잘났지만, 술과 담배를 모르고 살아서 체력은 더욱 왕성했다.

그런 조지 하켄슈미트에게는 상대할 적수가 없는 듯싶었다. 왜냐하면 1904년 당시 유럽의 최강자인 터키의 아메드 마드라리를 무찔러버린 데다, 미국에서 건너온 자유형 레슬링 미국 챔피언 톰 젠킨스마저도 물리쳤기 때문이었다. '러시아의 사자'라고 하는 닉네임은 바로 그때 탄생했다.

그러나 미국에는 호랑이 한 마리가 도사리고 있었다. 그가 바로 프랭크 고치였다. 1878년 봄에 미국 아이오와 주의 훈보르트라는 작은 마을에서 독일계 이민자의 아들로 태어난 그는, 조지 하켄슈미트가 러시아 선수권을 획득한 해인 1899년에 고향에서 마샬 그린과 첫 대결을 치름으로써 프로 레슬러로서 정식으로 데뷔했다.

"내가 유일한 세계 챔피언이다!"

이렇게 외치는 러시아의 사자에게 프랭크 고치는 도전장을 내밀었다.

"나를 물리쳐야만 진정한 세계 챔피언이다!"

그리하여 1908년에 시카고의 딕스터 공원 특설 링에서 프로 레슬링 사상 최초의 대혈전이 치러졌다. 전세계의 관심을 끈 이 대회는 관중이 1만 명 이상 운집할 정도로 떠들썩했다.

공이 울렸다. 관중들은 숨을 죽이고 지켜보았다. 10분쯤 지났을 때, 갑자기 프랭크 고치가 조지 하켄슈미트에게 펀치를 날렸다.

'아니, 이 녀석이?'

조지 하켄슈미트는 곧 폭발해버릴 듯 프랭크 고치에게 달려들었다. 팔과 허벅지를 잡고 들어올려서 거꾸로 집어던질 작정이었다. 리버스 보디 홀드(reverse body hold) 기술. 그러나 프랭크 고치는 교묘하게 잘 빠져나갔다. 그러면서 계속해서 펀치와 팔꿈치로 가격했다.

"이건 레슬링이 아니라 싸움이다!"

조지 하켄슈미트는 주심에게 항의했지만, 주심은 항의를 들어주지 않았다. 50분이 경과했을 때, 끈질기게 쫓아다니던 조지 하켄슈미트는 마침내 프랭크 고치를 번쩍 들어올렸다. 그리고 링 바닥에 보기 좋게 메다꽂았다. 그러나 프랭크 고치는 캔버스에 닿기 전에 공중에서 몸을 돌리고는 한쪽 팔을 바닥으로 뻗어 충격을 줄인 다음에 곧 재주를 넘어 일어나는 것이 아닌가.

"원숭이 같은 놈!"

조지 하켄슈미트는 맹렬하게 달려들었다. 그러자 프랭크 고치는 조지 하켄슈미트의 몸을 붙잡으면서 느닷없이 강력한 박치기를 퍼부었다. 조지 하켄슈미트의 어깨로 선지피가 뚝뚝 떨어져 흘렀다. 조지 하켄슈미트는 선혈이 낭자한 불리함 속에서도 물러서지 않고 반격의 기회를 노렸다.

그런데 이상하게도 프랭크 고치의 몸이 미끄러워서 잘 잡히지가 않는 것이 었다. 붙잡히지 않는 상대에게 조지 하켄슈미트의 다채로운 테크닉은 모두 무용지물이었다. 그것은 프랭크 고치가 며칠 전부터 몸에 올리브유를 발라두었기 때문이었다. 기름기가 땀구멍으로 스며들어 있다가 땀을 흘리자 다시 기어나와 몸을 미끄럽게 만들었던 것이다. 더욱이 프랭크 고치는 자신의 머리에 발라두었던 자극적인 그리스(기계의 마찰 부분에 쓰는 매우 끈적끈적한 윤활유)를 조지 하켄슈미트의 눈에 비벼 넣음으로써 시야를 흐리게 만드는 전법도 썼다.

두 시간쯤 경과했을 때 마침내 사건이 일어났다.

프랭크 고치가 조지 하켄슈미트의 다리를 쏜살같이 걸어 넘어뜨렸다. 레그 다이브(leg dive) 기술이었다. 잇따라 자신의 주무기인 토 홀드(toe hold) 기술로 조지 하켄슈미트의 다리를 비틀었다. 조지 하켄슈미트는 하필 시합 전에 무릎 부상을 당한 상태였다. 견디기가 힘들었다. 조지 하켄슈미트는 천부적인 힘으로 버틴 끝에 가까스로 몸을 비틀어 빠져나왔다. 그러나 이미 그는 몸을 비틀거리고 있었다.

"아!"

그때 관중들에게서 탄성이 터져 나왔다. 조지 하켄슈미트가 잇따른 공격 자세를 취하고 있는 프랭크 고치 앞에서 갑자기 몸을 돌려버린 것이다. 그러고는 주심을 향해 소리쳤다.

"이건 정통 레슬링이 아니다! 프랭크는 반칙왕이다! 이런 개 같은 싸움은 그만두겠다!"

"기브 업?"

기권하겠느냐는 주심의 질문이었다.

"아니다! 내 자존심이 기브 업을 허락하지는 않는다. 다만 반칙왕과 싸우기가 싫을 뿐이다!"

"그럼 챔피언의 권위를 잃겠는가?"

"멋대로 해라! 나는 떠난다!"

그렇게 소리치고 링 아래로 내려간 조지 하켄슈미트는 아우성치는 관중들 틈을 비집고 나가버렸다.

장장 2시간 3분 간의 처절한 혈전은 결국 프랭크 고치의 기권승으로 막을 내렸다. 이로써 초대 세계 챔피언의 영광은 프랭크 고치에게로 돌아갔다.

영국으로 돌아간 조지 하켄슈미트는 《맨체스터 엠파이어 뉴스》지에 다음과 같은 내용의 수기를 실었다.

'나는 레슬링에 진 것이 아니라 미국인의 음모에 의하여 세계 타이틀을 도둑맞은 것이다. 프랭크 고치의 몸에 발라져 있던 기름과 머리에 발라져 있던 자극적인 그리스, 그리고 손가락으로 눈을 찌르는 반칙에 대하여 주심에게 항의했으나 그는 들은 척도 하지 않았다.'

그 사실을 알게 된 팬들은 두 강자의 재대결을 강력히 요구했다. 그리하여 1911년에 마침내 재대결. 장소는 시카고의 코미스키 공원 특설 링. 그러나 시합 전에 무릎 부상을 당한 조지 하켄슈미트는 프랭크 고치의 집요한 다리 공격(레그 다이브)에 밀려 2 대 0으로 패배하고 말았다. 이로써 프랭크 고치는 명실공히 세계 챔피언으로서의 자리를 굳건히 지켰으며, 이때부터 '프로 레슬링의 신(神)'이라는 닉네임을 얻게 되었다. 1912년 34세 때 은퇴 시합을 승리로 장식하기까지 그의 공식 전적은 156전 145승 9패 2무.

그런데 알 수 없는 일이 벌어졌다. 프랭크 고치에게 패함으로써 공식적인 세계 챔피언의 명예를 누리지 못했던 조지 하켄슈미트가 런던 대학에서 체육학을 강의하는 등 저명한 강사로 살아가고 있는 반면, 초대 세계 챔피언을 지낸 프랭크 고치는 1917년 12월 16일에 불과 서른아홉의 나이로 세상을 떠나고 말았던 것이다.

은퇴한 뒤에 프로모터보다 강한 실권을 쥐고 세계 타이틀 매치를 직접 관리하는 등 돈벌이에도 신경을 써오던 그는, 강호 톰 젠킨스와 여덟 차례에 걸쳐 가졌던 혈투에서 얻은 '자가 중독에 의한 내장 쇠약'이 악화된 끝에 요절했다.

"그는 왕년에 이름난 싸움꾼이라고 들었소."

역도산이 프랭크 고치에 대해서 말했다. 해롤드 사카다가 그의 말을 받았다.

"그렇소. 그는 순수한 스포츠맨이라기보다는 오히려 싸움의 천재라고나 할까? 한때 알래스카의 금광 지대에서 골드 러시가 소용돌이치고 있었소. 완력이 법률이라고 일컬어지던 시대였지. 그때 프랭크 고치는 광부 노릇을 하면서 힘 자랑하는 사나이들을 상대로 내기 싸움을 벌이곤 했는데, 언제나 잃는 적은 없었소. 그가 알래스카 제일의 싸움꾼이라는 사나이와 대결해서 큰 돈을 번 일은 전설처럼 유명하지."

"흠…… 싸움의 천재라……."

싸움이라면 누구보다도 자신 있는 역도산이었다.

"그나저나 천재는 본시 요절하는 법인가?"

역도산이 물었다.

"그거야 모를 일이지. 아무튼 한창 때인 서른아홉의 나이에 죽은 건 사실이니까. 그런데, 싸움의 천재이던 프랭크 고치가 프로 레슬링 선수가 되려고 결심한 뒤에 누구를 찾아갔는지 아시오?"

"……."

"그 당시에 미국 프로 레슬링계의 일인자로 군림하던 휘마 반즈였지."

"휘마 반즈?"

"그런데 그의 신장은 불과 174센티미터밖에 안 되었던 거요. 체중도 73킬로그램밖에 안 되었고. 한마디로 소형 선수였지. 그가 바로 저 유명한 프랭크 고치를 길러냈던 거요."

"놀라운 일이군요."

"그보다 더 작은 세계 챔피언도 있지. 1936년에 딕 시거트를 물리치고 타이틀을 차지했던 터키의 아라바바. 그의 신장은 164센티미터밖에 안 되었소. 물론 체중은 휘마 반즈보다 더 나가서 90킬로그램에 이르렀지만."

"토미 고노와 거의 흡사한 체구로군요."

역도산은 토미 고노의 몸을 다시금 아래위로 훑어보며 말했다.

며칠 뒤, 토미 고노는 불쑥 이런 질문을 던졌다.

"역도산, 당신의 가라테춉은 굉장하다고 소문났던데, 대관절 그 위력이 얼마나 되는 겁니까?"

'호? 이 녀석 보게나……'

역도산은 자존심이 상해 견딜 수가 없었다.

"나의 파괴력을 보고 싶으면 벽돌을 한 장 가져와 보시오."

역도산은 배달 최영의와 만났을 때 기왓장을 깨뜨리는 수련을 쌓은 적은 있지만 벽돌을 상대하기는 처음이었다. 잠시 후 토미 고노는 벽돌 한 장을 구해 왔다.

'아니, 이건?'

일본 것과는 강도가 비교도 되지 않을 정도로 단단한 콘크리트 벽돌이 아닌가.

'빌어먹을……'

하지만 형편없이 작은 사람 앞에서 못하겠다고 물러설 수도 없는 노릇이었다. 역도산의 자존심이 도저히 용납하지 않았다.

'깨질까? 아니다! 무조건 해보는 거야! 되든 안 되든 둘 중에 하나 아닌가! 에라, 주먹이 부서져도 모르겠다!'

역도산은 두 눈을 딱 감고 힘껏 수도를 내리쳤다.

"이엽!"

기합 소리는 우렁찼다. 그러나 역도산은 곧 나직한 신음을 흘려야 했다. 손가죽이 부욱 찢어져 흰 뼈가 드러났다.

"젠장……"

그런데 토미 고노가 몹시 놀라고 있었다.

"정말 대단하오!"

토미 고노는 벌린 입을 다물지 못했다. 벽돌은 분명히 두 쪽으로 갈라져 있었던 것이다. 역도산은 속으로 한숨을 내쉬었다. 주먹의 아픔이야 별것 아니었다. 깨어졌다는 사실이 기뻤다.

'안 될 것이라고 미리 단념한다면 그 순간 끝장이다. 때로는 멋대로 되라는 자포자기적인 생각으로 달려들다 보면, 이렇게 길이 열리는 수도 있다.'

역도산은 귀중한 교훈을 얻은 셈이었다.

'이제 나의 가라테춉의 위력을 분명히 확인하였다. 토미 고노, 당신은 나에게 용기를 불러일으켜 준 한 사람이라고 할 수 있겠소.'

역도산은 마음으로 말했다.

역도산은 양복 안주머니에서 증명서 한 장을 꺼냈다. 그 증명서에는 이렇게 씌어져 있었다.

'금후 미국에 올 일본의 프로 레슬러는 역도산의 허가 없이는 입국을 허가하지 않는다.'

그것은 NWA(National Wrestling Alliance)에서 써준, 일본에 있어서의 프로 레슬링 전권(全權)을 위임받은 증명서였다.

'이것은 NWA가 나의 능력을 높이 평가해준 것이다. 나는 프로 레슬링을 일본에 뿌리박게 할 것이다. 또 세계적인 프로 레슬러를 길러낼 것이다.'

역도산은 두 주먹을 불끈 쥐었다.

팬 아메리칸 여객기는 오후 3시 20분에 일본 하네다 공항에 도착했다. 여객기 트랩을 내려설 때는 감개가 무량하여 가슴을 진정시킬 수가 없었다. 공항에는 니다 신사쿠 사장을 비롯하여 낯익은 예능인과 친지들이 마중나와 있었다. 그리고 각 매스컴의 보도진들. 카메라 플래시가 잇따라 터지는 가운데 니다 신사쿠가 역도산의 손목을 잡았다.

212

"이야, 새까맣게 햇볕에 그을렸군. 오랫동안 고생이 많았지? 하지만 건강한 얼굴로 돌아오니 무엇보다 반갑군 그래."

니다 신사쿠는 입양 보냈던 자식을 되찾은 기분이라도 되는 모양이었다.

"이렇게 다시 사장님을 만나뵈니까 고생 같은 건 자취도 없이 사라지는 느낌입니다."

"허허, 그래 그래."

역도산은 눈시울이 뜨거워져서 다른 말을 더 보태지 못했다.

"역도산 씨, 귀국 소감을 한 말씀."

기자들이 녹음기 마이크를 그의 면전에 질서 없이 들이대며 보챘다. 역도산은 차분히 마음을 가라앉히고 기자들 앞에서 귀국 소감을 밝혔다.

"나는 NWA로부터 일본 책임자로 인정을 받았지만, 누군가 프로 레슬링에 힘이 되어줄 사람이 있으면 그분을 책임자로 정하고 측면에서 원조할 작정입니다. 그리하여 일본에서 프로 레슬링을 크게 발전시키고 싶습니다."

"수입은 좋았습니까?"

"미국에서야 물론 프로 레슬러의 수입이 좋습니다. 하지만 나는 일본에서도 프로 레슬링의 발전을 충분히 기대할 수 있다고 생각합니다. 그리고 어디까지나 진정한 승부를 가리는 프로 레슬링을 일본에 보급하고자 합니다."

"그 동안의 전적은 어떻게 됩니까?"

"어느덧 만 일년이 지났군요. 그 동안 나는 말로는 못다할 고생을 치렀으나, 그럭저럭 한 사람의 프로 레슬러로 성장하였습니다. 260회가 넘는 시합 가운데서 패한 것은 다섯 번뿐이었습니다. 그 가운데 두 번은 태그 매치에서 파트너가 진 것이니까 결국 세 번 진 셈이라고 할 수 있죠. 레오 노메리니, 탐 라이스, 후렛 아킨스라는 상대에게 졌습니다. 그러나 탐 라이스에게는 억울한 반칙패를 당하였고, 후렛 아킨스에게는 부상 기권으로 패했으므로, 정작 실력으로 패한 것은 레오 노메리니에게 당한 단 한 차례뿐입니다. 어떻습니까? 이 정도의 스코어라면 조금쯤은 자랑해도 좋은 성적일 듯싶은데."

"스모와 프로 레슬링의 다른 점은 무엇입니까?"

"한 마디로 프로 레슬링은 서양의 스모라고 할 수 있죠. 그런데 일일이 다 기억할 수 없을 만큼 많은 기술이 동원되는 데다, 치고받기까지 하기 때문에 더욱 거칠죠. 그리고 경기 시간이 61분까지 있기 때문에 무한한 스태미나가 필요합니다."

기자들은 역도산의 말 한 마디 한 마디에 깊은 관심을 나타냈다. 미국의 유력 스포츠 잡지인 《링》에 실렸던 기사가 기자들의 호기심을 더욱 자극했던 것이다.

역도산 도장

역도산은 술자리에서 니다 신사쿠 사장과 마주 앉아 있었다. 옆자리에는 아리따운 기생 둘이 각각 시중을 들었다.

"제가 지난 일년 동안 본격적인 프로 레슬링 수업을 마치고 돌아온 목적은 일본에 프로 레슬링을 널리 보급하겠다는 계획 때문입니다."

역도산의 말에 니다 신사쿠는 고개를 끄덕였다.

"그래서 구체적인 계획은 세워놓았는가?"

"물론입니다. 다만 이 계획이 쉽게 성취되리라고는 생각지 않습니다. 사실 무(無)에서 유(有)를 창조한다는 것은 본시 어려운 일이 아닙니까. 게다가 직접 프로 레슬링을 몸으로 체험한 사람은 저를 포함해 겨우 네 사람뿐입니다."

"호…… 그렇다면 나머지 세 사람은 누군가?"

"모두 유도에서 프로 레슬링으로 전향한 사람들입니다. 엔도 고키지 그리고 미국에 가 있는 기무라 마사히코 유도 7단과 야마구치 도시오 유도 6단뿐입니다."

"기무라? 유도의 귀신이라는 기무라 말인가?"

"그렇습니다."

그때 역도산 옆에 앉아 있던 기생이 얼굴에 꽃을 피우며 말했다.

"어머, 멋져요! 저 유도의 일인자 기무라 님이라면……."

"닥쳐!"

역도산이 엄포를 놓았다.

기무라 마사히코 유도 7단. 그의 명성이 어느 정도인가 하면, 일본에 살면서 그의 이름을 모른다면 귀머거리 취급을 받을 정도였다.

기무라 마사히코는 최영의가 다쿠쇼쿠 대학에 다니던 시절의 선배였다. 1935년, 약관에도 못 이른 불과 열아홉의 나이에 전 일본 유도 선수권 대회 우승을 기록한 그는, 그 뒤로 십여 년 간 천황이 지켜보는 가운데 펼쳐진 어전 유도 시합에서 단 한 번도 패한 일이라곤 없는 유도의 귀신이었다. 기무라가 유도이고, 유도가 곧 기무라인 셈이었다.

한때 기무라 마사히코는 브라질의 상파울루로 원정을 간 일이 있었다. 브라질에도 하와이나 캘리포니아처럼 일본 이민이 많기는 마찬가지. 남미 최고의 인디오 레슬러와 일본인 2세 유도 선수가 맞붙었다. 그런데 이 시합에서 짓이겨진 일본인 유도 선수는 타격이 너무 큰 나머지 곧장 저세상으로 가고 말았다.

그 소문을 듣고 기무라 마사히코가 장도(長途)에 올랐다. 상파울루 국립 체육관에는 일찍이 볼 수 없었던 많은 수의 관중이 들어찼다. 이를테면 핏줄의 원수를 갚기 위한 기무라 마사히코의 복수전인 셈이었다.

기무라 마사히코는 신장 170센티미터, 체중 80킬로그램의 중형(中形). 그런데 상대는 자그마치 200킬로그램이 넘는 불곰 같은 레슬러였다. 그러나 기무라 마사히코는 불과 3초 만에 그 험악한 거인을 거뜬히 공중으로 날려버리고, 바닥에 떨어지자마자 팔을 꺾어 못 쓰게 만들어버렸다. 뼈가 두 동강났던 것이다. 이 시합은 '브라질 격투기사(史)의 전설'이라고까지 일컬어질 정도였다.

"바로 그 기무라가 프로 레슬링 세계에 뛰어들었단 말이지?"

"예, 그렇습니다. 하지만 제 주위에 아무리 유력자가 있다고 하더라도 그들이 간단히 협력하리라고는 생각지 않습니다."

"으음……."

니다 신사쿠는 이마를 짚고 깊은 생각에 잠겨들었다.

역도산의 이 말은 니다 신사쿠에게는 어쩌면 귀찮은 이야기가 될지도 모른다. 역도산이 상투를 자르겠다는 것도 말렸고, 프로 레슬러가 되겠다는 것도 말렸던 니다 신사쿠였다. 그럼에도 불구하고 역도산은 그의 말을 한 가지도 듣지 않고 자기 생각대로의 길을 걸어왔기 때문이었다. 그러나 니다 신사쿠는 얼마 후 입가에 웃음을 머금었다.

"좋아! 내가 힘이 되어주겠다!"

역도산은 일시에 가슴이 후련해지는 기분이었다. 이것이야말로 니다 신사쿠다운 큰 아량과 격려라고 생각했다. 이제 니다 신사쿠가 협조를 해주는 상황에서는 무슨 일이든 꾸며낼 수 있을 것 같았다.

"그래, 우선 무엇이 필요한가?"

"연습장입니다."

"니쇼노세키베야 같은 도장 말이지?"

"네, 그렇습니다."

"알았네. 곧 부지를 물색해보겠네."

역도산은 얼른 정중하게 무릎을 꿇고 감사의 인사를 올렸다. 옆에 앉아 시중을 들고 있는 아리따운 기생은 눈에 들어오지도 않았다.

이튿날, 니다 신사쿠는 니혼바시 나니와쵸(浪花町)에 있는 약 50평의 땅을 제공했다. 역도산은 곧장 엔도 고키지에게 그 기쁜 소식을 알리고 함께 손잡고 나갈 것을 당부했다. 그리고 스모 후배인 스루가우미(駿河海), 규슈잔(九州山), 라쇼몬(邏生門), 다나카 요네타로 등을 끌어들여 인부들과 함께 연습장 건설에 열을 올렸다.

연습장은 7월 30일에 완공되었다. 레슬링은 물론이고, 스모, 복싱, 역도 등 모든 운동을 할 수 있는 종합 체육관이었다. 50평의 공간에는 이제까지 일본에서는 구경할 수 없었던 미제 트레이닝 기구가 필요한 만큼 가득 들어찼다.

사범으로는 해롤드 도키를 불렀다. 그는 프로 레슬러이지만, 왕년에 프로 복싱 하와이 페더급 챔피언을 지낸 만만치 않은 경력도 지니고 있었다.

"해롤드, 나는 복서를 양성시킬 꿈도 갖고 있으니까 그쪽 선수들의 트레이닝도 부탁하겠어."

역도산은 일본 땅에서 프로 레슬링과 프로 복싱을 동시에 장악할 꿈을 갖고 있었다.

1953년 7월 30일. 역도산 도장의 완공에 발맞추어 일본 프로 레슬링 협회 발회식이 거행되었다. 그 동안 니다 신사쿠가 알선해준 덕분에 정·재계, 흥행계, 스모계의 유력 인사들을 발기인으로 끌어들일 수 있었다. 회장 겸 발기인 대표에 전 농림대신이며 스모 요코즈나 심의회장인 사카이 다다마사(酒井忠正), 이사장에 니다 신사쿠, 상무이사에 나니와부시(郎花節) 흥업의 나가타 사다오(永田貞雄)와 요시모토(古本) 흥업의 하야시 히로타카(林弘高) 등등.

역도산은 이 발회식에서 자신과 엔도 고키지의 프로 레슬링 시범 경기를 마련해놓았다. 유도의 고수인 엔도 고키지, 그는 지난해인 1952년 4월에 배달 최영의와 만나서 함께 미국으로 원정을 간 바 있었다. 그곳에서 그레이트 도고(東郷)를 만났다.

그레이트 도고는 이미 미국 시장에서 잘 알려진 일본계 프로 레슬러였다. 세계적으로 유명한 반칙 전문의 악당 그레이트 도고. 이 인사에 관한 실화가 빠지면 프로 레슬링에 관한 이야기가 되지 않고, 역도산의 이야기에서도 뭔가 빠진 느낌이 들 것이다. 깨끗한 매너의 정통파 레슬러 루 테즈와는 완전히 대조적인 사나이. 어느 정도인가 하면, '악당살법(惡黨殺法)'이라는 듣기에도 소름끼치는 반칙 기술을 갖고 있을 정도였다.

'반칙도 프로 레슬링 기술의 일종이다!'

언제나 그렇게 외치고 다녔던 그레이트 도고는, 신장이 고작 161센티미터에 불과한 최단신임에도 불구하고 체중이 헤비급 문턱 수준인 98킬로그램에 육박하는 전형적인 개구리 몰골의 사나이였다. 그는 체구가 작은 프로 레슬러로서의 악조건을 이겨내기 위하여 거듭 반칙만을 연구했던 것이다.

1910년경 미국 오리건 주 푸트리버의 빈민촌에서 일본계 이주민 2세로 11형제 가운데 장남으로 태어났다. 찢어지게 가난했던 그는 열두 살 적부터 신문팔이, 세탁소 배달부, 미장이, 술집 경비원 등 자그마치 80가지가 넘는 직업을 전전하며 살았다. 그에게는 늘 주색잡기와 싸움이 취미처럼 따라다녔는데, 열여덟 살 때는 로스앤젤레스 암흑가의 소규모 조직폭력단의 보스가 되었다.

그는 그러는 가운데도 서민용인 YMCA 체육관을 드나들었는데, 1932년 로스앤젤레스 올림픽을 앞두고 벌어지는 올림픽 레슬링 종목 미국 대표 선발전에 YMCA 추천으로 참가하게 되었다. 분명하지는 않지만, 그는 이 대회에서 미들급 우승을 하여 올림픽 대표로 선발되었다고 했다. 그러나 올림픽을 한 해 앞둔 1931년에 교통사고로 심한 부상을 입었기 때문에 올림픽 대표를 자진 사퇴할 수밖에 없었다는 것이다.

올림픽이 열리는 해에 그레이트 도고에게 샌프란시스코의 프로모터이자 암흑가 보스인 카네이션 루 다로가 프로 레슬러로서의 길을 터주었다. 비록 키는 작았지만, 아마추어 레슬링, 유도, 가라테 등으로 단련된 그럭저럭 쓸 만한 존재였던 셈이다.

처음에 쓴 그의 닉네임은 불 이토. 당시 샌프란시스코에는 '유도 재킷 매치(유도복 경기)'가 유행하고 있었는데, 그 대명사는 일본계 유도 선수인 이토 도쿠고로였다. 그는 여기서 '이토'를 따내고 '황소'라는 뜻을 가진 '불'을 붙여 '불 이토'가 되었다. 그리고 실제로 성난 황소처럼 링 안에서 쉬지 않고 헉헉거리며 뛰어다녔다. 그러나 키가 너무 작은 탓에 인기는 얻지 못했다.

태평양전쟁이 끝났다. 일본이 선전 포고도 없이 진주만 공격을 감행했을 때의 일본 수상은 도조 히데기(東條英機). 미국인들이 그 이름을 미워하는 건 당연했다. 적개심이었다.

'관중의 시선을 끌기 위하여 그들의 미움을 사자!'

그는 머리가 좋은 편이었다. 흑인과 백인 관중의 미움을 사기 위하여 자신의 닉네임을 '불 이토' 에서 '그레이트 도조' 로 바꾸고 링에 컴백했다. 예상했던 대로 그의 참패를 보기 위하여 많은 관중이 몰려들었다.

"도조를 죽여라! 도조를 죽여!"

"대가리를 짓밟아 빠개버려라!"

영어로 쓸 수 있는 온갖 욕설이 죄다 튀어나왔다. 일장기를 등에 크게 물들인 일본 옷인 핫비를 걸치고서 큰 나막신을 신고 그레이트 도조가 나타나면, 흑인과 백인 관중들은 눈에 핏발이 서릴 정도로 미쳐버렸다.

그레이트 도조는 이때부터 반칙 기술을 전문적으로 연마하기 시작했다. 그는 링 위에 등장하면 상대 선수와 심판에게 정중히 허리를 꺾어 인사하고는, 이어서 죽일 듯이 날뛰는 관중들에게 빙그레 웃으면서 다정한 인사를 건넸다. 이어서 소금을 들고 링 위로 돌면서 스모의 고유 의식인 소금 뿌리기를 행했다.

"이게 바로 나의 동양적인 미소예요."

말과는 달리 음흉스런 웃음이었다.

그러고 공이 울리면 눈 돌릴 사이도 없이 그의 잔인한 반칙 공세가 연출되었다. 상대의 머리털을 잡아당기거나, 귀를 물어뜯고, 입을 찢고, 눈을 찌르고, 목을 조르는 것은 그의 반칙 기술에 있어서는 기초 공사에 불과했다. 일장기로 물들인 핫비 속에 숨겨두었던 벽돌로 상대의 머리를 짓이기고, 타이츠 속에 소금이나 비눗가루를 감추어두었다가 상대의 눈에 뿌려 앞을 못 보게 만들고, 링 밑에 숨었다가 상대가 찾으려고 기웃거릴 때 벼락같이 튀어나와 막대기로 내지르고, 물통으로 상대를 때리고, 로프 줄로 목을 조르고, 책상에 박치기를 시키고, 입에 물을 물어 상대의 얼굴에 뿌리고, 임원석의 전화기를 들어 상대를 가격하고, 심지어는 병으로도 때리고……. 놀부의 심술보다도 가짓수가 많은 게 그의 반칙 기술이었다.

"피는 링 위에서 피는 꽃이며, 나는 지상 최고의 반칙왕이다! 피로써 제사를 올리고 반칙 레슬링을 펼쳐야만 나의 직성이 풀린다! 바로 이런 반칙을 펼칠 수 있는 프로 레슬링이야말로 가장 남성다운 스포츠가 아닌가! 이 생활만이 황금을 찾을 수가 있다! 피를 두려워하면 그땐 선수 생활도 끝장이다! 용감한 선수만이 대성할 수 있다!"

그는 늘상 이렇게 외치고 다녔다. 그러면서도 잘 발견되지 않는 반칙을 심판이 알아채면, 얼른 허리를 숙이고서, "죄송합니다." 하고 정중히 사과하는 철면피였다.

그런데 이 연기력이 상당히 진실되게 느껴질 정도여서 심판과 상대 선수가 곧잘 속아 넘어가곤 했다. 시합이 속행되면 언제 사과했느냐는 듯이 또 다른 반칙……. 그래서 링 주변에서는 그를 일컬어 '반칙의 귀신'이라고까지 말할 정도였다.

공이 울리기 전에 스모의 전통 의식인 소금 뿌리기를 행하는 것도 그의 말로는, "내가 일본 선수라는 것을 팬들에게 인식시키기 위해서."라고는 하지만, 실제로는 상대 선수가 궁금증을 갖도록 심리적으로 교란시키면서 자신의 작전을 여유 있게 계획하는 야비한 전술이었다. 그는 자신의 반칙을 성공시키기 위해서는 수단과 방법을 가리지 않는 '프로 레슬링의 마키아벨리스트'인 셈이었다.

어쨌든 그는 자신의 반칙 덕택으로 엄청난 돈을 벌었다. 로스앤젤레스 교외에 대리석으로 꾸며놓은 호화 저택에서 풍요로운 생활을 즐기는 알부자였다.

그러나 그의 몸뚱이는 하루도 성할 날이 없었다. 반칙 행위를 식은 죽 먹듯이 거침없이 행하는 냉혈한이지만, 뜻밖에도 그의 온몸은 어느 레슬러보다도 거칠게 더럽혀져 있었다. 되로 주고 말로 받는 경우가 이따금 일어나기 때문이었다. 링 사고로 사경을 헤맨 사례가 4~5차례나 발생하였고, 몬트리올에서는 시합이 끝나고 휴게실에서 휴식을 취하다가 상대 선수의 광적인 팬인 한 프랑스 여인의 습격을 받아 후두부를 강타당한 적도 있었다. 그때 그는 병원으로 이송되어 40바늘이나 꿰매는 고초를 겪었다.

그런데 이 정도는 약과였다. 텍사스 주에서는 광적인 팬의 칼에 복부를 찔려 120바늘을 꿰매는 내장파열상을 입기도 했다. 그래서 그는 가운을 벗기만 하면 온몸이 상처자국으로 얼룩져 있었다. 백여 군데의 상처. 머리에만 수십 군데. 심지어 그가 미국에서 흘린 피가 한 말들이 술통으로 수십 통은 될 거라는 소문이 돌 정도였다.

도중에, 러일전쟁 때 러시아의 무적 발틱 함대를 분쇄한 도고 헤이하치로 (東鄕平八郞) 해군 제독의 이름을 따서 '그레이트 도고'로 닉네임을 바꾼 그는, 한때 세계 태그 챔피언 자리에 올랐던 적도 있었다. 역도산이 아직은 스모 선수로 활약하던 1949년의 일이었다. 공교롭게도 그는, 역도산을 프로 레슬링계로 끌어들인 장본인인 해롤드 사카다를 자기의 품 안으로 끌어들였다. 그는 해롤드 사카다에게 '도시 도고'라는 닉네임을 붙여주고 자기와 함께 '도고 브라더스'라는 닉네임을 만들고는 타이틀을 거머쥐었던 것이다.

그런 그레이트 도고가 1952년에는 엔도 고키지와 배달 최영의를 끌어들여 '제2의 도고 브라더스'를 만들었다. 엔도 고키지는 그 동안, 그레이트 도고와 더불어 미국 전역과 캐나다, 쿠바를 돌며 순회 경기를 가진 뒤, 귀국 도중에 하와이에 들러 오키 시키나의 코치를 받고는 역도산보다 조금 앞선 그해 10월에 이미 귀국해 있었다.

엔도 고키지는 유도 시범 시합을 포함해서 110여 회의 대전에 출전하였으며, 여기서 70승이 넘는 좋은 전과를 올렸다. 더욱이 체구도 더욱 단단해졌으며, 본격적인 프로 레슬링 기술마저 체득하고 있었다.

역도산이 마이크 앞으로 나와서 말했다.

"오늘 발회식에 모이신 여러 인사 가운데는 프로 레슬링이 무엇인지 전혀 모르는 분도 많이 계실 것입니다. 그래서 '프로 레슬링이란 이런 것입니다' 하고 설명하는 의미에서 엔도 고키지 선수와 공개 연습 경기를 가짐으로써 프로 레슬링의 여러 가지 기술을 보여드릴까 합니다."

역도산은 공개 스파링을 하는 가벼운 기분으로 링 위에 올라갔다. 그런데 막상 엔도 고키지와 뒤엉키고 보니 아무래도 어설픈 시합을 벌일 수가 없는 노릇이었다. 하는 수 없이 역도산은 실전에 가까울 만큼 맹공을 퍼부었다. 그러자 엔도 고키지도 만만치 않은 반격을 가하기 시작했다. 얼마쯤 시간이 흐르자 공개 연습 경기는 어느덧 실전이 되어버리고 말았다.

역도산은 절대로 구경거리에 지나지 않는 시합은 하지 않겠다고 맹세한 사람이었다. 그것은 자기 자신의 생명이라고 생각하고 있었다. 이러한 역도산의 고집은 공개 연습 시합에서도 비켜갈 수가 없었던 것이다.

시범 경기가 끝나자 발회식 참석 인사들은 모두들 아낌없는 박수를 보내주었다. 스모와 유도를 합쳐놓은 듯 다채로웠기 때문에 관람하는 동안 지루한 줄을 몰랐던 것이다.

엔도 고키지가 타월로 땀을 닦으며 말했다.

"오랜만에 땀을 흘리니까 기분이 좋군요. 그런데 당신의 박력에는 정말 놀랐습니다. 외국의 레슬러들이 당신을 두려워하는 까닭을 이제야 알 것 같습니다."

엔도 고키지의 찬사에 역도산은 화답했다.

"나도 열심히 하겠으니 당신도 노력해주시오."

역도산은 엔도 고키지와 동맹의 굳은 악수를 나누었다.

역도산은 이 발회식이 열리기 전인 7월 18일과 19일에 오사카에서 프로 레슬링 시합이 열렸다는 소식을 들은 일이 있었다. 미국에서 돌아온 야마구치 도시오 유도 6단이 중견 스모토리였던 기요미가와(淸美川)를 상대로. 머지않아 일본에도 프로 레슬링 붐이 일어날 징후라고 역도산은 생각했다.

"자네가 링 위에서 미국인을 때려눕히는 게 무엇보다 중요하네. 지금은 사회 분위기가, 패전 이후 미국에 점령당한 억눌림이 팽배해 있는 데다 열등감도 무시할 수 없을 만큼 독버섯처럼 퍼져 있네. 그러므로 우리 일본 국민들이 그 열등감에서 벗어날 수 있도록, 미국인을 상대로 부디 통쾌한 시합을 보여주게."

니다 신사쿠가 당부했다. 역도산은 니다 신사쿠의 의견에 공감하고 있었다. 자신이 일본 국민을 위해서 뭔가 해준다는 것은 어울리지 않는 일이지만, 그렇게 하지 않고서는 일본 사회에서 프로 레슬링의 실질적인 실력자가 되기란 어려운 노릇이 아닌가.

역도산의 뇌리에는 사흘 전에 들은 조국 땅의 소식이 머물러 있었다. 휴전협정이 조인됨으로써 전 국토에서 전투가 중지되었다는 소식이었다.

'조국은 여전히 갈라져 있어야 한단 말인가……'

고향이 자꾸 멀어져가는 기분이었기 때문에 역도산은 마음이 갑갑했다. 그러한 그늘진 마음을 갖고 있으면서도 역도산은 도장을 설립하고 일본 프로 레슬링 협회를 만들어내었으며, 더욱이 시범 경기를 통하여 자신의 실력이 엔도 고키지와는 격이 다르다는 것을 참석한 여러 인사들에게 인식시켰다.

'다혈질의 역도산이 뭔가 일을 저지르려는가……'

눈치 빠른 이들은 역도산의 행동에서 그러한 징후를 엿보고 있었다.

루 테즈 대 역도산

일본으로 돌아온 지 어느덧 반 년이 지나갔을 때 하와이의 오키 시키나로부터 뜻밖의 낭보가 날아왔다.

'역도산, 11월에 호놀룰루에서 세계 챔피언 루 테즈에 대한 도전자 결정전이 벌어지니 이에 참전해야겠소. 이 시합에서 이기면 당신은 루 테즈에게 도전할 수 있게 되는 것이오.'

역도산은 가슴이 뭉클하고 눈물이 나올 지경이었다.

'철인 루 테즈. 내가 그와 맞붙을 기회가 드디어 오게 되었단 말인가.'

물론 전초전에서 승리해야 가능한 일이었지만, 전초전 상대가 누구든 이미 산을 넘어 있는 듯한 느낌이었다. 700전 연속 무패라는 놀라운 전과를 올리고 있는 무적(無敵)의 왕자 루 테즈에게 도전하여 그를 때려눕히는 것은 프로 레슬러 역도산에게 있어 무엇보다 강렬한 집념이었다. 이를테면 스모 선수 시절에 요코즈나가 되고자 했던 집념 같은 것이었다. 아니, 그 정도가 아니었다. 스모는 어디까지나 일본 안에서만 벌어지고 있는 시합. 그러므로 국내용이었지만 프로 레슬링은 미국을 비롯해서 유럽까지 널리 퍼져 있는 국제용 스포츠였다. 요코즈나가 되면 일본 최강의 역사(力士)로 인정받는 셈이지만, 세계 최강의 프로 레슬러인 루 테즈를 무찌르면 명실 공히 세계 최강의 역사로 인정받게 되는 것이다.

자신도 프랭크 고치 같은 전설적인 프로 레슬러가 될 날이 머지않았다고 역도산은 생각했다.

"프랭크 고치야말로 굵고 짧게 위대한 인생을 살다간 프로 레슬러다."

역도산은 두 주먹을 불끈 쥐었다. 루 테즈라는 거대한 산이 눈앞에 성큼 다가서 있는 것 같았다.

문득 작년에 미국 워싱턴 주 시애틀에서 벌어졌던 토니 카렌트 대 문어와의 수중(水中) 결투가 떠올랐다. 프로 복서 생활을 하다가 1948년에 프로 레슬러로 전향한 토니 카렌트의 상대인 문어는 중량이 무려 80킬로그램을 넘는 거대한 바위 같았다. 그 시합에서 토니 카렌트는 문어의 긴 다리에 감겨 매우 고전했으나, 어느 순간 오른쪽 주먹으로 문어의 급소를 가격하여 실신시킴으로써 살인적인 펀치의 위력을 과시했다. 이 시합에서 패한 문어는 깊은 상처를 이겨내지 못하고 시름시름 앓다가 사흘 뒤에 죽고 말았다.

"나의 춉은 그보다 더한 위력이 있을 것이다."

역도산은 돌덩이처럼 단단하게 굳어 있는 자신의 손날을 만져보았다.

역도산은 찬바람이 일기 시작하는 11월 16일에 하와이 호놀룰루 행 여객기에 올랐다. 두 번째 하와이 원정인 셈이었다.

'지난번의 미국 원정에서 루 테즈에게 도전할 기회를 잡으려고 얼마나 애를 썼던가. 그러나 이룰 수가 없었다⋯⋯.'

그래서 조 말코비치, 알 카라스크, 줄리어스 스트롬보, 샘 마조닉 등 각지의 유력한 프로모터에게 부탁해놓고 일본으로 돌아왔던 역도산이었다. 그런데 비로소 그 기회가 하와이에서 마련되었던 것이다.

여객기 안에서 눈을 감은 역도산의 뇌리로 자신의 무력을 빛낸, 미국 프로 레슬링계가 인정하고 있는 역대 세계 챔피언의 이름이 물결처럼 흘러갔다.

프랭크 고치(초대·3대), 프레드 빌(2대), 찰리 캐틀러(4대), 조 스테커(5대·7대·13대), 알 카도크(6대), 에드 스트랭글러 루이스(8대·10대·14대·17대), 스타리스라우스 즈비스코(9대·12대), 웨인 맨(11대), 가스 조넨퍼그(15대), 에드 단 조지(16대·19대), 헨리 데그린(18대), 딕 시거트(20대·22대·27대), 짐 론도스(21대), 짐 브라우닝(24대), 대니 오마호니(26대), 아리 바바(28대·30대), 데프 레빈(29대), 에베렛 마셜(31대·34대), 스태프 케이시(33대), 브랑코 나굴스키(36대·38대), 레이 스틸(37대), 산다 자보(39대), 빌 론슨(40대·43대·46대), 유폰 로버트(41대), 보비 마나고프(42대), 빌 워트슨(44대·50대), 오빌 브라운(48대), 딕 해튼(52대), 패트 오크너(53대), 부디 로저스(54대), 루 테즈(32대·35대·45대·47대·49대·51대·55대). 루 테즈…… 루 테즈…….

이 가운데 루 테즈의 이름은 아무리 생각해도 달랐다. 다른 선수들과는 세계 챔피언으로서의 격이 달랐던 것이다. 더욱이 1949년에 NWA가 인정한 초대 헤비급 세계 챔피언이 아닌가.

호놀룰루 공항에는 역시 일본과는 다른 훈훈한 공기가 감돌았다. 그러나 역도산의 눈에는 하와이의 아름다운 경치 따위는 눈에 들어오지도 않았다. 오로지 루 테즈라는 거대한 표적만 보일 뿐이었다.

마중 나온 오키 시키나는 여전히 포커 페이스를 유지하고 있었다.

"오느라고 수고했네."

오키 시키나는 덤덤하게 말했다.

"다시 왔습니다. 여러 모로 애써주신 것에 감사드립니다. 그런데 도전자 결정전은 언제로 잡혀 있습니까?"

"29일이야. 역도산이 루 테즈에게 도전할 자격을 얻기 위한 이번 대전은, 사실은 루 테즈 스스로 당신을 지명했기 때문에 가능해진 것이네."

물론 루 테즈가 역도산을 도전자 결정 토너먼트에 지명한 것은 그와 연관 있는 거물 프로모터 조 말코비치와 샘 마조닉 그리고 이 시합의 프로모터인 알 카라시크의 힘이 닿았을 것이다. 어쨌든 루 테즈 자신이 지명했다는 것 자체가 역도산으로서는 가슴 떨리는 일이었다.

"루 테즈가 내 실력을 알아주는군……."

역도산은 세 차례의 경기를 가진 후 전열을 가다듬었다.

마침내 11월 29일 밤이 왔다. 호놀룰루의 시빅 오디트리엄.

도전자 결정 토너먼트에 참가하는 레슬러는 모두 여덟 명이었다. 전 라이트 헤비급 세계 챔피언 보비 브란즈. 프랭크 바로아. 토미 오토. 알 로빅. 버트 커티스. 새미 버크. 로키 무시아사르. 그리고 역도산.

이들은 동전을 던져 토너먼트의 상대를 결정했다. 역도산의 1차전 상대는 프랭크 바로아. 경기 규정은 20분 원폴제.

역도산은 공이 울자마자 프랭크 바로아에게 가라테촙을 난사하여 기선을 잡았다. 프랭크 바로아는 꽤 지명도가 있는 실력파 레슬러였지만, 애당초 역도산의 상대는 되지 못했다. 불과 2분 42초 만에 링 밖으로 나가떨어진 그는, 끝내 올라오지 못하고 링 아웃당하고 말았다.

2차전에 올라온 상대는 새미 버크였다. 새미 버크 역시 공이 울자마자 역도산의 집중 포화에 산산이 무너져내렸다. 그래서 불과 1분 58초 만에 경기가 끝나고 말았다.

결승에 올라온 상대는 예상대로 전 라이트 헤비급 세계 챔피언 보비 브란즈. 그는 일본 원정 당시 역도산에게 처음으로 프로 레슬링을 가르쳐준 사람이었다. 그를 만나지 못했더라면 역도산은 프로 레슬링에 입문하지 않았을지도 모른다. 그러나 승부는 어디까지나 승부. 역도산은 자신의 은인인 보비 브란즈에게도 사정 볼 것 없이 처음부터 가라테촙을 퍼부어 마침내 승리를 따냈다. 이때까지 링 사이드에는 시종일관 루 테즈가 묵묵히 앉아서 역도산의 경기 운영을 지켜보고 있었다.

"역도산은 아직 프로 레슬링이 뭔지 모르고 있군. 내가 한수 가르쳐주지……."

루 테즈는 중얼거리며 의미심장한 미소를 머금었다.

마침내 루 테즈의 프로 레슬링 헤비급 세계 챔피언 도전자로 결정된 역도산은, 라커룸에서 패배자인 보비 브란즈로부터 뜨거운 격려의 말을 들었다.

"반갑소, 역도산. 루 테즈는, 물론 온 세상이 인정하는 강력한 상대이긴 하지만 역도산 당신의 불타는 체력과 투지라면 못 이길 것도 없지."

"고맙습니다, 보비 브란즈. 이 역도산의 성장을 지켜봐주십시오."

시합 일자는 불과 일주일밖에 남지 않은 12월 6일. 역도산은 곧바로 루 테즈에 대한 점검 작업에 들어갔다. 자신의 예비 지식을 활용하여 빈틈 없는 작전을 짜고 있는데, 때마침 일본계 미국인들이 와서는 은밀히 조언을 해주었기 때문에 한층 더 힘을 얻을 수가 있었다.

무적의 제왕 루 테즈. 이제까지 역도산은 루 테즈를 무찌르기 위하여 피나는 훈련을 거듭해온 건지도 몰랐다. 역도산은 다시금 루 테즈의 성장 과정을 돌이켜보았다.

1916년 4월 26일, 미국 미조리 주 세인트루이스에서 출생한 그는 역도산보다 여덟 살 많은 나이였다. 부친은 마틴 테즈로, 제1차 세계대전이 발발하기 전에 미국으로 이주한 헝가리인으로 전 레슬링 헝가리 미들급 챔피언이었다. 마틴 테즈는 세인트루이스 외곽에 작은 구둣방을 내고 살았다. 그는 비록 가난했지만 한 가지 큰 꿈이 있었다. 자기 아들 루 테즈를 위대한 레슬러로 키우겠다는 것이었다.

마틴 테즈는 단지 먹고살기 위해서 미국으로 이주한 것이 아니었다. 유럽 스포츠의 꽃이었던 레슬링이 빛을 잃기 시작한 것은 제1차 세계대전 발발 이전. 그때 유럽의 일류 프로 레슬러들은 새로운 흥행 시장을 찾아 대서양을 건넜는데, 마틴 테즈도 그들 가운데 한 사람이었다.

그러나 미국인들은 헤비급 경기만을 선호했다. 75킬로그램의 미들급인 마틴 테즈는 당연히 미국 시장에서 외면당할 수밖에 없었다. 그래서 일단 먹고 살기 위해서 구둣방을 차렸던 것이다. 그리고 자신의 프로 레슬링 기술을 아들인 루 테즈에게 가르치기 시작했다. 루 테즈가 처음 레슬링 교육을 받은 것은 고작 일곱 살 때. 십 년의 세월이 흐르고 루 테즈는 열일곱 살의 당당한 청년으로 자라났다.

"아니, 이 녀석이!"

마틴 테즈는 놀랐다. 루 테즈가 자신의 허리를 뒤에서 안아 뒤로 젖혀 던져 버렸던 것이다. 백 드롭. 강력한 힘과 유연한 허리가 요구되는 기술이었다.

"루, 이제 너는 프로 레슬링 전문 도장으로 갈 때가 되었다. 내게서는 더 이상 배울 것이 없거든."

그리하여 루 테즈는 부친의 소개로 프로 레슬링 전문 도장인 해리 쿡에 입문했다. 루 테즈의 첫 프로 레슬링 상대는 조 앤더슨. 실력 있는 베테랑이었다. 그런데 놀랍게도 루 테즈는 밀고 밀리는 각축전을 벌인 끝에 무승부를 기록했다.

"천재적인 소년이다!"

그 시합을 지켜본 위대한 트레이너이자 체육학자인 조지 트라고스는 탄성을 올렸다.

"내가 가르치겠다!"

1906년 아테네 올림픽 역도 부문 금메달 리스트이자 1920년 미국 올림픽 레슬링 대표팀 코치를 지냈던 조지 트라고스는, 천재 소년 루 테즈를 자신의 제자로 삼겠다고 발벗고 나섰다. 그때 루 테즈의 체구는 신장 182센티미터에 몸무게 95킬로그램. 군살이라곤 없는, 헤비급으로선 썩 보기 좋은 몸매였다. 기초 체력 단련을 포함한 하루의 훈련 시간은 무려 아홉 시간. 밥 먹고 잠자는 일을 빼면 오로지 훈련뿐이었다. 루 테즈는 서서히 철인으로 변해가고 있었다.

그리고 한때 세계 최강을 자랑하던 목 조르기의 명수 에드 스트랭글러 루이스를 만나, 시범 경기를 불과 22초 만에 백 드롭을 걸어 승리로 이끌었다. 에드 스트랭글러 루이스의 살인적인 주특기인 헤드 록은 오히려 이적(利敵) 행위가 되고 말았다. 루 테즈의 주특기인 백 드롭은 바로 헤드 록에 대한 반격 기술이 아닌가. 무명의 신인 루 테즈가 세계 최강을 자랑하던 에드 스트랭글러 루이스를 눌러 이긴 것은 바로 '세인트루이스의 기적'이었다. 이번엔 에드 스트랭글러 루이스가 루 테즈의 스승을 자청하고 나섰다.

1937년 12월 29일, 세인트루이스의 에리너. 당시의 세계 챔피언 에베렛 마셜이 루 테즈의 도전을 받아주었다. 루 테즈의 나이는 약관을 갓 넘은 겨우 스물한 살.

"제 아무리 루 테즈가 잘한다고는 해도 상대는 세계 챔피언인걸. 한판이나 이길 수 있을까 몰라."

도박사나 관중들의 의견은 에베렛 마셜의 승리 쪽이 지배적이었다. 그러나 관측은 어디까지나 관측일 뿐이었다. 2시간 30분이나 지났는데도 승부가 가려지지 않았다. 발목을 잡아 비트는 토 홀드(toe hold) 기술과 상대의 후방에서 자신의 양팔을 상대의 겨드랑이 사이로 내어 목덜미를 교차 상태로 감아 누르는 풀 넬슨(full nelsen) 기술을 연거푸 실패한 에베렛 마셜은 마침내 루 테즈의 뇌에 타격을 입히기 위하여 헤드 록을 걸었다. 그리고 머리를 조인 팔을 마구 흔들어댔다. 루 테즈의 머리가 맥없이 물결치고 있었다.

바로 그 순간에 사건은 일어났다. 루 테즈의 양팔이 언뜻 에베렛 마셜의 허리와 사타구니로 이동하는가 싶더니, 관중의 외마디 탄성과 함께 에베렛 마셜의 거대한 몸뚱이는 캔버스에 거꾸로 꽂혀버렸다. 루 테즈의 백 드롭이 폭발한 것이었다.

이어서 기진맥진한 챔피언을 맹공한 루 테즈는 기어코 2 대 0으로 첫 챔피언 자리에 등극했다. 경기 종료 시간은 2시간 56분. 마침내 루 테즈의 강철 같은 신화는 창조되었던 것이다. 이것은 어느 무협지 작가가 꾸며내기도 힘든 이변의 드라마였다.

그런데 스티브 케이시라는 거칠고 강한 레슬러가 나타났다. 힘이 대단해서 '인간 분쇄기'라는 닉네임이 붙을 정도였다.

1938년 2월에 루 테즈와 스티브 케이시와의 타이틀 매치는 성사되었다. 장소는 세인트루이스에 신축된 킬 오디트리엄. 루 테즈의 첫 방어전이었다. 그러나 루 테즈는 시합 전부터 이미 지쳐 있는 상태였다. 2시간 56분의 격투가 끝나고서 고작 한 달 보름밖에 지나지 않았던 것이다.

공이 울리고 링 중앙으로 나선 스티브 케이시는 악수를 청했다. 깨끗한 플레이를 펼치자는 뜻으로 알고 루 테즈는 손을 내밀었다. 순간, 스티브 케이시는 악수로 잡은 루 테즈의 손을 꺾어 비튼 다음 왼손으로 사타구니를 들어올려 쓰러뜨리는 기습 공격을 퍼부었다. 순식간에 1 대 0.

두 번째 판에서는 스티브 케이시가 루 테즈의 등에 올라타 보스턴 글러브를 걸었다. 상대의 두 다리를 자신의 두 팔로 감아쥐고 허리를 뒤로 꺾어 젖히는, 강력한 파워를 이용한 살인적인 기술이었다. 루 테즈는 겹친 체력 소모 때문에 더 이상 견디지 못하고 18분 25초 만에 기권하고 말았다.

챔피언 타이틀은 이렇게 넘어갔다. 그러자 이번엔 루 테즈에게 챔피언 벨트를 빼앗겼던 에베렛 마셜이 스티브 케이시에게 도전했다. 그해 3월에 보스턴 가든 에리너에서 벌어진 이 시합은 한 마디로 힘과 힘의 대결이었다. 대결은 그리 오래가지 않았다. 에베렛 마셜은 루 테즈에게 역전패를 당하기는 했어도 힘에 있어서는 그 누구에게도 물러설 수 없는 최강자였다. 전성기의 에드 스트랭글러 루이스에 비교될 정도였다.

에베렛 마셜은 공이 울리자마자 쏜살같이 달려나가 스티브 케이시를 번쩍 들어올렸다. 그러고는 두 어깨에 짊어진 다음 몸을 빙그르르 돌렸다. 엄청난 힘이었다.

"에어플레인 스핀(airplane spin)이다!"

관중들이 일제히 경악했다.

스티브 케이스를 짊어지고 돌리던 에베렛 마셜은, "앗!" 하고 관중들이 놀라는 찰나 링 밖으로 상대를 집어 던져버렸다. 링 밖으로 날아가 떨어진 스티브 케이시는 하필이면 날아가는 도중에 링 모서리의 쇠기둥에 머리를 부딪치고 말았다. 경기는 더 이상 진행이 불가능했고, 스티브 케이시는 20바늘이나 꿰매는 치명적인 상처를 입었다.

그러나 결과는 오히려 스티브 케이시의 반칙승. 하지만 에어플레인 스핀은 어디까지나 프로 레슬링의 합법적인, 그러나 살인적인 기술이었다. 스티브 케이시는 고향에서 상처를 치료한다는 핑계로 루 테즈와 에베렛 마셜의 도전을 피해 다녔다. 그러면서 실은 몰래 유럽 순회 경기를 가지며 돈을 벌고 있었다. 그러한 행각은 곧 드러났고, 그 바람에 스티브 케이시는 타이틀을 박탈당하고 말았다. 그리고 심판 판정의 실수가 인정되어 타이틀은 에베렛 마셜에게로 돌아갔다.

1939년 2월에 루 테즈는 다시 에베렛 마셜에게 도전했다. 에베렛 마셜은 과거의 패배를 설욕하려고 벼르고 있었다. 장소는 에베렛 마셜의 홈 링인 콜로라도 주 덴버.

공이 울리고부터 에베렛 마셜은 틈도 주지 않고 숨가쁜 공격을 퍼부었지만, 몸이 빠른 루 테즈는 가공할 무기인 에어플레인 스핀에 좀체로 걸려들지 않았다. 마셜은 오히려 헤드 록을 걸었다가 루 테즈에게 또다시 백 드롭을 당하여 처참하게 무너지고 말았다.

이로써 두 번째 세계 정상에 오른 루 테즈는, 그해 7월에 텍사스 주의 휴스턴에서 '야생마'로 소문난 브랑코 나굴스키의 도전을 받았다. 가장 강력한 태클을 구사했다고 평가받은 미식 축구 선수 출신의 레슬러 브랑코 나굴스키. 공교롭게도 그는 루 테즈의 스승인 에드 스트랭글러 루이스와 가장 강력한 라이벌로 각광받았던 조 스테커의 제자였다.

그의 주특기는 숄더 블로킹(shoulder blockking). 이것은 기관차 같은 속도와 무게로 달려 들어가 상대의 어깨를 부딪쳐 날려버리는 파괴력 있는 기술이었다. 루 테즈는 아차 하는 사이에 이 숄더 블로킹에 걸려들어 또다시 타이틀을 빼앗기고 말았다. 이제 23세에 불과한 루 테즈의 경험 미숙이 빚은 패배였다.

그런데 루 테즈를 간신히 이겨낸 브랑코 나굴스키는 한사코 루 테즈의 도전을 받아주지 않았다. 타이틀 도전의 기회를 잡지 못하던 루 테즈는, 어느 날 한 미모의 여성에게 반하여 사랑에 빠졌다. 그녀는 텍사스 석유 재벌의 딸인 프레다. 직업이 화가인 그녀는 루 테즈에게 프로 레슬링 왕좌 대신 평화와 안식을 베풀어주었다.

그리고 제2차 세계대전이 한창 불을 뿜던 1943년에 루 테즈는 27세의 나이로 군에 입대했다. 거기서 4년여 동안 백병전 기술을 가르치는 체육 교관으로 복무했던 루 테즈는, 전쟁이 막을 내린 1947년에 31세의 나이로 제대하여 세계 타이틀 도전의 기회를 다시 잡을 수 있었다.

그 동안 세계 타이틀은 브랑코 나굴스키를 깨뜨린 레이 스틸을 시작으로, 다시 브랑코 나굴스키, 산다 자보, 빌 론슨, 유폰 로버트, 보비 마나고프, 다시 빌 론슨의 손을 거쳐 빌 워트슨에게로 넘어가 있었다. 이 가운데 산다 자보는 미국 본토 원정 때 역도산에게 1승을 보태준, 역도산과도 인연이 있는 선수였다.

1947년 4월, 루 테즈는 기량이 더욱 완숙해진 솜씨로 세인트 루이스의 킬 오디트리엄에서 빌 워트슨을 무참히 깨뜨려버렸다. 마침내 세 번째 세계 정상 등극의 신화를 이룩했던 것이다. 이것은 과거에 조 스테커와 에드 스트랭글러 루이스, 딕 시거트, 이렇게 세 사람밖에 이루지 못한 희귀한 기록이었다.

그런데 그 신화를 이룩하기 위하여 빌 워트슨에게 깨졌던 빌 론슨이 도전해 왔다. 빌 론슨은 전 프로 복싱 세계 헤비급 챔피언 막스 베어에게 도전하여 좋은 경기를 펼쳤던 하드 펀처였다. 그해 11월에 루 테즈는 자신의 홈 링에서 빌 론슨의 기습 펀치를 맞고 타이틀을 빼앗기고 말았다. 루 테즈는 그때부터 아예 권투까지 배워버렸다. 그리고 이듬해인 1948년 여름에 빌 론슨과 리턴 매치를 벌여 깨끗이 설욕해버렸다. 네 번째 세계 챔피언의 자리를 차지한 선수는 이제 루 테즈 한 사람뿐이었다.

1949년에 미국의 소문난 프로모터들이 세인트루이스에 모였다. 미국 레슬링 동맹인 NWA가 결성되었던 것이다. 여기서 비로소, '루 테즈를 NWA 초대 세계 챔피언으로 인정한다.'는 NWA 챔피언 인정서가 만들어졌다. 그후로 몇 차례 타이틀을 빼앗겼다가 다시 되찾기를 거듭한 루 테즈는, 이제 패전(敗戰)이라고는 모르는 난공불락의 요새를 쌓아놓고서 NWA 세계 챔피언 타이틀을 지키고 있는 것이었다.

"루 테즈도 패배한 과거가 있다……."

루 테즈에 대한 연구에 몰두하던 역도산은 나직하게 뇌까렸다. 하지만 루 테즈의 지금 사정은 달랐다.

'프로 레슬러의 전성기는 마흔 전후'라는 말이 있듯이, 루 테즈는 지금이 가장 한창때인 서른일곱이었다. 그래서 700연승을 기록하고 있는 것이었다.

"아무튼 내가 기어코 박살내겠다!"

1954년 12월 6일 밤, 호놀룰루의 시빅 오디트리엄. 마침내 결전의 날은 다가왔다. 객석을 가득 메운 관중들은 경기가 시작되기 전부터 양편으로 나뉘어져 응원하고 있었다.

"리키! 리키!"

"루! 루!"

도전자인 역도산이 먼저 링 위에 올라섰다. 역도산의 눈길에는 짙은 증오의 불길이 타오르고 있었다. 바로 오늘의 신문 기사 때문이었다. 신문 기자와의 인터뷰에서 루 테즈는 이렇게 말했던 것이다.

"역도산은 아직 프로 레슬링이 뭔지를 잘 모르죠. 그러니까 내가 프로 레슬링이 뭔지 그에게 친절하게 가르쳐주도록 하겠습니다."

역도산은 심하게 자존심이 상했다.

"건방지게시리! 감히 나한테 뭘 가르치겠다고?"

아직도 흥분이 가라앉지 않은 역도산에게 오키 시키나가 여전한 포커 페이스로 타일렀다.

"역도산, 흥분하지 말게. 혈압이 오르면 전력에 차질이 오니까."

역도산은 루 테즈가 등장하기를 기다리면서 관중석을 둘러보았다. 일장기를 들고 모여 앉아 있는 관중들이 눈에 띄었다. 일본계 관중들이었다.

"리키! 리키!"

그들은 역도산의 시선이 자신들을 향하자 일장기를 흔들며 더 크게 환호성을 올렸다.

'빌어먹을……. 내가 일본인이란 말인가? 하지만 참아야 한다……. 비로소 싹트기 시작한 프로 레슬링계를 장악할 수가 있다. 언제고 내가 한국인임을 밝힐 날이 오겠지…….'

역도산은 속으로 중얼거리면서, 일장기를 든 일본계 관중들이 태극기를 든 한국인이라면 좋겠다고 생각했다.

지금 조국은, 7월 27일 타의에 의하여 휴전됨으로써 포성은 멎은 상태였다. 그리고 조국에 더러운 흉터로 남아 있는 것은 38선 대신에 155마일의 휴전선이었다. 이제 고향으로 돌아갈 길은 더욱 막연해진 건지도 모른다.

'어쨌든 오늘의 표적은 루 테즈다! 반드시 파괴하겠다!'

역도산은 이를 악물었다. 그때 갑자기 실내가 떠나갈 듯한 환호성이 터져나왔다. 루 테즈가 비로소 그 모습을 드러낸 것이다.

"루! 루!"

미국인 관중들은 너도나도 신이 나서 소리쳤다. 루 테즈를 보는 것만으로도 기쁨이 넘쳐나는 모양이었다.

"쳇! 더럽게 인기가 좋군……."

관중들 틈을 뚫고 들어오는 루 테즈의 모습은 의연했다. 의젓한 챔피언의 모습으로 천천히 걸어 들어와 링 위에 올라섰다. 흰 가운을 아무렇게나 걸치고 링 위에 선 루 테즈. 아무리 적이라고는 하지만 역도산이 보기에도 꾸밈이 없이 늠름한 건 사실이었다. 루 테즈는 곧 가운을 벗었다. 이윽고 검정 팬티 한 장만을 걸친 알몸이 역도산 눈 안에 들어왔다.

'아니……'

역도산은 맞은편 코너에서 그 알몸을 바라보며 크게 놀랐다.

'크다……. 확실히 크다…….'

사실 양복을 입은 루 테즈를 보았을 때 역도산은 그의 체구에 위압당한 적은 없었다. 신장이 185센티미터이므로 역도산보다 5센티미터는 크지만, 체중이 덜 나갔으므로 그리 크게 느껴지지 않았던 것이다. 그런데 벗은 몸은 달랐다. 배에도 군살이라곤 붙어 있지 않은 강철 같은 알몸……. 말 그대로 철인이었다. 루 테즈는 역도산의 눈을 압박하고 있었다. 당장 역도산의 온몸을 뒤덮어버릴 듯한 박력으로.

'빌어먹을……. 이래서는 안 된다. 맞붙기도 전에 정신적으로 위압당해서야 될 말인가. 나에게도 스모로 단련된 강인한 육체가 있지 않은가. 용기를 내자! 생사를 건 싸움에는 누구에게도 지지 않을 자신이 있지 않은가!'

역도산은 이를 굳게 악물었다. 아니, 이를 악문 것이 아니라 윗니로 아랫입술을 굳게 깨물어 눌렀다. 입 가장자리로 피가 조금 비져 나왔을 정도였다.

'나의 가라테촙을 맞고 떨어지지 않은 상대는 없다!'

역도산이 마음을 돌이켜 냉정하게 자신을 갖자, 갑자기 링이 넓어 보이고 루 테즈가 작아 보였다. 그 동안 루 테즈는 손바닥으로 두들겨 로프의 반동을 점검하고 발로 캔버스를 가볍게 두들겨 탄력성을 살펴보았다. 700연승의 주인공다운 세심함이었다.

마침내 공이 울렸다. 열광하는 관중들의 환호성을 느끼면서 역도산은 잡고 있던 로프에서 손을 떼고 빠르게 튀어나갔다.

"루 테즈는 레슬링의 하느님이나 다름없어! 서둘지 말라구!"

오키 시키나가 다급히 외쳤다. 그러나 오키 시키나의 외침 따위는 역도산의 귀에 들어오지 않았다. 역도산은 먼저 리스트 록(wrist lock) 공격을 펼쳤다. 자신의 팔로 루 테즈의 손목을 감아 잡고 자신의 한 팔을 떠받치는 형태로 잡았다. 이어서 자신의 후방으로 회전하면서 루 테즈를 힘껏 던져버렸다. 루 테즈는 역도산의 첫 공격에 너무도 쉽게 나가떨어졌다. 뜻밖이었다.

"흐흐! 레슬링의 하느님도 별 수 없군!"

역도산은 사자가 먹이를 앞에 놓고 포효하듯 루 테즈를 노려보았다. 루 테즈는 나지막한 신음을 흘리며 천천히 일어났다.

'이때다!'

역도산은 루 테즈보다 15킬로그램이나 무거운 몸을 로프에 반동시켜 달려들었다. 거센 태클 공격. 두 거구가 링 한가운데서 강렬하게 부딪쳤다.

쿵!

수천 관중들은 거센 충돌음이라도 들은 듯한 느낌이었다.

역도산은 안색이 새파랗게 질려버리고 말았다. 분명히 자신에게 유리한 태클이었다. 자신에게는 로프 반동을 이용한 가속도가 붙어 있었고, 루 테즈는 링 바닥에서 천천히 몸을 일으키는 상태였다. 그런데도 루 테즈는 뿌리 깊은 바위처럼 끄떡도 하지 않고 서 있었다. 탱크에 부딪혀도 아무런 손상을 입지 않을 탄탄한 방어벽. 역도산은 자신의 몸이 마치 두터운 콘크리트 벽에 부딪힌 느낌이었다.

'이 사람의 어느 곳에서 이런 힘이 분출되어 나온단 말인가?'

역도산은 고개를 갸웃거리지 않을 수 없었다.

"루 테즈의 몸은 전신이 끈질긴 힘줄로 얽혀 있어! 그래서 강철 같은 육체라고 하는 거야!"

자신의 코너에서 오키 시키나가 그렇게 외치는 것 같았다. 역도산은 그 동안에 갈고 닦아온 프로 레슬링 기술을 총동원했다. 그러나 그 어떤 기술도 루 테즈에게는 제대로 먹혀들지 않았다. 기회다 싶으면, 어느새 루 테즈의 몸은 어디론가 사라져버리곤 했다. 결정적인 공격을 가할 수 없을 만큼 빠른 루 테즈……. 몇 차례의 공격을 연거푸 실패한 역도산은 맥이 빠지고 말았다.

'수도(手刀)로 날려버리는 수밖에 없겠군…….'

역도산은 침통한 표정을 지으며 마침내 자신의 주무기인 가라테촙을 날릴 기회를 찾기 시작했다. 그는 다시 한 번 질풍 같은 태클 공격을 펼쳤다. 빈틈이 보였다. 역도산은 찰나를 놓치지 않았다. 130킬로그램의 체중이 실린 가라테촙은 질풍노도와 같이 무서운 속도로 날아갔다. 루 테즈는 역도산의 전광석화 같은 가라테촙을 맞고 드디어 휘청거렸다.

'역시 별 수 없군!'

상당한 타격을 입은 것으로 파악한 역도산은, 곧바로 보디 슬램에 이은 보디 프레스(body press)로 폴승을 따낼 작정이었다. 일본계 관중들이 일장기를 흔들며 아우성을 치고 있었다.

그런데 역도산은 가라테촙에 이은 연속 공격을 펼치려다가 소스라치게 놀라고 말았다. 어느새 루 테즈는 재빨리 몸을 돌려 역도산의 후면에 가 있는 것이 아닌가.

'이럴 수가……!'

놀라는 순간, 역도산의 안면은 이미 루 테즈의 강철 같은 팔뚝에 갇혀 조임을 당하고 있었다. 숨이 막혔다. 코와 눈이 으깨어질 듯한 아픔이 왔다. 이것은 헤드 록에서 발전된 페이스 록(face lock) 공격이었다. 루 테즈가 자신의 스승인 에드 스트랭거 루이스로부터 전수받은 기술이었다.

"리키! 힘내라! 리키! 힘내라!"

일본계 관중들의 응원 소리가 들려왔다. 일장기가 희미하게 보였다. 역도산이 일본인으로 인식되어 있는 이상 태극기가 보일 리는 없었다. 역도산은 이를 악물고 죽기 살기로 힘을 내었다. 그때였다. 루 테즈가 슬그머니 팔뚝 사슬을 풀어주는 것이 아닌가.

"이익……."

역도산은 비통한 표정을 감출 수가 없었다. 이것은 역도산 스스로의 힘으로 고통에서 해방된 것이 아니었다. 순전히 루 테즈가 배려해준 덕분이었다.

"빌어먹을!"

역도산은 다시 루 테즈와 맞붙은 순간, 마지막 기회라 생각하고 헤드 록 공격에 들어갔다. 페이스 록으로 당한 고통만큼 루 테즈에게 갚아줄 심산이었다. 그리고 풀어주었다가 잇따른 가라테춉 공격으로 무너뜨릴 심산이었다.

'나도 한번쯤은 봐줄 것이다!'

루 테즈는 이번엔 반대로 역도산에게 안면이 조여지는 상태가 되었다. 역도산의 팔뚝은, 과거 스모 선수 시절에 스승으로부터 역도산이라는 닉네임을 하사받았을 만큼 강력한 파워를 지니고 있었다.

"이엽!"

역도산은 기합을 넣어 팔뚝에 더욱 힘을 주었다. 그때였다. 왠일인지 역도산의 몸이 번쩍 들리는 것이 아닌가.

'아차!'

역도산은 자신의 실수를 깨달았다.

"백 드롭이다!"

관중들이 외쳤다.

루 테즈의 특기 중의 특기인 백 드롭. 뒤로 떨어뜨리기. 루 테즈가 뒤로 넘어지면서 역도산의 뒷머리를 링 바닥에 강력히 충돌시킬 판국이었다. 심하면 뇌진탕을 일으키게 함으로써 죽음의 길로 이끄는 아주 위험한 살인 공격. 역도산은 위기를 알아챈 순간, 더욱 억세게 루 테즈의 머리를 조였다. 찰나.

쿵!

역도산은 의식을 잃고 말았다. 링 바닥에 뒤통수를 강하게 부딪혀 더 이상 움직일 수 없게 되었던 것이다. 역도산이 술에 엉망으로 취하여 길거리에 처박혀 있는 술꾼처럼 인사불성이 되어 있을 때, "루! 루!"를 외치며 환호하는 백인 관중들의 아우성이 희미하게 들려왔다.

이 살인적인 백 드롭 기술은 루 테즈가 창안해낸 페버릿 테크닉으로, 역도산도 앞서 보비 브란즈로부터 배워둔 것이었다. 그래서 시종일관 경계를 했는데, 어느 틈엔가 루 테즈의 유도 작전에 말려들고 말았다. 백 드롭으로 치명상을 입은 역도산은 결국 소리 없는 항복을 하고 말았다.

'관중들에게 좀더 멋진 자신의 기술을 보여주기 위해서 일부러 페이스 록을 풀어주었단 말인가? 이것은 힘으로는 우세했으면서도 기술에 진 게임이다……'

침통한 표정으로 라커룸에 앉아 있는 역도산에게 루 테즈가 찾아왔다. 악수를 건넨 루 테즈는 빙긋이 웃으면서 말했다.

"미국에서는 세계 챔피언 타이틀에 도전할 프로 레슬러가 되려면 적어도 5년이란 햇수를 필요로 하는 것이 상식으로 되어 있소. 역도산 당신은 채 절반도 안 되는 경력만을 가지고 나에게 도전했던 것이오. 당신은 훌륭히 싸웠소. 불과 2년 정도의 경험으로 당신처럼 강력한 힘을 구사하는 레슬러와 나는 싸워본 적이 없소."

지구상에서 가장 강한 사나이가 이만한 말을 한 것은 결코 헛소리가 아니었다.

이튿날, 물론 일본계 신문이기는 하지만 《하와이 호치》에는 역도산의 힘을 인정하는 기사가 실렸다.

'역도산, 분투에도 불구하고 석패. 노련한 루 테즈의 백 드롭 폭발.

역도산의 공격과 방어는 루 테즈에 못지않았다. 가라테춉의 가격에는 세계 챔피언도 몇 번이나 다운당하는 수모를 맛보았던 것이다. 역도산이 우세한 가운데 경기가 진행되었으나, 루 테즈의 머리를 헤드 록으로 조이던 역도산을 루 테즈가 밑에서부터 들어 올려 자신의 주무기인 백 드롭을 폭발시키는 통에 역도산은 뒤통수를 매트에 강타당하여 뇌진탕을 일으키고 아깝게 패함으로써 왕좌 탈취는 이루어지지 않았다. 43분 부상 기권패.'

역도산은 너무도 갑작스럽게 찾아온 세계 타이틀 매치에서 비록 실패하기는 했지만, 루 테즈와 《하와이 호치 신문》의 찬사를 증명하기라도 하듯이, 이후로 미국 본토에 다시 건너가 내로라하는 거물 레슬러들을 속속 무찔렀다. 샌프란시스코, 로스앤젤레스, 오하이오, 오클라호마, 텍사스 등지에서 이제는 태평양 건너에서 온 역도산이라는 레슬러를 모르는 프로 레슬링 팬이 없게 되었다. 3개월 동안 70전 가까이 겨루어 단 한 차례도 패하지 않았던 것이다.

역도산이 미국 전역을 돌면서 험난한 승부를 자청한 데는 두 가지 이유가 있었다. 첫째는 좀더 풍부한 링 경험을 쌓아, 루 테즈와의 두 번째 대결에서는 기필코 승리하겠다는 것이었고, 둘째는 일본 원정 선수로 끌어들일 미국인 프로 레슬러를 물색하려는 것이었다.

역시 끌어들일 만한 선수로서 가장 좋은 물건은 세계 챔피언이었다. 그러나 NWA 싱글 챔피언인 루 테즈를 끌어들이기엔 상대할 선수가 마땅치 않아 아직 무리였고, NWA 태그 챔피언인 샤프 형제가 적당할 것 같았다. 그런데 샤프 형제 역시 미국 본토에서 내로라하는 인기 레슬러가 아닌가. 프로모터가 순순히 내어줄 리 만무했다. 우선 연간 스케줄이 꽉 짜여 있는 데다가 그들의 연간 수입은 1인당 10만 달러가 넘었다. 그러므로 샤프 형제를 초청하는 데 드는 경비 지출은 어마어마한 것이다. 그래도 역도산은 쉽게 물러서지 않고 벤 샤프와 마이크 샤프를 설득했다.

"역도산의 열성에는 감탄하지 않을 수가 없소. 그러나 문제는……."

냉철한 성격의 소유자인 벤 샤프가 말했다.

"일본 국민들이 우리를 적대시하지 않겠소?"

히로시마와 나가사키를 잿더미로 만듦으로써 일본 천황의 무조건 항복을 끌어낸 원폭 투하를 두고 하는 말이었다. 미국인들에게 반일 감정이 존재하듯이 일본인들에게 반미 감정이 존재하지 않을 리 없었다.

"만일 역도산이 깨진다면 일본 관중들은 또다시 원자폭탄을 맞은 듯한 느낌을 받고 말 거요."

"하지만 그것만큼은 염려하지 않아도 좋소. 오히려 이 역도산이 원자폭탄 같은 강력한 리키촙을 선사할 테니까."

"가라테촙 말인가?"

"《링》지 기자가 그렇게 써서 가라테촙이라고 불리고 있지만, 실은 내가 고안하여 단련시킨 리키촙이라고 해야 옳소."

"너무 자만하고 있군, 역도산! 아무튼 신변 안전 문제는 보장이 되어야 일본 방문을 승인할 수 있소."

"그건 물론이오. 내 실력이 어느 정도인 줄 아시오?"

역도산에게는 얼마 전에 신설한 일본 프로 레슬링 협회 이사장 니다 신사쿠와 상무이사 나가타 사다오라는 든든한 백 그라운드가 있었다. 니다 신사쿠는 전국 야쿠자 조직을 휘두르는 우익 보스 고다마 요시오(兒玉譽士夫)와 줄이 닿아 있었고, 나가타 사다오는 닛신 프로를 운영하면서 일본 전역의 흥행계와 손을 잡고 있었다. 전후의 일본 흥행계를 움직이는 상당한 조직은 지역별 야쿠자 세력, 즉 전후의 일본 암흑세계를 움직이는 폭력조직들이었다.

나가타 사다오는 일본 최대의 광역 폭력 조직으로 소문난 야마구치 조(山口組)의 3대째 두목인 다오카 가즈오(田岡一雄)도 인정하고 있을 만큼 흥행계의 거물이었다. 역도산은 프로 레슬링 협회를 설립한 직후에 나가타 사다오와 함께 고베로 찾아가 다오카 가즈오를 만난 일이 있었다. 프로 레슬링의 관서(關西) 지방 순회 흥행에 대한 협조를 당부하기 위해서였다. 이때 다오카 가즈오는 협조를 아끼지 않겠다고 말했었다. 이런 상황에서 미국 선수들의 신변 안전 문제를 걱정하는 것은 불필요하다고 역도산은 자신했다.

"그런데 우리 형제와 겨룰 당신의 파트너는 누구요?"

"일본에는 엔도 고키지 그리고 기무라 마사히코와 야마구치 도시오라는 유도 선수 출신 레슬러가 있소."

사실 기무라 마사히코와 야마구치 도시오는 역도산보다 일년 앞선 일본 프로 레슬러의 시조인 셈이었다.

"옳아! 기무라 마사히코와 야마구치 도시오라면 우리와 이미 겨룬 일이 있소."

기무라 마사히코와 야마구치 도시오는 1950년과 1952년 두 차례에 걸친 해외 원정 경기를 갖는 동안 샌프란시스코와 오클랜드에서 샤프 형제와 세 번 겨룬 일이 있었다. 결과는 기무라 조의 1승 2패.

"오케이! 그때는 한 번이라도 패한 것이 못내 언짢았는데, 이번에는 역도산을 포함해서 아예 요절을 내주겠소!"

역도산은 샤프 형제의 자신에 넘친 말을 듣고서 코웃음을 쳤다. 역도산은 루 테즈가 미국의 링 안에서 언제나 주연 노릇을 하는 것처럼, 일본의 링 안에서는 자신이 언제나 주연 노릇을 하고야 말겠다고 결심했다.

'나는 하겠다면 하고야 마는 사람이다! 이기겠다면 이기고야 마는 사람이란 말이다! 지구상에서 가장 강한 루 테즈도 언제고 내 손에 의해 부서지고 말 것이다.'

역도산은 마음으로 부르짖었다.

유도의 귀신

　역도산은 샤프 형제의 프로모터인 조 말코비치와 보비 브란즈, 그리고 하와이에서 활약하는 선수들의 프로모터인 알 카라시크의 협조를 구해놓고서 호놀룰루 공항을 떠났다. 2월 12일. 심판을 맡아줄 역도산의 트레이너 오키 시키나와 함께였다.

　샤프 형제의 일본 원정 승인 소식을 하와이에서 미리 니다 신사쿠에게 전화로 알려놓았기 때문에, 니다 신사쿠는 나가타 사다오와 함께 중심이 되어 두 군데 흥행 단체를 통한 경기를 준비하고 있는 상황이었다. 더욱이 기무라 마사히코와 야마구치 도시오에게도 연락을 하여 그들로부터 국제 시합에 참가한다는 승낙을 받아놓은 상태였다. 모든 것은 예정대로 착착 진행되어 가고 있었다.

　역도산이 도쿄에 돌아온 그날부터 트레이닝을 하기 위하여 역도산 도장에 나가보니 기무라 마사히코가 비오듯 땀을 흘리며 트레이닝을 하고 있었다. 일주일 전에 고향인 구마모토(態本)에서 상경하여 체계적인 훈련을 쌓고 있었던 것이다.

역도산은 유도의 고수인 기무라 마사히코와 야마구치 도시오의 협력을 얻은 것은 국제 시합의 의의를 높일 만한 일이라고 생각했다. 특히 그들은 이미 샤프 형제의 실력과 경기 운영 기술을 웬만큼은 알고 있다는 장점을 지니고 있었다.

　　"기무라 씨, 협조해주어서 고맙소."

　　역도산의 말에 기무라 마사히코가 대답했다.

　　"유도의 목 조르기 기술이 프로 레슬링에서는 반칙에 해당되기 때문에 쓸 수 없어서 불리하기는 하지만, 우리가 힘을 합쳐서 샤프 형제의 타이틀을 빼앗아봅시다."

　　역도산은 바로 이 기무라 마사히코 유도 7단을 의식하고 있었다. 가라테에 최영의가 있다면 유도에는 기무라 마사히코가 있었다. 역도산은 엔도 고키지나 야마구치 도시오와 한 팀을 이루는 것보다 기무라 마사히코와 한 팀을 이루는 것에 더욱 많은 흥미를 갖고 있었다. 관중들은 한때 '유도의 귀신'으로 찬사를 받았던 기무라 마사히코를 주목할 것이 뻔했다. 엔도 고키지가 도전한 바 있으나 역부족이었던 최강의 유도인 기무라 마사히코. 말 그대로 유도의 귀신인 기무라 마사히코. 그는 대관절 누구인가?

　　기무라 마사히코가 태어난 곳은 구마모토였다. 구마모토는 술꾼이 많기로 소문난 어촌. 기무라 마사히코의 부친은 가난한 뱃사공이었다. 사람을 실어 나르는 것이 아니라 자갈을 실어 나르는 것이 부친의 하루 일과였다. 찢어지게 가난했기 때문에 기무라 마사히코는 어려서부터 아버지의 일을 돕지 않으면 안 되었다. 거센 물살이 흐르는 강바닥에서 자갈을 한 무더기씩 망태로 건져 올려 배에 싣는 노동은 어린 기무라 마사히코에게 여간 힘든 작업이 아니었다. 그러나 그 힘든 작업이 그의 기초 체력을 단련시켜주었다. 소학교 4학년 때 처음 유도를 시작한 그는 중학생 시절에 유도 4단을 땄으며, 어느덧 그의 엄청난 팔 힘과 다리 힘은 주변에 따를 자가 없게 되었다.

　　기무라 마사히코에게는 소년 시절의 놀라운 일화가 한 가지 있었다. 그것은 미친 듯이 날뛰는 말과의 대결이었다.

실전 가라테의 일인자인 최영의가 황소 뿔을 꺾었으며, 천풍관 관장인 요나지마 가라테 6단은 말의 내장을 맨손으로 꺼냈다. 그런데 팔팔한 말을 허공으로 집어던진 사람은 과연 있을까?

어느 날 기무라 마사히코가 강둑길을 걸어가고 있었다. 그때 이상한 소리가 들려 뒤를 돌아보니 말 한 마리가 놀라서 뛰어오고 있는 것이 아닌가.

"말을 잡아라!"

말 주인이 말의 뒤를 따라오며 외쳐대고 있었다. 그때 기무라 마사히코는 양팔을 벌리고 재빨리 말 앞을 가로막았다.

"히히히힝!"

더욱 놀란 말은 앞발을 들고 일어섰다. 말발굽에 채이면 끝장인 순간이었다. 그러나 기무라 마사히코는 뒤로 물러서지 않고 오히려 말의 가슴팍으로 깊이 파고들었다.

"아!"

그 광경을 바라보고 있던 말 주인과 주변에서 일하던 농부들이 탄성을 질렀다. 기무라 마사히코는 순식간에 말의 앞발을 어깨로 둘러메어 강둑 아래로 패대기쳐버렸다. 초인적인 인간의 힘에 사람들은 혀를 내두르고 말았다. 강물에 처박힌 말은 정신없이 허우적거리고 있었다.

그런 전설 같은 일화를 남긴 기무라 마사히코는 얼마 후 상경하여 강도관에 입문했다. 그때부터 그는 1일 1백전의 실전 훈련을 거듭했다. 기무라 마사히코의 공격은 연습임에도 불구하고 늘상 격렬했다. 하루라도 연습 상대가 들것에 실려 나가지 않는 날이 없을 정도였다. 훈련이 끝난 뒤에 샤워를 할 때도 늘상 언덕 위의 목욕탕을 찾았다. 쇠나막신을 신고 힘들게 토끼뜀으로 뛰어 올라가기 위해서였다.

밤에도 쉬는 법이라곤 없었다. 안뜰의 큰 나무에 유도 띠를 걸어놓고 업어치기 훈련을 5백여 차례나 거듭했으니 하숙집이 시끄러울 정도였다.

'유도의 귀신' 이란 말은 '유도에 신들린 사나이' 라는 말에 다름 아니었다. 그 별명은 바로 이처럼 맹훈련을 펼칠 때 탄생한 것이었다. 유도가 없이는 한시도 존재할 수 없을 것 같은 강철 같은 사나이.

강도관에 입문한 기무라 마사히코는 열아홉 살이던 1935년에 마침내 그 빛을 발하기 시작했다. 전 일본 유도 선수권 대회에서 우승했던 것이다. 그리고 1937년부터 1939년까지는 3년 연속 우승을 차지하는 쾌거를 올렸다. 그러자 '기무라 앞에 기무라 없고 기무라 뒤에 기무라 없다.' 는 더할 데 없는 찬사까지 생겨났다.

일본에는 천람(天覽) 경기라는 것이 있다. 천황 앞에서 경기를 치르는 것으로 일본의 유도인에게는 최고로 명예스런 자리였다. 여기서 1940년부터 1949년까지 5연속 한판승을 포함하여 10년 연속 우승을 차지한 그는, 마침내 그 이듬해인 1950년에 무패인 채 은퇴를 했다. 프로를 선언했던 것이다. 일본 유도의 고리타분한 관습과 보수적인 전통에 염증을 느낀 데다가 아마추어 유도 선수로서는 밥벌이가 시원치 않았기 때문이었다. 이것은 상투를 자름으로써 스모 선수 생활을 청산하고 프로 레슬링 세계로 뛰어든 역도산과 다를 바 없었으며, 실전 가라테를 선언한 최영의와 다를 바가 없었다.

프로 유도 선수가 된 기무라 마사히코는, 브라질의 맘모스 같은 레슬러를 허공에 띄웠다가 당장에 팔을 부러뜨리는 남미 교포 위문까지 치르는 등 철저한 프로의 인생을 살았다. 발목 받치기, 허벅다리 걸기, 안다리 후리기, 빗당겨치기 등은 기무라 마사히코에게 있어서는 싱거운 공격법이었다. 1 대 4의 겨루기에서도 그는 표범처럼 날랜 스피드로 자신이 창안한 잇폰 세호이(一本背負) 기술로 상대를 제압했다. 찰나에 몸을 던지듯이 상대의 품 안으로 파고들며 자신의 팔을 상대의 팔 안으로 철컥 걸어서 던져버리는, 기무라말고는 다른 누구도 흉내 내기 힘든 기술이었다. 그 기술을 바탕으로 안아 올려 던지기나 장외 던지기 등의 낙차 큰 기술을 서슴없이 행하면서 기무라 마사히코는 프로 유도 일인자로서의 자리를 확실하게 굳혀놓았다.

그런 기무라 마사히코는 프로 유도 선수로서 브라질 원정을 마치고 귀국한 직후인 1951년 11월에 프로 레슬링의 세계로 뛰어들었다. 이듬해인 1952년에 그는 본격적으로 프로 레슬링 기술을 닦기 위해서 미국으로 건너갔다. 4개월 동안 로스앤젤레스를 시작으로 샌프란시스코, 캐나다 등지를 돌았는데, 하와이와 브라질에 프로 유도 선수로서 함께 떠났던 야마구치 도시오, 그리고 하와이의 일본계 미국인 매니저인 라바미 히가미와 함께였다.

그리고 귀국한 기무라 마사히코는 완전히 프로 레슬러로 변신해 있었다. 역도산은 바로 이 기무라 마사히코에게서, 과거에 그가 이룩해놓은 화려한 유도인의 명성으로 미루어 심각한 라이벌 의식을 느꼈다.

'흠, 유도의 귀신이라…….'

샤프 형제를 상대로 한 편이 되어 싸워야 하는 기무라 마사히코인데도 역도산의 가슴 한켠에는 묘한 적대감이 싹텄다. 역도산은 일본인이 아닌 한국인이기 때문일까.

미국에서 온 거인들

　1954년 2월 17일. 하네다 공항에는 봄을 재촉하는 부슬비가 추적추적 내리고 있었다. 역도산 일행과 많은 보도진들이 기다리고 있는 가운데 미국에서 온 거인들 여러 명이 트랩을 내려왔다. 미국 본토와 하와이에서 온 정상급 프로 레슬러들이었다.

　보비 브란즈처럼 일본 스포츠 기자들에게 낯설지 않은 이도 있었지만, 이번에 비로소 일본 땅을 처음 밟아보는 프로 레슬러도 있었다. 특히 카우보이 모자를 쓴 두 거인 레슬러에게로 보도진들의 시선이 쏠렸다. 2미터가 넘는 두 거인 가운데 좀더 나이가 들어 보이는 한 사람은 흡사 기린을 연상시킬 정도로 인상도 부드러웠다. 그러나 공항 대합실로 들어섰을 때는 실내가 꽉 찬 듯한 분위기마저 주었다. 그것은 부드러움 뒤에 숨어 있는 강인함을 느끼게 해주는 무언(無言)의 힘이었다. 그들은 바로 역도산의 도전을 받기 위해서 내일(來日) 한 NWA 세계 태그 챔피언 샤프 형제였다.

　"이번엔 일본에서 세계 타이틀 매치를 세 차례 벌인다죠? 미국과 하와이에서 좋은 성적을 올린 바 있는 가라테춉의 명수 역도산의 도전이 두렵지 않습니까?"

보도진에 둘러싸인 샤프 형제는 역도산을 굽어보는 듯한 눈초리로 제1성
(聲)을 놓았다.

"비록 일본 땅이기는 하지만 세계 태그 챔피언으로서의 명예를 걸고 싸워
반드시 이기겠소."

목청에 힘이 서려 있었다.

역도산이 샤프 형제를 일본 땅으로 끌어들일 수 있었던 데는 자신이 미국
원정을 통해서 피를 흘린 대가로 벌어들인 자금을 아낌없이 충당한 배짱의
힘이 컸지만, 무엇보다 일본 프로 레슬링 협회 상무이사인 히로타카 나니와
부시 홍업 사장 나가타 사다오와 요시모토 홍업 사장 하야시의 힘이 컸다. 특
히 나가타 사다오는 자신이 소유하고 있던 고급 요정을 1천 8백만 엔에 팔아
자금에 충당했을 정도였다.

주목할 만한 사실은 《마이니치(毎日) 신문》이 국제 프로 레슬링 경기를 후
원하고 나섰다는 점이었다. 역도산은 로스앤젤레스 원정 때인 1953년 초에
우연히 《마이니치 신문》 체육부 기자인 이슈인 히로시(伊集院浩)를 만난 일
이 있었다. 마침 아마추어 레슬링 감독으로 미국에 있던 이슈인 히로시는, 실
은 역도산이 스모 선수 시절부터 가깝게 지낸 사이였다. 그날 이슈인 히루시
는 역도산의 프로 레슬링 전향을 크게 기뻐하며 격려해주었던 것이다.

"귀국 후에 일본에다 프로 레슬링을 보급하는 데 노력을 같이 합시다."

그때 맛보았던 역도산의 희망이 마침내 결실로 드러났다. 더욱 주목할 만
한 사실은, 개국(開局)한 지 얼마 되지 않은 일본 텔레비전과 실황 중계방송
을 제휴한 점이었다. 프로 레슬링에 관한 지식이 별로 없는 방송국에서 실황
방송 요청이 오자 역도산은 쌍수를 들어 환영했다. 역도산은 텔레비전 중계
의 위력이 어떻다는 걸, 두 차례 미국 원정을 통해서 이미 잘 알고 있었던 것
이다.

"즐거운 마음으로 부탁하겠습니다. 나는 미국에서 텔레비전 방송을 생각

해본 적이 있는데, 프로 레슬링이야말로 다른 어느 스포츠보다도 텔레비전에 적합한 대중적인 스포츠라고 믿고 있습니다. 앞으로 프로 레슬링과 텔레비전의 밀접한 결속으로 프로 레슬링을 한층 더 발전시켜 보려고 생각한 바 있습니다."

역도산에게 텔레비전 중계방송을 반대한 프로 레슬링 관계자가 없었던 건 아니었다. 그러나 역도산은, "어쨌든 결과를 보아주십시오."라는 한 마디로 그들을 설득시켰다.

시합을 하루 앞둔 날, 신문과 방송의 보도진이 샤프 형제와 보비 브란즈의 공개 연습을 보기 위해 역도산 도장으로 몰려들었다. 도장 안으로 들어선 기자들은 당장에 가슴이 싸늘하게 얼어붙고 말았다. 이후로 숨을 죽이고 트레이닝을 지켜보지 않을 수 없었다. 샤프 형제 두 사람 다 실전을 방불케 하는 맹렬한 스파링을 벌이고 있었던 것이다. 샤프 형제 대신에 보비 브란즈가 기자들에게 귀띔해주었다.

"이들 형제는 작전이 필요 없을 정도로 호흡이 착착 들어맞는다오. 일본의 기후는 다소 싸늘하지만, 이들 형제는 캐나다 출신이기 때문에 오히려 추울수록 컨디션이 좋아질 것이오."

이것은 슬며시 가하는 위압에 다름 아니었다. 역도산으로서는 사실 그 점이 걱정스러웠다. 한 사람이나 다름없는 샤프 형제 팀워크에 비하면, 역도산과 기무라 마사히코는 처음 한 조를 이루는 것이기 때문에 호흡을 잘 맞출 수 있을지가 의문스러웠다.

마침내 1954년 2월 19일, 역도산이 주도한 국제 프로 레슬링 대회의 막이 올랐다. 장소는 구라마에 국기관 특설 링. 일본과 미국의 대결이라는 점에서 이 시합은 수많은 일본인들의 관심을 불러일으켰고, 관중 수 역시 1만 2천 명 정도로 초만원을 이루었다.

엔도 고키지가 미국의 보비 먼프리를 이긴 다음에 펼쳐진 세미 파이널. 야마구치 도시오와 보비 브란즈가 겨루었으나 결과는 일본 관중들에게 찬물을 끼얹었다. 우레와 같은 응원을 받은 야마구치 도시오가 2대 1로 패해버리고 말았던 것이다. 일본 관중들의 뇌리에는 원폭 피해와 태평양전쟁 패전의 악몽이 되살아나는 듯싶었다.

마침내 메인 이벤트의 시간이 왔다. 장내에는 긴장감이 감돌았다. 비록 논타이틀전이기는 하지만 장내를 가득 메운 일본 관중들이 얼마나 고대하던 대전인가. 그 긴장감은 비단 국기관에만 휩싸인 것이 아니었다. 거리마다 그 긴장감이 싸늘하게 배어 있었다. 일본의 가정용 텔레비전 수상기는 겨우 1만 대정도. 거리의 텔레비전 수상기 앞은 그대로 인산인해(人山人海)를 이루고 있었다.

먼저 서쪽 문을 통해서 샤프 형제가 장내로 들어섰다. 관중들은 여전히 숨을 죽이고 있었다. 인간으로 만들어진 원자폭탄인 듯 위력적으로 보였기 때문이었다. 벤 샤프가 195센티미터, 마이크 샤프가 197센티미터였으니 그럴 만도 했다.

"역시 세계 챔피언이라 저렇게 큰 것인가?"

관중들은 그렇게 수군거렸다.

"와!"

그때 갑자기 탄성이 터지고 곧 장내는 떠들썩해졌다. 이제부터 일본의 체면을 살려주어야 할 역도산과 기무라 마사히코가 동쪽 문을 통해 그 모습을 드러냈던 것이다. 그러나 그것은 응원일 뿐, 일본을 대표한 두 프로 레슬러는 미국을 대표한 두 프로 레슬러에 비해 너무도 체격이 작았다. 링 위에 올라서자 그 차이는 바로 드러났다. 180센티미터의 역도산은 봐주더라도, 170센티미터의 기무라 마사히코는 너무도 작았다. 두 미국인에 비해 거의 한 자 가까이 차이가 났던 것이다.

일본 관중들은 열심히 "리키! 리키!" "기무라! 기무라!"라고 외쳐대고 있었지만, 그 속내는 엄연히 달랐다. 왜 그리도 샤프 형제가 크고 당당하게 보이는

지, 일본 관중들은 패전국 국민으로서 더욱 심한 열등감에 사로잡혔다. 오로지 이겨주기만을 염원할 뿐이었다. 그런데 그것은 거대한 미국의 군함에 부딪히는 가미가제 특공대라야 가능한 것일까? 하지만 그것은 자폭 행위일 뿐 승리가 아니지 않은가.

구라마에 국기관은 사실 스모 전용 체육관으로 건설된 것이었다. 한때 미군기의 공습으로 폭파되어 철근만 앙상하게 남은 채 흉악한 몰골을 드러냈던 곳.

링 위에 올라선 역도산은 천장을 올려다보았다. 다시 건설되어, 지붕을 받치고 있는 대형 철골에는 역대 스모 요코즈나의 얼굴들이 나란히 걸려 있었다. 그것을 쳐다보자 역도산은 울컥 화가 치밀었다.

'내 모습이 걸려 있어야 했을 일 아닌가!'

그러나 역대 요코즈나들은 그런 역도산을 비웃으며 내려다보고 있는 것 같았다.

'당신들이 지켜보는 앞에서 내 실력을 보여주리다!'

역도산은 버릇처럼 아랫입술을 깨물었다.

땡!

이윽고 공이 울렸다. 61분 동안에 2승을 거두는 팀이 승리하는 시합이었다. 역도산과 벤 샤프가 먼저 맞섰다. 역도산은 일을 저지르고야 말겠다는 듯이 나가자마자 가라테춉을 벤 샤프의 목덜미에 먹였다. 이미 샤프 형제가 미국에서 경험한 적 있는 가라테춉의 위력은 조금도 변하지 않았다. 아니, 오히려 한층 강화된 위력을 느꼈다.

"으윽!"

벤 샤프는 연거푸 역도산의 가라테춉을 허용하더니 이윽고 거대한 몸이 흔들리기 시작했다. 또다시 역도산의 손날이 예리한 칼날처럼 날쌔게 날아갔다.

"우우욱……."

254

벤 샤프는 더 견디지 못하고 캔버스에 벌렁 나가떨어졌다.

"와아아아아!"

엄청난 함성이었다. 거대한 벤 샤프도 틈을 주지 않는 역도산의 가라테춉에는 별 수 없는가. 관중들은 한국인 역도산이 아닌 일본인 역도산을 바라보며 열광했다.

벤 샤프는 마이크 샤프의 구원을 받고 후방으로 물러섰다.

"그놈도 때려부숴라!"

관중들은 뜨거운 목청으로 주문했다. 모두가 한 목소리였다. 역도산은 관중들의 주문에 섭섭지 않게 곧장 오른 손날을 큰 각도로 휘어 쳤다. 온 체중에 관중들의 함성마저 실렸다.

"으이익!"

마이크 샤프는 단 한 방에 목덜미를 맞고 나뒹굴었다. 고통스러운 신음을 흘리면서 가까스로 일어난 마이크 샤프는 방향을 잡지 못한 채 휘청거리며 자신의 목덜미를 어루만졌다. 역도산은 그 순간을 이용하여 거대한 마이크 샤프를 번쩍 들어 그대로 메다꽂았다. 마이크 샤프의 등이 부서지는 듯한 둔탁한 음향이 들렸다.

"와아아아!"

관중들의 함성에 역대 요코즈나의 얼굴들이 천장에서 흔들리고 있었다. 다시 일어난 마이크 샤프의 양쪽 귀를 잡은 역도산은 이번엔 박치기를 직격탄으로 퍼부었다. 로프에 등을 기댄 채 휘청거리는 마이크 샤프의 안면은 금세 피로 얼룩졌다. 마이크 샤프는 피를 흘리면서도 세계 챔피언답게 드롭 킥 등으로 반격전을 펼쳤으나 곧바로 이어지는 역도산의 가라테춉에 손을 쓰지 못했다.

양팀 모두 터치 교대. 이번엔 기무라 마사히코가 자신보다 두 배는 커 보이는 벤 샤프를 상대로 맞섰다. 기무라 마사히코가 벤 샤프의 가슴팍으로 달려들었다 싶은 순간, 거대한 몸집의 벤 샤프는 허공에 큰 원을 그리며 캔버스 위에 떨어졌다. 말을 던져버렸던 기무라 마사히코의 업어치기는 가히 위력적이었다.

일본 관중들은 더욱 열광했다. 그러나 상대가 상대이니만큼 그림 같은 업어치기에는 많은 힘이 소모되었다. 사실 유도 시합이었으면 이미 한판승으로 끝나버렸을 것이다.

역도산이 다시 터치 교대하여 잽싸게 링 안으로 날듯이 뛰어 들어갔다. 곧장 전광석화 같은 가라테춥을 날렸다. 한 방, 두 방, 세 방…… 벤 샤프는 캔버스에 다운되어 머리를 절레절레 흔들었다. 역도산은 기회를 놓치지 않고 몸을 날려 벤 샤프 위에 덮쳤다. 보디 프레스. 오키 시키나 심판이 오른 손바닥으로 캔버스 위를 치며 외쳤다.

"원! 투! 스리!"

결국 기무라 마사히코의 업어치기에 이어지는 역도산의 가라테춥이 1승을 먼저 빼앗았다. 관중들은 체육관이 무너질 듯 열광했다. 길거리에서 가두 시청을 하고 있던 일본 국민들도 열광하기는 마찬가지였다. 심지어 뜨거운 눈물을 흘리는 노인의 모습도 보였다.

둘째 판에서는 기무라 마사히코가 먼저 나갔다. 상대인 벤 샤프는 나서자마자 또다시 기무라 마사히코의 업어치기에 걸려 허공을 회전했다. 기무라 마사히코는 이번엔 엘보 드롭(elbow drop)을 시도했다. 상대방 측면에서 자신이 눕는 자세로 떨어지면서 자신의 한쪽 팔굼으로 상대방을 강타하는 기술이었다. 그러나 벤 샤프가 몸을 돌려 피해버렸기 때문에 기무라 마사히코의 팔굼 공격은 공연히 맨바닥을 짓찧었을 뿐이었다. 오히려 기무라 마사히코는 팔꿈치의 통증을 느끼면서 주춤거렸다. 그때를 이용하여 터치 교대한 마이크 샤프가 질풍처럼 무서운 속도로 달려 들어왔다. 기무라 마사히코는 당황하지 않고 모듬 발걸이에 이은 밭다리 후리기 공격을 펼쳤다. 마이크 샤프는 보기 좋게 엉덩방아를 찧고 말았다. 기무라 마사히코는 그 틈을 이용하여 마이크 샤프의 등 뒤로 돌아갔다.

"으으윽!"

기무라 마사히코의 목조르기 공격에 마이크 샤프는 목뼈가 부러지는 듯한 통증을 느끼며 비명을 질렀다. 그때 오키 시키나가 카운트를 세기 시작했다. 반칙이었기 때문이다. 그런데도 기무라 마사히코는 온 힘을 다해 마이크 샤프의 목을 짓눌렀다. 마이크 샤프의 눈은 흰자위만 보였다.

"반칙패!"

오키 시키나는 카운트 다섯을 세고서 기무라 마사히코의 반칙패를 선언했다. 그제서야 관중들은, '아…… 기무라 마사히코의 저 집념어린 공격이 프로 레슬링에서는 반칙이구나.' 하는 사실을 깨달았다. 국기관이 떠나갈 듯이 열광하던 관중들의 함성이 일시에 수그러들었다.

잇따른 셋째 판에서는 역도산이 먼저 달려나갔다. 마이크 샤프는 방금 기무라 마사히코에게 당한 목조르기 공격에 대한 분풀이라도 하려는 듯 거친 태클로 나왔다. 로프가 휘청거릴 정도로 거세게 밀려난 역도산은 곧 보디슬램을 허용했다. 상대의 키가 컸기 때문에 그 충격의 낙차는 더욱 컸다. 정신을 못 차리는 역도산을 바라보며 일본 관중들은 발을 동동 굴렀다.

그러나 관중의 애타는 기도에도 불구하고 역도산은 마이크 샤프의 매운 펀치마저 허용하고 말았다.

"욱!"

역도산이 비명을 울렸다 싶은 순간 역도산의 입에서는 선혈이 흘러나왔다. 입 안이 파열되고 말았던 것이다. 피를 본 마이크 샤프는 더욱 거칠어졌다. 발로 역도산의 몸통을 사정없이 짓밟기 시작했다.

"리키! 힘내라! 리키! 힘내라!"

역도산은 일본 관중들의 외침을 들으면서 옆으로 몸을 돌렸다. 마이크 샤프의 발은 빈 곳을 내리찍었다. 그 틈을 이용하여 간신히 일어난 역도산은, 주춤거리고 있는 마이크 샤프의 가슴에 재빨리 손날을 날렸다. 연거푸 날리는 역도산의 융단 폭격에 마이크 샤프는 또다시 휘청거리기 시작했다.

"역도산 만세! 일본 만세!'

일본 관중들은 곧 역도산 조의 승리를 예감하고 있었다. 다급해진 벤 샤프가 동생을 구하기 위해서 링 안으로 뛰어들었다. 그러나 역도산은 재빨리 몸을 돌려 벤 샤프에게도 사정없이 가라테춉을 날렸다. 보통 사람이 맞으면 단 일격에 사망할 수도 있다는 무서운 손날 공격이었다. 그러나 시간이 남아 있지 않았다. 결코 짧지 않은 61분이 어느덧 흘러가 버린 것이다.

"다 이긴 게임이었는데……."

경기 종료를 알리는 공 소리를 들으면서 관중들은 씁쓰레하게 입맛을 다셨다.

"기무라는 아직 프로 레슬링을 못 배웠나 보죠. 왜 쓸데없이 반칙 공격을 해갖고……."

관중들의 중얼거림을 들으면서 기무라 마사히코는 시니컬한 웃음을 날렸다. 라커룸으로 퇴장하는 그의 모습은 너무나 쓸쓸했다. 한때 그는 분명히 세계 유도의 일인자였다. 그 당시만 하더라도 일본 유도의 일인자는 세계 유도의 일인자나 다름없었으니까.

그런 그에게 일본 경시청의 유도 사범으로 와 달라는 간곡한 요청이 있었다. 유도인에게는 최고로 영예로운 자리라고 할 수 있는 경시청 사범. 그러나 그는 남들이 부러워하는 그 권유를 뿌리치고 프로 유도 발족에 참여했다. 좀 더 많은 돈을 만지기 위해서였다. 당연히 비판이 따랐다.

"일본 유도의 영웅인 기무라가 돈벌이를 위하여 프로로 전락하다니……."

"기무라는 무도인으로서의 체면을 어기고 말았다."

기무라 마사히코는 돈을 벌기 위해 암시장을 누비고 다닌 적도 있었다. 섬유 회사 사장의 보디가드 노릇도 했었다. 그리고 프로 유도 선수가 되었다. 그런 그가 이번에는 프로 레슬링 세계로 뛰어들었다. 그런데 그의 등 뒤에는 늘 쓸쓸한 그림자가 따라다녔다. 돈벌이를 하기 위하여 프로 레슬링을 하고 있다는 자학이었다.

그러나 아내의 고질병인 늑막염을 치료하기 위해서는 어쩔 수 없는 노릇이
었다. 입원은 고사하고 스트렙토 마이신을 구하기도 어려운 실정이었던 것이
다. 그가 무도인으로서의 명예를 외면하고 프로 레슬링을 하고 있는 것은 오
히려 아내에 대한 사랑 때문인지도 몰랐다.

전후 최대의 영웅

    도쿄의 술집 곳곳에서는 온통 역도산 · 기무라 마사히코 대 벤 샤프 · 마이크 샤프의 이야기가 화제로 올랐다. 비록 무승부로 시합이 끝나기는 했지만, 역도산은 일본인들이게 어떤 희망을 보여준 셈이었다. 천황의 무조건 항복 선언 이후, 이처럼 듬직한 인상을 심어준 사나이는 없었던 것이다.

    "하룻밤 사이에 1천 4백만 명이 텔레비전으로 시합을 본 것으로 파악됩니다."

    일본 방송 관계자는 흥분을 가라앉히지 못한 채 말했다. 방송은 시청률이 생명인 매체이다. 그 시청률을 바로 역도산의 프로 레슬링이, 아니 폭발적인 가라테춉이 높여주었던 것이다.

    1954년 2월 20일. 도쿄 대회 이틀째에 역도산은 싱글 매치에 나섰다. 시원하게 가라테춉을 날린다는 역도산의 메인 이벤트를 보기 위해서 관중들은 전날보다 더욱 많이 모여들었다. 입장권은 이미 매진되었고 암표 장수가 판을 칠 정도였다.

    역도산의 상대는 벤 샤프. 관중들의 바람대로 역도산의 가라테춉은 시원하게 폭발했고 기어코 2 대 1로 승리했다.

"역시 역도산이야! 혼자서 싸우니까 늘씬하게 두들겨 패고 승리하잖아."

더욱이 세미 파이널에서, 야마구치 도시오가 마이크 샤프에게 1 대 2로 패한 데다, 기무라 마사히코가 노장 보비 브란즈와 겨루어 비겼기 때문에 역도산의 이미지는 더욱 부각되었다.

1954년 2월 21일. 마침내 역도산과 기무라 마사히코에게 세계 타이틀을 거머쥘 기회가 왔다. 샤프 형제가 보유하고 있는 NWA 세계 태그 챔피언 타이틀에 역도산·기무라 마사히코 조가 도전하기로 한 날이 온 것이다. 특석 입장료는 1천 5백 엔이었다. 그런데 금세 동이 나 8천 엔 또는 1만 4천 엔으로 둔갑하여 암표가 나돌기까지 했다.

"오늘은 역도산이 이길 거야. 어제 시합에서 벤 샤프가 맥을 못 추더라니까."

"문제는 기무라한테 있어. 기무라는 유도의 기무라지, 프로 레슬링의 기무라가 아니거든."

구라마에 국기관을 가득 메운 관중들은 저마다 해설자가 되어 떠들었다. 구라마에 경찰서도 덩달아 바빠졌다. 국기관을 관할하는 파출소 인력만으로는 교통 정리와 장내외 정리가 불가능했기 때문이다. 일부 매스컴의 표현대로, 역도산이 몰고 온 프로 레슬링은 확실히 일본 열도를 강타하고 있었다.

관중들이 열광하는 가운데 드디어 메인 이벤트의 막이 올랐다. NWA 세계 태그 챔피언 벤 샤프·마이크 샤프. 도전자 역도산·기무라 마사히코. 두 팀이 겨루는 것은 타이틀전으로는 처음이지만, 논타이틀전까지 포함하면 두 번째 시합인 셈이었다.

샤프 형제는 상체만을 가리는 흰색 가운을 입고 육중한 모습을 나타냈다. 짙은 색의 긴 가운을 입고 나온 기무라 마사히코와는 몹시 대비되는 차림이었다. 네 선수는 심판이 강조하는 주의사항을 듣기 위해 가운 차림으로 링 중앙에 나섰다. 주심 오키 시키나는 특히 샤프 형제를 바라보며 펀치 공격과 팔굽 공격을 하지 말아줄 것을 강조했다. 양팔을 허리에 짚은 샤프 형제의 모습과 팔짱을 낀 기무라 마사히코의 모습은 체구 때문인지는 몰라도 역시 대비되는 모습을 보였다.

자신의 코너로 돌아간 역도산은 세컨에게 가운을 벗어 건네고서 양팔을 앞뒤로 흔들며 자신의 건장한 상체를 과시했다. 신장은 샤프 형제보다 작았지만 보기 좋게 발달된 상체는 믿음직스러웠다. 기무라 마사히코는 가운을 벗기 전에 먼저 타월로 얼굴을 닦는 차분함을 보였다. 샤프 형제 가운데 형인 벤 샤프가 먼저 나섰다. 그는 코너 양쪽의 로프를 잡고서 허리를 튕기고 발을 구르는 등의 워밍업을 했다.

"내가 먼저 나가겠소."

싸울 채비를 갖추고 있는 역도산에게 기무라 마사히코가 말했다. 맞서자마자 벤 샤프는 기무라 마사히코를 힘으로 몰아붙였다. 뒤로 밀리다가 로프에 등을 댄 기무라 마사히코는 심판이 뜯어 말렸기 때문에 별다른 가격을 받지는 않았다. 벤 샤프는 펀치를 날리려다가 중지하는 시늉을 하고는 링 중앙으로 물러섰다.

자신의 코너에서 이를 지켜보는 역도산은 팔을 앞뒤로 흔들며 여전히 몸을 풀고 있었다. 링 중앙에서 다시 맞선 기무라 마사히코와 벤 샤프는 여전히 힘겨루기로 다투었으나, 기무라 마사히코의 그림 같은 업어치기에도 불구하고 샤프 형제의 능란한 터치워크에 말려 결국 기무라 마사히코가 폴로 한 판을 빼앗기고 말았다.

"기무라는 역시 체구가 너무 작은가……."

그렇게 푸념 섞인 말을 흘리면서도 일본 관중들의 희망은 사라지지 않았다. 미국인들에 비해 체구가 작기는 일본인 누구나 마찬가지였다. 하지만 늘 작다고 질 수만은 없다는 생각이 그들의 가슴속에 자리하고 있었다. 전쟁에서는 졌지만 프로 레슬링에서는 이겨주기를 한결같이 바라고 있었다.

"리키! 가라테촙으로 박살을 내!"

관중들은 마침내 소리치기 시작했다. 역도산은 일본 관중들이 자신의 파이팅을 필요로 한다는 것을 알았다.

둘째 판에 나선 역도산은 가라테춉을 조금도 아끼지 않았다. 맹렬한 가라테춉 폭격에 마이크 샤프는 맥을 추지 못했다.

"와아아!"

입을 다물고 있는 관중은 단 한 사람도 없었다. 휘청거리다가 길게 뻗어버린 마이크 샤프에게 역도산이 덮쳐들었다. 보디 프레스. 불과 55초 만의 승부였다. 기무라 마사히코가 24분 27초 만에 당한 패배를 시원하게 갚아준 듯이 보였다.

1 대 1. 이윽고 타이틀의 행방을 가려줄 마지막 판이 시작되었다. 기무라 마사히코는 자신의 유도 기술인 누르기로 풀을 빼앗아내려 했으나 워낙 큰 벤 샤프는 쉽사리 굴복해주지 않았다. 마이크 샤프가 터치 교대를 하여 들어가자마자 힘이 빠져 있는 기무라 마사히코의 등 뒤에서 안면을 팔로 감아쥐고 사정없이 조르기 시작했다. 심판의 눈을 피해 목까지 조르는 교묘한 기술이었다.

"으윽!"

극심한 고통에 기무라 마사히코는 신음을 내뱉었다. 벤 샤프는 터치 교대를 하고도 아직까지 링 밖으로 빠져나가지 않은 상태였다.

"리키! 뭐하는 거야? 빨리 기무라를 구해줘! 양키들이 반칙을 하고 있잖아!"

관중들은 역도산에게 구원을 요청했다. 스모와 더불어 일본의 대표적인 국기인 유도의 일인자가 당하는 꼴을 눈뜨고 볼 수가 없었던 것이다. 역도산은 관중들의 성원에 보답하기라도 하듯 로프 상단을 잡고 훌쩍 뛰어넘어 들어갔다. 벤 샤프는 기무라 마사히코의 누르기 공격을 받아 반쯤 마비된 왼쪽 팔을 주무르고 있는 중이었다. 역도산은 사정 두지 않고 벤 샤프의 무릎을 잡아 로프 위로 넘겨버렸다. 360도를 돌아 링 밖으로 떨어진 벤 샤프는 머리를 설레설레 흔들며 마룻바닥 위를 엉금엉금 기어 다녔다.

역도산의 원조는 거기서 그치지 않았다. 기무라 마사히코의 목을 요령 있게 조르고 있는 마이크 샤프에게로 달려가 당장에 그의 팔을 풀어버렸다. 마이크 샤프가 뜻밖에 나타난 역도산에게 밀려 뒷걸음질치자 역도산은 오른 손날을 머리 꼭대기까지 쳐들었다가 수직으로 내리꽂았다. 가슴팍에 두 차례의 가라테춉을 맞은 마이크 샤프는 피하지도 못한 채 쩔쩔맸다. 역도산은 재빨리 보디 슬램으로 마이크 샤프를 집어던졌다. 가혹하게도 마이크 샤프가 떨어진 곳은 매트 위가 아니라 링 밖이었다.

"잘한다! 역도산!"

장내는 흥분의 도가니였다. 공격을 받던 기무라 마사히코가 정신을 차리자 역도산은 재빨리 로프 상단을 뛰어넘어 자신의 코너로 날아 돌아갔다. 실로 전광석화 같은 움직임이었다. 일본 관중들은 신기한 마술이라도 보는 것처럼 다음 장면을 기다리며 목을 길게 빼고 있었다. 마이크 샤프는 엉금엉금 기어올라왔지만 곧 기무라 마사히코의 오른팔에 어깨를 붙잡혔다.

"기무라! 업어치기다!"

관중들의 바람이 헛되지 않게 기무라 마사히코는 슬쩍 허리를 틀어 힘껏 마이크 샤프를 업어쳤다. 잇따른 누르기 공격으로 마이크 샤프는 자신의 앉은 키밖에 되지 않는 기무라 마사히코에게 짓눌려 허둥거렸다. 이제 곧 폴승을 거둘 수 있는 순간이었다. 그러나 순순히 제압당하지 않자 기무라 마사히코는 얼른 공격의 방향을 바꿔 마이크 샤프의 머리를 양팔로 짓눌렀다.

"으으윽!"

머리가 부서지는 듯한 통증에 마이크 샤프는 몸부림쳤다. 기무라 마사히코는 자신이 한판을 빼앗긴 데 대한 복수를 하려는 듯 마이크 샤프의 머리를 집중 공격했다. 양다리로 마이크 샤프의 머리를 묶어 조르고 매트 위에 짓찧었다. 절구질을 하는 듯한 그 공격에 관중들은 입을 벌리고 열광했다. 침이 입가로 흐르는 것도 모르는 채 응원에 몰입한 관중도 있었다. 단아한 웃음으로 박수를 보내고 있는 정숙한 부인의 모습도 있었다.

시간이 흐를수록 거리의 텔레비전 수상기 앞에는 일본 국민들이 떼구름처럼 몰려들었다. 역도산이 터치 교대를 하여 들어갔다. 역도산 역시 양다리로 마이크 샤프의 목을 조르며 두부(頭部)를 공격했다. 마이크 샤프는 버둥거리다가 간신히 빠져나갔으나 이번에는 더 큰 공격이 기다리고 있었다. 역도산은 양손으로 마이크 샤프의 오른팔을 비틀어 360도로 돌려 넘어뜨렸다. 연거푸 세 차례의 공격이 이어졌다. 마이크 샤프는 팔 힘이 현저하게 빠졌으나, 아직 항복할 기미는 보이지 않았다.

"리키! 어서 가라테춉을 써라!"

그때 마이크 샤프는 간신히 벤 샤프와의 터치 교대에 성공했다. 그러나 역도산은 상대를 가리지 않고 더 강력한 공격 무기를 내놓았다. 그것은 바로 박치기였다. 로프로 몰아붙인 역도산은 130킬로그램의 몸을 날려 벤 샤프의 이마를 자신의 이마로 들이받았다. 역도산은 사정을 두지 않고 휘청거리는 벤 샤프의 이마를 다시 한 번 박치기로 짓이겼다. 벤 샤프의 손이 자신의 이마로 달려가며 통증을 호소했다. 역도산은 그 기회를 놓치지 않고 오른팔을 치켜들었다. 관중들은 흥분하고 있었다.

"이엽!"

역도산의 손날은 곧장 벤 샤프의 가슴팍에 수직으로 내리꽂혔다.

"우우욱!"

거목이 벼락을 맞아 부서지는 듯한 비명 소리였다. 역도산의 가라테춉은 허공에 포물선을 그리며 연거푸 벤 샤프의 목줄기에 떨어졌다. 벤 샤프는 더 견디지 못하고 로프에 기댄 채 무너져내렸다. 역도산이 벤 샤프의 목줄기를 가격했다고 마이크 샤프가 심판에게 항의했으나 심판은 들어주지 않았다. 처절한 형의 모습을 더 이상 보다 못한 마이크 샤프가 심판의 눈을 피해 뛰어 들어갔다. 역도산은 곧장 마이크 샤프에게로 몸을 틀었다. 그러나 마이크 샤프의 거대한 팔에 목을 잡히고 말았다.

"기무라! 뭐해! 리키를 도와라!"

관중들은 울부짖듯이 외쳤다. 기무라 마사히코는 관중들의 충고를 물리치지 않았다. 재빨리 뛰어 들어가 마이크 샤프를 역도산에게서 떼어놓았다. 로프로 말린 마이크 샤프는 곧 입을 딱 벌리고 말았다. 기무라 마사히코가 오른팔을 머리 위로 치켜들었던 것이다.

　"이엽!"

　기무라 마사히코는 역도산의 주무기인 가라테춉을 빌려 연거푸 두 대를 후려쳤다. 역도산만큼 가공할 힘이 들어 있는 것은 아니었지만 뜻밖의 공격에 마이크 샤프는 당황했다.

　"결판을 냅시다!"

　역도산이 소리쳤다. 이미 헤드 록으로 벤 샤프의 안면을 조르고 있는 것을 본 기무라 마사히코도 똑같이 마이크 샤프의 안면을 오른팔로 감았다. 팔 힘이라면 기무라 마사히코도 유도의 일인자답게 역도산 못지않았다. 샤프 형제를 양편에서 헤드 록으로 공격하고 있던 두 사람은 세차게 링 한가운데로 달려갔다.

　쿵!

　역도산과 기무라 마사히코에게 안면이 조여진 채 두 거인은 형제끼리 머리를 맞부딪치고 말았다.

　"으아아아!"

　이미 역도산의 박치기 공격을 받았던 벤 샤프는 이마가 징그럽게 찢겨지고 말았다. 안면을 분간하기 어려울 만큼 유혈이 낭자했다. 심판은 더 이상 경기 속개가 어려울 것으로 판단했다.

　"시합 중지!"

　벤 샤프의 부상으로 시합은 중지되었고, 결국 타이틀을 탈취하려는 역도산조의 숙원은 뒤로 미룰 수밖에 없었다. 일본 관중들은 비록 역도산과 기무라 마사히코가 타이틀 쟁취에는 실패했지만 그에 못지않은 기쁨에 들떠 한동안 장내를 떠날 줄 몰랐다. 피가 터지도록 얻어맞는 두 미국인을 보자 그렇게 속이 후련할 수가 없었던 것이다.

링 사이드에서 관람하고 있던 니다 신사쿠가 역도산의 손을 잡으며 말했다.

"역도산, 과연 프로 레슬링은 흥미 있는 스포츠야. 이보다 더 박력 있는 운동을 없을 것이네."

역도산은 이 말에 큰 용기를 얻었다.

도쿄에서 사흘 간의 시합이 끝난 뒤에 잇따라 지방 순회 경기가 펼쳐졌다. 2월 23일에 있은 구마모토를 비롯하여 고베, 오사카, 나고야, 우쓰노미야(宇都宮) 등지에서 프로 레슬링의 인기는 날마다 재확인되었다. 일부 매스컴에서는 '프로 레슬링 태풍'이라고 대서특필할 정도였다. 프로 레슬링이 던진 거대한 파문에 대해서 흥행계의 대부인 나가타 사다오는 이렇게 말했다.

"상상도 못할 인기라서 질려버릴 정도야."

일본 프로 레슬링 협회가 주최한 제1회 국제 프로 레슬링 대회는 기대했던 것보다 성황리에 끝났다. 나고야 대회에서는 역도산·보비 브란즈 조가 샤프 형제와 비겼으며 세미 파이널에서는 기무라 마사히코가 엔도 고키지를 2 대 1로 눌러 유도 귀신으로서의 저력을 과시했다.

일본 국민들을 열광의 도가니로 몰아넣은 것은 역시 일본 선수들이 샤프 형제를 무찌른 일이었다. 오사카에서 역도산은 역시 유도의 달인인 야마구치 도시오와 한 팀을 이루어 샤프 형제를 2 대 1로 눌러 이겼다.

또한 고베에서는 3인조 경기가 처음으로 열렸다. 역도산·기무라 마사히코·야마구치 도시오 팀이 샤프 형제·보비 브란즈 팀과 겨룬 것이었다. 이 시합에서도 역도산 팀은 2 대 1로 승리를 거두어 일본 국민들을 기쁘게 했다.

그러나 역도산은 마음 한편으로는 늘 갑갑했다. 자신은 결코 일본인이 아니기 때문이었다. 역도산으로서는 미국 선수보다 오히려 일본 선수를 때려눕혀야 하는 민족적 사명감을 짊어지고 있는 건지도 몰랐다.

샤프 형제는 신체 장애자를 위한 자선 시합을 추가로 벌이고서 일본을 떠났다. 그들은 일본을 떠나면서 기자들에게 이런 말을 남겼다.

"일본의 스모 선수들을 근대적인 트레이닝 방법으로 훈련시키면 세계의 레슬러들에게 큰 위협이 될 것이오."

그날부터 역도산에게는 새로운 제자들이 속속 찾아들었다. 스모, 유도, 역도 등에서 이미 발군의 실력을 발휘하던 역사(力士)들이었다. 유소프 터키, 미야지마(宮島), 라쇼몬(羅生門), 아베 슈(阿部修), 와다나베(渡邊), 가네코 다케오(金子武雄)……

아직 프로 레슬링으로 전향하지는 않았지만 돋보이는 스모토리들이 역도산 도장을 찾기도 했다. 대표적인 역사가 역도산의 후배인 가미카와(神若), 즉 요시노사토 그리고 괴력의 소유자로 소문난 도요노보리(豊登)였다. 특히 도요노보리는 괴력을 자랑하는 명성만큼이나 훈련 과정에서 엄청난 힘을 보여주었다. 벤치에 드러누워 230킬로그램이나 되는 바벨을 거뜬히 들어올렸던 것이다. 중견 레슬러의 힘을 무색하게 만드는 도요노보리의 괴력을 보고 역도산은 말했다.

"스모에도 역도 훈련이 반드시 플러스가 될 걸세."

그런데 역도산이 프로 레슬링으로 전향한 제자들을 데리고 일본 점령 미군 위안 시합을 갖기도 하면서 바쁘게 뛸 즈음, 야마구치 도시오는 4월에 오사카를 주무대로 전 일본 프로 레슬링 협회를 창설하고 프로 레슬링 대회를 열었다. 그러자 유도의 귀신도 가만히 있지 않았다. 자신의 고향인 구마모토를 주무대로 국제 프로 레슬링단을 창설하여 프로 레슬링 대회를 연 것이다.

샤프 형제가 일본 원정을 왔을 때만 해도 함께 손을 잡았던 기무라 마사히코와 야마구치 도시오였다. 그런데 어느 날 갑자기 흩어져버렸다. 역도산은 서운했지만 하는 수 없는 노릇이었다.

"내가 한국인이라 함께 일할 수 없다는 뜻인가?"

역도산은 바짝 신경을 곤두세웠다. 그런 한편 자신의 곁을 떠나지 않는 엔도 고키지가 더 미더웠다. 자신과 손발을 잘 맞출 수 있는 파트너로서는 엔도 고키지가 더욱 유력해 보였다.

"선생님, 어떤 여성이 찾아왔습니다."

어느 날 비서가 급히 달려와 보고했다.

"여성?"

역도산은 뜻밖이라 놀라지 않을 수 없었다. 여성 팬들이 많기는 했지만, 역도산 도장까지 찾아올 정도의 열성 팬이라면 상황이 다른 것이다. 그런데 그녀는 실망스럽게도 역도산의 팬이 아니라 스모 선수인 데루노보루(輝昇)의 팬이었다. 그녀는 간곡하게 애원하듯이 말했다.

"역도산 님, 제발 데루노보루 님을 프로 레슬링으로 빼돌리지 말아주십시오."

인기 좋은 스모 선수들이 하나둘 역도산 도장으로 모여드는 데다, 지방에서도 두 군데의 프로 레슬링 단체가 생겨나자 불안해진 모양이었다. 역도산은 빙긋이 웃으며 대답했다.

"아가씨, 본인이 희망한다면 모르지만 우리가 일부러 빼돌리는 공작은 결코 하지 않습니다."

공포의 살인 기술자

　역도산은 샌프란시스코를 장악하고 있는 프로모터 조 말코비치에게 국제 전화를 넣었다. 다음 경기를 계획하기 위해서였다. 얼마 뒤에 회신이 왔다. 한스 슈나블과 루 뉴만이 일본으로 오겠다는 것이었다. 그들 콤비는 태평양 연안 태그 챔피언 벨트를 갖고 있었다. 루 뉴만은 싱글 매치에서는 더욱 위력적인 존재로, 태평양 연안을 휩쓸고 다니는 허리케인과 같은 강적이었다. 한스 슈나블은 킬러라는 무시무시한 닉네임을 가진 두려운 존재였다. 과거에 조 말코비치가 귀띔하기를, "흐흐…… 한스 슈나블은 파일 드라이버로 살인까지 한 경력이 있지."라고 말했을 정도였다. 파일 드라이버란 상대 선수를 거꾸로 들어서 머리를 링 바닥에 찧게 하는 섬뜩한 살인 기술이었다.

　역도산은 신경이 잔뜩 곤두섰다. 하지만 그 정도의 상대 전력이 두려워서 물러설 역도산이 아니었다. 죽기 살기라면 어떤 킬러와도 맞붙을 자신이 있었다. 실제로 역도산은 미국 본토 원정 당시 한스 슈나블과 세 차례나 겨루어 1승 2무승부를 기록했던 것이다. 오히려 한스 슈나블이 역도산의 살인적인 가라테춥을 겁내야 할 상황이었다.

8월 4일. 하네다 공항에 도착한 두 사람의 눈에는 비정한 살기마저 감돌았다. 한스 슈나블이 역도산과의 과거 전적을 만회하고야 말겠다는 듯이 큰소리로 기자들 앞에서 외쳤다.

"우리 두 사람은 절대적인 콤비를 이루는 강팀이다! 일본 측이 어떠한 콤비로 달려들어도 문제가 안 된다!"

이제 기무라 마사히코와 야마구치 도시오는 역도산의 곁을 떠나간 상태. 역도산은 자신의 파트너로 엔도 고키지와 스루가우미를 교대로 기용하기로 했다.

제1차전은 스루가우미와 팀을 짜서 두 살인적인 백인 레슬러와 맞붙었다. 장기전으로 들어갔으나, 기어코 스루가우미가 루 뉴만에게 42분 20초 만에 제압당하고 말았다.

제2차전은 싱글 매치로 열렸다. 엔도 고키지는 세미 파이널에서 루 뉴만과 겨루어 1 대 2로 패하기는 했으나, 실력의 우열을 가리기 어려울 정도로 백중한 경기를 펼쳤다.

역도산은 메인 이벤트로 한스 슈나블과 겨루어 가라테춉을 무차별하게 난사했다. 그는 첫판에서 반칙 공격을 당해 곤경에 몰리기는 했으나 반칙승을 따냈고, 둘째 판에서는 더욱 세차게 수도를 날려 폴승을 따냈다. 관중들은 다시 한 번 역도산의 주무기인 가라테춉의 위력을 실감하게 되었고, 그가 태평양 연안 태그 챔피언을 따내줄 것을 희망했다.

역도산은 자신의 파트너로서, 루 뉴만에게 폴패를 당한 스루가우미보다 1 대 2로 패하기는 했어도 백중한 경기를 펼친 엔도 고키지가 더 어울린다는 사실을 알았다. 엔도 고키지는 분명히 실력이 향상되었던 것이다. 유도 기술에 더해진 그의 프로 레슬링 기술은 팬들을 열광시키기에 충분했다. 역도산은 주저하지 않고 엔도 고키지와 더불어 제3차전의 빅카드인 태평양 연안 선수권에 도전하기로 결정했다.

"엔도의 실력이 늘어난 데다 나의 컨디션도 최상이니만큼 기무라 때와는 사정이 다르오!"

역도산은 기자들 앞에서 자신감을 보였고, 팬들 역시 두 사람의 타이틀 획득이 가능할 것이라고 생각했다. 그러나 결과는 예상 밖이었다. 초만원을 이룬 팬들의 기대는 무참하게 짓밟혔다.

역도산은 팬들의 기대에 보답하기 위하여 초반부터 가라테촙으로 맹폭을 가함으로써 불과 3분 34초 만에 한스 슈나블을 눌렀다. 그러나 엔도 고키지가 루 뉴만에게 두 판을 내리 빼앗겨 1 대 2로 역전패를 당했던 것이다.

사실 한스 슈나블과 루 뉴만은 샤프 형제처럼 기술로 단련된 선수들이 아니었다. 다만 사납고 야만적인 전술을 펼칠 뿐이었다. 태그 매치에서는 심판의 눈을 피한 교묘한 반칙 행위가 쉴 새 없이 이루어질 수 있는 법이다. 신사적인 엔도 고키지는 그 작전에 고스란히 말려들고 말았다.

아무튼 역도산 조는 패했다. 그런데 문제는 이제부터였다. 관중들이 가만히 자리를 지키고 앉아 있지 않았다.

"반칙 때문에 우리 편이 졌다! 저놈들을 죽여라!"

흥분한 일본 관중들이 음료수 캔이나 병을 링 안으로 마구 날려 보냈다. 잇따라 육탄 돌격. 아무리 덩치가 커도 엄청난 숫자에는 당하지 못하는 법이다. 게다가 군데군데 일본인의 자존심을 지키려는 야쿠자 무리들도 끼어 있었다. 한스 슈나블과 루 뉴만은 황급히 뛰어내려가 장내를 빠져나갔다. 번쩍번쩍 빛나는 우승 트로피 따위는 거들떠볼 틈도 없었다. 이윽고 관중들의 난동을 막기 위하여 1개 중대의 경찰 병력이 투입되었다.

밤이 되자 혼비백산하여 달아난 두 백인 레슬러를 달래주기 위하여 역도산은 그들의 숙소를 찾았다.

"휴우, 난 또 폭도들이 여기까지 몰려온 줄 알았지. 다행히 역도산이었군. 당신이 우릴 다치게 할 생각은 아닐 테지."

두 거인은 안도의 한숨을 내쉬었다.

"염려 말게, 겁쟁이 거인들 같으니라구."

"우린 겁쟁이 거인들이 아니야. 만일 경찰 병력이 들어오지 않았다면 우린 맞아죽었을 거야."

"자네들이 원자폭탄을 떨어뜨린 것도 아닌데 뭘 그리 겁내나? 나는 스키야 키라는 일본 요리를 대접하러 온 거야."

"스키야키?"

"쇠고기 전골일세."

그러자 루 뉴만이 받아서 말했다.

"일본 음식은 하와이나 로스앤젤레스에서 맛본 적이 있지. 그런데 일본을 알고 있는 한 친구가 그러더군. 일본에 가면 다다미 위에 앉아야 하고, 그렇게 오래 앉아 있으면 다리에 쥐가 나서 시합을 못할 것이라고. 그런데 막상 앉아 보니까 다다미의 감촉도 나쁘지만은 않군. 게다가 어느 호텔이고 의자가 있어서 그런 걱정을 할 필요는 없어졌어."

"하하핫."

역도산은 배꼽을 잡고 웃지 않을 수 없었다.

"타향에 가면 그곳 풍습을 따르라는 말이 있네. 세계가 좁다고 동분서주하는 프로 레슬러라면, 그곳의 환경이나 습관에 순종하지 않으면 안 되지. 식성이 다르므로 쌀밥을 먹을 수가 없어서 컨디션이 나빠졌다고 하면 적어도 국제적인 스포츠맨이 될 수 없는 것이 아닐까?"

한바탕 웃고 나서 한 역도산의 말은 몹시 진지했다.

도쿄 대회가 끝난 후 홋카이도와 동북 지방을 순회하고서, 중부 일본의 규슈(九州)와 시코쿠(四國) 지방을 돌아 오사카 부립 체육관에서 사흘 간의 시합이 벌어졌다. 그런데 오사카 부립 체육관으로 한 중견 역사가 불쑥 찾아왔다. 요시노사토였다. 그런데 머리에는 상투가 없지 않은가.

"아니? 자네 역시……."

"선배님, 저를 부디 레슬러로 만들어주십시오. 이제는 스모계로 돌아갈 수 없게 되었습니다."

요시노사토는 매우 침통한 표정이었다. 역도산은 한 손으로 턱을 괴고 잠시 생각에 잠겼다가 입을 열었다.

"나도 스스로 상투를 자르던 일이 있기는 했지……. 좋다! 그렇다면 고베(神戶) 시합에 출전해라!"

요시노사토는 역도산의 엄청난 지시에 놀라지 않을 수 없었다. 아무리 요시노사토가 중견 역사이기는 했지만, 프로 레슬링은 트레이닝한 적이 없었다. 이것이 바로 역도산의 불 같은 성격을 단적으로 설명해주는 것이었다.

"예, 알겠습니다!"

요시노사토는 발등에 불이 떨어졌다는 것을 직감했다. 그만큼 역도산이 요시노사토의 실력을 믿고 있다는 얘기가 아닌가. 사실 역도산의 생각은 다른 데 있었다. 프로 레슬링이란 생각보다 몇 십, 몇 백 배가 힘들고 어려운 것임을 알려주는 한편, 시합에 임하는 요시노사토의 투지와 체력을 시험해보자는 심산이었다.

9월 10일, 제1차전으로부터 25회째인 오사카 부립 체육관에서의 마지막 시합. 다시금 태평양 연안 태그 타이틀 매치가 벌어졌다. 역도산은 그 동안 엔도 고키지와의 팀워크를 완전히 정비할 수 있었고, 또한 챔피언 조의 작전도 충분히 파악할 수가 있었다. 그리고 36일 간에 걸쳐 27회의 시합을 벌였는데, 모두 60분 간의 메인 이벤트였으므로 보통 사람의 상식으로는 생각하기 어려운 강행군이었다. 사실 지쳐 있었지만, 오로지 정신력과 투지로 피곤을 극복해내고 있었다. 더욱이 타이틀 탈취의 야심에 불타고 있었으므로 놀랍게도 원기는 왕성해져 있었다. 그러기는 엔도 고키지도 마찬가지였다.

오사카 부립 체육관에서 이미 벌인 두 차례의 시합도 만원이었으나, 마지막 날은 타이틀이 걸려 있었기 때문에 더욱 많은 관중들이 몰려들었다. 그 때문에 바깥은 초가을 날씨였는데도 실내는 한증막을 이루었다. 이러한 상황에서는 아무리 백전노장이라도 스태미나 안배를 적절히 하지 않으면 안 된다는 사실을 역도산은 잘 알고 있었다. 연습 때는 날아다니던 선수가 관중이 들끓는 시합에서는 맥을 못 추는 이유가, 바로 이러한 스태미나 안배의 실수 때문이었다.

"엔도, 이번 기회를 놓치지 말고 반드시 타이틀을 빼앗읍시다."

"물론 그래야죠."

엔도 고키지 역시 왕년의 유도 고수답게 투지에 불타고 있었다. 공이 울리자마자 한스 슈나블과 루 뉴만은 번갈아가며 반칙을 서둘렀다. 역도산의 가라테춉이 나오기 전에 반칙 공격으로 기선을 제압하자는 뜻이었다. 그러나 그 방법은 그들의 오산이었다. 엔도 고키지를 상대로 끊임없는 반칙을 퍼붓다가 심판에게서 그만 반칙패를 선언당했던 것이다.

그 동안 역도산의 투지는 달아오를 대로 달아올라 있었다. 그는 가라테춉을 몇 다발이고 챔피언들에게 먹여주리라고 생각했다. 두 번째 판이 시작되자마자 역도산은 한스 슈나블의 목을 잡아 힘껏 돌려 팽개쳤다. 가까스로 일어난 한스 슈나블은 역도산의 오른발 킥에 가슴팍을 맞고 나가떨어졌다. 이번엔 루 테즈의 특기인 플라잉 헤드 시저스. 역도산은 몸을 날려 양다리로 한스 슈나블의 목을 감았다. 그리고 자신의 몸을 회전시켜 떨어지면서 한스 슈나블을 내던졌다.

관중들은 열광하기 시작했다. 역도산의 화려한 공격은 날이 갈수록 그 광채를 더해가고 있었다. 곧바로 보디 프레스. 심판은 관중들의 환호성에 맞추듯이 손바닥으로 매트를 두들겼다.

"원!"

그러나 한스 슈나블도 만만치 않았다. 루 뉴만이 다급히 뛰어 들어와 역도산의 등허리를 발로 찍어 눌렀다. 한스 슈나블은 얼른 역도산이 방심한 틈을 노려 몸을 일으키더니 로프를 이용하여 목을 조르기 시작했다. 역도산의 표정이 일그러졌다.

"또 반칙이군!"

관중들은 역도산이 반칙 공격을 당하는 것을 보면서 몸이 들떴다. 루 뉴만은 심각한 표정으로 자신의 코너에서 그 광경을 지켜보았다. 또다시 반칙패를 당하면 타이틀을 빼앗기는 상황이 아닌가. 심판의 카운트로 역도산은 한스 슈나블의 반칙 행위에서 풀려났다.

"역도산! 양키를 죽여버려!"

관중들은 눈을 부릅뜨고 외쳤다. 역도산이 죽이지 않으면 자신들이 죽이고야 말겠다는 성난 표정들이었다. 역도산은 재빨리 일어나 또다시 오른발 킥으로 한스 슈나블의 가슴팍을 걷어찼다.

쾅!

등판이 매트에 떨어지는 둔탁한 소리가 울려 퍼졌다. 다시 한 번 오른발 킥.

쾅!

또다시 나가떨어진 한스 슈나블은 중심을 잡지 못하고 휘청거리며 일어났다. 이번엔 보디 슬램. 매트가 크게 진동했다. 보디 프레스. 심판이 카운트를 세기 시작했다.

"원!"

상황이 다급해지자 루 뉴만이 다시 로프 안으로 뛰어 들어왔다.

"리키! 조심해요!"

어디에서도 빠지지 않을 미모의 여성 팬이 외쳤다. 역도산은 그 여성 팬의 성원을 알아차리고 얼른 몸을 일으켰다. 그리고 등 뒤로 다가오는 루 뉴만의 가슴팍에 날쌔게 가라테춉을 먹였다. 루 뉴만은 일격에 나가떨어졌다. 그때를 틈타 한스 슈나블이 얼른 일어났다. 그러고는 역도산의 등 뒤로 달려가 목을 조르려 했다. 역도산은 당하지 않고 잽싸게 팔목 사이로 빠져나갔다. 때마침 엔도 고키지의 응원 공격. 가라테춉을 먹이려 하자 한스 슈나블은 이리저리로 바쁘게 달아났다.

276

그러나 링은 좁았다. 엔도 고키지의 수직 가라테춉은 한스 슈나블의 가슴 팍에서 터지고, 역도산의 수직 가라테춉은 루 뉴만의 가슴팍에서 터졌다. 이래서는 양편 모두가 반칙인 셈이었다. 심판이 뜯어말려 한스 슈나블 조는 가까스로 위험에서 벗어났다. 이제 역도산은 성이 날 대로 나 있었다. 상대편의 반칙 행위를 더 이상 용서할 수는 없었다.

"리키! 가라테춉! 가라테춉을 날려줘요!"

관중들의 요구는 맹렬했다. 그것은 마치 몸이 달아오른 성욕의 상태와도 같은 것이었다. 터치하고 들어온 루 뉴만은 마침내 역도산의 사정거리에 걸려들었다. 가라테춉이 터졌다. 두 발 연속이었다.

이번에는 로프로 집어던졌다. 반동으로 튀어나오는 루 뉴만의 가슴에 또다시 손날 폭격. 가공할 위력에 루 뉴만은 무너지고 말았다.

"일어나!"

역도산이 백두산 호랑이처럼 포효했다. 그러나 더 이상 견디기 힘든 루 뉴만은 링 밖으로 빠져나가 달아나버렸다. 이번에는 한스 슈나블 차례. 로프를 넘어 들어오려는 한스 슈나블에게 역도산은 그대로 직사포를 먹였다. 한스 슈나블은 그대로 링 밖으로 굴러 떨어졌다. 그런데 하필 정신을 못 차리고 링 밖을 기어 다니고 있는 루 뉴만의 몸 위였다. 두 백인은 뒤엉켜 신음했다. 잠시 후 루 뉴만이 머리를 흔들며 링 안으로 들어오려 했지만 또다시 역도산의 손날 폭격이 터졌다. 잇따라 두 팔을 로프에 걸어 한 바퀴 회전시키자 루 뉴만은 로프에 대롱대롱 매달리는 꼴이 되고 말았다.

이번엔 태클을 이용한 박치기가 루 뉴만의 복부에 연거푸 세 차례나 퍼부어졌다. 입을 다물 줄 모르고 환호하는 여성 관중들. 역도산은 이 순간 그녀들 모두의 애인이 되어 있었다.

"리키! 멋져요! 역시 멋져요!"

또다시 가라테춉. 루 뉴만은 무방비 상태에서 형편없이 두들겨 맞고 있었다. 한스 슈나블이 들어왔지만 역도산의 폭발적인 가라테춉에는 견뎌내지 못했다. 심지어 한 팔을 붙잡혀 링 줄과 코너 기둥으로 던져지는 기술인 해머 던지기를 수차례 당했을 정도였다.

결국 한스 슈나블이 폴패를 당하고 말았다. 그리하여 2 대 0 스트레이트의 완벽한 승리를 거두고 역도산과 엔도 고키지는 비로소 태평양 연안 태그 챔피언의 왕좌에 올랐다. 역도산으로서는 이미 첫 하와이 원정 때 킬러 데이비스와 한 팀이 되어 태평양 연안 태그 챔피언을 차지한 적이 있으나, 동양인 팀으로서는 처음으로 국제 타이틀을 차지한 셈이었다.

기쁨에 들떠 흥분한 한 관중은 링 위로 뛰어 올라와 역도산에게 악수를 청했다. 역도산의 신들린 손을 만져보고 싶었던 것이다. 역도산은 이 순간 링의 영웅이 아니라 전후 일본의 최대 영웅으로 치솟아 올랐다. 전후에 일본 국민에게 이만한 기쁨을 선사한 인물은 없었다.

라커룸으로 돌아온 엔도 고키지가 역도산에게 말했다.

"고맙습니다, 역도산. 이런 감격이 있기 때문에 도저히 프로 레슬링을 그만둘 수가 없군요."

그러기는 역도산도 마찬가지였다. 역도산과 엔도 고키지의 팀워크는 너무도 잘 맞는다는 걸 실감한 한 판이었다.

그 뒤로 고베, 교토(東都), 하마마쓰(浜松), 도요하시(豊橋)를 거쳐 다시 도쿄 도립 체육관에서 리턴 매치를 가졌는데, 전 챔피언들은 이번에도 여지없이 무너졌다.

첫판은 한스 슈나블이 엔도 고키지를 폴로 눌렀으나, 두 번째 판에서 엔도 고키지는 역시 폴로 앙갚음을 했고, 세 번째 판에서 역도산은 상대방인 루 뉴만을 눕혀놓고 양어깨를 누르며 두 다리를 손으로 끌어올리는 새우 누르기로 제압하여 대미를 장식했다. 이로써 공포의 살인 기술자인 한스 슈나블 조는 역도산의 가라테춉에 밀려 살인적인 기술 한번 써보지 못한 채 쓸쓸히 미국으로 돌아가고 말았다. 올 때에는 챔피언이었으나 돌아갈 때는 무관(無冠)의 레슬러가 되어버린 것이다. 승부란 언제 어디서든 승리하지 못하면 비참한 것이었다. 그것이 비정한 승부사들의 세계였다.

실전 유도 일인자의 도전장

경기장 밖에서도 승부를 걸 일은 시도 때도 없이 남아 있었다. 역도산이 구마모토에서 지방 순회 경기를 마치고 숙소인 여관으로 돌아갔을 때였다. 구마모토의 야쿠자들이 여관으로 찾아왔다.

"이봐, 역도산! 샤프 형제와의 대결 때 너는 그놈들과 짜서 너 혼자만 영웅이 되고 기무라 선생한테는 지는 역할만 맡겼다지? 너도 알다시피 기무라 선생은 유도의 귀신이 아닌가. 겨우 세키와키밖에 차지하지 못했던 자네와는 차이가 크지. 그런데 네가 기무라 선생의 명성을 밟고 올라서려 한단 말인가?"

구마모토는 말할 것도 없이 기무라 마사히코의 고향이요, 본거지였다. 야쿠자는 모두 여덟 명이었다. 그렇지 않아도 항간에 프로 레슬링은 쇼가 아니냐는 물의가 나돌아 신경이 곤두서 있던 역도산이었다. 비키니 차림의 미국 여자 프로 레슬러를 오픈 게임 선수로 불러들여 연기를 펼치게 한 것이 그러한 의문점에 부채질을 한 격이 되었던 것이다. 그러던 차에 야쿠자 무리가 역도산의 성미를 건드렸다.

역도산은 눈 한번 깜박이지 않고 그들을 노려보더니 느닷없이 팔뚝에 찬 시계를 뜯어냈다. 보통 시계가 아니라 악어가죽 벨트 시계였다. 그것은 무언의 경고인 셈이었다. 순간, 야쿠자들은 흠칫 놀라며 한 걸음씩 뒤로 물러섰다. 역도산은 소리쳤다.

"나를 따라오지 마라! 만일에 따라오면, 내가 네놈들의 칼을 맞기 전에 네놈들의 목뼈와 갈비뼈가 먼저 박살날 테니까! 그리 알란 말이다!"

역도산은 싸늘한 눈빛을 흘리고는 곧 여관의 현관 저편으로 뚜벅뚜벅 걸어갔다. 구마모토의 야쿠자들은 주머니 속에 든 잭나이프를 만지작거리기만 할 뿐 다른 어떤 수작도 부리지 못했다.

한스 슈나블과 루 뉴만이 챔피언 벨트를 풀어놓고 돌아간 지 이틀 뒤, 스모의 요코즈나인 아즈마후지가 은퇴했다는 소식을 듣고 역도산은 놀라지 않을 수 없었다. 그것도 가을철 스모 대회가 무르익는 14일째에 접어들면서였으니 폭탄 선언처럼 들리기도 했다. 그러나 은퇴 성명을 발표하고서도 아즈마후지는 지방 순회를 계속하고 있었으며, 그의 후원 역할을 맡고 있는 니다 신사쿠 일본 프로 레슬링 협회 이사장은 그에게 메이지 좌(明治座)의 중역 자리를 약속해놓고 있었다.

스포츠 기자들은 스모에서 은퇴한 아즈마후지가 프로 레슬러로 전향할 것이냐에 촉각을 곤두세우고 있었다. 그런 판국에 가을 대회를 끝으로 중견 역사인 도요노보리와 후지다야마(藤田山)마저 은퇴해버렸는데 이들은 이미 역도산 도장에서 프로 레슬러로 재출발하기 위하여 트레이닝에 열중하고 있었다.

스모 가을 대회가 열리기 전에 은퇴한 요시노사토를 받아들인 역도산은, 특히 도요노보리의 장래성에 관심을 기울이던 상황이었다. 스물셋의 젊음을 지니고 있을 뿐만 아니라, 누구도 넘볼 수 없는 완력을 지니고 있었다. 은퇴하기 전에도 역도산 도장에 들러 중량 운동을 하는 등 프로 레슬링에 관심을 가져오던 도요노보리는 먼저 프로 레슬러로 전향한 요시노사토와 소속 도장이 다른데도 불구하고 호흡이 잘 맞았다.

이렇듯 최강자인 아즈마후지를 비롯하여 중견급 역사들이 앞을 다투어 은퇴하자, 일간 스포츠 신문에서는 '역사들의 프로 레슬링 입문은 스모계에 위협이 되고 있다.'고 보도했다. 하지만 아직까지 아즈마후지는 프로 레슬링 전향을 마음먹지 않은 상황이었다. 하와이와 로스앤젤레스의 일본 이민들이 조직한 스모 협회에서는 아즈마후지의 미국 방문을 요청해놓고 있었으며 이를 받아들여 스모 보급을 위하여 내년 봄에 미국 여행을 떠날 예정이었다. 더욱이 '기분 전환을 위하여 미국에라도 가서 놀다 오라.'는 니다 신사쿠의 충고가 곁들여진 참이었다.

그런데 눈치 빠른 신문 기자는 아즈마후지의 미국 여행을 프로 레슬링으로 전향하는 것과 마찬가지라고 단정지었으며, 세간에서는 아즈마후지와 가깝게 지내는 역도산의 영향을 받아 프로 레슬링으로 전향할 것이란 추측이 나돌았다.

사실 역도산은 자신의 역도산 도장을 누구에게나 개방해놓고 있었다. 그렇다고 그것이 스모계에서 유망한 역사를 끌어들이기 위한 전략은 아니었으며, 설령 아무리 날리던 역사가 역도산 도장에서 트레이닝을 한다고 하더라도 곧장 프로 레슬러가 될 수 있는 것도 아니었다. 스모의 상위 랭킹인 요시노사토가 고베에서 프로 레슬러로 첫 출전하여 미야지마 유도 5단에게 당한 경우만 보더라도 그 점을 부인할 수는 없었다.

이날 두 시합이 벌어지기 전에 역도산은 미야지마에게 미리 일러두었었다.

"어설프게 공격하지 말고 적극적으로 상대해라. 더욱이 요시노사토는 몸을 버려도 좋다는 각오로 덤벼들 것이니 조심하지 않으면 안 된다."

막상 공이 울리자 요시노사토는 곧 그로기 상태에 빠졌고, 5분 21초 만에 폴패를 당하고 말았다. 이때 요시노사토는 경기가 어떻게 되어 간 것인지도 기억 못할 정도로 상대의 맹공에 시달림을 받았으며, 역도산 선배가 자신에게 심한 짓을 시킨다고 원망까지 했을 정도였다. 아무리 스모의 챔피언이라고는 하지만 아즈마후지의 경우도 예외는 아닐 것이었다.

1954년 늦가을

"뭐야?"

역도산이 들고 있는 신문을 바르르 떨었다.

"함부로 주둥이를 놀리다니……."

역도산의 눈에서 불똥이 튀는 듯했다. 《아사히(朝日) 신문》 1954년 11월 1일자.

'역도산의 레슬링은 제스처가 많은 쇼다. 쇼가 아닌 레슬링으로 역도산과 프로 레슬링계의 일본 제일의 실력자를 판가름내고 싶다.'

신설된 국제 프로 레슬링단을 이끌고 있는 왕년의 실전 유도 일인자인 기무라 마사히코의 발언은 이렇게 이어지고 있었다.

'샤프 형제가 왔을 때 역도산과 태그팀을 짜고 대전하였지만 이때 나는 역도산을 클로즈업시키는 역할을 맡았기 때문에 나만이 샤프 형제에게 졌던 것이다. 진정한 실력 대결이라면 나는 결코 그에게 지지 않는다.'

기무라가 역도산에게 도전하겠다는 의사 표시를 한 것이 아닌가.

"쇼라니? 나는 오히려 쇼맨십의 배격을 신조로 삼아온 승부사다!"

역도산은 흥분했다. 도저히 참고 견딜 수가 없었다.

"좋다! 상대해주마! 프로 레슬링은 사전 각본에 의한 것이 아님을 분명히 보여주마! 프로 레슬링이 엄연한 승부의 세계임을 팬들에게 알리겠다!"

역도산의 심기를 건드린 기무라 마사히코의 발언은 《아사히 신문》 기자와의 인터뷰에서 나온 것이었다. 기무라 마사히코가 국제 프로 레슬링단을 이끌고 순회 경기를 갖던 중에 기후(岐阜) 시에서 접근한 《아사히 신문》 기자에게 이렇게 폭로했다.

"당신네들이 잘 분석해보면 쉽게 알 수 있는 일이지만, 역도산과 한 팀이 되어 태그 매치를 벌이면 늘상 나에게는 지는 역할이 맡겨졌소. 아무리 타이틀이 걸린 시합이라고는 해도, 경기 시작 전부터 이미 승부가 결정나 있는 프로 레슬링에서 나 같은 어른이 승패에 집착하는 것은 우스꽝스런 일이라고 생각할지도 모르겠소. 그러나 역도산은 고작 세키와키의 지위밖에 오르지 못했던 스모 선수의 실패작이 아니겠소. 나는 역도산과 달리 태평양전쟁 이전부터 전 일본 유도의 정상을 지키면서 무패인 채 프로로 전향한 사나이외다. 이 넓은 일본 땅에는 나를 동경하여 저마다 고된 훈련에 열중하고 있는 유도 수련생들이 잔뜩 있소. 저 기무라 선생처럼 강한 패배를 모르는 사나이가 되어야겠다고 말이오. 그들의 절반 이상이 나의 신자요. 그들로부터 존경을 받는 내가, 하물며 프로 레슬링에서 단골로 져주는 역할만 맡고 있을 수는 없지 않겠소. 그래서 나는 미리 각본 따위를 짜지 않고 역도산과 진정한 실력 대결을 벌임으로써 누가 더 강한가를 판가름내자는 생각을 하게 되었소. 역도산도 가슴속으로 나와 진정한 실력 대결을 벌였을 때 과연 깨끗이 이길 수 있을까 하는 복잡한 생각을 하고 있을 거요. 내가 비록 역도산보다 일곱 살이나 나이가 많은 데다, 신장과 체중도 훨씬 못 미치는 사람이라고 생각하겠지만, 그래도 내가 천하의 기무라 마사히코라는 사실을 잊지 말아주었으면 좋겠소."

이 발언이 신문지상에 그대로 실렸다면 역도산은 더욱 분개했을 것이다. 특히, '역도산은 고작 세키와키의 지위밖에 오르지 못했던 스모선수의 실패작이 아니겠소.' 라는 기무라 마사히코의 말은 역도산의 자존심을 깊이 후벼 놓았을 것이다.

"본때를 보여주겠다. 기무라의 유도 기술이 프로 레슬링에서 통할 줄 아는가!"

역도산은 부르짖었다.

"하룻강아지가 범 무서운 줄 모르고 날뛴다더니……."

그렇지 않아도 최근 기무라 마사히코의 행적에 가뜩이나 신경을 곤두세우고 있던 역도산이었다. 그를 주축으로 하는 일본 프로 레슬링 협회에서 이탈하여 유도 선수 출신인 야마구치 도시오와 기무라 마사히코가 각각 경기 단체를 만든 것이었다. 앞서 말했듯이, 야마구치 도시오의 전 일본 프로 레슬링 협회와 기무라 마사히코의 국제 프로 레슬링단이 바로 그것이었다. 이때부터 이미 역도산에 대한 기무라 마사히코의 도전은 시작된 셈이었다.

'기무라 마사히코, 역도산에 도전!'

역도산은 다시 한 번 신문지상의 기사를 노려보다가 두 주먹을 불끈 쥐었다.

"도전을 승낙한다!"

역도산은 당장에 일본 프로 레슬링 협회 사무국장인 나가타 사다오에게 전화를 걸었다.

"나는 결심했습니다. 그러니 진정한 승부를 위한 대전이라면 때와 장소를 가리지 않고 도전에 응하겠노라고 기무라에게 전해주시죠."

"역도산의 뜻을 잘 알겠네."

역도산의 연락을 받은 나가타 사다오는 즉시 국제 프로 레슬링단의 본거지인 구마모토로 달려갔다. 그러나 합의는 쉽게 이루어지지 않았다. 역도산은 12월에 도미(渡美)할 예정이었고, 기무라 마사히코는 순회 시합 일정이 잡혀 있었기 때문에 시합 일자에 문제가 있는 데다가, 더욱이 출전비 교섭에 난점이 있었다. 그러자 일부 역도산 측근에서는 기무라 마사히코에 대하여 비난을 퍼붓기도 했다.

"기무라가 도전을 해놓고는 막상 받아주니까 겁이 나서 대전을 피하고 있는 거 아니오?"

역도산은 손을 내저었다.

"나는 기무라 군이 그런 비열한 남자가 아니라고 믿고 있소. 그는 반드시 나와 대결할 것이오."

역도산의 예측은 빗나가지 않았다. 11월 26일, 기무라가 마침내 도쿄에 들어온 것이다. 기자회견을 갖기 위해서였다. 기자회견장은 간다(神田)에 위치한 지요다(千代田) 호텔.

기무라 마사히코는 마이크 앞에서 엄숙하게 말했다.

"역도산이 속해 있는 일본 프로 레슬링 협회를 통하여 나는 정식으로 대전을 요구하였고, 역도산도 이를 승낙하였습니다."

그 소식을 듣고 역도산은 쾌재를 불렀다. 역도산은, 구마모토 같은 시골을 본거지로 하는 국제 프로 레슬링단의 간판만 갖고는 흥행의 어려움이 많기 때문에 기무라 마사히코가 자기에게 도전한 것이라고 파악하고 있었다. 그런데 역도산에게는 오히려 그것이 굴러 들어온 복덩이인 셈이었다. 진정한 실력 대결에도 자신이 있었을 뿐더러, 이 시합을 계기로 프로 레슬링의 인기는 한층 더 높아질 것이라는 계산에서였다.

이튿날, 기무라 마사히코는 역도산이 기록 영화를 촬영하고 있는 오후나(大船) 촬영소로 찾아왔다. 샤프 형제와의 시합 이후로 8개월 만의 만남이었다. 두 사람은 시합 결정 계약서에 각각 서명했다.

"우리는 진정한 실력으로 일본 제일을 결정하는 시합에 손색이 없도록 페어 플레이로 후회 없는 시합을 합시다."

기무라 마사히코의 말에 역도산이 대답했다.

"도전을 받은 이상 전력을 다해 싸우겠소."

대전 일자는 성탄절을 사흘 앞둔 12월 22일 밤이었고, 장소는 구라마에 국기관으로 정했다. 개런티는 150만 엔 가운데 승자가 70퍼센트, 패자가 30퍼센트를 차지하기로 합의했다.

한편, 오사카에 본거지를 두고 있는 야마구치 도시오는 역도산과 기무라 마사히코의 대전이 성립되었다는 소식을 듣고 곧바로 성명을 내었다.

'역도산·기무라 마사히코 전의 승자가 나의 도전을 승낙한다면 이 대전을 일본 선수권전으로 인정한다.'

역도산과 기무라 마사히코는 양편 모두 이와 똑같은 내용의 공문을 받고서 흔쾌히 동의했다. 역도산과 기무라 마사히코는 양자 모두 야마구치 도시오를 강력한 도전자라고는 생각지 않고 있었다.

역도산이 도장으로 돌아오자 젊은 후배들이 입을 모아 말했다.

"선배님, 체면을 위해서라도 져서는 안 됩니다. 저희도 최선을 다할 테니까 선배님도 꼭 이겨주십시오."

"염려마라!"

역도산은 자신 있게 말했다. 그날부터 역도산 도장 안에는 '필승'이라고 씌어진 플래카드가 나붙었다.

기무라 마사히코는 고향인 구마모토에서 이번 시합에 출전할 국제 프로 레슬링단 소속 선수들과 합숙 훈련을 하고 있었는데, 그는 앞으로 벌어질 역도산과의 대결에 대비해서 자신의 대학 후배인 배달 최영의로부터 가라테의 타격법을 배워둔 상태였다. 그 사실을 한 주간지의 대담 자리에서 배달 최영의한테서 직접 전해들은 역도산은 울화가 치밀었다.

'하필이면 같은 핏줄인 나를 눌러 이기라고 일본인에게 무도를 가르쳐준단 말인가?'

하지만 그만큼 최영의와 기무라 마사히코의 우정은 두터운 것이었다. 그런데 공교롭게도 역도산 도장으로 한 유도의 달인이 찾아왔다. 그의 목적은 역도산에게 유도의 방어법을 가르치기 위해서였는데, 그는 다름 아닌 기무라 마사히코의 은사인 우시지마 다쓰구마(牛鳥辰熊) 유도 8단이었다. 그는 기무라 마사히코의 은사일 뿐만 아니라, 역도산 도장 소속인 엔도 고키지와 미야지마의 프로 유도 사범이기도 했다.

일간지에서는 연일 지면을 아끼지 않고 두 프로 레슬러의 대결을 부채질하고 있었다. '필사의 대결'이라는 문구도 보였고, '역도산이냐 기무라냐'는 식의 승부를 점치는 문구도 보였다.

'반드시 승리하라!'는 격려 편지가 온갖 팬들에게서 양쪽으로 밀려드는 가운데, 이 시합의 승자와 대결할 야마구치 도시오 유도 6단이 일간지에 예상평을 실었다.

'현재의 기무라는 체력상 다소의 쇠퇴감을 보여주고 있다. 한편 역도산은 체력, 연령 모두가 지금이 절호의 조건이다. 오르막길과 내리막길의 명암(明暗)이 있는 두 사람의 전력 차이를 두고 볼 때, 시합의 결과란 두 선수 스스로도 예상할 수 있을 것이다.'

역도산은 그 예상평을 대하고 나서, '야마구치 도시오도 보는 눈이 있구나.'라고 생각했다. 그러나 유도의 귀신을 털끝만치도 경시할 수는 없는 노릇이었다. 샤프 형제 같은 거한도 그의 업어치기에는 맥을 못 추고 포물선을 그리며 그림처럼 넘어가지 않았던가.

간류지마의 혈투와 최영의의 포효

시합 당일이 되자 일부 일간지들은 역도산과 기무라 마사히코의 대결에 대해서 잔뜩 신경을 곤두세웠다.

'일본 제일의 실력을 다투는 결전'

'필사(必死)의 대결'

'1 대 1, 죽음의 대결'

이처럼 선동적인 문구로 지면을 거창하게 장식해놓았을 정도였다. 심지어 어느 매스컴은 '현대판 간류지마(嚴流島)의 결투'라고까지 표현함으로써 두 무도인간의 혈투를 부채질하고 있었다.

간류지마의 결투. 도쿠가와(德川) 막부 시대에 쌍벽을 이루던 최고의 검술가인 미야모토 무사시(宮本武藏)와 사사키 고지로(右右木小次郎)가 목숨을 내놓고 간류지마라는 섬에서 대결한 것을 말한다. 승리는 목검을 든 마야모토 무사시 쪽이었다.

그때는 양자 모두 검술가였지만 이번엔 달랐다. 한 사람은 스모토리 출신의 프로 레슬러, 또 한 사람은 유도인 출신의 프로 레슬러. 스모 팬들은 역도산을, 유도 팬들은 기무라 마사히코를 응원했다.

연말 보너스 경기였기 때문일까. 링 사이드 표는 순식간에 매진되어버렸으며, 두 라이벌 앞으로는 각각 격려의 편지가 쇄도했다. 심지어 역도산이냐 기무라 마사히코냐를 점치는 소문이 두 라이벌의 귀를 쉴 새 없이 간지럽혔다.

시합 하루 전, 이 시합의 의미를 확실히 하기 위하여 일본 프로 레슬링 집행위원회가 설립되었고, 일본 프로 레슬링 협회 · 전 일본 프로 레슬링 협회 · 국제 프로 레슬링단 등 3개 단체가 협의하여 사카이 다다마사 일본 프로 레슬링 협회 회장을 초대 집행위원장으로 선출했다. 새롭게 발족된 일본 프로 레슬링 집행위원회는 역도산과 기무라 마사히코와의 대전을 일본 선수권전으로 정식 인정하고, 시합은 국제전 룰에 따르기로 했다. 다만 기무라 마사히코가 45분 단판 승부를 주장한 일이 있기는 했다.

"진정한 승부를 겨루는 것이니만큼 단판 승부로 합시다."

이 점에서 기무라 마사히코는 역도산의 스태미나가 두려워서 단판 승부를 원하고 있다는 물의가 일기도 했다. 그러나 역도산은 프로 레슬링은 국제적인 것이므로 어디까지나 국제전 룰을 따라야 타이틀 매치의 권위가 선다며 기무라 마사히코의 요구를 받아주지 않았다. 심판은 해롤르 도키.

1회전부터 3회전까지의 오픈 게임은 2미터가 넘는 거인 라쇼몬 등의 역도산 도장 출신 선수들끼리 맞붙어서 박진감이 없었으나, 4회전부터 링과 장내의 분위기는 돌변했다.

역도산 쪽의 요시노사토와 기무라 마사히코 쪽의 유도 4단 이치카와(市川)가 맞붙었다. 요시노사토는 미친 듯이 손바닥 후려치기를 퍼부었고, 반주검이 되도록 얻어맞은 이치카와는 12분 36초 만에 폴패를 당하고 말았다.

5회전은 역도산 쪽의 스루가우미와 기무라 마사히코 쪽의 오쓰보(大坪). 결과는 무승부.

6회전은 유소프 터키와 도다(戶田)가 맞붙어 무승부.

세미 파이널은 역도산 쪽의 엔도 고키지와 기무라 마사히코 쪽의 다치노우미(立乃海). 11분 48초 만에 엔도 고키지가 폴승. 역도산 진영의 압승인 셈이었다.

'흠! 우리 쪽의 투지와 기백이 한결 좋군.'

역도산은 멀리서 그 광경을 지켜보며 방긋이 미소지었다.

시합이 거칠어짐에 따라 초만원을 이룬 관중들은 점차 흥분했다.

드디어 메인 이벤트. 관중들의 환호성이 마침내 양편으로 갈리어 터지기 시작했다.

"리키! 리키!"

"기무라! 기무라!"

역도산이 링 위에 올라가서 내려다보니, 링 사이드 한켠에는 기무라 마사히코의 스승인 우시지마 다쓰구마 유도 8단이 앉아 있었고, 또한 기무라 마사히코의 모교인 다쿠쇼쿠 대학 유도부 관계자들이 진을 치고 앉아 있었다.

링 위에 올라선 기무라 마사히코는 레슬링 슈즈를 신지 않은 맨발이었다.

'음…… 기무라가 그라운드 레슬링으로 이끌어갈 생각인 모양이군.'

역도산은 직감했다. 그라운드 레슬링이란 누운 자세로 싸우는 방법이므로 맨발이 유리할 때가 많았다. 그리고 기무라 마사히코의 그라운드 레슬링이 과거 유도 최강답게 매우 뛰어나다는 것을 역도산은 잘 알고 있었다. 더욱이 기무라 마사히코는 맨발일 경우에 발을 잡혀도 미꾸라지처럼 잘 빠져나갈 수 있는 실력의 소유자였다.

'처음부터 가라테춉을 쓰지는 않겠다.'

이것은 역도산이 모든 타이틀 매치에서 실행해온 자신의 정통적인 전법이었다. 어디까지나 깨끗하게 기술과 기술로 겨루어 이기고 싶었기 때문이었다.

이윽고 공이 울렸다. 관중들은 숨을 죽인 채 조용히 링을 지켜보고 있었다. 탐색전이 한동안 이어지다가 기무라 마사히코가 날쌔게 그림 같은 업어치기 공격을 펼쳤다. 기무라 마사히코의 어깨 너머로 나가떨어진 역도산은 곧장 밧다리 후리기로 역공을 가했다. 서로의 기술이 오가는, 아니 기술을 주고받

292

는, 그야말로 승부를 예측할 수 없는 한판이었다.

그런데 갑자기 기무라 마사히코가 오른발을 들어 역도산의 하복부를 걷어 찼다. 급소 부위였기 때문에 정확히 꽂혔으면 역도산은 쓰러지고 말았을 것이다.

"아니? 이런 비열한……."

역도산의 불 같은 성미는 비로소 폭발했다. 죽기 살기라면 누구에게도 양보할 생각이 없는 역도산이었다.

"어리석은!"

역도산은 바로 맞서서 손날을 수직으로 내리쳤다. 미국식의 콘크리트 벽돌을 단 일격에 부순 위력이 아닌가. 1톤에 가까운 힘이 실려 있다고 하던가.

"으윽!"

기무라 마사히코는 휘청거리며 로프에 몰렸다. 최대의 위기 상황이었다.

"박살내라! 리키!"

우렁찬 남성 관중들의 외침이 들려왔다. 역도산은 로프에 몰린 기무라 마사히코에게로 쏜살같이 달려 들어갔다. 가라테춉. 손바닥 후려치기의 연속되는 역도산의 격파 공격은 끊이지 않았으며, 상대적으로 왜소한 기무라 마사히코는 피투성이가 된 채 무자비하게 짓밟혔다. 온몸에 멍이 든 데다, 오른쪽 눈 위가 찢어지고 앞니가 부러졌다. 성난 역도산의 손날과 발등으로 이어지는 격파 공격은 말 그대로 칼날이었다.

"기무라! 일어나요!"

기무라 마사히코의 여생 팬들이 진저리를 치며 외치고 있었다. 그러나 기무라 마사히코의 귀에는 아무런 소리도 들려오지 않았다. 오직 병으로 고생하는 아내의 얼굴만이 아련하게 흔들리고 있을 뿐이었다. 유도의 귀신이란 명성은 온데간데없고, 기무라 마사히코는 전의(戰意)를 상실한 채 평범한 사람처럼 끝없이 허물어져내렸다.

심판이 카운트를 세기 시작했다. 그러나 기무라 마사히코는 카운트 10을 헤아릴 때까지 끝내 일어나지 못했다. 닥터 스톱. 15분 49초 만에 역도산은, 현대판 간류지마의 결투를 KO로 끝장내버렸다.

'나를 조센징이라고 얕본 자들아, 보아라! 오냐! 나는 조센징이다!'

시합은 끝났다. 그러나 싸움은 끝나지 않았다.

"저 녀석! 그냥 두지 않겠다!'

링 사이드에 누군가가 소리치며 자리를 박차고 일어났다. 그는 양복 상의를 벗어던지면서 또다시 소리쳤다.

"역도산! 죽이겠다!'

장내의 정적이 일순간에 무너져내렸다. 역도산은 흠칫 놀라 그곳을 내려다보았다. 한 팔로 여전히 로프를 감고 서 있는 상태였다.

'아니?'

역도산을 죽이겠다고 소리치는 이는 누구인가? 바로 실전 위주인 극진(極眞) 가라테의 창시자 오야마 마쓰다쓰. 역도산 자신과 같은 배달겨레인 최영의가 아닌가!

'하필이면……'

역도산은 아찔했다. 안면에서 일시에 핏기가 달아나버린 느낌이었다.

최영의는 극심한 마음의 동요를 막을 길이 없었다. 유도의 귀신이라고까지 불렸던 기무라가 지난날의 자랑스러운 모습은 송두리째 잃어버린 채 일방적으로 당하고만 있는 처참한 모습을 링 사이드에서 줄곧 지켜보던 그는 마치 자신의 살점이 한 무더기 떨어져나가는 듯한 치욕적인 아픔을 느꼈던 것이다.

'아아! 우상이 파괴된다!'

최영의의 마음은 그렇게 소리치고 있었고, 결국 무참한 기무라의 초주검이 눈에 띈 순간 핏발이 곤두서버렸던 것이다. 그는 역도산을 죽이려 하고 있었다. 최영의는 역도산을 3분 안에 녹다운시킬 작정으로 링 사이드의 자리에서 벗어났다.

"안 돼!'

최영의에게 경제적 · 정신적 은인이었던 마쓰무라와 프로 레슬링 관계자들이 일제히 달려들어, 앞뒤를 분간하지 못하고 날뛰는 최영의의 질풍을 필사적으로 말렸다. 그러나 최영의의 팔다리는 당장이라도 그 인간 그물에서 벗어날 기세였다. 뜻밖의 관중 난동을 예상하여 동원된 경비 인력이 재빨리 최영의의 주변을 겹겹이 에워쌌다. 최영의의 포효는 수많은 관중들의 난동보다도 더욱 위력적인 것이었다. 마치 우리에서 빠져나온 사나운 맹수처럼 길길이 날뛰었다.

역도산은 온몸의 기운이 쑥 빠져 달아나버리는 듯한 심정이었다. 최영의가 아무리 손날로 황소의 뿔을 꺾고 미국의 거칠기 짝이 없는 프로 레슬러들을 무찔렀다고는 하지만, 자신은 유도의 귀신을 피투성이로 짓이겨놓은 몸이었다. 조건만 마땅하다면 싸움에 응할 자신은 있었다. 그러나 역도산은 순식간에 긴장감이 풀려버리면서 극도의 피로감을 느꼈다. 더 이상, 어느 누구와도 싸우고 싶지 않았다. 더욱이, 하필 수많은 일본 관중들이 지켜보는 가운데 같은 한국인끼리······.

역도산은 링 사이드에서 벌어지는 소란을 애써 외면했다. 그러고는 초대 일본 프로 레슬링 헤비급 챔피언 벨트를 허리에 감고 두 손을 번쩍 치켜들었다. 역도산을 일본인으로 인식하는 수많은 관중들은 그제서야 식은땀 나는 잠에서 깨어난 듯 우레와 같은 박수를 보내주었다. 최영의는 그 모습을 멍하니 지켜보았다. 가슴속에 앙금 같은 비애만이 묵직하게 남는 기분이었다.

'지금 역도산은 기무라 선배와의 대결을 마쳤기 때문에 정신적으로 몹시 지쳐 있을 것이다. 이때 도전하는 것은 비겁한 일인지도 모른다. 그러나 나는 결코 역도산을 용서할 수 없다. 적당한 시기를 골라 도전할 것이다.'

최영의는 그렇게 마음으로 부르짖었다. 어쨌든 역도산과 기무라 마사히코와의 역사적인 대결은 참혹한 혈투로 막을 내렸다.

역도산은 천천히 링에서 내려가 묵묵히 라커룸으로 향하여 퇴장했다. 곧 기자들이 역도산을 만나기 위하여 라커룸으로 우르르 몰려들었다.

"유도의 귀신이라 불리던 기무라 마사히코 선수에게 승리한 소감을 부탁드립니다."

기자들이 내민 마이크 앞에서 역도산은 잠시 침묵에 잠겼다가 입을 열었다.

"기무라는 참으로 비겁한 녀석이오."

역도산의 입에서 또 무슨 말이 튀어나올까 하고 기자들은 신경을 곤두세웠다.

"기무라는 오늘밤의 시합을 갖기 전에 미리, 이번 시합은 무승부로 끝내자고 제의해왔소. 스포츠 경기란 쇼가 아니므로 나는 당초부터 무승부 따위는 생각도 하지 않고 있었소. 그래서 나는 대답도 하지 않았지. 그랬더니 시합 도중에 다시 두 번이나 무승부를 다짐해왔소."

기자들의 안색이 일제히 변했다. 역도산은 더욱 기세 좋게 말을 이어나갔다.

"시합이 시작된 직후에 그의 목을 조였을 때 사실상 나는 폴을 빼앗아낼 수 있었소. 그런데 봐달라는 거지 뭐겠소. 그래서 풀어주었지. 그랬더니 얼마 뒤에 나의 급소를 발로 공격해오는 거지 뭐겠소. 그래서 나는 그때까지 쓰지 않았던 가라테춥을 연속으로 날려서 죽여버리려고 했소. 그때 기무라가 뻗어버렸으니까 그 정도에서 그쳤지, 만약 일어났더라면 나는 정말 그자를 죽였을지도 모르오."

기자들은 이 믿어지지 않는 역도산의 발언을 확인하기 위하여 곧장 지요다 호텔로 달려갔다. 지요다 호텔에는 기무라 마사히코가 묵고 있었다. 그는 이미 산노 병원에 다녀온 상태였다. 기무라 마사히코는 오른쪽 눈 위를 세 바늘 꿰매고 앞니가 하나 부러진 상태로 호텔방에 누워 있었다.

"뭣이?"

기자들의 말을 듣고 기무라 마사히코는 흥분했다.

"누가 그런 말을 했나?"

"역도산 본인이 말하더군요."

"으음……."

기무라 마사히코는 잠시 생각에 잠겼다가 이윽고 말문을 터놓았다.

"빌어먹을! 역도산은 도대체 신의를 지키지 않는 녀석이로군."

"옛?"

기자들은 그 말 한 마디에 새롭게 놀라지 않을 수가 없었다.

"이런 이야기는 사나이로서 할 도리가 아니지만, 저쪽에서 그 따위로 폭로한 바에는 나도 사실을 밝혀야겠소."

기자들은 이만한 특종감이 없다고 생각했다.

"사실 나에게 역도산과 시합을 벌이지 않겠느냐는 제의를 해온 것은 《마이니치 신문》의 사업부장인 모리구치 씨였소. 그의 말인즉, 역도산과 조건부로 경기를 치르지 않겠느냐는 것이었소."

"조건부라뇨?"

"처음 대전은 비기고, 두 번째 대전은 시합이 끝난 뒤에 재차 의논하자는 것이었소. 대개 프로 레슬링은 경기 전에 어느 쪽이 이기고 어느 쪽이 지는가를 미리 짜놓고 시합하기 때문에……."

기무라 마사히코가 말을 줄였을 때 기자들은 더욱 집요하게 물었다.

"그래서 어떻게 결정한 겁니까?"

"나는 역도산이 무승부만 받아들인다면 그렇게 하자고 대답했소. 그런데 가만 생각해보니 가라테춉은 위험한 공격 무기더란 말이오. 그래서 이번 시합에선 일절 사용하지 않는 것이 좋겠다고 말했더니 역도산이 수락했소."

말이야 그렇게 했지만 기무라 마사히코는 애당초 역도산의 강력한 공격 무기인 가라테춉을 겁내고 있었다는 얘기였다.

"그래서 나는 오늘밤의 시합은 무승부로 끝날 것이라고 생각하고 링 위에 올랐소. 그런데 시합을 끌어가는 그의 분위기가 달랐소. 대관절 어찌된 영문이냐고 역도산에게 물었지. 그런데 역도산은 체중이 실린 가라테춉으로 나를 가격했소. 사실 나는 역도산의 급소를 찬 기억도 없는데 그것을 구실 삼아 말이오."

"그럼 반격해야 했지 않습니까?"

기자들은 그렇게 묻고 싶었지만 꾹꾹 눌러둔 채 기무라의 다음 말을 기다렸다.

"그래서 나는 위험한 승부로 갈 것 같은 예감이 들었기 때문에 주심한테로 고개를 돌렸소. 가라테춉의 중지 요청을 할 셈이었지. 그때 나의 허점을 노려 역도산은 공격했고 나는 무자비하게 얻어맞은 끝에 쓰러지고 말았지. 아무튼 오늘밤의 시합은 스포츠가 아니었소."

역도산의 말이 다르고 기무라 마사히코의 말이 달랐다. 역도산은 기무라 마사히코의 무승부 제의를 받아들이지 않았다는 것이었고, 기무라 마사히코는 무승부 합의를 역도산이 일방적으로 짓밟고 승리했다는 것이었다. 기자들은 도무지 누구의 말을 믿어야 좋을지 갈피를 잡을 수 없었다.

얼마 후, 기자들이 떠나간 그 자리에는 온몸이 무쇠처럼 단련된 사나이가 서 있었다. 그의 얼굴에는 슬픔의 그림자가 짙게 드리워져 있었다. 다름 아닌 최영의였다. 그는 기무라 마사히코와 피를 나눈 형제 이상으로 친한 사이였으며, 무도의 세계에서뿐만 아니라 다쿠쇼쿠 대학의 선배이기도 했기 때문에 기무라 마사히코를 형님이라고 부르고 있었다.

최영의가 가라테의 일인자가 되기 위하여 수련의 길을 택한 것도 따지고 보면 기무라 마사히코의 명성에 이끌렸기 때문이었다. 그런데 기무라 마사히코가 돈벌이를 위해서 프로 레슬러로 전향했다. 엔도 고키지와 더불어 미국을 돌 때 프로 레슬링의 실체를 어느 정도 간파했던 최영의는 애당초 기무라 마사히코의 프로 레슬링 전향을 반대했었다. 그러나 이미 들어선 길이었다. 더욱이 역도산과 실력 대결을 벌인다지 않은가.

"이미 시합을 결정했으니 따로 드릴 말씀은 없습니다만, 역도산은 결코 만만치 않은 상대입니다. 가볍게 보아서는 안 됩니다. 매우 진지하게 대비해야 합니다."

최영의는 이렇게 충고했었지만 막상 뚜껑을 열어놓고 보니 상황은 달랐다. 규슈에서 훈련을 쌓고 돌아온다던 기무라 마시히코는 대낮부터 술에 젖어 있었으며 기생 같은 여자를 옆구리에 끼고 나타났다. 그 좋아하던 술도 끊고 훈련에 열중하고 있다는 역도산과는 영 딴판이었다.

결과는 기무라 마사히코의 무참한 KO패였다. 최영의는 기무라 마사히코의 숙소인 지요다 호텔에서 불행한 패배자와 손을 맞잡고 울었다. 정신이 들고 보니 어느덧 날이 환하게 밝아 있었다.

"역도산! 두고보자!"

최영의는 역도산에게 기필코 도전하리라고 다시금 부르짖었다.

밤늦은 시각. 우메다초에 있는 자택에 머물고 있는 역도산은 영 마음이 놓이지 않았다. 곧 무슨 일이 벌어질 것만 같았다.

"또다시 경기장 밖의 싸움인가?"

역도산은 낮게 뇌까렸다. 역도산 맞은편의 응접 소파에는 스모 후배 세 사람이 호위병처럼 건장하게 버티고 앉아 있었다.

오픈 게임에서 기무라 마사히코 쪽의 유도 4단 이치카와 노보루의 얼굴을 손바닥 후려치기로 마구 으깨어버려 뇌손상을 입게 만든 요시노사토. 바로 이 순간에 이치카와 노보루는 병원에서 머리 속에 고인 피를 뽑아내는 대수술을 받고 있었다. 일본 최고의 완력을 자랑하는 도요노보리. 스모 선수 시절부터 역도산의 시중을 들어온 다나카 요네타로. 이들은 모두 역도산의 명령이 떨어지기만을 기다리고 있었다. 무슨 일이 있어도 진지를 사수해야 하는 결사대 같은 비장함이 안면 가득히 서려 있었다.

"아무래도 말이야……."

역도산이 한동안 침묵에 잠겨 있다가 이윽고 입을 열었다.

"오늘밤에 담벼락 위로 머리를 내미는 놈들이 있을지도 모른다. 감히 이 역도산의 목숨을 노리고 말이야."

그건 야쿠자를 두고 하는 말이었다. 역도산은 일본의 야쿠자가 얼마나 살벌한 존재인지 잘 알고 있었다. 하지만 한 발짝도 물러서기 싫은 것 또한 역도산의 체질이었다.

"좋은 방법이 없을까?"

그때 문득 역도산의 눈에 엽총이 들어왔다. 역도산은 벽장으로 가 열쇠로 문을 열고 엽총 세 자루를 꺼내왔다.

"이왕이면 사냥이 좋겠지? 감히 호랑이굴로 쳐들어오는 놈들이라면 말이야."

역도산은 사냥개를 여러 마리 기르고 있었으며, 그 개들을 몰고 산으로 나가 엽총 사냥을 하는 것을 여가로 즐기는 사냥광이었다.

"만일 그런 놈이 있으면 이것으로 가차 없이 쏴버려!"

역도산은 스모 후배인 요시노사토, 도요노보리, 다나카 요네타로에게 차례로 엽총을 건네주었다. 실탄도 지급했다.

"뒷일은 내가 책임지겠다."

역도산이 그런 살벌한 지시를 내린 데에는 다 그만한 이유가 있었다. 기무라 마사히코의 뒤를 밀어주는 규슈를 비롯한 각 지역의 야쿠자 두목들에게서 벌써 몇 통째 협박 전화가 걸려왔던 것이다.

"죽으려고 환장했냐, 역도산? 기무라의 체면이 땅에 떨어졌으니 너 역시 그냥 놔둘 수는 없다!"

역도산이 뭐라고 한마디하려고 했으나 상대방은 더 머뭇거리지 않고 전화를 뚝 끊고 말았다. 어느 폭력조직의 누구인지도 알 수 없는 노릇이었다.

"빌어먹을!"

역도산이 분노하고 있을 때 이번에는 더 무시무시한 전화가 걸려왔다.

"이봐, 역도산! 너, 조심하란 말이야. 오늘밤엔 절대로 눈을 붙이지 못할걸. 언제 갑자기 무슨 일이 터질지 모르니까."

"뭐야? 너, 누구야?"

역도산이 묻자마자 전화는 또 끊어졌다. 역도산이 흥분한 건 당연했다.

"담 너머로 수상한 그림자가 비치면 무조건이야!"

역도산은 다시금 강조했다. 이제 여차하면 당장이라도 총격전이 벌어질 판국이었다. 스모토리 출신 프로 레슬러들과 일단의 야쿠자들간에. 한때 스모 선수 시설의 후배이기도 한 세 제자는, 목장을 지키기 위해 고용된 건맨처럼 엽총을 어깨에 둘러메고 정원으로 나갔다. 바깥 날씨는 살을 에일 정도로 추웠다.

"이놈들, 걸리기만 해봐라!"

도요노보리는 부르짖었다. 승리감에 만족해야 할 날, 게다가 밤새도록 축배를 들어야 할 날, 하필 추위에 떨고 경비하지 않으면 안 되게 만든 야쿠자의 두개골을 엽총 탄환으로 반쪽 내버릴 심산이었다. 그런데 덩치에 어울리지 않게 동안(童顔)을 지닌 도요노보리는 슬쩍 호기심이 발동했다.

"한번 이 총의 위력을 살펴볼까?"

손가락이 근질근질해진 것이다. 만일에 담벼락에 야쿠자의 그림자, 아니 하다못해 좀도둑의 그림자라도 얼씬하지 않으면 이 근사한 총의 방아쇠를 당겨볼 기회를 놓치지 않는가.

"저 나무가 좋겠군."

도요노보리는 어둠 속에서 정원의 나무 한 그루를 향해 엽총을 겨누었다. 방아쇠에 손가락을 걸었다. 힘껏 당겼다.

타앙!

허공을 흔들어놓은 쇳소리가 울려퍼지고 나뭇가지가 포물선을 그리며 떨어져내렸다.

"뭐야? 나타났나?"

응접실에 앉아 긴장된 마음을 가누고 있던 역도산이 깜짝 놀라 급히 뛰어나왔다.

"우와! 정말로 대단한 위력인데요."

도요노보리는 아무 일 없었다는 표정으로 능글맞게 말했다. 도요노보리가 들고 있는 엽총의 총구에서는 화약 연기가 모락모락 피어오르고 있었다.

'역시 도요노보리는 보통내기가 아니군.'

역도산은 그런 도요노보리를 지긋이 내려다보며 생각했다.

"그래, 얼씬하면 그런 식으로 쏴버리라구."

역도산은 도요노보리의 어깨를 두들겨주곤 다시 응접실로 들어가 소파에 허리를 묻었다. 밤은 겨울 추위 속에 깊어만 갔고, 기어코 날이 밝았다. 세 제자는 정원에서 꼬박 뜬눈으로 밤을 새웠고, 무슨 일이 있어도 살인만은 하고 싶지 않다는 요시노사토의 바람대로, 자객의 임무를 띤 야쿠자는 나타나지 않았다.

그날 밤새, 기무라 마사히코는 역도산을 처부수기 위해 도쿄로 올라오겠다는 야쿠자 두목들의 전화를 받고 말리기 위해 애를 썼던 것이다. 일이 엉뚱한 쪽으로 번져 나가면 기무라 마시히코로서도 이로울 것이 없었기 때문이다.

일본 프로 레슬링의 일인자

　역도산이 기무라 마사히코를 피투성이로 만들어 굴복시키기는 했지만, 명실상부한 일본 프로 레슬링의 일인자가 된 것은 아니었다. 아직 전 일본 프로 레슬링 협회의 야마구치 도시오 유도 6단이 남아 있었다. 이번엔 야마구치 도시오 차례였다. 이제 그마저 격퇴시키면 역도산은 명실상부한 일본 프로 레슬링의 일인자가 되는 것이었다. 비록 남의 나라 땅에서 밥을 먹고살기는 하지만, 역도산은 일본인에게는 결코 질 수 없는 한국인이었다.

　세계 최강임을 자랑하는 루 테즈와도 이미 한 차례 겨룬 바가 있는 역도산은 야마구치 도시오를 대단한 적수라고 생각지 않고 있었다. 자신이 일본 프로 레슬링의 일인자라는 사실을 팬들에게 재확인시켜주는 절차에 불과할 뿐이라고 역도산은 생각하고 있었다. 역도산은 자신의 진정한 상대는 어디까지나 루 테즈라고 되씹었다.

　그런데 매스컴에서는 링 위에서의 유혈 사태를 불러일으킨 프로 레슬링을 그리 달가워하는 눈으로 보지 않았다. 역도산 역시 기무라 마사히코를 꺾었다고 해서 기분이 별로 좋지는 않았다. 시합 도중에 상대의 순간적인 반칙 행위로 자신이 흥분했기 때문에 그러한 결과를 초래하고 말았다고 생각하고 있었다.

'어떠한 경우든간에 시합을 감정적으로 이끌어간다는 것은 결코 정도가 아니다.'

역도산은 그 점을 통감하고 자신을 꾸짖었다. 패배자인 기무라 마사히코에게 미안한 마음마저 들었다. 그러나 한편으로는, '룰이 허용하는 한계 안에서 치열한 공격을 주고받는 데에 진정한 승부의 의의가 있다.' 는 깨달음을 얻었다. 결국 이것을 자신의 신념으로 삼고서 바깥 사회에서도 언젠가 이러한 신념을 이해해주리라고 믿었다.

현대판 간류지마의 혈투는 사람들의 머릿속에 충격적인 기억으로 남겨진 채 새해가 밝았다. 야마구치 도시오 유도 6단으로부터 마침내 정식 도전장이 날아왔다.

"성급하기도 하군. 좋다! 나의 신념을 팬들이 이해해줄 수 있는 날이 올 것이다."

역도산은 주저하지 않고 야마구치 도시오의 도전을 받아들였다. 1월 18일 뉴 오사카 호텔 로비에서는 일본 타이틀 매치의 조인식이 열렸다.

"감정적으로 대결할 것이 아니라 스포츠맨십을 지켜 본격적인 프로 레슬링으로 합시다."

"좋소."

역도산의 말에 야마구치 도시오는 동의했다. 그리고 기무라 마사히코 때와 똑같이 상금제를 채택, 150만 엔 가운데 승자가 70퍼센트, 패자가 30퍼센트의 개런티를 차지하기로 합의했다.

보도진을 위한 역도산과 야마구치 도시오의 공개 스파링은 1월 26일에 야마구치 도시오 진영의 도장인 오사카의 천왕사(天王寺)에서 거행되었다. 역도산은 창문을 열어젖히고 야마구치 도시오 진영 앞에서 자신의 공개 스파링 모습을 고스란히 보여주었다. 그만큼 자신에 차 있다는 뜻이었다. 공개 스파링 상대는 엔도 고키지와 스루가우미.

그런데 야마구치 도시오는 비겁하게도 창문을 꼭꼭 닫아걸고 일반인의 눈을 피해서 스파링을 했다. 역도산 진영에 자신의 비기(秘技)를 선보이지 않겠다는 뜻이 담겨 있었다.

야마구치 도시오는 역도산과 기무라 마사히코의 대전 필름을 거듭 돌려보면서 역도산을 깨뜨릴 작전 연구에 골몰했다.

마침내 결전의 날이 밝았다. 공개 스파링 이틀 후인 1월 28일. 오사카 부립 체육관은 겨울의 추위조차 느낄 수 없을 만큼 초만원을 이루었다. 스모 챔피언 자리를 스스로 내놓고 은퇴한 움직이는 후지산 아즈마후지도 니다 신사쿠와 함께 링 사이드에 나란히 앉아 있었다.

오픈 게임은 역도산 진영의 다나카 요네타로가 야마구치 도시오 진영의 요시무라 미치아키(吉村道明)에게 패했으며, 역도산 진영의 도요노보리가 야마구치 도시오 진영의 야마사키(山崎)에게 승리했고, 스루가우미는 이치카와와 싸워 비겼다(요시무라 미치아키는 훗날 한국 원정에서 박치기왕 김일에게 패하고 돌아간다).

세미 파이널은 태그 매치였다. 역도산 진영의 엔도 고키지 · 유소프 터키 팀 대 야마구치 도시오 진영의 기요미기와 · 나가사와 팀. 결과는 어느덧 프로 레슬링에 잔뼈가 굵은 엔도 고키지 팀이 승리했다(나가사와는 훗날 한국 원정에서 박치기왕 김일에게 패하고 돌아갔다).

이윽고 메인 이벤트. 링 위에는 역도산이 먼저 올라와 있었는데, 뒤이어 올라온 야마구치 도시오의 차림을 보고 그는 흠칫 놀랐다. 야마구치 도시오의 옆구리에 커다란 반창고가 붙어 있기 때문이었다.

"뭐야? 이 친구?"

역도산은 크게 실망했다. 상대는 지금 최고의 컨디션이 아니라는 얘기 아닌가. 최고의 컨디션으로 승부를 겨루는 것, 이것이야말로 프로 스포츠맨이 가져야 하는 팬들에 대한 성의라고 역도산은 생각해왔다. 그러나 그는 '아!' 하고 자신의 성급한 판단을 나무랐다.

'이 녀석은 지금 연막전술을 펼치고 있는 것이다. 그래서 나의 방심의 허를 찌르려는 것이다. 그렇다고 내가 속아 넘어갈 줄 아는가. 보기 좋게 혼내주리라!'

역도산은 속으로 부르짖었다. 그리고 한 가지 생각이 더 떠올랐다.

'지더라도 부상 탓이었다고 핑계를 댈 심산이군. 커다란 반창고가 붙은 옆구리의 부상 때문에 제 실력을 발휘할 수 없었다고 말이야. 비열하게 시리……'

스포츠맨십을 의심케 하는 참으로 교묘한 수법이었다. 이것이 역도산의 화를 십분 건드려놓았다. 하기야 야마구치 도시오로서는 그런 수법을 쓰지 않고서는 못 배겼을지도 모른다. 유도 선수 시절에 자신보다 언제나 한 수 위였던 기무라 마사히코가 반주검이 되어 들것에 실려 나가지 않았던가. 야마구치 도시오의 상대는 바로 그 무시무시한 역도산인 것이었다. 곧 시합 개시를 알리는 공이 울렸다.

역도산은 상대가 설령 실제로 부상을 입었다고 하더라도 적당히 넘어가지는 않겠다는 심산으로 질풍같이 달려 나갔다. 그런데 야마구치 도시오는 뜻밖에도 눈빛이 투지로 불타오르고 있었다. 웬만한 프로 레슬러는 맞붙어 보기도 전에 압도당할 만한 눈빛이었다.

두 선수가 링 한가운데서 빙빙 돌다가 그라운드 레슬링으로 들어왔을 때, 역도산은 날렵하게 야마구치 도시오의 발을 잡아 조였다. 2분 이상 집요하게 발을 조였다. 그런데도 야마구치 도시오는 끄떡없이 버텼다.

'그 동안 맹훈련을 쌓은 것이 사실이란 말인가……'

역도산이 그런 생각을 할 때쯤, 이미 야마구치 도시오의 팔은 로프에 닿아 있었다. 심판이 두 사람을 뜯어놓았다.

'이 정도에도 항복하지 않다니……'

역도산이 거칠게 숨을 쉬며 노려보고 있을 때 야마구치 도시오가 벼락같이 달려들었다. 언제 당했느냐 싶은 기세였다. 역도산은 급히 피하려 했으나 이미 때는 늦었다.

"업어치기다!"

관중들이 소리쳤을 때 역도산은 이미 한 바퀴 커다란 원을 그리고 매트 위에 떨어졌다.

"으……."

역도산은 짧게 신음을 흘렸다. 떨어진 찰나, 후두부를 링 바닥에 강타당한 것이다. 머릿속이 도는 느낌이었다.

"할 수 없지. 속공으로 승부를 결정짓지 않으면 이 타격 때문에 내가 오히려 불리하겠다……."

역도산은 낮게 부르짖었다. 역도산의 가라테촙은 상대가 미처 피할 겨를도 없이 순식간에 폭발한다.

"이엽!"

역도산의 손날이 번개같이 날아갔다. 다음 공격을 노리고 있는 야마구치 도시오의 가슴팍은 마침 열린 상태였다. 바로 그 가슴팍에 역도산의 손날이 도끼날처럼 파괴적으로 떨어져 꽂혔다. 야마구치 도시오는 마치 오르가슴에 도달하기라도 한 남성처럼 묘한 신음을 흘렸다. 곧 무너져내리는가 싶을 때, 역도산은 잽싸게 보스턴 글러브를 걸었다. 엎드린 상태의 야마구치 도시오는 등허리에 올라탄 역도산의 겨드랑이에 자신의 발목을 포박당한 채 꼼짝 못하고 있었다. 버둥거릴 수조차 없는 상태에서 등허리는 곧 두 동강날 것처럼 무서운 각도로 꺾여졌다.

"아하…… 아하……."

더 이상 견딜 수가 없었다. 견디려다간 등허리가 부러지든지 더 이상 못 쓰게 되고 만다. 이래서는 기무라 마사히코보다 더 크게 당한 꼴이다.

결국 야마구치 도시오는 항복하고 말았다. 역도산의 가라테촙에 이어진 무서운 완력 기술에 두 손 들고 말았던 것이다. 시간은 23분 59초가 소요되었다.

그러나 야마구치 도시오는 결코 만만치 않았다. 그가 갖고 있는 유도 기술은 한두 가지가 아니었다. 역도산은 그 기술들에 걸려 몇 번이고 허공을 날아 매트 위에 떨어졌다. 가랑비에 옷이 젖는다고 했던가. 역도산은 불리함을 느꼈다. 이러다간 한 판을 내주고 동점으로 갈 판이었다. 그러나 역도산은 몇 차례나 폴패를 당할 위기에서 벗어났다.

"반격이다!"

역도산은 소리쳤다. 상대방의 허점을 노린 역도산의 발 잡고 누르기에 기어코 야마구치 도시오가 걸려들었다.

"원! 투!"

심판의 외침은 거기서 멈췄다. 야마구치 도시오가 젖 먹던 힘까지 다 내어 역도산의 완력으로부터 벗어났던 것이다. 역도산은 공격에 몰두하느라 가쁜 숨을 몰아쉬었다.

그때였다. 역도산이 방심한 틈을 노려 느닷없이 야마구치 도시오가 강력한 태클로 돌진했다. 뜻밖의 공격이었기 때문에 역도산은 로프에 등을 기대며 휘청거렸다.

"끝장내겠다!"

야마구치 도시오는 로프 반동을 이용하여 두 번째 태클의 발동을 걸었다. 무서운 기세였다. 돌풍처럼 날아가는 야마구치 도시오. 제대로 부딪치면 끝장날 것 같은 순간, 역도산은 얼른 몸을 숙여 피했다. 그러나 돌풍은 멈출 수가 없었다. 야마구치 도시오는 자신의 탄력을 막지 못하고 그대로 로프 사이를 뚫고 나가떨어졌다.

"으으윽!"

어이없이 마룻바닥에 늑골을 강타당한 야마구치 도시오는 도무지 일어날 생각을 하지 못했다.

"일어나라!"

"야마구치! 일어나요!"

선수마다 팬을 간직하고 있는 법이었다. 팬이 없는 프로 선수가 존재할 땅이란 없다. 정상급인 야마구치 도시오의 팬들은 역도산에 비해 결코 적은 수가 아니었다. 더욱이 기무라 마사히코의 팬들까지 야마구치 도시오가 기무라의 원수를 갚아주기를 바라고 있었다.

"야마구치 님! 힘내세요!"

울음을 삼키면서 한 여성 팬이 외쳤다. 유도복을 입은 어린 학생들도 마룻바닥에 앉아, "야마구치! 야마구치!"를 연발했다.

그러나 연막전술로 붙이고 나온 옆구리의 커다란 반창고가, 이번에야말로 늑골 타박상의 깊이를 잘 설명해주고 있었다. 역도산이 링 위에서 우렁차게 포효하고 있는 가운데, 심판은 카운트 20을 헤아렸다.

"링 아웃!"

심판은 가차 없이 선언했다. 6분 31초 만에 야마구치 도시오는 자폭함으로써 2 대 0 스트레이트로 깨지고 말았다.

역도산의 일본 타이틀 방어. 이렇게 해서 역도산은, 미국에서 건너온 프로레슬링이 일본 땅에서 스포츠로서의 길을 떳떳이 걸어갈 수 있도록 만들어놓았다.

역도산 대 최영의

'유도 귀신' 기무라 마사히코를 피투성이로 만들어 물리친 데 이어 야마구치 도시오마저 링 아웃으로 깨뜨려버림으로써 일본 프로 레슬링의 명실상부한 일인자가 된 역도산은 프로 레슬링을 넘어 일본 최고의 영웅이 되어 있었다. 더구나 불과 두 달 전인 1954년 11월 26일에 세계 복싱 플라이급 챔피언인 시라이 요시오가 아르헨티나의 파스칼 펠레스에게 깨져 챔피언 벨트를 빼앗긴 상태였기 때문에 역도산의 인기는 더욱 컸다.

그러나 역도산이 이처럼 기무라 마사히코와 야마구치 도시오라는 일본 프로 레슬러의 시조에 해당하는 적들을 물리침으로써 일본 프로 레슬링계를 평정했음에도 불구하고, 그림자처럼 뒤를 밟는 성가신 존재가 있었다. 가라테의 귀신 최영의였다.

최영의는 자신이 따르던 무도계의 선배인 기무라 마사히코 유도 7단을 한순간에 짓이겨놓은 역도산의 버르장머릴 고쳐놓아야 한다고 벼르고 있었다. 더욱이 역도산의 주무기인 하리테, 즉 손바닥 후려치기가 가라테춉으로 포장되어 있는 점이 못마땅했다.

사실 역도산 본인도 자신의 주무기가 가라테춉으로 불려지는 걸 원하지 않았다. 기자들이 관례처럼 기사 속에 쓰고 있으니까 그렇지, 역도산 본인은 기자들 앞에서 자신의 주무기는 스모의 공격 기술인 하리테에서 변형된 '리키춉'이라고 불러야 옳다고 설명한 바 있었다. 한창 국제 시합으로 바쁜 판국인데 《주간 아사히》 기자가 인터뷰를 요청한 일이 있었다.

"당신의 치명적인 공격 무기인 가라테춉에 대해서 한 말씀 해주시죠."

역도산은 너무도 싱거운 질문이라는 표정으로 웃으며 대답했었다.

"나와 가라테춉은 끊을래야 끊을 수 없는 것이 되고 말았지만, 사실 가라테춉이라고 불리는 것은 적절치 못하죠. 세계 복싱계의 거물인 내트 플레이서가 내고 있는 잡지 《링》에서 프로 레슬링 담당 기자가 제멋대로 가라테춉이라고 썼으니까 그렇게 됐는데, 사실 나 자신이 만들어낸 독특한 공격 무기니까 '리키춉'이라고 부르는 게 더 알맞을 거요. 미국에서 돌아온 뒤에도 일본의 매스컴이 계속해서 가라테춉이라고 쓰니까, 어떤 가라테 관계자는 '역도산이 쓰고 있는 맨손 무기는 가라테가 아니다.'라고 항의하기도 하더군요. 반대로 나의 체육관을 찾아와 올바른 가라테의 공격 방법을 가르쳐준 사람도 있었소. 그럴 때면 오해를 받아 정말 난감했소. 다들 그렇게 부르고 있으니까 굳이 반대하지 않고 있지만, 나의 가라테춉은 오키 시키나 트레이너나 또는 다른 누구한테서 배운 것이 아니오. 스모의 하리테를 내 나름대로 연구해본 것뿐이지. 솔직히 말하면, 아무도 의지할 데 없는 고독한 상태에서 어떻게 하면 이 현실을 벗어나볼까 하는 마음에서 비롯되었소. 왜 한동안 영주의 명에 따라 무기 휴대가 금지됐던 섬 있지 않소? 바로 그 오키나와에서 맨손이 무기인 가라테가 발달했다는 것도 이해가 갈 만한 일이오. 무기도, 아무런 인맥도 없는 인간에게 있어서 유일한 힘이 있다면 그게 뭐겠소? 언제 누가 덤벼오더라도 쓰러뜨리고 말겠다는 오기뿐이지. 그러기 위해서는 손으로 때리는 것과 발로 차는 것, 그리고 박치기말고 뭐가 또 있겠소?"

오히려 역도산은 수많은 프로 레슬링 팬들 앞에서 가라테를 선전해주고 있는 셈이었다. 특히 드넓은 미국 시장에서도 말이다.

최영의는 역도산이 기무라 마사히코를 격퇴한 뒤 며칠 뒤에 확고하게 도전 의사를 표명했다. 기무라 마사히코가 혼이 난 직후에 링 위로 뛰어 올라가려던 당시의 충동적인 도전이 아니라 차분한 생각 속에서 우러나온 것이었다. 그러나 역도산은 최영의의 도전을 받아주지 않았다. 프로 레슬링 관계자들도 역도산과 최영의의 대결을 주선할 기미를 조금도 보이지 않았다.

최영의는 더 이상 참고 기다릴 수가 없었다. 그래서 체육관이 아닌 길거리에서라도 대결하려고 마음먹었다. 역도산이 나타날 만한 나이트클럽과 주점 등을 돌며 밤거리를 누비고 다녔다.

한 핏줄이기 때문에

그러나 역도산은 언제나 혼자가 아니었다. 그의 곁에는 역도산의 제자나 후배인 당당한 체구의 프로 레슬러들이 언제나 함께 걷고 있었다. 도요노보리나 요시노사토, 다나카 요네타로 같은 이들이었다. 역도산과 1 대 1 실력 대결이 아니라, 그보다 앞서 다른 프로 레슬러들과의 대결이 펼쳐질 것은 뻔한 일이었다. 하나같이 스모 선수로서 날리던, 힘이 억센 프로 레슬러들이 아닌가. 그 가운데 한 사람을 격퇴시키기도 간단치 않은 노릇이었다.

그 사이 일부 언론에서는 최영의의 화를 돋우는 기사를 자꾸 흘려보냈다.

'역도산과 최영의의 대결이 실현되지 않는 것은 무슨 이유인가? 최영의는 자신이 도전해놓고 막상 대결이 실현될 기미가 보이자 역도산이 무서워서 피하고 있다.'

물론 실제와는 전혀 다른 오보(誤報)였다. 이때쯤, 역도산은 스모의 일인자인 아즈마후지와 함께 도미(渡美)를 앞두고 있었다. 찬바람이 몰아치는 2월 7일에 역도산은 도미 환송 모범 시합을 역도산 도장에서 가졌으며, 이 실황은 텔레비전을 통해 전국에 중계방송되었다. 이튿날에는 데이고쿠(帝國) 호텔에서 역도산과 이즈마후지를 위한 성대한 환송연이 열렸다.

그런데 역도산은 마음에 걸리는 바가 있었다. 도미하기 전에 기무라 마사히코와 만나서 불쾌했던 모든 감정을 씻고 싶었던 것이다. 그래서 이미 한 프로 레슬링 관계자에게 자신의 뜻을 전했고, 그 관계자는 구마모토로 가서 기무라 마사히코에게 역도산의 마음을 전한 상태였다.

환송연이 끝나고 이틀 뒤, 기무라 마사히코가 역도산의 바람대로 도쿄에 와주었다. 밤 10시, 세컨드 메이지(明治)란 음식점에서, 맞붙어 싸운 지 한 달 반 만에 역도산과 기무라 마사히코가 만났다. 이름하여 수타식(手打式). 입회인은 일본 프로 레슬링 집행위원회 위원장 대리인 나가타 사다오.

"나로서는, 피로 물들었던 기무라 씨와의 일본 선수권전 당시의 불유쾌하고 꺼림칙했던 기분을 깨끗이 씻어버리고 싶었소. 그 동안 영 뒷맛이 불쾌했던 게 사실이오. 어차피 프로 레슬러로서의 길을 함께 걸어갈 사람으로서 화해하고 싶었던 거외다."

굳은 악수를 교환하고 술을 한두 잔 나누면서 이야기를 주고받다 보니 분위기가 다소 부드러워졌다.

"나는 이제 그만 구마모토로 돌아가겠소."

수타식을 마친 기무라 마사히코는 자신의 본거지로 돌아가고 싶었다.

"둘이서 천천히 술이나 마십시다."

역도산이 권했지만, 기무라 마사히코는 정중히 거절했다.

"귀국한 뒤에 시간을 잊어버리고 마음껏 마십시다. 지금은 건강한 몸으로 도미하길 바라오."

역도산은 그것을 자신에 대한 격려라고 생각했다.

"우리 프로 레슬링의 발전을 위하여 협력합시다."

역도산은 목청 높여 말했다. 그런데 막상 기무라 마사히코가 방에서 물러나올 때 역도산은 방에 앉은 채 전송도 해주지 않았다.

'여전히 나를 깔보고 있단 말인가.'

기무라 마사히코는 불쾌했다.

'수타식이 도무지 무슨 소용이 있단 말인가. 단지 형식에 불과하지 않은가.'

한없이 마음이 쓸쓸해진 유도의 귀신은 그 길로 가라테의 귀신인 최영의를 찾아갔다.

"화해 모임을 가졌지. 그러나 역도산은 나를 불러놓고, 내가 돌아갈 때는 방안에 앉은 채 전송조차 하지 않았네. 실수했어. 화해하지 말 것을 해버린 게지."

그러자 최영의는 불끈 화를 냈다.

"기무라 선배! 어쩌자고 그런 바보짓을 했소? 저는 목숨을 내놓고 역도산을 노리고 있는데, 대관절 선배는 어쩌자는 것이오?"

"할말이 없네."

"이제 선배와는 만나지도 않겠소."

최영의는 그 자리에서 답답한 마음을 가누지 못한 채 절교를 선언해버렸다. 기무라 마사히코는 구마모토로 돌아가는 기차 안에서 생각했다.

'수타식에서조차 역도산은 오만함을 버리지 않았다. 역도산에게는 끝내 죽음이라는 형식의 앙갚음밖에 없단 말인가. 내가 역도산과 계속해서 원한을 품고 있으면, 결국 두 사람의 배후에 도사리고 있는 야쿠자끼리의 대결로 치달을 공산이 크지 않은가. 만일 그렇게 된다면 프로 레슬링도 타격을 입을 것이고, 유도인으로서 나의 체면도 땅에 떨어질 것이다. 어떻하든 이 문제만큼은 타인의 힘을 빌리지 말아야 한다. 오로지 역도산과 나, 두 사람 사이에서 끝을 보아야 한다. 그렇다면 대결밖에 없지 않은가. 그런데 역도산의 목숨은 어디까지 갈 것인가? 오래 갈 것 같으면 내가 손을 대서라도 역도산의 목숨을 끊어야 한다.'

구마모토로 돌아간 기무라 마사히코는 어둠 속에서 정신을 통일하여 역도산의 운명을 점쳐보았다. 그랬더니, '생(生)'과 '사(死)'라는 글자로 멎지 않는가.

"오래지 않아 죽는다는 말인가, 역도산은? 그렇다면 내가 직접 손을 댈 필요가 없지……."

기무라 마사히코는 일단 그 문제를 접어두기로 했다. 그러나 최영의는 아직도 분이 풀리지 않았다. 하지만 최영의가 신세를 지고 있는 마쓰무라라는 선배가 건설회사 사장 우메다와 함께 강력한 어조로 타일렀다.

"자네나 역도산이나 다 같은 배달민족의 한 핏줄이 아닌가. 자네와 역도산은 스포츠 분야에서 우리 민족이 일본인보다 월등하다는 사실을 증명하고 있는 재일동포의 산 교훈인 셈일세. 물론 기무라 마사히코에 대한 의리를 지키느라 자네가 도전하려는 기분은 잘 알겠네. 하지만 좀더 깊이 생각해보라구. 우리가 왜놈땅에 와서 고난을 겪고 사는 것도 서러운데 같은 핏줄끼리 싸우긴 왜 싸워? 최영의, 자네는 자네대로 갈 길이 있고, 역도산은 역도산대로 갈 길이 있는 거야. 제발 내 말을 명심해서 역도산과는 대결하지 말게."

마쓰무라는 재일 한국인의 선봉에 서 있는 인물로서, 역도산과 최영의가 대결해서 어느 한쪽이 다치는 것을 바라지 않았기 때문에 한사코 말렸던 것이다. 만일 그렇게 된다면 그들을 우상으로 삼고 꿋꿋이 인내하며 살아가는 일반 재일 한국인의 슬픔과 서러움을 무슨 수로 달랠 수 있겠는가.

결국 최영의는 오랜 생각 끝에 마음을 돌렸다. 역도산 역시 최영의과 마찬가지로 마쓰무라로부터 똑같은 충고를 들었음은 물론이다. 그리고 역도산은 최영의과 대결하고픈 생각이 애당초부터 없었다. 15년 전, 현해탄을 건너올 때에 맏형 김향락이 들려준 말을 늘 가슴속에 되새기고 있었기 때문이었다.

"일본으로 건너가서 스모 선수로서 성공하거라. 그래서 우리나라 사람들이 얼마나 강하고 무서운지를 심어주거라."

물론 방향은 스모에서 프로 레슬링으로 바뀌었지만, 명실상부한 일본 최강 무도인으로 성장한 건 사실이었다. 프로 레슬링 일본 챔피언인 데다, 일본 프로 유도의 최강을 자랑해온 기무라 마사히코를 꺾었으며, 내로라하는 간판 스모토리 출신 프로 레슬러들을 제자로 거느리고 있다. 다만 가라테와는 맞붙고 싶지 않았다. 자신의 주무기가 메가톤급 가라테춥으로 세간에 알려진 탓이기도 했지만, 그보다는 가라테의 실질적인 최정상인 최영의가 한국인이었기 때문이다. 한국인이 얼마나 강하고 무서운가를 심어주기 위해서 한국인과 싸울 필요는 없었던 것이다.

움직이는 후지산

프로 레슬링의 일인자인 역도산과 스모의 일인자인 아즈마후지가 수많은 환송객의 배웅을 받으며 하와이로 떠난 것은, 아즈마후지의 여권(旅券) 사정으로 예정보다 늦어진 3월 27일의 일이었다. 아즈마후지는 아직 상투를 자르지 않은 상태였다. 아즈마후지의 하와이 방문 목적은 그곳에서 스모를 지도하기 위한 것이었으며, 역도산의 하와이 방문 목적은 NWA 세계 챔피언인 루테즈에게 다시 도전하여 타이틀을 빼앗자는 것이었다.

이제 역도산에게는 일본 프로 레슬링의 일인자가 된 이상 세계 프로 레슬링의 일인자가 되는 일만이 남아 있었다. 호놀룰루에 도착한 역도산은 마중 나온 알 카라시크에게서 뜻밖의 소식을 들었다.

"역도산, 루 테즈가 타이틀을 빼앗겼소."

"뭐라구요?"

역도산은 크게 놀랐다. 꽤 오랜 무패를 자랑해온 루 테즈가 아닌가. 이제 역도산은 방향을 바꾸어야 할 판이었다.

"새 챔피언은 누구인가요?"

"레오 노메리니."

역도산은 더욱 놀랐다. 레오 노메리니라면 역도산이 미국 본토로 원정을 갔을 때 뼈아픈 1패를 안겨준 장본인이었다.

"역시 레오 노메리니는 강자군요."

역도산은 씁쓸하게 입맛을 다셨다.

"3월 22일에 샌프란시스코의 카우 팰리스에서 열린 타이틀 매치에서 루 테즈는 무너지고 말았소. 936전 만에 반칙패로 처음 진 셈이지."

"그렇다면 나의 상대는 이제 레오 노메리니요!"

역도산은 자신 있게 외쳤다. 지난번 대결에서도 레오 노메리니의 태클만 피할 수 있었으면 승산은 충분했다. 적을 너무 모르고 방심했던 것이 패배의 원인이었다. 역도산은 차라리 잘되었다고 생각했다. 레오 노메리니가 미식축구 선수 출신의 강자이기는 하나, 루 테즈에 비하면 한결 다루기 쉬운 상대임에 틀림없었다.

일주일 후에 역도산은 결코 낯설지 않은 시빅 오디트리엄에서 그리 크지 않은 체구의 돈 비텔만과 맞붙었다. 링 사이드에는 역도산에게 프로 레슬링을 가르쳤던 오키 시키나를 만나고 나서부터 그의 코치를 받기 시작한 아즈마후지도 관전하고 있었다. 그는 비로소 프로 레슬링으로 전향할 것을 결심했으며, 일주일 뒤의 데뷔전 상대는 지금 역도산과 대전하고 있는 돈 비텔만이었다. 역도산은 손쉬운 상대인 돈 비텔만을 데리고 시간을 오래 끌지 않았다. 불과 34분 만에 돈 비텔만을 2 대 0으로 으깨어놓았다. 아즈마후지에게 잘 보고 배우란 듯이.

전 스모 요코즈나 아즈마후지. 신장 182센티미터, 체중 136킬로그램의 아즈마후지는 배가 푸짐하게 앞으로 튀어나온 체구였다. 이것은 스모에 매우 적절한 체격 조건이었다. 그러나 프로 레슬링은 달랐다. 미국에는 그 이상의 신장과 체중을 가진 비대한 몸집의 프로 레슬러가 얼마든지 있기 때문이었다. 더욱이 그들은 비대한 체구에도 불구하고 아즈마후지와는 현저한 차이가 나는 스피드와 체력을 지니고 있었다.

코치를 맡은 오키 시키나는 아즈마후지에게 감식(減食)과 맹훈련을 강요했다. 아즈마후지는 매우 고통스러워하면서도 참고 견디어 나갔다. 이윽고 아즈마후지 데뷔전이 다가왔다.

역도산과 일주일 전에 겨루었던 돈 비텔만은 AAU 아마추어 레슬링 헤비급 챔피언 출신이었다. 그러나 돈 비텔만은 아즈마후지에 비해 너무 볼품없는 체구를 지니고 있었다. 태클 공격을 시도했으나 비대한 아즈마후지의 육체는 끄떡도 하지 않았다. 아즈마후지는 스모에서 특기로 사용하던 온갖 집어던지기 공격을 펼쳤으며, 돈 비텔만은 링 끝에서 끝으로 쉴새없이 굴러 떨어졌다. 아즈마후지는 비대한 몸집에 어울리지 않게 투지와 기백이 돋보였다. 반대로 돈 비텔만은 아예 기가 죽어버렸다.

아즈마후지는 경기를 마무리지으려는 듯 돈 비텔만을 매트 위에 힘껏 집어던졌다. 그리고 비대한 몸을 날려 덮쳤다. 숨이 막혔는지 돈 비텔만은 그대로 실신해버리고 말았다.

역도산은 몹시 놀랐다. 겨우 10분 9초 만의 일이었다. 역도산이 같은 상대를 꺾은 시간보다 3분의 1도 채 경과하지 않은 것이다. 역도산은 아즈마후지의 시합을 보고 나서 '걱정하는 것보다는 실천하는 것이 쉽다.'는 금언이 떠올랐다.

라커룸으로 돌아온 아즈마후지에게 역도산이 물었다.

"어떻습니까?"

아즈마후지는 사람 좋은 얼굴로 씨익 웃으며 대답했다.

"아이고, 도무지 숨이 차서 견딜 수가 없더군. 죽기보다 더 괴로웠어. 사실은 오늘 아침부터 걱정이 돼서 음식이 조금도 입으로 넘어가지 않더군."

아즈마후지는 여기서 말을 끊고 한바탕 웃음을 터뜨렸다.

"그나저나 역도산 당신은 무슨 수로 이런 고통을 용하게 견디어냈나 모르겠군. 허참, 나도 당신처럼 될는지……."

아즈마후지는 막상 데뷔전을 치르고 나니까 앞으로의 일이 걱정되는 모양이었다.

"맡겨주십시오."

역도산이 눈웃음을 치며 말했다.

"스모에서는 당신이 선배였지만, 프로 레슬링에서는 내가 선배올시다. 내가 보기에 당신은 충분히 감당해낼 수 있다고 봅니다. 문제는 연습입니다."

"공부를 잘하려면 예습과 복습을 충실히 해둬야 한다던가? 알겠네. 우리 함께 손잡고 나가보지."

두 사람은 소탈하게 웃어젖혔다.

이튿날, 하와이의 일본어 신문《하와이 호치》에는 아즈마후지의 데뷔전에 관한 기사가 다음과 같은 제목으로 대서특필되었다.

'움직이는 후지산, 대활약'

'요코즈나 레슬러 아즈마후지, 세계 정상은 멀지 않다'

역도산은 이 기사를 읽고서 빙그레 미소지으며 중얼거렸다.

"하지만 이제 문턱인걸……."

역도산은 아즈마후지가 움직이는 후지산이라면 자기는 움직이는 백두산이라고 생각했다.

같은 팀의 라이벌

하와이 태그 챔피언 타이틀은 노장 보비 브란즈와 럭키 시모노비치가 가지고 있었다. 알 카라시크는 아즈마후지에게 파격적인 대우를 해주었다. 역도산과 함께 팀을 짜 하와이 태그 챔피언 타이틀에 도전할 수 있도록 주선한 것이었다. 스모 챔피언의 상품 가치는 확실히 큰 것이었다. 게다가 상투를 달고 있는 거대한 풍모의 특이함 덕분에 아즈마후지를 보러온 관중들은 초만원이었다. 이러한 인기는 전례 없던 것이었다. 그렇더라도 아즈마후지로서는 뜻밖에도 너무 빨리 찾아온 타이틀 도전이 아닐 수 없었다.

"싸울 만할까?"

아즈마후지는 다소 불안한 기색을 드러냈다.

"처음 시합 때와 같은 식으로 싸우면 됩니다."

역도산은 대답했다.

호놀룰루의 시빅 오디트리엄. 백인들과 일본계 미국인들이 열광하는 가운데 네 선수가 링 위로 올라섰다. 역도산은 챔피언인 보비 브란즈와 럭키 시모노비치 두 선수와 각각 싱글로 맞붙어 이긴 바 있었다. 그래서 이번에도 거뜬히 상대할 자신이 있었으나, 문제는 잔뜩 긴장하여 몸이 굳어져 있는 아즈마후지를 어떻게 이끌어 나가느냐 하는 점이었다.

역도산은 선봉장으로 나섰다. 상대편의 선봉장으로 나선 보비 브란즈를 역도산은 그라운드 레슬링으로 상대하며 일단 시간을 끌었다. 아즈마후지의 몸이 풀리기를 기다리는 작전이었다.

"역도산! 됐어!"

아즈마후지가 나갈 채비를 했을 때 역도산은 비로소 터치 교대를 했다. 상대편도 터치 교대하여 이번엔 아즈마후지와 럭키 시모노비치가 맞섰다. 럭키 시모노비치의 능란한 그라운드 레슬링에 말려들어간 아즈마후지는 예상대로 고전을 면치 못했다.

"요코즈나도 별 수 없군."

럭키 시모노비치는 중얼거렸다. 그러나 아즈마후지가 일단 몸을 일으키자 사정은 달라졌다. 힘겨루기에서는 결코 밀리지 않는 아즈마후지였다. 하지만 경험 부족은 어쩔 수 없는 노릇이라 공격의 시간은 그리 오래 가지 않았다.

역도산은 재빨리 터치 교대를 하고 다시 링 안으로 뛰어 들어갔다. 역도산은 방어 자세를 취하고는 럭키 시모노비치에게 사정 두지 않고 수도를 날렸다. 파괴력 있는 가라테춉에 이어지는 보디 슬램. 다시 가라테춉. 다시 보디 슬램. 럭키 시모노비치는 더 견디지 못하고 주저앉았다. 역도산은 재빨리 보디 프레스를 걸었다.

"원! 투! 스리!"

경기 시간은 18분 25초가 경과해 있었다.

첫판을 따낸 역도산은 두 번째 판마저 따내기 위해서 선봉장으로 나섰다. 그러나 완전한 제압은 여의치 않았다.

다시 아즈마후지와 럭키 시모노비치가 맞붙었다. 럭키 시모노비치는 몸이 둔한 아즈마후지에게 펀치를 먹이는 반칙 공격을 퍼부었다. 아즈마후지는 정신이 몽롱해져 로프를 잡은 채 흔들리기 시작했다. 그러자 럭키 시모노비치가 잽싸게 달려들어 발을 걸었다.

"우우욱……."

넘어지는 순간 아즈마후지는 뒤통수를 매트 위에 부딪히고 말았다. 뇌진탕을 일으킨 아즈마후지는 한참 동안 일어나지 못하고 누워 있었다. 이때 폴을 당하였기 때문에 전세는 1 대 1로 팽팽해졌다.

"심판! 반칙이야!"

역도산은 강력히 항의했다. 일본계 관중들은 마루를 구르며, "우우!" 하고 편파적인 심판의 판정에 야유를 보냈다.

마지막 판에서도 역도산은 선봉장으로 나섰다. 역도산은 노장 보비 브란즈의 체력을 최대한으로 손상시킬 수 있는 그라운드 레슬링을 펼치다가 재빨리 아즈마후지에게 공격 찬스를 넘겨주었다. 아즈마후지는 일본계 관중들의 응원을 받아 움직이는 후지산으로 변해버렸다. 보비 브란즈를 번쩍 집어들어 팽개치는가 하면 강력한 반동의 보디 슬램을 연발했다. 보비 브란즈는 연거푸 링 바닥에 나가떨어져 신음을 흘렸다. 아즈마후지는 기회를 놓치지 않고 달려들어 육중한 몸으로 덮쳐 눌렀다.

"원! 투! 스리!"

아즈마후지는 6분 26초 만에 빼앗겼던 한 판을 9분 26초 만에 앙갚음했다. 역도산과 아즈마후지의 승리였다. 역도산은 이미 태평양 연안 태그 챔피언 타이틀을 갖고 있었기 때문에 별다른 기쁨은 없었으나, 아즈마후지로서는 불과 2전째의 승리가 타이틀을 가져다줬으므로 감격에 겨운 표정을 감추지 못했다.

"아즈마후지! 요코즈나!"

일본계 관중들은 전쟁에 패한 설움을 보상받기라도 한 듯 기쁨에 들떴다. 이와 함께 기무라 마사히코와 야마구치 도시오를 납작하게 눌러버린 역도산에게 어쩌면 아즈마후지는 일본을 대표하는 강력한 라이벌로 부상하고 있는 건지도 몰랐다.

후지산이냐 역도산이냐

　겨우 두 차례의 시합에서 보여준 아즈마후지의 활약이 대단했다는 것은 거리 곳곳에서 드러났다. 머리에 아직 상투가 붙어 있는 아즈마후지를 알아보지 못하는 호놀룰루 시민들은 없었다.

　"야호! 움직이는 후지산이다!"

　"리키야, 리키! 가라테춥!"

　두 사람은 길을 거닐 때마다 안면도 없는 이방인들로부터 쉴 새 없이 인사를 받곤 했다. 사인이나 악수를 요청하는 늘씬한 여성 팬들도 많았다. 하늘을 찌를 듯한 두 사람의 인기는 하와이 챔피언인 조지 보라스보다도 더할 정도였다.

　그러나 역도산은 하와이에만 머물러 있을 만큼 한가한 프로 레슬러가 아니었다. 루 테즈를 격파한 레오 노메리나와 다시 한 번 승부를 내는 일이 시급했기 때문이었다. 일본의 일인자로서만 머무를 수 없는 역도산이었다.

　"나도 함께 가지."

　아즈마후지는 역도산과 함께 행동하고 싶었다. 영어도 제법 구사할 줄 아는 역도산과 함께 있으면 한결 마음이 편했다. 역도산이 영어 회화를 익힌 것은 니다 신사쿠가 경영하는 니다 건설 자재부장으로 근무할 당시에 미군 군무원인 보하네키와 친하게 지내는 동안이었다.

"이곳 팬들이 아즈마후지의 멋진 플레이를 계속 보고 싶어하고 있소."

프로모터인 알 카라시크가 아즈마후지의 동행을 반대하고 나섰다. 팬들이 없이는 존재할 수 없는 프로 레슬러가 자신의 인기를 무시한 채 떠날 수는 없는 노릇이었다.

"그래요. 나 역시, 요코즈나는 당분간 오키 시키나 코치가 있는 이곳에서 훈련을 쌓으면서 시합을 하는 편이 훨씬 효과적이라고 생각합니다."

역도산은 구태여 알 카라시크의 주장을 꺾지 않았다.

"다시 만났을 때는 요코즈나의 체격이 많이 바뀌어 있기를 바랍니다."

역도산은 아즈마후지의 맹훈련을 기대하며 미국 본토로 출발했다.

미국 본토에 도착한 역도산은 순회 시합을 치르면서 뉴욕, 텍사스, 시카고, 로스앤젤레스를 돌아 샌프란시스코에 머물렀다. 그는 이미 조 말코비치를 통해서 루 테즈에게 도전을 신청해놓은 상태였다. 그런데 루 테즈가 레오 노메리나에게 타이틀을 빼앗겼기 때문에 도전 기회를 잡기가 쉽지 않았다.

"루 테즈와 레오 노메리니간의 리턴 매치가 7월 15일에 열리게 되어 있소. 그 이후에야 가능할 것 같은데……."

조 말코비치의 말을 듣고 역도산은 고민했다.

전 프로 복싱 세계 헤비급 챔피언 프리모 카르넬라, 체중 138킬로그램의 멕시코 거포인 제스 오르테가, 그밖에 버트 커티스, 봅 오튼, 하디 크루스캄포 등을 어렵사리 초청하여 일본에서 국제 시합을 열기로 일정이 잡혀 있었기 때문이다. 국제 대회로는 3회째, 그리고 일본 선수로서 왕년의 스모 황제인 아즈마후지가 참가한다. 이 정도라면 프로 레슬링의 인기가 더욱 높아질 것은 뻔한 사실이었다. 역도산은 이 거대한 일정을 취소할 수 없는 처지였다.

"그렇다면 그 이후라도 좋소. 루 테즈와 레오 노메리니가 싸워 누가 승리하든 역도산의 도전을 받도록 주선하겠소."

조 말코비치는 시원스럽게 말했다. 누가 상대가 되든 역도산의 입장에서는 설욕전이 되는 셈이었다.

얼마 뒤, 아즈마후지가 샌프란시스코에 도착했다.

"이게 얼마만입니까?"

"벌써 한 달 반이 지났네."

아즈마후지는 우선 체구부터가 몰라보게 변해 있었다. 불룩하던 배가 거짓말처럼 없어져버렸다.

"훈련깨나 했군요."

역도산은 아즈마후지의 그런 모습이 더없이 반가웠다. 스모의 요코즈나다운 모습은 사라지고 프로 레슬러 아즈마후지의 모습이 있었다.

"스모 팬들이 서운해하겠군요."

"날씬하면 날씬한 대로 좋지 않아? 아무튼 말도 말라구. 내가 이 모양을 만들기 위해서 얼마나 땀을 흘렸는지……."

역도산은 오키 시키나의 조련 솜씨에 감탄했다. 역도산, 엔도 고키지, 아즈마후지……. 이 세 명의 일급 프로 레슬러가 모두 오키 시키나의 손을 거쳐 탄생한 셈이었다.

"그 동안 하와이에서의 전투 실적은 좋았습니까?"

"말도 말게. 훈련만큼이나 실전도 고되었어. 하와이 싱글 챔피언인 조지 보라스와 맞붙었지. 여간내기가 아니더군. 하여간에 필사적으로 싸워서 2 대 1로 승리를 따내기는 했지만……."

"그럼 챔피언이 된 겁니까?"

역도산의 두 눈이 켜졌다.

"논타이틀이었네."

"아무튼 하와이의 일인자를 무찌른 건 확실하군요."

"그런데 말이야……."

"9전 연승을 거둔 끝에 다시 한 번 조지 보라스와 맞붙게 됐지. 이번엔 타이틀 매치였어. 타이틀이 걸려 있어서 그런지 조지 보라스는 지난번보다 더 격렬하게 대들더군. 1 대 2로 패하고 말았어."

"아깝군요."

"첫술 밥에 배불러서야 될 일인가."

"아무튼 대단합니다. 9전 연승을 거둔 것도 그렇지만, 승패를 떠나서 61분 시합을 할 수 있는 스태미나를 갖게 되었군요."

"하하하하하!"

역도산과 아즈마후지는 미국 본토에 머물면서 얼마쯤 더 시합을 가졌다. 역도산의 세 번째 미국 원정 전적은 72전 72승이었다. 이제 역도산의 스트롱 스타일은 루 테즈 못지않은 것으로 미국의 프로 레슬링 시장에 인식되었다. 특히 역도산은 스톡튼에서 태평양 연안 챔피언인 엔리키 토레스와 팀을 이뤄 샤프 형제를 다시 한 번 혼내주었다. 샤프 형제는 역도산 앞에서 이제 더 이상 적수가 아니었다.

뉴욕에는 루 테즈에 버금가는 실력을 갖추고, 팬들의 인기를 모으고 있는 프로 레슬러가 한 사람 있었다. 이름하여 안토니오 록카. 역도산은 상대가 강적이라면 누구든 가리지 않고 맞서 싸우리라고 작정하고 있었다. 그리고 누구든 깨부술 자신이 있었다. 안토니오 록카는 역도산에게 있어서 여간 군침이 도는 먹이가 아닐 수 없었다. 그러나 역도산은 안토니오 록카의 홈링인 뉴욕 양키 스타디움에서 그와 맞서지 못했다. 그가 부상을 핑계로 역도산과의 대전을 기피했기 때문이었다.

역도산은 새로운 챔피언인 레오 노메리니에게 도전하지 못한 것, 그리고 루 테즈에 맞먹는 스타인 안토니오 록카와 승부를 가리지 못한 아쉬움을 남긴 채 일본으로 돌아왔다. 하네다 공항에는 두 거물 프로 레슬러의 귀국을 환영하는 인사들로 가득 차 있었다. 일본 프로 레슬링 협회 이사장 니다 신사쿠를 비롯한 그밖의 관계 인사, 그리고 가족과 보도진…….

"아니, 이게 누군가? 정말 몰라보겠군."

니다 신사쿠는 자신이 후원을 아끼지 않고 있는 아즈마후지가 크게 변한 데 놀라고 말았다. 182센티미터의 신장이야 변할 리 없으니 매양 그대로였지만, 136킬로그램을 웃돌던 체중이 125킬로그램으로 훌쩍 빠져 있었으니까. 게다가 물렁물렁해 보이던 체구도 제법 단단해 보이지 않는가.

"매스컴에서 '움직이는 후지산'이라고 극찬한 이유를 알 만하군."

사실 스모 선수 시절에는 서 있는 것만으로도 숨이 가빠지던 아즈마후지였다. 달라져도 엄청나게 달라진 체구를 번갈아보며 기자들은 수군거렸다.

"후지산이 셀까, 역도산이 셀까?"

움직이는 알프스와 멕시코 맘모스

　역도산과 아즈마후지가 일본에 돌아온 지 닷새가 지났다. 아즈마후지는 프로 레슬링으로 전향한 이상 스모토리의 상징인 상투를 자르지 않으면 안 되었다. 요코즈나였던 만큼 상투를 자르는 일에도 의식이 거행되었다. 이름하여 상투 단발식이었다. 중이 제 머리를 깎지 못하는 것처럼 스모토리도 스스로 상투를 자르는 법이 아니었다. 물론 역도산은 그것을 어겼었지만.

　아즈마후지의 상투에 먼저 손을 댄 사람은 아이러니컬하게도 역도산이었다. 역사(力士) 시대의 후배가 선배의 상투에 손을 댄다는 것은 전례 없는 일이었으며, 더욱이 역도산은 법도를 어기고 자기의 상투를 부엌칼로 싹둑 잘라버린 사람이었다. 역도산이 프로 레슬링에서는 선배이기 때문이었다. 아즈마후지의 마지막 남은 상투는 니다 신사쿠가 모조리 잘라 없애버렸다. 이십 년 동안 가꾸고 길러온 상투를 자른 아즈마후지의 심정은 몹시 착잡해 보였다.

　아즈마후지는 머리를 손질하고 난 뒤에 역도산에게 말했다.

　"역도산에게 덜컥 잘려버렸을 때 '상투야, 잘 가거라.' 라고 말하고 싶었

330

네. 그리고 가위가 다가올 때마다 나의 뒷골은 섬뜩해지더군. 그러나 이렇게 함으로써 내가 비로소 프로 레슬러가 되었다고 생각하니 오히려 시원하기도 했소."

역도산은 아즈마후지의 그 심정을 너무도 잘 알고 있었다. 과거에 저지른 역도산의 단발은 스모에 반기를 든 행동이 아니었던가. 그래서 굵은 눈물까지 흘리지 않았던가. 거기에 비하면 아즈마후지는 지금 축복을 받고 있는 건지도 몰랐다.

이튿날, 역도산 도장 맞은편에 새 도장이 건설되었다. 다섯 층이나 올린 프로 레슬링 센터였다.

"이 정도면 로스앤젤레스에 있는 미국 최대의 도장에도 결코 뒤떨어지지 않습니다."

"역도산, 정말인가?"

니다 신사쿠는 그 말을 듣고 몹시 흡족해했다. 이 건물은 아즈마후지의 프로 레슬링 데뷔 선물이나 마찬가지인 셈이었다. 니다 신사쿠는 그만큼 아즈마후지에게 한없는 애정을 쏟고 있었다. 어쩌면 같은 일본인인 아즈마후지가 일본 프로 레슬링의 일인자 위치에 서게 되기를 바라고 있는 건지도 몰랐다. 한국인인 역도산으로서는 그 점을 경계하지 않을 수 없었다.

프로 레슬링 센터 개관식을 기념하여 모의 시합을 가졌다. 아즈마후지의 하드 트레이닝 결과를 선보이는 데 그 의미를 두었는데, 스파링 파트너로 역도산이 직접 나섰다. 흥미로운 대결이 아닐 수 없었다. 그러나 모의 시합이었기 때문에 그 동안 갈고 닦은 기술이 어느 정도인가를 선보이기만 했을 뿐, 둘 사이의 불꽃 튀는 치열한 격투는 일어나지 않았다. 사실 역도산은 느림보인 아즈마후지가 자신의 상대라고는 생각하지 않았다. 역도산의 표적은 어디까지나 NWA 세계 챔피언인 레오 노메리니와 도전자로 뒤바뀐 루 테즈의 승자일 뿐이었다.

며칠 뒤, 하네다 공항. 역도산은 일부러 라쇼몬과 함께 카르넬라 일행을 마중 나갔다. 라쇼몬이 204센티미터의 거인이므로 전시 효과를 이용하기 위해서였다. 카르넬라를 비롯한 거인들이 공항 대합실로 들어서자, 라쇼몬 등과 더불어 거인 전시회가 열린 듯한 분위기였다. 움직이는 알프스라 불리는 프리모 카르넬라는 198센티미터의 장신이었고, 멕시코의 맘모스라 불리는 제스 오르테가는 체중이 138킬로그램이나 될 만큼 몸통이 굵은 사람이었다.

"아니, 동양에도 이렇게 큰 사람이 있었던가?"

역시 역도산이 생각한 대로였다. 역도산과 아즈마후지보다 머리 하나는 더 올라와 있는 프리모 카르넬라가 머리털을 쭈뼛 세우며 소리쳤다. 라쇼몬은 프리모 카르넬라보다 반 뼘 가까이 컸던 것이다. 다만 라쇼몬은 동작이 느리고 뛰어난 기술이 없어서 국내용으로 머물고 있는 게 흠이었다. 사진 기자들은 프리모 카르넬라와 라쇼몬이 함께 서 있는 사진을 찍으려고 정신 없었다.

역도산 일행의 환영을 받은 미국 본토의 프로 레슬러들은 곧장 새로 지은 프로 레슬링 센터를 방문했다.

"오! 훌륭하오, 역도산!"

제스 오르테가의 찬사를 듣고 역도산은 은근한 자부심을 느꼈다.

"미국에서 들으니까 역도산이 일본의 프로 레슬링 시장을 장악했다고 하던데, 결코 헛소문이 아니었군."

프리모 카르넬라가 말했다. 이 프리모 카르넬라는 바로, 역도산이 처음 미국을 원정했을 때 어제의 적이었다가 오늘은 동지가 되어 샤프 형제와 싸웠던 레슬러였다. 그런데 이번엔 또다시 역도산과 적으로 맞서게 되었다.

"아무렴. 모든 점에서 미국한테 뒤떨어질 수는 없지."

역도산은 씨익 웃으면서 말했다. 프리모 카르넬라는 그 말이 무엇을 뜻하는 건지 몰라 고개를 갸우뚱했다. 이것은 역도산의 배짱, 바로 그것이었다. 역도산의 그 말은 미국인뿐만 아니라 오히려 일본인을 겨냥하고 한 말인지도 몰랐다.

이튿날, 프리모 카르넬라 일행은 프로 레슬링 센터에서 공개 스파링을 가졌다. 구름 떼처럼 몰려든 보도진들은 입을 다물지 못했다.

"무슨 수로 저 거대한 몸집을 저리도 다이나믹하게 움직일 수 있을까?"

역도산으로 말하면 일본의 정상 레슬러답게 다이내믹함을 능란하게 연출하곤 했지만, 느림보인 아즈마후지와는 확실히 비교가 되었다. 온몸을 뒤덮은 털투성이의 제스 오르테가가 성난 맘모스처럼 괴성을 지르며 돌진하는 데는 심장이 오그라들 정도였고, 특히 프리모 카르넬라의 액션 큰 펀치는 놀랍게도 스프링처럼 탄력성이 있었다.

산전수전을 다 겪은 레슬러로 유명한 프리모 카르넬라. 프로 복싱 전 세계 헤비급 챔피언 프리모 카르넬라. 역도산은 1차 미국 원정 당시 조 말코비치로부터 가이드로 소개받은 일본계 미국인 2세인 다치바나를 만나서, 프리모 카르넬라에 대해서 좀더 상세한 이력을 전해들은 상태였다.

어렸을 때는, 그의 부모가 독일을 방문하고 있을 때 제1차 세계대전이 터지는 바람에 강제 노동 수용소에 억류되었다. 부모가 고향인 이탈리아 시쿠얼스에 돌아왔을 때는 먹고살 길이 막막하자 아버지는 돈을 벌러 카이로로 떠났고, 프리모 카르넬라는 어머니에게 짐이 되는 것이 싫어서 가출하였다. 결국 프랑스로 간 그는 쓰레기통의 음식 찌꺼기를 뒤져 먹고 아무데서나 뒹굴며 자는 부랑아가 되었다.

그런데 어느 날 갑자기 그의 큰 몸집이 한 서커스 단장의 구미를 당겼다. 그때부터 그는 관중들 가운데서 가장 몸집이 큰 사나이를 머리 위로 번쩍 들어올리는 힘자랑의 묘기를 펼치며 살았다. 부랑아에서 서커스단의 헤라클레스로 변신하였고, 여기서 그는 처음으로 레슬링을 배웠다. 하지만 서커스단이 관중을 모으지 못하게 되자 뿔뿔이 흩어졌다. 또다시 쓰레기통의 음식 찌꺼기를 뒤져 먹는 부랑아로 전락하고 말았다.

그러다가 어느 날 로드워크를 하던 한 복서의 눈에 띄었다. 이번엔 프로 복서로 데뷔하여 5전 전승을 거둔 끝에 헤비급 복서가 수두룩한 미국 시장으로 진출하였다. 그러나 실은 미국의 갱들에게 팔아 넘겨진 것이나 다름없는 신세였다. 갱들의 승부 조작에 힘입어 세계 챔피언이 되었다가 쇠퇴기에 접어들면서 프로 레슬링으로 전향하여 살 길을 찾아냈다. 프로 복싱 팬들은 그를 외면했지만, 프로 레슬링 팬들은 그를 원했다. 이제 갱들의 손아귀에서도 벗어난 상태였다.

프로 레슬링으로 전향하여 전성기의 인기를 회복한 프리모 카르넬라는 그동안 돈도 제법 모았다. 착취하는 갱들이 배후에 없었기 때문이었다.

"나는 남부 캘리포니아에 있는 큰 목장을 샀네. 이번에 일본 원정을 끝내고 미국으로 돌아가면 미국 시민으로 귀화할 생각이야. 나는 미국을 사랑하고 있거든. 내가 쓰레기통을 뒤지지 않고서도 먹고 살아온 땅이니까. 하지만 죽어서는 고향땅인 이탈리아에 묻히고 싶네."

프리모 카르넬라의 말을 역도산은 감동적으로 받아들였다.

프리모 카르넬라와 제스 오르테가의 공개 스파링을 지켜본 스포츠 기자들은 역도산에게 소감을 물었다.

"하하하. 상대가 저 정도는 되어야지요. 그래야만 내가 마음 놓고 가라테춥을 먹일 수 있을 거 아니겠소."

역도산은 보다 강한 투지를 불살랐다.

제1차전의 장소는 구라마에 국기관. 먼저 특별 대전으로 스루가우미가 제스 오르테가와 맞붙었다. 마구 날뛰어대는 제스 오르테가의 완력 앞에서 스루가우미는 너무나 무기력했다. 10분 30초 만에 제스 오르테가의 2 대 0 폴승으로 끝나버린 것이다.

"멕시코의 맘모스라더니 정말 강하군."

"역도산과 붙으면 어떻게 될까?"

사실 관중들은 제스 오르테가를 상대로 스루가우미가 이긴다는 건 별로 기대하지 않았다. 역도산과의 경기가 벌어지기를 희망할 뿐이었다.

세미 파이널에서는 엔도 고키지와 버트 커티스가 붙었다. 1 대 1 무승부. 역도산은 아즈마후지와 함께 프리모 카르넬라 · 하디 크루스캄프 조와 겨루었다. 아즈마후지는 라커룸에서부터 잔뜩 긴장해 있었다.

"너무 긴장하면 안 돼요. 카르넬라는 크기만 할 뿐이지 별다른 실력은 없어요. 게다가 크루스캄프는 한물 간 선수니까. 당신이 지치면 언제든지 내가 교대하겠소."

역도산은 아즈마후지에게 힘을 실어주었다. 그러나 막상 링 위에 올라가자 아즈마후지는 더욱 긴장했다. 둥글고 큰 얼굴은 표정 하나 없는 딱딱한 돌처럼 굳어버렸다. 이곳은 스모 전문의 국기관이 아닌가. 왕년의 요코즈나, 특히 9개월 전만 해도 이곳에서 상투를 붙인 채 스모 경기를 치르던 아즈마후지로서는 당연히 겪어야 할 긴장감인지도 몰랐다. 더욱이 천장에는 자신의 얼굴이 역대 요코즈나의 한 사람으로서 걸려 있지 않은가.

'지금은 감상에 사로잡혀 있을 때가 아니다. 눈앞에 있는 강력한 격투가들을 때려눕히지 않으면 안 된다. 그렇지 못하면 오히려 우리가 상대방에게 당하고 마는 것이다.'

아즈마후지는 그렇게 생각했다.

"요코즈나! 요코즈나!"

"아즈마후지! 아즈마후지!"

아즈마후지에게 거는 팬들의 성원은 대단했다. 결코 역도산에게 뒤지지 않았다. 선발로 나간 역도산은 하디 크루스캄프를 지치게 만들어놓고서 아즈마후지와 교대했다. 그런데 하디 크루스캄프는 프로 레슬링에는 아직 미숙한 아즈마후지를 상대로 반칙 공격을 서둘렀다. 2분 21초 만에 아즈마후지의 반칙승.

두 번째 판에서는 역도산이 프리모 카르넬라를 맞아 수세에 몰리더니 겨우 21초 만에 폴패를 당하고 말았다.

"역시 세계의 장벽은 두터운가?"

"역도산도 못 당하잖아?"

역도산은 드디어 악에 받쳤다. 더 이상 기다리지 않고 폭발적인 가라테춉을 퍼부었다. 그래서 상대편 두 사람은 서로 교대하지 않으려고 했다. 싸우러 나가면 역도산의 가라테춉이 즉각 날아들기 때문이었다. 결국 2분 58초 만에 역도산은 하디 크루스캄프에게 폴승을 거두었다.

"역시 역도산이야!"

"화가 나니까 단칼에 베어버리는군."

관중들은 환호했다. 이렇게 해서 아즈마후지는 순조로운 출발을 한 셈이었다. 데뷔한 지 4개월도 채 안 되는 아즈마후지는 '복싱의 왕자와 스모 왕자의 대결'에서 제법 쓸 만한 시합 운영으로 승리를 거두었으니까.

이튿날의 2차전도 역시 구라마에 국기관에서 열렸다. 토요일인 데다 프로레슬링 붐에 매혹된 수많은 팬들로 경기장은 초만원을 이루었다. 몰래 화장실 창문을 넘어 들어가려다가 수위에게 들켜 벌을 서는 아이들도 있었다.

세미 파이널은 메인 이벤트에 못지않은 굵직한 시합이었다. 멕시코에서 온 맘모스 대 움직이는 후지산의 대결이기 때문이었다. 팬들은 부디 후지산이 폭발하여 거칠기 짝이 없는 중남미의 맘모스를 쫓아내기를 바라고 있었다. 그래야만 한여름의 무더위를 잊을 수 있을 것 같았다. 일본 스모 일인자였던 아즈마후지는 곧 일본의 자존심이기도 했다.

아즈마후지와 제스 오르테가는 이미 미국에서 한 차례 싸운 일이 있었다. 결과는 무승부. 아즈마후지는 격렬한 시합이 벌어지는 것을 원하지 않았다. 원만하게 시합을 운영할 태세였다.

공이 울자 두 거구는 링 중앙에서 맞섰는데, 아즈마후지는 상대적으로 작아 보였다. 처음엔 팔 힘겨루기로 들어갔다. 제스 오르테가는 아즈마후지의 머리털을 억세게 낚아채 링 바닥으로 넘어뜨렸다. 벌렁 드러누운 아즈마후지는 힘을 내어 일어서려고 했다. 그러나 몸을 완전히 일으키기도 전에 다시 머리털을 잡혀 나자빠졌다. 심판은 머리털을 잡지 말라고 경고했다. 아즈마후지는 힘을 내어 다시 몸을 일으켰다. 그러나 또다시 뒷머리를 잡혀 넘어졌다. 계속 머리털을 잡혀 나가떨어지던 아즈마후지는 겨우 몸을 움직여 제스 오르테가의 사정권에서 벗어날 수 있었다.

또다시 힘겨루기로 두 사람은 맞섰다. 제스 오르테가는 거구인데도 몸이 빨랐다. 얼른 아즈마후지의 왼쪽 다리를 잡아 넘어뜨리고는 다리를 비틀었다.

"아아……."

아즈마후지의 비명 소리는 그를 응원하는 수많은 팬들의 가슴을 갈기갈기 찢어놓았다. 요코즈나의 명예는 어디론가 사라진 듯 보였다. 로프 터치로 아즈마후지는 간신히 위기를 모면했다.

또다시 힘겨루기. 두 사람의 어깨가 맞붙었다. 이번엔 아즈마후지가 어깨 힘으로 밀어붙였다. 그러나 제스 오르테가가 로프로 밀렸다 싶은 순간, 갑자기 상황은 바뀌었다. 몸을 휙 돌려 나온 제스 오르테가는, 반대로 아즈마후지를 로프에 몰아넣고 이마에 알밤 까기를 퍼부었다. 아즈마후지는 오른손으로 자신의 이마를 감싸쥐고 휘청거렸다.

무슨 짓을 해서라도 승부를 결정지으려는 제스 오르테가의 속셈이 드러나기 시작했다. 기회를 잡은 제스 오르테가는 아즈마후지의 머리를 왼팔로 조른 다음 펀치를 먹였다. 로프에 몸을 기댄 아즈마후지는 정신을 차리지 못했다. 제스 오르테가는 잇따라 세 차례나 펀치를 먹였다.

"아아악!"

젊은 여성의 비명 소리가 장내에 울려퍼졌다. 심판이 제스 오르테가를 떼어놓고서 아즈마후지의 상처를 살펴보았다. 아즈마후지의 이마에서는 붉은 피가 흐르고 있었다. 심판을 밀어뜨리고 제스 오르테가는 다시 한 번 아즈마후지의 살점을 쥐어뜯었다. 또다시 심판이 말렸으나, 얼마 뒤에 다시 이마를 쥐어뜯는 알밤 펀치 공격 다섯 차례. 피투성이가 된 아즈마후지는 아무런 반격의 기미를 보이지 못했다. 스포츠를 무시한 제스 오르테가의 무자비한 반칙 공격에 팬들마저 흔들리고 있었다.

그때였다.

"와아아아아!"

갑자기 열광하는 함성이 장내를 뒤흔들었다. 천장에 걸린 역대 요코즈나의 초상들이 웬일인가 하는 표정으로 아래를 내려다보고 있었다. 시합 광경을 지켜보고 있던 역도산이 더 이상 화를 참지 못하고 링 위로 뛰어 올라갔던 것이다. 가라테춉, 집어던지기, 밀어뜨리기(우에츳바리), 박치기, 보디 슬램. 실로 전광석화 같은 공격이었다.

"노……."

제스 오르테가는 두 손으로 가로저으며 꽁무니를 슬금슬금 빼더니 링 밖으로 달아나버렸다. 관중들은 기뻐서 어쩔 줄 몰라 했다.

"와아아아아!"

기쁨의 함성은 그칠 줄 몰랐다. 결국 아즈마후지는 반칙승을 거두었다. 그러나 반칙승이었다고는 해도, 이미 요코즈나의 명예는 땅에 떨어져 있었다. 이 광경을 지켜본 스포츠 기자의 질문에 역도산은 대답했다.

"스모의 본고장에서 요코즈나가 피투성이가 되도록 얻어맞고 있다니, 이게 될 말이오? 그것도 반칙으로 말이오. 피가 거꾸로 끓어올라 도저히 견딜 수가 없었지. 이건 무의식중에 일어난 행동이었소."

메인 이벤트에서 역도산은 스루가우미와 함께 팀을 짜서, 봅 오튼·하디 크루스캄프 조와 맞붙었다. 봅 오튼은 당일 오전에 로스앤젤레스에서 여객기를 타고 날아왔으나 쉽게 지치지 않는 뛰어난 테크니션이었다. 봅 오튼이 스루가우미를 한 판으로 누르고, 역도산이 하디 크루스캄프를 두 판 이겨서 2 대 1로 역도산 조의 승리.

시합이 끝나자 제스 오르테가가 역도산에게 도전 의사를 표시했다. 정식으로 1 대 1로 겨루어보자는 것이었다.

"좋아, 언제든지 응해주지!"

역도산은 자신만만했다.

이튿날, 또다시 카르넬라와의 싱글 매치가 역도산을 기다리고 있었다. 어떻게 하면 움직이는 알프스의 가공할 펀치를 피하느냐, 그리고 어떻게 하면 자신의 주무기로 불리는 가라테촙을 효율적으로 먹이느냐가 역도산의 과제였다. 역도산은 좀더 효과적인 수비와 공격을 펼치기 위하여 작전 구상에 골몰하고 있었다. 그때였다.

"선생님, 좋은 소식이 왔습니다."

비서가 작은 종이 한 장을 들고 들어왔다.

"뭔가?"

"전보입니다."

"전보?"

"하와이의 카라시크 사장한테서 온 것입니다."

"카라시크?"

역도산은 꽉 막혔던 창문이 열리는 듯한 느낌이었다. 카라시크한테서 온 좋은 소식이라면…… 역도산은 전보를 낚아채듯이 받아들고 들여다보았다.

'루 테즈가 7월 15일의 리턴 매치에서 숙적 레오 노메리니를 물리치고 타이틀을 탈환하였음. 챔피언 루 테즈는 역도산의 도전을 받아들여 세계 타이틀 매치를 하겠다고 승낙하였음. 장소는 샌프란시스코, 새인트루이스, 하와이, 도쿄 등 어디서든 상관없음.'

역도산의 얼굴에는 희색이 감돌았다.

"그래, 드디어 내 차례가 왔어!"

이제는 루 테즈도 역도산의 숙적이 되어버린 셈이었다.

세미 파이널은 아즈마후지 · 엔도 고키지 대 봅 오튼 · 버트 커티스. 아즈마후지 조는 상대편의 기술에 밀려 2 대 1로 패배하고 말았다.

역도산은 거인 카르넬라와 맞붙었는데, 루 테즈가 역도산의 도전을 받아들였다는 이른 아침의 소식 덕분에 힘이 솟구치는 기분이었다. 카르넬라는 처음부터 반칙 공격으로 나왔다. 역도산은 능숙한 경기 운영으로 반칙승을 이끌어냈다.

반칙을 당한 역도산은 두 번째 판에 접어들자 맹렬한 가라테춉을 구사했다. 바람을 가르는 역도산의 수직 손날 공격에 카르넬라의 펀치는 무기력했다. 1분 30초 만에 역도산의 폴승. 결국 역도산은 2 대 0 스트레이트로 움직이는 알프스를 보기 좋게 거꾸러뜨렸다.

프로 레슬러들은 나고야, 오사카를 거쳐 다시 도쿄로 돌아왔다.

고라쿠엔(後樂園) 야구장 특설 링. 보기 드문 빅 이벤트가 마련되었다. 역도산과 아즈마후지가 갖고 있는 하와이 태그 타이틀과 제스 오르테가와 버트 커티스가 갖고 있는 중부 미국 태그 타이틀을 한꺼번에 걸고 대결하는 것이었다. 승자는 2관왕이 되는 것이고, 패자는 무관이 되는 것이다.

아즈마후지가 19분 12초 만에 첫판을 버트 커티스에게 폴로 빼앗기고, 두 번째 판은 역도산이 버트 커티스를 7분 52초 만에 폴로 눌러 이겼다. 타이 스코어. 두 개의 타이틀이 걸려 있었기 때문에 팬들은 더욱 흥분하고 있었다. 마지막 공이 울리자 제스 오르테가가 링 한가운데로 나서서 소리쳤다.

"역도산! 덤벼라!"

역도산은 제스 오르테가에게 두 번째 판에서 심한 반칙을 당한 상태였다. 목까지 조임을 당했던 것이다.

"버릇을 고쳐주겠다!"

역도산은 달려 나가자마자 섬광 같은 가라테춉을 제스 오르테가의 가슴에 퍼부었다. 제스 오르테가의 펀치를 날렵한 가라테춉으로 봉쇄한 뒤에 역도산은 거대한 몸을 번쩍 들어올렸다. 그러곤 바위를 던지듯이 로프 위로 집어던졌다. 그러나 제스 오르테가의 중량에 밀려 링 밖으로 굴러 떨어지고 말았다. 역도산은 당황하지 않고 민첩한 행동을 취했다. 제스 오르테가의 머리를 헤드 록으로 조여 링 기둥에 충돌시킨 것이다.

"으아악!"

비명을 올리는 제스 오르테가의 이마에는 유혈이 낭자했다. 결과는 제스 오르테가의 부상으로 인한 무승부. 역도산으로서는 뒷맛이 개운치 않았다. 역도산은 소감을 묻는 기자에게 이렇게 코멘트했다.

"프로 레슬링 시합이란 상대의 대전 태도에 따라 시합 내용이 어떤 모양으로든지 달라지는 법이오. 나의 지론은, 타이틀 매치란 언제나 그 권위를 생각하여 정당한 시합으로 결판을 내야 한다는 것이오. 그러나 상대방이 반칙을 예사로 하고 덤벼들 때는 팬들을 위해서나 나의 투지로 미루어볼 때 참고 있을 수 없지 않겠소. 나는 프로 레슬러이며 승리를 추구하는 직업인이기 때문에 더욱 그렇소. 내가 감정에 끌려서 오르테가에게 심한 짓을 한 건 사실이나, 그 정도의 일은 미국이나 캐나다에서는 얼마든지 있소. 오르테가도 이미 경험하고 있을 것이오. 내가 다소 거칠어졌다고 해서 그렇게 놀랄 필요는 없지요."

타이틀 매치는 다시 벌어졌다. 장소는 오사카 수영장 특설 링. 거대한 맘모스 풀은 2만 5천의 관중으로 가득 메워졌다. 일본에서 프로 레슬링 시합이 벌어진 이래 가장 많은 관중이 들어찬 것이었다.

아즈마후지는 27분 32초 만에 버트 커티스를 폴로 눌러 이김으로써 지난번의 패배를 설욕했다. 그러나 아즈마후지는 17분 만에 제스 오르테가에게 한 판을 내주고 말았다.

마지막 판.

"남은 시간 10분!"

장내 아나운서의 안내 방송이 다급하게 들려왔다. 역도산은 버트 커티스에게 헤드 록 공격을 당하면서 필사의 백 드롭 공격을 펼치리라 작정했다. 루 테즈의 특기인 이 백 드롭은, 상대방에게 헤드 록을 하도록 유도한 뒤에, 그 자세대로 일어서며 곧바로 자기가 넘어지면서 상대를 뒤로 던져버리는 기술이기 때문에, 성공하면 상대방은 후두부를 강타당하여 실신하지만 실패하면 자기도 후두부를 강하게 부딪쳐 뻗어버리는 위험한 공격이었다.

역도산이 백 드롭을 노리는 줄 모르는 버트 커티스는 힘껏 역도산의 머리를 조르고 있었다. 역도산은 힘을 내어 몸을 일으켰다.

"백 드롭이다!"

관중들이 소리쳤다. 그러나 아직 완숙하지 못한 역도산의 백 드롭은 실패로 돌아갔고, 역도산은 눈앞에 뿌연 안개가 퍼져 오르는 것을 느꼈다. 심판의 카운트 소리도 희미하게 들려왔다.

쾅! 쾅!

육중한 소리가 머릿속을 뒤흔들었다.

"폴로 눌러야 이긴다."

역도산은 조급해졌다. 그러나 몸이 마음대로 움직여지지 않았다. 가까스로 신음하고 있는 버트 커티스를 덮쳐 눌렀다. 그러나 그 순간을 놓치지 않고 제스 오르테가가 달려 나와 역도산을 끌어당겨 눕혀버렸다. 반칙이었다. 그때 공이 울리고 말았다.

관중들은 역도산의 진지하고 깨끗한 시합 태도에 아주 만족해했다. 승패에는 관계없이. 역시 역도산의 말대로 프로 레슬링 시합이란 상대방의 대전 태도 여하에 따라 변하는 것인가.

그리고 나서 거의 한 달 후, 역도산은 제스 오르테가와 단독으로 대결했다.

"감정에 지배당하지 말고, 우리, 진지하게 싸웁시다."

역도산의 제의에 제스 오르테가도 옳게 받아들였다.

도쿄 체육관. 서로 폴을 주고받아 1 대 1의 상황. 역도산은 마지막 판에서 속공 작전으로 나갔다. 가라테촙을 퍼붓기 시작한 것이다. 가라테촙은 상대방의 반칙 공격에 대한 방어용으로만 쓰려고 생각했지만, 그래서는 역시 승리를 예측할 수가 없었던 것이다. 그런데 철갑 같은 상체를 갖고 있는 제스 오르테가에게는, 어깨를 후려치는 가라테촙은 별 효과가 없었다.

"좋다! 그렇다면 수평치기다!"

역도산은 제스 오르테가의 팔을 잡아 던져 로프 반동을 시켰다. 퉁겨져 나오는 제스 오르테가의 가슴에 역도산은 수평선을 그으면서 강력하게 손날을 후려갈겼다.

빠악!

이것은 상대방이 앞으로 나오는 순간을 이용하여 받아치는, 복싱의 카운터 블로와 같은 모양이었다. 보통 때의 두세 배 위력이 나온다고 하던가. 역시 제스 오르테가도 견디지 못하고 뒤로 벌렁 나자빠지고 말았다. 결과는 역도산의 폴승이었다. 제스 오르테가는 1 대 2로 졌지만 일본의 팬들에게 자신의 이미지를 좋게 인식시키려는 듯 역도산에게 자신의 패배를 인정하여 악수를 청했다.

제스 오르테가는 신문 기자에게 다음과 같이 말했다.

"나는 이제까지 역도산에게 1패 1무승부로 뒤지고 있었으므로 이번에는 반드시 설욕하려고 했다. 그러나 역도산이 강했기 때문에 실패하고 말았다."

역도산은 일본 팬들 앞에서 움직이는 알프스와 멕시코 맘모스를 차례로 무찌름으로써 자신이 없는 일본 프로 레슬링이란 존재할 수 없다는 사실을 다시금 확인시켜주었다.

아시아의 일인자와 미녀 가수

역도산은 중부 미국 태그 타이틀과는 인연이 없는 모양이었다. 제스 오르 테가와 버트 커티스의 실력이 만만치 않은 탓도 있었지만, 패한 것도 아니고 두 차례 모두 비긴 것이 역도산으로서는 못내 안타까웠다.

그렇더라도 역도산이 가지고 있는 타이틀은 모두 세 개, 다른 일본 선수들 과는 그 등급면에서 확연히 구분되었다. 일본 챔피언, 태평양 연안 태그 챔피 언(파트너는 엔도 고키지), 하와이 태그 챔피언(파트너는 아즈마후지). 명실 상부한 일본 제일의 프로 레슬러인 셈이었다. 이제 또다시 루 테즈로부터 도 전 허락을 받아놓은 상태.

그런데 역도산에게는 한 가지 새로운 목표가 생겼다. 그것은 세계 챔피언 에 도전하기에 앞서 아시아의 일인자가 되는 것이었다. 역도산은 이미 동남 아시아의 내로라하는 프로 레슬러들에 대해서 정보를 입수해둔 터였다.

프로 레슬링 시장은 넓고도 넓었다. 미국에만 강력한 프로 레슬러들이 군 림하고 있는 것은 결코 아니었다. 먼저 인도를 무시하고 넘어갈 수가 없었다. 그 땅에는 한 번도 져본 일이 없는 무패의 강자가 버티고 있었다. 이름하여 그레이트 가마. 인도의 다른 레슬러들이 그를 한 번도 꺾어본 일이 없고, 원정 온 세계의 레슬러들이 모두 그에게 무참히 짓밟혀 돌아갔다. 볼 본이나 이반 포드우프 그리고 심지어 조지 하켄슈미트 같은 세계 최강의 선수도 그에게는 무너지고 말았던 것이다.

그렇다면 볼 본이나 이반 포드우프, 조지 하켄슈미트는 누구인가. NWA 세계 타이틀이 성립되기 이전에는 당시 프로 레슬링의 중심지인 유럽 일대에서 거행된 국제전이 세계 최강자를 결정하는 시합이었다.

먼저 프랑스의 볼 본은 1898년부터 1910년 사이에 거행된 유럽 주요 대회에서 무려 아홉 차례나 우승을 차지했다. 러시아의 이반 포드우프는 여섯 차례. 역시 러시아의 조지 하켄슈미트는 두 차례. 그 밖에 이탈리아의 조반니 라이세비치가 다섯 차례나 우승을 차지한 발군의 실력자였으며, 터키의 캐러 아메드와 아베트 마드라리, 프랑스의 레보트 아리오와 푸제, 덴마크의 피터 센, 독일의 얀프스 코치, 스위스의 모리스 데리마즈가 각기 한 차례씩 우승을 차지한 것이 전부였다.

그렇다면, 신장 2미터에 체중이 150킬로그램이나 나가는 볼 본보다 강하다는 그레이트 가마는 도대체 얼마나 강한가. 스타니스라우스 즈비스코라는 전 세계 챔피언이 있었다. 유럽에서 러시아의 라이언이라 불리운 조지 하켄슈미트의 라이벌로 유명했던 그는, 루 테즈의 스승인 에드 스트랭거 루이스를 물리치고 세계 챔피언이 되었을 정도로 탁월한 레슬러였다.

스타니스라우스 즈비스코의 주특기는 폴 넬슨(pull nelson). 상대방의 후면에서 자신의 양팔을 상대방의 겨드랑이 사이로 내어 목덜미를 교차 상태로 감아 누르는 기술인데, 팔 힘이 강한 그는 상대방이 일단 이 기술에 걸려들면 기권할 때까지 절대로 중단하지 않았다.

그런 그가 인도의 벵갈 호랑이로 유명한 그레이트 가마와 맞붙었다. 인도식 경기 방법에 따라 매트와 링 없는 흙바닥에서 경기를 가졌는데, 8만 명의 인파가 운집한 가운데 인도의 벵갈 호랑이는 불과 10초 만에 스타니스라우스

즈비스코를 무너뜨려버렸다.

　인도와 그 주변 국가에서는 바로 이 그레이트 가마의 뒤를 이은 쟁쟁한 프로 레슬러들이 버티고 있는 것이었다. 인도의 타라 싱, 싱가포르의 킹콩과 코라 싱. 역도산은 그들과 겨루어보지 않고서는 우물 안의 개구리라는 생각을 떨쳐버릴 수가 없었다.

　역도산은 기어코 아즈마후지와 더불어 동남아시아 원정길에 올랐다. 싱가포르의 킹콩은 이름 그대로 킹콩이었다. 미국에서도 좀처럼 찾아보기 힘든 괴물 같은 레슬러. 신장 185센티미터에 체중 150킬로그램. 제스 오르테가보다도 분명히 거대한 몸집이었다. 더욱이 온몸을 뒤덮은 검붉은 체모와 안면 가득한 수염은 보는 이에게 위압감마저 주었다. 그런 체구를 지니고도 킹콩은 제법 날쌔게 움직였다.

　'삼국지의 장비 같은 놈이군.'

　혀를 내두르던 역도산은 그라운드 레슬링이 좀체로 먹혀들지 않자 필사의 가라테춥을 날렸다. 온 체중이 실린 폭발적인 것이었다. 그러나 킹콩은 끄떡도 하지 않았다.

　"흐흐흐."

　오히려 거친 동작으로 반격해왔다. 역도산은 하는 수 없이 급소를 노렸다. 결국 급소를 후려친 가라테춥 공격으로 킹콩을 무너뜨리긴 했으나 관중들이 보기에도 석연치 않은 승리였다. 5백 명에 이르는 경찰관이 링 사이드와 통로를 경비했으니까 망정이지, 관중들이 난동을 부려 하마터면 역도산이 다쳤을지도 모를 일이었다.

　싱가포르는 특별한 나라였다. 대 일본 감정이 극도로 나빴기 때문에 중국 선수와는 아예 맞붙을 수도 없었다. 일본 국적을 갖고 있는 역도산으로서는 어쩔 수 없는 노릇이었다.

　아즈마후지는 싱가포르에서 최대의 거인과 맞붙었다. 230킬로그램의 코라 싱. 130킬로그램의 아즈마후지는 열심히 태클을 시도했으나 코라 싱은 꿈쩍도 하지 않았다. 코뿔소가 코끼리를 들이받은 격이었다. 하지만 코라 싱은 아무런 기술도 지니지 못한 데다 움직임도 둔했기 때문에 관중들의 구경거리에 지나지 않았다.

인도에서 역도산은 타라 싱과 시합을 가졌다. 타라 싱은 상당한 인기를 누리고 있었다. 역도산과의 시합을 보기 위해 무려 10만 관중이 몰려들었을 정도였다. 타라 싱은 진흙과 기름을 섞은 시궁창 같은 풀 속에서 몸을 움직이며 트레이닝을 한다는 사실을 증명하기라도 하듯 무한한 스태미나를 자랑했다. 정력적인 시합 운영에 고도의 테크닉을 겸비한 인도의 자랑거리인 셈이었다.

역도산은 동남아시아 원정에서 모두 12전을 치렀으며, 8승 4무승부를 기록했다. 역도산에 뒤지지 않는 강자가 동남아시아에 네 명 이상이나 버티고 있단 얘기였다. 아즈마후지는 모두 9전을 겨루어 5승 1패 3무승부를 기록했다.

아즈마후지보다 조금 늦게 일본으로 돌아온 역도산은, 일본에서 아시아 선수권 쟁탈전을 열기로 한 거창한 보따리를 풀어놓았다. 동남아시아를 돌면서, 킹콩과 타라 싱, 그리고 말레이반도에서 대전한 타이거 조킨타, 파키스탄 챔피언 사이드 사이프 샤 등과 만나 아시아 선수권의 필요성을 역설했고, 모두들 아시아의 일인자를 가려내는 시합을 일본에서 갖기로 합의한 것이었다.

일본 대표로는 아즈마후지와 엔도 고키지, 그리고 역도산이 나섰으며, 동남아시아 대표로는 전 동양 챔피언인 킹콩과 인도 챔피언인 타라 싱, 그리고 동남아 챔피언인 타이거 조킨타와 파키스탄 챔피언인 사이드 사이프 샤가 나섰다. 여기에 하와이의 해롤드 사카다가 가담했다. 워낙에 아시아를 대표할 수 있을 만한 거물 레슬러들인 만큼, 여기서 우승하면 명실상부한 아시아의 일인자가 되는 것이었다.

시합 방식에도 무척 신경을 쓴 끝에, 결국은 동남아 각지에서 채택하고 있는 라운드제의 그레코로만 형식을 쓰기로 했다. 7분 간 싸우고 1분 간 쉬는 것을 6회전까지 계속하며, 그 안에 한 번의 승리를 얻어야 한다. 링 아웃은 카운트 10까지로 한다(국제식은 카운트 20까지로 하는 것이었다). 그리고 출전 선수가 모두 한 차례씩 맞붙는 리그전으로 하며, 최다 승자가 챔피언이 되는 것이었다. 심판은 이러한 경기 방식에 익숙한 인도의 알렌 월이 맡기로 했다.

해롤드 사카다가 맨 먼저 일본 땅을 밟았다. 그는 이번에 쓰기로 한 경기 방식에 대해서 한마디했다.

"쉬는 시간이 중간에 1분 있기 때문에 편할 것 같지만, 시간을 염두에 두고 싸워야 하는 점이 도리어 골칫거리지. 모처럼 몸이 풀리고 상대방을 폴 직전까지 몰고갔는데 게임이 중지되는 수가 있거든. 이런 방식에는 익숙하지 않으면 안 돼. 쓸데없이 복잡하게 느껴지거든."

역도산도 그 점에 신경을 쓰지 않을 수 없었다.

동남아의 레슬러들은 여권 관계로 출국이 늦어져서 시합 전날에야 겨우 도착할 수 있었다. 동남아의 네 선수는 저마다 자기 나라의 고유 의상을 차려 입고 공항에 모습을 드러냈다. 팬들의 시선을 끌 수 있는 개성미에도 무척이나 신경을 쓴 결과였다. 이것은 프로 스포츠맨으로서의 쇼맨십이라고도 볼 수 있었다.

킹콩은 자신의 덩치에 걸맞게 기자를 자신의 팔뚝에 대롱대롱 매달리게 하는 등 힘찬 박력을 보여주었다. 아즈마후지는 그 옆에 서자 흡사 어린애로 변한 듯 작아 보였다.

"이름 그대로 킹콩이군!"

기자들은 입을 다물지 못했다. 그런데 역도산은 킹콩보다도 인도 챔피언인 타라 싱에게 신경을 썼다. 인도 특유의 터번을 쓴 그는, 강철과 같은 근육에 잘 발달된 균형 잡힌 체격을 지니고 있었다. 거기다 얼굴 생김도 미남이었다.

1차전은 도미야마(富山) 시 공회당에서 벌어졌다. 찬바람이 서서히 불어닥치는 늦가을이었다. 그러나 공회당 안은 많은 관중들이 들어차 후텁지근한 열기를 뿜어내고 있었다. 수용 인원이 4천 명이었기 때문에 2천 명이 넘는 관중이 그냥 돌아가고 말았을 정도였다.

역도산은 자신이 눈여겨본 타라 싱과 맞붙었다. 타라 싱은 역시 역도산의 예상대로 진지한 시합 태도를 보여주는 한편, 짤짤한 기술을 여러 모로 펼쳐놓았다. 그러나 역도산의 가라테춥에는 당해내지 못하고 5회 1분 46초 만에 무너지고 말았다.

힘이 넘치는 역도산은 팬들을 위한 서비스 경기로 한 차례의 대전을 더 남겨놓았다. 역도산·해롤드 사카다 조 대 킹콩·타이거 조킨다 조. 타이틀이 걸리지 않은 태그 매치로 61분 3판 승부였다.

첫판은 전광석화같이 움직인 역도산의 것이었다. 타이거 조킨다를 40분 4초 만에 가까스로 폴로 눌러 이긴 것이었다. 한 판을 따내기 위하여 40분을 끈 데는 그만한 이유가 있었다. 타이거 조킨다가 타이거라는 닉네임답게 거칠고 강인하여, 역도산의 손날 폭격을 다발로 얻어맞고도 맞서서 덤벼드는 투지를 보였던 것이다. 거기다 킹콩은 거칠고 박력 있는 플레이로 7분 48초 만에 해롤드 사카다를 눌러 이겼다. 결국 1 대 1 무승부로 시합은 끝났다.

'음…… 이들 모두 간단히 물리칠 수 없는 힘겨운 상대들이다.'

역도산은 자신이 아시아의 일인자가 되기 위해서는 조금도 방심할 수 없는 처지라는 걸 알았다.

2차전과 3차전은 나고야의 가네야마(金山) 체육관에서 열렸다. 그런데 역도산은 1차전에서 너무 과로한 탓인지 감기에 걸리고 말았다.

"조금 누워서 쉬셔야 합니다."

비서가 권했지만 역도산은 가만히 누워 있으면 몸이 근질거려 못 견디는 성격이었다. 나고야로 향하던 도중에 역도산은 마이바라(米原)에서 엽총을 둘러메고 사냥터로 훌쩍 떠나버렸다. 그리고 언제 감기에 걸렸었냐 싶게 곧 나고야로 돌아와 아즈마후지를 만났다.

"감기는 다 나았나?"

"하하하. 감기에 걸렸을 때는 자리에 누워 있는 것보다는 야외에 나가서 운동을 하는 것이 훨씬 좋은 치료법이지요. 2차전도 자신 있습니다."

2차전에서는 타이틀 매치가 열렸다. 역도산과 아즈마후지가 팀을 이루어 갖고 있는 하와이 태그 타이틀. 도전자는 타이거 조킨다와 사이드 사이프 샤. 이 시합에서 역도산과 아즈마후지는 2 대 1로 타이틀을 방어했다. 그리고 교토에서의 4차전과 히라쓰가(平塚)에서의 5차전을 마치고 아시아의 일급 프로레슬러들은 도쿄로 돌아왔다.

구라마에 국기관에서의 이틀째 경기. 아시아 태그 타이틀이 걸린 중요한 승부가 팬들의 가슴을 조마조마하게 만들었다. 역도산·해롤드 사카다 조 대 타이거 조킨다·킹콩 조.

역도산은 동남아 챔피언인 타이거 조킨다를 몰아붙여 31분 55초 만에 첫판을 따냈으나, 전 동양 챔피언인 킹콩은 역시 강했다. 해롤드 사카다를 9분 53초 만에 링 아웃시켜 1 대 1 타이를 이루어놓았다. 그런데 링 밖으로 떨어진 해롤드 사카다는 킹콩의 무지막지한 힘에 밀려 그대로 실신해버리고 말았다. 이렇게 해서 아시아 태그 타이틀은 킹콩과 타이거 조킨다에게로 돌아갔다.

이제 남은 것은 아시아 싱글 타이틀밖에 없었다. 현재 역도산은 가장 유리한 고지에 올라 있었다. 역도산은 지금까지 타이거 조킨다와 사이드 사이프 샤를 물리쳐 2승 무패였고, 서로 비긴 킹콩과 타라 싱은 모두 타이거 조킨다와 사이드 사이프 샤를 물리쳐 2승 1무의 좋은 성적을 올리고 있었다. 역도산은 타라 싱과 킹콩을 모두 물리쳐야만 우승이 확실시되는 셈이었다. 그런데 역도산은 오사카 대회에서 타라 싱마저 6회 55초 만에 거꾸러뜨렸다. 이제 남은 적수는 킹콩 한 사람뿐이었다.

오사카에서의 마지막 대전에서 역도산과 아즈마후지는 킹콩과 타라 싱의 도전을 받아 또다시 하와이 태그 타이틀을 방어했다.

한밤중에 역도산은 화월별관(花月別館)이라는 호화 요리집에 초대받아 갔다. 고베와 오사카 일대의 관서 지방을 주름잡는 야마구치 조의 3대 두목 다오카 가즈오의 초청이었다. 그런데 그 자리에는 역도산의 전투를 격려해주러 온 미녀가 한 명 앉아 있었으니, 이름하여 미소라 히바리(美空雀)였다.

"역도산 님을 이런 자리에서 가까이 뵙게 되어 영광입니다."

미소라 히바리의 가녀린 목소리. 일본에는 '엔카(艶歌)'라는, 메이지(明治) 시대부터 쇼와(昭和) 초기에 걸쳐 불려진 대표적인 대중 가요가 있다. 한국에서 1960년대 전통 가요의 여왕 하면 이미자, 1980년대 전통 가요의 여왕 하면 주현미를 꼽듯이, 당대의 일본에서는 엔카의 여왕 하면 누구라도 미소라 히바리를 꼽았다. 이름 그대로 아름다운 하늘에서 노니는 한 마리 종다리는, 공전의 히트곡 〈부드러움〉을 비롯하여 〈가슴 아픈 술〉, 〈향도(港都) 13번지〉 등의 히트 곡을 연발함으로써 일본인의 가슴을 울리는 신화적인 엔카 가수로 자리 잡고 있었다.

그런데 공교롭게도 그녀는 한국계였다. 태평양전쟁 기간중, 요코하마에서 어물(魚物) 가게를 하는 한국인 아버지와 일본인 어머니 사이에서 태어나, 유년 시절부터 천부적인 노래 솜씨를 과시했다. 여덟 살 때 음반을 내고 엔카 가수로 나섰을 정도였다. 호소력 있는 가창력과 인간의 마음을 빨아들이는 듯한 목소리와 무대 매너는 일본 국민들의 귀를 한시도 닫을 수 없게 만들었다.

그런 미소라 히바리가 역도산의 프로 레슬링에 대해서 한마디했다.

"역도산 님, 왜 어제는 타라 싱에게 가라테춉을 쓰지 않으셨죠?"

"아, 그것 말이오? 그건 타라 싱이 너무도 진지하게 대전을 벌여왔기 때문에 나도 가라테춉을 사용하고 싶지 않았던 것이오."

"저도 역도산 님의 그 기분은 이해할 수 있지만, 그렇더라도 가라테춉이 없는 역도산 님은 역시 매력이 없어요."

"하하하! 사실 요즘의 신문들은 나의 가라테춉에 대해서 상당한 비판을 가해오기 일쑤지요. 그렇다고 내가 나의 손칼을 무턱대고 휘두른 것도 아닌데 말이오. 단지 상대방의 시합 태도에 따라 나의 공격도 태도가 달라진 것뿐이오. 이것이 바로 나의 주장이오."

미소라 히바리는 역도산에게서 남성다움을 맛보고 있었다.

좌중은 서서히 취기가 오르고, 그 가운데 누군가가 불쑥 물었다.

"당신의 가라테춉에는 대관절 어느 정도의 위력이 있는 거요?"

역도산은 껄껄껄 웃고 나서 대답했다.

"원하신다면 한 대 선사해 드릴까요?"

그러자 그 질문을 한 사람은 당장에 목을 움츠러뜨리고 말았다.

"사실 마음먹고 한 대 때린다면 제아무리 강한 맷집이 있는 사람이라도 죽고 말지요."

좌중은 그 말이 떨어지는 순간 취기가 싹 가시는 기분이었다. 역도산은 다오카 가즈오 앞에서는 양처럼 순한 사나이였으나, 다른 야쿠자들에게는 언행이 몹시 거칠었다.

11월 22일, 도쿄 구라마에 국기관.

'무슨 일이 있어도 아시아 챔피언은 나의 것이다.'

경기가 시작되기 전부터 역도산은 마음을 새롭게 다졌다. 사실 지난 15일에 역도산과 킹콩의 싱글 매치는 벌어졌어야 옳았다. 그런데 킹콩이, '나는 지금 늑골이 쑤셔서 베스트 컨디션이 아니오. 그러니까 싱글 매치는 후일로 미룰 수 있겠소? 베스트 컨디션으로 역도산과 겨루고 싶소." 하고 요구했기 때문에 대신 아시아 태그 챔피언 결정전을 먼저 치렀던 것이었다.

태그 타이틀은 킹콩과 타이거 조킨다에게로 돌아갔는데, 역도산은 그때의 상황을 몹시 억울하게 생각하고 있었다. 싱글 매치가 태그 매치로 바뀌면서 역도산은 투지가 둔해졌기 때문에 자신의 실력을 십분 발휘하지 못했던 것이다. 역도산은 이번에 아시아 싱글 챔피언마저 차지하지 못하면 루 테즈에게 도전할 체면이 서지 않을 것이다.

관중들은 저마다 나름대로 승부를 점쳤다.

"킹콩은 반칙도 잘하는 데다 체력도 대단해. 역도산도 이번에야말로 임자를 만난 거야. 정석적(定石的)인 레슬링으로는 역도산이 승리할 가능성이 희박하다구."

"그렇지만 킹콩도 똑같은 인간이라구. 역도산의 가라테춉이 터지면 사정은 달라질걸."

체육관에서뿐만 아니라, 거리마다 골목마다 역도산과 킹콩의 대전은 화제였다. 그만큼 프로 레슬링이 대중 속에 깊이 뿌리를 내린 셈이었다.

이윽고 공이 울렸다. 그런데 킹콩은 뜻밖에도 반칙을 접어두고 진지한 태도로 역도산에게 달려들었다.

"네가 진지한 시합을 한다면 나도 물론 진지하게 대전하겠다!"

역도산 역시 페어플레이로 맞섰다. 자주 그라운드 레슬링이 펼쳐졌다. 관중들은 예상 못한 두 선수의 기술 대결을 손에 땀을 쥐고 지켜보았다. 킹콩의 반칙과 역도산의 가라테춉은 6라운드가 다 가도록 단 한 차례로 터지지 않았다. 무승부였다.

그러나 아시아 타이틀은 단 하나. 어떻게 하든 승부를 결정짓지 않으면 안되었다. 그래서 60분 동안에 승부를 결정짓는 연장전에 들어가기로 즉석에서 합의했다.

연장전에서도 킹콩은 역시 페어플레이로 나왔다. 역도산은 계속해서 시합의 주도권을 잡아나가기는 했지만, 일단 그라운드 레슬링으로 말려 들어가면 킹콩의 체중에 밀려 고전을 면치 못했다.

'어떡하든 이 고릴라를 폴로 몰아넣어야 한다.'

역도산이 마음을 다지느라 잠시 방심한 순간이었다. 킹콩이 느닷없이 역도산의 이마를 향하여 펀치를 내질렀다.

"이놈이, 마침내……."

그러나 이미 피할 틈이 없었다. 킹콩의 빗발 같은 펀치 세례에 역도산은 뒤

로 나뒹굴고 말았다. 역도산은 힘을 내어 일어나려 했으나 이번에는 킹콩의
거센 발길질에 걷어차이고 말았다. 다시 한 번 나뒹굴었다. 이대로 밀리다가
는 폴패를 당할 판이었다.

'하는 수 없지……'

역도산은 이 위기를 벗어날 방도는 가라테촙밖에 없다고 생각했다. 킹콩에
게는 잘 먹히지 않는 가라테촙이었지만, 좀더 힘을 쏟아 후려칠 심산이었다.

"팔이 부러지고 주먹이 부서져도 상관없다!"

역도산은 몸을 벌떡 일으키며 킹콩의 이마를 향하여 잽싸게 손날을 날렸
다. '휘익' 하고 바람을 가르는 소리가 들릴 정도였다.

찌익!

이마가 찢겨지는 소리가 들렸다. 킹콩의 이마에서 선지피가 꿈틀거렸다.
기회를 포착한 역도산은 공격의 고삐를 늦추지 않았다. 간신히 킹콩을 들어
링 밖으로 집어던졌다. 순간.

"아아악!"

여성 팬들의 비명 소리가 상황이 어떻게 잘못되었는지를 잘 설명해주고 있
었다. 킹콩의 체중에 이끌려 역도산도 링 밖으로 나가떨어졌던 것이다. 심판
은 카운트를 세기 시작했다.

'이놈을 링 아웃시키는 것밖에는 달리 방법이 없다……'

역도산은 온힘을 다해 킹콩을 보디 슬램으로 집어던졌다.

"으아악!"

마룻바닥이었기 때문에 충돌의 강도는 더 심했다. 킹콩은 늑골이 부서지는
듯한 극심한 통증을 느끼며 마룻바닥에서 버둥거렸다.

"킹콩을 죽여랏!"

팬들은 역도산에게 좀더 살벌한 공격을 요구했다. 역도산은 관중들의 요구
를 무시하지 않았다. 상대가 별안간 펀치 공격을 퍼부은 데 대한 보복을 할 참
이었다. 그러나 킹콩의 몸은 이미 부들부들 떨리고 있었다.

'멈추자…….'

역도산은 꾹 참고 링 위로 올라갔다. 역도산이 링 위에서 사납게 포효하고 있는 동안, 거대한 킹콩은 눈이 까뒤집힌 채 일어날 생각도 하지 못하고 거친 숨만 몰아쉬었다.

카운트를 끝낸 심판 알렌 월이 역도산의 팔을 번쩍 들어올려 승리를 선언했다. 뒤늦게 기어 올라온 킹콩은 심판을 때려 부수기라도 하겠다는 듯 거칠게 항의했다. 그러나 이미 룰이 정한 바대로 내려진 공정한 판정이었다. 킹콩은 자신의 가슴을 두 주먹으로 쾅쾅 치며 씩씩거리더니, 갑자기 링 아나운서의 마이크를 빼앗아 들고 소리쳤다.

"나는 절대로 지지 않았다!"

킹콩의 그런 모습은 관중들에게는 참으로 좋은 구경거리였다. 프로 스포츠란 그냥 멋쩍게 끝나버리면 재미가 별로 없다. 킹콩은 그런 점에서 관중들에게 서비스를 하고 있는 건지도 몰랐다. 아무튼 킹콩의 항의가 링 관계자들에게 먹혀들지 않자, 킹콩은 자신이 챔피언을 놓친 것을 비로소 실감했는지 역도산에게 악수를 청했다. 역도산은 말했다.

"자신의 패배를 인정한다면 그것으로 좋은 것이오. 킹콩, 당신은 역시 훌륭한 프로 레슬러요. 나는 사실 당신에게 폴로 승리를 거두고 싶었소."

역도산은 심판을 맡았던 알렌 월에게서 재미있는 이야기를 한 가지 전해들었다.

"킹콩은 타이틀 매치에서만큼은 언제나 깨끗한 시합을 한다오. 반칙을 사용하는 시합과 사용하지 않는 시합이 구분되어 있지요. 그러니까 오늘은 타이틀이 걸린 시합이었기 때문에 반칙을 쓰지 않을 작정이었던 모양이오. 그런데 해도 해도 안 되니까 결국은 당신에게 펀치를 먹였을 테지."

역도산은 세계적인 레슬러의 색다른 표정을 본 셈이었다.

49일 간의 세계 일주

　동남아시아의 거물급 레슬러들을 잇달아 물리침으로써 마침내 아시아를 평정한 역도산은, 1956년 1월 28일에 다섯 번째 해외 원정길에 올랐다. 이번 원정에는 세계 챔피언 루 테즈와의 시합도 포함되어 있었으며, 동남아시아를 비롯한 호주, 유럽, 남북 아메리카를 두루 도는 세계 일주 원정이었기 때문에 그 규모가 달랐다.

　역도산이 이처럼 장거리 원정을 택한 데는 두 가지 이유가 있었다. 우선은 세계를 돌아보며 시야를 넓히고 세계 프로 레슬링의 정세를 파악하겠다는 것이었고, 다음은 루 테즈에게 도전하기 위한 전초전을 충분히 갖겠다는 것이었다.

　여객기에 오르기 전까지도 역도산은 눈코 뜰 새 없이 바빴다. 프로 레슬링 관계자가 주니어 헤비급과 라이트 헤비급 일본 선수권 신설을 요망하여 그 개최를 결정하였고, 어느덧 위원회 발행 자격증을 갖고 있는 선수의 숫자만도 1백 명에 이르렀으므로 체급별 일본 선수권전 개최를 계기 삼아 각 단체가 손을 잡고 협력할 것을 제창했다.

이때쯤 기무라 마사히코가 보석 강도 사건을 일으킨 사이비 레슬러들을 초청하여 시합을 치르는 우를 범했고, 야마구치 도시오는 족보도 알 수 없는 외국인 레슬러들을 데리고 시합을 개최하기도 했으므로 역도산도 신경을 쓰지 않을 수 없는 상황이었다.

그러나 역도산은 일본의 프로 레슬링계가 단결할 수 있는 길을 모두 마련해 놓고 세계 일주를 떠났다. 남들이 부러워하는 세계 일주라고는 하지만, 실은 즐거운 여행길이라기보다는 고난의 여행길이었다.

1차 목적지는 싱가포르였다. 첫 대전자는 싱가포르의 일인자인 킹콩. 킹콩은 역도산을 만나자마자 애원을 해왔다.

"역도산, 제발 그 이상한 촙은 쓰지 말아주시오."

킹콩으로서는 자신의 팬들 앞에서 역도산의 가라테촙을 또다시 허용하는 꼴을 두 번 다시 보여주고 싶지 않았다. 더욱이 일본 원정에서 패하고 돌아온 자신이 아닌가. 가라테촙을 급소에 허용한다면, 제아무리 거대한 킹콩이라고 하더라도 무너지지 않는다고 보장할 수가 없었다.

"좋소. 그렇다면 우리, 깨끗한 승부를 벌입시다."

2월 4일 밤. 6천 명의 관중이 모인 해피 월드에서 42분 6라운드제의 시합이 벌어졌다.

역도산은 약속대로 가라테촙을 쓰지 않았다. 그런데 웬일인지 킹콩은 슬그머니 반칙을 저질렀고, 역도산은 그 거센 반칙 공세에 밀려 폴패를 당하고 말았다. 심판을 맡은 앤더슨은 4라운드에서 킹콩의 반칙을 뜯어말렸다. 그러자 킹콩은 으르렁거리며 다짜고짜 앤더슨의 얼굴을 후려갈겼다. 앤더슨은 곧장 의식을 잃고 말았다. 링 관계자들이 달려 올라와 심판의 머리에 물을 붓고 나서야 앤더슨은 겨우 정신을 차릴 수 있었다.

그러나 4라운드 들어서도 킹콩은 반칙을 멈추지 않았다. 틈만 나면 쥐어뜯고 후려치는 것이었다.

"네가 비겁한 게임을 걸어온다면 나도 참을 수가 없다!"

역도산은 크게 외치며 달려들었다. 강력한 가라테촙이 잇따라 터지자 킹콩이 주춤거리다가 매트에 넓게 뻗어버렸다. 역도산의 보디 프레스. 심판의 카운트가 시작되었다.

"원! 투! 스리!"

역도산의 폴승이었다.

스코어는 1 대 1. 이제부터가 시작이었다. 그러나 역도산의 가라테촙을 두려워한 킹콩이 무승부 작전으로 나와 시합은 더 이상의 진전 없이 싱겁게 끝나버리고 말았다.

역도산은 이후로 동남아 각지를 돌면서 일주일 간에 걸쳐 시합을 가졌다. 쿠틴 콩과의 대전에서는 가라테촙을 얻어맞은 쿠틴 콩의 출혈이 심하여 무승부. 중국 챔피언 세이라 왕바린에게 KO승. 호주 선수인 쿠르나이 크라운 타이거에게 KO승. 마레 챔피언인 카르타 타이거 아마다에게 KO승. 콜롬보 콩에게 KO승. 파도빅 콩에게는 폴승.

이렇게 해서 7전 5승 2무승부 가운데 4번의 KO승을 거둔 역도산은, 동남아시아의 프로 레슬링 팬들에게 자신이 명실상부한 아시아의 왕자임을 분명히 확인시키고서 당당히 유럽으로 향했다.

KLM 여객기는 도중에 뉴델리와 카라치에서 잠시 머물렀을 뿐 50여 시간을 계속 날아다닌 것이나 다름없었으므로 식사량이 큰 역도산은 배고픔을 견디는 일이 가장 어려웠다. 하루 세 끼 식사가 일반 승객들과 똑같은 양으로 지급되었으므로 역도산은 자신의 큰 배를 배불리 채울 수 없었다. 별 수 없이 수면을 취했으나, 배고픈 상태에서 잠을 자는 것은 더욱 곤혹스런 일이었다.

역도산의 유럽 여행 첫걸음은 로마에서 떨어졌다. 그런데 뜻하지 않게 로마는 추웠다. 하필 유럽은 20년 만의 한파가 달려든 상태였으므로 무더운 동남아시아와는 완전히 딴판이었다. 역도산은 내복 한 벌 입지 않은 상태였다.

찬바람이 스며들어 살갗을 그대로 후벼놓았다.

"하는 수 없지. 참고 견디는 수밖에……."

그런데 로마의 한파는 프로 레슬링 흥행에까지 영향을 미쳤다. 20년 만의 추위 탓에 시합을 할 수가 없어서 모든 예정을 중지하고 있다는 것이었다. 역도산은 하는 수 없이 추위에 떨면서 로마의 거리를 구경하며 쏘다녔다.

로마의 시민들은 두터운 방한 외투깃을 꼿꼿이 세우고서 걷고 있었다. 로마 사람들이 보기에 역도산은 이상한 사람이 아닐 수 없었다. 여름옷을 입은 낯선 동양인이 보란 듯이 거리를 활개치고 다니지 않는가. 마침 외국 통신사 사진 기자들이 프로 레슬러 역도산을 알아보았다.

"이렇게 추운데 역도산 당신은 그런 옷차림으로 용케도 견디시는군. 당신도 사람이오?"

역도산은 그 질문에 허허 웃고 말았다.

"자, 포즈 좀 취해주세요. 동양 제일의 프로 레슬러를 이런 데서 만나게 되다니……."

사진 기자들로부터 사진 촬영을 요구받다 보니, 프로 레슬러 역도산을 알아보는 이들이 하나둘 늘어났다. 낯모르는 노인이나 귀여운 아이들이 달려들어 사인을 부탁하는가 하면, "역도산! 역도산!" 하고 길을 걷던 시민들이 우르르 몰려들기까지 했다. 그들은 동양에서 온 용맹스런 호랑이 한 마리를 보는 느낌이었는지 몰라도, 역도산은 자신의 팬이 로마에도 있다는 사실에 기쁨을 감추지 못했다.

역도산은 추위도 잊은 채 로마에서 사흘을 보내고 프랑스 파리로 향했다. 한파에 시달리고 있는 곳은 비단 로마뿐만이 아니었다. 파리도 영하 10도 이하로 떨어져 있었다.

파리에 도착한 역도산은 곧바로 프로모터인 골드슈타인을 찾아갔다. 이곳 파리에서는 유럽 챔피언인 유고의 럭키 시모노비치를 비롯하여 호주의 알 코스테로, 프랑스의 프랭크 바로아 등 일류 레슬러들이 활약하고 있었기 때문에 프로 레슬링의 인기는 한파에도 불구하고 저물 줄 몰랐다.

"어서 오시오, 역도산."

반갑게 맞이하는 골드슈타인 앞에서 역도산은 단도직입적으로 말했다.

"상대가 누구라도 좋으니 대전시켜주시오. 이러다간 몸이 굳어버려 못쓰게 되겠소."

골드슈타인은 난감한 표정으로 말했다.

"하지만, 역도산. 일류 선수들은 모두 출전 계약이 맺어져서 대전 상태를 변경할 수가 없소. 수개월 이상 체재하면서 크게 선전을 한 뒤에 메인 이벤트로 경기를 여는 게 차라리 낫지."

"좋긴 하지만, 이번과 같은 짧은 체재 일정으로는……."

"그렇다면 내년 겨울에 프랑스에 와서 메인 이벤트로 시합을 벌입시다."

역도산은 골드슈타인의 제의에 반대하지 않았다. 그리고 한 가지 더, 유럽 챔피언인 럭키 시모노비치를 일본에 초청하기로 계약을 맺었다. 수확이라면 수확인 셈이었다.

파리에는 유도 종주국인 일본 못지않게 유도의 열기가 대단했다. 역도산은 산책을 겸하여 가와이시(川右) 6단이 사범으로 있는 유도 도장을 찾았다.

"어이구! 이거 큰 걸음 하셨습니다, 역도산 선생!"

유도인치고 역도산의 명성을 모르는 이는 없었다.

"유도가 이렇게 세계에 전파되니 반갑군요."

"역도산 선생이 세계에 과시하는 가라테춉 실력은 더욱 놀랍지요."

"하하하."

"그런데 역도산 선생, 마침 오늘은 유단자들만의 모임이 있는 날이지요. 오늘 모인 유단자들에게 무엇이든 이야기를 해주실 수는 없겠습니까? 무도(武道) 수련에 큰 도움이 될 것입니다."

"허허, 부끄럽군요……."

역도산은 가와이시 6단의 청을 못 이기고 자신의 체험담을 이것저것 풀어놓았다. 그때 한 거인이 벌떡 일어섰다.

"나는 도헬드 4단이올시다."

역도산은 흠칫 놀랐다.

"뭐요?"

"나에게 한 수 가르쳐주실 수 없겠습니까? 역도산의 프로 레슬링을……."

"음…… 하지만 나는 프로요."

"상관없습니다."

역도산은 도헬드 4단의 요청을 물리치지 못했다. 실은 가만히 있고서는 견디기 어려울 정도로 몸이 근질근질하던 참이었다.

'그렇지 않아도 이곳에서 시합을 갖지 못해 섭섭하던 차에 잘 걸렸다.'

역도산은 냉큼 유도복으로 갈아입었다. 그런데 막상 시합에 들어가자 도헬드는 허리를 빼고 팔을 뻗쳐서 버티는 것이 아닌가. 이것은 정면 대결을 피하는 자세였다. 역도산이 잽싸게 도복을 잡아당겼지만, 일부러 도복 띠를 헐겁게 매어서 훌렁 벗겨졌다.

한참 만에 도헬드는 시합장 밖으로 빠져나갔다. 역도산이 끌어들이려는 찰나, 이번에는 도헬드가 느닷없이 역도산을 후려치며 달려들었다.

'유도인의 맨 뒷자리에도 세워놓을 수 없을 만큼 비열한 놈이로군!'

역도산은 울컥 화가 치밀었다. 그래서 참지 못하고 가볍게 주먹을 뻗었다. 역도산의 펀치는 가라테춉에 못지않은 위력이 있었다. 도헬드는 단 한 방의 펀치를 허용하고는 금세 입에서 피를 뿜어내는 게 아닌가. 도헬드는 얼른 허리를 굽히더니 그대로 내빼버리고 말았다.

"한심한 작자로군……."

역도산이 쓴웃음을 짓고 있자, 다른 프랑스 유도인이 일어나 입을 열었다.

"도헬드는 일본에서 유도인들이 올 때마다 시합을 자청하는 버릇이 있지요. 그래서 역도산 선생에게 한 방법을 써서 비겨놓고는, 마치 자기 실력이 강해서 비긴 것처럼 자랑하는 되먹지 못한 놈입니다."

역도산은 너무도 어이가 없어서 오히려 너털웃음을 터뜨리고 말았다.

파리에서 열흘을 보낸 역도산은, 이번엔 서독을 찾았다.

전쟁의 상처로부터 다시 일어서는 독일의 부흥상과 그것을 성취시킨 국민성에 역도산은 깊은 감명을 받지 않을 수 없었다. 함부르크와 본을 차례로 돌아본 역도산은, 이번엔 여객기편을 이용해 영국으로 향했다.

역도산은 여객기 안에서 역시 배고픔을 달래며 유럽 여행을 정리했다. 단 한 차례의 시합도 가질 수 없었지만, 여러 모로 귀중한 체험을 하고 지식을 넓힐 수 있었던 시간이었다.

유럽에는 프로 레슬링이 성행하기는 했지만, 흡사 시골 장날에 벌어지는 뜨내기 씨름 대회 같은 것으로, 곡예사처럼 튀어오르기만 할 뿐 본격적인 테크닉도 없었으며 박력도 없었다. 그런데도 관중이 많이 몰리는 것을 보면, 선천적으로 모두들 프로 레슬링을 좋아하기 때문이라고 생각했다.

미국 본토인 뉴욕에 역도산이 도착한 때는 봄이 오는 3월 7일이었다.

역도산은 우선 버팔로와 뉴저지에서 시합을 가짐으로써 그 동안에 녹슬었던 몸을 푼 다음, 뉴욕에서 구입한 신형 자동차 메르세데스 벤츠를 몰아 대륙 횡단에 나섰다. 샌프란시스코에 도착한 역도산은 그 길로 프로모터인 조 말코비치를 찾았다.

"아니? 도대체 어디서 오는 길이오?"

조 말코비치는 매우 놀란 표정으로 물었다.

"뉴욕에서 자동차를 몰고 왔소."

조 말코비치는 믿을 수 없다는 표정을 지으며 아예 혀를 내둘렀다.

"하기야, 지리도 모르는 나라에서 대륙 횡단을 감행한 나 자신이 놀랍기도 하지요."

역도산은 아무렇지도 않다는 표정으로 씨익 웃어주었다. 그런데 역도산은 반갑지 않은 소식을 듣고 말았다. 루 테즈가 캐나다의 토론토에서 그곳 출신인 휘퍼 워트슨에게 타이틀을 빼앗겨버렸던 것이다. 그러나 3월 28일에 리턴 매치를 벌인다고 하는지라 역도산은 그날을 기다리기로 했다. 루 테즈가 승리할 것이라 확신했기 때문이다.

그 길로 역도산은 루 테즈의 본고장인 세인트루이스로 가서 샘 마조닉을 만났다. 일본을 NWA에 가맹시킨 뒤, 루 테즈가 타이틀을 되찾으면 일본에서 타이틀 매치를 치르기로 약속했다.

역도산은 미국 본토에서 하와이를 거쳐 일본으로 돌아오는 동안, 24전 23승 1무승부라는 경이로운 전적을 기록했다.

49일 간의 세계 일주를 마치고 일본으로 돌아온 역도산은 그 동안 생각지도 않았던 두 가지 성과를 거두게 되었다. 유럽 챔피언인 럭키 시모노비치와 초청 계약을 맺은 점, 그리고 샌프란시스코에서 NWA 세계 태그 챔피언인 샤프 형제와 다시금 초청 계약을 맺은 점이었다. 럭키 시모노비치나 샤프 형제는 타이틀을 보유한 선수답게 정상급의 역량과 테크닉을 가진 레슬러들이었다.

링 위의 재판관

프로 레슬링 팬들의 만족도를 높이기 위해서는 선수의 실력이야 물론 중요하지만, 심판의 자질도 무시할 수 없다. 심판은 바로 링 위의 재판관이기 때문이다. 링 위의 재판관으로서 가장 소신껏 판정하는 명심판이 있었다. 닉네임 아이언 마이크. 말하자면 철인(鐵人) 마이크인 셈이었다. 본명 마이크 마즈루키. 그는 자신의 별명만큼이나 의지가 굳건하기 때문에 자기가 판정한 신념을 절대로 굽히는 일이 없었다. 그리고 공정치 못한 판정을 내리는 일도 없었다.

저 유명한 루 테즈와 레오 노메리니의 세계 타이틀 매치를 심판한 사람이 바로 아이언 마이크였다. 반칙을 거듭하는 루 테즈에게 단호히 반칙패를 선언. 이때 링 위의 철인인 루 테즈가 반칙을 거듭한 것은 그만큼 레오 노메리니가 강적이기 때문이었다. 아이언 마이크는 때때로 현역 선수로서 활약할 수 있을 만큼 강인한 체력을 지니고 있었다. 바로 이 아이언 마이크가 일본에 왔다.

유럽 챔피언인 럭키 시모노비치는 이미 사흘 전에 도착해 있었고, 세계 태그 챔피언인 샤프 형제는 이틀 전에 도착하여 몸을 풀고 있었다. 역도산과 한 팀을 이루어 샤프 형제에게 도전할 엔도 고키지도 원정을 마치고 이틀 전에 귀국한 상태였다.

샤프 형제 가운데 동생인 마이크 샤프는 한 달 전에 결혼했는데, 아내인 아리따운 금발의 미녀까지 동행하고 있었다. 하네다 공항에 내렸을 때 마이크 샤프는 자기 아내를 옆에 끼고 기자들 앞에서 제1성을 토했다.

"일본의 프로 레슬러들도 많이 발전하였을 것으로 믿는다. 그러므로 틀림없이 좋은 시합을 보여줄 수 있을 것이다. 그러나 세계 챔피언 타이틀은 절대로 넘겨주지 않겠다. 나의 사랑스런 아내가 지켜보고 있을 것이기 때문에 더욱."

제1차전의 장소는 구라마에 국기관. 때는 벚꽃이 한창인 봄날이었다. 역도산 · 엔도 고키지 대 샤프 형제. 그런데 논타이틀이라 그런지 시합은 예상과 달리 싱겁게 끝나고 말았다. 0 대 0 무승부. 60분 동안 양팀은 탐색전만 일삼는 졸전을 펼쳤던 것이다.

같은 장소에서 벌어진 제2차전은 팬들의 시선을 끌기에 충분했다. 무려 3게임이나 메인 이벤트로 짜여져 있었다. 움직이는 후지산인 아즈마후지와 유럽을 대표하는 럭키 시모노비치가 대전하여 두 선수 모두 카운트아웃으로 가는 무승부.

엔도 고키지는 벤 샤프와 겨루어 2 대 1로 승리. 수많은 원정 경험을 통하여 엔도 고키지의 실력은 날이 갈수록 치솟고 있었다. 벤 샤프는 방심의 허를 찔렸던 것이다.

역도산은 마이크 샤프와 붙었다. 마이크 샤프는 벤 샤프와 더불어 있어야 제 실력을 발휘하는 타입이었다. 1 대 1의 타이 스코어에서 역도산의 폭발적인 가라테춉에 밀려 링 밖으로 떨어지는 열세를 보였다. 마이크 샤프의 아내는 남편이 1 대 2로 패하는 광경을 끝까지 지켜보지 못한 채 조용히 장외로 걸어나갔다. 속으로는 눈물을 흘리고 있었을 것이다.

"이제 샤프 형제쯤이야 두려울 것이 없습니다."

역도산이 라커룸으로 돌아오자 엔도 고키지가 대단한 자신감을 보였다.

드디어 NWA 세계 태그 타이틀 매치를 벌이는 날이 왔다. 역도산은 초창기에 유도의 귀신 기무라 마사히코와 함께 샤프 형제에 도전한 적이 있었으므로 이것이 첫 번째 도전은 아닌 셈이었다. 프리모 카르넬라와 한 팀이 되어 샤프 형제와 대전한 적도 있지만, 그것은 어디까지나 논타이틀전이었다. 장소는 여전히 국기관.

역도산이 파트너인 엔도 고키지와 함께 장내에 들어서자 관중들은 "리키!" "엔도!"를 연호하며 파도처럼 물결치기 시작했다. 관중들 가운데 많은 이들은 역도산이 기무라 마사히코와 한 팀을 이루어 샤프 형제와 대전하던 상황을 생생히 기억했다. 그리고 얼마 뒤에 기무라 마사히코가 역도산의 곁을 떠나고, 그후엔 역도산이 엔도 고키지와 손을 잡고 태평양 연안 태그 챔피언인 한스 슈나블과 루 뉴만에게 도전하여 타이틀을 빼앗은 사실도 기억하고 있었다.

"역도산은 엔도와 궁합이 잘 맞아. 기무라와 함께 도전할 때와는 상황이 다를 거야."

관중들은 타이틀이 거의 손에 들어온 듯 기대를 하고 있었다. 팽팽한 접전이 펼쳐지는 가운데 시간은 어느덧 30여 분이 흘러갔다. 36분이 경과되었을 때, 엔도 고키지의 팔 잡아 누르기 공격이 벤 샤프에게 먹혀들었다. 링 위의 명재판관은 역시 눈이 빨랐다.

"원! 투! 스리!"

엔도 고키지가 첫판을 따냈음을 아이언 마이크가 알리는 순간, 1만이 넘는 일본 관중들은 일제히 일어나 환호했다. 전쟁에서 승리하기라도 한 것처럼 난리법석이었다. 그러나 관중들의 기쁨은 잠시뿐, 1승의 여세를 몰아 게임을 마무리지으려던 엔도 고키지는 8분 30초 만에 똑같은 팔 잡아 누르기를 당하여 한 판을 내주고 말았다. 1 대 1 타이.

역도산은 자신이 마지막 판을 따내리라고 작정했다. 틈만 보이면 가라테춉을 난사할 작정이었다.

"가라테춉이 없는 역도산은 역시 매력이 없어요."

인기 여가수 미소라 히바리의 귀여운 충고가 어디선가 들려오고 있는 것 같았다. 그런데 샤프 형제는 갑자기 표독해졌다. 눈빛부터가 사나워졌다. 아내가 지켜보는 앞에서 타이틀을 빼앗기는 수모를 맛보고 싶지는 않았던 것일까. 마이크 샤프가 느닷없이 역도산의 이마를 향하여 무릎을 날렸다.

"오오!"

여성 관중들이 비명을 질렀다. 두 주먹을 불끈 쥔 투사적인 여성도 있었다. 역도산의 이마는 무참하게 찢겨졌다. 선지피가 얼굴을 타고 가슴까지 흘러내렸다.

"마이크, 잘했어요!"

마이크 샤프의 아내는 남편의 반칙 행위를 오히려 성원하고 있었다.

"빌어먹을!"

역도산이 손바닥으로 이마를 쓸어 피를 닦아내고 있을 때 벤 샤프마저 링 안으로 뛰어 들어왔다. 이번엔 두 형제가 힘을 합쳐 역도산을 닥치는 대로 걷어차기 시작했다.

"이놈들이……."

역도산은 더 이상 맞고만 있을 수가 없었다. 공정한 판결을 내리기로 이름난 심판이 샤프 형제의 반칙을 뜯어말리지 않고 있었다.

"철인 마이크가 아니라 고철(古鐵) 마이크였군!"

역도산은 소리치며 몸을 일으켰다. 그러고는 닥치는 대로 손날을 후려쳤다.

"죽여버리겠다!"

역도산의 눈빛은 그렇게 소리치고 있었다. 벤 샤프가 달려들면 벤 샤프에게, 마이크 샤프가 달려들면 마이크 샤프에게로 역도산의 가라테춉은 번갈아가며 다이너마이트처럼 폭발했다. 그때 아이언 마이크가 끼어들어 세 사람을 뜯어말렸다.

"시합 중지!"

아이언 마이크의 뜻밖의 선언에 역도산의 눈에는 핏발이 곤두섰다.

"뭐야? 어째서 중지야?"

"부상이 심해."

"부상? 하지만 부상을 입은 건 나야! 난 상관없어! 시합을 계속할 수 있다구!"

역도산은 아이언 마이크에게 시합을 속행시킬 것을 강력히 요구했다. 그러나 샤프 형제는 들은 척도 하지 않고 홀연히 퇴장해버렸다. 링 위에는 이제 상대자가 없었다. 타이틀을 가진 자가 나 몰라라 하고 도망을 친 것이다. 분했지만 사태를 돌이킬 수도 없는 노릇이었다.

"비겁한 놈들……."

역도산은 피투성이가 된 채 링 위에서 쓸쓸히 퇴진했다.

시즈오카(静岡)와 이세(伊勢)를 거쳐 오사카 부립 체육관으로 혈전의 장소는 옮겨졌다. 역도산은 또다시 샤프 형제의 세계 태그 타이틀에 도전했다. 이번의 파트너는 엔도 고키지가 아닌 아즈마후지. 그러나 역도산은 마이크 샤프에게 폴을 따내고 폴을 내주는 주고받기가 되어 1 대 1 무승부로 끝나고 말았다.

이튿날, 럭키 시모노비치와 겨루어 2 대 1로 승리함으로써 유럽의 최강자를 물리친 역도산은 일본 프로 레슬링 위원회로부터 새로운 타이틀 매치 규정 소식을 접했다. 내일 있을 세 번째 타이틀전에서는 61분 3판 승부 규정에서 벗어나 무제한 단판 승부를 벌여야 한다는 내용이었다. 물론 샤프 형제도 승인을 했다는 것이다. 역도산으로서는 기뻤다. 61분 3판 승부에서는, 어느 편이고 먼저 한 판을 따놓으면 나머지 시간을 시간 때우기 작전으로 끌고가 한 판을 확보한 채 그대로 시합을 끝낸다거나, 혹은 1 대 1의 무승부로 끝낼 공산이 크다. 반면에 단판 승부에서는 내구력이 뒤지는 역도산 팀에 유리한 게 사실이었다. 역도산은 기자들 앞에서 말했다.

"무제한 단판 승부를 받아들인 챔피언의 태도는 훌륭하다고 생각하오. 이는 그들의 인격을 나타내는 증거라고 할 수 있소."

"이번에는 룰이 바뀌었으니만큼 특별한 작전 계획이라도 있습니까?"

"그러니까 지난 1954년 2월에 샤프 형제가 처음으로 일본에 왔을 때의 시합을 포함하면 이번이 도합 여섯 번째 도전인 셈이오. 그런데 이들 형제 팀을 무찌르는 방법은 별로 없는 것 같소. 딱 하나, 가라테춥밖에. 이건 내가 그들과의 수차례 대전에서 터득한 결론이오."

"어째서 그렇습니까?"

"우선 그들과 우리는 팔 길이가 무려 60센티미터나 차이가 나지요. 그만큼이나 팔이 긴 그들은 유리하게 터치 교대를 할 수 있지요. 그러므로 그 차이를 메우는 방법은 오직 가라테춥의 강력한 파괴력밖에는 없는 것이오. 분명히 말하지만, 가라테춥은 세계를 제패할 수 있다는 신념을 나는 가지고 있소."

역도산은 자신의 신념이 그릇되지 않았다는 것을 이튿날의 실전에서 보여 주었다. 120킬로그램의 체중이 실린 강력한 파워의 가라테춥으로 벤 샤프를 궁지에 몰아넣은 다음, 가슴으로 그의 두 다리를 안아올려 잡아서 피할 수 없게 만들었다. 이름하여 새우 누르기. 폴이 성립되는 순간이었다. 아이언 마이크가 손바닥으로 매트를 두들겼다.

"원!"

그때 궁지에 몰린 형을 구출하기 위하여 링 안으로 달려 들어오는 마이크 샤프. 역도산의 등허리를 짓밟고 달아나려는 수작이었다. 그러나 이를 간파한 엔도 고키지가 재빨리 뛰어 들어와 마이크 샤프의 대시를 가로막았다.

"빽!"

예상 못했던 엔도 고키지의 가라테춥이 마이크 샤프의 빗장뼈에 작렬했다.

"원! 투! 스리!"

심판의 카운트가 끝났다. 태평양 연안 태그 챔피언의 자리에 머물러 있던 역도산과 엔도 고키지는 자신들의 황금 콤비네이션을 과시하며 마침내 세계 태그 매치의 정상에 올라섰다.

"와아아아아!"

실로 우레와 같은 함성이 관중석에서 폭발적으로 밀려왔다. 일본 관중들로서는 이 사실이 꿈만 같았다. 자신들이 원자폭탄을 맞은 데 대한 보복이라도 한 듯싶었다.

그러나 그 기쁨은 불과 16일 만에 허물어지고 말았다. 히메지(姬路)를 거쳐 홋카이(北海道)의 삿포로에 도착한 일행은 이곳 스포츠 센터에서 리턴 매치를 벌였다. 그런데 자만이 실수를 불렀다. 무제한 단판 승부가 유리함에도 불구하고 역도산은 샤프 형제의 61분 3판 승부제 요구를 받아들였던 것이다.

"상대가 우리 적수가 못된다는 것을 보여주려면 61분 3판 승부제에서도 깨끗이 이겨야 한다! 그래야만 떳떳하고 확실한 세계 정상이지!"

엔도 고키지는 역도산의 그러한 자만이 마음에 걸렸으나 자신이 역도산을 따르고 있는 입장이므로 강력히 반대하지는 못했다.

타이틀을 되찾으려는 샤프 형제의 집념은 예사로운 것이 아니었다. 역도산과 엔도 고키지는 타이틀을 지키려는 기백으로 맞섰으나, 아차 하는 순간에 엔도 고키지가 샤프 형제의 코너에 꼼짝없이 갇히는 신세가 되고 말았다. 샤프 형제는 능란하게 터치 교대를 일삼으며 엔도 고키지를 다각도로 요리했다. 링 밖에서 대기중인 역도산은 무기력하게 이를 갈고 서 있을 뿐이었다. 때로는 적절한 반칙도 필요하다는 것을 거부해서가 아니라, 적절한 반칙을 구사하기가 용이하지 않은 상황이기 때문이었다. 마침내 체력이 다한 엔도 고키지는 벤 샤프의 발 잡고 누르기에 걸려들고 말았다.

"원! 투! 스리!"

한 판을 먼저 빼앗은 샤프 형제는, 역도산과 엔도 고키지가 우려했던 대로 역시 정면 충돌을 피하는 작전으로 나왔다. 32분 46초에 한 판을 빼앗긴 상황에서 나머지 시간은 그대로 흘러가버리고 말았다. 불과 16일을 넘기지 못하고 일본을 대표하는 두 레슬러는 세계 태그 챔피언 벨트를 허리에서 풀어야만 했다.

"역시 세계의 벽은 두터운가."

두 레슬러보다 이를 지켜본 관중들은 더욱 허망했다. 아시아 챔피언, 일본 챔피언, 태평양 연안 태그 챔피언, 하와이 태그 챔피언, 이렇게 타이틀 네 개를 거머쥐고 있는 역도산이 너무도 쉽게 타이틀을 내준 데 대한 분통한 마음마저 금할 길이 없었다.

이번엔 아사히가와(旭川), 지바(千葉)를 거쳐 가와사키(川崎)에서 논타이틀전이 벌어졌다. 여기서는 2 대 1로 승리하기는 했으나 타이틀 획득과는 상관없는 것이어서 관중들의 바람을 만족시키지는 못하였다.

이후 규슈의 후쿠오카(福岡) 스포츠 센터와 도쿄 구라마에 국기관에서 두 번의 도전 기회가 주어졌으나, 역도산과 엔도 고키지는 비장한 각오와 불 같은 투지에도 불구하고 세계의 벽을 다시 한 번 깨뜨리는 데 실패했다. 후쿠오카에서는 엔도 고키지가 21분 10초 만에 폴을 당해 무너졌고, 도쿄에서는 엔도 고키지가 벤 샤프에게 34분 39초 만에 폴을 허용했으나 역도산이 11분 25초 만에 벤 샤프를 목 누르기로 제압함으로써 1 대 1로 가는 접전이 벌어졌다.

남은 시간은 이제 얼마 되지 않았다. 이를 깨달은 역도산은 속공의 추격전을 전개했다. 가라테춉으로 맹폭을 가한 역도산은 재빨리 보디 프레스로 들어갔다. 승리가 보이는 순간이었다.

"원! 투!"

그러나, "땡!" 하고 시합 종료를 알리는 공소리가 가슴에 서늘하게 울려퍼지고 심판의 입에서는 끝내 '스리!' 라는 말이 나오지 않았다. 필사의 공격은 불과 1초 사이에 수포로 돌아가고 말았던 것이다. 역도산으로서는 분하기 짝이 없었으나 돌이킬 수 없는 노릇이었다.

그리하여 샤프 형제는 챔피언 벨트를 간직한 채 일본을 떠났다. 마이크 샤프의 금발 아내는 남편의 남성다운 박력을 다시 한 번 확인한 셈이었다.

한편 링 위의 재판관은 샤프 형제와 더불어 떠나지 않고 그대로 일본에 체류했다.

승부사의 길

샤프 형제가 떠나가고 얼마 뒤인 6월 25일. 가만히 앉아만 있어도 전신이 땀으로 흠뻑 젖는 살인적인 무더위가 연일 계속되었다.

'조국에서 전쟁이 일어난 게 몇 년 전이었던가?'

벌써 6년이 흘러가 있었다. 역도산은 조국을 떠올릴 때마다 늘 가슴이 답답하여 견딜 수가 없었다.

'잊자. 당분간 잊고 살자.'

창가에 서 있는데 별안간 전화벨이 울렸다.

'누굴까, 이른 아침부터?'

역도산은 천천히 수화기를 들었다.

"예, 역도산이올시다."

저쪽에서 다급한 음성이 몇 마디 들려왔다.

"뭐라구요?"

역도산은 넋 나간 사람처럼 멍하니 서 있었다.

니다 신사쿠는 역도산에게 있어서는 빼놓을 수 없는 은인이었다. 니다 신사쿠가 없었으면 지금처럼 프로 레슬링이 번창하고 본궤도에 올라서지 못했을지도 모른다. 그리고 아시아 챔피언 역도산이 존재할 수 없었을지도 모른다. 문득 니다 신사쿠가 충고했던 말이 떠올랐다.

"역도산, 중요한 건 신뢰야. 니다 신사쿠를 위해서라면 목숨도 내놓을 수 있다는 사나이가 내 주변엔 많다고, 나는 믿고 있다. 그러나 역도산을 위해서 죽을 수 있는 놈이 과연 있을까? 자넨 매사를 돈으로만 환산하지. '나는 조선인이다. 일본인 따위에겐 질 수가 없다. 그러니 돈이 제일이다.' 하는 생각을 마음에 담고 있는데, 그래서는 안 돼. 자넨 천하의 역도산일세. 일본인도 아니고 조선인도 아니야. 같은 동양인일 뿐. 전시(戰時)에 나는 미군 포로들도 학대하지 않았네. 인도적인 차원에서지."

역도산은 마음을 의지할 기둥을 잃어버린 듯한 느낌이었다. 허탈감이 일시에 몰려왔다. 세계 챔피언 타이틀을 획득하는 것은 역도산의 꿈이기도 했지만 니다 신사쿠에 대한 보답의 길이기도 했다. 그런데 그 자랑스러운 모습을 보여주기도 전에 그는 저세상 사람이 된 것이다.

역도산은 니다 신사쿠의 죽음을 슬퍼하며 자신의 비서인 요시무라 요시오에게 말했다.

"내가 스모토리의 상투를 잘랐을 때 니다 상이 건져주지 않았다면 나는 지금쯤 뭘 하고 있을까? 프로 레슬링 같은 건 하지 않았을 테고, 이렇게 좋은 술은 구경도 못했겠지. 지금 생각해도 고마운 분이었어. 그런데 오야지가 이렇게 일찍이 세상을 뜨실 줄이야……."

역도산의 눈에 눈물이 맺혀 있었다. 아무튼, 역도산의 가장 큰 후견인인 니다 신사쿠는 갔다.

장례식이 끝나고 한 달 뒤, 첫 미국 원정 때 역도산에게 패배를 안겨주었던 탐 라이스가 도일했다. 탐 라이스는 바로 붉은 전갈, 곧 레드 스콜피언. 핵 펀치의 소유자였으나 최영의의 3단 차기에 혼절한 바 있었다. 현재는 태평양 연안 챔피언. 역도산은 세계 챔피언 루 테즈에게 도전하는 것을 전제로 하여 레드 스콜피언과 전초전을 갖기로 한 것이었다.

하네다 공항에 도착한 레드 스콜피언은 과거보다 머리가 많이 빠져 있었다. 하지만 붉고 굴곡이 심한 얼굴 표정은 16년 간의 링 경험에서 쌓은 자신감을 내포하고 있었다. 레드 스콜피언을 노려보며 역도산이 입을 열었다.

"일본에 온 것을 환영하오. 하지만 나는 레드 스콜피언에게 갚아야 할 빚이 있소. 내가 처음 도미하였을 때 레드 스콜피언에게 패하였으므로 그 설욕을 해야 한다는 것이오. 지금까지 내가 패전하고서 설욕하지 못한 상대는 오직 세 사람뿐. 루 테즈와 레오 노메리니, 그리고 당신이오. 그런 의미로 보면 레드 스콜피언쯤이야 먼저 짚고 넘어가지 않을 수가 없지."

"뭐야?"

순간, 레드 스콜피언의 얼굴색이 더욱 붉게 변했다. 그 모습을 보고 기자들이 탄성을 질렀다.

"화가 나면 얼굴이 붉게 변한다는 붉은 전갈……."

레드 스콜피언은 음산하게 웃으며 갑자기 태평양 연안 챔피언 벨트를 꺼내 들었다. 시가 3천 달러짜리 다이아몬드가 박혀 있는 황금 벨트.

"으흐흐흐흐! 나는 이 벨트를 절대로 역도산에게 넘겨줄 수 없다! 건방진 역도산에게는 싸늘한 피무덤만이 기다리고 있을 것이다!"

레드 스콜피언은 태평양 연안 챔피언일 뿐만 아니라 로키 마운틴 챔피언까지 갖고 있는 강적이었다.

"아무리 실전 가라테의 오야마 마쓰다쓰에게 무너졌다고는 하지만, 그래도 너무 강적을 불러들인 것 아니야?"

기자들은 역도산의 순조로운 승리를 예측할 수 없었다. 레드 스콜피언의 눈빛에서 뿜어져나오는 살기는 결코 예사로운 것이 아니었다. 전갈의 극독 (劇毒), 바로 그것이었다.

1차전 장소는 구라마에 국기관. 역도산은 일단 탐색전을 겸하여 스콜피언과 논타이틀로 붙었다. 레드 스콜피언은 이미 레슬러로서 한 고비를 넘기고 있었지만 강인함과 박력은 조금도 시들지 않았다. 이번 순회 경기에서 유럽 챔피언인 럭키 시모노비치와 링 위의 재판관인 아이언 마이크도 선수로서 가담했다.

　어느덧 가을로 접어드는 9월 1일, 전원(田園) 콜로세움에서 마지막 대회가 열렸다. 다른 날과 달리 관중이 부쩍 몰려들어, 비가 오는데도 불구하고 거리의 텔레비전 수상기를 향하여 발걸음을 돌리는 악착 같은 사람도 있었다. 오늘의 메인 이벤트는 태평양 연안 타이틀전. 챔피언 레드 스콜피언 대 도전자 역도산.

　공이 울리고 나서부터 역도산은 그라운드 레슬링으로 과거의 원수와 실력을 겨루었다. 20여 분쯤 지났을 때였다. 엎드린 상태의 역도산 등허리 위로 레드 스콜피언이 재빨리 올라탔다. 레드 스콜피언은 역도산이 벗어날 틈을 주지 않고 재빨리 역도산의 두 다리를 자신의 겨드랑이에 끼고 꺾기 시작했다. 레드 스콜피언의 주특기인 보스톤 글러브. 탈출은 거의 불가능했다. 역도산은 등허리가 꺾이는 지독한 아픔을 견디지 못하고 악을 쓰기 시작했다. 그러면 그럴수록 레드 스콜피언의 몸통은 더욱 붉어지면서 조이는 강도가 세졌다.

　"으윽……기브 업……."

　역도산은 자신의 수많은 팬들이 지켜보는 가운데 항복하고 말았다. 허리를 부러뜨릴 수는 없는 노릇 아닌가. 25분 39초가 경과된 상황이었다.

　"그것 봐요, 리키! 가라테촙으로 무찔러요!"

　여성 팬들이 흥분한 얼굴로 몸을 일으키며 외쳤다. 그러나 역도산은 단지 가라테촙만으로 상대를 무찌르고 싶지는 않았다. 완력에는 역도산도 누구 못지않은 자신이 있었던 것이다. 이것은 자존심을 건 싸움이었다.

첫판을 빼앗긴 역도산은 계속해서 그라운드 레슬링으로 맞섰다. 엎치락뒤치락하다가 마침내 레드 스콜피언이 허점을 보였다. 역도산은 그 순간을 놓치지 않았다. 얼른 레드 스콜피언의 등 위에 거꾸로 올라타 상대의 주특기인 보스톤 글러브를 걸었다.

"우우욱!"

레드 스콜피언은 방심하다가 자신의 주특기에 말려든 꼴이 되고 말았다. 역도산은 양팔과 둔부에 온 힘을 넣었다.

"기브 업……기브 업……."

6분 21초 만에 레드 스콜피언은 항복을 선언하고 말았다.

그런데 레드 스콜피언은 1 대 1의 상황에서 마지막 겨루기를 해야 함에도 불구하고 자신의 코너에서 나올 생각을 하지 않았다. 주심이 링 안으로 들어올 것을 요구하자 레드 스콜피언은 머리를 절레절레 흔들며 말했다.

"나는 역도산의 반칙에 말려 오른쪽 무릎을 다쳤다. 이대로 시합을 계속할 수 없을 만큼 최악의 상황이다."

"타이틀을 빼앗겨도 할 수 없는가?"

"할 수 없다."

갑작스런 기권이었다. 결국 가라테춉이 번쩍이지도 않은 상황에서 역도산은 싱겁게 이기고 말았다. 최선을 다하지 않는 레드 스콜피언의 모습을 보니 역도산은 마음이 불쾌했다.

"다리가 부러지는 한이 있더라도 팬들을 위해 싸우자는 것이 프로 레슬러의 참모습이 아닌가! 무릎이 심하게 부어오른 건 사실이지만, 시합을 계속하지 못할 정도의 부상은 아니지 않은가!"

역도산은 외쳤다.

"나는 너 따위 나약한 근성의 격투사를 증오한다! 이 따위 더러운 챔피언 벨트는 필요 없다!"

역도산은 심판이 허리에 감아주려던 황금 벨트를 빼앗아 레드 스콜피언의 코너로 내팽개쳤다. 3천 달러의 다이아몬드가 하찮은 유리조각처럼 흔들렸다. 역도산은 정면 승부를 걸어보지도 못한 채 손쉽게 승리를 얻는 것은 깨끗한 승부사가 할 도리가 아니라고 생각했다. 레드 스콜피언을 3단차기로 파괴했던 최영의를 의식한 결과인지도 몰랐다.

이제 역도산은 세 개의 싱글 챔피언(태평양 연안 챔피언, 아시아 챔피언, 일본 챔피언)과 두 개의 태그 챔피언(태평양 연안 태그 챔피언, 하와이 태그 챔피언) 벨트를 거머쥔 천하의 5관왕이 되었다. 이제 남은 것은 단 하나, 루 테즈가 갖고 있는 NWA 세계 챔피언 벨트뿐이었다.

공포의 유령 인간

　팔 힘에 대해서라면 역도산은 누구에게도 지지 않을 자신이 있었다. 그런데 역도산이 인정하는 강력한 팔 힘의 소유자가 일본에 있었다. 역도산과 종종 태그 파트너로 활약하고 있는 스모 선수 출신의 프로 레슬러 도요노보리. 역도산은 여섯 번째의 미국 원정을 도요노보리와 함께 떠났다. 1957년 2월 15일, 추위는 마지막 기승을 부리고 있었다.

　역도산은 정초부터 바빴다. 지난해 연말부터 시작된 신문, 잡지, 라디오, 텔레비전 인터뷰에 끌려 다니느라 한시도 쉴 틈이 없었던 것이다. 게다가 1월 4일과 5일부터 시작되는 오사카 부립 체육관에서의 신춘 경기와 오키나와(沖羅) 원정 경기는 남들처럼 정초를 즐길 수 있을 만한 여유조차 빼앗아가 버렸다.
　초청했던 레슬러는 캐나다의 거인 아데리안 바이라존. 아데리안 바이라존은 5형제 레슬러 가운데 맏형. 바이라존 5형제는 그야말로 힘이 세기로 소문난 레슬러들이었는데, 이 가운데 특히 아데리안 바이라존은 겉보기에는 뼈대만 남아 있는 것 같지만 함부로 접근하지 못할 무시무시한 괴력을 자랑하고 있었다. 어느 정도인가 하면, 일본 제일의 완력을 자랑하는 도요노보리가 오른쪽 팔씨름에서 패했던 것이다.

"나는 세계에서 어느 누구한테도 팔씨름에서 패한 역사가 없지! 으흐흐흐!"

그러나, 이렇게 자기 과시를 하는 아데리안 바이라존에게 도요노보리가 완전히 진 것은 아니었다. 왼팔 겨루기에서는 도요노보리가 이겼으므로 실은 1 대 1 무승부인 셈이었다. 팔씨름은 지렛대의 원리에 의해 이루어지는 경기다. 그래서 팔이 긴 쪽이 유리한 법이다. 198센티미터의 아데리안 바이라존은 178센티미터의 도요노보리보다 팔이 20센티미터나 길었으므로 매우 유리한 상황이었다. 그랬는데도 1 대 1이었으니만큼 도요노보리의 완력이 더 강한 건지도 몰랐다.

역도산이 바로 이 아데리안 바이라존과 오사카에서 두 차례의 신춘 경기를 가졌다. 아데리안 바이라존은 겉보기와는 달리 뼈대가 굵은 사람인 데다 완력이 대단했기 때문에 역도산도 고전을 면치 못했다. 시합 방식도 거칠기 짝이 없는 아데리안 바이라존. 그러나 스피드가 떨어졌기 때문에 역도산은 힘껏 가라테춥을 구사할 수가 있었다.

첫 시합은 1 대 1 무승부. 그러나 두 번째 시합에서는 화려한 가라테춥이 아데리안 바이라존의 마른 가슴에 난사되어 1 대 0으로 역도산이 승리했다.

오키나와 원정은 미 군정하에 있는 일본 국민들에게 프로 레슬링을 소개하고 주둔 미군 병사들을 위문하는 데 그 목적이 있었다. 이 오키나와 원정에는 아즈마후지, 도요노보리, 스루가우미, 요시노사토가 참가했으며, 역도산은 아데리안 바이라존의 아시아 선수권 도전을 받아들여 타이틀 방어전을 펼쳤다.

장소는 오키나와에서 가장 큰 도시인 나와(那覇). 몰려든 관중은 초만원을 이루었다. 이 시합에는 미군과 그들의 가족을 포함한 미국인들이 더 많았으나, 역도산을 응원하는 팬들이 압도적이었기 때문에 역도산 자신도 가슴 벅찰 정도로 놀라고 말았다. 결과는 2 대 1로 역도산이 타이틀을 방어.

이처럼 바쁜 정초를 지낸 역도산이 여섯 번째 미국 원정길에 오른 목적은 우선, 세계 챔피언인 루 테즈를 일본에 초청하여 타이틀 매치를 벌이겠다는 것이었고, 또 다른 목적은 일본의 완력 도요노보리를 세계 시장에 선보이겠다는 것이었다.

하와이에는 이미 지난해 10월에 엔도 고키지가 건너가 있었다.

역도산은 역시 역도산이었다. 역도산은 도요노보리, 엔도 고키지와 한 팀이 되어, 탐 라이스, 로드 레이튼, 차로우 아즈테카 조와 3 대 3의 시합을 벌였는데, 매주 일요일마다 벌어지는 시합에 겨우 2천 명 정도 몰리던 관중이 5천 명 이상으로 늘어났다.

알 카라시크는 도요노보리에 반한 기색이었다.

"흠…… 역시 역도산은 사람 보는 안목이 있군. 도요노보리는 짐 론도스의 재현이야."

짐 론도스는 키가 작기는 하지만 무한한 완력의 소유자로 이름난 그리스의 챔피언이었다.

역도산은 도요노보리를 명 트레이너인 오키 사키나에게 맡겨놓고선 곧장 미국 본토로 떠났다. 우선 각지 순회 경기를 펼치면서 4월 29일에 NWA 본부가 있는 세인트루이스에 도착했다. 여기서 역도산은 NWA 회장인 샘 마조닉과 루 테즈를 만났다. 그리고 루 테즈는 일본에서 10월에 세계 타이틀 매치를 벌일 것을 서명했다.

루 테즈는 아직까지 캐나다를 빼놓고는 해외 원정을 가본 적이 없는 레슬러였다. 그런데도 아시아의 일인자인 역도산과 재대결을 벌이고 싶은 마음에서 일본을 선택한 것이었다. 숙소인 호텔로 돌아온 역도산은 어린아이처럼 가슴이 부풀었다. 그는 곧장 계약 완료를 알리는 전화를 일본 프로 레슬링 협회로 넣었다.

"루 테즈를 일본으로 끌어들이는 데 드디어 성공했습니다. 이제 타이틀을 빼앗는 일만 남았습니다."

"잘했군. 정말 잘했어. 역시 자네는 역도산다워."

상무이사인 나가타 사다오는 몹시 기뻐했다. 역도산은 밤새 잠을 이루지 못했다. 다시 세계 타이틀 매치를 벌이게 되었다는 기쁨에, 그리고 세계 최강의 사나이와 대결을 벌이게 되었다는 기쁨에 들떠 어린아이처럼 뒤척였다.

역도산은 곧바로 하와이로 건너갔다가 5월 16일에 일본으로 돌아왔다. 이번 원정에서 역도산은 인간의 육체를 넘어선 괴물 같은 레슬러와 맞붙은 일이 있었다. 이름하여 스카이 하이 리. 타의 추종을 불허하는 주량(酒量)의 소유자인 그의 별명은 유령 인간. 얼굴이 유령처럼 생긴 데다 단 하루도 술을 마시지 않는 날이 없었다. 술을 마실 때는 유리잔을 씹어 먹기도 하며, 온몸에 침을 꽂고 링 위에 올라가 관중들을 공포에 떨게 하기도 했다.

간신히 무승부를 끌어내긴 했으나 역도산은 이 괴물에게 호되게 당한 꼴이 되고 말았다. 힘껏 휘두른 가라테춉도 별로 효과가 없었다. 도리어 거친 반격을 받아 피투성이가 되는 상처를 입고 말았다.

"스카이 하이 리! 어디 두고보자!"

역도산은 언제고 스카이 하이 리에게 복수전을 펼칠 것을 선언했다. 스카이 하이 리는 음산한 웃음으로 대답을 대신했다. 유령의 탈을 쓴 인간인지 진짜 유령인지 분간하기 어려울 정도로 기분 나쁜 웃음이었다. 역도산은 그를 떠올리기만 해도 온몸에 소름이 돋고 진저리가 쳐졌다.

검은 살갗의 마신(魔神)

　　얼마 뒤에 도요노보리가 하와이에서 돌아왔는데, 호놀룰루에서 루 테즈와 겨루었다는 소식을 역도산은 들었다. 물론 논타이틀이었다. 결과는 도요노보리의 기권패. 첫판은 도요노보리의 폴승이었으나, 두 번째 판에서 루 테즈는 필살의 백 드롭을 날려 도요노보리를 실신시키고 말았다는 것이었다.

　　"자네 역시 뇌진탕을 일으키고 말았군. 역시 루 테즈는 무섭군……."

　　역도산은 도요노보리가 기권패를 당했다는 말에 진저리를 치지 않을 수 없었다. 엄청난 완력의 소유자인 도요노보리의 헤드 록도 소용 없다는 얘기였다. 루 테즈의 백 드롭에 걸리면 누구라도 뇌진탕을 당하고 만다는 말인가. 하지만 그러면 그럴수록 역도산의 투지는 불타올랐다. 루 테즈를 꺾는다는 것은 곧 세계 최강의 역사가 된다는 의미가 아닌가. 일본 최강의 역사인 스모의 요코즈나쯤은 비교할 바가 못 된다고 역도산은 생각했다.

　　물론 애당초에는 요코즈나가 되기 위하여 현해탄을 건너온 게 사실이었다. 하지만 그 희망은 조센징이라는 이유로 좌절되었다. 그리고 이제는 더 큰 목표가 눈앞에 잡힐 듯이 도사리고 있었다.

얼마 후, 미국 본토에서 대니 프레체스, 그리고 하와이에서 보보 브라질과 로드 레이튼이 일본으로 날아왔다. 역도산을 혼내줄 킬러로서의 사명을 띠고 온 것이었다. 미국 본토를 순회하던 엔도 고키지도 이미 귀국한 상태였다.

검은 살갗의 박치기왕 보보 브라질. 이 자가 바로 역도산이 가장 경계하는 전초전 상대였다. 미식 축구 선수 출신으로 박력이 넘치는 데다 훌륭한 육체미와 흑인 특유의 탄력 있는 운동 신경을 갖추고 있었다. 게다가 2미터 높이에서 내리꽂는 그의 주무기인 고공(高空) 박치기는 미국의 모든 레슬러에게 섬뜩한 위협 요소로 자리 잡고 있었다.

역도산은 이만큼 무서운 실력을 갖춘 레슬러가 아니고서는 루 테즈 타도를 위한 전초전 상대가 될 수 없다고 생각했다. 그리고 일본의 일급 레슬러들인 엔도 고키지, 도요노보리, 아즈마후지의 상대로도 역시 어울린다고 생각하고 있었다.

뚜껑을 열어놓고 보니 역시 달랐다. 보보 브라질은 지금까지 일본에 왔던 어느 레슬러에게도 뒤지지 않는 체력과 기술, 시합 운영 능력, 불타는 투지 등의 3박자를 골고루 갖추고 있었다. 로드 레이튼 역시 강한 체력을 과시했고, 대니 프레체스는 지치지 않는 끈기를 보여주었다. 지치지 않는 끈기란 곧 강인한 내구력을 말한다.

8월의 무더위에서 역도산은 도요노보리를 파트너로 삼아 보보 브라질·로드 레이튼 조와 맞붙었다. 우레와 같은 팬들의 박수 속에 역도산은 검은 가운 차림으로 장내에 들어섰다. 가운 뒤에는 흰 글씨로 선명하게 'RIKIDOZAN'이라고 새겨져 있었다. 그 밑에는 역시 흰 글씨로 'MISUBISI(미쓰비시 전기는 일본 텔레비전의 프로 레슬링 중계 스폰서였다)' 라고 새겨져 있었다. 도요노보리는 검은 팬티 한 장만을 걸친 맨발 차림이었다.

잠시 후 역도산 조에 이어 보보 브라질 조가 거구를 뽐내며 링 위로 올라서자 장내의 열기는 더욱 무르익었다. 보보 브라질과 로드 레이튼은 목 아래밖에 못미치는 역도산과 도요노보리를 우스꽝스럽다는 듯이 내려다보았다.

심판의 주의사항이 끝나자 역도산은 가운을 벗었다. 도요노보리에 못지않은 우람한 상체가 드러나자 소매 없는 원피스 차림의 아리따운 여성 팬들이 야릇한 미소를 보냈다.

공이 울리자 링 중앙으로 나선 두 흑(黑)·황(黃)의 사나이는 서서히 좌측으로 돌며 탐색전을 시작했다. 마주친 두 선수의 눈빛에는 조금도 양보할 수 없는 불꽃이 튀었다.

드디어 두 선수는 팔을 맞잡았다. 역도산은 재빨리 왼쪽 어깨에 스냅을 주며 헤드 록 공격에 들어갔다. 그러자 보보 브라질은 오른팔로 역도산의 허리를 잡아 그대로 밀어버렸다. 보보 브라질의 안면을 감았던 팔이 풀리며 역도산의 몸통은 로프를 향해 밀려갔다. 역도산은 로프 반동으로 튀어나오며 복부 헤드 버트를 이용한 태클을 시도하려 했으나 뜻대로 되지 않았다. 링 중앙에 서 있던 보보 브라질이 그대로 점프하여 역도산의 키를 훌쩍 뛰어넘었던 것이다. 2미터에 가깝게 치솟은 놀라운 점프력이었다.

다시 반대편 로프에 반동을 취한 역도산은 태클을 시도하기 위해 질풍같이 달려 나갔다. 그러자 이번에는 보보 브라질이 번개처럼 슬쩍 엎드려버리는 것이 아닌가. 역도산은 점프하여 그의 몸 위를 뛰어넘었다.

세 번째 로프 반동. 다시 튀어나오는 역도산을 향해 보보 브라질이 몸을 날렸다. 플라잉 헤드 시저스. 보브 브라질의 두 다리에 목이 걸린 역도산은 허공에서 한 바퀴 굴러 매트 위에 떨어지고 말았다. 간신히 팔을 풀고 일어난 역도산의 턱으로 이번엔 강력한 어퍼컷이 날아들었다. 턱이 으깨어지는 듯한 심한 통증을 느끼며 역도산은 큰 대(大) 자로 매트 위에 떨어지고 말았다.

잇따라 날아드는 보보 브라질의 보디 프레스. 역도산이 버둥거리며 간신히 일어나자 갑자기 불꽃이 튀었다. 검은 마신의 박치기가 드디어 역도산의 이마에 사정없이 내리꽂힌 것이다. 역도산도 과거에 박치기를 퍼부어 여러 명의 서양 레슬러를 골탕 먹인 적이 있을 만큼 단단한 이마의 소유자가 아닌가. 그런데 이번처럼 강력한 박치기를 당하고 보니 결코 남의 일이 아니었다. 박치기를 당하고 쓰러진 자의 고통을 이제야 알 것 같았다.

역도산은 이마를 감싸 쥐고 고통에 신음하며 몸을 일으켰다. 도요노보리는 잔뜩 긴장하여 자신의 리더를 도우러 나갈 채비를 하고 있었다. 일어난 역도산은 보보 브라질의 몸을 미는 척하다가 손날 수평치기로 빗장뼈 사이를 가격했다.

"어라? 이놈 보게?"

보보 브라질은 일단 몸을 피해 달아나더니, 가소롭다는 듯 1미터쯤 펄쩍 뛰었다. 또다시 링 중앙에서 맞붙었을 때, 보보 브라질은 곧장 박치기를 내리꽂았다. 2미터의 높이에서 떨어지는 가공할 파괴력이었다. 그러나 역도산은 흔들리지 않고 곧장 가라테촙으로 응수했다.

또 한 차례 보보 브라질의 박치기가 역도산의 이마 위로 내리꽂혔다. 역도산은 끈기로 버티면서 곧장 칼날 같은 가라테촙으로 응수했다. 세 번째 박치기가 터졌다. 엄청난 통증이 머리를 뒤흔들었으나, 역도산은 마지막 힘을 내어 검은 마신의 가슴팍을 강하게 후려쳤다.

"아으윽!"

2미터 뒤로 밀리며 다운당한 보보 브라질은 엉금엉금 기어 로드 레이튼에게 터치 교대를 했다. 머리가 어지러운 역도산도 얼른 터치 교대, 육중한 도요노보리가 나섰다. 자신의 코너로 돌아간 역도산은 머리를 움켜쥐고 통증을 달랬다.

탐색전을 꾀하던 맨발의 도요노보리는 거대한 로드 레이튼의 빈틈을 이용해 허리로 파고들었다. 연속되는 라이트 혹. 뜻밖의 펀치 공격에 로드 레이튼이 휘청거리기 시작했다. 잇따른 도요노보리의 베어 허그(bear hug) 공격. 이것은 짐 론도스가 고안한 기술로, 자신의 양팔로 상대방의 허리를 껴안고 감아 조르며 뒤로 밀어붙이는 공격이었다. 역시 도요노보리는 알 카라시크의 말대로 짐 론도스의 재현이었다.

도요노보리의 불곰 같은 완력에 로드 레이튼은 척추가 상할 듯한 통증을 느졌다. 로드 레이튼의 미남 얼굴이 불쌍하게 일그러지기 시작했다.

"기브 업…… 기브 업……."

마침내 로드 레이튼은 두 손을 들고 항복하고 말았다. 적절한 태그를 이용한 역도산 조의 승리였다.

9월 6일에는 후쿠오카(福岡)에서 시합이 벌어졌는데, 하필 후쿠오카가 있는 규슈 지역에 태풍 10호가 몰아닥쳤다. 그럼에도 불구하고 후쿠오카 스포츠 센터에 몰려든 관중들은 초만원이었다. 입장을 못하고 돌아가는 관중들도 적지 않았다. 스포츠 신문들은 잘 나가는 프로 레슬링 소식을 앞다투어 보도했다.

'프로 레슬링 선풍!'

'프로 레슬링의 태풍이 불어오다!'

박치기왕 보보 브라질이 낀 이번 순회 경기는 대성황리에 끝이 났다. 루 테즈를 향한 역도산의 투지는 팬들의 성원에 힘입어 더욱 솟구치고 있었다.

흔들리지 않는 철인

마침내 철인 루 테즈가 왔다. 태평양 건너 일본으로 세계 최강의 사나이가 첫 원정을 온 것이다. 텍사스 석유 재벌의 딸인 미모의 아내 프레타를 동반하고서였다. 프레타는 그림 그리는 화가답게, 모두의 시선을 끌 만큼 돋보였다.

NWA 회장 대리인 알 카라시크도 타이틀 매치의 관리자로서 이미 입국한 상태였다.

하네다 공항은 수많은 보도진과 일반 팬들로 들끓고 있었다. 일반 팬들은 세계 최강의 사나이를 하루라도 빨리 보기 위해서 공항으로 몰려든 것이었다. 루 테즈를 처음 본 사람들은 모두들 놀라고 있었다.

"어머! 참 스마트하고 멋지다, 얘."

"저렇게 부드러울 수가 없어."

하지만 스마트하고 부드러운 외모에서 은근히 풍기고 있는 세계 챔피언다운 풍모에는 누구라도 압도당하지 않을 수 없었다. 루 테즈는 과연 평상시에는 완전무결한 신사였다. 그러나 일단 링 위에 올라서면 승리를 위한 악마로 변신했다. 실로 두 얼굴을 가진 사나이가 아닐 수 없었다.

그 동안 역도산은 하드 트레이닝을 거듭함으로써 루 테즈와의 일전에 대비하고 있었다. 보보 브라질 일행과의 시합 일정이 끝나자마자 곧바로 스포츠카에 연습 도구를 싣고 하코네(箱根) 온천의 하코네 호텔로 향하여 본격적인 트레이닝에 들어갔었다. 동행 파트너는 루 테즈처럼 몸이 빠르고 잔기술에 능한 요시무라 미치아키 그리고 가쓰라하마(桂浜). 또한 잘못하면 폭주하기 쉬운 역도산의 컨디션 조절을 위하여, 역도산에게 본격적인 프로 레슬링을 훈련시켰던 오키 시키나가 브레이크 역할을 맡아 동행했었다. 여전히 포커 페이스인 채로.

역도산은 이번 합숙 훈련에서 복싱 선수들처럼 음식 섭취량을 조절하여 감량에도 신경을 썼다. 헤비급은 무제한의 체중이기 때문에 무거울수록 유리한 것이 사실이었다. 그러나 루 테즈를 상대로 싸울 때만은 달랐다. 루 테즈는 헤비급으로서는 경량이었다. 105킬로그램. 그래서 루 테즈의 재빠른 움직임을 따라잡으려면 역도산 역시 체중을 줄이는 것이 바람직했다.

당시 일본 프로 레슬링 위원회의 위원장이던 사카이 다다마사가 사임함으로써 그 자리는 공석 상태. 그래서 후임으로 자민당 부총재인 오노 반보쿠(大野伴睦)가 들어섰으며, 도쿄회관에서 루 테즈의 환영 리셉션을 겸한 위원장 추대식이 거행되었다.

이튿날, 루 테즈는 프로 레슬링 센터에서 공개 연습을 가졌다. 스파링 파트너는 해롤드 사카다. 루 테즈는 일단 해롤드 사카다에게 자신의 주 특기인 백 드롭을 먹인 다음, 휘청거리며 일어서는 해롤드 사카다를 드롭 킥, 즉 플라잉 킥(flying kick)으로 박살내었다. 해롤드 사카다는 길게 뻗은 채로 더 이상 일어나질 못했다.

몸을 날리며 두 발로 상대방을 걸어차는 루 테즈의 신기(神技)는 한 마디로 비연(飛燕)이었다. 게다가 루 테즈는 땀 한 방울 흘리지 않았다. 루 테즈는 지방질이 조금도 없는 근육덩어리였기 때문이었다. 그 광경을 지켜본 역도산은, 루 테즈의 특기를 봉쇄할 방법을 이미 머릿속에 그려 넣고 있었다.

이틀 후로 예정된 시합은 폭우 때문에 하루 뒤로 미루어졌다. 시합을 하루 앞둔 역도산과 루 테즈의 표정은 딴판이었다. 맹렬하게 가라테춥 훈련을 했기 때문에 역도산의 손바닥에는 물집까지 생겨 바늘로 물집을 뜯어내기까지 한 상태. 그럼에도 불구하고 역도산은 하드 트레이닝을 잠시도 멈추지 않았다. 한편, 한때 레오 노메리니에게 반칙패를 당하여 타이틀을 잠시 내주었을 때까지 936전 연속 무패의 대기록을 남겼던 루 테즈는 역도산과 달리 여유 있는 모습을 보였다. 사랑하는 아내 프레타를 데리고 좋아하는 일본 요리를 찾아다니는가 하면, 한가하게 극장을 찾아가 영화 관람을 하기까지 했다.

10월 7일 밤의 도쿄 고라쿠엔 스타디움. 노천의 경기장 안에는 유례 없는 3만여 관중이 들었다. 전국의 가두 텔레비전 수상기 앞에도 숨쉴 틈조차 없을 정도로 많은 행인들이 몰려들었다. 곧 역사적인 세기의 대결이 펼쳐질 것이기 때문이었다. 세계 챔피언 루 테즈 대 도전자 역도산.

"루 테즈는 세계에서 제일 센 레슬러라는데, 아무리 역도산이라지만 역시 어렵지 않겠어? 역도산은 샤프 형제에게도 깨지고 말았잖아."

"하지만 그건 태그 매치였어. 싱글 매치에서는 샤프 형제도 역도산에게 못 당했지. 역도산의 가라테춥만 제대로 먹혀들면 제아무리 세계 챔피언이라도 못 견딜 거야."

두 거물 레슬러의 등장을 기다리고 있는 관중들의 의견은 몹시도 분분했다.

"리키! 리키!"

역도산이 장내로 들어서자 일시에 탄성이 터졌다. 전후 일본의 무력(武力)이 시들지 않았음을 상징하는 불사신 역도산이 아닌가. 역도산은 열광하는 관중들의 환호성에 답하기 위하여 로프 위를 훌쩍 뛰어넘었다. 날렵한 점프 솜씨는 그 동안의 트레이닝 실적을 잘 보여주고 있었다. 그러나 정작 링 안으로 들어선 역도산의 얼굴은 매우 긴장되었다.

고라쿠엔 특설 링은 6년 전인 1951년에 갈색 폭격기 조 루이스가 왔을 때 역도산이 오비라 아세링과 초창기의 실력을 선보인 곳이었다.

'나는 지금 시시한 감상을 할 때가 아니다. 오로지 루 테즈를 무찌를 뿐이다. 그것이 백두산의 혈맥을 타고난 나의 목표다!'

이미 일본 프로 레슬링계의 정상에 군림하고 있는 역도산으로서는 세계 최강의 프로 레슬러인 미국의 루 테즈까지 무찌르겠다는 일념을 한시도 잊은 적이 없었다.

심판은 오키 시키나로 예정되어 있었으나, 역도산의 측근이라는 이유로 갑자기 변경되었다. 그래서 현역 선수인 대니 프레체스가 맡게 되었다.

마침내, 역사적인 공이 울렸다. 기세 좋게 달려 나간 역도산은 초반부터 사정없이 가라테춥을 날렸다. 루 테즈는 속도감 있는 고난도의 기술로 맞섰다. 루 테즈의 결정적인 공격 무기인 플라잉 헤드 시저스와 플라잉 킥은 역도산의 빠른 몸놀림 때문에 모두 빗나가버렸다. 시간이 흐르면서 서서히 역도산의 가라테춥이 먹혀들기 시작했다. 도끼날을 내리꽂는 듯한 수직 가라테춥에 루 테즈는 고통스런 신음을 흘렸다. 역도산은 기회를 놓치지 않고 루 테즈의 머리를 헤드 록으로 조였다.

그러나 역도산은 승리에 대한 공명심에 빠져 냉정함을 잃고 있었다. 기권승을 빼앗아내려고 루 테즈의 머리를 너무 오래 조인 것이다. 루 테즈의 백 드롭이 순간적으로 터졌다.

"아차! 실수다!"

역도산은 급히 턱을 움츠려 후두부의 충격을 피하려고 했지만 이미 늦고 말았다. 어느새 역도산의 머리는 매트 위에 강하게 충돌해버린 것이다. 역도산은 눈앞이 가물가물하여 도저히 일어날 수가 없었다. 그 순간을 놓치지 않고 루 테즈는 재빨리 근육 덩어리인 몸을 날려 덮쳤다. 플라잉 소시지(flying sausage). 보디 프레스의 일종으로, 체중을 이용하여 공중에서 떨어지면서 누르는 기술이었다. 보디 프레스보다 파괴력이 강한 건 물론이었다. 그러나 역도산은 힘껏 루 테즈를 밀어 던져 폴패를 간신히 모면했다.

이후에도 루 테즈는 걸핏하면 백 드롭 기술을 걸어왔다. 하지만 역도산도 하드 트레이닝 과정에서 이미 연구해둔 바가 있었다. 백 드롭에 걸렸다 싶으면 서둘러 루 테즈의 다리를 걸어 피했다. 이제 루 테즈의 살인적인 주특기는 모조리 봉쇄된 셈이었다.

역도산은 재빨리 가라테촙을 휘둘러 승리를 거둘 작정이었다. 그래서 루 테즈의 빠른 움직임을 잡기 위해 쉬지 않고 쫓아다녔다. 그러나 루 테즈는 슬슬 꽁무니를 빼는 지연 작전으로 나왔다. 어느덧 61분이 다 흘러가 버리고 말았다. 결국 0 대 0 무승부로 루 테즈가 타이틀을 방어.

"시간이 5분만 더 있었으면 내가 이겼을 것이다……."

역도산은 분했다. 하지만, 아직 대전 기회가 남아 있으므로 마음을 추스렀다.

"역도산! 정말 멋진 시합이었어요!"

한 여성 팬이 링 위를 내려가는 역도산을 향해 황홀경에 빠진 듯 소리쳤다.

"다음에는 꼭 이기실 수 있을 거예요!"

일주일 뒤. 장소는 오사카 수영장 특설 링. 두 번째 타이틀 매치를 위하여 오사카로 이동하는 방법 또한 챔피언과 도전자가 각각 달랐다. 역도산은 재빨리 비행기로 이동한 반면, 루 테즈는 일본 관광을 즐기기 위하여 특급열차를 이용했다. 그런데 뜻밖에도 루 테즈가 한 가지 제의를 해왔다.

"심판을 오키 시키나로 바꿉시다."

"어째서?"

알 카라시크가 물었다.

"프레체스는 자신도 현역 레슬러이기 때문에 관중들의 반응에 너무 신경을 쓰고 있소. 그래서 오히려 나한테 불리한 판정을 할지도 모르오."

1차전에서 루 테즈는 그 점이 마음에 걸렸던 모양이었다.

"하지만 안 돼."

알 카라시크는 루 테즈의 요구를 받아들이지 않았다.

오사카 역시 도쿄와 마찬가지로 프로 레슬링의 인기가 하늘 높은 줄 모르고 치솟아 있었다. 3만 명이 넘는 관중들로 인하여 넓은 장내는 움직일 틈조차 없이 비좁은 신세가 되었다.

"리키! 꼭 이겨줘요!"

가슴에 손을 얹고 외쳐대는 젊은 여성 팬들의 바람. 그것은 바로 가슴 떨리는 목마름이었다. 역도산은 도쿄뿐만 아니라 오사카에서도 영웅이었다.

공이 울자, 루 테즈는 처음부터 거친 반칙 공격으로 나왔다. 1차전에서 겨루어보니 역도산의 실력이 결코 만만치 않았던 것이다. 팔꿈치기라 일컫는 엘보 스매시 공격. 강도 있는 연타를 맞고서 역도산이 비틀거렸다. 루 테즈는 이를 놓치지 않고 백 드롭으로 연결시켰다. 아차 싶었지만 이미 늦어버렸다. 순식간에 매트 위에 후두부를 찍혀 뇌진탕을 일으킨 역도산은 더 버티지 못하고 폴패를 당하고 말았다. 겨우 15분 만에 벌어진 수모였다.

"이번 백 드롭은 반칙이다! 심판의 브레이크 선언에 잠시 마음을 놓았을 때 급습해온 비겁한 짓이 아닌가!"

그러나 역도산의 주장은 받아들여지지 않았다. 분노한 역도산은, 두 판째에 접어들자마자 수직으로 내리꽂는 가라테촙으로 기선을 제압했다. 10분 30초가 경과되었을 때, 역도산은 루 테즈의 팔을 잡고 로프 쪽으로 힘껏 내던졌다. 로프 반동으로 루 테즈가 튀어나왔다.

"이엽!"

역도산의 수평 손날치기가 루 테즈의 빗장뼈 사이에 작렬했다. 관중들의 귀에도, "퍼억!" 하는 소리가 선명하게 느껴질 정도였다. 루 테즈는 정신을 못 차리고 다운되었다. 역도산은 잽싸게 플라잉 소시지를 날렸다.

"우욱!"

루 테즈는 날아 떨어지는 역도산의 체중에 밀려 신음을 내뱉었고, 심판은 곧 카운트를 셌다.

"원! 투! 스리이!"

상황은 1 대 1의 백중세. 이런 상황에서는 도전자가 불리한 법이었다. 챔피언은 슬금슬금 꽁무니를 빼어 무승부로 가더라도 타이틀을 방어할 수 있지만, 도전자는 한사코 공격을 퍼부어 승리하지 않으면 타이틀을 빼앗을 수 없기 때문이다.

그러나 루 테즈는 웬일인지 접전을 회피하지 않고서 또다시 백 드롭을 걸어왔다. 그러나 역도산은 이미 1차전에서 효과를 확인한 뒷발걸기를 써서 피한 다음, 곧바로 목 잡아 넘기기로 던지려고 했다. 그러나 루 테즈는 백 드롭으로 가장한 공격을 펼친 것이다.

'아차! 에어 플레인 스핀에 걸렸다!'

역도산이 깨달았을 때는 이미 늦은 상황이었다. 에어플레인 스핀(airplane spin). 이것은 자신의 양어깨 위로 상대방을 걸쳐 메고 몸을 빙빙 돌리면서 회전하다 무자비하게 내던지는 살인적인 공격 기술이었다. 1930년대에 두 차례나 세계 챔피언을 지낸 바 있는 짐 론도스의 특기. 역도산은 이미 루 테즈의 양어깨 위에 걸려 빙빙 돌아가고 있었다.

'이대로 링 밖에 던져지면 만사가 끝장이다!'

다급해진 역도산은 어떻게 하든 위기에서 벗어나려고 머리를 획 돌렸다. 루 테즈가 역도산을 로프 너머로 내던지려는 순간에 재빨리 로프를 잡고 늘어졌다. 그러자 역도산의 체중에 이끌려 두 사람은 한 덩어리가 된 채 링 밖의 마룻바닥으로 나가떨어지고 말았다.

쿠웅!

200킬로그램이 넘는 몸무게가 떨어지자 마룻바닥이 진동했다. 역도산과 루 테즈는 똑같이 마룻바닥에 머리를 부딪혀 정신을 차리지 못했다.

심판이 카운트를 세기 시작했다. 하지만 두 사람은 정신이 멍한 상태라 카운트 소리를 들을 수도 없었다. 어느덧 카운트 20이 세어졌다.

"카운트아웃!"

심판이 외쳤다.

결국 1 대 1 무승부. 또다시 역도산의 세계 타이틀 쟁취의 꿈은 무산되고 말았다. 비록 타이틀을 빼앗지는 못했어도, 두 번 다 무승부였으므로 루 테즈에 결코 뒤지지 않는 역도산의 팽팽한 실력을 입증한 셈이었다.

이튿날, 루 테즈의 숙소인 신(新) 오사카 호텔.

"다시 한 번 도전하고 싶소."

루 테즈를 찾아간 역도산은 자신의 아쉬운 심정을 토로했다.

"흠…… 사실은 나 역시 그러기를 희망하고 있소. 뒷맛이 영 개운치 않거든."

무승부로 방어해서는 챔피언으로서의 체면이 서지 않는다는 말이었다. 루 테즈는 역도산의 뜻을 순순히 받아들였다. 입회하고 있던 NWA 회장 대리인 알 카라시크가 입을 열었다.

"루 테즈와 두 번이나 무승부를 이룩한 역도산의 실력을 인정하지 않을 수 없지. 대전 상대인 챔피언이 승낙하였으니까 내가 위원장에게 타이틀 도전 신청 수속을 밟아주겠어."

이제 위원장이 승인만 하면 역도산의 4차 도전은 실현되는 것이었다.

이후로 역도산과 루 테즈는 일본 각지를 돌며 다섯 차례의 논타이틀전을 펼쳤다. 후쿠오카 시합에서 1 대 1 무승부. 히로시마(廣島) 시합에서 2 대 1로 루 테즈가 승리. 고베 시합에서 2 대 1로 루 테즈가 승리. 노고야 시합에서는 1 대 1 무승부. 이로써 역도산은 5무승부 3패라는 루 테즈와의 통산 전적을 기록하게 되었다. 홈링인데도 불구하고 단 한 차례도 이기지 못했던 것이다.

"반드시 빚을 갚고야 말겠다!"

역도산은 부르짖었다.

역도산은 비록 빚을 지기는 했지만 루 테즈와의 대전을 통하여 배운 점이 많았다. 루 테즈의 스피드와 기술을 봉쇄하는 방법은, 우선 가라테춥을 난사하여 최대한 타격을 입힌 다음 속공으로 끌고가야 한다는 것이었다.

역도산은 버릇과 같은 폭음으로써 분함을 달랬다.

역도산, 마침내 루 테즈를 꺾다

　루 테즈가 미국으로 돌아가고 난 뒤에 빌 사베이지가 미국에서 왔다.

　가을 무렵, 역도산은 빌 사베이지, 해롤드 사카다, 아즈마후지, 요시무라 미치아키, 나가사와 등과 함께 대만 원정을 떠났다. 대북(臺北)에서 6일 동안 시합을 벌였는데, 매일 1만 명이 넘는 관중이 몰려왔다.

　민간 외교의 역할을 맡은 역도산은 장개석 총통을 만나 환담했으며, 주(周) 대만성 주석에게서 정중한 대우를 받고 대만체육협회 고문으로 추대받았다. 본명이 탁자약(卓諮約)인 라쇼몬은 '조국의 영웅' 으로 대환영을 받았다.

　일본으로 돌아온 역도산은 한동안 중단했던 텔레비전 프로 레슬링 프로인 〈파이트맨 아워〉를 부활시켰다. 프로 레슬링 센터에서 가진 시합을 중계방송하는 것이었다. 여기에서 맞붙은 빌 사베이즈는 역시 역도산의 적수가 못 되었다.

　해가 넘어가고 2월이 다 갈 무렵, 웬 거인 소년이 낯모를 중년 신사와 함께 역도산의 집을 찾아왔다. 나이 열여덟, 신장 197센티미터, 체중 102킬로그램.

"저는 역도산 선생님의 제자가 되고 싶습니다."

역도산은 그 소년을 아래위로 훑어보더니 무겁게 입을 열었다.

"옷을 벗어봐라."

소년은 잠시 머뭇거리다가 겉옷을 벗었다. 놀랍게도 그 소년은 지독히 추운 날씨인데도 불구하고 내의라고는 러닝셔츠 하나만을 달랑 입고 있었다.

"춥지 않은가?"

"별로 추운지 모르겠습니다."

"그래?"

역도산은 그 점이 마음에 들었다.

"좋다. 너를 제자로 맞아들이겠다."

역도산은 이제까지 스모와 유도에서 전향한 사람을 제외하고는 제자로 받아들인 일이 없었다. 소년의 이름은 스즈키 유키노(鈴木幸雄)였다. 역도산은 당장에 소년을 하드 트레이닝으로 몰아넣었다. 운동에 백지인 만큼 하루빨리 끈기를 심어주기 위해서였다.

1월에 미국 원정을 떠난 엔도 고키지의 뒤를 이어 도요노보리도 6월 들어 미국 원정을 떠났다.

역도산이 미국 원정을 떠난 것은 무더위가 기승을 부리기 시작한 7월 초였다. 목표는 '타도 루 테즈!'와 동시에 '세계 타이틀 획득'이었다. 그런데 막상 미국 땅에 도착해보니 사정은 바뀌어 있었다. 루 테즈가 캐나다의 딕 해튼에게 패하여 세계 챔피언 벨트를 풀어주고 말았던 것이다. 딕 해튼의 주특기는 고블러 트위스트(gobbler twist). 이것은 상대방의 후방에서 자신의 한쪽 다리로 상대방의 한쪽 다리를 감고, 한쪽 팔로 상대방의 어깨를 감아 조르면서 동시에 잡아당기는 기술로, 일단 걸려들면 어깨와 허리, 다리를 동시에 상하고 만다.

'그렇다면 이제 나의 상대는 딕 해튼이다!'

역도산은 사실 자신이 어느 누구와 싸우건 상관할 바 아니었다. 역도산의 목적은 오직 세계 챔피언이 되는 것이었다.

　세계 타이틀 매치를 추진하는 동안 역도산은 어떤 상대건 가리지 않고 싸웠다. 그런데 하필 호놀룰루의 시빅 오디트리엄에서 또다시 괴물 같은 스카이 하이 리와 맞붙게 되었다. 이름 그대로 '하늘을 찌르는 키(210센티미터)'를 가진 그는 체중도 135킬로그램이나 되었다. 누구에게도 뒤지지 않는, 카우보이 출신다운 무한한 투지와 강인함을 지니고 있어서 상대하기가 여간 껄끄러운 게 아니었다.

　가라테춥을 힘껏 퍼붓던 역도산은, "아니, 뭐 이런 게 다 있어?" 하고 포기해버렸을 정도였다. 상대에게 아무런 타격도 주지 못한 채 역도산의 주먹만 커다랗게 부어오르고 말았다. 결국 결과는 0 대 0 무승부로 끝나버렸다.

　그런데 역도산에게 희소식이 날아들었다. 루 테즈가 리턴 매치에서 딕 해튼에게 자신의 패배를 앙갚음하고 세계 타이틀을 탈환했다는 것이었다. 딕 해튼의 어깨 부상으로 인한 기권패가 그 줄거리였다.

　그때 루 테즈에게는 챔피언 타이틀이 한 가지 더 추가되었다. 일본을 시작으로 한 루 테즈의 해외 원정은 유럽과 호주로 이어졌는데, 전무후무한 불패의 성적을 인정해 NWA에서 초대 인터내셔널 챔피언 자격을 주었던 것이다.

　루 테즈는 새로 차지한 인터내셔널 타이틀을 걸고 싸우자고 역도산에게 제의했다. 새로운 것을 좋아하는 체질인 역도산은 인터내셔널 타이틀에 오히려 군침을 흘렸다. 이 타이틀은 세계 타이틀보다 명예로움의 가치가 더 담겨 있는 것이었다.

　"좋소!"

　역도산은 서둘러 로스앤젤레스로 몸을 옮겼다.

　1958년 8월 17일 밤, 로스앤젤레스 올림픽 오디트리엄. 관중은 3천 명 정도로 그리 많지 않았으나 미국 전역에 중계방송되고 있었다.

　'진정한 거인은 흔들리지 않는다.'

역도산은 마음속으로 부르짖으며 긴장된 마음을 바싹 움켜쥐었다. 이번에도 실패하면 더 이상 기회는 찾아오지 않을 것이라고 생각했다.

공이 울자 루 테즈는 처음부터 적극 공세로 나왔다. 소극적인 공세를 펼치던 일본 원정 때와는 딴판이었다.

'오냐! 내가 바라던 바다!'

역도산은 상대가 맹렬히 공격해오면 올수록 정면으로 힘껏 맞서는 스타일이었다. 문제는 루 테즈의 주특기인 백 드롭. 역도산은 이미 지난해에 백 드롭 봉쇄 작전을 충분히 연구해둔 상태였다. 그것은 재빨리 다리를 걸어 막는 방법이었다. 이제 루 테즈의 백 드롭은 더 이상 역도산에게 먹혀들지 않았다. 그러나 루 테즈에게는 역도산이 미처 연구해두지 못했던 비밀 병기가 또 하나 있었다.

역도산은 몸을 날려 루 테즈를 정면으로 들이받았다. 레오 노메리니의 주특기인 플라잉 태클. 충격을 받은 루 테즈는 곧장 나가떨어졌다.

'찬스다!'

역도산은 폴로 몰아넣기 위하여, 일어서려고 하는 루 테즈를 향해 재차 플라잉 태클을 시도했다. 그러나 이 같은 연속적인 공격이 역공과 기교의 변화가 무쌍한 루 테즈에게는 잘 먹혀들지 않는다는 것을 감지했을 때는 이미 늦은 상황이었다. 루 테즈는 가볍게 점프하여 두 다리로 역도산의 양팔을 짚어버렸다. 플라잉 시저스(flying scissors).

그런 다음 루 테즈는 곧장 롤링 클러치 홀드(rolling clutch hold) 기술로 연결시켰다. 두 다리로 역도산의 겨드랑이를 감고 자신의 전방으로 회전하여 떨어지면서 역도산의 양어깨를 눌렀다. 역도산은 빠져나오지는 못하고 뒤집혀진 풍뎅이처럼 버둥거리기만 할 뿐이었다.

"원! 투! 스리!"

뜻밖의 역공에 역도산은 폴패를 당함으로써 한 판을 먼저 내주고 말았다. 시간은 25분 가량 경과된 상황이었다. 다급해진 역도산은 서둘러 가라테춉을 빼어들었다. 잇따라 두 판을 빼앗지 못하면 만사는 허사로 돌아가는 것이다.

"이엽!"

사력을 다한 역도산의 손칼은 빛이 번뜩일 정도로 무척 빨랐다. 목줄기의 급소에 가까운 가슴팍에 역도산의 허공을 가르는 손칼이 꽂히자 루 테즈는 비명을 지르며 다운되고 말았다. 루 테즈는 넘어진 상태에서 몸을 질질 끌어 링 밖으로 피하려고 했다. 그러나 역도산은 찬스를 놓치지 않고 몸을 날려 허둥대는 챔피언을 덮쳤다. 플라잉 소시지.

"원! 투! 스리!"

역도산의 전광석화 같은 속공 작전은 주효하여 불과 9분 만에 상황을 동점으로 이끌었다.

'이제 나머지 한 판만 더 이기면 인터내셔널 타이틀은 내 손에 들어온다!'

역도산은 심호흡을 하여 마음을 가다듬었다. 냉정한 마음가짐으로 링 사이드를 둘러보았다. 어느 민족 계열인지는 알 수 없지만, "리키!"를 연호하며 응원하는 황색인들의 모습이 똑똑히 보였다.

'저 사람들을 조국 동포로 생각하자. 나는 일본인과 미국인에게는 절대로 질 수 없는 백두산의 혈통이다.'

순간 역도산의 눈빛은 백두산 호랑이처럼 번쩍 빛났다.

"으헝!"

역도산은 장내가 쩌렁 하고 울릴 만큼 우렁찬 소리로 포효하며 마지막 칼을 갈고 나섰다. 루 테즈의 인상은 이미 험상궂게 변해 있었다. 마치 악마 같은 불길한 형상이었다. 역도산은 지금처럼 무서운 얼굴을 한 루 테즈를 본 적이 없었다. 아니, 지금까지 역도산과 대전한 그 어느 레슬러도 지금의 루 테즈처럼 무서운 인상을 짓지는 않았다. 성이 난 루 테즈는 눈싸움으로 역도산을 위압하려 하고 있는 것이었다. 루 테즈는 자신의 수많은 팬들 앞에서 한 판을 빼앗긴 수모를 그대로 덮어둔 채 무승부로 갈 수는 없는 노릇이었다. 승리를 조급히 서두르며 루 테즈는 힘껏 달려들었다.

"이때다!"

역도산은 반사적으로 예리한 손칼로 수평치기를 날렸다.

빠악!

"우우욱!"

가슴에 명중하는 폭발음과 거의 동시에 비명 소리가 들렸다. 헤비급 하드 펀처의 카운터 블로에 맞먹는, 아니 더 강력한 파워에 휘청거리며 루 테즈는 2~3미터나 밀려 나가떨어졌다. 역도산은 재빨리 덮쳐 누르기로 들어갔다.

"원! 투! 스리!"

역도산은 심판이 카운트를 마지막까지 헤아리는 소리를 분명히 들었다. 셋째 판이 시작된 지 1분이 조금 경과한 순간에 일어난 일이었다.

"이겼다! 나는 마침내 세계 최강의 철인을 격파한 것이다!"

그렇게 외쳤지만 역도산은 실감이 나지 않았다. 심판이 역도산의 두 손을 번쩍 치켜들자 일본계 관중들이 관중석에서 일어나 열광하기 시작했다.

"일본의 영웅 리키! 일본의 영웅 리키!"

그들을 굽어보며 역도산은 나지막한 목소리로 중얼거렸다.

"하지만 나는 한국인이다. 세계 최강의 레슬러, 인터내셔널 챔피언의 자리에 등극한 나는 분명히 한국인이다……."

유도의 귀신이라 불리는 일본인 기무라 마사히코와 레슬링의 하느님이라 불리는 미국인 루 테즈를 차례로 격파한 세계 최강의 사나이. 고독한 영웅, 역도산의 눈 깊은 곳에서 뜨거운 액체가 곧 넘쳐흐를 것처럼 그득히 고여 있었다.

루 테즈를 가라테춉으로 처부수고 인터내셔널 타이틀을 획득한 역도산은 인터뷰를 마치고 곧장 자신의 숙소인 하이드 파크 호텔로 돌아왔다. 한시바삐 일본의 프로 레슬링 협회에 이 소식을 알리기 위해서였다.

"일본 프로 레슬링 협회 좀 대줘요!"

로스앤젤레스와 도쿄는 16시간의 시차가 있었다. 로스앤젤레스의 오전 0시는 도쿄에서 오후 4시.

"여보세요?"

전화를 받은 사람은 역도산의 비서인 요시무라 요시오였다.

"나야! 내가 드디어 루 테즈를 꺾었어! 루 테즈 자식, 사력을 다한 나의 가라테춉에는 역시 맥을 못 추더군."

역도산은 아직 흥분이 가라앉지 않은 상태였다.

"세, 세계 챔피언이 되셨단 말씀입니까?"

"응. 그런데 인터내셔널 챔피언이야. 그게 더 명예로운 자리거든."

"아, 아무튼 축하드립니다, 선생님."

요시무라 요시오의 목소리는 기쁨에 가득 찬 채 떨리고 있었다.

"어, 언제 귀국하실 겁니까?"

"내일 아침 6시 30분 발 일본 항공기편으로 돌아가겠다. 도쿄 도착 시간은 31일 오전 11시경이 될 거야. 그 동안 국제 시합 준비에 차질이 없도록 하게."

'국제 시합 준비에 차질이 없도록 하라.' 는 역도산의 짤막한 지시는 실로 무시무시한 말이었다. 만약 실수가 생겼을 때 터져 나오는 역도산의 노기는 엄청났다. 지방 순회 경기를 가면 그 고장 야쿠자들이 돈을 뜯으러 오는 일이 빈번했다. 그럴 때 역도산은 자신의 비서인 다나카 요네타로 등 측근의 안면을 후려쳐서 피범벅으로 만들었다. 그 장면을 지켜본 야쿠자들은 겁을 집어먹고, "지금은 바쁘신 것 같으니 다음 기회에……." 하고서 달아나기 일쑤였다.

더욱이 지방 홍행에서 야쿠자 계열의 프로모터가 홍행료를 제대로 지불하지 않으면, 그 프로모터가 지켜보는 앞에서 자신의 경리 담당자를 다짜고짜 후려쳤다. 그러면 피범벅이 된 경리 담당자는 프로모터의 바짓가랑이를 붙잡고서 애원하기 마련.

"돈을 받지 못하면 저는 오늘이 제삿날입니다……."

아무리 난다 긴다 하는 야쿠자 오야붕인 프로모터라도, 이런 상황에서는 인정에 견디지 못하고 경리 담당자를 살려주었다.

역도산의 타이틀 획득 소식을 들은 요시무라 요시오는 큰소리로 외쳤다.

"빨리 돌아와주십시오! 선생님, 만만세!"

요시무라 요시오의 감격해하는 목소리를 듣고서야 역도산은 거우 흥분된 감정을 가라앉힐 수가 있었다. 전화를 끊고 난 역도산은 피곤한 몸을 끌고 일찍 잠자리에 들었다. 내일 아침 일찍 일어나야 하기 때문이었다.

하지만 도쿄는 아직 멀쩡한 대낮인 것이 문제였다. 역도산의 타이틀 획득 소식이 요시무라 요시오의 전통(電通)을 통하여 삽시간에 여기저기에 퍼졌고, 쉴 새 없이 전화벨이 울기 시작했다. 축하한다는 인사말이야 반가웠지만, 이래서는 잠시도 눈을 붙일 수가 없는 노릇이었다. 이곳저곳에서 걸려오는 전화를 받느라 씨름하는 가운데 날이 밝았다. 잠시도 눈을 감지 못한 셈이었다. 하지만 역도산은 조금도 피로하지 않았다.

하와이에 도착한 역도산은 호놀룰루의 프릭스 린스 카리와라니 호텔에 들렸다. 그런데 또 전화가 걸려왔다. 일본에 도착하기 전에 잠시 쉬려는 역도산의 생각은 여지없이 빗나가버렸다. 송신자는 도쿄의 한 신문사 기자였다.

"외신 보도에 의하면 루 테즈 대 역도산의 대전은 세계 타이틀 매치가 아니라 오픈 게임이었다고 합니다. 그 사실 여부를 말씀해주십시오."

가뜩이나 피로한 상태인 역도산은 당장에 역정을 냈다.

"그 따위 바보 같은 소리 좀 작작하시오! 그건 틀림없는 오보요! 내가 메인 이벤트에서 루 테즈를 꺾고 타이틀을 획득한 건 누가 뭐래도 확실한 사실이오!"

"그, 그렇지만……."

"내가 도쿄에 돌아가서 상세히 말하겠소."

그것이 비록 고의적인 것이라 할지라도, 어찌하여 그런 오보가 일본으로 날아들었는지 역도산은 그 실마리를 풀 수가 없었다.

호놀룰루 발 일본 항공기는 예정보다 1시간 30분 늦은 낮 12시 30분에 하네다 공항에 착륙했다. 환영진은 역도산이 예상했던 것보다도 훨씬 많았다. 아리따운 미녀들로부터 여러 개의 화환을 건네받은 역도산 앞으로 보도진들이 일제히 몰려들었다.

"어떻게 된 겁니까? 외신 보도에 의하면 오픈 게임이었다는데……."

하와이에서 전화를 통해 들었던 것과 똑같은 질문이 다발로 터져 나왔다.

"무슨 소리요! 천하의 루 테즈와 내가 어찌 오픈 게임을 할 수가 있단 말이오! 본인뿐만 아니라 관중들도 그걸 원하지 않소."

역도산은 그 동안 일어났던 인터내셔널 타이틀 매치의 경과를 기자들이 납득할 수 있도록 자세히 설명했다.

며칠 뒤 역도산은 기자들을 모아놓고 자신이 특별히 제작한 인터내셔널 챔피언 벨트를 공개했다. 왕관을 두른 링 그림의 버클을 전면으로 하여 좌우로 세 개씩의 둥근 황금 장식이 붙어 있는 호화스런 벨트였다.

이렇게 해서 내셔널 레슬링 얼라이언스(National Wrestling Alliance), 즉 NWA 세계 챔피언 시대에 맞서 역도산은 인터내셔널 챔피언 시대를 열게 되었다.

고국에서 온 청년 김일

'존경하는 역도산 선생님, 공사간(公私間) 분주하신 시간을 할애케 해서 죄송합니다. 저는 푸른 꿈을 안고 현해탄을 건너온 한국의 한 남아입니다. 레슬링에 몸담을 결심 아래 일본에 와 있는 김일(金一)입니다. 선생님의 이름은 고국에 있을 때부터 너무도 잘 듣고 있었습니다.

저는 어렸을 때 주위 사람들로부터 씨름을 잘한다는 칭찬을 들어왔고, 저자신 역시 씨름을 좋아했습니다. 그러나 씨름이란 우물 안 개구리처럼 국내에서만 있는 경기임에 반해 프로 레슬링은 국제 무대에 나설 수 있는 것이 아니겠습니까?

저도 선생님과 같이 되고 싶어 그 기회를 얻으려고 현해탄을 건너왔습니다. 부디 선생님의 지도를 바라는 바입니다.'

뜻밖의 편지였다. 발송지는 오무라 형무소. 한국에서 건너왔으나 밀항자로 체포, 수감되어 있는 한 한국인 청년이 보낸 것이었다. 역도산은 그 편지를 들고 묘한 감회에 젖었다.

'나는 조국에서 씨름을 하다가 스모 선수가 되기 위해 관부연락선에 올랐

는데, 이 청년은 씨름을 하다가 프로 레슬러가 되기 위해 밀항선을 탔군.'

역도산은 그렇지 않아도 쓸 만한 제잣감을 물색하고 있던 참이었다. 그런데 역도산에게 프로 레슬링을 배우기 위하여 일부러 조국에서 건너왔다는 것이 아닌가. 그것도 밀항으로.

"일단 만나봐야겠군."

역도산은 오무라 형무소로 전화를 넣었다. 역도산의 전화 한 통화면 밀항자가 풀려나는 것은 그리 어려운 일이 아니었다.

"역도산의 말씀 한마디면 거역할 수가 없으니 운이 좋은 줄 알아라."

간수는 풀려나는 한국인 청년의 등 뒤에서 그렇게 말했다.

청년은 간수가 전해준 주소를 들고 역도산의 자택을 찾아갔다.

'東京都 太田區 梅町'

청년은 집 안으로 들어서면서 연거푸 놀랐다. 잘 다듬어진 정원도 눈길을 끌었지만, 한국의 정서가 은은히 풍기고 있는 으리으리한 현관은 역도산이 한국인임을 은근히 자부하고 사는 듯한 느낌을 받았다.

"자네가 김일인가?"

거실로 들어서는 청년을 역도산은 반갑게 맞이했다. 그러나 청년은 섬광처럼 빛나는 역도산의 눈망울에서 어딘지 모르게 위압감을 받았다.

"동족의 핏줄로서 호감이 가길래 불렀네."

역도산은 청년을 아래위로 훑어보았다. 잘생긴 호남형의 얼굴에 신장은 180센티미터를 넘는 듯했으며, 체중은 100킬로그램에 가까워 보였다. 나이는 스물여덟.

역도산은 프로 레슬러가 될 수 있는 사람에 대한 조건을 세워놓고 있었다. 수없이 운집한 관중들의 우레와 같은 박수를 받으면서 멋진 플레이를 펼치려면 그만한 체격 조건이 갖추어져 있어야 하는 것이다. 우선 신체가 건강해야 하고 신장과 체중이 적당한 선에 이르러 있어야 가능했다.

키가 얼마고 체중이 얼마가 되어야 링 위에 올라설 수 있다는 특별 규정은 물론 없었다. 그러나 적당한 선을 그어놓지 않을 수는 없었다. 아직 성인에 이르지 않은 열여덟 살 미만의 나이일 때는 적어도 신장 170센티미터, 체중 70킬로그램은 넘어야 했다.

무엇보다도 프로 레슬링은 가장 거친 운동이기 때문에 건강한 사람이라도 아무나 프로 레슬러가 될 수 있는 것은 아니었다. 육체적인 소질은 물론 정신적인 인내력이 무엇보다 필요했다.

역도산은 선수 생활을 지망하는 사람이 자신을 찾아올 때는 우선 신체적인 조건을 살펴보고 나서 연습을 시켜보곤 했다. 인간의 신체는 가지가지여서, 키가 크면서도 근육이 딱딱하게 굳어 있어 적합치 못한 경우도 있었고, 옆으로만 비대하게 퍼져서 적합치 못한 경우도 있었다. 가장 좋은 체구는 역시 뼈가 굵고 골격이 뚜렷하며, 얼굴에 개성이 있어야 했다. 그런 사람이 트레이닝을 받으면 매우 훌륭한 육체미가 나오는 법이었다.

그런 면에서 볼 때 자신을 찾아온 고국의 청년은 장래성이 충분해 보였다. 게다가 훤하게 잘생긴 얼굴이 믿음직스러웠다. 하지만 그것은 어디까지나 육안에 의한 판단일 뿐이었다. 고국에서 온 청년을 물끄러미 쳐다보던 역도산은 이윽고 나직한 목소리로 말했다.

"앉아봐라."

청년은 얼른 쭈그려 앉았다.

"서봐라."

청년은 얼른 일어섰다.

"이번엔 쭈그려 앉아봐라."

청년은 토끼뜀을 될 듯한 자세로 얼른 쭈그려 앉았다.

"씨름 경력은 어느 정도인가?"

역도산의 질문에 청년은 자신의 내력을 소상히 알려주었다.

6척이 넘는 거구인 청년 김일은 전남 고흥에서 태어났다. 그가 처음 씨름을 한 것은 소학교 6학년 때였다. 동급생과 맞붙어 보기 좋게 팽개쳐버렸던 것이다. 그후 열여섯 살이 되면서부터는 시골에서 열리는 크고 작은 씨름 대회에는 빠지지 않고 출전했다. 그때마다 다른 사람들은 이렇게 말하곤 했다.

"저 어린 것이 장정과 싸워 이길 수 있을까?"

그러나 그것은 한낱 기우에 불과했다. 김일이 출전하는 씨름 대회의 승자는 언제나 김일이었다.

훗날 한국에서는 처음으로 프로 복싱 세계 챔피언이 된 김기수도 김일과 맞붙어 패배하고 말았다. 김일이 상으로 받은 황소를 몰고 돌아갈 때마다 마을 사람들은 이구동성으로 말했다.

"저놈이 보통 놈은 아니다."

"저놈은 꼭 큰 사람이 되고 말 거야."

그럴 때마다 김일의 가슴은 푸르게 부풀었다. 하지만 김일은 가난한 농촌 사람이었다. 아무리 재주가 있고 배우고 싶어도 소질을 키워나갈 배움터가 없었고 스승이 없었다.

'어떻게 하면 하고 싶은 일을 할 수 있을까? 어떻게 하면 나의 앞날을 개척해 나갈 수 있을까?'

김일은 날이면 날마다 고심을 하는 한편, 사방팔방으로 쫓아다녀 보았지만 별다른 뾰족한 수는 나타나지 않았다. 그러던 차에 입영 영장이 날아왔다.

'좋다! 군대에 가면 좀더 많은 사람을 사귈 수 있을 테지. 그러면 무슨 보탬이라도 되지 않겠는가.'

군대에서도 씨름은 김일을 기다리고 있었다. 민간 대회건 군(軍) 주최 대회건간에 김일이 출전했다 하면 황소의 고삐는 늘 김일의 차지였다. 김일이 차지한 황소 숫자만 해도 자그마치 27마리에 이르렀다. 전우들에게 김일은 늘 희망의 상징이었다.

그런데, 그러면 그럴수록 김일의 불만은 하나둘 늘어만 갔다. 씨름 실력은 날이 갈수록 향상되어 가고 있었지만, 씨름은 어디까지나 국내에 국한된 스포즈였다.

'어떻게 하면 국제 무대에 진출할 수 있을까?'

그때 김일은 세계적으로 이름난 역도산의 명성을 소문으로　　들어 알고 있었다. 씨름판 곳곳에서는 역도산에 관한 이야기가 심심치 않게 나돌았던 것이다.

"왕년에는 씨름 선수로 명성을 날렸다지?"

"김항락 장사의 친동생이라는군."

일본에서 우상화되다시피 한 역도산이 대한의 핏줄이라는 사실은 김일의 가슴을 더욱 뜨겁게 달구어놓았다.

'나도 프로 레슬링을 배워야겠다. 그런데 어떻게 하면 프로 레슬링으로 대한 남아다운 기개를 펼쳐보일 수 있을까?'

김일은 언제든지 자신의 푸른 꿈이 실현되리라고 믿고 있었다. 그리고 꼭 실현시키리라고 굳게 다짐했다. 그러던 차에 마침 배를 타고 일본으로 건너갈 기회가 찾아왔던 것이다.

김일의 내력을 듣고 난 역도산은, 그의 심정을 충분히 파악했다는 듯한 눈빛으로 진지하게 물었다.

"나도 조국에 있을 때는 《조선일보》 주최 씨름 대회에서 우승한 적이 있었다. 말을 들어보니 자네의 씨름 실력도 보통이 아니군. 하지만 프로 레슬링에는 말 못할 고생이 뒤따른다. 그러므로 이 고생을 이겨나갈 힘이 있어야 길이 열리는 것이다. 참아 나갈 각오는 되어 있느냐?"

일본에 도착했을 때 김일에게 닥친 가장 어려운 난관은 언어가 잘 통하지 않는 것이었다. 이어서 닥친 문제는 역도산에게 접근하는 방법이었다. 편지를 쓰기는 했지만 역도산이 자신의 접근을 잘 받아줄까 하는 문제 또한 걱정거리였다. 그럴 때마다 힘이 되어준 것은 '참는 자에게 복이 있다.'는 격언이었다.

이제는 꿈에도 그리던 역도산을 만났다. 그런 마당에 무엇을 못 참아나갈 것인가.

"예!"

김일은 힘주어 대답했다. 실내가 쩌렁 하고 울렸다. 김일의 우렁찬 대답에서 역도산은 대한 남아의 기상을 읽을 수 있었다.

"좋다! 내일부터 훈련에 임하라!"

마침내 역도산의 허락이 떨어졌다.

역도산 대 유령 인간

공포의 유령 인간이라 불리는 스카이 하이 리가 일본 땅을 밟았다. 돈 레오 조나단, 자니 바렌트와 함께였다. 인터내셔널 챔피언의 권좌에 오른 뒤로 역도산은 한시도 쉴 틈이 없었다. 바로 스카이 하이 리 일행과의 국제 시합이 눈앞에 닥쳐왔기 때문이었다. 일본에 도착한 다음날부터 역도산은 문하생들을 이끌고 강도 높은 트레이닝을 시작했다. 지상 최고의 매트맨인 루 테즈를 꺾었다는 정신적인 힘 덕분에 컨디션도 계속 호조를 보였다.

"미국에서 비겼던 스카이 하이 리를 반드시 이기리라!"

역도산의 피는 뜨겁게 용솟음치고 있었다. 아닌게아니라 일본 팬들 앞에서 무관(無冠)의 선수에게 진다면 인터내셔널 챔피언으로서의 체면이 말이 아니었다. 아무리 상대가 공포의 유령 인간이라고 하더라도 말이다.

스카이 하이 리 일행은 프로 레슬링 센터에서 공개 연습을 가졌다. 카우보이 모자를 쓴 스카이 하이 리와 돈 레오 조나단은 둘 다 2미터가 넘는 거대한 선수들이었다. 더욱이 구레나룻 수염을 기른 스카이 하이 리의 험상궂은 얼굴을 본 링 관계자와 기자들은 이미 공항 로비에서부터 질려버렸을 정도였다. 뿐인가. 오픈 카 퍼레이드를 펼치며 시내로 들어서자, 길거리의 시민들은 스카이 하이 리의 유령 같은 표정에 소스라치게 놀라기까지 했을 정도였다.

공개 연습을 지켜본 역도산 진영의 일본 레슬러들은 그들의 박력과 투지에 혀를 내둘렀다. 스카이 하이 리의 힘, 돈 레오 조나단의 힘과 기술, 자니 바렌트의 기교는 모두 세계 정상급이라 할 만한 것이었다.

이를 지켜본 역도산은 오히려 안도의 한숨을 내쉬었다. 제대로 된 거물 레슬러를 초청했다는 기쁨 때문이었다. 또한 당장이라도 맞붙어 싸우고 싶은 투지가 솟아올랐다. 역도산은 만만치 않은 강자를 보면 온몸이 근질거려 못 견디는 체질이었다. 더욱이 자신이 인터내셔널 챔피언이 된 뒤로 처음 벌이는 시합이었기 때문에 그런 마음은 한층 불타올랐다.

역도산은 세 백인 레슬러 가운데 자니 바렌트에게 상당한 호감을 갖고 있었다. 자니 바렌트는 역도산과 거의 비슷한 체격을 지녔으며, 전광석화 같은 스피드와 기교 본위의 깨끗한 레슬링 솜씨를 자랑하고 있었다. 게다가 미국 원정 때 역도산은 자니 바렌트와 태그팀을 짜서 다른 태그팀과 수차례 겨룬 일이 있는데, 너무도 호흡이 잘 맞아서 단 한 번도 패한 적이 없었기 때문이다.

가을로 접어드는 9월 5일 밤, 역도산은 바로 이 자니 바렌트와 한 팀이 되어 스카이 하이 리·돈 레오 조나단의 거인팀과 맞붙었다.

스카이 하이 리와 돈 레오 조나단이 링 위에 올라서자 장내에 가득찬 관중들의 눈에는 일시에 공포의 그림자가 비치기 시작했다. 곧 무서운 싸움이 벌어질 것이라는 예감에 관중들은 동요하고 있었다. 스카이 하이 리는 전신에 다다미를 꿰매는 바늘을 무수히 꽂고 있었던 것이다. 그래도 역도산을 향한 응원은 잊지 않았다.

"리키! 리키!"

"가라테춉! 가라테춉!"

역도산은 언제나 정의의 상징으로 링 위에서 군림하고 있었다.

"역도산, 손을 맞춰 잘 싸워봅시다."

자니 바렌트가 역도산에게 속삭였다.

"반드시 이깁시다!"

역도산의 눈빛은 승리에 대한 의욕으로 이글거렸다. 시합 전의 살벌한 분위기는 공이 울자 더욱 공포스러워졌다. 유령이 출몰하는 공동 묘지와 거기에 불어닥치는 피바람을 연상하면 어떨까.

시합은 처음부터 거칠어졌다. 돈 레오 조나단은 거대한 주먹을 휘두르며 달려들었다. 웬만한 사람은 제대로 한 방 맞으면 저승길로 가고마는 핵주먹이었다. 역도산은 이에는 이, 눈에는 눈으로 응수하는 수밖에 달리 방법이 없었다. 펀치를 한 대 허용하면 가라테춉을 한 대 먹이는 주고받기식의 박력 싸움.

그런데 역도산의 도끼날로 찍는 듯한 수직 손날치기를 맞고도 좀체로 흔들리지 않던 돈 레오 조나단이, 더 이상 안 되겠다 싶었던지 갑자기 킥을 날렸다. 명치 부근에 기습을 당한 역도산은 "컥!" 하고 고통스런 소리를 내뱉으며 무릎을 꿇었다. 돈 레오 조나단은 거구를 날려 역도산이 보이지 않을 정도로 완전히 덮어 눌렀다.

"원! 투! 스리!"

역도산이 갑작스럽게 한 판을 빼앗겼다. 그 광경을 지켜보던 관중들의 얼굴에서 핏기가 가셨다. 루 테즈를 꺾은 인터내셔널 챔피언이 너무 무기력하지 않은가.

두 번째 판이 시작되고서도 돈 레오 조나단은 지치지 않는다. 2미터가 넘는 거구인데도 불구하고 몸을 가볍게 움직여 드롭킥을 날린다. 뿐인가. 플라잉 헤드 시저스까지 쓰지 않는가. 더욱이 그 공격을 퍼붓고는, 심한 충격을 받고 뒤로 저만치 날아가 떨어져 있는 역도산을 비웃듯이 2미터의 장신을 가볍게 튕겨서 일어서곤 하는 것이다.

'음…… 이놈처럼 몸을 가볍게 놀리는 거구의 사나이는 이 세상에 다시 없으리라…….'

역도산은 뒷걸음질쳐, 자니 바렌트에게 구원을 요청하는 터치 교대를 하고는 입가에 묻은 피를 쓰윽 닦았다. 혀에 닿은 피에서 박하향이 느껴졌다. 그러나 돈 레오 조나단은 스카이 하이 리에게 바톤을 넘겨주지 않았다. 오히려 자니 바렌트를 힘으로 몰아붙여 자기편 코너로 가두어놓았다. 코너에서 기다리고 있던 스카이 하이 리가 얼른 뛰어들어와 자니 바렌트에게 풀 넬슨(full nelson)을 걸었다. 상대방의 후방에서 자신의 양팔을 겨드랑이 사이로 내어 목덜미를 교차 상태로 감아 누르는 기술이었다. 팔 힘이 강한 스카이 하이 리에게는 매우 효과적인 공격법이었다. 그런데 거기서 그치는 것이 아니었다. 돈 레오 조나단이 움쭉달싹 못하고 있는 자니 바렌트를 향하여 듬직한 드롭 킥을 날렸다.

"우우욱!"

그런데 비명은 두 사람에게서 동시에 터져 나왔다. 동작이 우둔한 스카이 하이 리가 미처 사슬을 풀어놓지 못한 채 자니 바렌트의 등받침으로 깔리고 말았던 것이다. 얼른 터치 교대를 하고 들어간 역도산은 멀리서부터 몸을 날려 스카이 하이 리를 덮쳐 눌렀다. 강력한 플라잉 소시지. 심판이 카운트 셋을 세었다.

"원! 투! 스리!"

1 대 1 타이. 역도산은 상대방에게 호되게 당했기 때문에 피가 끓을 대로 끓어올랐다. 그래서 마찬가지로 흥분해 있는 두 거인의 힘을 역이용해 모두 링 밖으로 내던져버렸다. 역도산과 자니 바렌트는 합세하여, 마룻바닥에 내동댕이쳐진 채 충격으로 정신을 못 차리고 있는 두 거인을 흠씬 두들겨팼다. 말하자면 울분을 푸는 것이었다.

특히 역도산은 헤드 록으로 스카이 하이 리를 끌고가 모서리의 쇠기둥에 이마를 박았다. 거인의 이마는 비참하게 깨어지고 시뻘건 피가 솟구쳐 나왔다. 바늘을 몸에다 찔러넣고도 태연한 얼굴을 하는 유령 인간 스카이 하이 리였지만, 역시 피가 흐르고 있는 인간임에는 틀림이 없었다. 어느덧 20초가 흘러 링 아웃이 선언되었다.

관중들을 공포에 떨게 한 사각의 혈전은 결국 장외의 혈투로 인한 무승부로 막을 내리고 말았다.

구라마에 국기관에서의 역도산과 스카이 하이 리가 맞붙는 메인 이벤트를 앞두고 술판이 벌어졌다. 스카이 하이 리는 단 하루라도 술을 마시지 않고는 못 견디는 체질이었다. 찢겨진 이마를 꿰매고 나서도 마찬가지였다. 역도산과 마주 앉은 스카이 하이 리는 장외의 음주 대결에서 승리하기 위하여 엄청난 양의 맥주와 양주를 마셨다.

역도산도 주량이라면 지지 않았다. 좀체로 승부가 나지 않자, 스카이 하이 리는 마침내 유령의 본성을 드러내기 시작했다. 맛있다는 표정으로 유리컵을 껌처럼 잘근잘근 씹어먹고 있지 않은가.

"쳇!"

역도산은 콧방귀를 뀌고서 자신도 유리컵을 집어들었다. 그러곤 유리컵을 물어뜯기 시작했다. 유리컵을 맛있게 씹어먹는 두 레슬러를 보고 있자니 다른 사람들은 기절초풍할 지경이었다. 유리잔 씹어먹기에서도 여전히 승부가 나지 않자, 이번엔 정종 마시기 대결을 벌였다.

"이까짓 일본 술쯤이야……."

도수 높은 양주 마시기에 이력이 나 있는 스카이 하이 리는, 역도산이 정종 한 컵을 찰나에 들이켜는 것을 보고서 똑같이 마셨다. 그런데, "으응?" 하는 신음이 새어 나왔다.

스카이 하이 리는 믿을 수가 없었다. 알코올 기운이 갑자기 온몸으로 확 퍼지는 것이었다. 머리가 흔들리고 별이 보이는 것 같았다.

얼마 후에 스카이 하이 리는 스탠드에 엎어진 채 그대로 의식을 잃고 말았다. 경기장 밖의 승패는 경기장 안으로 이어졌다. 이튿날의 싱글 매치에서 역도산은, 스카이 하이 리의 입 안에 정종이라도 부어넣듯이 그를 초주검으로 만들어버리고 말았다. 2 대 0의 완승이었다.

이튿날부터 우쓰노미야(宇都官)를 시작으로 지방 순회 경기에 들어갔는데, 센다이(仙台)에서 돈 레오 조나단이 역도산의 인터내셔널 타이틀에 도전했다. 동북 지방과 홋카이도를 순회한 뒤에 도쿄로 돌아온 역도산은, 돈 레오 조나단과 인터내셔널 타이틀 매치 조인식을 가졌다.

가을이 무르익는 10월 2일 밤의 구라마에 국기관.

'이번에는 반드시 실험해보리라. 가라테춥을 쓰지 않고 깨끗한 기술로써 겨루어보는 것이다.'

역도산은 다짐했다. 돈 레오 조나단의 기술이 뛰어난 만큼 자신도 뛰어난 기술로써 상대방을 제압하고 싶었다. '가라테춥만을 쓰는 인터내셔널 챔피언' 이라는 말을 듣고 싶지 않았던 것이다. 그러나 행동은 마음 같지 않았다. 시합 개시를 알리는 공이 울리기도 전에, 심판의 주의사항을 듣고 돌아가는 역도산의 등 뒤로 돈 레오 조나단이 기습적인 드롭 킥을 쏘았던 것이다. 관중들이 웅성거리는 터라 느낌이 이상해서 뒤를 돌아보았는데, 그만 발뒤꿈치에 이마를 맞아 살가죽이 찢겨지고 피가 튀고 말았다.

"비겁한 놈!"

역도산의 피가 거꾸로 끓어올랐다.

"죽여버리겠다!"

역도산은 곧바로 일어나 돈 레오 조나단의 빗장뼈에 가라테춥을 후려갈겼다. 피할 틈조차 없는 기관총 사격처럼 역도산의 손날이 다발로 날아들자, 마침내 돈 레오 조나단의 거대한 몸뚱이는 공중으로 붕 치솟았다가 매트 위에 거꾸로 처박혔다. 역도산은 신음하고 있는 돈 레오 조나단을 힘껏 들어올려 매트 위에 떡을 쳤다. 보디 슬램 공격이었다. 그런데도 돈 레오 조나단은 워낙에 힘과 끈기가 대단한 레슬러라 좀처럼 수그러들 줄 몰랐다.

'좋다! 그렇다면 네놈의 힘을 이용하겠다!'

역도산의 머리에 한 가지 전략이 번쩍 떠올랐다. 역도산은 일단 후퇴하여 로프를 등졌다. 예상했던 대로 돈 레오 조나단은 놓칠세라 화려한 드롭 킥을 날렸다. 그의 발이 바로 눈앞에까지 날아왔을 때, 역도산은 찰나를 이용하여 획 하고 몸을 돌려 피했다. 돈 레오 조나단의 발바닥은 로프에 부딪쳤고, 곧 강한 로프 반동으로 몸이 튕겨져 나가 링 한복판에 길게 뻗어버렸다. 제 힘에 다운당한 것이다. 역도산은 재빨리 몸을 날려 덮쳤다. 플라잉 소시지. 2미터 거인은 말 그대로 소시지처럼 납작하게 눌린 채 버둥거리다가 폴을 빼앗기고 말았다.

역도산, 1 대 0으로 인터내셔널 타이틀 방어. 관중들의 우레와 같은 함성이 장내를 덮쳤다. 신문 기자들이 역도산에게로 몰려들었다.

"조나단을 평가해주시죠."

"조나단? 흠…… 저 녀석은 체력은 있지만, 생각보다는 자신의 힘을 이용할 기술이 그리 강력하지 못합니다. 단지 저 녀석의 반칙만을 경계한다면 나는 언제든지 저 녀석을 이길 수가 있소."

기자들은 방향을 바꿔 돈 레오 조나단에게로 달려갔다.

"도전에 실패한 소감을 한 말씀 부탁합니다."

"실패나마나 이건 말이 안 돼! 분명히 말하지만 선제 공격은 반칙이 아니라구. 게다가 내가 폴을 당한 건 내가 드롭 킥을 미스하는 바람에 재수없이 급소를 다쳤기 때문이 아닌가. 이건 역도산 자신의 공격에 의한 것이 아니라 나 스스로 진 것이나 마찬가지야. 실력은 분명히 내가 위라구!"

역도산은 패배자가 이렇게 지껄인 것을 신문 보도를 통해서 알았다.

'이 거인이 아직도 정신을 못차렸군! 그렇다면 이번에는 정말 찍소리조차 못하게 만들어주마! 덩치만 컸지 생쥐 같은 녀석……'

역도산은 불쾌한 마음에 몸이 화끈 달아올랐다.

10월의 마지막 날, 단풍잎을 손에 들고 입장한 젊은 여성 관중들이 여기저기 눈에 띄었다. 격투기 이야기는 연일 젊은 여성들간에 화제가 되었고, 너도 나도 직접 눈으로 확인하고 싶어 몰려드는 것이었다. 어떤 여성은 반나(半裸)

의 역도산을 바라보며 잠자리를 떠올리는지도 모른다.

대전 조인식 때, 돈 레오 조나단은 역도산에게 이렇게 말했었다.

"두 번씩이나 도전을 받아주니 대단히 만족스럽다. 이번에는 부디 반칙 없는 깨끗한 경기로 싸우자."

하지만 역도산은 이 말을 액면 그대로 받아들이지 않았다. 돈 레오 조나단은 반칙을 한 번도 저지르지 않고 경기를 그대로 끝내는 법이 없는 레슬러였기 때문이다.

프로 레슬링에서는 반칙이 허용되는 한계가 정해져 있었다. 카운트 5까지 세는 동안 반칙 행위를 저지르면 괜찮은 것이다. 그래서 그 동안에 악역 레슬러들은 발끝으로 타격한다든지, 귀를 잡거나 입 안에 손을 넣어 찢는다든지, 손가락을 하나만 꺾는다든지, 손가락으로 눈을 찌른다든지, 최상단 로프 위로 상대를 집어던진다든지, 머리털을 잡아 뜯거나 잡아 던진다든지, 국부를 차거나 문다든지, 맨살을 물거나 꼬집는다든지, 심판의 명령에 복종하지 않는다든지 하는 등의 온갖 링 안의 범죄를 저질렀다. 그리고 상대방이 저지른 반칙을 항의하는 도중에 KO되거나 폴을 당하거나 하면 반칙 항의는 성립되지 않는다.

'반칙을 항의하기보다는 경계하라.'

이것은 프로 레슬링의 철칙이었다. 그래서 역도산은 그 동안의 실전 경험을 통하여 반칙에 대한 연구를 충분히 해둔 상태였다.

사실 프로 레슬러들은 시합 도중에 관중들의 가슴을 조이게 만드는 난폭한 행위를 다반사로 행하고 있다. 보통 사람들이 이러한 난폭한 행동을 당한다면 사경에 이를지도 모른다. 그만큼 프로 레슬러들의 체력은 강인했다.

모든 스포츠에는 규칙이 있으며, 선수들이 이를 준수하는 데 흥미가 있다고 할 수 있다. 이를테면, 럭비에서는 공을 앞으로 던져줄 수 없으며, 축구에서는 키퍼 이외에는 아무도 손을 사용할 수 없는 독특한 규칙이 적용되고 있다.

그런데 프로 레슬링은 다른 스포츠와 달리 5초 동안은 반칙을 할 수 있도록 허용해주는 것이 선수들로 하여금 반칙을 저지르게 하는 문제점이었다. 하기야 신체가 강력하게 단련된 선수라면 어느 정도 반칙을 당해도 무방할지도 모른다. 물론 너무 난폭할 경우엔 심판의 판단에 따라 반칙 행위를 저지하고 있다.

얼마간의 반칙을 허용하는 이유는 무엇인가. 프로 레슬링 팬들 가운데는, 남성들의 뛰어난 육체미를 즐기는 여성 팬, 승패의 행방을 즐기는 사람, 위험한 기술을 보면서 전율을 느끼고 그것을 즐기는 사람, 시합의 분위기를 즐기는 사람들이 상당수 있다. 특히 전율을 즐기는 사람들이 많기 때문에, 이들의 눈요기를 위해서 프로 레슬러들은 링 밖에서 난투극을 벌인다든지, 유혈이 낭자한 전투를 벌인다든지, 흉기를 사용한다든지 하는 것이다. 그래서 아예 '반칙도 일종의 기술'이 되어버린 지 오래였다.

프로 레슬러 가운데는 '반칙을 좋아하는 스타일'과 '반칙을 좋아하지 않는 스타일'이 있다. 그리고 반칙을 좋아하는 스타일 가운데는 '가벼운 반칙을 즐기는 스타일'과 '목숨이 왔다갔다하는 악질적인 반칙을 즐기는 스타일'도 있다. 그런데 관중들의 상당수가 이러한 반칙을 보며 야유의 묘미와 반칙 추리의 묘미, 그리고 반칙을 채점하는 묘미를 즐기기도 하는 것이다. 그래서 프로 레슬링의 광적인 팬들이 존재하는 한 반칙은 사라지지 않는다.

역도산과 다시 맞선 돈 레오 조나단은 반칙왕이라고는 할 수 없어도 적절히 반칙을 구사할 줄 아는 선수였다. 150킬로그램이 넘는 그는 순회 경기 도중에 링 위를 오르내리는 무거운 계단을 가볍게 들어 링 위로 집어던진 적도 있었다. 그 계단에 머리를 강타당하기라도 한다면 저승길로 갈 수도 있는 것이다.

링 위로 올라선 돈 레오 조나단은 번쩍 든 양손으로 승리의 V자를 그려 보였다.

"자식, 까불고 있군."

그 모습을 보면서 역도산은 비웃었다. 심판이 두 선수를 불러서 신체 검사를 하고 주의사항을 들려줄 때, 역도산은 방심하지 않고 돈 레오 조나단을 노려보았다. 지난번과 같은 불의의 기습 공격을 당할지도 모르기 때문이었다.

공이 울자, 장내에 가득찬 관중들은 "리키!"를 연호하며 성원하기 시작했다. 이들 일본인의 우상인 역도산으로서는 반드시 승리하지 않을 수 없는 입장이었다.

2미터가 넘는 도전자는 자기가 말한 대로 테크닉으로 공격해왔다. 상대가 반칙을 하지 않기 때문에 역도산도 테크닉으로 반격했다. 그런데 시간이 너무 흐르자, 이래서는 타이틀을 빼앗을 수 없겠다 싶었는지 도전자는 마침내 본성을 드러냈다. 역도산의 머리털을 움켜쥐고 마구 잡아당기는 것이 아닌가.

"아니, 이 새끼가……!"

역도산의 입에서는 자신도 모르게 욕이 튀어나왔다. 그리고 머리털을 잡아당기는 반칙을 피하기 위해서 가벼운 가라테춉을 도전자의 어깨에 한 발 던졌다. 그러자 도전자는 갑자기 미친개처럼 거품을 물고 달려들었다. 마치 가라테춉 노이로제라도 걸려 있는 사람 같았다. 킥을 한 발 허용한 역도산으로서는 더 이상 무례한 도전자를 용서할 수 없었다. 관중들이 바라고 있던 융단 폭격은 마침내 시작되었다. 역도산의 손날은 전투기가 되는가 하면, 때로는 B29와 같은 가공할 폭격기가 되었다.

무차별 공습을 받은 도전자는 그대로 그로기 상태가 되었다. 역도산은 축 늘어진 거인을 아예 링 밖으로 내던져버렸다. 기어오르려고 안간힘을 쓰는 것을 이번에는 아예 링의 쇠기둥으로 떠밀어버렸다. 쇠기둥에 어깨를 부딪힌 도전자는 링 밖의 마룻바닥을 엉금엉금 기어다니며 더 이상 올라올 생각을 하지 못했다. 결국 카운트가 세어지고 링 아웃. 시합은 끝났다.

역도산은 돈 레오 조나단을 생각보다 시시한 놈이라고 생각했다. 이로써 역도산은 인터내셔널 챔피언을 2차째 방어하게 되었다. 그런데 도전자의 세컨을 보고 있던 스카이 하이 리가 갑자기 긴 머리를 풀어헤치고 고릴라 같은 주먹을 불끈 쥐더니 역도산을 가격하는 것이 아닌가.

"이봐! 자네는 나의 시합 상대가 아니야!"

역도산은 대항하지 않았다. 그러자 이번에는 태그 파트너였던 자니 바렌트가 적으로 돌변하여 달려드는 것이 아닌가. 같은 미국인이라는 동질성 때문인가. 움직이는 후지산 아즈마후지가 뛰어들어 말렸지만 소용없었다. 심판 오키 시키나가 말리자 스카이 하이 리가 아예 그를 매트 위로 집어던져 버렸다. 관중들도 흥분하기 시작했다.

"리키! 저 양키들을 죽여버려!"

"가만있으면 우리가 해치우겠어!"

당장이라도 관중들의 난동이 일어날 판이었다. 사실 역도산도 화가 날 대로 나 있었다. 스카이 하이 리에 의해 내동댕이쳐진 오키 시키나는 엄밀히 말하면 역도산의 프로 레슬링 스승이 아닌가.

"이 자식들!"

역도산은 드디어 폭발했다. 오랜 세월 동안 단련된 손칼로 역도산은 유령 인간의 급소건 어디건 가리지 않고 무자비하게 후려쳤다. 장검이 휙휙 나는 듯한 소리가 들렸다. 결국 스카이 하이 리는 역도산의 손칼을 피해 뒤로 물러섰고, 자니 바렌트와 돈 레오 조나단이 힘을 모아 그를 링 아래로 끌어내렸다.

잠시 후 돈 레오 조나단이 링 위로 올라와 역도산에게 말했다.

"내가 졌소!"

그런데 돈 레오 조나단은 라커룸에 돌아가서 기자들한테 또다시 변명을 늘어놓았다.

"나흘 전에 교토에서 가진 시합 도중에 나는 왼쪽 귀를 다쳤소. 그런데 이게 곪기 시작해서 중이염이 되어가더란 말이오. 그런 판국에 오늘 링 위에서 떨어질 때 마룻바닥에 그 귀를 부딪혔지 뭐요. 고통이 너무 심해서 하는 수 없이 나는 시합을 포기했소. 내가 실력으로 진 것은 절대로 아니오. 내가 중이염만 앓지 않았더라면 지금 인터내셔널 챔피언이 되어 있을 것이오."

이 말을 기자들로부터 전해들은 역도산은 호탕하게 웃고 나서 말했다.

"덩치는 큰 놈이 어울리지 않게 우는 소리를 하고 있군. 레슬러에게 링은 전쟁터가 아닌가. 반칙을 항의하기보다는 경계하는 마음가짐을 갖고 있어야 레슬러다운 레슬러가 될 수 있는 법인데……."

역도산은 돈 레오 조나단이 참으로 처량하게 생각되었다.

일본인 아내의 충고

1958년 10월 말, 요시노사토와 함께 브라질 일본인 이주 50주년 기념 행사에 초청되어 브라질 원정 시합을 앞두고 있는 역도산에게는 한 가지 변화가 일어났다. 두 번째 일본인 아내인 오자와 후미코와 합의하여 이혼을 전제로 한 별거 상태에 들어가기로 한 것이다. 오자와 후미코는 역도산이 전처와의 사이에 낳은 3남매의 뒷바라지를 하며 10년 동안을 살아온 여성이었다. 스모를 그만두고 니다 건설에서 일할 때도 그녀는 역도산의 조강지처 역할을 대신 맡아주었다.

그러나 역도산은 아내와 3남매를 위하여 살아왔다기보다는 프로 레슬링을 위해서 몸바쳐 살아온 사람이었다. 역도산은 타성에 젖어 술을 한정 없이 마시는 스타일이었지만, 여자와의 염문 또한 숱하게 뿌리고 다니는 스타일이었다. 어느 정도인가 하면, 대관절 몇 사람의 여자와 사귀었는지 비서조차 잘 모르는 상태였다. 유명 여배우나 여가수에서 술집 호스티스에 이르기까지. 심지어 엔카의 여왕이라고 불리던 톱가수를 여관으로 납치하기까지 했을 정도였다.

역도산은 바람을 피울 때는 오자와 후미코의 눈을 속이기 위해서 일 때문에 나가는 것처럼 비서를 데리고 나가는 경우도 있었다. 오자와 후미코가 낌새를 눈치 채고 호텔로 쳐들어오자, 역도산은 재빨리 비상 계단을 타고 파트너와 함께 달아난 일도 있었다.

그러나 역도산은 일본 챔피언과 아시아 챔피언을 거쳐 인터내셔널 챔피언까지 되었다. 그런데 이번에는 또다시 세계 정상을 가리기 위한 월드리그전을 치를 구상을 하는 것이 아닌가. 한 가정의 안살림을 맡고 살아가는 오자와 후미코로서는 그 점이 못마땅했다.

'인터내셔널 챔피언까지 따낸 마당에 더 큰일을 벌이시려고…….'

연초에, 참으로 오랜만에 아이들을 데리고 놀아준 역도산의 모습이 오자와 후미코로서는 그리웠다. 역도산도 그러한 아내의 심정을 잘 알고 있었다. 역도산은 이따금 참을 수 없는 고독감에 사로잡히는 일이 있었다. 그럴 때 자기 주위에 아이들이 있으면 모든 생각을 잊어버리고 아이들과 함께 놀아버리곤 했다. 1958년 정초가 그러했다.

'나는 고독하지만, 일년 내내 돌아다니기만 하는 아버지를 가진 아이들도 쓸쓸할 것이다…….'

역도산은 그렇게 생각하고 있었다. 오자와 후미코는 프로 레슬링을 버리지 못하고 살아가는 남편에게 충고했다.

"저는 어느 쪽이 이길까 하고 걱정했던, 기무라 선수와의 일본 챔피언 결정전에서 당신이 승리했을 때는 정말 기뻤어요. 그런데 이제 세계 정상까지 정복했으니 앞으로는 그 동안 돌보지 못했던 가정을 잘 보살피면서 살아가셨으면 좋겠어요."

오자와 후미코는 집안 살림을 꾸려나가는 데 지칠 대로 지쳐 있었다. 그것은 곧 남편에 대한 불만으로 이어졌다. 동네 정육점이나 생선가게 등에 전화로 주문하기가 난감할 정도였다. 외상이 잔뜩 밀려 있기 때문이었다.

"당신은 사나이 중에 사나이죠. 사나이가 일단 하겠다고 다짐한 이상 그만둘 수는 없겠지요. 제가 아무리 남자 못지않은 여자라고 해도 더는 따라갈 수가 없어요. 당신이 앞으로도 계속 가정을 버리고 자기 멋대로 살아가겠다면 단호히 별거할 생각이에요. 하지만 이제부터라도 저를 생각해서 가정을 소중히 여긴다면 저는 결코 이 집을 나가지 않겠어요."

"하지만 현재의 나는 후미코의 남편이라기보다 인터내셔널 챔피언으로서의 역도산이야. 당신의 인생관이 바뀌지 않는 한 나는 고달픈 나날을 보낼 수밖에 없다구. 나는 프로 레슬링의 명실상부한 세계 정상을 노리고 있고, 당신은 나에게 세계 제일의 아버지가 되라고 하니, 이런 상태로는 두 사람이 한 지붕 밑에서 살아가기가 어렵지 않겠어? 이제부터는 후미코 대신 프로 레슬링이 나의 일생의 반려자인 셈이야."

이렇게 해서 역도산은 기어코 두 번째 일본인 아내와 헤어졌다.

남미(南美)의 역도산

　브라질로 떠나기 전에 역도산은 대니 밀스와 스탠리 커월스키라는 두 레슬러가 일본에 원정 오도록 손을 써놓았다. 대니 밀스는 왕년에 혼부레 몬타나와 팀을 짜서 샤프 형제를 물리치고 세계 태그 챔피언이 되었던 경력도 있는 세계 정상급 레슬러였다. 그러나 현재는 그 벨트가 다시 샤프 형제에게로 돌아갔고, 한때 역도산이 아즈마후지와 더불어 갖고 있던 하와이 태그 챔피언을 스탠리 커월스키와 더불어 쟁취한 직후였다. 그들과 맞서 싸울 일본 레슬러는 아즈마후지와 도요노보리 두 사람이었다.

　1958년 6월 18일부터 브라질에서는 브라질 일본인 이주 50주년 기념 행사가 몇 달째 계속해서 열리고 있었는데, 여기에 초청된 역도산과 요시노사토의 인기는 가히 폭발적이었다. 11월 7일에 일본을 떠난 역도산과 요시노사토는 11월 10일에 남미 최대의 국제 공항인 상파울루의 공고니아스 공항에 도착했다. 비행기 트랩을 밟는 순간, 역도산은 깜짝 놀랐다.

　"만세!"

3천여 명의 환영객들이 일제히 소리치는 것이 아닌가. 일본에서도 좀체로 들을 수 없는 일대 환호성이었다. 공항 대합실은 경찰관이 출동하여 정리하고 있을 정도로 대혼잡을 이루었다. 일본 이민들이 고국에서 온 일본의 영웅을 보러 나온 것이다. 모두들 역도산이 한국인인 줄은 까맣게 모르고 있었다.

　"정말 놀랍습니다. 설마 이토록 거센 환영을 받을 줄이야⋯⋯."

　요시노사토가 감격하여 말을 잊지 못했다.

　"음, 정말 대단하군."

　역도산으로서도 이런 환대를 받기는 처음이었다. 놀라움은 거기서 그치지 않았다. 공항에서 숙소인 에셀시온 호텔로 향하는 길에는 역도산과 요시노사토를 환영하는 사람들로 물결치고 있었다. 간혹 도로를 막아선 환영 인파도 있어서 오픈 카가 몇 차례나 멈춰 서지 않으면 안 되었다.

　사흘 뒤, 상파울루의 이비라푸에라 체육관에서 첫 시합이 벌어졌다. 이비라푸에라 체육관은 공원 속에 위치하고 있으며, 뉴욕의 유엔본부 설계자인 저명한 건축가 뉴 마이에의 설계로 지어진 것이었다. 위풍당당한 현대식 건물로, 수용 인원은 자그마치 1만 8천 명. 입장료가 비싼 편인데도 관람석은 비빌 틈조차 없이 가득 메워졌다.

　"이런 일은 개관 이래 최고 기록입니다. 인터내셔널 챔피언의 인기도를 알 만합니다."

　브라질의 프로 레슬링 관계자가 역도산에게 귀띔해주었다. 브라질에서는 프로 레슬링을 포르투갈 어로 '루타리부레', 레슬러는 '루타 도루'라고 부르고 있었다. 경기 방식은 아마추어 레슬링처럼 그레코로만 형식의 라운드제. 총 6라운드인데, 5분 간을 1라운드로 하고 1분씩 쉬는 방식이었다. 이것은 유럽이나 남미에서 흔히 사용되는데, 지난해에 킹콩 일행과 아시아 챔피언 타이틀을 걸고 싸웠던 것과 마찬가지 방법인 셈이었다. 승패 규칙도 달랐다. 상대방의 양어깨를 3초 동안 매트에 눌러 제압하는 3폴 승부제를 택하지 않고,

오직 KO나 기권으로 승패를 결정짓는 것이었다.

'후후, 이런 폴은 오히려 나한테 유리하지.'

역도산은 좀더 화끈한 경기를 펼칠 수 있다고 생각했다.

오픈 게임이 오후 9시부터 시작되었으므로 역도산이 출전하는 메인 이벤트는 자정 직전에 이르러서야 비로소 벌어지게 되었다. 역도산은 쓴 웃음을 지으며 브라질 프로 레슬링 관계자에게 말했다.

"이렇게 늦어졌으니 숙소로 돌아갈 일이 걱정이오."

그러자 브라질 프로 레슬링 관계자가 웃으며 말했다.

"하하하. 역도산 씨의 시합을 보려고 24시간 동안 트럭을 몰고 달려온 일본계 주민도 수백 명이나 된답니다."

역도산은 차라리 숙연해질 지경이었다.

역도산의 상대는 스페인 챔피언인 로포 데 아라곤. 1라운드가 시작되자 스페인 챔피언은 인터내셔널 챔피언을 펀치로 공격했다. 그러더니 갑자기 인터내셔널 챔피언의 눈에 손가락을 쿡 찔러넣는 것이었다. 상대가 루 테즈와 대적했던 세계 최강자인 만큼 앞을 못 보게 만든 다음 공격하겠다는 치사한 방법이었다. 사태가 이쯤 되자, 첫 시합인 만큼 시간을 끌어보려던 역도산의 생각은 쑥 달아나버렸다.

"참을 수 없군!"

역도산은 당장 체중이 실린 수평 가라테촙으로 스페인 챔피언의 목줄기를 베었다. 스페인 챔피언은 곧장 거품을 내뿜으며 쓰러졌는데, 카운트를 셀 필요도 없이 아예 기절해버렸다. 불과 22초 만에 벌어진 사건이었다. 열광하는 관중들로 체육관은 곧 떠나갈 듯했다.

사흘 뒤에 맞붙은 상대는 이탈리아계 아르헨티나 사람인 로마노였다. 로마노의 특기는 비열한 공격을 펼치는 것이다. 그랬으니 상대가 세계 최강자이므로 더욱 비열한 방법을 쓰지 않을 리 없었다.

로마노는 공이 울자 도망가기에 바빴다. 역도산이 쫓아가 붙잡자 재빨리 국부를 걷어찼다. 사실 프로 레슬러의 일거수 일투족은 '인간 흉기'라고 불러도 과언이 아니다. 최대한으로 단련된 육체는 흉기와 동일한 것이다. 보통 사람의 두 배 이상 굵은 팔뚝, 강철처럼 견고한 다리, 돌처럼 단단한 이마 등등. 그래서 상대가 흉기를 갖고 있지 않아도 늘 경계하지 않으면 안 된다. 흉기를 사용하지 않는 반칙 가운데 하복부의 급소를 공격하는 것은 가장 악랄한 수법이었다. 잘못하면 국부를 걷어채인 사람이 죽을 수도 있다.

국부 공격이 나왔을 때 심판은 자신의 판단에 따라 반칙패를 결정할 수도 있었다. 그럼에도 불구하고 불복하는 경우에는 퇴장 명령을 내리며, 다른 선수들이나 경찰관에게 응원을 요청하여 강제로 끌어내린다. 이때는 반칙 당사자가 벌금을 물어야 하고, 심지어는 출전 정지 처분이나 자격 박탈을 당할 수도 있다. 그만큼 국부 공격은 위험한 반칙인 것이다.

역도산은 뜨거운 피가 솟구쳤다. 몇 년 전에 일본 챔피언 결정전 때도 기무라 마사히코가 극도로 위험한 국부 공격을 저질러왔기 때문에 자신도 흥분을 억제하지 못하고 무자비한 공격을 펼치지 않았던가.

로마노는 거기서 그치지 않고 손가락으로 눈을 찌르는 반칙을 저질렀다.

"너 같은 놈한테는 프로 레슬러란 이름이 아깝다!"

역도산은 소리치며 육중한 손칼을 휘둘러, 당장에 로마노를 묵사발내었다. 겨우 30초 경과.

"이렇게들 약해서야, 어디. 한때 기무라 마사히코가 여기에 와서 폼을 잡은 이유를 알 만하군."

역도산은 중얼거렸다. 관중들은 자리에서 일어나 엄청난 환호성을 울리며 박수갈채를 퍼부었다.

"이번엔 2만 명이나 몰렸소."

프로모터가 흥분을 감추지 못하고 말했다.

나흘 뒤에 벌어진 3차전의 상대 역시 나약하기는 마찬가지였다. 이탈리아계의 피로타. 이번에는 역도산이 시간을 좀 끌어보리라 생각하고 방어로만 일관하자, 피로타는 거칠게 달려들어 펀치 공격을 퍼붓다가, 역도산이 슬쩍 피하자 제 힘에 못 이겨 로프 사이로 튀어나가 링 밖으로 떨어졌다.

"우아아악!'

연기력 있는 비명이 아니었다. 이비라푸에라 체육관은 무자비하게도 링 사이드가 콘크리트로 되어 있었다. 그랬으니 충돌한 뼈가 온전할 턱이 없었다. 자폭한 셈이었다. 2라운드 1분 30초, 역도산의 KO승.

요시노사토 역시, 오픈 게임에 처음 출전하여 그리스 선수인 스진 애트래스를 2라운드에서 묵사발을 내버렸다.

"이제는 더 이상 관중을 입장시킬 수 없을 만큼 초만원입니다."

프로모터는 기쁨의 비명을 올렸다.

사흘 뒤에 벌어진 4차전 상대는 포르투갈 챔피언인 조세 루이스였다. 오후 9시의 시합 직전에 이미 입장권은 매진되었다. 남미 최고의 입장 기록이었다.

'저 녀석은 포르투갈 챔피언이니까 좀 다르겠지.'

역도산의 생각대로 다르긴 달랐다. 우선 박력면에서 차이가 났다. 처음부터 꽁무니를 빼는 나약한 겁쟁이는 아니었던 것이다. 한동안 인터내셔널 챔피언의 가라테춥과 포르투갈 챔피언의 펀치가 교환되었다. 그러나 조세 루이스의 펀치는 역도산의 가라테춥 앞에서 무기력했다. 되로 주고 말로 받는 격이었다. 위기 상태에 몰린 조세 루이스는 끝장내려고 달려드는 역도산의 국부를 걷어찼다.

"욱!'

정확히 맞았기 때문에 역도산은 고통을 못 이기고 쓰러지고 말았다. 그런데도 조세 루이스의 발길은 멈추지 않았다. 역도산이 간신히 몸을 일으켰을 때, 심판은 얼른 시합을 중단시켰다. 역도산의 반칙승.

"리키! 조세 루이스를 죽여라!"

일본계 관중들이 아우성치고 있었다. 그렇지 않아도 역도산은 비열한 포르투갈 챔피언을 죽여버릴 심산이었다. 하마터면 가장 귀중한 남성을 잃을 뻔하지 않았는가.

그런데 조세 루이스는 어느새 내빼버리고 없었다.

"정말 재수없는 놈이군."

역도산은 혀를 끌끌 차고 말았다.

마침내 역도산이 국부 공격을 받은 데 대한 복수를 할 기회가 왔다. 관중들의 요청에 따라 일주일 후에 다시 맞붙게 되었던 것이다.

"죽여버리겠다!"

공이 울리자마자 역도산은 포효를 하며 총알처럼 튀어나갔다. 역도산의 손날이 조세 루이스의 목줄기에서 연거푸 번뜩였다. 역도산은 그로기 상태에 빠진 조세 루이스를 힘차게 집어 올렸다.

"으아아아아…… 사, 살려줘!"

그러나 역도산은 용서해주지 않았다. 반성하지 않는 범죄자는 칼로 다스려야 한다고 생각했다. 힘껏 링 밖의 콘크리트 바닥으로 패대기쳤다.

"으아아아악!"

조세 루이스는 늑골이라도 부러졌을 듯한 처절한 비명을 질렀다. 불과 34초 만에 벌어진 비극적인 사건이었다.

리우데자네이로, 부에노스아이레스, 아라삽바, 마리리아, 론도리나 등지를 순회한 역도산은, 최종전에서 마침내 브라질의 희망인 브라질 챔피언과 맞붙었다. 브라질 챔피언의 이름은 고스토리아.

그런데 6라운드 내내 고스토리아가 도망만 다녀 끝내 무승부가 되고 말았다.

역도산의 브라질 원정 총전적은 17전 16승 1무. 역도산은 요시노사토를 브라질에 남겨둔 채, 42일 만인 12월 17일에 일본으로 돌아왔다.

움직이지 않는 후지산

8시, 하네다 공항. 공항에는 일본의 간판 프로 야구 선수인 모리 도루(森徹)와 김정일(金正一)이 나와 있었다. 모리 도루는 도요(大洋) 팀의 외야수이자 강타자. 1958년 시즌에는 홈런 더비(homerun derby) 2위(23개), 타율 16위 (2할 4푼 7리)를 기록하였으며, 내년에는 3관왕(홈런, 타율, 타점 부문 순위)을 노리고 있었다.

역도산이 모리 도루를 처음 만난 것은, 1942년에 역도산이 스모 선수로서 만주(滿洲) 순회 시합을 가질 때였다. 그때 형제의 인연을 맺어 지금까지 오고 있었다. 역도산이 모리 도루의 후견인 노릇을 하며 보람을 느끼고 있었고, 모리 도루는 역도산이 친어머니처럼 생각하고 있는 자신의 어머니 모리 노부 (森信)와 더불어 역도산을 음으로 양으로 응원해오고 있었다.

김정일은 일본명 가네다(金田)로, 국철(國鐵)팀의 에이스이자 일본 프로 야구계가 자랑하는 세계적인 투수였다. 한국인의 핏줄을 타고난 선수로서, 역시 역도산이 친동생처럼 아끼며 후견인 노릇을 해주고 있었다.

모리 도루와 김정일은 둘 다 역도산의 프로 레슬링 센터를 수시로 방문하여 중량 운동인 역도 훈련을 해오고 있었다. 하네다 공항에서 역도산은 모리 도루에게는 미제 야구 배트를, 김정일에게는 미제 야구 글러브를 건네주었다.

"도루 군, 이 배트로 홈런왕이 되어야 한다!"

역도산은 자신의 캐딜락 승용차에 모리 도루를 태우고 운전하면서 말했다.

"네가 홈런왕이 되면 무엇이든 갖고 싶은 것은 주겠어."

"정말입니까? 그렇다면 이 캐딜락을 주세요!"

모리 두루는 자신 있다는 투로 서슴없이 말했다.

"좋다, 주마! 그 대신 틀림없이 타이틀을 잡아야 한다! 알았지?"

"두고보세요."

"호, 그놈 참 믿음직스런 사내놈일세."

역도산은 모리 도루와 헤어진 뒤 곧바로 특급열차편을 이용하여 나고야로 달려갔다. 그곳의 가네야마 체육관에 프로 레슬링 경기 일정이 잡혀져 있기 때문이었다.

하지만 가네야마 체육관에 도착한 역도산은 어이가 없었다. 도쿄 고라쿠엔 특설 링에서 아즈마후지와 도요노보리가 대니 밀스와 스탠리 커월스키를 상대로 태그 매치를 벌여 1 대 1로 비기긴 했지만, 일주일 뒤에 벌어진 싱글 매치에서는 아즈마후지가 대니 밀스에게, 도요노보리가 스탠리 커월스키에게 하나같이 폴로 깨지고 말았던 것이다.

"기합이 빠졌군!"

역도산은 분개했다. 게다가 이 두 차례의 시합이 모두 만원의 관중을 끌지 못했다는 사실을 비서가 건네준 신문 스크랩을 통해 알고 나니 더욱 화가 났다. 신문에는 또 이런 기사가 실려 있었다.

'역도산이 없는 프로 레슬링은 역시 활기가 없다.'

역도산은 충격을 받았다.

'나한테도 문제가 있지 않은가……. 언제까지고 나 혼자뿐인 프로 레슬링이 되어서는 안 된다. 모두를 단련시켜야 한다. 그러기 위해서는 나부터 솔선

수범하지 않을 수 없다. 그래서 이런 기사를 쓴 기자를 되돌아보게 하겠다.'

역도산은 당장 도요노보리와 팀을 맺어 대니 밀스와 스탠리 커월스키에게 결투를 신청했다.

"너무 무리한 스케줄이 아니십니까? 아직 여독도 풀리시지 않았을 텐데……."

비서가 말렸지만 소용없었다.

"안 돼. 나는 이런 일에는 가만히 견디지 못하는 성질이라구."

가네야마 체육관에서 시합은 강행되었고, 화가 날 대로 난 역도산에게 대니 밀스와 스탠리 커월스키가 혼쭐이 난 것은 물론이었다.

그 뒤로 연속해서 도쿄의 고라쿠엔 특설 링, 오사카 부립 체육관, 또다시 고라쿠엔 특설 링에서 예의 팀으로 태그 매치를 벌였는데, 역도산 조는 모두 2대 0 스트레이트로 이겨버렸다. 그런데 관중은 웬일인지 초만원으로 몰려들지 않았다.

'관중들의 시선을 끌 만한 초청 선수들이 아니기 때문일까?'

팬들은 역도산이 인터내셔널 챔피언이 되었으므로 더욱 큰 자극을 바라고 있었다. 이것이 프로 스포츠 팬들의 생리인 것이다.

한편, 전 스모 요코즈나였던 움직이는 후지산 아즈마후지는 대니 밀스·스탠리 커월스키 초청 시합을 마치고 나서 목욕탕에서 미끄러져 넘어지는 불상사를 당했다. 팔굽이 형편없이 상해버린 것이다.

그 동안 아즈마후지가 일본인끼리 격전을 벌여 일본 헤비급 챔피언 도전권을 따놓은 상태였다. 물론 역도산이 인터내셔널 챔피언의 자리에 오른 뒤에 일본 챔피언 자리를 내놓아 그 자리는 공석이었지만.

일본 프로 레슬링 위원회는 3개 체급(헤비급, 주니어 헤비급, 라이트 헤비급)의 일본 챔피언 제도를 규정해놓고 있었으며, 역도산의 일본 프로 레슬링 협회와 관서 지구의 야마구치 도장, 동아(東亞), 아시아 협회가 합의하여 챔피언 결정전 및 도전자 결정전을 벌였었다.

라이트 헤비급에서는 역도산 문하의 요시노사토가 다른 도장 소속의 우메다(梅田), 나라요미(北嘉), 오히라(大坪)를 꺾고 결승전에 올라와, 동문(同門)인 요시하라(吉原)를 2 대 0 스트레이트로 물리치고 초대 챔피언이 되었다.

주니어 헤비급에서는 역시 역도산 문하의 스루가우미가 야마구치 도장의 요시무라 미치아키를 2 대 1로 꺾고 초대 챔피언이 되었다.

헤비급에서는 나가사와와 도요노보리를 물리친 아즈마후지, 그리고 거인 라쇼몬과 스기요(月影)를 누른 야마구치 도시오가 결승에 올라왔는데, 이들 두 사람이 붙은 결승전에서는 팽팽한 접전이 벌어졌다. 1 대 1의 상황에서 두 사람이 맞잡은 채 링 아래로 떨어져 링 아웃이 되었다. 이때 아즈마후지는 왼쪽 발목을 다쳐 피가 흘렀고, 야마구치 도시오는 오른쪽 옆구리에서 등으로 연결되는 타박상을 입었다. 심판을 맡은 역도산은 어쨌든 도전자를 결정해야 하므로 남은 26분 동안 시합을 재개시켰는데, 두 선수 모두 부상으로 몸이 부자연스러웠기 때문에 할 수 없이 경기를 중단시켰다.

얼마 후, 아즈마후지와 야마구치 도시오의 2차전이 벌어지기 전에 일본 주니어 헤비급 타이틀 매치가 세미 파이널로 벌어졌다. 라이트 헤비급 챔피언인 도전자 요시노사토와 주니어 헤비급 챔피언 스루가우미의 경기는 무승부(스루가우미는 요시노사토보다 25킬로그램이나 무거운 상황이었다).

이윽고 메인 이벤트. 아즈마후지는 1 대 1의 상황에서 야마구치 도시오의 특기인 발걸기에 걸려 넘어졌다. 야마구치 도시오의 보디 프레스. 그러나 교묘하게 피해 나온 아즈마후지가 역습을 전개하여 야마구치 도시오를 짓뭉개 버렸다. 그래서 아즈마후지가 당시 일본 챔피언이던 역도산에 대한 도전자 자격을 따냈던 것이었다. 그라운드 레슬링에 가장 미숙한 아즈마후지가 프로 유도 선수 출신의 야마구치 도시오를 그라운드 레슬링으로 꺾은 것은 실로 경이로운 사건이 아닐 수 없었다. 그리고 국내 라이벌전을 겸한 일본 선수권 대회는, 일본인 대 외국인의 경기만 펼쳐지는 것으로 알았던 프로 레슬링 팬들의 고정관념을 뒤집어놓은 것이었다.

그런데 이 이즈마후지는 일본 챔피언이 되어 보기도 전에 팔굽 부상으로 은퇴하고 말았다. 스모의 일인자였던 움직이는 후지산은 프로 레슬링으로 전향하여 너무도 빨리 시들고 말았던 것이다. 새벽에 피었다가 아침에 지고 마는 나팔꽃처럼.

"함께 프로 레슬링으로 꽃을 피워 보자." 던 아즈마후지의 말이 역도산의 귀에 들려오는 듯했다. 이제 '움직이는 후지산'은 '움직이지 않는 후지산'이 되어버리고 말았다.

함경도 목가에서 아리랑, 도라지까지

역도산은 늘 시합을 화려하게 마무리짓는 솜씨가 있었다. 그 능란한 솜씨에 다른 프로 레슬러나 프로 레슬링 관계자, 그리고 그를 응원하는 팬들은 늘 경탄해 마지않았다. 그러나 어느 화가는, 한 인간의 고독한 모습을 찾아내려면 그의 등을 보아야 한다고 말했다. 경기를 끝내고 퇴장하는, 그리고 경기장을 나서서 귀가하는 그의 등허리에는 늘 쓸쓸한 그림자가 아로새겨져 있었다.

그건 어쩌면 관부연락선에 얼룩진, 한반도와 일본 열도 사이에 멍든 시퍼런 상처 자국인지도 몰랐다. 고독이 용솟음칠 때 그는 언제나 한 한국인이 경영하는 불고기집을 찾았다. 역도산에게 있어서 불고기와 김치는 떼어놓을래야 떼어놓을 수 없는 스태미나 음식이었다. 육체적인 스태미나…… 그리고 정신적인 스태미나…….

불고기집 주인의 이름은 진명근(陳溟根). 역도산과 함경남도 홍원군 용원면에 있는 영무소학교 동기동창생이었다. 1914년에 일본으로 건너와 중앙대학을 졸업했으며, 일본 대표급 축구 선수로도 활약했던 인물이다. 그 옛 친구는 역도산이 고독해할 때 언제나 다정한 벗이 되어주었다.

역도산은 술에 취하면 노래를 잘 불렀다. 굵고 사나이다운 그의 목청은, 〈함경도 목가〉에서 〈아리랑〉 그리고 〈도라지〉까지 가사 한 줄 틀리지 않고 구성지게 뽑아냈다. 자기 스스로 다시 한 번 한국인임을 깨닫는 순간이었다.

역도산의 노래 솜씨는 방송 출연에서도 소문난 바 있었다. 톱 가수인 미소라 히바리와 함께 방송에 출연하여 그녀의 히트곡인 〈부드러움〉을 열창했는데, 너무도 잘 불러서 그녀도 폭 빠졌을 정도였다. 그때는 물론 대중들에게 자신이 한국인임을 숨기고 있었기 때문에 한국 민요를 부를 수 없는 게 늘 마음에 걸렸었다. 일본인의 우상은 곧 일본인이어야 하는 안타까운 현실이었다.

방송에서는 부를 수 없었던 고국의 민요를 부르고 난 역도산은 곧잘 뜨거운 정종 한 잔을 들이켜고 나서 뜨거운 눈물을 흘리곤 했다. 오랜 고향 친구와 단둘이 있기 때문에 흘릴 수 있는 눈물이었다. 불고기와 김치를 먹기 위해, 그리고 고국의 민요를 부르기 위해 친구가 경영하는 불고기집을 찾았던 역도산. 그러나 그것도 팬들의 눈을 피해서만 가능한 일이었다.

역도산이 자신의 가슴에 싹트고 있는 고독을 은연히 달랠 수 있는 대상은 또 있었다. 자신과 같은 세계적인 레슬러가 되고자 현해탄을 밀항해온 김일이 훈련을 게을리하지 않고 있는 데다, 무서운 속도로 실력이 늘어나는 것을 확인하는 일이었다.

씨름을 통해서 꽤 잔뼈가 굵은 김일이었지만, 프로 레슬링은 결코 만만히 볼 격투기가 아니었다. 우선 선후배간의 서열이 엄격했다. 심지어 군대에 있을 때보다 엄격하다는 느낌이 들 정도였다.

김일은 그 동안 엄청난 시련을 겪어왔다. 현실 같지가 않을 정도였다. 역도산 도장을 청소하는 것은 물론이고, 밥을 짓고 빨래를 해야 했으며, 게다가 선배들의 잔심부름까지 도맡지 않으면 안 되었다. 그러고 나면 비로소 연습 시간이 돌아왔다. 김일은 그 연습 시간을 단 1분도 소홀히 하지 않았다.

연습이 끝나면 취침 시간. 그러나 20대 후반의 나이든 신입생인 김일에겐 취침도 자유롭게 주어지지 않았다. 선배들의 침구를 모두 펴주고 난 다음에야 겨우 눈을 붙일 수 있었던 것이다. 그런데 아침에는 누구보다 일찍 일어나야 했다. 웬만큼 건강한 사람이라고 하더라도 도저히 이겨내기 힘든 하루 일과였다.

역도산 도장은 역사들이 힘을 내뿜는 육체의 광장이었다. 도장 안은 늘 일류 레슬러가 되기 위해서 매트를 뒹구는 소리들로 요란했다. 역사들의 고함이 천지를 진동하는 가운데, 김일은 단 한 사람뿐인 한국인 훈련생이었다. 그래서 이따금 한없는 고독 속으로 침몰할 때도 있었다. 일본 제국주의의 압력 아래서 뼈아픔을 느껴왔던 김일이었다. 그런 김일에게는 언제나, '일본인에게는 패하지 않는다.' 는 민족의식이 살아 숨쉬고 있었다.

1958년 7월 13일. 김일은 드디어 많은 선수와 함께 정식 합숙 훈련에 들어갔다. 이때 역도산은 일주일 전에 미국 원정을 떠난 상태였다.

김일은 아침 6시에 기상하여 역도산 도장 실내와 마당을 꼬박꼬박 청소해야 했으나, 정식 합숙 훈련에 들어간 기쁨 때문에 그다지 고되게 느껴지지 않았다. 본격적인 연습은 오전 11시에 시작되었다. 기본적인 연습 과정은 다리 운동과 팔 운동, 그리고 목 운동으로 크게 구분되었다. 어떤 운동 경기를 막론하고 선수들의 다리가 튼튼하지 않으면 안 되는 법. 그래서 다리의 단련을 매우 중요시하고 있었다. 가장 좋은 것은 역시 달리기였다. 이것은 너무 평범하여 어렵지 않은 것 같지만, 실은 매우 효과적인 운동이었다. 프로 레슬러는 뛰면서 발목을 강하게 단련시키며 몸을 날릴 수 있는 힘을 키우기도 하는 것이다. 때로는 모래밭을 걸으면서, 혹은 뛰면서 발목의 힘을 단련시켰다.

김일은 우선 앉았다 일어섰다 하는 다리 굽히기 운동을 거듭했다. 시합 때 지칠 줄 모르는 지구력을 발휘하기 위해서 하체를 단련시키는 것이었다. 모두들 2천 회를 반복하고 있었으며, 김일도 무난히 넘겨냈다.

다음으로는 팔 운동이었다. 프로 레슬러의 근육은 자연스럽게 발달되어야 하기 때문에 X밴드, 바벨, 덤벨 같은 도구를 사용하여 팔 힘을 단련하는 것도 필요하지만, 무엇보다 무리하지 않고 적당히 연습하는 방법이 필요했다. 보디 빌딩과 같은 중량 운동만 하면 근육이 표면적으로 발달하여 유연성이 없어지기 때문에, 반드시 몸풀기 운동을 통하여 균형을 유지해야만 근육이 강하면서도 부드럽게 만들어지는 것이었다.

그리고 팔굽혀펴기도 중요했다. 이 운동은 배의 힘을 강화시키는 동시에 팔과 다리의 힘도 강화시키는 것이었다. 한 번에 3백 회, 하루 1천 회를 연습할 때가 많았다. 그 밖에도 큰 수건의 양끝을 서로 잡고 잡아당기거나 탄력성이 강한 고무줄을 이용하여 잡아당김으로써 손아귀의 힘을 강하게 만들었다.

다음으로는 목 운동이었다. 프로 레슬러에게 있어서 목은 가장 중요한 중심부였다. 목 힘이 강하지 않으면 선수 생활을 할 수 없기 때문이었다. 프로 레슬러는 대부분 목이 없는 것 같아서 기형적으로 보일 때가 있지만, 실은 이것이야말로 전형적인 프로 레슬러의 신체라고 할 수 있었다. 목의 힘을 단련시키면 자연히 양어깨 쪽에 근육이 발달하기 때문에 목이 없는 것처럼 보이게 마련이었다. 목 힘을 단련시키기 위해서는 브릿지 운동을 해야만 했다. 누운 상태에서 머리와 다리를 활 모양으로 떠받치는 운동이었다.

이런 기본 운동이 끝나면 동료 선수와 함께 매트에 누워서 서로가 팔을 꺾고 몸을 누르며 조르는 연습이 반복되었다. 연습에서도 우열이 판가름나는 법이었다. 연습에서부터 이미 힘이 있고 기술이 있는 선수는 실전에서도 언제나 우세하기 마련이었다.

루 테즈를 꺾고 인터내셔널 챔피언이 되어 돌아온 역도산은 씨름에 능했던 김일에게 직접 기술 지도를 해주었다. 김일이 힘으로 누르고 조르고 넘어뜨리면, 역도산은 잔기술로 슬쩍 빠져나오곤 했다.

"너는 현해탄을 건너온 사나이다. 다른 선수가 하루를 연습하면, 김일이 너는 이틀을 연습해야 한다는 사실을 명심해라."

그러고는 땀으로 젖은 김일의 어깨를 두드려주었다. 바다 건너에 부모를 두고 조국을 떠나와 힘과 기술을 닦는 김일에게 역도산의 격려는 눈시울을 적시게 했지만, 이것은 곧 일류 레슬러가 되고야 말겠다는 희망을 가져다주곤 했다.

'내 조국을 위해서, 대한 남아로서 결코 패배자가 되지 않겠다.'

김일은 늘 각오를 새롭게 했다.

정식 합숙 훈련이 시작된 지 두 달쯤 지났을 때 김일의 실력은 부쩍 늘어났다.

"됐다! 3천 번!"

김일은 고함을 질렀다. 앉았다 일어섰다 하는 다리 운동을 무려 3천 회나 해냈던 것이다. 2천 번을 넘기지 못하고 쓰러지는 다른 선수와 비교하면 실로 기적 같은 일이 아닐 수 없었다.

"잘 해냈다!"

역도산이 칭찬을 아끼지 않았다.

얼마 뒤, 역도산은 김일의 이마를 어루만지면서 말했다.

"한국 사람들은 박치기를 잘한다. 그러니 너는 앞으로 박치기 연습을 해봐라."

김일은 우선 샌드백을 들이받았다. 다음엔 나뭇조각을 들이받았다. 그 다음엔 나무기둥을 들이받았다. 이번엔 쇠기둥을 들이받았다.

그러던 어느 날.

빡!

분명히 어딘가 부서지는 소리가 났다. 김일의 이마는 선명하게 패인 채 시뻘건 피가 흐르고 있었다. 역도산이 골프채로 이마를 후려친 것이었다. 훈련을 게을리한다는 이유 때문이었다. 김일의 이마는 하루도 성한 날이 없이 피가 맺혔다. 그러나 이마는 하루하루 돌덩이처럼 굳어만 갔다. 인간 핵탄두가 만들어지고 있었던 것이다.

1958년 11월 16일. 합숙 훈련이 시작된 지 어느덧 5개월이 지났다. 역도산은 요시노사토와 함께 브라질 원정을 떠난 상태. 역도산 도장에서 지도를 받고 있는 선수들이 한자리에 모여서 시합을 가졌다.

김일의 상대는 조 히구치(樋口). 그는 중견급 선수로 무서운 완력을 자랑하고 있었다. 첫 상대가 강자였기 때문에 김일은 두근거리는 가슴을 억제하기가 어려웠다. 하지만 결전장에 나선 이상 싸우는 수밖에는 다른 도리가 없었다. 김일은 그 동안 배운 기술을 총동원했다. 그러나 공격이 좀처럼 먹혀들지 않았다. 아무리 차고 때려도 조 히구치는 묘하게 피해다녔다. 뿐만 아니라 날렵한 조 히구치의 킥에 가슴을 크게 얻어맞기도 했다. 김일은 약이 올랐다.

'현해탄을 건너온 나다. 어찌 나막신을 신은 일본인에게 지겠는가!'

순간 조 히구치의 넓은 이마가 눈에 들어왔다.

'옳지!'

김일은 바로 그 순간, "에잇!" 하고 소리치며 조 히구치의 이마를 자신의 이마로 힘껏 들이받았다.

"으으윽!"

비명을 올리는 조 히구치의 이마에서는 붉은 피가 솟구쳐올랐다.

"좀더 맛 좀 봐라!"

김일은 연거푸 박치기 한 다발을 퍼부었다. 어떤 박치기인가. 쇠기둥을 들이받으며 단련시킨 박치기가 아닌가. 조 히구치는 마침내 쓰러지고 말았다. 김일을 얕보았다가 큰코를 다친 셈이었다.

복면의 침입자

역도산은 경제적으로 몹시 어려운 상황에 처해 있었다. 프로 레슬링도 세상의 일반 조류인 냄비 바닥 경기에 직접적인 영향을 받아 점차 인기가 하락되었던 것이다. 인기가 없으면 자금이 달리는 게 프로의 생리. 그렇더라도 너무 돌발적인 인기 하락이었다. 매스컴에서는 이 사태를 놓치지 않고, '프로 레슬링의 인기는 어느덧 그 불길이 꺼져가고 있다.'라고 보도했다. 그럴 때 스모 후배이자 프로 레슬링 문하생인 도요노보리가 역도산의 씁쓰레한 기분을 알아채고 프로 레슬링의 인기 회복에 힘을 쏟고자 노력했다.

"기운을 내십시오, 세키도리."

"그래. 어떠한 일이고 오랜 세월 속에는 반드시 영고성쇠(榮枯盛衰)가 있는 법이니까."

역도산의 뒤를 밀어주던 나가타 사다오는 이미 흥행 수익에 따른 갈등으로 역도산의 곁을 떠나간 뒤였다. 경제 사정이 얼마나 어려운가 하면, 약속어음이 부도가 날 뻔한 상황에서 미쓰비시 전기 등의 급조를 받은 일도 있을 정도였다.

1958년이 저물어 갈 무렵, 역도산은 1959년을 성쇠(盛衰)의 기로에 선 해로 잡고 침체 위기에서 벗어날 빅 카드를 구체적으로 구상했다. 역도산의 머릿속에 그려진 청사진은, 세계 각국의 정상급 레슬러 가운데서 6~7명을 선발, 초청하여 전국 각지에서 장기간 리그전을 치름으로써 세계 최강자를 결정짓는다는 기발한 내용이었다. 이른바 월드리그전.

실로 웅장한 계획이 아닐 수 없었다. 역도산은 이혼을 하면서까지 이 구상을 좀더 치밀하게 짜나갔던 것이다. 역도산이 이 구상의 힌트를 얻은 전례는 역도산과 헤어진 나가타 사다오의 나니와부시 흥행이었다. 나니와부시란 일본의 고유 악기인 샤미센(三味線)을 연주하면서 통속적인 내용을 읊어대는 신파 연극(新派演劇) 같은 것인데, 나가타 사다오는 한때 일본 전역의 나니와부시 1급 연기자를 한자리에 모아 공연시켜 엄청난 수익을 올린 적이 있었다.

그러나 월드리그전을 실현시킨다는 것은 말처럼 간단한 것이 아니었다. 미국, 캐나다 지역만 하더라도 프로모터들이 세력을 다투느라고 자기 산하에 있는 인기 레슬러들을 다른 프로모터에게 넘겨주지 않으려는 속성이 있기 때문이었다. 그래도 일단 부딪혀보리라는 생각에 역도산은, 캐나다의 프로모터인 쿠윈과 NWA 회장 샘 마조닉, 조 말코비치, 줄리어스 스트롬보 등의 거물급 프로모터들에게 자신의 구상과 협조를 구하는 서신을 보내고 회신이 오기만을 기다렸다. 이 계획에는 역도산의 운명은 물론 일본 프로 레슬링계의 흥망이 걸려 있다고 해도 과언이 아니었다.

미국이나 캐나다의 거물급 프로모터들도 도저히 추진할 수 없었던 계획…… 그런데 역도산이 이 일에 뛰어든 것은 단지 경제 위기에서 벗어나기 위한 것만은 아니었다. 역도산은 인터내셔널 챔피언만으로는 만족할 수 없었다. '프로 레슬링의 하느님' 이라고 일컬어지는 루 테즈를 꺾었다는 것만으로도 만족할 수 없었다. 명실공히 세계 최강의 역사가 되려면 세계 각지에서 내로라하는 거물 레슬러들을 리그전을 통해서 모조리 해치우지 않으면 안 된다고 생각했다. 그것만이 지구상 곳곳에 퍼져 있는 무림(武林)을 평정하는 외길 수순이라고 생각했다. 그래서 언젠가는 자신이 백두산의 기상을 타고난 백두산 호랑이였다는 사실을 떳떳하게 밝히고 싶었다.

얼마 뒤, 캐나다의 쿠원과 미국의 조 말코비치에게서 '협력하겠다' 는 내용의 회신과 함께 몇 사람의 리스트가 날아왔다. 드디어 무림 평정의 신화를 개척할 신호탄이 울린 것이다.

역도산은 1959년 들어 고라쿠엔 특설 링에서 대니 밀스를 2 대 0으로, 나고야 가네야마 체육관에서 유럽 챔피언인 럭키 시모노비치를 2 대 1로 격파하여 아시아 챔피언을 두 차례나 방어해둔 상태였다.

역도산은 미국으로 날아가기 전에 아시아의 정상급 레슬러인 킹콩에게 연락을 취했다. 월드리그전에 어울릴 만한, 아시아를 대표할 수 있는 거물급 레슬러도 두 사람쯤 필요하다고 생각했기 때문이었다. 킹콩은 인도의 일인자인 타록 싱과 함께 참가하겠다는 통보를 해왔다. 킹콩은 정당한 리그전을 통해 프로 레슬링의 일인자를 결정짓는다는 말을 듣고 몹시 반가워했다.

"그까짓 쇼나 부리는 흰둥이들쯤이야!"

역시 전 동양 챔피언이자 현 아시아 태그 챔피언다운 자신만만함이었다.

두 명의 일류 동남아 역사를 확보해둔 역도산은, 늦겨울의 찬바람에도 아랑곳하지 않고 곧장 미국으로 날아갔다.

역도산이 미국행을 서두른 데는 세 가지 목적이 있었다. 우선 눈빛만 봐도 소름이 끼칠 일급 백인 레슬러를 찾아내는 일, 경제 사정이 악화되었기 때문에 원정 경기를 치러서 외화를 모으는 일, 그리고 무엇보다 월드리그전에서 자신의 실력을 최대한 발휘할 수 있도록 실전을 통한 컨디션 조절을 꾀하는 일이었다. 역도산은 아시아 챔피언 벨트를 노리고 도전한 대니 밀스를 25분만에 간단하게 때려 눕혔을 정도로 컨디션이 절정에 달해 있었으며, 정신력 또한 팽창일로에 있었다. 따라서 자신감에 잔뜩 부풀어, '누구든지 덤벼라!' 였다.

그런데 역도산이 도미하기 전에 한 가지 해놓지 않으면 안 되는 일이 있었다. 그즈음 격주로 진행되는 텔레비전 프로 레슬링 중계 시합은 여전히 이어지고 있었고, 시합은 매번 프로 레슬링 센터에서 열렸는데, 역도산 부재중에 시청자들을 충족시킬 만한 사나운 백인 레슬러가 한 사람 있지 않으면 안 되었다. 그래서 초청한 사나이가 바로 미스터 아토믹이라는 복면의 레슬러였다. 닉네임은 원폭의 사나이. 흉기를 감추고 싸우는 반칙왕으로 소문나 있었다. 역도산은 이 사나운 레슬러도 월드리그전을 벌일 10인의 레슬러 가운데 한 사람으로 점찍어놓았다. 킹콩, 타록 싱, 미스터 아토믹과 함께 역도산, 엔도 고키지, 도요노보리를 포함한 6인의 레슬러는 이미 결정된 셈이었다.

나머지 4인의 백인 레슬러를 물색하기 위하여, 그리고 다른 두 가지 목적을 위해서 역도산은 미국으로 날아갔다. 역도산은 분주히 돌아다닌 끝에, 팬들이 이름만 들어도 벌벌 떨 만한 백인 레슬러 네 명을 찾아냈다. 이미 도일한 바 있는 제스 오르테가 그리고 대니 프레체스, 엔리키 토레스, 로드 부레아스.

도미를 끝내고 일본으로 돌아온 역도산은 소스라치게 놀랐다. 불과 두 달 사이에 역도산 도장이 쑥대밭이 되어 있었던 것이다. 침입자는 바로 월드리그전을 벌일 프로 레슬러 10걸 가운데 한 사람인 미스터 아토믹이었다. 이 소름끼치는 복면을 한 갱의 출현으로 도쿄 전역에서 팬들이 두려움에 떨고 있었다.

"뭐야?"

역도산은 이 소식을, 하네다 공항에서 비서로부터 처음 들었다.

제일 먼저 요시노사토가 당했다. 불과 19분 38초 만에 폴을 당한 뒤에 실신하고 말았다. 두 번째로 요시무라 미치아키가 당했다. 겨우 12분 16초 만에 간단히 뻗어버렸던 것이다. 세 번째로 엔도 고키지마저 당했다. 엔도 고키지는 고라쿠엔 특설 링에서 침입자를 막아 싸웠는데, 한 판을 먼저 따내고 나서 이마가 뜯겨졌다. 선배인 에도 고키지가 실신의 위기에 처해 있는 것을 보고서 참다 못한 요시무라 미치아키와 요시노사토가 링 위로 뛰어올라가 도우려고 했지만, 모두 침입자의 완력에 의해 링 밖으로 내동댕이쳐지고 말았다. 심판은 침입자의 반칙승을 선언했지만, 침입자가 싫다고 해서 엔도 고키지의 2 대 1 승리로 끝났다. 그러나 파괴당한 건 분명히 엔도 고키지 쪽이었다. 프로 레슬링 바닥에서 온갖 세파를 견디고 싸워온 역전의 용사마저 당한 것이다. 세 사람 다 핏덩어리가 되었다는 것이다.

"이유가 뭐야?"

"박치깁니다."

"박치기?"

박치기라면 역도산도 전문가는 아니지만 제법 쓸 줄 알았고, 한때 갈색의 핵폭탄인 보보 브라질에게 호되게 쓴맛을 본 기억도 있었다. 더욱이 조국에서 현해탄을 건너온 김일이 용광로에 쇠를 달구듯이 이마를 단련하여 서서히 그 진가를 발휘하고 있는 중이었다.

이때쯤 김일은 오키 긴타로(大木金太郎)란 일본식 닉네임을 역도산에게서 작명(作名) 받고, 박치기를 주특기로 삼아 일본의 무림을 호령하는 일본인 동문 레슬러들을 선의의 경쟁으로 하나하나 파괴해나가고 있었다. 긴타로(金太郎)는 사카다 긴토키(坂田金時)라는 일본의 전설적 영웅의 어릴적 이름이다.

"그놈의 주특기가 박치기란 말인가?"

"박치기는 박치긴데 반칙입니다."

"박치기가 왜 반칙인가?"

"펀치와 킥을 번갈아 퍼붓다가 갑자기 이마로 들이받는데, 우리 선수들은 곧장 피가 터지고 맙니다. 복면 속에 쇠붙이가 들어 있었던 겁니다."

"죽일 놈!"

역도산 도장의 총수인 역도산은 진노했다.

"그런 악당 살법을 쓰다니!"

아무리 인터내셔널 챔피언인 역도산이라지만 몸서리를 치지 않을 수 없었다. 역도산 도장을 대표하는 세 명의 무사가 달려들었는데도 잡아 누르지 못하고 오히려 당했다는 것이 아닌가. 그 정도로 거칠고 강인한 날뜀에는 역도산으로서도 혀를 내두를 지경이었다.

"엔도는 그날 아침에 하와이에서 돌아오지 않았는가? 지친 몸으로 무법자를 상대한 게 무리였어."

시작부터 꽤 오랫동안 더불어 한 길을 걸어온 엔도 고키지가 심한 상처를 입었다는 말을 듣고 역도산은 가슴이 쓰라렸다.

"하는 수 없지…… 내가 나서서 제거하는 수밖에."

역도산은 월드리그전이 코앞에 닥쳐왔음에도 불구하고 서둘러 침입자 아토믹을 분쇄하기로 작정했다. 마침 월드리그전에 출전하기 위하여 대니 프레체스가 다른 레슬러들보다 한발 먼저 들어와 있었다.

신록이 무르익는 늦봄, 역도산은 도요노보리와 팀을 짜고 역도산 도장을 대표하여 나섰다. 상대는 침입자 미스터 아토믹과 인간 불독 대니 프레체스.

홋카이도에서 붙었다. 그런데 이게 뭔가? 잔뜩 경계를 했지만 찰나에 미스터 아토믹이 내려치는 박치기를 허용하고 말았다. 정말 쇠붙이가 들어 있단 말인가? 맞는 순간 눈에서 불이 나는 것이었다. 역도산은 핑 하고 의식을 잃고 말았다. 2 대 0으로 역도산과 도요노보리가 이기긴 했으나, 두 판 다 피투성이가 되고 난 뒤에 얻은 반칙승이었다. 미스터 아토믹의 난폭함과 대니 프레체스의 불독 같은 거친 공격에 정당한 방법으로 맞서 이기기란 쉽지가 않았다.

사흘 뒤에 오비히로(帶廣)에서 다시 붙었는데, 대니 프레체스한테서 겨우 폴승 한 판을 빼앗고 나머지는 반칙승을 거둬 역도산 조가 2 대 1로 승리했다.

나흘 뒤에 프로 레슬러들은 삿포로로 이동했다. 첫날 다시 맞붙었으나, 역시 폴이 아닌 반칙승과 카운트 아웃으로 역도산 조가 2 대 0의 승리를 거두었다. 이튿날, 역도산은 대니 프레체스와 둘이 맞붙어 2 대 1로 꺾었다.

'이번 홋카이도 순회 경기 중에는 아토믹한테서 단 한 판의 폴도 빼앗지 못했다. 그 녀석의 반칙 플레이를 어떻게 해야 분쇄할 수 있단 말인가?'

역도산은 이것이 당장에 닥친 연구 과제가 아닐 수 없었다. 월드리그전에서 어차피 다시 만나 싸워야 할 미스터 아토믹이기 때문이었다.

"선생님, 혹시 월광 가면(月光假面)이라고 들어보셨습니까?"

비서가 물었다.

"월광 가면?"

"예. 어린이들 사이에서 가장 인기가 좋은 텔레비전 프로그램입니다."

역도산도 언젠가 두 아들한테서 그 제목을 들은 적이 있는 것 같았다.

"그 영향으로 붉은 복면의 아토믹이 화제가 되고 있는 모양입니다."

"음……. 그렇다면 내 기획은 적중한 셈이군. 월드리그전에 앞서 프로 레슬링 붐을 달구어놓겠다는 나의 생각 말이야. 전망은 좋군. 문제는 내가 놈들을 얼마나 보기 좋게 때려 눕히는가 하는 것만 남았어."

그런데 보기 좋게 때려 눕히기는커녕 보기 좋게 당할 가능성도 적지 않았다. 평소에는 말수가 없는, 과묵한 붉은 복면의 사나이 미스터 아토믹은, 일단 링 위에만 올라서면 미친개처럼 날뛰었다. 이제까지 수백 명의 레슬러와 싸운 경험이 있는 역도산이었지만, 미스터 아토믹 같은 미친개는 처음이었다.

"흉기를 감춘 박치기가 비겁한 수단임에는 틀림없지만, 그런 흉기를 쓸 수 있게 만든 것은 역시 우리 쪽이 미숙한 탓이지. 흉기를 사용하지 못하게 하는 것이 시합 운영을 잘하는 레슬러라고 할 수 있지 않은가."

역도산은 아토믹에게 당했던 상처 자국을 어루만지며 한참을 중얼거렸다.

프로 레슬러 10걸의 혈투

    1959년 5월 20일, 미국과 아시아를 대표하는 프로 레슬러 10걸이 마침내 한 자리에 모였다. 장소는 프로 레슬링 센터. 공포의 손칼 역도산(인터내셔널 챔피언, 아시아 챔피언, 태평양 연안 태그 챔피언, 전 세계 태그 챔피언, 전 하와이 태그 챔피언, 전 일본 챔피언). 유도의 고수 엔도 고키지(태평양 연안 태그 챔피언, 전 세계 태그 챔피언). 완력의 레슬러 도요노보리. 링 위의 기술자 엔리키 토레스(태평양 연안 챔피언). 멕시코의 맘모스 제스 오르테가. 복면의 무법자 미스터 아토믹. 난폭한 불독 대니 프레체스. 기교파 레슬러 로드 부레아스(전 세계 태그 챔피언). 인도의 일인자 타록 싱. 인간 고릴라 킹콩(아시아 태그 챔피언, 전 동양 챔피언).

    프로 레슬링 센터는 이들이 들어서자 넓은 홀 안이 순식간에 가득찬 느낌이었다.

    "정말 굉장하군……."

    역도산은 원정온 거인들을 둘러보며 중얼거렸다. 말 그대로 인간 산맥이요, 보면 볼수록 장관이 아닐 수 없었다.

"정말 무시무시하군⋯⋯."

보도진들은 아예 벌어진 입을 다물 생각을 못했다. 거인들은 저마다 기자들 앞에서 자기가 우승자가 될 것이라고 큰소리쳤다.

"볼 만하겠어."

"역도산이 저 거인들을 다 이길 수 있을까?"

프로 레슬링을 알 만한 기자들도 하나같이 머리를 도리질치듯 흔들었다.

늦은 밤, 이번에는 아카사카에 있는 '클럽 리키'로 그 사나이들이 몰려들었다. 그들을 실어온 택시마다 타이어가 납작해지지 않은 것이 없었다. 월드리그전 참가 선수 환영 리셉션.

"역도산, 당신은 용하게도 이만한 레슬러들을 다 모았군. 그 노고도 노고려니와 정말 당신의 실천력에는 감탄하지 않을 수 없소. 아무튼 기쁜 일이군. 이자들은 모두 나의 제물이 되고 말 테니까."

킹콩이 구레나룻에서 이어지는 턱수염을 손으로 쓸면서 말했다. 사실 이제까지 미국을 비롯한 세계 어느 곳에서도 이만한 레슬러들이 격전을 치르기 위해 한 자리에 모인 일이란 없었다.

역도산이 일본으로 건너오기 전인 1929년에 펜실베니아에서 이른바 세계 챔피언십 매치가 거행된 적이 있었다. 그 당시 난립하고 있던 세계 챔피언을 청소하기 위하여 자기가 세계 챔피언이라고 주장하는 레슬러 15명을 모아놓고 토너먼트를 치르게 했다. 이때 결승에서 딕 식칼트와 짐 론도스가 맞붙었는데, 우승은 딕 식칼트가 차지했다. 이것이 이제까지의 세계 프로 레슬링 역사상 단 한 번뿐인 맘모스 대회였다.

이것에 비하면 역도산이 추진한 월드리그전은 비록 참가 수에선 거기에 못 미쳤지만, 미국뿐만이 아닌 세계 각국을 대표하는 챔피언 클래스의 선수들이 한꺼번에 모였다는 점과 토너먼트가 아닌 26일 간의 리그전이라는 점에서 훨씬 큰 규모라고 할 수 있었다. 역도산 스스로도 '용하게 여기까지 끌고 왔다.'

는 생각이 들었다.

그러나 귀가한 역도산은 걱정이 되어 밤새 잠을 이루지 못하고 뒤척였다. 곧 벌어질 월드리그전에다 역도산은 자신의 두 가지 목숨을 걸었기 때문이었다. 하나는 프로 레슬러로서의 생명, 또 하나는 프로모터로서의 생명……. 흥행이 실패로 돌아가는 날에는 역도산도 알거지 신세가 되는 건 자명했다.

제1회 월드리그전은 말을 꺼내지 않는 사람이 없을 정도로 장안의 화제가 되었다. 도쿄 시내의 술집 어느 곳에서고 예상평을 술안주 삼지 않는 법이 없었다.

"누가 우승할 것 같은가?"

"킹콩이 아닐까요?"

"인도의 껑다리도 무시 못할 걸요. 키가 제일 큰 모양인데……."

"다크호스는 역시 루 테즈처럼 뛰어난 기술을 갖추고 있는 부레아스나 토레스가 아니겠습니까? 힘만 세다고 이기는 게 아닙니다."

"나는 불독같이 생긴 프레체스한테 걸겠습니다."

"피를 보지 않고는 못 배기는 미스터 아토믹이 역시 최고지요. 그 붉은 복면 때문에 경시청이 불안에 떨고 있습니다."

"하하하하……."

모두가 한꺼번에 웃었다. 이번엔 여직원들이 지지 않고 나섰다.

"전 죽으나 사나, 잘생긴 남자 역도산이에요!"

"언니가 먼저 역도산을 찍었으니까 전 할 수 없죠, 뭐……. 도요노보리 씨도 괜찮고 엔도 씨도 괜찮고……."

도쿄뿐만이 아니라 일본 전역의 프로 레슬링 팬들은 저마다 월드리그전 개막일이 오기를 손꼽아 기다리고 있었다.

드디어 개막일. 1959년 5월 21일, 도쿄 체육관. 개막 인사를 하기 위하여 세계적인 프로 레슬러 열 명이 한꺼번에 링 위에 올라섰다. 거대한 육체들이 인간 산맥처럼 버티고 서자 사각을 에워싼 로프가 후들후들 떨었다.

"리키, 파이팅!"

"리키, 멋져요!"

틈도 없이 들어찬 1만 5천 명의 남녀 관중은, 링 아나운서가 역도산을 소개하자 일제히 환호성을 올리고 박수 세례를 퍼부었다.

'팬들의 성원에 보답하는 길은 오직 사력을 다해 우승하는 것뿐이다!'

역도산은 마음으로 외쳤다. 투지가 전신을 타고 흘렀다. 경기 방식은 그레코로만 식의 라운드제로, 8분 간을 1라운드로 하는 3라운드제였다. 중간 휴식 시간은 2분.

첫 시합은 복면의 침입자 미스터 아토믹 대 로드 부레아스. 전 세계 태그 챔피언인 로드 부레아스는 깨끗한 기교과 레슬링을 자랑했으나, 흉기가 든 아토믹의 박치기에는 무기력했다. 높은 콧등에 흉기가 든 박치기가 내리꽂히자 부레아스는 그대로 실신해버리고 말았다.

"꺄아악!"

여기저기서 여성 관중들의 가느다란 비명이 터져 나왔다. 높은 콧잔등이 주저앉은 건 물론이고, 분수처럼 터져 나온 핏덩어리가 순식간에 부레아스의 전신을 뒤덮었기 때문이다. 매트도 붉게 물들었다.

두 번째 시합은 킹콩 대 대니 프레체스. 킹콩은 4년 전과 달리 150킬로그램의 체중이 140킬로그램으로 줄어 있었다. 2라운드에서 대니 프레체스는 불독같은 힘으로 에어플레인 스핀을 시도했다. 자신의 어깨 위로 킹콩의 몸을 빙빙 돌리며 회전시켰다. 이제 매트 위로 던져버리기만 하면 킹콩은 끝장나는 것이다. 이 무시무시한 광경을 관중들은 숨을 죽인 채 지켜보았다. 마침내 관중들이 "앗!" 하고 탄성을 질렀다. 그러나 던지는 순간에 대니 프레체스는 킹콩의 중량을 못 이기고 그대로 무너져버렸다. 킹콩의 140킬로그램에 완전히 깔려버리자 움직이지도 못했다. 킹콩의 폴승.

세 번째 시합은 월드리그와는 관계없는 번외 서비스 경기. 엔도 고키지 ·

도요노보리 대 엔리키 토레스·타록 싱의 태그 매치. 엔리키 토레스는 일본으로 오기 전에 가슴에 부상을 입어 매우 조심스럽게 경기를 운영해 나갔으나, 역시 태평양 연안 챔피언다운 실력이 간간이 빛났다. 그런데 타록 싱이 도저히 엔리키 토레스의 호흡에 따라가지 못했기 때문에 엔도 고키지 조가 우세한 경기를 펼쳤다. 뚜껑을 열어놓고 보니 타록 싱은 키가 클 뿐 실력은 2류인 레슬러였다. 결과는 0 대 0 무승부. 역도산은 이 시합을 지켜보면서 엔리키 토레스가 가장 껄끄러운 상대가 될 것이라고 생각했다.

메인 이벤트는 역도산 대 제스 오르테가. 제스 오르테가는 킹콩과 달리, 4년 전에 도일했을 때의 140킬로그램 이하에서 150킬로그램 이상으로 체중이 늘어나 있었다.

'역시 오르테가는 무시할 수 없는 상대다. 전보다 더 강인해 보인다.'

역도산은 각오를 단단히 하고 링 위로 올라갔다. 관중석에서 "리키! 리키!" 하고 목이 터져라 응원하는 소리가 끊이지 않았다.

공이 울자마자 제스 오르테가는 성난 들소처럼 거칠게 달려들었다. 펀치를 허용한 역도산은 즉각 손칼을 빼들고 수직으로 내리치는 도끼날 찍기로 응전했다. 후려치고 얻어맞고, 후려치고 얻어맞는 난타전에 팬들은 열광했다. 제스 오르테가는 역도산의 가라테춉에도 조금도 수그러들 기색을 보이지 않았다. 오히려 펀치의 강도가 점점 거세어지는 것이 아닌가.

'이놈의 콘크리트 같은 가슴팍이 더 단단해졌군……'

사태가 이쯤 되자 역도산은 비상 수단을 강구하지 않을 수 없었다. 역도산은 펀치 공격으로 반칙을 멈추지 않는 제스 오르테가의 머리털을 갑자기 움켜쥐었다. 그리고 링 코너의 쇠기둥에다 그의 머리를 충돌시켰다. 피가 튀었다. 그런데 링 밖으로 떨어진 제스 오르테가는 피 정도야 아무렇지도 않다는 듯 손바닥을 쓸어 맛을 보며 기어오르는 게 아닌가.

3라운드에 이르자 제스 오르테가는 숨이 찬 듯 거대한 가슴으로 가쁜 숨을 몰아쉬었다. 그러나 역도산의 집요한 스탠드 레슬링에도 끈기 있게 버텼기 때문에 승부는 결정나지 않았다.

이틀째 경기가 벌어지는 도쿄 체육관은 더욱 초만원이었다.

가장 먼저 엔도 고키지와 대니 프레체스가 붙었다. 결과는 시간 종료로 인한 무승부.

두 번째 링에 올라온 선수는 관중을 공포에 떨게 하는 미스터 아토믹과 타록 싱. 공이 울리자마자 머리 하나는 더 큰 인도 거인 타록 싱은 붉은 복면의 침입자에게 일방적으로 몰렸다. 타록 싱은 우선 기백부터가 없었다.

"저런 놈이 어찌 불알을 달고 있단 말인가?"

강자가 있으면 언제나 약자가 있게 마련이지만, 여긴 어디까지나 강자만의 싸움터였다. 역도산은 타록 싱에게 해외 원정의 기회를 주기 위해서 그를 추천한 킹콩의 허풍이 마음에 들지 않았다. 타록 싱이 피로 짓이겨져 더 이상 경기 속행이 어려워지자 심판이 달려들어 뜯어 말렸다. 그랬더니 붉은 복면은 아예 심판마저 집어던지는 것이 아닌가. 심판을 폭행했으니 반칙패를 모면할 리 없었다. 미스터 아토믹은 월드리그전 우승보다 상대 선수를 모조리 핏덩어리로 만드는 게 유일한 목표인 듯싶었다.

다음 시합은 엔리키 토레스와 로드 부레아스. 속도감 있는 기술이 오고 갔다. 바로 전 시합과는 완전히 딴판이었다. 어떤 것이 진정한 프로 레슬링의 승부냐를 알려주는 모범 시합이 펼쳐졌다. 관중석은 삽시간에 분위기가 숙연하게 가라앉았다. 관중들은 침착하게 두 선수의 수준 높은 기술을 감상하며 승부에는 관계없이 이따금 우레와 같은 박수를 보냈다.

'바로 이것이다! 이것이 진정한 승부다. 외국인들끼리의 시합인데도 관중들은 저들의 뛰어난 실력에 한껏 매료되어 있지 않은가.'

역도산은 기뻤다.

메인 이벤트는 월드리그전과는 관계없는 서비스 태그 매치. 먼저 역도산이 도요노보리와 함께 홍 코너로 올라섰다. 장내에 들어설 때부터 터지기 시작한 박수 소리는 끊일 줄 몰랐다. 청 코너로 올라온 선수는 고릴라 킹콩과 맘모스 오르테가. 관중석에서 즉각 야유가 터져 나왔다. 158킬로그램의 제스 오르테가와 138킬로그램의 킹콩. 도합 296킬로그램의 두 원시적인 동물은, 올라서자마자 매트를 쿵쿵 울리며 시위를 하고 다녔다. 지상 최고의 중량 콤비라고 해도 과언이 아니었다.

그러나 중량만이 최고라고 해서 능사는 아니었다. 두 선수의 개성은 너무도 특이하여, 도무지 팀워크가 이루어지지 않았다. 맘모스와 킹콩은 제각기 고집을 부리며 따로 놀았다. 태그 매치에서는 조장이 필요한 법인데, 이건 두 사람 다 조장이었다. 물과 불 같은 한 팀이었던 것이다.

그들의 불화를 이용하여 도요노보리가 먼저 한 판을 따냈다. 그러자 한 판을 빼앗긴 킹콩은 마침내 자신의 가슴팍을 팡팡 두드리기 시작했다. 킹콩의 체력과 복수심은 불길처럼 치솟아, 얼마 후에 도요노보리를 제압해버렸다. 1대 1의 상황에서 역도산이 나머지 한 판을 제스 오르테가한테서 빼앗았다. 관중들은 자리에서 일어나 기쁨과 흥분을 감추지 못했다.

"이제는 목을 매달지 않아도 되겠어……."

관중들의 호응도를 확인한 역도산은 도요노보리에게 숨김 없이 말했다.

"만일 프로 레슬링이 인기를 회복할 수 없었다면 나는 끝장났을 테지?"

귀가한 역도산은 정말 오랜만에 단잠을 이룰 수 있었다.

도쿄에서 이틀 더 시합을 가진 프로 레슬러들은, 기후(岐阜)를 출발점으로 하는 지방 순회 시합에 들어갔다. 어느 지방이건 프로 레슬링의 인기는 가히 폭발적이었다. 일간지의 표제가 그것을 잘 말해주고 있었다.

'프로 레슬링, 태풍의 길을 가다'

'프로 레슬링 붐, 다시 일어나다'

역도산은 링 위에 올라설 때마다 늘 이런 마음을 되뇌었다.

'우리 프로 레슬러들은 팬이 있어야 비로소 존재하는 것이다. 그러므로 우리들은 팬에게 늘 감사해야 하고, 또 팬의 기대를 저버리지 않도록 언제나 노력해야 한다…….'

6월 13일에 벌어진 도야먀(富山)에서의 시합을 마지막으로, 어느덧 지방 순회 경기가 모두 끝났다. 선수마다의 총 전적이 나왔다. '어떤 놈이 가장 셀까?' 하면서, 팬들이 가장 관심을 기울이는 부분이었다. 상위 5명의 전적이 나왔다.

역도산 — 4승 무패 3무. 미스터 아토믹 — 4승 1패 2무. 제스 오르테가 — 4승 2패 4무. 엔리키 토레스 — 3승 1패 2무. 도요노보리 — 4승 1패 2무.

여기서 주저앉은 사람은 우승을 장담하던 킹콩과 타룩 싱, 그리고 대니 프레체스와 엔도 고키지였다. 상위 5걸 가운데 도요노보리는 빠지기로 하고 네 명이 결승 토너먼트를 벌이게 되었다.

'월드리그 결승 토너먼트 — 역도산 대 미스터 아토믹, 엔리키 토레스 대 제스 오르테카'

거리에 나붙은 이 포스터를 보고서 걸음을 멈추지 않는 행인이 없을 정도로, 이 세기의 대결은 도쿄 전역을 홍미와 공포의 분위기로 몰아놓고 있었다.

초대 월드리그 챔피언의 등장

　마침내 초대 월드리그 챔피언을 가리는 날이 왔다. 일본 전역이 떠들썩한 하루. 엔리키 토레스와 제스 오르테가가 준결승전을, 그리고 역도산과 미스터 아토믹이 준결승전을 각각 치르게 되었다.

　역도산의 예상대로 엔리키 토레스는 과연 강자였다. 거대한 몸집의 제스 오르테가도 그의 완숙한 기술 앞에서는 마음대로 완력을 과시할 수 없었다. 마찬가지로 엔리키 토레스도 제스 오르테가의 맘모스 같은 박력 앞에서는 제 기량을 백퍼센트 발휘할 수 없었다.

　3라운드가 지났는데도 승부가 나지 않아 연장전에 들어갔다. 그러나 두 강호의 팽팽한 접전은 끝내 무승부로 막을 내렸다. 그래서 추첨을 한 결과, 제스 오르테가가 행운의 추첨승을 거두었다.

　잠시 후, 갑자기 장내가 떠나갈 듯 시끄러워졌다. 역도산이 등장한 것이다. 과연 복면의 침입자 아토믹을 분쇄할 것인가. 아니면 핏덩어리로 함락되어버릴 것인가. 링 위에 올라선 역도산은 환호하는 관중들을 둘러보며 오른손을 흔들었다. 미스터 아토믹은 역도산 도장을 핏덩어리로 만들어놓은 침입자답게 기분 나쁜 눈웃음을 흘렸다.

"기분 나쁜 자식. 그 징그러운 붉은 복면을 찢어놓고 말 테다!"

역도산은 낮게 뇌까렸다.

마침내 역사적인 공이 울렸다. 프로 복서 출신인 미스터 아토믹은 역도산과 맞붙자마자 인파이팅으로 거칠게 대들었다. 라이트 어퍼컷이 역도산의 옆구리에 터졌다. 역도산이 주춤거리자, 잇따른 레프트 어퍼컷이 역도산의 명치를 쑤셔놓았다. 컥 하고 숨이 막힌 역도산의 몸이 로프로 기울자, 잇따른 레프트 어퍼컷, 더블 라이트 어퍼컷이 역도산의 복부를 후벼팠다.

한 손으로 로프를 잡은 채 위기에 몰려 있는 역도산에게 붉은 복면은 강력한 라이트 스트레이트를 날렸다. 왼쪽 턱에 고스란히 핵 주먹을 허용한 역도산은 더 버티지 못하고 무릎을 꺾었다. 이번엔 발길질이 날아들었다. 심판이 떼어놓아 몇 걸음 물러섰던 붉은 복면은, 역도산이 로프에 의지하여 가까스로 일어서자 곧장 달려가 레프트 어퍼컷, 그리고 목덜미를 후려갈겼다. 역도산은 등을 보인 채 몇 걸음 후퇴했다.

붉은 복면은 사정없이 달려가 레프트 어퍼컷, 라이트 어퍼컷으로 역도산의 복부를 집중 공략했다. 복부를 몇 차례 연거푸 허용한 역도산은 스태미나가 급격히 떨어져버렸다. 이제 라이트 스트레이트 한 발만 허용하면 끝장날 것처럼 보였다.

관중들은 마른 침을 삼키며 역도산의 분발을 기대했다. 역도산의 목줄기를 움켜쥔 붉은 복면은, 역도산의 머리를 뒤로 밀면서 강력한 라이트 스트레이트를 뻗었다. 이제 그것만 허용하면 만사가 끝장이었다. 그러나 역도산은 살짝 상체를 숙여 옆으로 빠져나갔다. 그 바람에 붉은 복면의 라이트 스트레이트는 역도산의 바로 뒤에 서 있던 심판의 턱에 명중하고 말았다.

"으악!"

비명을 지르며 길게 엎어져버린 심판은 의식을 잃은 채 들것에 실려 나가고 말았다. 실신한 심판 해롤드 도키 대신에 대니 프레체스가 새 심판으로 올라왔다. 그 동안 역도산은 체력을 다소 회복했다. 그러나 붉은 복면의 거친 공격은 끊이지 않았다. 목을 감아쥐고 안면을 쥐어뜯었다. 붉은 복면이 또다시 안면을 쥐어뜯기 위해서 역도산의 목을 감아쥐었을 때였다. 역도산은 재빨리 붉은 복면의 허리를 잡고 번쩍 치켜들었다.

"우와!"

관중들이 환호하기 시작했다.

'링 아웃으로 끝내버리겠다!'

역도산은 붉은 복면을 어깨에 메고 로프 가까이로 달려가 그대로 던져버렸다. 이제까지 승세를 타던 붉은 복면은 순식간에 마룻바닥에 곤두박질치고 말았다. 관중들은 기쁨에 들떠 어쩔 줄 몰라 했다. 역도산은 뒤따라 내려가 마룻바닥에 누워 있는 붉은 복면을 일으켜 다시 한 번 내팽개쳤다.

"우으윽!"

붉은 복면은 마침내 고통의 신음을 내질렀다. 역도산은 링 위로 올라와 링 아웃이 선언되기를 기다렸다. 그러나 심판의 카운트는 느렸다.

"대니! 뭐하는 거야!"

역도산이 항의했지만 소용없었다.

붉은 복면은 로프를 잡고 링 위로 기어오르려 하고 있었다. 화가 날 대로 난 역도산은, 붉은 복면의 목을 감아쥐고 링 안으로 내팽개쳤다. 목잡아 넘기기. 역도산의 잇따른 공격에 붉은 복면은 갈피를 잡지 못했다.

"아!"

그때 관중들을 놀라게 하는 사건이 벌어졌다. 역도산이 잽싸게 아토믹의 붉은 복면을 벗겨버린 것이다. 박치기용 흉기인 음료수병 마개가 복면에서 빠져나왔다. 붉은 복면은 볼품없이 생긴 대머리였다. 역도산은 드디어 묻어두었던 흉기 아닌 손칼을 꺼냈다. 이제까지 가라테춉을 감춰두었던 것이다.

역도산의 공격 목표는 역도산 도장의 대표 선수들을 핏덩어리로 만들었던 붉은 복면의 이마였다. 역도산의 수직 가라테춉은 쉼 없이 여섯 차례가 터졌다. 얼굴이 드러난 미스터 아토믹은 고목이 쓰러지듯 길게 엎어져버렸다. 그의 세컨이 수건을 던졌다. 그러나 심판은 그것을 보지 못했다.

간신히 일어난 미스터 아토믹의 넓은 이마는 길게 갈라져 있었고, 그 틈에서 붉은 피가 솟구쳐 흘렀다. 역도산은 공세를 멈추지 않았다. 아토믹은 아예 매트 위에 길게 누워버렸다. 심판이 말리자 역도산은 심판마저 후려쳐버렸다.

"중지!"

심판은 황급히 경기를 중단시켰다. 시합이 속행되었더라면 미스터 아토믹은 죽어버렸을지도 모른다. 역도산의 가라테춉은 인간의 두개골을 갈라놓을 만한 위력이 있는 무기였다. 아토믹의 이마에서 흐르는 피는 금세 전신을 물들여놓았다. 관중들은 역도산과 기무라 마사히코와의 혈투를 다시 보는 듯한 느낌이었으나, 이번엔 상대가 달랐다. 원자폭탄을 투하한 나라, 미국의 레슬러였던 것이다. 관중들이 기쁨에 들떠 물결치고 있을 때, 심판은 느닷없이 역도산의 반칙패를 선언했다.

"뭐가 반칙이야!"

역도산은 거칠게 항의했다.

"대니! 자네의 링 경력은 10년이 넘지 않은가. 그런데 이 정도의 일로 반칙을 선언한다면 말이 되는 일인가?"

더욱이 미스터 아토믹은 심판을 아예 잠재워버리기까지 했다. 그런데 미스터 아토믹은 복면을 빼앗기고 나서부터 기력을 잃어버렸다. 마치 복면에 어떤 신통력이 담겨 있었던 것처럼.

역도산의 가라테춉으로 이마가 깨져 부상이 심한 미스터 아토믹은 결승 진출을 포기해버렸다. 그 몰골로 멕시코의 맘모스인 제스 오르테가와 맞섰다가는 황천길로 갈 게 뻔했다. 그래서 역도산과 제스 오르테가가가 초대 월드리그전의 왕자를 가리게 되었다. 역도산은 이미 이번 리그전의 첫날 제스 오르테가와 겨루어 무승부를 기록한 바 있었다. 그러므로 결승전은 숙명의 대결인 셈이었다.

역도산은 제스 오르테가에게 충분히 이길 자신이 있었다. 제스 오르테가가 과거보다도 한층 몸이 굵어져서 체력상으로는 더욱 견고해 보였으나, 스피드는 분명히 전에 비해 떨어져 있었다.

'속공 작전을 주로 하여 오르테가의 체력을 일단 소모시켜야 한다. 그 다음에 가라테춉을 퍼붓고 폴을 끌어내리라.'

역도산은 아토믹 전에서 흥분했던 혈기를 가다듬고 링 위에 올라섰다. 하지만 역도산은 몹시 지쳐 있었다. 오르테가도 피로하기는 마찬가지였다. 남은 것은 두 사람 모두 정신력뿐이었다. 역도산은 정신력에 있어서만큼은 누구에게도 지지 않을 자신이 있었다.

'투지가 없는 자는 프로 레슬링 생활에서 떠나라.'

이것은 승부의 세계에서 20여 년 간을 살아온 역도산의 지론이었다.

공이 울자 제스 오르테가는 펀치로 공격해왔다. 그러나 준결승전에서 링 위의 기술자인 엔리키 토레스에게 호되게 당했기 때문에 별로 위력적이지 않았다. 2분쯤 지났을 때 역도산은 마침내 투지를 끌어올렸다. 있는 힘을 다한 가라테춉 공격이었다. 그러나 역도산의 체력도 많이 소모되어 있었기 때문에 가라테춉 역시 무기력했다. 역도산의 수평 가라테춉을 허용할 때마다 다운되는 제스 오르테가는 끝까지 포기하지 않고 계속해서 일어났다.

역도산은 상대의 오른팔을 잡아 로프로 던졌다. 그러고는 로프 반동으로 튀어나오는 상대에게 수평 가라테춉을 불에 달구어진 칼날처럼 힘껏 휘둘렀다. 제스 오르테가는 거목이 쓰러지듯 뒤로 벌렁 나자빠졌다. 이번 다운은 그 사정이 달랐다. 역도산은 얼른 보디 프레스에 들어갔다.

"원! 투! 스리!"

심판의 카운트가 역도산의 승리를 알렸다. 이로써 역도산은 마침내 인터내셔널 챔피언에 이어 월드리그 챔피언의 자리에 등극한 것이다.

월드리그전이 끝난 뒤에 역도산은 엔리키 토레스의 인터내셔널 타이틀 도전을 받았다. 아무리 강력한 상대라도 도전을 거부하지 않는다는 게 역도산의 챔피언 신조였다. 하지만 또다시 시간 종료 무승부로 끝나버리고 말았다.

역도산은 잇따라 미스터 아토믹의 인터내셔널 타이틀 도전을 받았다. 그러나 복면의 신비가 벗겨진 침입자는 이제 더 이상 침입자가 아니었다. 무기력하게 2 대 0으로 나가떨어지고 말았다. 복면을 이용한 철편 박치기 따위의 반칙을 더 이상 쓸 수가 없었기 때문이었다(훗날 미스터 아토믹은 한국에 원정하여 복면 속에 철편을 감추고 등장, 김일의 이마를 맹타하여 피로 물들이는 등 자신이 김일보다 박치기가 강한 듯한 면모를 보여 관중들을 놀라게 했으나, 심판이 이를 알아채고 철편을 버리게 한 뒤에는 단 한 발의 김일 박치기에 나가떨어지고 말았다).

부동의 인터내셔널 챔피언

역도산은 재주가 많은 사람이었다. 노래도 잘 부르지만 연기력도 있었다. 장기간에 걸친 월드리그전과 국제선발시합을 끝맺은 뒤에 역도산은 영화 〈격투〉에 출연했다. 과거에도 역도산은 〈역도산 이야기〉를 비롯한 몇 편의 영화에 출연한 경력이 있었다. 하지만 〈역도산 이야기〉 등은 하나같이 프로 레슬러 또는 스모토리로서의 역도산을 보여주는 것이었기 때문에 그다지 연기력을 필요로 하지는 않았었다.

그런데 이번엔 상황이 달랐다. 〈격투〉는 바로 극영화인 것이다. 역도산은 프로 레슬러로서의 격투기만을 보여주는 것이 아니라, 인간 역도산으로서의 일상생활을 보여주지 않으면 안 되었다. 따라서 연기력은 필수 조건이었다. 역도산은 신경을 곤두세워 촬영에 임했다. 무더위에 촬영을 강행했으므로 세트와 로케 현장으로 끌려 다니느라 지칠 대로 지쳐 있었다.

그런데 막상 시사회에서 화면을 보고 난 역도산은 낯이 뜨거워 어디론가 숨어버리고 싶었다. 격투 장면이야 본업(本業)이니만큼 잘 넘어갔지만, 나머지 장면에서는 덩치만 커다란 사내가 시종일관 부자연스럽게 어물거리고 있지 않은가. 등허리로 식은땀이 쫙 흘렀다.

'문외한이 잘할 수 있는 것이라면 연기자가 필요없을지도 모르지……'

역도산은 자위하려고 애썼지만 그건 어디까지나 역도산의 마음일 뿐이었다. 그런데 영화감독을 비롯한 시사회 관람자(함께 출연한 영화배우나 프로 레슬링 관계자)들은 하나같이 밝은 표정으로 소감을 말했다.

"연기가 훌륭하십니다. 정말 재미있는 영화로군요."

역도산은 말만이라도 고마웠지만 한편으론 민망스러웠다.

"허허…… 나는 연기자로서 연기를 한 것이 아니라 그저 평범한 인간으로서 움직였을 뿐입니다."

그러는 와중에도 역도산은 본업을 게을리하지 않았다. 계속 시합을 벌이지 않으면 팬들의 뇌리에서 프로 레슬링이 사라져버릴 우려가 있기 때문이었다.

역도산은 레오 노메리나나 보보 브라질이 그렇듯이 미식 축구 선수 출신 레슬러들이 대부분 막강하다고 믿고 있었다. 그들에게는 엄청난 파워가 있기 때문이다. 그래서 미식 축구 선수 출신으로, 샤먼 탱크(제2차 세계대전에서 활약한 미국 육군 탱크)라는 닉네임을 자랑하는 마이크 뷔토스를 끌어들였다. 여기에 덧붙인 것이 저 악명 높은 일본계 반칙왕 그레이트 도고.

샤먼 탱크는 체력, 투지 그리고 승패를 결정지을 수 있는 강력한 공격 기술을 지니고 있는 레슬러였다. 샤먼 탱크와 2류급인 하리 잭슨을 상대로 엔도 고키지와 요시무라 미치아키가 맞붙게 만들었다. 그런데 요시무라 미치아키가 샤먼 탱크의 손바닥에 한 대 맞더니 공중으로 붕 치솟았다가 쭉 뻗어버리고 말았다. 엔도 고키지가 노장답게 먼저 한 판을 빼앗았지만, 요시무라 미치아키가 끈기를 잃고 두 판을 내리 빼앗겨서 일본 팀이 지고 말았다.

시합이 끝나고 나서 역도산은 도요노보리와 함께 요시무라 미치아키를 하와이로 원정시켰다. 도요노보리는 벌써 세 번째였지만, 요시무라 미치아키로서는 처음으로 떠나는 미국 원정이었다.

'도요노보리도 요시무라가 동행하면 향수에 젖지 않고 마음 든든할 것이

야. 또한 요시무라도 도요노보리와 함께 첫 원정을 떠나면 모든 점에서 도움이 될 것이고……'

야마구치 도장에서 이적해온 요시무라 미치아키는, 체격은 그리 크지 않지만 테크닉 면에서 급성장할 가능성이 많은 선수였다. 역도산은 장래성이 있는 레슬러는 외국에 보내어 단련시켜야 한다는 것을 트레이닝의 순서로 잡고 있었다. 외국에서 단련을 받으면 고생한 만큼 실력은 급성장한다고 믿었다. 또한 미국에서 프로 레슬링의 원본(原本)을 보고 겪어야 프로 레슬러로서의 자각심도 생기는 법이었다.

역도산은 자신이 국제적인 스포츠에 몸을 던진 이상, 그리고 인터내셔널 챔피언에다 제1회 월드리그전마저 제패한 이상, 그래서 한 한국인이 국제 무도계의 세계 최강자임을 확인한 이상, 실력만 있다면 한국인이든 일본인이든 가리지 않고 열성껏 키워보리라고 생각하고 있었다.

이제 더 이상 역도산이 꺾어야 할 만한 라이벌은 일본인 가운데서는 나타나지 않았다. 유도의 귀신이라 불리던 기무라 마사히코는 진작부터 링에서 떠나버렸고, 스모의 요코즈나 경력을 자랑하던 움직이는 후지산도 끝내 은퇴해버렸다. 또한 야마구치 도장을 근근이 끌어오던 야마구치 도시오도 지난해에 은퇴 시합을 가지고 링에서 떠났다(야마구치 도시오는 오사카의 한 수영장에서 링 사이드가 수중으로 되어 있는 수중 레슬링 시합 방식으로 은퇴 시합을 가짐으로써 팬들의 이목을 끌었었다).

이제 장래가 엿보이는 선수들은, 그들이 비록 일본인이라고 할지라도 모두가 역도산의 문하생이었다. 링 위에서 역도산이 싸워 이겨야 할 일본인 상대라곤 더 이상 존재하지 않았다. 역도산은 일본 최강일 뿐만 아니라, 루 테즈와 어깨를 나란히 한 세계 최강의 위치에 우뚝 서 있는 봉우리였다. 벌거숭이 몸 하나만 갖고 있어도, 실력과 재능 그리고 끈기만 있으면 역도산의 배려로 외국 원정의 길이 트이는 셈이었다.

드디어 세계 제일의 악당 레슬러인 그레이트 도고가 아내를 데리고 입국했다. 아무리 악역이라도 보살펴주는 아내가 있는 것이다.

2주일 후, 노장 그레이트 도고는 샤먼 탱크와 한 팀이 되어 엔도 고키지 · 요시노사토 팀과 겨루었다. 장소는 프로 레슬링 센터. 그레이트 도고와 엔도 고키지는 그렇고 그런 사이. 엔도 고키지는 한때 최영의와 더불어 그레이트 도고를 따라다니면서 도고 브라더스의 일원으로 미국 순회 경기를 벌인 적이 있었다. 그래서 그런지는 몰라도, 엔도 고키지가 그레이트 도고에게 순순히 한 판을 내주었다. 그런가 하면 순수 역도산계인 요시노사토는, 그레이트 도고에게 한 판을 빼앗고 한 판을 내주는 팽팽한 접전을 벌였다.

그레이트 도고는 50에 가까운 나이. 운동선수로서는 노인인 셈이다. 그런데도 아직까지 원기가 왕성하고 대전 태도도 찰거머리 같았다. 아내와의 잠자리 역시 마찬가지일 것이다.

요시노사토는 링 위에서 그의 벌거벗은 몸을 처음 보고 매우 놀랐다. 관중이나 시청자들도 놀라기는 마찬가지. 머리끝부터 발끝까지 상처 아닌 곳이 없었다. 특히 머리의 상처는 캐나다의 몬트리올에서 킬러 커월스키와 싸움이 붙었을 때 의자로 강타당하여 두개골이 노출되었던 자리이다. 또한 아랫배를 40센티미터나 꿰맨 상처는 뉴욕에서 안토니오 록카와 붙었을 때, 그의 지독한 반칙을 보고 흥분한 안토니오 록카의 팬이 잭나이프로 후볐던 자리이다.

"프로 레슬링은 배짱으로 먹고 사는 직업이야."

그레이트 도고의 이 말에는 역도산도 동감했다. 그레이트 도고는 오로지 배짱 하나를 재산으로 20여 년 동안이나 프로 레슬러 생활을 계속해왔던 것이다.

'태평양전쟁 직후는 미국인의 대 일본 감정이 가장 조악한 시기였다. 그때 일부러 도고란 닉네임을 갖고 미국 관중들의 증오심에 불을 질렀으니……. 더욱 잔인한 시합으로 날뛰면서 미국 관중들의 불타는 증오심에 부채질을 했다. 그럼으로써 돈을 벌었다……'

역도산은 그레이트 도고의 치열한 삶의 방식을 잘 읽고 있었다.

가을이 무르익고 있었다. 도쿄 다이도(台東) 체육관에서 역도산은 엔도 고키지와 한 팀이 되어 그레이트 도고·샤먼 탱크 조와 겨루었다. 사납기는 그레이트 도고나 샤먼 탱크나 마찬가지. 시합은 초반부터 거칠어졌다. 그레이트 도고가 뜻밖에도 역도산을 향해 가라테촙을 휘둘렀다. 한때 가라테를 배우기도 했지만, 무엇보다 최영의와 더불어 도고 브라더스로 활약한 전력이 있었다.

역도산은 맞서서 가라테촙을 휘둘렀다. 마침내 임자를 만난 그레이트 도고는 혼비백산하여 달아났다. 그러자 샤먼 탱크가 그야말로 탱크처럼 밀고 들어왔다. 엔도 고키지도 보다 못해 뛰어들었다. 역도산은 쉬지 않고 도고와 탱크에게 손칼을 휘둘렀다. 1 대 1 상황에서 경기는 거칠어지지 못해 뒤죽박죽되었고, 결국 양편 모두 카운트 아웃을 당하고 말았다.

10월이 저물어가는 날, 역도산은 그레이트 도고와 첫 싱글 매치를 벌였다. 링 밖으로 나간 그레이트 도고는 갑자기 철제 의자를 들고 뛰어올라왔다. 역도산은 가라테촙으로 맞섰지만 물불을 가리지 않고 날뛰는 그레이트 도고를 제압하기란 쉽지가 않았다. 결국 무승부.

"역도산, 어지간하구먼. 나도 약간 피로했어."

다 늙은 그레이트 도고가 그렇게 말하는 데는 역도산도 혀를 내두르고 말았다.

"하지만, 역도산. 내, 역도산의 일이라면 한몫 거들겠어."

한바탕 격전을 치르고 나서 의기투합된 셈이었다. 실은 월드리그전을 성사시키는 데도 그레이트 도고의 도움이 적지 않았다. 그래서 역도산은 그레이트 도고를 링 위에서 제압하지 않았던 것일까.

이번엔 짐 라이트가 왔다. 그런데 아크레스 아고비데스란 복잡한 이름을 가진 그리스인 레슬러가 불쑥 나타났다.

"나는 세계일주를 하며 시합을 멈추지 않는 극도의 수련을 하고 있소. 역도산의 소문이 자자하기에 일본에 들렀는데, 어디 한번 겨루어봅시다."

역도산은 우선 나가사와를 내보냈다. 나가사와도 어느덧 일류 레슬러가 아니면 상대할 수 없을 정도로 실력이 비약한 상태였다.

"하하핫! 역도산의 제자들쯤이야……."

우습게 보고 달려들었던 그리스인은, 그러나 나가사와에게 호되게 당하고 폴패를 면치 못했다.

짐 라이트의 취미는 한가하게도 독서라고 했다. 그런데 링 위에 올라서니 사정이 달랐다. 프로 레슬링 센터에서 처음 대적한 엔도 고키지가 발 조르기를 당하고 비참하게 무너져버렸다.

'엔도의 손으로 처치할 수 없을 만큼 사납단 말인가…….'

역도산은 엔도 고키지와 팀을 짜고 두 망나니와 대전했다. 두 망나니의 이름은 그레이트 도고와 짐 라이트. 시간이 다 되어갈 때쯤, 엔도 고키지가 짐 라이트를 향하여 기습적으로 드롭 킥을 날렸다. 그런데 짐 라이트가 살짝 피하는 바람에, 그 사력을 다한 드롭 킥을 그만 심판 유소프 터키가 맞고 말았다. 로프 상단을 넘어 링 밖으로 떨어진 유소프 터키는 아예 기절해버리고 말았다.

오키 시키나나 유소프 터키는 비교적 경량인 것이 흠이었다. 그래서 다음 시합에선 역도산이 대신하여 심판을 보게 되었다. 그런데 선수인 샤먼 탱크가 역도산의 판정이 비위에 맞지 않자 대뜸 달려드는 것이 아닌가. 역도산은 맞싸울 수 없는 입장이므로 꾹 참고 있었다. 그랬더니 한술 더 떠서 역도산의 셔츠를 부욱 찢어놓는 것이 아닌가.

"아니, 뭐 이런 자식이 다 있어!"

마침내 역도산의 휴화산이 폭발하고 말았다. 손칼을 뽑아 수평선을 그리며 그대로 목뼈를 날려버렸다. 주저앉은 채 캑캑거리고 있는 샤먼 탱크에게 역도산이 말했다.

"탱크도 좋지만 앞을 보고 달려가야 할 것이 아닌가!"

바쁜 한 해가 지나가고 1960년 새해가 왔다. 짐 라이트가 계속 일본에 머물면서 역도산의 인터내셔널 챔피언 벨트를 갖고 돌아가겠다고 도전을 선언했다.

"좋다!"

새해 첫 시합이니 만큼 역도산은 정신을 바짝 차렸다. 무슨 일이든 스타트가 중요한 것이다. 그러나 너무 부담을 가졌기 때문일까, 짐 라이트를 일방적으로 몰아붙이려는 생각은 어긋나고 말았다. 더욱이 역도산은 지난해 말에 오른쪽 손등을 부상당한 핸티캡을 안고 있었다. 1 대 1의 상황에서, 그것을 간파한 샤먼 탱크는 역도산의 오른쪽 손등만을 집중 공략했다. 살갗이 벗겨지고 흰 뼈가 드러났다. 심한 고통을 느끼던 역도산은 참다 못해 그 손을 힘껏 날려 짐 라이트를 다운시켰다. 그때 심판이 달려들어 역도산의 연속 공격을 제지하고 나섰다.

"럿드 빌라! 비켜!"

역도산은 심판을 밀어버렸다. 그러자 엉덩방아를 찧고 만 심판은 즉각 역도산의 반칙패를 선언했다. 관중석에서 소란이 일었다. 인터내셔널 챔피언을 빼앗긴 것이 아닌가. 그러나 황금의 인터내셔널 챔피언 벨트는 여전히 역도산의 허리에 채워졌다. 반칙승이 아닌 승리를 해야만 도전자에게로 타이틀이 이동하는 것이다. 그렇다면 타이틀을 고수하기 위해 챔피언은 반칙을 저질러도 된다는 뜻이므로 다소 불합리한 룰인 건 사실이었다.

"반칙승으론 재미가 없다! 폴로 이겨줄 테니 한번 더 도전의 기회를 달라!"

짐 라이트는 역도산에게 달려와 소리쳤다. 비록 손등의 부상이 심했지만 물러설 성질의 역도산이 아니었다. 오히려 바라던 바였다. 반칙패를 당한 것이 못내 껄끄러웠던 것이다.

"좋다! 이번에야말로 버릇을 단단히 고쳐주지."

시합이 끝난 뒤 역도산은 라커룸에서 의사의 진료를 받았다.

"아니, 이게 뭐요?"

의사뿐만 아니라, 역도산 주위에서 서 있는 그의 문하생들도 역도산 손등의 상처를 보고서 새파랗게 질려버렸다.

"이 손으로 또 싸우겠다는 말이오?"

의사가 만류했지만 역도산은 자신이 한 약속을 번복하지 않았다. 상처가 얼마쯤 아문 보름 뒤, 역도산은 도쿄 체육관에서 2 대 1의 폴로 짐 라이트의 도전을 깨끗이 방어했다. 짐 라이트는 자신의 완패가 못내 억울한 듯 중얼거렸다.

"나의 복수는 내 형이 해줄 것이다! 기다려라, 역도산!"

그의 형은 루 킴이라는 망나니 레슬러였다.

새해 들어 역도산은 좋은 소식을 들었다. 하와이의 프로모터인 알 카라시크가 그에게 전화를 걸어왔다.

"요시무라 미치아키가 눈부시게 인기를 얻기 시작했어, 역도산."

요시무라 미치아키는 테크닉 면에서는 빠지지 않는 선수였다. 다만 체력과 투지가 부족한 것이 흠이었다. 그런데 하와이의 환경이 그의 체력과 투지를 길러주었던 것이다.

"하하하! 요시무라는 소식가(小食家)란 말이야. 하지만 도요노보리와 함께 있으니 싫어도 많이 먹지 않겠어?"

요시무라 미치아키를 하와이로 보낼 때 역도산은 그렇게 말했었는데, 알 카라시크의 말로 미루어 몸이 눈에 띄게 굵어졌다는 것이었다.

역도산은 이제 일본 선수와만 대전하던 김일을 서서히 국제 시합 무대에 내보낼 생각을 하고 있었다. 그 동안 김일은 오키 긴타로란 닉네임으로 일본 전역을 순회하면서 160회의 시합을 벌이는 동안, '원폭의 승부사'라는 별명을 얻었다. 프로 레슬링 팬들은, 역도산의 시원한 가라테춉에 매료되었던 것처럼 오키(大木)의 박력 있는 박치기에 매료되어 가고 있었다.

472

하드 트레이닝과 인간의 운명

　나니와(浪花)에 위치한 프로 레슬링 센터에서는 1960년 정초부터 트레이닝이 한창이었다. 그런데 트레이닝에 몰두하는 사람들은 프로 레슬러뿐만이 아니었다. 프로 야구 선수 두 사람이 땀을 쏟고 있었다. 김정일과 모리 도루가 그들이었다. 두 사람은 프로 레슬러들과 함께, 프로 야구 시합이 끝난 다음의 겨울 한철, 즉 포스트 시즌중의 트레이닝에 열중하고 있는 것이었다. 김정일과 모리 도루는 역도산을 친형처럼 따랐다. 역도산 또한 두 사람을 친동생처럼 아꼈다. 어떤 골치 아픈 얘기든 서로 털어놓고 들어줄 수 있는 사이였다.
　모리 도루는 자신의 호언대로 홈런, 타율, 타점의 3개 부문 수위를 모두 휩쓰는 3관왕이 되지는 못했지만, 그래도 만족할 만한 1959년 시즌을 보냈다. 타율만 5위(2할 8푼 2리)일 뿐, 홈런 1위(31개), 타점 1위(87회)로 2관왕에 올랐던 것이다. 이것은 역도산이 미국에서 사다준 루이즈빌 사의 최고급 배트를 사용하여 기록한 성과였으며, 역도산은 홈런왕이 되면 준다던 자신의 캐딜락을 약속대로 선물했다. 김정일 역시 역도산이 사다준 글러브를 사용하여 1959년 시즌 21승이라는 놀라운 성과를 기록했다.

역도산은 두 사람에게 늘 입이 닳도록 두 가지를 강조하곤 했다.

"세계적인 프로 야구 선수가 되려면 무엇보다 참을성 있게 배겨내는 끈기가 중요하다. 끈기의 단련 방법은 역시 내 도장에 와서 중량 운동을 하는 게 최고다."

"형님은 그 말씀을 참 끈기 있게 하시는군요."

"하하하. 그런데 그것뿐만이 아니야. 세계적인 프로 야구 선수가 되려면 한 가지 더, 직업의식에 투철해야 하는 거야. 프로 스포츠 세계에서 믿을 수 있는 놈이라곤 자기 자신밖에 없지. 자신을 아끼며 가꾸지 않으면 안 돼. 그러기 위해서는 시즌이 끝난 후라도 건달처럼 빈둥거리며 놀면 안 된다구. 다음 시즌에 철저히 대비해야 하지 않겠니?"

어떤 때 역도산은 프로페셔널 스포츠에 대한 자신의 주장을 마치 박사학위라도 딴 사람처럼 일장연설로 늘어놓을 때도 있었다.

"프로 스포츠란 뭐야? 직업으로 하는 스포츠지. 개성을 발휘해서 보다 고도의 플레이를 겨룸으로써 사회에 서비스를 제공하고, 그 대가로 생계 유지를 위한 보수를 획득하는 스포츠지. 이러한 직업 경기자를 바로 우리 같은 프로 선수라고 하는 거야. 그런데 프로 스포츠는 사실 단순히 보수 획득을 목적으로 하는 스포츠는 아니지. 왜냐하면 보수를 획득하는 스포츠는 프로 스포츠 이외에도 허다하거든. 휴일에 물품을 걸고 골프를 할 경우엔, 물품을 금전과 바꾸어놓은 것에 불과하잖아. 논 프로도 마찬가지야.

프로 스포츠가 다른 점은, 역시 획득된 보수가 생활 자금이 된다는 것이지. 그렇기 때문에 프로 스포츠에서는 선수가 스포츠 활동을 멈추면 곧 재원의 상실을 불러오지. 프로 스포츠 선수가 생활 자금을 획득하는 보수는 관중들에게 플레이를 보여서 그들의 투기적 욕구를 충족시키고 그 서비스를 제공하는 데 대한 대가인 셈이야. 그러므로 프로 스포츠 선수는 아마추어와 달리 고도의 플레이를 전개하지 않으면 안 돼. 일반적이 수준의 플레이로서는 관중을 끌어모을 수가 없는 거야.

그리고 경쟁이 없는 곳에서는 프로 스포츠가 존재하지 않지. 헬스 클럽이나 테니스, 골프 코치가 지도를 위해서 하는 것을 프로 스포츠라고 볼 수는 없거든. 그 사람들은 프로 선수가 아니라 프로 지도자인 거야.

　특히 프로 레슬링이나 프로 복싱 그리고 프로 야구는, 경마나 프로 골프, 프로 테니스와는 또 사정이 달라. 경마는 관중의 투기에 의해서 보수를 얻을 테고, 또 프로 골프나 프로 테니스는 스폰서의 상금에 의해서 보수를 얻을 테지만, 우리는 곧장 관중의 입장료에 의해서 보수를 얻는 것이지. 그러니까 팬들이 외면하면 끝장이라구. 따라서 팬들에게 좀더 멋지고 훌륭한 경기를 펼쳐 보일 수 있도록 트레이닝에 힘을 쏟아야지. 단련된 자일수록 프로 선수다운 거야."

　김정일과 모리 도루는 처음에는 역도산의 설교가 귀찮아서 의리상 하릴없이 트레이닝에 응했었다. 그러다 보니 분명히 효과가 있지 않은가. 그래서 이제는 스스로 적극적인 호응을 하고 있었다.

　사실 강제적인 트레이닝은 효과가 적은 법이다. 자진해서 할 때 비로소 효과가 치솟는다. 그런데 역도산이 김정일과 모리 도루에게 강요한 트레이닝은 결코 쉬운 것이 아니었다. 역도산이 고안한 무릎의 굴신(屈伸) 운동이 바로 그것이었다. 김정일과 모리 도루는 처음에는 겨우 2, 30회를 하고도 씩씩거렸다. 그러더니 이제는 200회 정도가 가능해졌다. 스스로 알아서 하겠다는 의지가 있기 때문이었다.

　하반신이 상반신을 따라가지 못하는 선수들에게는 이 운동이 효과적이었다. 역도산은 모든 운동선수가 굴신 운동을 계속하면 효과적일 것이라고 언제나 믿었다. 그래서 프로 레슬링 수업을 쌓고 있는 자신의 문하생들에게는 1천 번 이상 강요했다. 명령과 같으니 듣지 않을 수가 없었다. 그런데 놀랍게도, 세계적인 프로 레슬러가 되겠다는 청운의 꿈을 안고 현해탄을 건너와 역도산의 제자가 된 김일은, 기합처럼 고통스런 이 운동을 무려 3천 번이나 해냈다.

역도산은 또 복근 운동, 즉 복부 근육 운동도 강조했는데, 김일을 비롯한 자신의 문하생들에게는 역기로 운동하는 웨이트 트레이닝을, 육체미 운동을 전문으로 하는 보디 빌더(body builder)만큼이나 시켰다.

"육체를 만드는 것과 동시에 엄청난 운동량에도 지치지 않을 정신력을 기르고, 또한 남들이 놀고 있는 동안에도 트레이닝을 한다는 철저한 직업의식을 가져야 한다."

지난해 말에는 전 세키와키였던 데루노보루가 역도산을 찾아왔었다. 데루노부루라면, 그의 한 여성 팬이 찾아와 '데루노보루님을 프로 레슬링으로 끌어들이지 말아 달라.'고 울면서 애원한 바 있는 바로 그 장본인이었다. 그런데 공교롭게도 그 데루노루보가 여성 팬이 돌아가고 난 얼마 뒤, 1956년 봄 대회를 마지막으로 갑자기 상투를 잘라버리고 스모를 그만두었던 것이다.

"나는 앞으로 프로 레슬러로 전향할 작정이네. 그러니 역도산이 좀 도와주게."

데루노보루는 역도산의 스모토리 시절 선배였다.

"글쎄요…… 내 생각에는 현역 선수로 참여하기보다 경기 운영면에서 협력해주셨으면 합니다만……. 리키 흥업 영업부에서 일하시는 건 어떻습니까?"

그러나 역도산보다 두 살 위인 데루노보루는 남에게 지기 싫어하는 성미를 가진 사람이었다.

"나는 아직 체력에도 자신이 있단 말일세. 기어코 프로 레슬러가 되겠어!"

아즈마후지의 전례를 알면서도 떼를 쓰듯이 애원했다.

"하지만 프로 레슬러는 겉보기와는 다르게 무척 고된 직업입니다. 그걸 알고 있으시다면 구태여 반대를 하지는 않겠습니다만……."

그렇게 말은 했지만 역도산으로서는 찬성하고 싶지 않았다. 만일 레슬러로서 실패한다면 그를 우상으로 여기던 그 여성 팬의 실망은 얼마나 클 것인가.

"돌을 물고 늘어지는 한이 있더라도 해보겠어!"

데루노보루는 자신의 생일에 기자회견을 갖고 프로 레슬러 전향 성명을 발표했다. 한 신문 기자가 물었다.

"39세 생일에 제2의 인생 출발을 하시는 셈이군요."

그러자 데루노보루는 태연하게 대답했다.

"우연의 일치올시다. 그러나 새로운 출발에는 이왕이면 생일이 적당할지도 모르지요."

데루노보루와 역도산은 스모토리 시절에 단 한 차례도 겨루어본 일이 없었다. 데루노보루는 그 점을 염두에두었는지 역도산에게 말했다.

"당신과 멋지게 싸워보고 싶었어."

이제 프로 레슬링으로 한판 벌이자는 말일까? 역도산은 그의 얼굴을 바라보며 입 속으로 중얼거렸다.

'이분도 앞으로 꽤나 고생하겠군.'

1956년 스모계에서 은퇴할 때의 직접적인 원인은 오른발의 아킬레스건 절단과 오른팔의 부상이었다. 그런데 이제 그 부상은 완전히 회복되었고 체중도 95킬로그램에 가까웠다. 그러나 운동선수로서의 공백 기간과 나이를 되돌려놓을 수는 없지 않은가. 젊은 선수들에게 지지 않으려고 이를 악물고 하드 트레이닝을 하다가, 연습 도중에 어깨에 세균이 들어가는 불운이 겹쳤다. 이것이 종기가 되어 악화되더니 급기야 대수술을 받았다. 결국 데루노보루는 사각의 링 위에 한 번도 올라서보지 못한 채 프로 레슬링계를 떠나고 말았다. 참으로 인간의 운명이란 그 속내를 알 수 없는 노릇이었다.

"전에 권했던 대로 리키 흥업의 영업부에서 일하시는 게 어때요?"

역도산의 권고에 그는 끝까지 승낙하지 않았다. 어느 방면에 일가를 이루어놓은 인간의 자존심이란 굶어죽어도 끈질긴 법이다. 역도산은 자신의 밑에 머물지 않으려는 그의 기분을 이해할 수 있을 것 같았다.

안토니오 이노키와 자이언트 바바

프로 레슬링 센터 안에 있는 역도산의 사무실로 커다란 얼굴이 불쑥 들어왔다.

"이게 누군가?"

지금쯤 하와이에 있어야 할 도요노보리였다.

"웬일이야? 예고 없는 귀국을 다 하고."

도요노보리는 이런 짓을 곧잘 하는 사람이었지만, 이번에야말로 역도산은 놀라지 않을 수 없었다.

"호놀룰루에서 시합 도중에 오른발 아킬레스건을 다쳤지 뭡니까. 도저히 시합에 나갈 수 없어서 치료를 하기 위해 예정보다 먼저 귀국했습니다."

"어디 봐, 어느 정도인가?"

과연 오른 발목이 엄청나게 부풀어올라 있었다.

"어디 한번 만져볼까?"

역도산이 손을 대자, 도요노보리가 죽는 소리를 내며 펄쩍 뛰었다.

"음…… 이런 상태라면 시합을 할 수 없는 게 당연하지."

"죽을 맛입니다."

"그래, 하와이 원정 전적은 어떠한가?"

"30전 26승 2패 2무입니다. 2패는 루 테즈한테 부상 기권을 당한 것과 하와이 챔피언인 알 로로타이에게 반칙패를 당한 것이죠."

"잘 싸웠군."

"그나저나 상처가 완치되면 선배님에게 한번 도전할랍니다."

"호, 그래? 이번 원정에서 상당히 자신감을 얻은 모양이군."

역도산은 건방지다는 느낌이 들지 않았다. 오히려 반가웠다. 역도산 도장의 맏형격인 도요노보리의 입에서 그런 말이 나오기를 역도산은 은근히 바라고 있었던 것이다.

'음, 이 녀석도 굉장히 성장한 게 틀림없군. 프로 레슬링의 장래가 보인다…….'

"그래, 요시무라 미치아키는 어떤가?"

"메인 이벤터로 하와이에서 엄청나게 인기를 끌고 있습니다. 깨끗한 기교파 레슬링이 일본계 주민이나 미국인들에게 강한 인상을 주고 있죠."

"흠…… 몸도 훨씬 좋아졌다지?"

"헤헤…… 저를 따라서 많이 먹으니까 몸이 굵어질 수밖에요."

"하하핫. 내 예감이 적중했군, 그래. 요시무라의 뛰어난 기술에다 체력을 붙이고 경험을 쌓는다면 그 얼마나 믿음직스럽겠는가."

역도산은 그 순간에 갑자기, 요시무라 미치아키를 제2회 월드리그전에 참가시킬 것을 결심했다. 역도산은 이처럼, 바로 이거다 싶으면 일을 저지르고 마는 순간적인 실행력이 있는 사람이었다.

2월이 다 갈 무렵에 역도산은 다시 해외 원정 일정을 잡았다. 세 가지 목적이 있기 때문이었다. 우선은 하와이에 들러 고군분투하고 있는 요시무라 미치아키에게 격려와 기합을 넣어주겠다는 것이었고, 둘째는 제2회 월드리그전에 참가할 세계의 강호들을 물색하겠다는 것이었으며, 셋째는 브라질 원정을 통해 월드리그전에 대비한 베스트 컨디션을 유지하겠다는 것이었다.

이번 원정에 역도산은 맘모스 스즈키(스즈키 유키오)를 데리고 가기로 했다. 그곳에 약 일년쯤 남겨두어 맘모스다운 레슬러로 성장시킬 생각이었다. 그런데 출발 하루 전에 맘모스 스즈키가 어디론가 숨어버렸다. 아직 스무 살이 안 된 그는 말도 통하지 않는 브라질에 마치 유배온 생각이 들 것 같았는지 덜컥 겁부터 집어먹었던 것이다.

하는 수 없이 역도산은 혼자서 하네다 공항을 떠났다. 그런데 비행기가 사고를 일으켜 도중에 다시 돌아오고 말았다. 그랬더니 도장에 맘모스 스즈키가 나와 있는 게 아닌가. 역도산이 바다 위를 날고 있을 것으로만 생각하고 나타났던 것이다.

"이 바보 같은 자식!"

역도산의 다혈질에 불이 붙었다. 골프채가 날았다. 문하생이면 누구든지 한 번씩 맛보았을, 실로 엄청난 기합이었다.

역도산은 스즈키 대신에 나가사와 히데유키(長澤秀幸)를 데리고 다시 하네다 공항을 떠났다. 맘모스 스즈키에게는 원망스런 비행기 사고였지만, 해외 원정을 애타게 기다리고 있던 나가사와 히데유키에게는 행운의 비행기 사고인 셈이었다.

"스즈키 녀석, 그 큰 덩치에 순진한 데가 있단 말이야. 하지만 나이가 모든 것을 해결해주겠지."

역도산은 나가사와 히데유키에게 그렇게 말하고 나서 깊은 생각에 잠겨들었다. 제2회 월드리그전을 앞당겨 생각하니 그의 연속 우승에 대한 욕망은 창밖의 구름처럼 거대하게 부풀어올랐다.

여객기는 7시간 만에 하와이 호놀룰루 공항에 내려앉았다. 공항에는 햇빛에 까맣게 얼굴이 그을은 요시무라 미치아키가 마중 나와 있었다. 첫눈에 보기에도 몸집이 매우 굵어져 있었다.

"하하하, 요시무라 미치아키, 이제야 비로소 씨알이 굵어졌군."

역도산은 그날 저녁, 요시무라 미치아키와 일식집에 가서 기쁨의 만찬을 나누었다.

"지금까지의 전적은 어떤가?"

"29전 24승 2패 2무승부입니다."

"썩 훌륭한 성적이야. 이제 시합이 얼마나 더 남았나?"

"다음주에 한 번 더 시합을 가진 후에 귀국할 겁니다."

"자네는 기술도 있고 체력도 좋아졌으니까 이제 남은 건 하나, 지독한 끈기를 기르는 일이야."

"잘 알겠습니다."

역도산은 먼저 미국 본토로 보낸 나가사와 히데유키를 로스앤젤레스에서 만났다. 나가사와 히데유키는 역도산을 만나자마자 모기만한 소리로 말했다.

"이제야 살 것 같습니다."

"와하하핫!"

역도산은 자신도 모르게 큰 웃음을 터뜨렸다. 역도산은 나가사와 히데유키가 미국 본토로 출발하기 전에 언어의 장벽 때문에 안절부절 못하는 것을 보고 이렇게 일러주었었다.

"어떤 질문을 받더라도 무조건 '훠 로스앤젤레스(for Los Angeles)'라고 대답하게."

그래서 그 동안 나가사와 히데유키는 하와이 출발 이후에 줄곧 그 말 한 마디로 밀고 나갔던 모양이었다. 그랬으니 그 말을 들은 미국의 프로 레슬링 관계자들이 얼마나 배꼽을 잡고 웃었겠는가.

역도산은 우선 프로 레슬러 봅 오튼을 만나 월드리그전 참가 계약을 맺었다. 봅 오튼은 1955년 원정 경기를 통해서 이미 일본의 팬들에게는 낯익은 레슬러였다. 역도산은 그를 먼저 일본으로 보내놓고 전화를 넣었다.

"내가 갈 동안 요시무라 미치아키와 봅 오튼을 붙여봐. 둘 다 테크니션이라 볼 만할 거야."

이어서 두 차례 시합을 가지는 틈틈이 그레이트 도고를 만나 도움을 요청했다. 대거 내일(來日)하게 될 서양 레슬러들의 상담과 인솔 책임을 그에게 맡겼던 것이다.

서둘러 뉴욕으로 간 역도산은, 미국의 프로 복싱계를 쥐고 흔드는 프로모터 에드 쿠윈을 만났다. 그리고 IBC(국제권투협회) 회장인 짐 노리스와도 만났다. 짐 노리스는 정치적인 문제로 인하여 표면상으로는 복싱계를 떠났으나 미국 프로 복싱 흥행의 실질적인 숨은 거물이었다. 역도산은 짐 노리스에게 미국 헤비급 복서의 일본 원정에 협력해줄 것을 부탁했고, 승낙을 얻어냈다. 이것이 역도산이 일본 프로 복싱에 손을 대게 된 계기였다.

미국 일정을 끝낸 역도산은 쉬지 않고 브라질로 날아갔다. 나가사와 히데유키도 함께였다. 상파울로의 공고니아스 공항. 지난번 브라질 원정 때보다 훨씬 많은 인파가 공항에 가득히 몰려 역도산을 환영했다.

"리키! 리키!"

어느새 역도산은 브라질에서도 영웅 대접을 받고 있었다.

역도산은 당장에 브라질 챔피언인 고스토리아를 희생의 제물로 삼았다. 지난번에 단 한 번의 무승부를 기록하게 만든 상대였기 때문이다. 역도산은 공이 울자마자 다이너마이트처럼 거대하게 폭발했다. 브라질 챔피언이 시멘트 바닥에 머리를 부딪히고 KO된 것은 불과 20초 만에 일어난 일이었다.

17전 전승을 기록하는 동안 남미 제일의 수용 능력을 갖고 있는 이비라부에라 체육관은 입장객 수를 매일매일 갱신하는 놀라운 기록을 남겼다.

어느 날 길을 걷던 역도산은, "앗! 바로 이 녀석이다!" 하고 자신도 모르게 탄성을 올렸다. 신장 192센터, 체중 90킬로그램의 훌륭한 체격을 가진 열일곱 살의 소년. 역도산은 그 소년을 불러 신상명세를 알아보니 역시 생각했던 대로였다. 1957년에 건너간 브라질 개척 이민의 한 식구인 이 소년은, 브라질의 주니어급 투포환과 투원반의 기록 보유자였다.

"옷 좀 벗어볼 수 있을까?"

소년은 좀 마르기는 했지만 훈련 여하에 따라 충분히 좋아질 골격을 갖추고 있었다.

'젊은 날의 스카이 하이 리를 방불케 하는 훌륭한 몸매군.'

역도산은 머릿속에 이 소년과 일본에 있는 열아홉 살의 맘모스 스즈키를 한군데 모아보았다. 3년 후쯤이면 충분히 국제적인 대형 태그팀을 만들 수 있을 것 같았다. 역도산은 당장에 소년의 모친을 찾아가서 말했다.

"3년 동안만 나에게 맡겨주십시오."

역도산은 기어코 모친의 허락을 얻어내고 45일 만에 일본으로 향했다. 나가사와 히데유키, 그리고 장래성 있는 주니어 투포환 선수와 함께였다. 소년의 이름은 이노키 간지(猪木完至). 이 소년이 바로 훗날 엄청난 투혼으로 일본 제일의 격투사가 된 안토니오 이노키였다.

일본으로 돌아온 역도산은 이튿날 프로 레슬링 센터로 나갔다. 그런데 맘모스 스즈키와 안토니오 이노키보다 더 거대한 사나이가 역도산을 기다리고 있지 않은가.

"자네는 누군가?"

"프로 야구 자이언트팀에 있던 바바 마사히라(馬場正平)입니다. 선생님의 제자로 들어오고 싶습니다만……."

'음. 자이언트팀에 엄청나게 큰 투수가 있다는 말을 진작에 들은 바는 있지만……'

직접 만나보니 미국에도 흔치 않은 거인이 아닌가.

"프로 야구는 왜 그만두는가?"

"실은 자이언트팀에서 퇴단한 뒤에 다이요팀에 입단을 했었지요. 그런데 시험을 치르고 트레이닝에 참가하던 중에 숙소의 목욕탕에서 넘어져서 왼팔에 상처를 입었습니다. 그래서 프로 야구 선수 생활을 단념하지 않으면 안 되게 되었습니다. 이제는 프로 레슬러로서 재기하고 싶습니다. 받아주십시오, 선생님."

스물두 살의 이 거인은 보면 볼수록 더 크게만 보이는 것이었다.

'아즈마후지는 목욕탕에서 넘어진 뒤로 프로 레슬링을 그만두었는데, 이 녀석은 목욕탕에서 넘어진 뒤로 프로 레슬링을 하겠다? 하여간에 거구들한테는 늘 목욕탕이 말썽이군.'

역도산은 무엇보다 그의 상처가 의심스러웠다. 경과가 좋아지면 두말 할 필요도 없는 물건인 것만은 사실이었다.

"문제는 자네의 투지와 끈기야. 프로 야구가 틀러버렸으니 프로 레슬링이라는 식의 가벼운 생각이라면 도저히 견뎌낼 수 없을 걸세. 프로 레슬러로 대성할 수 없단 말이네."

"저는 할 수 있습니다!"

"다시 한 번 말하겠는데, 프로 레슬링이란 굉장히 어려운 직업이야. 죽음을 각오하지 않으면 안 된다구."

그러자 거인은 목소리를 흐트러뜨리지 않고 정확하게 말했다.

"저는 프로 야구에서 탈락한 인간입니다. 그렇다고 안이한 마음으로 프로 레슬링의 문을 노크하는 것은 절대로 아닙니다. 저도 남자입니다. 제자로 받아주신다면, 프로 레슬링 속에서 죽음을 각오하고 노력하겠습니다. 아무리 어려운 수련이라도 참고 견뎌내겠습니다."

충분히 생각한 후에 결심한 흔적이 역력했다.

"좋아! 그 기분으로 해봐. 오늘부터 자네는 내 제자다. 알겠나?"

역도산은 즉석에서 시원스럽게 말했다.

"예, 선생님!"

역도산은 길지 않은 시간 동안에 스물 전후의 팔팔한 대형 신인을 셋이나 얻은 셈이었다. 역도산은 곧 보도 기관의 관계자에게 전 프로 야구 선수 바바 마사히라가 역도산 문하생으로 들어왔음을 알렸다. 신장 205센티미터. 체중 125.7킬로그램. 이 거대한 사나이는 훗날 공포의 16문킥과 대포알 같은 역도산 가라테춉으로 맹위를 떨친 자이언트 바바였다.

역도산의 숙적

역도산이 패한 뒤에 설욕을 하지 못한 프로 레슬러는 단 한 사람 있었다. 바로 샌프란시스코 미식 축구팀 주장인 태클의 명수 레오 노메리니였다. 그래서 역도산은 제2회 월드리그전에 그를 끌어들였다.

PAA기가 하네다 공항에 착륙하자 공항 대합실에 모여 있는 기자들이 신경을 곤두세웠다. 한때 루 테즈를 꺾고 세계 챔피언의 자리에 오른 바 있으며, 더욱이 역도산을 링 아웃시켰던 최강의 선수가 도일하기 때문이었다.

여객기 트랩을 내려서는 서양의 레슬러들은 과연 웅장했다. 레오 노메리니. 몬타나. 트릭 플레이(trick play)의 명수 메이어즈. 강인한 망나니 바로아. 젊고 싱싱한 올 라운드 레슬러 단 밀러. 헤르만. 루 킴. 리조스키. 그레이트 도고. 어느 한 사람 맹장 아닌 자가 없었다.

엔도 고키지는 하와이에서 활약하다가 동승하여 돌아왔다. 여기에 미리 와 있던 밥 오튼, 일본의 대표 선수 역도산과 도요노보리, 요시무라 미치아키가 합류하여 대규모 기자회견을 가졌다. 공항 기자회견이 끝나자 도쿄 시내 카 퍼레이드가 이어졌다. 다시 찾아온 볼거리에 연도의 시민들은 온통 들떠 있었다.

아카사카의 뉴 재팬 호텔. 여기서 외국인 레슬러 환영 리셉션이 펼쳐졌다. 오노 반보쿠, 일본 사회당 위원장인 아사누마 이나지로(淺沼太郞). 훗날 자객에게 피살되고 마는 아사누마 이나지로는 열렬한 프로 레슬링 팬으로서, 역도산의 시합이 벌어질 때마다 링 사이드 맨 앞줄에 앉아 로이드 안경을 빛내면서 어린아이처럼 손뼉을 치며 좋아하곤 했다.

이튿날, 프로 레슬링 센터에서 서양 선수들의 공개 스파링이 벌어졌다. 역시 전 세계 챔피언인 레오 노메리니가 돋보였다. 다른 선수들과 분명히 스케일 면에 있어서 한 수 위였다. 다음으로는 메이어즈와 단 밀러가 다크호스다운 인상을 주었다. 그리고 역도산을 괴롭혔던 짐 라이트의 친형인 루 킴. 그는 전성시대에 루 테즈마저 에누리 없이 골탕먹였을 정도로 강호 중의 강호였다. 그러나 불의의 자동차 사고를 당하여 기적적으로 살아난 뒤부터 다리와 허리에 결함이 생긴 흔적이 현저히 드러났다.

서양 선수들의 공개 스파링이 끝나자 도요노보리와 요시무라 미치아키도 몸이 근질근질했던지 링 위로 뛰어 올라갔다. 역도산도 뛰어 올라갔다. 몸이 가벼웠다. 아무리 트레이닝을 계속해도 호흡이 가빠지지 않으며 피가 머리로 집중되지 않는 것이었다. 미국, 브라질 원정 이래로 단 한 방울의 술도 입에 대지 않았기 때문이었다.

월드리그전의 개막을 생각하자 역도산의 팔뚝에 힘줄이 불끈 솟았다.

"역도산, 당신과 노메리니의 시합은 틀림없이 좋은 시합이 될 겁니다. 미국에서도 보기 드문 상대를 만났으니까요. 무슨 일이 있어도 꼭 관전을 하겠습니다."

엔도 고키지가 힘을 북돋워주었다.

역도산은 레오 노메리니에게 갚아야 할 빚이 있지 않은가. 처음 미국 원정을 갔을 때 샌프란시스코에서 레오 노메리니와 맞붙었다가 지독한 플라잉 태클을 맞고 완패했었다.

"나는 지금까지 내가 진 바 있는 상대에게는 반드시 설욕을 해왔소. 레드 스콜피언은 물론, 루 테즈에게도 설욕을 했소. 이번엔 마지막 남은 레오 노메리니의 차례요. 내, 반드시 설욕하겠소."

역도산은 엔도 고키지에게 강한 자신감을 나타냈다. 물론 역도산의 상대는 레오 노메리니 한 사람만이 아니었다. 서양 선수들은 한결같이 역도산 타도를 목표로 삼고 일본에 건너온 것이다. 특히 루 킴은 동생의 복수를 하겠다고 기자들 앞에서 선언까지 해둔 참이었다.

예측하기 어려운 승부, 백전노장인 그레이트 도고조차도 우승 예상자를 묻는 기자들의 질문에 이렇게 대답했을 정도였다.

"누가 우승할지는 조금도 점칠 수가 없소."

제2회 월드리그전의 개막전은 도쿄 체육관에서 열렸다. 관중은 그리 많지 않은 6천 명쯤에 그쳤다. 평일인 데다 텔레비전 중계가 있고, 더욱이 날씨마저 우중충한 탓이었다. 프로모터를 겸하고 있는 역도산으로서는 관중 수에 신경을 쓰지 않을 수 없었다. 그러나 역도산은 조금도 비관하지 않았다.

'첫째날의 텔레비전 중계방송과 신문 보도를 보고 오히려 둘째날부터 관중 수는 배로 늘어날 것이다.'

그러기 위해서 역도산은 첫째날 시합에 최선을 다했다. 도요노보리와 팀을 짜고 봅 오튼 · 헤르만 조와 겨루어 2 대 1로 무찔렀다.

세미 파이널로 벌어진 레오 노메리니와 메이어즈의 24분 간(8분 3라운드)에 걸친 격렬한 대전은 관중들로 하여금 한시도 링에서 눈을 뗄 수 없게 만들었다. 레오 노메리니의 플라잉 태클은 가공할 위력으로 펼쳐졌으며, 또한 그것을 기민하게 피하는 메이어즈의 수비력도 멋졌다. 결과는 무승부.

관중이 1만 명 이상 몰린 둘째날에 레오 노메리니는 몬타나를 첫 제물로 삼았다. 체중이 158킬로그램이나 되는 턱수염의 몬타나는 레오 노메리니의 플라잉 태클 한 대에 로프 사이를 뚫고 튕겨나가 그대로 링 아웃되고 말았다. 역도산은 과거에 자기가 당했던 악몽을 다시 보는 것 같은 섬뜩한 느낌이었다.

사흘째 시합에서 역도산은 요시무라 미치아키와 팀을 짜고 레오 노메리니 · 메이어즈 조와 대전했다. 두 미국인은 역도산에게 과중한 짐이었으나, 역도산은 계속 실력이 늘어가고 있는 요시무라 미치아키에게 자신감을 붙여주기 위해서 굳이 시합을 걸었다.

"나의 지시대로 움직여라, 요시무라. 노메리니의 태클에 걸리면 끝장이야. 노메리니가 태클 모션을 쓸 것 같은 타임이 되면 재빨리 링 밖으로 나서고, 그럴 틈이 없으면 무조건 엎드려라."

역도산은 요시무라 미치아키에게 최선의 방어법을 일러주었다. 그렇다고 피할 수만은 없는 처지였다. 그래서 한 가지 계책을 세워 그것을 시험하려고 하고 있었다. 그런데 레오 노메리니는 웬일인지 역도산에게 태클 공격을 걸지 않았다. 요시무라 미치아키에게만 태클 공격을 집중했다. 첫 번째 공격에는 요시무라 미치아키가 멋지게 날렵한 동작으로 피하였으나, 두 번째는 몸통 전면에 맞아 링 바깥으로 나가떨어지고 말았다. 부상 기권. 실로 가공할 위력이 아닐 수 없었다. 그러나 역도산은 그 동안에 레오 노메리니의 움직임을 파악했다. 혼이 난 요시무라 미치아키는 늑골을 다쳐서 한동안 결장할 수밖에 없는 신세가 되고 말았다.

무패의 행진을 계속하고 있는 사람은 넷으로 압축되었다. 레오 노메리니와 메이어즈, 그리고 역도산과 도요노보리였다.

레오 노메리니는 놀랍게도 몬타나, 리즈스키, 오튼, 그레이트 도고를 모조리 플라잉 태클로 무찔러버렸다. 상대를 끈질기게 괴롭히기로 소문난 링의 악당 그레이트 도고는 겨우 1라운드 4분 만에 끝장나버렸다. 레오 노메리니는 또한 태클에 필적할 만한 강력한 공격 무기를 한 가지 더 갖추고 있었다. 그것은 스탠딩 레슬링에서 쓰는 태클과 달리, 그라운드 레슬링에서 쓰는 크로스 휘거(cross figure) 공격이었다. 발을 십자로 꼬아 조이는 공격 형태인데, 일단 걸려들면 빠져나갈 수가 없는 레오 노메리니의 위닝 샷(winning shot, 단숨에 승리를 결정지을 수 있는 공격 기술)이었다. 이를테면 역도산의 가라테 촙이나 김일의 박치기를 들 수 있다.

그러나 역도산은 레오 노메리니의 공격을 막을 자신이 분명히 있었다. 그리고 가라테촙으로 단숨에 승리를 이끌어낼 자신도 있었다.

역도산은 레오 노메리니의 태클을 엎드려 피하면서 한쪽 발로 그의 발을 걸어 넘어뜨리고 발 조르기로 들어갔다. 그런데 레오 노메리니가 넘어질 때 심판 오키 시키나가 미처 피하지 못하고 새우 등이 터져버렸다. 그래서 심판이 없는 상황의 무승부가 되고 말았다.

역시 레오 노메리니는 역도산의 최대 강적이었다. 7년 전의 설욕을 이루기가 쉽지 않았다. 레오 노메리니는 링 밖으로 나가 있는 도요노보리에게 태클을 먹여 반칙패를 한 차례 기록하긴 했으나, 그래도 10승 1패 2무로 서양 선수 가운데서는 1위를 달리고 있었다. 그리하여 8승 2무인 역도산과 결승전에서 다시 맞붙게 되었다.

5월 중순의 도쿄 체육관. 엄청난 수의 관중이 끝이 보이지 않을 정도로 줄을 이어 들어갔다. 상대가 강적인 만큼 역도산의 팬들은 더욱 많이 몰려들었다. 우승 결정전이니 만큼 라운드제를 없애고 무제한 시간의 3번 승부제로 시합 방식을 합의했다. 이 방법은 물론 체력이 좋은 레오 노메리니에게 유리한 것이었다. 역도산은 비록 자신이 불리하더라도 결승전의 권위에 비추어 타이틀 매치 규정을 적용하고 싶었던 것이다.

아니나다를까, 역도산은 태클에 밀려 첫판을 먼저 내주고 말았다. 역도산은 정신을 가다듬고 반격 작전에 나섰다. 관중들은 손에 땀을 쥐고, "리키"를 연호했다. 역도산은 일단 레오 노메리니의 복부에 가라테촙을 먹이고 다리를 걸어 넘어뜨렸다. 그러나 노메리니의 헤드 록에 이어지는 태클에 걸려 역도산은 옆구리를 움켜쥐고 쓰러졌다. 로프를 잡고 간신히 일어난 역도산은 기습적으로 레프트 훅을 노메리니의 몸에 꽂았다.

"우욱!"

노메리니는 신음을 쏟으며 비틀거렸다.

"쓴맛 좀 봐라!"

역도산은 날카롭게 갈아두었던 손칼을 빼어들었다. 그리고 사정없이 상대의 가슴을 후려치기 시작했다. 네 발째에 노메리니는 로프 위를 넘어 마룻바닥으로 떨어지고 말았다. 기어오르는 노메리니에게 역도산은 맹렬한 속도로 대시했다. 그리고 사정을 두지 않고 가라테춉을 날렸다. 한 발, 두 발…….

노메리니는 로프를 붙잡은 채 주저앉았다. 잇따른 역도산의 함경도 박치기가 수세에 몰린 노메리니의 이마에서 쾅 하고 터졌다.

"으아아!"

머리가 부서지는 아픔을 느끼며 노메리니는 다운되었다. 그러나 간신히 힘을 내어 몸을 일으켰다. 역도산은 틈을 두지 않았다. 곧장 달려가 가라테춉을 무시무시한 강도로 세 차례 연거푸 먹였다. 수직 가라테춉에 이어지는 수평 가라테춉의 박력 있는 플레이에 관중들은 기쁨을 억제하지 못했다. 역도산은 레오 노메리니를 로프 반동시킨 후에 마지막으로 그림 같은 수평 가라테춉을 날렸다. 목줄기가 꺾여 나가는 듯한 통증을 느끼며 노메리니는 길게 누워버렸다. 틈을 주지 않고 날아드는 역도산의 보디 프레스.

"원! 투! 스리!"

상황은 순식간에 1 대 1로 바뀌었다.

"남은 건 속공 작전뿐이다."

역도산은 이를 악물고 마지막 공격 태세를 갖추었다. 노메리니의 헤드 록 공격에 역도산은 다리 조르기로 맞섰다. 승부를 한 치도 예측할 수 없는 긴장된 상황이었다.

레오 노메리니의 낯빛은 초조하게 변해갔다. 자신의 공격이 연거푸 역도산의 역공에 말려들고 있는 것이 아닌가. 역도산은 노메리니가 필살의 태클로 달려들기를 기다렸다. 드디어 입맛을 다시는 사자처럼 노메리니는 질풍 같은 태클로 날아들었다. 사자의 앞발에 채이면 영양의 목뼈는 곧장 부러지고 만다. 그러나 역도산은 영양이 아니었다. 백두산 호랑이였다. 역도산은 노메리니의 몸이 눈앞으로 크게 퍼져왔을 때 몸을 집어던지듯이 납작 엎드려버렸다. 역도산이 잠시 후에 얼굴을 들었을 때는 노메리니의 사자와 같은 몸뚱이는 온데간데없었다. 자신의 힘을 못 이기고 링 밖으로 나가떨어졌던 것이다.

역도산은 옆구리가 아팠다. 노메리니가 링에서 떨어질 때 역도산의 옆구리를 걷어찬 것이었다. 역도산이 간신히 무릎을 꿇고 일어서려 할 때 심판이 카운트를 마감했다. 역도산이 월드리그전의 2연패라는 놀라운 업적을 이룩하는 순간이었다. 그것도 레오 노메리니라고 하는 최대의 강적을 물리치고. 관중들은 너무 큰 기쁨에 미친 듯이 날뛰었다. 서로 껴안고 기뻐하는 관중들도 있었으며, "오, 리키! 멋있어요!" 하고 외치며 팬티를 적시는 광적(狂的)인 여성 팬들도 있었다.

'만약 내가 그 무시무시한 태클을 피하지 못했더라면 승패의 위치는 달라졌을 것이다. 몸은 강물에 던져졌으나 나에게는 기댈 여울이 있었다.'

역도산은 마침내, 자신에게 패배를 안겨준 상대에게는 반드시 빚을 갚는다는 집념의 결실을 맺게 되었다.

어느덧 밤, 도쿄의 술집들은 하나같이 기쁨에 들뜬 남녀 시민들의 술잔치로 매상고를 쑥쑥 올리고 있었다.

가라테촙과 박치기

제2회 월드리그전과 국제선발시합(여기서 역도산은 메이어즈를 상대로 인터내셔널 타이틀을 7차, 8차째 방어했다)을 끝낸 역도산은, 로마 올림픽 관전을 겸해서 유럽·미국 원정을 떠났다. 역도산은 이제 세계를 자기 집 안방처럼 여유 있게 돌아다닐 수 있을 정도로 국제적인 인물이 되어 있었다.

그곳에서 첫 하와이 원정 때 해롤드 사카다의 소개로 만난 적이 있는 토미 고노의 역도 시합을 보았다. 토미 고노는 역도산을 팔씨름으로 제압한 역사답게 1958년과 1959년에 벌어진 세계선수권대회에서 연거푸 금메달을 따낸 강력한 미들급 우승 후보였다. 그러나 아깝게 은메달에 그치고 말았다. 하지만 토미 고노는 헬싱키에 이어 멜버른 올림픽에 라이트 헤비급으로 출전하여 연거푸 우승하는 등, 4체급(라이트급에서 미들, 헤비급까지)에서 25개의 세계 기록을 수립하는 등 세계 제일의 웨이트 리프터로 자리 잡고 있었다.

역도산은 그를 처음 만났을 때부터 그의 이러한 위업(偉業)을 예측하였다. 역도산은 그가 과거에 일본을 두 차례 방문했을 때 만나서 그랬던 것처럼, 로마에서도 얼굴을 마주하는 동안에 경이로움의 시선을 감추지 못했다.

"당신의 일상생활이 매우 착실한 데다, 오로지 역도에만 정력을 쏟고 있기 때문에 그야말로 무적의 일인자라고 생각하오."

유럽과 미국을 돌면서 역도산은, 그곳에서 열기가 대단한 볼링에 흥미를 느꼈다. 그래서 세계적인 볼링 운동기구 제조 회사인 브란즈위크 사와 계약을 맺었다. 대규모 볼링장의 건설 계획은 대지의 입수가 어려워 당분간 어렵지만, 머지않은 장래에 꼭 실현시키리라고 다짐했다.

해외 여행에서 돌아오니, 두 달 넘게 역도산을 기다리는 사나이가 있었다. 미국의 흑인 레슬러인 리기 왈드였다. 그는 2년 전부터 캐나다와 동남아의 여러 나라를 돌아다니며 순회 시합을 하다가 일본에 들른 것이었다. 역도산은 로마로 떠나기 전에 이미 리기 왈드를 만난 일이 있었다.

그때 리기 왈드는 래리 잭슨과 팀을 짜고 요시노사토 · 요시무라 미치아키 조와 맞붙었다. 결과는 일본팀의 2 대 1 승. 그러나 역도산은 래리 잭슨은 졌어도 리기 왈드는 지지 않았다고 생각하고 있었다. 실제로 리기 왈드는 요시노사토에게 깨끗한 폴로 한 판을 따냈었던 것이다.

리기 왈드는 어느 누구에게도 지지 않을 만큼 맹렬한 연습을 하는 연습벌레였다. 하루도 거르지 않고 프로 레슬링 센터에서 네 시간씩 트레이닝을 하는데, 그것 또한 너무도 진지한 내용이었다. 파트너로 나서는 역도산의 문하생들이 대부분 따라가지 못할 정도였다.

아니, 단 한 사람 있기는 했다. 한국인 김일이었다.

그렇더라도 리기 왈드의 훈련은 여간 강도가 심한 것이 아니어서, 때마침 일본에 머무르며 안토니오 이노키와 자이언트 바바를 지도하고 있던 포커 페이스 오키 시키나도 혀를 내두를 정도였다.

리기 왈드의 주요 일과는, 숙소인 신바시(新橋)의 제일 호텔과 프로 레슬링 센터를 왕복하는 것이었다. 연습이 끝나면 김일, 자이언트 바바, 안토니오 이노키, 맘모스 스즈키 등의 신인 레슬러들과 어울려 장코 요리를 먹는데, 그 양이 보통이 아니었다. 가득 담긴 쌀밥 네 대접을 후딱 먹어치우는데, 마지막 대접은 장코 국물을 부어서 먹었다. 그래서 장코 당번을 맡은 신인 레슬러가, "그렇게 많이 먹으면 우리들 몫이 모자라요. 그러니 먹은 만큼 돈을 내시오." 라고 하소연했을 정도였다.

그 이야기를 듣고 역도산은 껄껄 웃었다.

"와하핫! 그 검둥이가 내 제자들의 식사를 횡령한 셈이로군."

아무튼 역도산은 리기 왈드처럼 일본 음식을 아무것이나 가리지 않고 먹는 미국인 레슬러를 일찍이 본 적이 없었다.

"싱가포르에 머물렀을 때의 생활이 그다지 넉넉하지 못했던 모양이지. 그러다가 이곳에 오니 살맛이 나는 모양이야. 외국으로 나가면 낯선 프로모터에게 푸대접을 받는 일이 많지. 녀석, 틀림없이 그런 경우를 당했겠군."

그 생각을 하니, 역도산은 리기 왈드가 오히려 귀엽게 느껴졌다. 이것은 같은 직업인으로서 격려의 마음이었다.

일본에 돌아온 역도산에게 리기 왈드는 당장 도전장을 던졌다.

"역도산, 저놈의 리기 왈드는 당신에게 도전하려고 꾸준히 벼르고 있었어. 매우 힘든 상대가 될 거야. 조심하지 않으면 안 돼."

오키 시키나가 충고했다.

리기 왈드의 몸은 훨씬 좋아져 있었다. 새카만 살결에 윤이 날 정도였다. 이것은 그가 충분한 트레이닝을 쌓아왔다는 증거인 셈이었다. 반면에 역도산은 컨디션이 별로 좋지 않았다. 미국에서 한스 헬만과 싸우고, 돈 레오 조나단과 또다시 겨루기는 했지만, 짧은 기간에 유럽과 미국을 부지런히 뛰어다니면서 올림픽 관람, 볼링 시설의 계약, 외국인 레슬러 초청 계약 등의 일에 쫓긴 데다, 일본에 돌아와서도 갖은 일에 몰두하느라 충분한 컨디션 조절 트레이닝을 갖지 못했기 때문이었다. 그렇다고 인터내셔널 챔피언 체면에 도전을 회피할 수는 없는 노릇이었다. 역도산은 각오를 새로이 하며 아시아 타이틀 도전을 받아주었다.

마침 카틴스 이야우케야와 텍사스 맥켄지라는 두 미국인 레슬러가 일본에 왔다. 맥켄지는 203센티미터의 비만형 거인이었고, 이야우케야는 130킬로그램의 근육질 레슬러였다. 이야우케야는 이미 도요노보리와 요시무라 미치아키가 하와이에 원정 갔을 때 그들과 대전한 일이 있었다.

"젊음을 발산하는 거친 레슬링을 합니다. 맥켄지 역시 망나니이긴 마찬가지죠."

도요노보리가 귀띔했다. 역도산은 리기 왈드와 이 두 선수를 상대로 하는 국제 시합에 들어갔다. 이번 시합에는 김일에게 첫 국제전을 치르도록 할 생각이었고, 그보다 후배인 안토니오 이노키와 자이언트 바바를 데뷔시킬 생각이었다. 역도산은 그 동안 맘모스 스즈키, 안토니오 이노키, 자이언트 바바 등 대형 제자들에게 지금까지 겪어온 자신의 경험을 살려 독자적인 트레이닝을 시켜왔다.

프로 레슬러의 첫째 조건은 무엇보다 체격이었다. 그 다음에 기술이 따라야 하는 것이다. 그래서 역도산은 세 사람의 커다란 체격에 근육이 배양되도록, 훈련 기간을 일년으로 잡았다. 그러나 6개월이 흐르기도 전에 세 사람의 몸은 그럴듯하게 만들어졌다.

문제는 투지였다. 스모토리 시절에도 느낀 바였지만, 키가 큰 선수들은 대개 투지가 떨어졌다. 투지란 끈기와 인내의 집합체였다. 역도산은 세 사람에게 끈기와 인내력을 기르는 강훈련을 명령했다. 그리고 그들의 선배들에게는, "귀여워해라." 라고 지시했다. '귀여워하라' 라는 말은 '하드 트레이닝을 시켜라' 라는 말의 역설(逆說)이었다.

한번은 이런 일이 있었다. 지방 순회 경기 때, 다음 지방으로 떠나는 날 아침의 일이었다. 안토니오 이노키는 언제나처럼 역도산이 애용하는 맞춤 구두를 현관에서 들고 대기하고 있었다. 이윽고 역도산이 등장했고, 안토니오 이노키는 역도산이 신기 쉽도록 구두를 양손으로 받쳐 내밀었다. 그런데 어찌 된 일인지 역도산의 발이 잘 들어가지 않았다. 그 순간이었다. 역도산의 발이

496

움직였고, 그와 동시에 역도산의 긴 구두가 안토니오 이노키의 안면을 후려친 것이었다.

　인내심을 기르도록 하기 위한 역도산의 훈련은 이런 식으로 가혹한 지경에까지 이르고 있었다. 링 위에 올라섰을 때 이보다 더 난폭한 상대 선수는 얼마든지 있을 것이기 때문이었다. 이런 까닭으로 세 거인은 몇 번이고 도중에 그만둘까 하는 생각마저 하게 되었고, 맘모스 스즈키처럼 실제로 달아났던 사람도 있었다. 그러나 그런 대로 버티어왔고, 프로 레슬러로서의 참된 시련은 비로소 시작되고 있었다.

　9월 말의 다이도 체육관. 역도산과 리기 왈드의 시합을 보기 위해 관중들이 구름 떼처럼 몰려들었다.

　역도산은 자이언트 바바와 안토니오 이노키를 오픈 게임에 출장시켰다. 5월에 입문, 아직 수련 5개월에 지나지 않았으므로 무리라고는 생각되었지만, 하루라도 빨리 두 사람의 대형 레슬러를 팬들이 내려다보는 링 위에 세워 링 감각을 익히도록 해주고 싶은 게 스승인 역도산의 마음이었다.

　자이언트 바바의 데뷔전 상대로는 다나카 오네타로가 나섰다. 그런데 자이언트 바바는 2미터를 넘는 거대한 몸을 이용하여 선배를 집중 공략하더니, 가공할 완력의 두 다리 찢기로 5분 15초 만에 승리를 거두었다.

　안토니오 이노키의 상대로는 13년 연상의 김일이 나섰다. 어느덧 완숙의 경지에 도달한 김일은, 팔 잡아 찢기로 7분 6초 만에 안토니오 이노키를 제압했다.

　역도산은 데뷔전을 마치고 라커룸으로 돌아온 자이언트 바바와 안토니오 이노키에게 무릎 굴신 운동을 200회나 시켰다. 순회 경기 일정 동안에 15분 단판 승부를 계속해서 치르도록 하기 위해서였다.

　마침내 메인 이벤트. 공이 울리고 나서부터 역도산은 시종 수세에 몰렸다.

리기 왈드는 간간이 박치기를 퍼부어 역도산을 곤경에 몰아넣었다. 1 대 1 무승부로 간신히 타이틀을 방어하기는 했지만, 역도산은 시합에 졌다고 인정하지 않을 수 없었다. 이제까지의 타이틀 매치 가운데서 가장 괴로운 시합이었던 것이다. 최악의 컨디션 탓이었다.

"다시 도전하겠소!"

못내 원통했던지 리기 왈드가 또다시 도전을 선언했다.

"좋아, 얼마든지 받아주겠어."

생각할 필요도 없다는 투로 곧바로 대답한 역도산은 호쾌하게 웃었다.

역도산은 보름 뒤에 오사카 부립 체육관에서 또다시 리기 왈드의 아시아 타이틀 도전을 받았다. 역도산의 컨디션은 순회 경기를 치르는 동안 호조를 되찾은 상태였다. 다른 선수들은 대부분 연일 계속되는 경기를 치르게 되면 피로가 겹쳐서 하강선을 타고 축축 늘어지기 일쑤였으나, 역도산의 체질은 묘하게도 컨디션의 상승선을 타는 쪽이었다.

리기 왈드 역시 상승선을 타고 있는 듯이 보였다. 어쨌든 역도산은 이번에 이겨야만 자신의 체면을 살릴 수 있으므로 실력을 십분 발휘하지 않으면 안 되었다.

첫판을 내준 역도산은 두 번째 판을 빼앗아 1 대 1의 상황으로 이끌었다. 남은 한 판을 단숨에 끝장내려고 리기 왈드는 검은 탱크처럼 거칠게 달려들었다. 심지어 링 사이드의 철제 의자를 집어 들고 달려드는 것이었다. 의자에 정확히 맞으면 머리가 터지고 말 상황이었다. 하지만 역도산은 그 의자를 기습적으로 빼앗아 반대로 리기 왈드의 머리를 후려쳤다. 그런데 리기 왈드의 머리는 멀쩡하고 대신에 접을 수 있는 의자가 박살나고 말았다.

이제까지 역도산은 검은 살갗의 마신(魔神)이라 불리는 보보 브라질을 비롯하여 수많은 돌대가리들을 상대해왔지만, 리기 왈드처럼 단단한 머리를 가진 레슬러를 상대해보기는 처음이었다. 돌대가리가 아니라 차라리 바위라고

498

해야 옳을 것 같았다.

역도산은 수차례 그의 박치기를 허용했으나, 오기로 버텨내면서 가라테춉으로 응수했다. 한 차례씩 주고받는 타격전에서 결국 리기 왈드가 먼저 링 밖으로 굴러 떨어지고 말았다. 그의 바윗덩이 같은 박치기도 역도산의 단련된 손날 앞에서는 위세를 부리지 못했던 것이다.

그런데 리기 왈드는 포기하지 않고 또다시 도전해왔다. 역도산은 아직도 정신을 못 차리는 리기 왈드의 건방진 태도를 대하자 피가 거꾸로 솟구쳤다.

보름 뒤에 다시 리기 왈드의 도전을 받아들인 역도산은 아예 초반부터 그의 돌대가리를 가라테춉으로 철저하게 으깨어 나갔다. 가랑비에도 옷은 젖는 법. 그런데 역도산의 가라테춉 연타는 폭우가 아닌가. 결국 검은 공포 리기 왈드도 숨돌릴 틈도 주지 않고 작열하는 역도산의 가라테춉 앞에서는 매트 위에 큰 대 자로 뻗고 말았다.

크게 혼이 났음에도 불구하고 리기 왈드는 집념을 잃지 않고 또다시 일본으로 날아들었다. 귀찮다면 귀찮은 존재인 셈이었다.

역도산은 한국형 박치기의 명수인 김일과 팀을 짜고, 리기 왈드를 조장으로 하는 흑인 조를 맞이하여 싸웠다. 리기 왈드의 박치기와 김일의 박치기는 누구의 우세를 가릴 수 없는 팽팽한 것이었다. 해머와 해머가 맞부딪치는 형상이었다. 그러나 시간이 흐를수록 김일의 불굴의 투지는 거세어지고, 반대로 리기 왈드는 차츰 움츠러들었다. 결국 승리는 역도산의 가라테춉과 김일의 박치기가 조화를 이룬 역도산 조로 돌아갔다.

이로써 국제 시합을 시작한 김일은 어느덧 세계적인 레슬러로서 발돋움하기 시작했다. 한 핏줄인 김일의 성장은 곧 역도산의 기쁨이었다.

역도산과 장훈

1960년의 프로 야구 시즌이 막 끝났을 때였다. 한 프로 야구 선수가 불쑥 역도산 도장을 찾아왔다. 김정일이나 모리 도루가 아니었다. 혹은 자이언트 바바처럼 프로 레슬러가 되겠다고 찾아온 것도 아니었다.

신장 181센티미터, 체중 80킬로그램. 이 약관 스무 살의 사나이는, 역도산, 김정일과 같은 한국인. 프로 야구 도에이(東映)팀의 간판 타자. 1960년 시즌 타격 4위(3할 2리). 1960년 올스타전의 최우수선수. 미국 프로 야구 샌프란시스코 자이언트팀을 상대한 일본 양대 리그 통합 올스타팀의 4번 타자. 프로 데뷔 원년(1959년)에 홈런왕(13개), 타점왕(57회)을 거머쥐고, 기자단이 뽑은 신인왕마저 차지(141표 중 111표)했던 사나이. 그의 이름은 장훈(張勳)이었다.

역도산과 장훈은 전부터 서로 알고 지내던 사이였다.

"훈! 너는 좀더 힘을 붙여야 해. 그러기 위해서는 웨이트 트레이닝을 해야지."

역도산은 장훈에게도 역시, 김정일과 모리 도루에게 잔소리했던 대로 늘상 끈기와 투철한 직업의식을 강조했다. 장훈은 주저하지 않을 수 없었다. 역기

500

등의 무거운 물건을 다루는 일은 야구 선수에겐 절대 금물이었다. 심지어 수영조차 금기로 여기고 있을 정도였다.

그러나 장훈은 역도산의 충고를 따르기로 했다. 그래서 가을 연습 때 훈련을 마치면 아무도 몰래 프로 레슬링 센터를 찾아가 개인 웨이트 훈련을 실시했다. 장훈의 다음 목표는 오로지 타격 1위, 곧 수위 타자의 타이틀을 거머쥐는 것이었다. 그러기 위해서는 보다 강인한 체력을 쌓지 않으면 안 되었다.

장훈은 하루 두세 시간씩 트레이너의 지시에 따라 땀 흘리는 것을 게을리하지 않았다. 3주 정도 지나자 몸이 분명히 변화되어 가고 있었다. 힘이 솟구치는 것이었다.

장훈과 함께 웨이트 트레이닝을 하던 김정일은 중도에 포기하고 말았다. '힘들어서 더 이상 못하겠다.'는 것이었다. 그러나 장훈은 스윙 훈련을 하루도 거르지 않듯이 웨이트 트레이닝을 멈추지 않았다. 역도산은 그의 불굴의 정신을 바라보며 늘 가슴으로 기뻐하고 있었다.

장훈의 일가가 현해탄을 건너 일본에 온 것은 1940년 봄의 일이었다. 역도산이 김신락이라는 본명으로 일본을 밟은 다음해였다.

그때 장훈은 어머니의 뱃속에 있었다. 1940년 여름에 히로시마에서 태어난 장훈은 어린 나이에 두 가지 끔찍한 사건을 겪었다.

네 살 무렵의 어느 추운 겨울날. 장훈을 포함한 어린아이들은 모닥불 둘레에 웅크리고 앉아 야산에서 캐어온 고구마를 굽고 있었다. 태평양전쟁 막바지, 온 가족이 굶주림에 허덕이던 시절이었기 때문에 군고구마만큼 맛있고 좋은 식량은 없었다. 그런데 난데없이 트럭 한 대가 후진해오는 것이 아닌가.

소스라치게 놀란 장훈은 그만, 트럭에 떠밀려 모닥불 속으로 오른손을 집어넣고 말았다. 그 바람에 그의 오른손은 보기 흉한 모습이 되고 말았다. 엄지손가락과 둘째손가락이 굽어버리고, 약지와 새끼손가락이 붙어버린 것이다. 그리고 1945년, 장훈이 다섯 살 되었을 때 히로시마에 원자폭탄이 떨어졌다. 장훈은 포도밭 가운데 설치된 방공호로, 누나 장정자의 손을 잡고 달아났다. 세상은 온통 아비규환이었다. 들리는 건 비명 소리요, 보이는 건 시체였다.

이튿날, 장훈의 큰누나 장정자는 중상자 수용소에서 온몸에 화상을 입은 모습으로 발견되었다. 그리고 큰누나는 약 한 번 제대로 써보지 못한 채 고통으로 신음하다 죽고 말았다. 겨우 열두 살의 어린 나이에.

그런데 장훈에게 엄습한 충격은 그것으로 그치지 않았다. 전쟁이 끝나고 한국에 다녀온다며 떠난 아버지 대신에 '부친 사망'이라는 엄청난 소식이 날아온 것이다. 장훈의 식구는 더욱 힘들게 살지 않으면 안 되었다.

장훈이 소학교 4학년이 되었을 때의 일이었다. 같은 인간인데도 학교에서 한국 학생들은 일본 학생들로부터 멸시와 시달림을 받곤 했다.

"너는 조센징의 아이니까 나의 말이 되거라! 어서 나를 태우고 달려라! 멍청아! 더 빨리 달려라!"

장훈은 어린 마음에도 부조리를 용서할 수가 없었다. 장훈은 일본 아이들에게 몸집으로 뒤지지 않았으며, 싸우면 대개 이겼다. 소학교에 갓 입학했을 때도 상급생이 괴롭혀, 참다 못한 장훈이 그 아이를 하수도에 밀어 떨어뜨린 일이 있었다.

싸움이야 별 문제가 없었다. 싸움은 강한 자가 이기는 법. 이기기 위해서는 강해지면 되는 것이었다. 그러나 마치 개 다루듯 하는 데는 견딜 수가 없었다.

"뭐야! 넌 조센징 주제에 건방진 소릴랑 하지 마! 냄새 난다! 저리 꺼져!"

결국 장훈은 어머니에게 물어보았다.

"엄마, 조센징은 그렇게 못난 인종이야?"

어머니의 얼굴이 순간 싸늘하게 떨렸다. 잠시 후 어머니가 부드럽게 타일렀다.

"훈아! 잘 듣거라."

어머니의 목소리에는, 그러나 누가 감히 넘보지 못할 위엄마저 깃들어 있었다.

"인간은 모두 같아. 조센징은 못난이라고 깔보는 사람이야말로 정말 못난
이란다."

　장훈이 야구를 하게 된 것은, 맛있는 것 많이 먹고 안락한 생활을 하고 싶다
는 인간으로서의 단순한 욕망에서 비롯되었다. 소학교 5학년 무렵의 장훈은
프로 야구가 보고 싶어서, 다른 아이들과 함께 히로시마 시내를 뒤져 프로 야
구 선수들의 숙소를 찾아냈다. 한참을 걸어서 숙소에 도착한 장훈과 아이들
은, 여관 주위의 나무에 매달려 목욕하는 여자 훔쳐보듯이 프로 야구 스타들
을 훔쳐보았다. 순간 입이 딱 하고 벌어졌다. 프로 야구 선수들은 김이 모락모
락 나는 냄비에 쇠고기 살점을 집어넣거나 달걀을 서너 개씩 깨어 먹었기 때
문이다.
　1957년에 완공된 히로시마 시민구장이 없었던 당시의 프로 야구 경기는 간
논 구장에서 열렸는데, 장훈과 아이들은 외야 울타리에 기어올라 시합 장면
을 훔쳐보곤 했다.
　그러던 어느 날, 장훈은 직접 야구를 하게 되었다. 목수집 아들, 미장이집
아들 등 형의 친구들이 어울려 만든 동네 야구팀에 대타로 끼게 된 것이었다.
하지만 네 살 때의 화상으로 인해 왼손잡이가 되었기 때문에 남들이 왼손에
끼는 글러브를 오른손에 끼고 뛰지 않으면 안 되었다. 동네 야구에 재미를 들
이다 보니 야구 실력이 부쩍 늘었고, 투수도 하게 되었다.
　얼마 후 키다하라 중학교에 들어간 장훈에게, 여덟 살 연상인 형 장세열은
야구부 가입을 권유했다. 장훈은 형의 말을 들었다. 장훈은 투수였지만 타격
연습도 게을리하지 않았다. 중학교 2학년에 진급하면서 비로소 주전 선수가
되었지만, 투수 연습 대신에 시간만 나면 배트를 휘둘렀다. 귀가 후에도 저녁
을 먹자마자 강둑으로 달려가 나무에 타이어를 묶어놓고 배트를 휘둘렀다.
　그런데 키다하라 중학교에는 야구부와 축구부, 배구부가 있었기 때문에 운
동장 사용을 하기 위해서는 충돌이 잦았다. 그럴 때마다 주먹이 센 장훈이 나

섰기에 운동장은 늘 야구부의 차지였다.

장훈은 야구부가 있는 히로시마 상고나 코우료 고교에 입학하길 원했다. 그러나 두 학교에서는 장훈이 폭력을 휘두르는 학생이라는 이유로 입학을 거절했다. 장훈의 형은 이웃사촌인 마쓰모토 상고의 요코다 교사와 상의하여, 간신히 마쓰모토 상고 야간부에 장훈이 입학할 수 있게 하였다. 물론, 절대로 싸움을 하지 않겠다는 서약을 하고서였다.

낮에는 할 일이 없어 빈둥거리던 장훈은, 어느 날 히로시마 시내로 나가 건달들과 어울렸다. 히로시마의 야쿠자들이 한창 살벌한 주도권 경쟁을 벌이던 무렵이었다.

그러던 어느 날 동네 이발소에서 머리를 깎기 위해 기다리고 있다가 우연히 잡지책을 보게 되었다.

'상승! 헤이안 고교와 나니와 상고'

이 제목을 발견한 순간 장훈은 갑자기 숨이 턱 하고 막히는 기분이었다. 고시엔 구장의 흙을 밟고 싶었던 것이다. 장훈은 쿄토의 헤이안 고교에 가고 싶었다. 형이 요코다 선생과 상의하여 알아보았지만 전학의 길은 막혀 있었다. 이번엔 나니와 상고로 방향을 돌렸다. 그때 마쓰모토 상고의 한 급우가, 나니와 상고가 있는 오사카에 숙부가 있는데, 그 학교 관계자와 잘 안다고 하면서, 자기와 함께 갈 수 있도록 해주겠다고 용기를 주었다. 그러나 막상 그 친구는 혼자서 나니와 상고로 훌쩍 떠나버렸다.

친구에게서 따돌림을 당한 장훈은 자포자기하여 이곳저곳에서 주먹을 휘둘렀다. 학교에서 장훈에게 징계 조치를 취할 조짐을 보이고 있었다.

"어머니, 훈이를 저대로 두면 큰일 나겠습니다. 학교에서 퇴학당하고 아예 야쿠자가 되고 말 것입니다."

형이 어머니를 설득했다.

그러나 어머니가 나니와 상고로의 전학에 동의했는데도 불구하고, '돈'이라는 심각한 문제가 남아 있었다. 장훈의 형 월급 2만 3천 엔이 장훈 가족의

월소득 전부였다.

"내 월급에서 매달 1만 엔을 보내줄 테니, 6천 5백 엔은 하숙비로 내고 나머지를 아껴서 생활하도록 해라. 학비는 여름과 겨울 상여금으로 보태겠다."

형은 넓은 가슴으로, 가난한 살림에 한 번 더 허리띠를 졸라매는 일대 결단을 내렸다. 장훈은 가슴이 찡 하고 울려옴과 동시에 콧날마저 시큰해졌다.

장훈은 트렁크와 우산 하나를 들고 형과 오사카 행 열차에 올랐다. 형제는 친척 하나 없는 오사카에 도착하여 역전 식당에서 카레라이스를 아침으로 먹었다. 장훈은 처음 먹어보는 그 맛에 미칠 것 같았다. 몇 시간 뒤, 힘겹게 나니와 상고를 찾은 형은 나카지마 선생을 만나 방문 이유를 설명했다.

"매년 전국에서 야구를 하겠다고 숱한 학생들이 나니와 상고를 찾고 있지만 결국 실망하고 돌아섭니다. 포기하고 그냥 돌아가요."

나카지마 선생의 거절을 받은 형은, 장훈을 교무실에서 나가 있게 한 뒤 다시금 설득 작업을 펼쳤다.

"내 동생은 망나니입니다. 하지만 야구 하나만큼은 누구보다 잘합니다. 일단 테스트를 해보고 나서 돌아가라고 하면 군말 않고 가겠습니다."

장훈은 나카지마 선생 앞에서 치고 던지는 등의 실력 테스트를 받았다.

"소질이 있군요. 하지만 전입 시험에 합격하지 못하면 받아줄 수 없어요."

나카지마 선생은 조건부 승낙을 했고, 줄곧 싸움판에 나돌면서도 학과 성적이 그리 나쁘지 않던 장훈은 전입 시험을 무사히 치러 나니와 상고 전입에 비로소 성공했다.

장훈은 학교에서 10분 거리에 있는 허름한 하숙방을 얻었다. 장훈과 함께 하숙방의 홑이불 속에 들어간 형은 한 가지 당부를 했다.

"요코다 선생이 그러더구나. 너는 야구에 뛰어난 소질을 지녔기 때문에, 앞으로 프로 야구 선수가 되면 많은 돈을 벌 수가 있다고. 그리고 네가 처음 오사카에 보내 달라고 애원했을 때 너의 눈빛을 보고 나는 확신을 얻었다."

장훈은 앞으로 자신의 온몸과 마음을 야구에 불태우리라고 몇 차례고 다짐했다.

그런데 하필 나니와 상고 야구부는 교내 폭력 사태로 2년 간 경기 출전 금지 조치를 받은 상태였다. 형이 히로시마로 돌아가고 난 뒤에 장훈은 홑이불 속에 누워 생각했다.

'하지만 3학년이 되면 고시엔 대회에 나갈 수가 있다. 그 다음엔 프로 야구 선수가 될 거다. 그리고 많은 돈을 벌어서 형에게 은혜를 갚고 어머니를 지긋지긋한 가난에서 벗어나도록 해드려야지.'

그러나 1956년 여름이 끝나갈 무렵에 시작된 장훈의 야구부 생활은 고통의 연속이었다. 선후배간의 규율이 한 치의 실수도 용납될 수 없을 정도로 엄격했다. 1학년들은 야구장 밖에서 선배들이 타격 연습을 할 때마다 고함을 쳐줘야만 했고, 담장을 넘어 진흙탕으로 들어간 볼을 찾아내어 깨끗이 닦은 다음 선배들에게 가져다주는 볼보이 노릇을 하루도 거르지 않고 해야만 했다. 선배들이 달리기를 할 때도 역시 고함 지르기를 해줘야 했고, 선배들이 장거리 달리기에 나서면 그제서야 운동장에서 달리기나 토끼뜀 훈련을 할 수가 있었다.

그러던 중 부잣집 아들인 친구 야마모토의 도움으로, 그가 누나와 함께 자취하고 있는 집으로 하숙 살림을 옮겨가게 되었다.

장훈은 1, 2학년 간의 연습 경기에 자주 등판하거나 때로는 선발로 기용되기도 했고, 투수를 하지 않을 때에는 어느덧 4번 타자로 나설 정도가 되었다.

1957년 여름, 릿쿄 대학의 명포수인 가다오카가 선배로서 모교인 나니와 상고를 방문했다. 그는 야구부원들을 모아놓고 말했다.

"장훈이 누구냐?"

"예, 저, 접니다."

장훈은 잔뜩 긴장해 있었다.

"내가 받을 테니 공을 한번 던져봐라."

요미우리 자이언츠의 미즈하라 감독에게서 이미 입단 제의가 들어온 적이 있을 정도로 장훈의 투수 실력은 수준급이었다. 그런 장훈의 공을 대선배가 직접 받아주겠다고 한 것이었다.

장훈은 혼신의 힘을 다해 150구째 던졌다. 앞서 250구나 던진 상태이므로 도합 400구를 넘어선 상태였다. 결국 300구를 던지고 나자 가다오카가, "좋았어!"라고 하며 간신히 피칭을 멈추게 했다.

이튿날, 장훈은 도저히 팔을 들어올릴 수가 없었다. 하루에 총 550구의 무리한 피칭을 하고 말았기 때문이었다. 장훈은 곧 나카지마 선생에게로 달려갔다. 돈이 없으니 병원에는 못 가는 신세였다. 그래서 일단 학교 양호실에서 수건 찜질을 했다.

일주일쯤 지나자 상태는 호전되었다. 그러나 공을 던지는 것은 여전히 불가능했다. 1개월쯤 지났을 때였다.

"이제 피칭은 포기하거라."

나카지마 선생이 심각한 표정으로 말했다.

"너는 타자로서의 소질을 등한시해왔다. 투수만이 야구 선수는 아니야. 갑작스런 부상을 당한 안타까움과 울분을 방망이로 시원하게 발산하는 게 어떻겠니?"

집으로 돌아와 뜬눈으로 밤을 새운 장훈은, 이튿날 아침 일찍 나카지마 선생을 찾았다.

"선생님, 야구를 그만두겠습니다."

"바보 같은 녀석!"

당장에 불호령이 떨어졌다. 그리고 한편으로는 부드럽게 타이르기도 했다.

장훈은 결국 불안한 마음을 다스리고 타자 쪽으로 방향을 돌렸다. 역시 장훈은 타격에 천재적인 소질을 갖고 있었다. 장훈이 친 타구 때문에 나니와 상고의 우측 담장 위에 설치된 철망은 점점 높아져만 갔다.

1957년 가을, 마침내 나니와 상고의 경기 출전 금지가 해제되었고, 나니와 상고는 엔게이 고교와 첫 경기를 가져 10 대 0으로 대파했다. 긴키대회 예선

13경기에서 장훈은 무려 5할 6푼의 높은 타율을 기록한 데다 홈런도 11개나 쳐냈다. 나니와 상고의 부동의 4번 타자로 자리 잡은 것이다.

그런데 갑자기 장훈에게 휴부(休部) 명령이 떨어졌다. 선배들이 기합이 빠졌다는 이유로 후배들을 심하게 구타했다는 게 징계 사유였다. 그런데 그 현장에 장훈은 끼어 있지도 않았다. 장훈은 너무도 억울했다.

'내가 왜? 내가 한국인이기 때문인지도 모른다.'

장훈은 일본 이름도 갖고 있지 않은 명백한 한국인이었다. 그런 장훈이 무슨 일만 생기면 자기를 도외시하고 나카지마 선생을 찾아가 상의하는 것이 다케우치 감독으로선 못마땅했는지도 모른다.

그리고 이런 일도 있었다. 야구부 연습 장면을 보러온 여학생들과 귀갓길에 빵집에 들러 허기진 배를 채우곤 했는데, 하루는 여학생들을 야마모토의 집에 데리고 가 떠들며 놀았다. 그게 야마모토의 누나 입을 통해 다케우치 감독의 귀로 들어가버렸던 것이다. 이것도 징계 사유라면 사유일 수 있었다.

겨우 출전 금지가 해제된 상황에서 하급생 구타 사건이 발생했으므로 감독으로서는 수습책이 필요했을 테고, 그래서 한국인 장훈을 희생양으로 삼았을 법한 일이었다.

근신 처분을 받은 장훈은 이를 악물고 혼자서 연습을 하기 시작했다. 매일 5킬로미터를 달리고서, "결코 일본인에게 지지 않겠다!" 하고 하늘을 향해 외치곤 했다. 그리고 솟구쳐오르는 울분을 스윙 연습으로 달랬다.

이제 곧 장훈이 꿈에도 그리던 고시엔 대회가 시작될 판이었다. 그러나 장훈은 휴부 상태. 설령 그 징계 조치가 풀리더라도, 휴부 명령을 받은 선수는 야구부에 복귀하더라도 3개월 간 경기에 출전할 수 없는 고교 야구 규정이 있었다. 그 사실을 모르는 히로시마의 누나는 꾸준히, 장훈에게 힘을 내라는 격려의 편지를 보내왔다. 고시엔 구장에서 장훈이 한국인의 투혼을 펼치는 모습을 하루라도 빨리 보고 싶었던 것이다.

장훈은 잠자리에 들었다가도 야마모토 몰래 다시 일어났다. 그리고 달빛 아래서 배트를 휘둘러댔다. 굳은살이 박혀 있는 장훈의 손바닥은 마침내 벗겨져 피가 흘렀다. 그리고 방으로 돌아온 장훈은 천장을 쳐다보며 굵은 눈물을 주르륵 흘렸다.

그러던 나날 속에서 장훈은 전혀 예기치 못한 요청을 받게 되었다. 일본에는 장훈도 몰랐던 재일 한국인 고교 야구 선수단이 벌써 3년째 구성되어 오고 있었던 것이다. 목적은 모국을 방문하여 모국의 고교 선발팀과 친선 경기를 가짐으로써 같은 핏줄로서의 우애를 다지는 것이었다. 바로 장훈에게 재일 한국인 고교 야구 선수단의 일원으로서 모국 방문 제의가 들어온 것이다.

장훈은 날아갈 듯이 기뻤다. 피는 물보다 진한 법. 장훈은 난생 처음으로, 꿈에서만 그려보던 고국, 자신의 혈관 속에 흐르고 있는 육신의 고향을 찾게 된 것이다.

얼마 후 장훈은 비행기에 몸을 싣고 모국의 수도인 서울에 내려앉았다. 자신의 조상들이 살다가 뼈를 묻은 곳인데도 어쩐지 남의 나라를 방문하는 듯한 어색한 기분은 어쩔 수 없었다.

그러나 비행기 트랩을 밟고 내려서는 순간 사정은 달라졌다. 한국 고교생 밴드의 연주로, 히로시마에서 자장가 대신에 듣고 자랐던 〈아리랑〉과 〈도라지〉가 울려 나오고, 더욱이 환영 나온 사람들이 포옹해주니 까닭 모를 이질감은 장훈의 몸에서 달아나버렸다. 가슴에 쩡 하고 전해져오는 뭉클한 느낌, 그것은 그 어떤 논리로도 설명할 수 없는 기쁨이었다.

'이것이 민족이라는 것일까? 여기가 바로 아버지 어머니의 나라요, 형과 누나의 모국이란 말인가? 그리고 내가 잉태된 땅이란 말인가?'

장훈은 이제까지 일본에서는 이만한 감동을 느껴본 기억이 없었다.

모국에 도착한 재일 한국인 고교 야구 선수단 일행은 한국 고교 선발팀을 상대로 13승 1무를 기록했으며, 장훈은 발군의 실력을 유감없이 과시하여 홈런상과 최우수선수상을 받았다. 친선 경기를 마치고 나서 일행은 이승만 대통령 관저에 초대받았다.

"이 소년이 장훈입니다."

임원이 장훈을 대통령에게 소개했다. 그러자 대통령은 부드러운 손길로 장훈의 손을 잡아주었다. 그런데 손톱이 하나도 없지 않은가. 일본 헌병들에게 손톱을 모두 뽑히고 말았기 때문이었다.

"일본 사람들에게는 절대로 지지 마라."

대통령은 강한 울림으로 그렇게 말했다.

장훈은 비록 '고시엔'은 잃었지만, 재일 한국인의 마음의 고향인 모국땅에서 훌륭한 경기를 펼치고 일본으로 돌아왔다.

모국을 다녀온 장훈에게 프로 야구단들로부터 입단 제의가 들어오기 시작했다. 장훈은 결국 도쿄가 본거지인 도에이 플라이어즈 구단과 입단 계약을 맺었다. 계약금 2백만 엔에 월봉 4만 5천 엔. 장훈은 계약금으로 받은 1천 엔짜리 2천 장을 신문지에 둘둘 말아서, 형과 함께 히로시마 행 야간열차에 올랐다. 한시바삐 어머니를 만나고 싶었던 것이다. 집에 도착한 장훈은 어머니에게 거금을 내밀었다.

"네가 어디서 이렇게 큰 돈을 벌었냐? 설마 나쁜 짓을 한 건 아닐 테지?"

장훈이 아무리 야구를 잘한다지만, 어머니로서는 남의 나라 땅에서 이렇게 많은 돈을 받아올 줄은 미처 생각지 못했던 것이다. 실로 오랜만에 집안에 화기가 돌았다. 의논 끝에 장훈의 가족은 그 돈으로 집 한 채를 샀다. 어머니는 처음으로 셋방이 아닌 가족 명의의 집을 갖게 되자 무척 기뻐했다.

그런데 장훈은 구단주로부터 한 가지 난처한 제의를 받았다. 당시 구단에는 하와이에서 온 두 명의 외국인 선수가 있었는데, 한국인 장훈의 입단으로 외국인 선수는 세 명이 되는 셈이었다. 그러므로 1군 경기에 출전할 수 있는 외국인 선수는 두 명뿐이라는 규정에 의해 한 사람은 밀려나는 수밖에 도리가 없었다. 그래서 구단주가 장훈에게 양자 입양을 제의했던 것이다. 나이가 어렸던 장훈은 별 생각 않고, 야구만 할 수 있다면 양자 입양도 상관없다고 생각했다. 그러나 그 사정 얘기를 들은 어머니는 당장에 불호령을 내렸다.

"그 따위 짓을 하려거든 당장에 야구를 그만두고 히로시마로 돌아오너라!"

유달리 민족의식이 강한 어머니는, 얼마 뒤에 아들을 천천히 타일렀다.

'어머니의 말씀이 백 번 옳다. 일본 제일의 타자가 되겠다던 내가 외국 선수 두 명과의 경쟁이 두려워 양자의 길을 택하려 했다니 부끄럽다……'

다시금 어머니를 통해서 조국을 느낀 장훈은 얼른 마음을 돌렸고, 발군의 실력과 장훈을 외면할 수 없는 구단주는 퍼시픽 리그 이사회를 설득하여 장훈이 일본에서 태어나 자란 선수이기 때문에 한국인 국적을 가졌음에도 불구하고 공식 경기에 출전할 수 있도록 만들었다.

장훈은 마침내 일본의 한국인 프로 야구 선수로서 첫발을 내딛었다. 역도산이 사랑하는 장훈의 민족의식은 이렇듯 어머니의 가르침을 통해서 배양된 것이었다.

이렇게 꿋꿋이 한국인 이름만을 갖고서 프로 야구 스타로 발돋움한 장훈은, 어느 날 갑자기 훈련을 하다 말고 역도산에게 따져 물었다.

"선배님은 어째서 한국 사람이라고 떳떳하게 밝히지 않습니까?"

역도산은 도장의 마룻바닥이 꺼지도록 긴 한숨을 내쉬고서 대답했다.

"너 같은 풋내기가 내 심정을 알 리 없지……."

역도산과 야쿠자 양원석 · 정건영

"사태의 발단이 참으로 기묘하외다. 하여간에 우리 동포들은 이래저래 출발이 어려웠소."

역도산이 뜨거운 감상을 말했다. 역도산의 맞은편 술자리에는 바로, 울던 아기도 그의 이름만 들으면 뚝하고 울음을 그친다는 재일 한국인 야쿠자 양원석이 앉아 있었다. 일본명 야나가와 지로(柳川次郎).

"어느 날 나는 갑자기 외톨이가 되었던 거요. 그래서 내가 살아남기 위해서는 나 자신이 무서워질 수밖에 없었소. 물론 나중에야 그 무서움 때문에 일본 전역이 공포의 도가니 속으로 휘말리게 되었지만 말이외다, 으하하핫!"

"내가 링 위에서 살아남기 위해서 수도를 연마한 것과 마찬가지 이치로군요. 단련된 레슬러가 아니고서는 나의 수도를 맞고 죽지 않을 사람이 없을 테니 말이요. 와하하핫!"

양쪽 다 팽팽한 말솜씨를 겨루고 있었다. '죽음의 야나가와 군단'이라 불리는 유천조(柳川組)의 보스 양원석. 유천조는 오사카를 본거지로 하고 있으며, 고베의 야마구치조 오야붕인 다오카 가즈오와 손을 잡고 관서 일대 장악의 첨병 노릇을 하고 있었다.

1958년 2월의 살이 얼어붙을 정도로 추운 날의 한밤중에 일어난, 일본 폭력사(暴力史)에서도 이름난 100 대 8의 대혈투 사건을 역도산은 소문을 들어 알고 있었다. 양원석은 겨우 자신을 포함한 부하 8명만으로 전투원 100명이 포진하고 있는 귀두파(鬼頭派) 사무실을 습격, 무자비하게 일본도를 휘둘러댔던 것이다. 이때 양원석은 몸이 어찌나 빠른지 칼날이 스치고 지나간 작은 상처 하나 입지 않았다.

역도산이 양원석의 실력을 알고 있는 만큼, 양원석 또한 역도산의 실력을 익히 알고 있었다. 어느 날 오사카 부립 체육관에서의 경기가 열리기 전날 밤, 역도산은 미나미의 한 나이트 클럽으로 남도회(南道會)의 보스 후지무라를 부른 일이 있었다. 후지무라는 남도회를 조직하여 명우회(明友會)와 정면으로 대립했던 투장(鬪將)으로서, 과거에 다오카 가즈오의 동생에 해당되는 싸움의 명수 에하다와 시비가 붙은 일이 있었다.

"어깨를 쳤잖아!"

"안 쳤어!"

사소한 발단으로 언쟁을 벌이는 도중에 갑자기 불이 나갔다. 그리고 다시 불이 들어왔을 때는, 어둠 속에서 후지무라가 휘두른 맥주병에 맞아 에하다의 얼굴이 갈기갈기 찢겨져 있었다. 바로 이 무서운 후지무라를 어린애 다루듯 불러낸 역도산은, "이 술집의 서비스가 너무 나쁘지 않은가!"라고 소리치면서 접시를 두들겨 깨뜨리는 등 위협적인 행동을 서슴지 않았던 적이 있었다.

일본의 수도인 도쿄가 관동 지방을 대표하는 프로 레슬링 흥행지라면, 오사카는 관서 지방을 대표하는 거대한 프로 레슬링 흥행지라고 할 수 있었다. 최근 관서 지방의 프로 레슬링 흥행권은 역도산과 줄이 닿아 있는 다오카 가즈오의 고베 예능사가 한손에 틀어쥐고 있었다. 그래서 양원석은 자신이 설립한 야나가와 예능사를 키워나가기 위하여 고베 예능사의 소개로 역도산과 마주 앉은 것이었다.

두 사람은 같은 재일 한국인으로서, 아리따운 일본인 기생을 옆에 끼고 술을 주거니 받거니 하며 잊을 수 없는 고향 이야기로 밤이 가는 줄 몰랐다. 역도산은 같은 한국인이라는 데는 한없이 정이 이끌리는 사람이었다. 그리고 양원석의 호쾌한 말솜씨가 싫지 않았다.

"좋소! 다음번 월드리그전을 같이 잘해봅시다, 야나가와 사장!"

"고맙소, 역도산 선생!"

의기가 투합되는 순간이었다.

사실 역도산은 과거에 명우회의 투장 후지무라를 위협했을 때, 이튿날 분노한 후지무라의 부하들한테 숙소를 포위당한 일이 있었다. 오사카 부립 체육관에서는 관중들이 목이 빠지게 기다리고 있기 때문에 역도산은 하는 수 없이 사과를 하고서야 숙소를 빠져나온 일이 있었다. 그리고 그 뒤로 오사카에서는 술을 마시지 않아 왔었다. 그런데 사정이 달라졌다.

"하하핫! 어떤 놈이 뭐랍니까! 나에게는 강동화란 훌륭한 동생이 있으니 늘 마음껏 즐기시오."

이제 오사카 일대에서의 프로 레슬링 흥행은 양원석이 맡게 되었고, 역도산이 오사카에 발을 내딛는 순간이면 유천조의 살벌한 야쿠자들이 역도산의 보디가드로서 그림자처럼 따라다니기 시작했다.

한편, 오사카에 다오카 가즈오와 양원석이 있다면 도쿄에는 정건영이 있었다. 일본명 마치이 히사유키. 1923년 도쿄 출생. 네 살 때 고국으로 가 소학교를 졸업한 뒤 일본 유학. 센슈(專修) 대학 전문부 중퇴. 태평양전쟁 종식 후, 최영의, 이유천(李裕天) 등과 더불어 건국촉진청년동맹을 결성하여 재일조선통일민주전선(좌익계)과 실력 대결. 이른바 반공(反共)운동을 펼치면서 정건영의 이름은 긴자 일대에서 주먹이 강한 사나이로 심심찮게 오르내리게 되었다. 그리고는 서서히 우익적 색채를 지닌 마피아처럼 성장(마피아는 처음에 핍박받던 시칠리아 인들이 혈맹적 조직으로 결성하였으나, 뒤에 거대한 폭력조직으로 모양이 바뀐 것이다).

일본에서 핍박받는 소수 민족인 조선인을 보호하기 위해서 조직을 만든 것이 정건영의 첫 출발이었으나, 이것이 서서히 형태가 바뀌어 광역 우익 야쿠자인 동성회가 되었다.

한때 사고야 도메오가 정건영을 불러낸 적이 있었다. 사고야 도메오는 왕년에 도쿄 역에서 하마구치 수상을 습격하여 죽인 것으로 이름난 우익의 사나이.

"한 가지 물어보겠소. 한국인과의 사이에 무슨 일이 생기면, 자신은 정건영의 친척이라거나 정건영의 밑에 있는 사람이라고 한국인들이 내세우는데, 당신의 세력 범위는 도대체 어디까지인지 분명히 그 한계를 그읍시다!"

사고야 도메오의 질문에 정건영은 오래 생각하지 않고 대답했다.

"당신은 애국자죠? 나 역시 애국자가 되고 싶소이다. 그런데 뭐 하나 한 일이 없어요. 그러니 나의 이름을 빌리는 것으로 나의 동포가 도움을 받는다면 나는 기꺼이 이름을 빌려주고 싶소이다. 나의 이런 속마음을 참작하셔서, 아무쪼록 그들을 너그러이 대해주시기 바랍니다."

사고야 도메오가 이 말에 큰 감동을 받았음은 물론이었다. 정건영은 자신을 국사(國使)나 협객으로 여기고 있었다. 그래서 야쿠자라 불리는 것을 싫어했다. 그러나 '긴자의 호랑이'라 불릴 만큼 그 이름은 점점 야쿠자 사회에서 그 위세를 더해가고 있었다.

관동 일대에서 역도산의 경호를 맡고 있는 조직은 대일본흥업이었다. 그런데 1961년에 접어들 무렵부터 역도산은 도쿄의 프로 레슬링 흥행을 통해서 가깝게 지내고 있는 한국인 정건영의 동성회로 신변 경호를 옮겨버렸다. 양원석과 그랬던 것처럼, 왠지 자신의 신변 경호비를 한국인이 이끄는 조직에 지불하고 싶었다. 끊을래야 끊을 수 없는 백두산의 혈맥이 아닌가.

역도산의 딸

　새해를 새 집에서 맞이하는 것만큼 기분 좋은 일도 없을 것이다. 역도산은 1961년의 초하룻밤을 아카사카 다이(台) 마을에 건축중인 리키 아파트 내의 새 집에서 맞이했다. 다른 방들은 아직 건축이 진행중이었으나, 6층에 잡은 자택만은 공사를 서두르게 하여 완성시켰던 것이다. 이런 일들은 과거에 역도산이 니다 건설에서 십장으로 일했던 경험이 큰 몫을 해주었다.

　역도산의 새 집에 말쑥한 양복 차림의 거인들이 하나둘 찾아들었다. 그 가운데는 박치기왕 김일도 끼어 있었다. 역도산이 문하생을 집합시켜 신년 경축 파티를 열었던 것이다.

　"바쁘다 보니까 보통 때는 이런 기회가 좀체 없었다. 자, 술이 싫어질 때까지 마음껏 마시도록."

　역도산 도장의 프로 레슬러들은 상하 구분 없이 마시고 또 마셨다. 한 잔을 더 마시나 두 잔을 더 마시나 취하는 건 마찬가지라는 생각으로 마셨다. 취하도록 마시는 건 스승인 역도산도 마찬가지였다.

　역도산의 제자 가운데는 아무래도 스모토리 출신이 많았다. 당연히 스모

이야기가 화제를 주도했다. 그러던 중에 못하는 술을 무리하게 마신 도요노보리가 한참 동안 긴 스모 타령을 늘어놓았다. 역도산도 제자들의 요구에 못이겨 스모 타령을 늘어놓았다. 그러자 상투를 달고 있던 스모토리 시절의 일이 떠오르고, 지금처럼 역도산 도장의 스승이 아닌 니쇼노세키베야의 제자이던 시절의 일들이 주마등처럼 지나갔다. 생각은 물 먹은 화장지처럼 빠른 속도로 번져가, 지금은 갈 수 없는 땅에서 벌이던 한국 씨름까지 떠올랐다. 무한한 그리움이었다.

제자들이 돌아가고 난 뒤에 역도산은 한없이 쓸쓸해졌다. 어느덧 아내 없이 살아온 지도 2년이 넘었다. 제자들이 다들 돌아가고 난 쓸쓸한 거실 안, 역도산은 자신을 위로해줄 아내가 없는 것이 너무도 허전했다. 그러나 역도산은 마냥 그런 감상에 젖어 있을 처지가 아니었다. 곧 아시아 태그 타이틀 방어전을 메인 이벤트로 하는 국제 시합을 치러야 하기 때문이었다.

역도산은 2월 초에, 과거에 일본에 온 일이 있는 로드 부레아스와 럭키 시모노비치의 도전을 받아 아시아 태그 타이틀을 두 차례 방어했다. 그리고 보다 강한 레슬러를 제3회 월드리그전에 참가시키기 위하여 도미했다. 귀국한 다음날, 막 자리에서 일어났을 때 한 신문기자가 찾아왔다.

"웬일이오, 이른 아침부터?"

"역도산, 당신은 지금 은퇴에 관하여 생각하고 있는 것이 아닙니까?"

역도산은 사실 이번 월드리그전을 마치면 은퇴하려는 생각을 하고 있었다. 어느덧 나이 서른일곱, 몸이 예전 같지 않았던 것이다. 사업과 운동, 두 가지를 병행하는 일이란 참으로 고역이 아닐 수 없었다. 기자는 역도산의 이러한 속마음을 간파하고 있음에 틀림없었다.

"은퇴설은 없었던 것으로 하시오. 나는 프로 레슬러 생활을 도저히 그만둘 수 없소. 이 점은 이번 여행중에 혼자서 진지하게 숙고한 후 결정한 것이오."

역도산은 아직은 강인하게 단련시켜온 자신의 몸을 쉬게 할 때가 아니라고 생각했다.

그러한 때, 역도산은 조총련으로부터 뜻밖의 연락을 받았다. 북한에서 만경봉호를 타고 딸이 왔다는 것이었다. 역도산은 다른 생각을 할 여지가 없었다. 그는 승용차를 몰고 만경봉호가 정박해 있는 니가타 항으로 급히 달려갔다. 딸에게는 입국 허가가 나지 않았기 때문에 역도산이 배 위로 올라갔다. 이름은 김영숙(金英淑). 북한의 농구 국가대표 선수. 나이는 열여덟. 아무리 보아도 자신을 꼭 빼닮은 얼굴이었다.

김영숙은 인민학교 시절부터 키가 크고 운동 신경도 뛰어났기 때문에 주목을 끌었다. 자신은 그림 그리기를 좋아했기 때문에 화가가 되고 싶었지만, 역도산의 딸로서 운동을 택했다. 농구 국가대표 선수로 활약하면서 체육 대학에 진학했고, 대학에 입학하기 전에 꿈에도 그리던 아버지를 만나기 위해 니가타 항까지 배를 타고 왔던 것이다.

딸은 역도산의 본처인 자신의 어머니가 꾸려준 고향의 산나물과 찹쌀을 역도산에게 건네주고서, 고독한 아버지를 위하여 울먹이는 목소리로 〈내고향〉이라는 노래를 불러주었다.

"1964년의 도쿄 올림픽 때는 꼭 다시 만나도록 하자."

역도산은 솟구쳐 오르려는 눈물을 꾹 참고 말했다. 딸 앞에서 나약한 아버지의 모습을 보여주기는 싫었다. 역도산은 아쉬움을 남긴 채 배에서 내려왔다.

역도산은 얼마 후에는 북한에서 온 맏형 김항락을 만나기 위해 니가타 항에 나갔다. 만경봉호에는 북한에서 온 형이 타고 있었다. 형은 상륙할 수 없었기 때문에 몰래 연락을 받은 역도산이 배 위로 올라갔다. 형의 옆에는 눈빛이 날카로운 감시원 한 명이 달라붙어 있었다.

"북으로 돌아오너라. 돌아오면 거국적인 최고의 환영을 할 것이다. 지금 너는 일본에서 살고 있지만, 북에서는 그 몇 배나 되는 대우가 준비되어 있다."

김항락은 동생의 마음을 움직이려고 그런 말을 건넸다.

"하지만 저는 여러 가지 사업을 하고 있기 때문에 지금은 고향으로 돌아갈 수가 없습니다."

그렇게 대답하고 역도산은 아쉬움을 남긴 채 배에서 내려야만 했다. 역도산의 고향이 북한이 아니라 남한이었다면 역도산은 고향으로 돌아갈 수도 있었을 것이다. 물론 역도산이 일본에 벌여놓은 사업이 많은 것도 문제이긴 하지만, 역도산을 후원하는 정계의 거물들이 모두들 보수 우익 진영이기 때문에 남한이라면 일시적인 방문이라도 가능했을 것이다.

검은 복면의 정체

제3회 월드리그전은 공항에서부터 시끄러웠다. 막이 오르기 닷새 전의 하네다 공항. 그레이트 도고가 두 거대한 사나이를 양옆에 끼고 공항 안으로 들어섰다. 체중 204킬로그램의 무시무시한 괴인 그레이트 안토니오. 그레이트 도고는 바로 이 자의 리더였다. 그리고 2미터에 가까운 키에 130여 킬로그램의 체중을 자랑하는 검은 복면의 사나이 미스터 엑스. 그런데 그레이트 안토니오는 로비로 들어서자마자 갑자기 이상한 행동을 취했다. 로비에 놓여 있던 무거운 소파를 단번에 들어올려 힘껏 내동댕이쳐버리는 것이 아닌가.

"이, 이게 무슨 짓이야?"

역도산은 일순 당황한 표정을 보였다.

"네가 역도산이냐? 건방진 놈!"

이번엔 한 술 더 떠 역도산의 몸통을 후려치며 달려드는 것이 아닌가.

"빌어먹을……."

역도산은 꾹 참고 아예 멀리 피해버렸다. 기자들은 미처 인터뷰할 생각도 하지 못한 채 벌벌 떨며 지켜보고 서 있었다. 공항 건물 밖에는 미국에서 온 프로 레슬러 세 명을 태우고 갈 택시가 대기하고 있었다. 그런데 그레이트 안토니오는 그 차에 탈 생각은 않고 다짜고짜 택시를 끌어안고 사정없이 흔들어대는 것이 아닌가. 운전사의 얼굴이 새파랗게 질려버렸다. 겁이 나서 나올 생각도 못하고 있었다. 그러자 그레이트 도고가 그레이트 안토니오의 수염을 잡아당겼다.

"미쳤어, 이 자식아!"

신기한 일이었다. 그 거대한 난폭자가 자그마한 그레이트 도고의 저지를 받고는 씩씩거리며 시위를 멈추는 것이었다. 만일 그레이트 도고가 리더로서 말리지 않았더라면, 새까맣게 몰려 서 있던 군중들 가운데서 부상자가 나왔을 건 뻔한 일이었다. 그렇게 되면 그들을 초청한 역도산의 이미지는 한없이 깎여버릴 것은 당연했다.

인간은 신체 구조상 639개의 근육으로 구성되어 있다. 체중의 40퍼센트가 근육으로 되어 있는 것이다. 그런데 프로 레슬러는 좀 다르다. 평균 중량의 60퍼센트가 근육으로 되어 있다. 그렇게 인간의 힘에는 한계선이 그어져 있다. 그럼에도 불구하고 기관차를 로프로 매어서 손으로 끄는 괴력의 선수가 있었다. 보디 빌더 출신의 찰스 아트라스는, 1935년에 전성기가 지난 마흔한 살의 나이임에도 불구하고 브로드웨이 사가 제작한 중량 66톤의 기관차를 무려 34대나 연결하고 끌고간 일이 있었다.

이튿날, 그레이트 안토니오는 메이지 신궁의 외곽 지대인 신궁외원에 나타났다. 수염이 무성한 데다 너덜너덜한 누더기를 입고 나무꾼의 장화 같은 신발을 신은 차림이었다. 미술관 앞. 그의 괴력을, 아니 그의 시위를 구경하기 위하여 1만 명이 넘는 군중들이 몰려들었다. 경찰 병력이 출동하였지만 좀체로 정리가 되질 않았다. 역도산 문하생들은 피켓을 치느라 모두들 땀투성이가 되었다.

그레이트 안토니오 뒤에는 대형 버스 세 대가 연결되어 서 있었다. 거기에다 굵은 쇠줄을 달았다. 그는 우렁찬 포효를 한번 하고 나더니 버스 앞으로 다가가 쇠줄을 자기 몸에 한 바퀴 감은 뒤에 단단하게 움켜잡았다. 버스 안에는 사람들이 가득 타고 있었다.

"꿍!"

그가 힘을 주자, 믿을 수 없게도 팽팽해진 쇠줄을 따라 사람을 가득 실은 대형 버스 세 대가 힘없이 끌려가는 것이었다. 입을 다물고 있는 군중들은 단 한 사람도 없었다. 자신의 괴력을 시위하고 나서 그레이트 안토니오는, "더 근사한 것을 보여주지 못해 미안하다." 면서 덩치에 어울리지 않는 애교를 떨었다.

"역도산이 드디어 임자를 만났군."

군중들이 웅성거렸다.

'현역 레슬러 가운데 저만한 괴력을 과시하는 레슬러는 더 없으리라.'

역도산은 속으로 중얼거렸다. 그러나 그레이트 안토니오보다 검은 복면을 쓰고 있는 미스터 엑스의 존재가 더 무시무시하게 느껴졌다. 누구보다 당당한 체격의 미스터 엑스는, 그레이트 안토니오가 하네다 공항에서 소란을 피울 때도, 버스를 끌 때도 눈 한번 꿈쩍하지 않았다. 그저 어디서 바람이 불고 있나 하는 표정이었다. 어쩌면 그레이트 안토니오의 소인배 같은 힘자랑을 경멸하는 건지도 몰랐다. 역도산은 미스터 엑스를 경계하지 않을 수 없었다.

월드리그전 전날. 도쿄에는 또다시 세계 최강을 자처하는 프로 레슬러들이 속속 모여들었다. 정상급 테크니션 칼 크라우서, 최후의 자존심 아이크 아킨스 그리고 짐 라이트.

월드리그 전반기에는 역시 인간이기를 거부한 체구의 그레이트 안토니오가 인기를 끌었다. 서비스 경기로 그레이트 안토니오가 역도산의 헤비급 미달의 제자 6, 7명과 한꺼번에 붙기도 했다. 그는 등장할 때도 관중들의 시선을 끌었다. 쇠줄에 목을 매단 채 그레이트 도고에게 질질 끌려나왔던 것이다. 그리고 신진 레슬러 6, 7명을 가볍게 내팽개쳐버렸다.

미스터 엑스는 역도산의 예상대로 발군의 실력을 발휘하고 있었다.

자기가 인기를 끌고 있다는 걸 실감한 그레이트 안토니오는 자만에 빠져들기 시작했다(관중들이 그레이트 안토니오가 장내에 들어서면 환호성을 올리곤 했는데, 이것은 그를 응원하기보다 잘못 보이면 무슨 봉변을 당할지 모르는 경계심 때문에 터져 나오는 환호성일 수도 있었다).

"내가 완력으로는 세계 제일이지. 나는 루 테즈도 무찔렀다구. 자네들과는 족보가 틀려. 소시적에는 프로 복싱 역사상 제일 펀치가 세다는 로키 마르시아노의 스파링 파트너도 했었다구. 그때 로키가 나 때문에 고생깨나 했지……."

그의 이러한 허풍들이 다른 서양 레슬러들의 미움을 사고 말았다.

"빨리 나를 안토니오 새끼와 대전시켜줘! 저 돼지를 죽여버리겠어!"

마흔을 훨씬 넘긴 최후의 자존심 아이크 아킨스가 그레이트 안토니오가 날뛰는 꼴을 보다 못해 소리쳤다. 아이크 아킨스는 독일의 롬멜 전차 부대와 겨룬 바 있는 제2차 세계대전 참전 용사로서, 칡뿌리처럼 끈질긴 직업의식을 아직껏 잃지 않고 있었다. 그래서 '영원한 메인 이벤터'라는 명예로운 별명마저 갖고 있었다. 더욱이 마피아의 마약왕 럭키 루치아노 밑에서 중간 보스 역할까지 맡았던 무시무시한 전과를 갖고 있는 인물이었다.

그런 그가 그레이트 안토니오를 짓뭉개버리겠다고 나선 것이다. 대전을 요청하기는 정상급 테크니션인 칼 크라우서와 뛰어난 실력자인 미스터 엑스도 마찬가지였다.

하지만 역도산은 거절했다.

"당신들이 상대하기에 앞서 내가 먼저 혼내주겠소."

그 말을 전해 들은 그레이트 안토니오가 껄껄껄 웃고 나서 이렇게 말하더라는 것이었다.

"역도산 정도는 나의 괴력에 걸리면 어림도 없지!"

역도산은 분노가 끓어 견딜 수가 없었다. 그래서 구라마에 국기관에서 인터내셔널 타이틀을 미끼로 걸고 그를 끌어들였다.

역도산과 이 괴인의 대전을 보기 위하여 체육관에는 이제껏 전례가 없는 가장 많은 관중이 몰려들었다. 입장이 불가능해 그냥 발길을 돌리는 사람이 더 많았다.

　　동작이 느린 그레이트 안토니오에게 역도산은 보디 슬램을 시도해보았다. 그런데 뜻밖에도 204킬로그램의 중량이 번쩍 들리는 게 아닌가. 너무 쉽게 걸려들자 역도산은 생각이 달라졌다. 매트 위에 팽개치지 않고 그대로 로프 상단으로 날려버렸다.

　　쿵!

　　204킬로그램의 짐승 한 마리가 마룻바닥에 무참하게 떨어졌다. 링 아웃. 간신히 올라온 그레이트 안토니오에게 역도산은 쉴 틈을 주지 않고 그의 가슴을 손칼로 난자했다. 인간이기를 거부한 괴인은 채 6분도 견디지 못한 채 전투 의욕을 잃고 말았다.

　　역도산에게 한번 당하고 난 그레이트 안토니오는 이번엔 미스터 엑스를 상대로 싸우게 되었다. 시합 장소는 다카마쓰(高松). 미스터 엑스는 허풍쟁이인 그레이트 안토니오에게 울분을 폭발시키듯 펀치와 박치기를 쉴 새 없이 퍼부었다. 무기력하게 다운당한 그레이트 안토니오는, 미스터 엑스의 플라잉 소시지에 갇힌 채 버둥거리지도 못하고 폴패를 당했다. 다음 공이 울렸는데도 불구하고 그레이트 안토니오는 일어날 생각을 하지 않았다. 펀치와 박치기 몇 발에 끝장나버렸던 것이다.

　　"저 녀석은 결국 인간이기를 거부한 체격만 가졌을 뿐, 속 빈 강정에 지나지 않아."

　　그 광경을 바라보면서 역도산은 쓰게 웃었다. 전투 의지라곤 조금도 찾아볼 수 없지 않은가. 미스터 엑스는 죽은 코끼리처럼 거대하게 뻗어 있는 그에게 침을 찍 뱉어주곤 링 위에서 내려갔다.

　　얼마 뒤, 비치적거리며 라커룸으로 돌아온 그레이트 안토니오에게 미스터 엑스, 아이크 아킨스, 칼 크라우서가 소리쳤다.

"너같이 형편없는 놈은 우리 동료들 틈에 끼어줄 수가 없다! 더 이상 창피한 꼴을 보이지 말아라!"

이것은 이른바, 원정 경기에서의 링 추방이었다. 풀이 죽은 그레이트 안토니오는 결국 더 이상의 수모를 견디지 못하고 홀로 귀국하는 가엾은 신세가 되고 말았다.

결국 결승에서 맞붙게 된 사람은 역도산과 미스터 엑스였다. 하네다 공항에서부터 그레이트 안토니오에게 따가운 눈초리를 보내던 미스터 엑스. 그의 정체는 과연 무엇이란 말인가.

한창 무더위가 기승을 부리는 6월 하순의 오사카 부립 체육관. 1 대 1의 상황에서 미스터 엑스는 마침내 거친 펀치 공격을 퍼붓기 시작했다. 역도산은 가라테촙으로 응수했다. 파워의 주고받기. 미스터 엑스가 서서히 수세에 몰리는가 싶더니, 어느새 역도산이 수세에 몰렸다. 이따금 주고받는 박치기는 양쪽 다 팽팽했다.

역도산이 로프에 몰렸을 때였다. 갑자기 미스터 엑스의 세컨을 맡은 짐 라이트가 역도산의 발목을 링 밖으로 잡아당겼다. 그때 미스터 엑스는 팬티 속에 감추어두었던 쇠붙이를 꺼내어 역도산의 머리를 내리찍었다. 선지피가 솟구쳤다. 실신한 역도산이 의식을 회복하였을 때는 이미 미스터 엑스가 손을 높이 들고 있었다. 한편에선 그레이트 도고가 오키 시키나 심판에게 항의하고 있었다.

"역도산, 반칙승!"

오키 시키나는 그레이트 도고의 항의를 받아들여 즉각 판정을 번복했다. 역도산의 우승이었으나 그의 성질은 그것을 받아들여주지 않았다.

"반칙이고 뭐고 시합을 계속하자!"

그러나 그것은 역도산의 생각일 뿐, 이미 링 위에는 대적할 상대가 자취를 감추고 없었다.

역도산은 이로써 월드리그전 3회 연속 우승을 차지했다. 그리고 얼마뒤 진정한 승부를 가리지 못한 아쉬움 때문에 이번엔 인터내셔널 타이틀을 미끼로 걸었다. 미스터 엑스는 웬 떡이냐는 눈빛을 검은 복면 속에서 번뜩였다.

드디어 한 달 뒤, 두 사나이는 다시 맞붙었다. 역도산의 수직 가라테촙은 가공할 파괴력으로 미스터 엑스의 어깨 위를 찍었다.

"우욱!"

비명을 들은 역도산은 숨 돌릴 틈을 주지 않고 그의 손목을 잡아 로프로 내던졌다. 미스터 엑스가 로프 반동으로 튀어나오는 순간, 보검과도 같은 역도산의 오른팔이 수평선을 그으며 날아갔다.

"아으윽!"

미스터 엑스는 괴성을 지르며 무너져내렸다. 링 아웃. 다음 공이 울렸는데도 미스터 엑스는 매트 위에 꼼짝 않고 누워 있었다. 결국 카운트 아웃으로 역도산이 인터내셔널 타이틀을 방어하게 되었다.

실신한 채 누워 있는 미스터 엑스에게로 심판 오키 시키나가 다가갔다. 관중들이 숨을 죽인 채 지켜보고 있었다. 링 아나운서가, 복면을 벗길 것이라고 안내 방송을 했기 때문이었다. 검은 복면의 이마 한가운데 X 표시가 되어 있는 사나이. 그의 정체는 대관절 누구일까?

"아!"

이윽고 그의 얼굴이 노출되자, 역도산은 짤막한 탄성을 내뱉지 않을 수 없었다. 제2회 월드리그전에 참가했던 단 밀라와 어찌 저리 똑같은가. 하지만 단 밀라는 분명히 아니었다. 바로 단 밀라의 친형인 빌 밀라였다. 빌 밀라. 그는 완벽한 체격과 완벽한 레슬링을 구사하는 자타가 공인하는 실력자였다. 일류 중의 일류에 속하는 레슬러. 그러나 역도산 앞에서는 기어이 무릎을 꿇고 말았다. 승부의 세계는 이토록 냉엄한 것이다.

백두산의 혈맥

역도산은 떨어지는 낙엽을 바라보며 소파에 허리를 묻었다. 손에는 신문이 들려 있었다. 그는 아끼는 동생인 장훈이 1961년 시즌에 프로 야구 도에이팀에 입단한 투수 오사키(米崎)를 데리고 왔던 일을 떠올렸다.

훌륭한 체격과 순진하고 좋은 인상을 가진 소년이었다. 역도산은 좋은 인상을 대하자 기분이 좋아져서 밝은 목소리로 말했다.

"자네도 장훈 선배와 같이 내년부터 내 도장에서 트레이닝을 하면 어떨까?"

그리고 오사키의 손가락을 살펴보고 나서 덧붙였다.

"이야…… 이렇게 부드러워서야 어디 공을 던지겠어? 고등학교 시절이라면 모르겠지만, 하루도 쉬지 않고 던져야 한다는 프로에서는 물집이 생겨서 일을 그르칠 때도 있지 않겠어? 그래서는 부끄러운 일이야. 이런 말이 적당한 비유인지는 모르겠는데, 나는 틈만 나면 장소를 불문하고 주먹을 부딪쳐서 단련하고 있다네. 그렇기 때문에 가슴이 후련하도록 마음껏 손날을 휘둘러도 아무 손상이 없는 거야. 프로 선수라면 무엇보다 직업의식을 투철하게 가져야 하는 법이야."

"예!"

야구 시즌에 접어들면 매일 아침 신문을 펴들고 장훈, 김정일, 모리 도루, 오사키의 활약상을 읽는 것이 역도산의 일상이었다. 그럴 때면 친동생이 커가는 것을 바라보는 듯한 흐뭇한 기분에 젖어들곤 했다. 만약 슬럼프에 빠지는 사람이 있으면 놓치지 않고 기합을 넣었다. 그런데 이건 무엇인가. 신문을 펼쳐든 역도산은 갑자기, "아!" 하고 짤막한 탄성을 내질렀다.

"이 녀석이 마침내 해냈군, 해냈어! 그것 보라구, 웨이트 트레이닝이 분명히 효과가 있었던 거야!"

역도산은 뛸 듯이 기뻐했다. 장훈이 마침내 1961년 시즌에서 수위 타자의 타이틀을 거머쥐었던 것이다. 3할 3푼 6리.

'넌 역시 백두산의 혈맥답구나……'

역도산의 눈에서는 뜨거운 눈물이 주르륵 흘러내렸다.

리키 스포츠 팰리스를 완성한 이후로 역도산은, 두 달 뒤에 오사카 부립 체육관에서 제브라 킷의 도전을 받아 2 대 0 스트레이트로 인터내셔널 타이틀을 방어했다. 무려 12차 방어에 성공한 것이었다.

그러고 한 달 뒤에는 도요노보리와 함께 갖고 있는 아시아 태그 타이틀에 제브라 킷이 돈 바뇨칸과 더불어 도전해왔다. 나고야의 가네야마 체육관에서 벌어진 이 시합에서도 도요노보리의 완력에 힘입어 2 대 1로 방어했다. 이것도 9차 방어로, 역시 기록적인 수치였다. 태그 매치에서 아시아 정상을 지키는 일과 싱글 매치에서 세계 정상을 지키는 역도산의 진군은 여기서 멈추지 않았다.

한 달 뒤, 다이도 체육관. 여기서도 도요노보리와 함께, 도전자 로니 에치슨과 록키 해밀튼을 2 대 0으로 꺾어 아시아 태그 타이틀 10차 방어에 성공했다.

1962년 들어서도 역도산은 멈추지 않고 타이틀 수성(守城)을 견고히 해나 갔다. 1월 9일, 오사카 부립 체육관에서 로니 에치슨의 도전을 받아 2 대 1로 아시아 타이틀 방어(8차). 1월 21일, 다이도 체육관에서 로니 에치슨과 록키 해밀튼의 도전을 받아 반칙패를 당했지만 반칙패이기 때문에 타이틀은 그대로 보유(11차). 2월 2일, 일본 대학 강당에서 다시 로니 에치슨과 록키 해밀튼의 집요한 도전을 받았으나 2 대 1로 아시아 태그 타이틀을 방어(12차). 2월 3일, 일본 대학 강당에서 리기 왈드와 루타 렌치의 도전을 받아 팽팽한 접전을 벌였으나, 2 대 1로 아시아 태그 챔피언 방어에 실패. 이로써 13차 방어전에서 마침내 도요노보리와 함께 가지고 있던 아시아 태그 챔피언 벨트를 풀어주고 말았다. 이때 장내에서는 관중들의 항의 소동으로 1개 중대의 경찰 병력이 출동하는 일대 혼란이 일어났다.

그러나 불과 열이틀 뒤에 일본 대학 강당에서 리턴 매치를 가져 2 대 0으로 챔피언팀을 격파하고 아시아 태그 타이틀을 탈환함으로써 역도산과 도요노보리 팀의 저력을 보여주었다.

은발의 흡혈귀

3월 하순, 역도산은 또다시 미국 원정길에 올랐다. 신설된 WWA 세계 타이틀에 도전하기 위해서였다. 초대 챔피언은 프레드 브라시.

미국의 프로 레슬링 시장은 매우 넓기 때문에, 가장 오랜 전통을 자랑하는 NWA가 미국 전역의 프로 레슬링 시장을 지배하지는 못했다. WWA는 줄리어스 스트롬보가 1961년에 탄생시킨 유력한 단체였다. 스트롬보는 불가사의하게도 미국의 프로 레슬링 시장이 분열되기 전인 1914년부터 이어져 내려온 황금의 챔피언 벨트를 가지고 있었다. 이것은 루 테즈가 왕년에 지니고 있었던 것으로, 어느 날 갑자기 자취를 감추어버렸던 것이다. 스트롬보가 무슨 수로 이 황금 벨트를 손에 넣었는지는 알 수 없는 노릇이었다. 아무튼 스트롬보는 이 챔피언 벨트를 걸고 WWA 세계 타이틀 결정전을 개최했던 것이다.

이 챔피언 결정전에는 미국에서 내로라하는 선수들이 무더기로 참가하여 불꽃 튀는 접전을 벌였다. 루 테즈, 딕 허튼, 킬러 커월스키, 산다 자보, 바로아, 팻 오코너, 릭키 스타, 엘드 보그니, 키펜티어, 프레드 브라시 등이 겨루었는데, 이처럼 쟁쟁한 세계 정상급 레슬러들을 물리치고 챔피언 벨트를 거머

530

쥔 사나이는 바로 프레드 브라시였다. 이 프레드 브라시는 '은발의 흡혈귀'라는 별명이 말해줄 정도로 물어뜯기 반칙의 명수였다.

본명 프레드 맥다니엘인 그는, 사실 초기에는 반칙 전문이 아니라 오히려 정통파 레슬러 쪽에 가까웠다. 세인트루이스 전 올림픽 대표선수인 조지 트라코스의 체육관에서 프로 레슬링을 연마했으며, 이를 지켜본 루 테즈까지도 장래가 촉망되는 선수로 점쳤을 정도였다. 그런 브라시가 갑자기 선천적인 흑발을 은발로 염색하고는 로스앤젤레스에 나타났다. 그것도 흉악한 반칙만을 주무기로 삼은 채.

브라시가 선수 스타일을 전격적으로 바꾼 이유는 자기와 같은 우수한 선수들이 많이 나타났기 때문이었다. 스타가 되기 위해서는 보통 선수들과 다른 특이한 전투 방법이 필요했던 것이다. 그는 슈즈, 타이츠, 가운 등을 동일한 색깔로 착용하는 등 외관상의 변화부터 주었다. 그리고 경기 진행 과정을 새로운 스타일로 변경하여, 발로 차고 주먹으로 때리는 것 외에 특이한 반칙 기술인 물어뜯기 전법을 고안했다. 이 반칙 전법은 마침내 팬들 사이에서 선풍적인 인기를 끌기 시작했다. 상대 선수를 피로 물들이면서 마침내 세계 챔피언이 된 브라시는, 자신의 물어뜯기 전법도 특이한 기술이라고 주장했다.

그러나 결코 정당하게 받아들여질 수 없는 이 반칙 전법을 위해서 브라시는 매일같이 피눈물 나는 노력과 다각적인 연구를 거듭했다. 브라시는 평소에 길이 15센티미터, 폭 1센티미터 정도의 줄칼을 휴대하고 다니는데, 틈이 나는 대로 그는 이 줄칼로 자신의 이빨을 날카롭게 갈곤 했다. 더욱이 어떠한 견고한 물질이라도 씹을 수 있도록 하기 위해서 치아 강화제를 늘 휴대하고 다녔다. 음식도 치아를 단련시키는 특별 메뉴만을 선택해서 먹었다. 그리고 아무리 이빨이 강하고 날카롭다고 해도 턱의 힘이 약하면 쓸모가 없으므로, 매일같이 프로 복서와의 스파링을 필수적으로 치르고 있었다. 또한 브라시는 도망가는 상대 선수를 붙잡기 위해서 신체 활동의 자유를 구속하는 최면술을 몸에 익히고 있었다.

세계 챔피언이 된 프레드 브라시는, 이미 '뉴욕의 무관의 제왕'이라 일컬어지는 안토니오 록카의 도전을 받아 무찔러버렸다. 또한 미스터 모토와 손목을 가죽끈으로 묶고 싸우는 데드 매치를 벌이기도 하여 뱀파이어(흡혈귀)의 전성시대를 구가하였다.

미국으로 건너간 역도산은, 이 끔찍한 뱀파이어와 로스앤젤레스 올림픽 오디트리움에서 맞붙었다. 수많은 팬들이 열광하는 가운데 역도산은 간혹 물어뜯기 반칙을 허용하면서도 가라테촙의 맹폭격을 가하여 2 대 0으로 끝장내버렸다. 이로써 역도산은 명실상부한 세계 정상의 위치에 선 것이다. WWA 세계 챔피언, 인터내셔널 챔피언, 월드리그전 우승.

자존심이 상한 프레드 브라시는 한 달 뒤에 일본으로 미친 듯이 날아왔다. 상황이 바뀌어 도전자의 길을 택한 것이다. 또한 4월 21일부터 벌어지는 월드리그전에 참가하기 위해서였다. 하네다 공항에 도착한 브라시는 기자들 앞에서 자신의 이빨을 줄칼로 갈아 보이며 제1성을 토했다.

"나는 복수하러 왔다. 이 이빨로 역도산을 물어뜯어 죽여버리겠다!"

그 말을 들은 기자들은 몸서리를 치지 않을 수 없었다.

제4회 월드리그전에 루 테즈마저 불러들인 역도산은, 리그전 중간에 도전자 프레드 브라시를 상대로 WWA 세계 타이틀전을 벌였다. 이 흔치 않은 세기의 대결을 보기 위하여 비빌 틈도 없을 정도로 엄청난 관중이 몰려들었다. 손날치기와 물어뜯기의 격전으로 예상되는 이 시합은, 가사에 바쁜 주부들의 일손마저도 끊어놓았다.

역도산은 여전히 검정 타이츠에 검정 슈즈를 신고 올라왔고, 브라시는 대조적으로 흰 팬티를 입고 올라왔다. 흑과 백의 대결인 셈이었다.

격전으로 주고받은 1 대 1의 상황에서 마지막 판을 겨루는 공이 울자 장내는 관중들의 우렁찬 함성으로 가득 찼다. 두 선수는 링 한가운데서 일단 어깨를 맞잡고 공격의 기회를 엿보았다. 브라시가 갑자기 오른팔을 빼며 역도산의 이마를 때렸다. 역도산은 잽싸게 브라시의 뒤로 빠져 그의 허리를 휘감았다. 그러나 브라시가 로프를 잡았기 때문에 역도산의 공격은 무산되었다.

다시 링 한가운데서 두 선수는 어깨를 맞잡았다. 브라시는 재빨리 역도산의 머리를 감은 다음, 매운 펀치로 목줄기를 때렸다. 잇따라 목을 조르고 로프로 몰고 간 브라시는 역도산의 양팔을 로프로 감아버렸다. 일단 걸려들면 자신의 힘으로는 탈출하기가 매우 곤란한, 그리고 심판이 5초 경과를 선언하면 반칙패가 성립되는 암 행깅(arm hanging) 공격 기술이었다. 겨우 한 팔을 빼내기는 했지만, 여전히 몸이 자유롭지 못한 역도산의 이마에 브로시는 펀치를 먹이더니 곧바로 물어뜯기에 들어갔다. 붉은 피가 튀었다.

"아아아아악!"

여성 팬들의 비명 소리가 곳곳에서 터져 나왔다. 치아가 남아 있지 않은 일흔의 한 노파는 입을 벌린 채 애타는 얼굴로 바라보고 있었다. 교수형을 당하는 자식을 바라보는 듯한 표정이었다.

손으로 짓찧고 물어뜯는 브라시의 반칙 공격은 5초 간격으로 끊임없이 이어졌다. 역도산의 상체는 이마에서 흘러내린 피로 붉게 물들고 있었다.

"리키! 힘내세요!"

젊은 여성들이 울상이 되어 외쳐대고 있었다. 심판이 브라시를 멀리 떼어놓고 역도산을 암 행깅에서 풀어주었다. 그러나 로프에서 풀려난 역도산은 매트 위에 맥없이 나뒹굴고 말았다. 브라시는 또다시 달려들어 물어뜯기를 시작했다. 정말로 죽일 기세였다.

"아아아아악!"

관중들의 비명 소리는 더욱 상황을 소름끼치게 만들었다. 버둥거리던 역도산은 심판의 도움으로 간신히 일어날 수 있었다.

"으ㅎㅎㅎㅎ……."

브라시는 흡혈귀다운 음흉한 웃음을 흘리며 또다시 역도산에게 접근했다. 서로 어깨를 맞잡았다. 역도산의 이마는 살이 보이지 않을 정도로 피가 뭉개져 있었다. 역도산은 앞도 제대로 분간할 수 없는 지경이 었다. 그때 역도산은 옆을 돌아보는 척하며 페인트 모션을 쓴 뒤, 강력한 가라테춥을 방심한 브라시의 목줄기에 도끼날 찍듯이 수직으로 후려쳤다.

"오오옥!"

브라시는 다운되었다가 간신히 몸을 일으켰다. 그러나 성이 날 대로 난 역도산의 맹폭격은 멈추지 않았다. 두 차례 연거푸 브라시의 가슴에 손도끼날을 찍었다. 브라시는 거대하게 무너졌다. 한 차례 더 공격이 이어진 다음, 나가떨어진 브라시의 몸 위로 역도산은 플라잉 소시지를 가했다.

"원! 투!"

그러나 브라시는 저력 있는 선수답게 두 다리를 퉁겨 간신히 곤경에서 벗어났다. 연거푸 힘으로 눌러 보디 프레스에 들어갔으나 브라시는 만만치 않게 벗어났다. 역도산은 다가서는 브라시의 몸에 손날을 찔러넣었다.

"으!"

브라시가 배를 움켜쥐고 몸을 움츠리는 순간, 또다시 역도산의 각도 큰 손날 후려치기가 브라시의 목줄기에 수직으로 터졌다. 브라시는 고층 건물이 무너지듯이 무겁게 나가떨어졌다. 역도산은 재빨리 플라잉 소시지를 시도했다.

"원! 투!"

브라시는 두 다리를 퉁겨 또다시 곤경에서 벗어났다. 한 아리따운 여성 관중이 기쁨에 넋이 나간 얼굴로 손뼉을 치다 못해 오른 주먹을 쥐고 방아질을 하고 있었다. 그녀의 속옷은 땀으로 흠뻑 젖어 있었다. 그러나 그녀의 응원에도 불구하고 브라시가 반격에 들어갔다. 역도산의 머리를 감아쥐고 주먹으로 짓이기다가 갑자기 무릎으로 내리찍었다.

"욱!"

이번에는 브라시가 플라잉 소시지를 시도했다.

"원! 투!"

역도산은 두 다리를 퉁겨 간신히 위기에서 벗어났다. 그러나 브라시의 물어뜯기 공격이 다시 시작되었다. 심판이 뜯어말렸다. 역도산은 피하는 척하다가 날렵하게 가라테춥을 날렸다. 타격을 받은 브라시는 로프 위로 굴러 넘어가고 말았다. 역도산은 멈추지 않고 링 위로 올라서려는 브라시의 빗장뼈 사이를 수평 가라테춥으로 길게 찍었다.

"아옥!"

브라시는 까무러치는 소리를 내지르며 마룻바닥에 굴러 떨어졌다. 그러나 포기하지 않고 휘청거리며 또다시 기어올랐다. 역도산은 이번엔 발길질로 걷어찼다. 브라시는 길게 뻗었다가 간신히 링 안으로 들어왔다. 몸은 완전히 그로기 상태였다. 가라테춥을 먹이기 위해 역도산은 천천히 다가섰다.

그때였다. 역도산이 갑자기 주춤거렸다. 브라시가 발을 뻗어 역도산의 국부를 걷어찬 것이었다. 빗나갔기 때문에 큰 충격을 입지 않은 역도산은 또다시 사정거리를 좁혀갔다. 그러자 브라시가 웬일인지 로프에 기댄 채 가라테춥으로 맞섰다. 서로 주고받은 가라테춥의 타격전. 그러나 파워에 있어서 현격한 차이가 있었다. 역도산은 아무런 타격도 입지 않았고, 브라시는 맞을 때마다 로프에 기대어 휘청거렸다.

수세에 몰린 브라시는 갑자기 주먹을 역도산의 국부에 깊이 찔러 넣었다. 뜻밖의 급소 공격을 당한 역도산은 로프 위를 굴러 마룻바닥에 떨어졌다. 정신을 차리고 역도산이 기어오르려 할 때, 발로 걷어차기 위하여 브라시가 다가섰다. 그러나 역도산은 타이밍을 잘 맞춰 브라시의 복부를 이마로 쑤셔 박았다. 역도산의 함경도 박치기가 정확하게 브라시의 명치끝에 박혔다. 역도산은 로프를 뛰어넘어 곧바로 플라잉 소시지로 브라시를 덮쳤다.

"원! 투! 스리!"

마침내 심판이 카운트 아웃을 알렸다. 장시간에 걸친 사투(死鬪)는 결국 역도산의 2 대 1 폴승으로 끝났고, 역도산의 허리에는 WWA의 황금 벨트가 다시금 채워졌다. 그런데 이 시합을 텔레비전 화면으로 보던 한 노인이 사망하는 충격적인 사건이 일어나 일본 전역을 놀라게 했다. 그만큼 브라시는 끔찍한 레슬러였다.

역도산은 승리의 여세를 몰아, 월드리그전 결승전에서 또다시 맞붙은 루 테즈를 깨끗이 격파함으로써 '레슬링의 하느님'을 능가하는 세계 최강의 레슬러로 군림하게 되었다.

역도산의 나라와 구원의 여신

1963년 1월 5일, 한국의 한 일간지에는, '세계적인 레슬러 역도산 7일 내한' 이라는 제목의 기사가 실렸다.

'세계적으로 유명한 프로 레슬러 역도산이 문교부장관의 초청으로 오는 7일 하오 1시 50분 NWA기편으로 우리나라에 온다.

함남 출신으로 열여섯 살 때 일본으로 건너가 귀화한 후 씨름 선수로 활약하다가 1948년 프로 레슬러로 전향, 지금은 세계적인 챔피언으로 이름을 떨치고 있다. 발전해가는 조국의 모습을 보기 위해 오는 그는 2주일 동안 머물면서 박(朴)의장, 김(金)중앙정보부장, 최고회의 문사위원장 등을 예방하는 한편 체육시설을 참관할 예정이다.

레슬링으로 명성을 날리고 있는 그가 사업가로서도 손꼽힐 정도라는 것은 아는 사람은 알고 있다. 동경 시부야에 7층 건물의 '리키 스포츠 팰리스' 를 지어 프로 레슬링의 본부를 만드는가 하면, '호텔 뉴 재편' 이상 가는 설비로 '리키 아파트' 를 만들어 외인객을 불러들이고 있다.

그뿐만 아니라 총 공사비 30억 엔으로 '동경 스포츠 팰리스' 를 건설하고 과

학적인 모든 기구를 마련하여 체육의 종합적인 트레이닝장으로 쓰게 했다는데, 그 부지가 무려 4천 평방미터라고 한다.

이밖에도 그는 이런 스포츠 펠리스를 오사카, 나고야, 삿포로 등에도 세울 계획이라고 한다.

사업가 역도산의 이러한 계획은 스포츠를 중심으로 호텔, 클럽, 연예, 오락 등 여러 방면에 이르고 있다는데, 이에 따르는 부대사업도 어마어마하며 종업원의 수도 헤아릴 수 없는 지경이라고 한다.

역도산이 경영하는 이러한 사업은 개인 경영의 사업으로서는 스포츠, 예능계뿐만 아니라 다른 분야에서도 놀라울 정도로 규모가 크다고 일본에서는 평판이 높다.'

사실 한국의 일간지들은 이보다 앞서, 1962년 11월 16일부터 닷새 동안 역도산이 한국을 방문한다고 보도했었다. 그리고 1963년 1월 4일에는 장충체육관 개관 기념 세계 프로 레슬링 선수권 대회가 열리게 되는데, 여기에는 역도산을 비롯, 세계적인 복면 레슬러인 디스트로이어, 해롤드 사카다, 요시무라 미치아키 등이 참가한다고 보도했었다. 그러나 장충체육관 개관이 2월 1일로 미루어졌기 때문에 역도산의 한국 방문도 연기되었던 것이다.

한국인임을 밝히기 어려웠던 역도산이 한국을 방문하게 된 데는 주위의 권유가 큰 힘이 되었다. 역도산은 한일 국교 정상화를 끌어내는 데 힘쓴 일본 정계의 보수 우익 거물들과 각별히 친분을 맺고 있었다. 일본 프로 레슬링 위원회 위원장이자 자민당 부총재인 오노 반보쿠, 건설부장관 고노 이치로(下野 一郞), 그리고 고노 이치로의 맥을 잇는 나카소네에게는 역도산이 사무실을 무료로 제공하고 있을 정도였다. 이 사무실은 리키 아파트에 있었다.

이러한 보수 우익 인사 가운데 국교 정상화에 신중론을 내세우고 있는 오노 반보쿠는 이케다(池田) 내각의 대들보라서, 일본의 정치가 가운데 한일 문제 해결에 가장 힘을 써야 할 인사로 꼽히고 있었다.

오노 반보쿠가 한일 교류에 대해서 늘 부정적인 데는 그만한 이유가 있었다. 태평양전쟁 직후에 한국인 청년들에게 린치를 당해 앞니가 부러졌던 과거가 있었던 것이다.

1962년 12월 10일 오후에 오노 반보쿠가 자민당의 방한 친선 사절단을 이끌고 김포공항에 내렸는데, 이때 공항에 환영 나온 박 정권 요인들 틈에는 놀랍게도 고다마 요시오가 끼어 있었다. 오노 반보쿠의 마음을 움직임으로써 한일 국교 정상화를 추진하도록 만든 사람이 바로 고다마 요시오였다.

고다마 요시오. 태평양전쟁 중 특수공작기관인 고다마 기관을 이끌고 활약. 전후에 A급 전범으로 몰려 스가모 형무소에 수감되었다가 석방. 이후에는 온갖 인간관계를 엮어 일본 정계에 막강한 영향력을 행사. 고베, 오사카 등 관서 지방의 흥행계를 고베 예능사로써 장악하고 있는 야쿠자 산구조(山口組)의 두목 다오카 가즈오와 도쿄를 주름잡는 야쿠자 동성회의 두목 마치이 히사유키, 즉 정건영은 모두 고다마 요시오의 영향력 아래 있었다.

"역도산의 방한은 한일 국교 정상화를 촉진할 수 있을 걸세. 서울엘 좀 다녀오게."

다오카 가즈오와 정건영은 역도산의 방한을 설득하려고 애썼다. 여기엔 바로 고다마 요시오의 뜻이 담겨 있었던 것이다. 그런데다 오노 반보쿠가 서울에 다녀오는 것이 좋겠다고 역도산을 재촉했다. 자민당 부총재의 말이었으므로 이것은 명령이나 다름없는 힘이 실려 있었다. 역도산은 주위 사람들에게 자신의 행선지를 알리지 않았다.

"골프 좀 치고 오겠네."

그리고 조총련의 눈도 피하지 않으면 안 되었다. NWA기에 몸을 실은 역도산의 심정은 착잡했다. 모국 방문인데도 모국 방문이라고 큰소리치지 못하며, 정작 가보고 싶은 고향땅은 155마일의 철조망으로 인해 가볼 수도 없는 것이다. 기쁨과 슬픔이 교차하는 모국 방문인 셈이었다.

역도산이 꿈에도 그리던 모국땅의 김포공항에 내린 날은 1월 8일. 김포공항에는 대한체육회 주영광(朱榮光) 사무총장, 재종누이 김정윤, 프로 레슬링 헤비급 한국 챔피언 장영철을 비롯한 레슬링 관계자 등 60여 명이 마중을 나와 있었다. 색동옷을 입은 모국의 소녀들로부터 화환과 꽃다발을 선사받은 역도산은 공항 대합실에 마련된 기자회견장에서 일본어로 인터뷰에 응하였다.

"20년 만에 모국을 방문하게 되어 감개무량합니다. 오랫동안 일본말만 썼기 때문에 한국말은 잘 못합니다."

그러나 인터뷰가 끝난 뒤에는 "감사합니다." 하고 모국어로 말했다.

역도산은 마중 나온 장영철을 비롯한 한국의 프로 레슬러들을 하나하나 훑어보았다.

당시 한국에는 프로 레슬링 붐이 뜨겁게 일고 있었다. 아마추어 레슬링, 당수(唐手), 유도, 역도 도장이 붙어 있던 부산의 한 지역에서부터 프로 레슬링은 태동되었다. 아마추어 시절에 착실히 닦은 기본기가 바탕이 된 아마추어 레슬링 사범 장영철의 화려한 기술은 잔뜩 억눌려 살아온 팬들의 가슴을 시원하게 뚫어주었다. 두 발을 동시에 날려 일본인 레슬러 아라쿠마의 가슴을 내지르고, 번개처럼 빠른 플라잉 헤드 시저스로 일본인 레슬러 아라쿠마의 목을 휘감아 내동댕이치고…… . 이러한 장면 장면들은 일본을 저주하는 한국 팬들에게는 더없이 값진 청량제인지도 몰랐다.

게다가 공군 상사로 전역하여 날렵하게 당수촙을 날리던 당수 사범 천규덕. 천규덕은 역도산처럼 검은 타이츠를 입고 링 위에 등장했는데, 그 인기는 장영철에 못지않았다. 일본 선수의 가슴팍이 터지도록 강력하게 후려갈기는 천규덕의 당수촙은, 일본인에게 짓눌려 살아왔던 한국인들의 가슴을 후련하게 해주는 즉효약이 아닐 수 없었다.

그런데 고국의 레슬러들이 서양의 거인 레슬러들에 비해 너무 큰 차이가 날 만큼 작은 체구인 데 대해 역도산은 다소 실망했다. 신장 185센티미터, 체중 115킬로그램의 김일만한 체구를 지닌 선수도 눈에 띄지 않았던 것이다.

'김일을 모국으로 보내서 한국의 프로 레슬링계를 평정하게 만든다면…….'

몹시 추운 날이었다. 추운 날씨에 일부러 나와 기다리고 있는데도 웬일인지 역도산은 격려의 말 한 마디 없이 장영철 일행 앞을 그냥 지나쳐버렸다. 장영철의 화려한 테크닉을 한 번이라도 보았다면 역도산의 태도가 달랐을지도 모른다.

역도산은 경찰차들의 호위를 받으며 오픈카를 타고 서울로 진입했다. 연도에는 많은 시민들이 환호하고 있었다. 시민들은 마치 자기 식구 한 사람이 금의환향이라도 한 것처럼 뜨거운 눈길로 역도산을 바라보았다.

'이것이 바로 민족이라는 것인가…….'

역도산은 물밀듯이 다가오는 감격스러움에 목이 메었다. 그런데 이번엔 호텔 입구에서부터 씨름 관계자들이 역도산을 마중 나와 있었다. 그 가운데 206센티미터의 거인 씨름 선수가 역도산의 시선을 끌었다.

'크다! 자이언트 바바보다 더 커 보이는 걸…….'

신장 205센티미터, 체중 128킬로그램의 자이언트 바바보다 더 커 보이는 사나이의 이름은 김영주(金榮珠)였다. 역도산은 그 자리에서 김영주를 만나 이야기를 나누어보았다. 그런데 그 역시, 역도산의 문하생이 되어 프로 레슬러가 될 생각을 하고 있지 않은가. 역도산은 김영주에게 일본으로 올 것을 제의했고, 너무 쉽게 일본 여행길이 트인 김영주는 선뜻 받아들였다.

서울에 머물면서 역도산은, 서울사대 학장 김계숙(金桂淑)을 비롯한 자신의 친척 20여 명을 만나 식사를 함께 하면서 고향길이 막혀버린 아쉬움을 달랬다. 그리고 살을 에는 찬바람을 맞으며 판문점을 찾았다. 남북은 분명히 두터운 철책선으로 차단되어 있었다. 역도산은 북쪽을 바라보았다.

'나의 고향땅은 도대체 얼마나 먼 곳에 있는 것일까……. 이것이 우리 민족의 숙명이라도 된다는 말인가…….'

역도산의 눈에 물기가 비쳤다. 역도산의 옆에는 비서 요시무라 요시오가

지켜서 있었다. 그런데 역도산이 갑자기 두터운 오버코트를 벗어 던졌다. 요시무라 요시오는 황급히 땅에 떨어지려는 오버코트를 잡아 올렸다. 그런데 이번에는 신사복 상의를, 잇따라 넥타이를 풀더니 와이셔츠와 러닝셔츠마저 벗어던지는 것이 아닌가. 당황한 건 비단 요시무라 요시오뿐만이 아니었다. 군사분계선을 경계하고 있는 장병들도 잔뜩 긴장한 눈초리로 쳐다보고 있었다. 상반신을 드러낸 역도산은 하늘을 향해 두 팔을 뻗어 올렸다. 그리고 북쪽을 향해 포효했다.

"우워어!"

비무장지대의 산봉우리 여기저기에 역도산의 울부짖음이 끝없이 메아리쳤다.

"나는 한국인이다!"

1월 11일, 역도산은 나흘 동안의 방한 일정을 마치고서 예정보다 두 시간 늦은 오후 7시에 일본에 도착했다. 그는 일본의 스포츠 신문 기자를 만나 한국을 방문한 인상에 대해서 말했다.

"고베의 프로모터인 다오카 사장한테서 진작부터 당부를 받고 있었기 때문에 시간을 내어 한국에 다녀왔던 것이오. 그쪽에서는 시합을 갖는 것을 전제로 와달라고 했지만, 추운 옥외에서 시합을 할 수도 없는 데다 출전료도 정해져 있지 않았기 때문에 시찰만 하려고 떠났었소.

서울에서는 1만 명을 수용할 수 있는 체육관이 가까운 장래에 완공된다고 합니다. 그리고 오키나와에서 프로 레슬링의 인기가 프로 야구의 인기를 앞지르고 있다는 것도 알고 있었소.

한국의 정부 수뇌와도 만났소. 그러나 아직 여러 가지 문제가 남아 있는 데다 항공편도 좋지 않아서 한국 흥행이 결정되지는 않았소. 하지만 올해는 해외에 적극적으로 진출할 방침이라 2월쯤에 다시 가서 조사해보고 싶소. 그리고 수확이랄 건 없지만, 한국 씨름의 요코즈나로 2미터가 넘는 청년이 제자가

되고 싶다고 해서 만나보았소. 이름은 모르지만 몸 움직임이 좋아서 장래가
유망하다고 생각하오.”

그런데 도쿄《주니치 신문》에서 마침내 역도산이 한국인임을 밝혔다. '20
년 만의 귀국'이라는 표제 기사는 적지 않은 프로 레슬링 팬들을 경악시켰다.
그러나 다른 일체의 매스컴은 입을 다물고 있었으므로 시간이 흐르면서 점차
그것은 오보(誤報)인 것으로 인식되었다.

게다가 역도산은 1월이 가기 전에 전격적으로, 금년 6월에 결혼할 것이라는
사실을 발표하였기 때문에 팬들의 시선은 이쪽으로 쏠리기 시작했던 것이다.
약혼녀의 이름은 다나카 게이코(田中敬子).

“일본항공 국제선 스튜어디스래. 늘씬하게 뻗은 몸매에다 전형적인 동양
의 미인이라지?”

“어머, 그녀는 참 복도 많다, 애. 남들이 모두 부러워하는 국제선 스튜어디
스인 데다, 일본 제일의 박력, 아니 세계 제일의 박력인 리키를 자기 것으로
만들었으니 말이야. 어쩜…….”

“하지만 아직 몰라. 여자한테는 그저 자기 하나만 사랑해줄 줄 아는 평범한
남자가 좋은 건지도 몰라. 왜 있잖아? 역도산이 한때 미소라 히바리와도 염문
을 뿌렸던 일……. 원래 잘난 남자한테는 여자가 많이 꼬이는 법이야. 그것도
미인들로만 줄줄이…….”

참새들은 이제껏 자신들이 흠모해온 역도산의 결혼설을 화제로 삼아 열심
히 입방아들을 찧어댔다.

도쿄의 한 구역 경찰서장인 다나카 쇼고로(田中勝五郎)의 맏딸 다나카 게
이코를 역도산이 처음 만난 것은 지난해인 1962년 9월 30일, 프로 야구 도요
팀의 간판 타자인 모리 도루의 모친 모리 노부의 소개를 통해서였다.

작년에 역도산은 모리 노부에게 고독하고 쓸쓸한 표정으로 이렇게 말했
었다.

"내년중에 결혼을 하지 못한다면, 나는 평생 동안 결혼을 하지 않을 겁니다, 엄마."

역도산은 모리 도루를 친동생처럼 귀여워하는 만큼 모리 노부를 친어머니처럼 따르고 있었으며, 역도산이 니쇼노세키베야에 입문한 지 3년째인 열여덟 살 때 처음 만났으므로 그때 부르던 '엄마'라는 호칭을 아직 버리지 않고 있었다(일본에서는 '어머니'를 '오카아상(おかあさん)'이라고 부르며, '엄마'를 '카아상(かあさん)'이라고 부르는데, 역도산은 모리 노부를 언제나 '카아상'이라고 불렀다).

평생 동안 결혼을 하지 않겠다는 말은 모리 노부에게 충격을 주었다.

"안 된다, 그건……."

그래서 모리 노부는 그날부터 부랴부랴 참한 규수를 찾아다니느라 바빴다. 마침내 보석 찾듯 발견한 것이 바로 다나카 게이코. 마침 그녀가 일본항공 국제선 스튜어디스였기 때문에, 자주 해외에 나가는 역도산과의 사이에 로맨스의 꽃이 피고 마침내 결혼까지 발표하기에 이르렀던 것이다.

원래 영웅은 고독한 법이다. 다나카 게이코를 만나기 전에 역도산은 가슴으로 자신의 외로움을 이야기했다.

'1940년 5월에 일본 고래(古來)의 씨름인 스모에 입문하여 1950년 5월 대회를 마지막으로 스모토리 생활을 청산하기까지, 그리고 1951년 10월 28일에 당시의 메모리알 홀에서 프로 레슬러로 데뷔하여 오늘날까지 10여 년 동안, 그 어느 것 하나도 나에게는 괴로운 투쟁의 연속이었다.

승부의 세계는 냉혹한 것이다. 그리고 그 냉혹함이, 내가 어떠한 괴로움에 처하여도 자신감을 주고, 또 나를 하나의 인간으로 성장케 하여 주었음에 진심으로 감사한다.

하지만 한편으로는 언제나 고독하였으니, 이 고독은 강자(强者)만이 느낄 수 있는 괴로움이라고 말할 수 있지 않을까? 지금 한창 솟아오르는 요코즈나라도 그러한 외로움을 느낄 때가 반드시 있으리라고 믿는다.'

그런데 모리 노부가 어머니 같은 입장에서 지켜보기에도 역도산이 그 견디기 어려운 고독의 사슬에서 풀려난 듯이 보였다. 역도산은 생기를 찾은 듯 더욱 박력이 넘쳤고, 3월 말부터 3개월에 걸쳐 치러진 제5회 월드리그전에서 첫 대회를 시작으로 다섯 차례 연속 우승을 차지하는 쾌거를 이룩했던 것이다. 다나카 게이코는 역도산에게 구원의 여신으로서 나타난 여자인지도 몰랐다.

지상 최대의 결혼식

1963년 6월 5일.

"링 위에서 강한 상대와 겨룰 때보다 더 진땀나는 일이야······."

오후 4시가 다 되었을 무렵, 역도산은 천천히 거구를 일으키면서 말했다.

"하지만 저는 선생님의 시합을 볼 때가 더 긴장됩니다."

6척에 가까운 거구인 역도산을 올려다보며 다나카 게이코가 화사하게 웃었다. 역도산보다 열일곱 살 연하인 다나카 게이코는 둥글고 복스러운 얼굴을 가진 전형적인 동양 미인이었다.

"게이코를 위해서라도 거친 시합은 피해야겠군."

두 사람은 마주보고 선 채 서로 다정한 눈빛을 주고받았다. 다나카 게이코는 스물한 살이라는 젊은 나이가 믿어지지 않을 정도로 아늑하고 따뜻한 눈빛을 건네고 있었으며, 역도산은 귀여운 여학생을 마주한 마음씨 좋은 이웃집 아저씨처럼 자상한 눈빛으로 그녀를 내려다보았다. 주위의 시선은 이러한 사랑의 교감을 놓치지 않았다. 열려진 문 밖에서 연방 카메라 플래시가 터졌다. 카메라맨들의 입장을 제지하고 있는 역도산 제자들이 물러간다면, 당장

댐이 터진 담수(潭水)처럼 밀려들 것 같은 카메라 공세였다. 기자들은 속기에 가까운 빠른 펜놀림으로 저마다 기사를 적어 나갔다.

'수줍어하는 왕자 역도산, 다나카 게이코 씨와 멋진 결혼식 거행'

'역도산, 1억 엔의 결혼식'

이러한 제목 아래 머릿기사가 시작되었다.

'매트의 왕자 역도산(프로 레슬링 인터내셔널 헤비급 챔피언. 38세)과 다나카 게이코 씨(21세)의 결혼식은 1963년 6월 5일 오후 2시부터 도쿄 아카사카의 호텔 오쿠라에 마련된 2층 식장에서 자민당 부총재 오노 반보쿠, 참의원 의원 이노우에 신이치(井上淸一) 양씨 부처의 중매에 의해 거행되었다. 결혼식 비용은 이제까지 최고의 디럭스 결혼식으로 알려진 이시하라(石原裕太郞)와 미소라 히바리의 결혼식 수준을 뛰어넘는 것으로……'

기자와 카메라맨들은 몹시 바빴다. 어느 한 가지, 기사거리 아닌 게 없었다. 어느 한 가지, 영상에 담지 않을 것이 없었다. 결혼식 당일 경비가 5천만 엔이니 1억 엔이니 하는 점만으로도 그럴 법한 일이었지만, 기자들의 옷소매를 스치고 지나다니는 하객들마다 유명인사 아닌 사람이 없었기 때문이다. 결혼식이 시작된 지 2시간 가량 지났는데도 행사가 끝나려면 아직 먼 것만 같았다.

"역도산 선생님! 시간이 됐습니다!"

문 밖에서 기자회견 시간이 되었음을 알려주는 말이 들려왔다. 오후 4시부터 30분 간의 기자회견 시간이 따로 마련되어 있었던 것이다.

"기자회견이라니……. 제 생애에 있어서 선생님을 만나게 된 것은 정말 큰 영광이 아닐 수 없어요."

다나카 게이코가 살짝 볼을 붉히며 말했다.

"나로서는 게이코를 만난 것이 행운이오."

역도산은 넉넉하게 웃어주었다.

"역도산 선생님! 안 나오신다고 기자들이 아우성입니다!"

문 밖에서 기자회견을 재촉하는 말이 또다시 들려왔다. 역도산은 다나카 게이코와 함께 방에서 나왔다. 역도산은 가문(家紋)이 박혀 있는 일본 전통 예복인 검정 몬쓰키(紋付き) 차림이었으며, 다나카 게이코는 띠를 맨 위에 걸쳐 입는 기장이 긴 일본의 전통 예복인 흰색 우치카케(打掛) 차림이었다. 역도산의 모습은 정도(正道)를 걸어온 무관(武官)처럼 듬직했으며, 역도산의 곁에서 조심스런 걸음걸이로 나오는 다나카 게이코는 마치 고위급 무관의 부인 같은 분위기를 풍기고 있었다.

"정말 어울리는 한 쌍이군."

"링의 제왕에다 미모의 스튜어디스 출신 부인이라…… 정말 금상첨화가 아닐 수 없어."

사진 기자들의 카메라 플래시는 두 사람의 걸음 하나하나를 놓치지 않았으며, 여기저기서 들려오는 덕담(德談)도 끊일 줄 몰랐다. 두 사람은 복도를 지나 호텔에 마련된 기자회견장으로 들어섰다.

'은행(銀杏)의 홀'이라는 이름이 붙어 있는 기자회견장은 미리 대기중인 보도진들로 가득 차 있었다. 역도산 결혼식 취재와 보도에 참여한 일본의 매스미디어는 무려 1백 개 사(社)를 넘을 정도로 엄청났다. 그래서 결혼식 준비의 일체를 진행하고 있는 일본 프로 레슬링 협회 측과 행사장을 대여하는 호텔 측에서는 이 유례 없는 결혼식의 원활한 진행을 위해서 부득이 취재 제한이라는 편법을 쓰지 않을 수 없었다. 일간지, 주간지, 월간지, 텔레비전, 라디오, 뉴스 영화 등 숱하게 많은 매스미디어의 관계자들을 일일이 다 받아들이다간 정작 맞이해야 할 하객들이 설 자리가 없어지기 때문에 하는 수 없이 취재진의 숫자를 제한했던 것이다. 한 회사당 기자와 카메라맨 각각 한 명씩. 하지만 그 숫자만 해도 2백 명이 넘었다. 이제껏 역도산이 거쳐온 어느 빅 이벤트에서도 이처럼 많은 보도 관계자들이 몰린 적은 없었다.

그래서 일본 프로 레슬링 협회 측은 다시, 이 많은 보도 관계자들이 우왕좌왕해서는 하객들에게 실례가 될 것이므로 따로 30분 간의 기자회견 시간을 마련했던 것이다. 사진 취재는 지정된 세 군데 장소에서만 가능하도록 호텔 관계자들이 유도했다. 그러나 이러한 취재 제한에도 불구하고 카메라맨들은 로비에서건 복도에서건 불쑥불쑥 나타나 카메라 플래시를 터뜨렸다.

문제는 텔레비전 관계자들과 15개 뉴스 영화사 관계자들이었다. 이것은 한 개 회사당 두 사람만으로는 촬영이 불가능한 것이다. 그래서 일본 프로 레슬링 협회 측에서는 이 문제를 텔레비전 대표 한 곳과 뉴스 영화 대표 한 곳으로 제한시키는 것으로 해결했다.

역도산보다 한 발자국 앞서 들어간 다나카 게이코는 좀 당황스런 표정을 지었다. 예상은 한 것이었지만, 막상 2백 명이나 되는 보도진들 앞에 서니 긴장하지 않을 수 없었다. 그러나 그의 옆에는 역도산이라는 거목(巨木)이 다정히 웃고 서 있지 않은가. 다나카 게이코는 다소 마음이 놓였다.

일본항공 국제선 스튜어디스 출신의 신부 다나카 게이코. 이제 그녀는 더 이상 평범한 여자로만 머물러 있을 수 없는 처지가 되고 말았다. 역도산의 뒤를 따라 그녀 역시 매스컴의 주목을 받는 유명인사가 되어버린 것이다. 이러한 사실은 그녀에게 있어 거물 역도산과의 인연이 만들어준 행복인 것일까.

"게이코, 자리에 앉읍시다."

역도산은 잠시 머뭇거리고 있던 다나카 게이코에게 말하고서 자신도 자리에 앉았다. 오후 4시. 이윽고 많은 보도진을 목마르게 한 기자회견이 시작되었다.

"결혼식을 올린 감상은 어떻습니까?"

기자의 질문에 역도산은 좀 시간이 걸려서야 입을 열었다.

"기쁩니다."

"부인도 한 말씀 해주십시오."

다나카 게이코는 수줍은 듯 얼굴을 숙이고 대답했다.

"행복합니다."

기자의 질문은 이어졌다.

"앞으로의 새로운 생활에 대한 계획을 한 말씀 해주십시오."

"예…… 이 결혼을 기회로 새 출발하지 않으면 안 되겠죠. 책임이 무거워졌기 때문에 일을 완벽하게 해나가는 것과 동시에 일과 가정을 양립하도록 할 생각입니다."

"그렇다면 레슬링은 언제까지 계속하실 생각입니까?"

"몸이 허락하는 한은 해야죠. 한 가정의 주인으로서 갖는 책임도 중요하지만, 나에게는 많은 팬도 매우 중요합니다. 프로 레슬러로서 성공해온 내가 아닙니까. 앞일을 예측할 수 없지만, 현재의 생각은 그럴 따름입니다."

역도산은 결혼 후의 계획을 이렇게 역설하면서 이마에 흐르는 땀을 닦았다. 뉴스 카메라 소리, 카메라 플래시 소리에도 눈 한 번 꿈쩍이지 않는 역도산이지만, 이 순간만큼은 그렇지 않은 표정이었다.

"부인의 생각은 어떠십니까?"

"혼약할 당시의 생각은 결혼하면 그만두시도록 하고 싶었습니다만, 지금은 이대로 계속하셔도 좋다고 생각합니다."

"새로운 사업에 대한 구상은 있으십니까?"

질문은 쉴 틈 없이 이어졌다.

"이번 결혼을 계기로 대단한 일을 벌여볼 작정입니다. 이것도 성격이지만, 사나이로서 이런 맹세를 하며 살아가고 있습니다."

"신혼여행 예정은?"

"에어프랑스 초대로 몽블랑에 갑니다만, 코스는 코펜하겐, 파리, 카사블랑카, 탄지르에 가보는 것도 좋겠죠. 미국에서는 나이아가라 폭포에 가보는 것이 좋겠고……. 아직 한 번도 가보지 않았기 때문이죠. 그후에는 로스앤젤레스, 샌프란시스코를 돌 작정입니다."

"스케줄은 두 분이 함께 잡으신 겁니까?"

역도산의 독단적인 성격과 스타일을 떠보는 질문일까?

"어디를 가든 상관 않습니다만, 게이코 씨가 가고 싶다는 터라……."

게이코가 머리를 숙이고 수줍게 웃었다.

"부인의 고집을 처음으로 들어주신 셈이군요."

"와하하핫! 그런가 봅니다."

역도산은 호쾌하게 웃으면서 대답했다.

"그 밖에 생각하고 계신 것이 있으면 한 말씀……."

"음…… 결혼했다고 해서 약해지고 싶지는 않습니다. 게이코 씨한테는 좋지 않지만, 그렇더라도 지금까지의 두 배 이상 트레이닝을 해서 더욱 강해지렵니다."

인터내셔널 챔피언, WWA 세계 챔피언, 월드리그 5년 연속 우승……. 또 무엇이 남아 있는 것일까? 세계 최강자보다 더 큰 강자가 있는 것일까?

"그런데…… 부인을 뭐라고 부르십니까?"

"뭐라고 부르냐구요? 지금은 여러분 앞이기 때문에 '씨' 자를 붙였습니다만……, 역시 게이코, 게이코외다."

역도산은 게이코를 두 번 부르고 나서 머쓱한 표정을 지으며 거대한 손으로 자신의 얼굴을 쓰다듬었다.

"부인께서는?"

"저는…… 아직…… 불러본 적이 없기 때문에……."

들릴 듯 말 듯 작은 목소리로 게이코가 말했기 때문에 역도산은 눈을 가늘게 뜨고 귀를 기울였다. 그때 두 사람의 틈이 가까워지자, 순간, 일제히 카메라 플래시가 터졌다.

"오늘 정말 고마운 선물을 많이 받았는데, 나는 이것을 모두 복지시설에 기부하겠습니다."

역도산은 마지막에 자선가(慈善家)로서의 일면을 보여주었다. 기자회견을 마치고서 역도산은 조크를 던졌다.

"나는 예식을 거행할 때 땀을 무척 많이 흘렸소. 심장이 떨리는 거지 뭐겠소. 역시 나한테는 13년 동안 해온 프로 레슬링 시합이 훨씬 쉬운가 보오."

역도산과 게이코는 피로연 장소인 호텔 안의 '평안(平安)의 홀'로 향했다.

쉴 새 없이 카메라 플래시가 터지기는 마찬가지였다.

연회장은 그야말로 웅장한 장식과 음식이 가득 차려져 있었고, 하나같이 유명한 하객들로 발 디딜 틈이 없었다. 우선 웨딩 케이크부터가 위용을 자랑했다. 높이 2.5미터, 무게 120킬로그램, 밑바닥 면적이 3.3평방미터. 마치, 거대하지만 부드러운 프로 레슬러를 연상시켰다. 케이크 최상단에는 왕관이 장식돼 있고, 하단에는 역도산의 인터내셔널 챔피언 벨트 모양이 장식돼 있었으므로 이것은 곧 역도산의 위용을 상징하는 것이었다. 이 케이크 제작에 들어간 설탕만 해도 30킬로그램. 케이크 전문 요리사 두 사람이 무려 보름이나 걸려 만들어낸 20만 엔짜리 웨딩 케이크였다. 후지 텔레비전에서 기획한, 50여 명의 텔레비전 결혼식 때 사용한 17만 엔짜리 웨딩 케이크가 이제까지 호텔 오쿠라에서 만든 가장 비싼 것이었는데, 이것은 그 정도를 상회하는 것이었다.

3000명 수용 면적을 자랑하는 드넓은 연회장에 다섯 군데로 나뉘어 놓여진 얼음 조각 또한 장관이었다. 한 개가 5만 엔, 모두 해서 25만 엔이 들어간 것이었다.

요리는 1인당 4천 엔 예산으로 2천 명분을 준비했으니까, 테이블 위에 놓여진 음식 값만 해도 8백만 엔이나 되는 것이었다. 요리의 메인 이벤트는 프랑스 요리로, 둘이 먹다가 하나 죽어도 모를 만큼 입맛을 당긴다는 콕숑 드 레이였다. 단가 3만 엔짜리가 열 개 이상이나 나왔다. 여기에 들어간 쇠고기만 해도 약 10두(頭).

술과 음료는 또 어떤가. 샴페인이 120병. 위스키, 브랜디 등의 하드 드링크가 5백 병. 맥주가 3천 병. 일본 술이 1석(石). 소프트 드링크는 4천 병.

'지금까지 전례 없는 최고 수준으로 하라.'는 것이 바로 역도산의 주문이었다.

그리고 동원된 호스티스가 15명이니까 한 사람이 대략 130명의 하객을 위해 서비스해야 하는 것이었다. 여기에 달린 호스트는, 역도산이 경영하는 리키 스테이크 하우스, 리키 레스토랑에서 근무하는 종업원 50명. 또한 역도산

문하생인 프로 레슬러와 프로 복서 50명이 안내를 맡고 있었는데, 이들은 모두 새로 맞춘 검정 예복과 진주색 실크 넥타이를 유니폼처럼 착용하고 있었다. 무술로 단련된 거한들이 안내하고 있는 장면 역시 장관이 아닐 수 없었다. 이들 가운데는 어느덧 '원폭의 박치기왕' 으로 프로 레슬링 팬들의 인기를 끌고 있는 김일도 있었다.

피로연에 초대받은 사람은 이케다 총리대신을 비롯한 정 · 재계, 체육 · 문화예술계, 언론계 인사 2천 6백 명이었는데, 이 가운데 참석한 사람은 무려 7할에 이르는 1천 7백여 명이었다. 한국인 역도산의 결혼식에 일본을 대표하는 각계의 대물(大物)은 거의 다 모였다고 해도 과언이 아니었다. '초대장 발송 수 2천 6백 매, 현역 각료 7인이 출석, 총경비 1억 엔 등' 이라고 예식 전에 온갖 주간지가 보도했던 것도 결코 과언이 아니었다.

사람들, 아니 일본 사회를 이끌어가는 각계의 저명인사들이 득실득실하다. 정계의 거물인 가와지마 국무장관이 보인다. 고노 이치로 건설장관이 보인다. 가야 법무장관이 보인다. 그 밖에 다나카, 무라우에 등등……. 이케다 총리대신은 정무가 바빠 출석하지 못하게 되었다는 전화를 걸어왔다. 재계의 마쓰오가 보인다. 나가타가 보인다. 오야가 보인다. 모리시타가 보인다. 언론계의 쇼리키 요미우리 신문 사주가 보인다. 스포츠계의 스타들이 평범한 사람처럼 보인다. 스모의 요코즈나 다이호가 보인다. 프로 야구 도에이의 미즈하라 감독이 보인다. 파이팅 하라다 등 프로 복싱 챔피언들의 모습이 보인다. 연예계 인기 가수 무라다가 보인다. 톱 가수, 톱 탤런트, 톱 영화배우의 모습들이 여기저기서 나타난다. 빼어난 미남 미녀들이 보통 생김새처럼 보인다.

고지마의 물 흐르는 듯한 사회. 〈결혼행진곡〉과 〈사랑의 샘〉 멜로디가 일급 연주에 의해 부드럽게 울려퍼진다. 웨딩 케이크에 나이프를 넣은 시각은 오후 6시. 역도산이 신부를 감싸면서 케이크 앞으로 다가왔다. 실내의 조명이 어두워지고, 두 사람을 향하여 스포트 라이트가 비췄다. 우레와 같은 박수갈채를 받으면서 두 사람은 마침내 양손을 잡고 케이크에 나이프를 넣었다. 이어서 축사가 줄을 이었다.

오노 반보쿠는 이렇게 말했다.

"모모다 미쓰히로 군의 결혼식이라고 하면 모르는 사람도 있을 테지만, 역도산의 결혼식이라고 하면 일본은 물론 세계가 다 안다는 사실…… 정말 축하하지 않을 수 없습니다……."

이 거대한 피로연은 장장 3시간 30분 만에 겨우 끝났다.

이날 밤 역도산의 신방(新房)은 호텔 오쿠라의 한 객실이었는데, 밤이 깊어가면서 마침내 객실의 불빛마저 어둠 속으로 빨려 들어갔다.

이틀 뒤인 6월 7일, 리키 스포츠 팰리스에서 역도산 결혼 기념 프로 레슬링 대회가 펼쳐졌다. 역도산 문하생 가운데 헤비급 선수 14명이 한꺼번에 링 위에 올라와 겨루는 배틀 로얄(battle royal) 경기였다. 이것은 일정한 상대가 따로 정해져 있지 않기 때문에 누구와든 싸워서 이기면 또 다른 선수와 싸움을 거듭하여 마지막 승자 한 명을 결정짓는 방식이었다.

링 위에 올라선 역도산의 문하생 14명 가운데는 단 한 명의 한국인이 끼어 있었다. 일본 닉네임은 오키 긴타로, 현해탄을 건너온 원폭의 사나이 김일이었다.

심판은 역도산이 맡았다. 공이 울리고, 뒤죽박죽, 엎치락뒤치락하는 싸움이 한 시간 넘게 계속되었다. 무너진 사람은 한 사람 한 사람 링 밖으로 물러난다. 서서히 싸울 상대는 좁혀졌다. 순간 순간 박치기가 불꽃을 튀는가 싶더니, 링 위에는 결국 단 한 사람만이 남아 우렁찬 포효를 하고 있었다. 바로 백두산의 맥을 타고난 한국인, 김일이었다.

"김일, 정말 훌륭했다!"

역도산이 칭찬을 아끼지 않았다. 역도산은, 일본인이 아닌 한국인 제자 김일이 우승한 것만큼 훌륭한 결혼 선물은 다시 없을 것이라고 생각했다. 그 기쁨을 안고 역도산은, 네 번째 아내인 다나카 게이코, 아니 모모다 게이코와 함께 한 달 간의 세계일주 허니문에 올랐다.

역도산의 의무

전세계를 날아다니는 허니문을 즐기며 역도산은, 한편으로 일본 프로 레슬링의 장래와 자신의 처신에 대해서 생각을 거듭했다.

'나는 나를 응원해준 팬들을 위하여 레슬러 생활을 더 오래 계속하지 않으면 안 된다. 그러기 위해서는 하드 트레이닝을 조금도 늦출 수가 없다. 사실 매스컴이나 팬들 사이에서는, 역도산이 현역에서 물러서면 일본 프로 레슬링은 끝장이라는 말이 나돌고 있다. 그러나 그 말에는 반대한다. 나는 꾸준히 제자들을 육성해왔고, 후계자가 될 만한 몇몇 중심 선수를 발굴하여 문하에 두고 있다.'

스모 선수 출신의 일본 최강의 완력 소유자 도요노보리가 있다. 그는 문하생들 가운데 맏형답게 의욕을 보이며 젊은 선수들을 지도해 나가고 있었다. 역시 스모 선수 출신의 요시노사토가 있다. 그리고 고난도의 롤링 클러치 홀드(rolling clutch hold) 기술을 자신의 특기로 삼아 능숙하게 구사하고 있는 링 위의 기술자 요시무라 미치아키가 있다(롤링 클러치 홀드는 자신이 로프 반동으로 나오면 비행하여 양다리로 상대방의 겨드랑이를 감고 자산이 전방으로 완전히 회전하여 떨어지면서 상대방의 양어깨를 눌러 폴을 시키는 기술).

여기에 누구보다 역도산이 아끼는 제자, 김일이 있었다. 그의 막강한 박치기는 이미 일본 레슬링계를 제압하고도 남을 강력한 공격 무기로 완성되어 있었다. 미스터 아토믹처럼 복면 속에 병뚜껑 따위를 숨겨놓고 들이받는 것이 아닌데도 상대방은 누구나 김일의 박치기 앞에서 이마가 깨어지고 말았다. 유럽이나 미국에서 온 거대한 서양 레슬러들도 하나같이 맥을 추지 못하고 핏덩어리가 되어 돌아갔다. 이제 김일의 이름도 역도산처럼 서서히 세계에 퍼지기 시작했다.

그리고 엔도 고키지도 노장 레슬러로서 초창기부터 같은 길을 걸어온 동지답게 협조를 아끼지 않고 있었다(엔도 고키지는 저력을 발휘하여 1960년대 중반에 기어코 세계 챔피언의 권좌에 오른다).

또한 역도산이 세계에 내놓고 자랑해도 부끄럽지 않을 실력을 겸비한 2미터 내외의 대형 신인이 세 사람이나 포진해 있었다. 안토니오 이노키, 자이언트 바바, 맘모스 스즈키.

이들 세 사람 가운데 역도산의 힘으로 미국 원정 티켓을 가장 먼저 손에 쥔 것은 자이언트 바바. 그는 미국으로 건너가 NWA를 비롯한 신설 WWWF(World Wide Wrestling Federation. 범세계 프로 레슬링 연맹. 1963년 2월에 빈스마그마혼이 NWA에서 탈퇴하여 결성한 프로 레슬링 단체로서, 뉴욕 시를 본거지로 한 동부 지방에 기반을 두고 있다), WWA 세계 타이틀에 연속으로 도전하는 등 그 거대한 몸을 추스르며 부지런히 뛰고 있었다. 그 다음으로 맘모스 스즈키가 세계 시장을 향해 도미했다. 역도산은 이렇듯 자신의 일급 제자들을 미국으로 보내, 거칠기 짝이 없는 서양 레슬러들의 틈바구니에서 고독한 투쟁을 함으로써 끈기를 길러 나가도록 유도하고 있었다.

역도산은 그 동안 제자들의 인내력을 길러주기 위해 가혹 행위를 서슴지 않았던 것도 사실이었다. 그러나 역도산은, 세계적인 프로 레슬러가 되기 위해서는 그 과정을 으레 거치지 않으면 안 된다고 믿고 있었다. 역도산은 자기 자신이 나아갈 방향에 대해서도 흐르는 생각을 멈추지 않았다.

'세계에는 아직도 내가 무찔러 이겨야 할 강호들이 많이 남아 있다. 루 테즈에 버금가는 링 위의 기술자 반 가니어……'

반 가니어는 1960년 8월에 신설된 AWA(American Wrestling Alliance. 미국 프로 레슬링연맹. 프로모터 워러 가르보가 결성하였으며, 미네아폴리스를 본거지로 미국 중북부 지역에 기반을 두고 있다) 세계 챔피언. 비록 AWA가 NWA나 WWA, WWWF에 비해 그 세력은 미미하지만, 챔피언인 반 가니어만큼은 루 테즈에 버금가는 뛰어난 실력자로 정평이 나 있으며, 182센티미터, 121킬로그램의 몸집은 강철 스프링과 같은 탄력을 지니고 있었다. 매트의 대머리 제왕.

'그리고 칼 곳치, 대니 핫지, 도리펑크 2세, 모리스 바숀, 부르노 삼마티노, 고릴라 몬슨……'

역도산의 머릿속에는 세계적인 프로 레슬러들의 웅장한 모습들이 슬라이드 화면처럼 돌아가고 있었다.

'그리고 또 있다. 매트 위의 무법자 리처드 아필즈……'

딕 부르저라 불리는 그는 세계에서 가장 거친 플레이를 하는 레슬러로서, '매트 위의 무법자' 말고도 '인간 원자폭탄'이니 '링 위의 난폭자'니 '근육의 화신'이니 하는 온갖 무시무시한 별명을 모조리 껴안고 있었다. 리처드 아필즈라고 하면 몰라도, 딕 부르저라고 하면 세계 제일의 난폭 레슬러라는 것을 모르는 팬들이 없을 만큼 유명했다.

1928년에 미국 인디애나 주 라파에테 시에서 태어난 부르저는, 태어날 때부터 난폭자로서 자신이 마음먹은 생각은 끝까지 밀고 나가는 고집불통이었다. 유년 시절에는 골목대장으로 말썽꾼이었으며, 무조건 싸움에는 이기고 말겠다는 목적으로 육체미 운동을 시작했다. 몸집이 이미 거대해진 중학생 때는 대학생이나 어른을 상대로 싸워도 지기 싫어하는 싸움꾼이 되어 있었다. 매일같이 반복되는 싸움으로 거칠기만 한 어린 시절을 보낸 부르저는, 고등학생이 되면서부터 강력한 미식 축구 선수로서 이름을 떨쳤다. 단련된 팔의 길이가 여성의 허리를 두를 정도로 긴 그에게 마침내 프로 레슬링 프로모터들로부터 유혹의 손길이 들어왔다.

그런가 하면, 이미 프로 미식 축구팀들이 군침을 흘릴 정도로 실력이 있었기 때문에 많은 대학이 부르저에게 장학금을 제공하겠다고 나섰다. 부르저는 결국 대학 진학을 결심했다. 물론 공부를 좋아하는 학구파는 아니었다. 대학 시절에는 미식 축구에만 몰두했으며, 그때도 마음에 들지 않을 때는 무조건 폭력으로만 해결하려는 무법자와 같은 행동을 일삼았다. 상대편 선수뿐만 아니라 심판, 심지어 동료 선수나 감독, 코치에까지 주먹을 휘둘러 다른 대학으로 옮겨 다니기가 일쑤였다. 아라바마, 네바다, 마이애미, 노틀담, 바듀 대학을 기분 내키는 대로 전전하다가, 결국은 졸업장도 받지 못한 채 대학 시절의 막을 내리고 말았다.

미국의 대학 미식 축구계에서 추방된 부르저는, 라스베가스에 도착하여 유명한 도박사의 거리인 네바다 주 리노의 도박장 해롤드 클럽에서 해결사 직책을 가진 건달 생활을 시작했다. 여기서 프로 미식 축구팀의 그린베이 파커즈를 만나 그의 권유로 프로 미식 축구팀에 입단했는데, 그의 난폭한 성질은 조금도 수그러들지 않았다. 관중이 부르저의 거친 경기를 나무라며 야유를 퍼붓자, 그는 경기를 하다 말고 갑자기 관중석으로 뛰어들었다. 그리고 자기를 야유한 관중을 찾아내어 떡이 되도록 패버렸다. 프로 미식 축구란 관중들에게 돈을 받아야 성립이 되는 법. 그런데 선수가 관중을 때렸으니 그 결과는 자명했다. 부르저는 프로 미식 축구계에서도 영원히 추방당하고 말았으며, 그는 프로 미식 축구사에 영구히 남을 가장 악명 높은 선수로 기록되었다.

미식 축구 선수 생활에 종지부를 찍은 부르저는, 또다시 리노의 도박장 해롤드 클럽으로 돌아갔다. 도박장에서는 온갖 시비가 밥먹듯이 벌어지는 법. 그때마다 부르저는 사태를 원만히 해결하려 들지 않고 잘 걸렸다는 듯이 무조건 주먹을 휘둘렀다. 싸움을 좋아하는 부르저는 도박장의 해결사 노릇을 매우 마음에 들어 했다.

그런데 리노의 도박장에 몸집이 크고 거친 사나이가 있다는 소문을 들은 인디애나 주의 거물 프로모터 보크 에스테스가 손길을 뻗쳤다. 부르저는 테스트로 치른 연습 경기에서 레슬러 몇 명을 간단히 링 밖으로 집어 던져버렸다. 그 장면을 지켜본 보크 에스테스는 군침을 흘리며 유혹했다.

"너 같으면 앞으로 3년 동안에 5만 달러는 충분히 벌어들일 수 있을 거야."

부르저는 그 말에 넘어갔다. 상대를 차고 넘기고 던지는 동시에 돈이 생기는 것은 프로 레슬링밖에 없지 않은가. 그래서 부르저는 주저없이 프로 레슬러로 입문했다. 그런데 부르저가 링 위에서 펼친 것은 프로 레슬링이 아니라 말 그대로 싸움이었다. 룰을 무시하는 시합을 펼쳤던 것이다. 그래서 부르저는 잇따라 40차례나 반칙패를 당하는 악마가 되어 있었다. 반칙승을 거둔 상대는 언제나 핏덩어리가 되어 쓰러져 있게 마련이었다. 부르저의 레슬링은 처음부터 끝까지 반칙 아닌 것이 없을 정도였다. 물어뜯고 차고 끌어당기고 조르는 그의 레슬링은 불도저와 같이 무자비하고 광적인 것이어서, 차라리 그는 인간 흉기라고까지 불려질 정도였다.

1962년 10월에 인디애나폴리스 시의 콜로세움에서 부르저는 카우보이 봅 엘리스와 대결한 일이 있었다. 여기서 부르저는 봅 엘리스를 아예 핏덩어리로 만들어놓았다. 부르저가 엘리스의 안면을 마구 짓밟자, 엘리스의 생명이 위험하다고 판단한 프로모터가 무장 경관의 출동을 요청했다. 그러자 부르저는 말리려 드는 심판과 경관마저 사정없이 두들겨 패버렸다. 프로 레슬링 역사상 경관을 상대로 주먹을 휘두른 레슬러는 부르저가 처음이었다. 부르저는 이 사건으로 인하여 5백 달러의 벌금을 물고 2개월 간 출전 금지 처분을 받았을 정도였다.

그리고 인디언 출신 레슬러인 치프 리틀 이글은, 팔목을 가죽끈으로 서로 묶은 부르저와의 데드 매치에서 부르저의 살벌한 공격에 비명을 지르며 도망 다니기만 했다.

더욱이 루 테즈에 맞먹는 매트의 제왕 반 가니어도, 역도산에게 패한 일이 있는 강호 돈 레오 조나단도 부르저에게 걸려 혼이 났었다. 루 테즈 역시 혼이 나기는 마찬가지였다. 정통파 레슬링의 일인자인 루 테즈가 이기기는 했으나 세계 챔피언으로서의 체면은 말이 아니었다. 부르저가 루 테즈를 여러 차례 허공에 들어올려 매트에 내팽개쳤던 것이다.

　부르저의 최대 반칙 기술은 아토믹 봄즈 어웨이였다. 상대를 실신시킨 후, 코너 로프의 최상단에 올라가서 다리를 모으면서 상대의 몸 위로 낙하하는 소름끼치는 공격이었다. 니 드롭이나 스톰빙은 그 타격면에서 비교가 안 되는 살인적인 반칙 공격이었다. 로프에 올라가 상대에게 떨어지는 순간까지는 3초 미만이기 때문에, 심판이 경고하기도 전에 상대 선수는 타박상이나 골절상을 입고 마는 것이다. 이처럼 부르저는 이기는 데는 신경을 쓰지 않고, 오로지 어떻게 하면 상대 선수를 괴롭히느냐에 혈안이 되어 있는 레슬러였다. 그래서 심지어 미국의 프로 레슬링 시장에서도 부르저의 출전을 금지시키는 지역이 있기까지 했다. 그렇지 않은 곳에서는, 부르저의 시합이 있는 날이면 반드시 구급차를 대기시켜놓지 않으면 안 되었다.

　"으음…… 딕 부르저……."

　역도산은 언제고 자신과 딕 부르저가 승부를 판가름낼 날이 올 것이라고 생각했다. 어쩌면 악당 레슬러들을 쳐부수는 게 인터내셔널 챔피언인 역도산의 의무인지도 몰랐다.

원폭(原爆)의 승부사

1963년 12월 10일 아침. 다른 날보다 일찍 기상한 김일은 호텔방의 창가에 서서 차가운 아침 공기를 들이켰다. 상쾌했다. 그 상쾌함을 맛보며 그는 험난 했던 지난날들을 돌이켜보았다.

일본으로 밀항하여 스승 역도산을 만났고, 마침내 모진 훈련을 거듭한 끝에 미국 본토의 로스앤젤레스에 원정을 떠나와 역도산의 후계자다운 실력을 발 휘하고 있는 중이었다. 프로 레슬링을 시작한 지 6년 만의 일이었다.

김일의 후배 가운데서 뚜렷한 실력을 내보이고 있는 역도산 문하생은 자이 언트 바바와 안토니오 이노키였다. 김일은 일본에서, 이들과 함께 역도산의 입회하에 시멘트 매치를 벌인 일이 있었다. 먼저 자이언트 바바가 안토니오 이노키를 이겼다. 그리고 문을 잠근 도장 안에서 김일이 자신보다 20센티미 터나 키가 큰 자이언트 바바를 물리쳐 선배의 역량을 유감없이 과시한 바 있 었다.

역도산은 같은 핏줄인 김일의 투지를 가장 우위에 놓고 있었다. 그래서 끈 기가 부족한 자이언트 바바를 미국으로 먼저 원정 보냈다. 이어서 맘모스 스즈키도 보냈다. 험난한 미국 매트에서 뒹굴며 끈기를 배양하게 하기 위해서 였다.

이번엔 안토니오 이노키의 차례가 돌아왔다. 그런데 그는 출발 무렵의 시합 도중에 무릎 부상을 당하였기 때문에 포기하지 않을 수 없었다. 그 티켓을 버릴 수 없으므로 김일이 대신 도미하게 되었던 것이다.

안토니오 이노키는 심하게 코를 골며 자는 김일 때문에 이불을 다섯 장이나 덮고 잘 정도로 고생했지만 불평 한 마디 없이 깍듯하게 김일을 형으로 모셨고, 김일은 안토니오 이노키를 한국인 식당에 데리고 가서 먹을 만한 한국 음식을 섭렵시켜줄 정도로 각별한 애정을 쏟았다.

지난 9월 7일부터 시작된 순회 시합은 무려 한 달 이상 하루도 쉬지 않고 진행되었으며, 김일의 실력은 미국 팬들 사이에서도 서서히 입에 오르내릴 정도가 되었다.

오늘 가질 시합은 그 순회 시합 일정 가운데 하이라이트라고 할 수 있었다. 비로소 WWA 세계 태그 챔피언 타이틀에 도전하게 된 것이다. 챔피언은 미국의 레스파테와 베어기어 라이트. 김일의 파트너는 일본계 미국인인 미스터 모토. 뒤늦게 김일의 실력이 인정되어 극적으로 이루어진 경기이기 때문에 김일은 아직도 실감이 나지 않았다.

'만일 이 시합에서 이기면 나도 WWA의 새 챔피언으로서 각광받게 되리라. 역도산 선생의 후계자다운 면모를 보이리라.'

세계 태그 챔피언이 되느냐 못 되느냐의 갈림길에 서 있는 김일의 투지는 활화산처럼 맹렬히 불타올랐다.

그렇게 도전자로서의 마음을 가다듬고 있을 때였다. 태평양 건너 도쿄에서 장거리 국제 전화가 걸려왔다. 역도산의 격려 전화일까?

"뭐라구요?"

수화기를 든 김일의 손이 파르르 떨렸다. 스승 역도산이 한 폭력배의 칼에 맞아 쓰러졌다는 비보(悲報)였다. 김일은 눈앞이 캄캄해지는 기분이었다. 두 다리가 휘청거렸다. 어느새 눈물이 앞을 가리고 있었다.

"어째서 이런 일이……."

그러나 김일은 그 순간 이를 악물었다.

"좋다! 오늘 나는 반드시 이겨서 역도산 선생님의 은공(恩功)에 보답하리라."

그리고 김일은 스승 역도산에게 자신이 친동생처럼 아끼는 조국의 프로 복서 김기수를 소개시켰던 일을 떠올렸다. 역도산은 일본으로 전지 훈련 온 김기수를 여러 모로 돌보아주면서, "우리 기수가 곧 동양 챔피언에게 도전할 수 있도록 내가 힘을 써보마." 하고 격려해주었었다. 뛰어난 김기수의 실력 때문에 일본의 프로 복싱계에서는 그의 도전을 회피하는 데 골몰하고 있었기 때문이었다(역도산이 아끼던 김기수는 훗날 동양 챔피언은 물론, 세계 챔피언에 등극한 최초의 한국인 복서가 된다).

오후가 되자 김일은 비장한 각오를 다지고 로스앤젤레스 시립 경기장으로 향했다.

수천 명의 관중들이 열광하는 가운데 김일이 상대할 미국 선수들이 링 위로 올라왔다. 185센티미터, 120킬로그램에 가까운 김일의 체구가 결코 작은 편이 아닌데도 두 챔피언은 한결 커 보였다. 특히 철갑을 두른 듯한 두꺼운 피부가 육안으로도 감지되었으며, 서구인 특유의 시커먼 가슴털은 위압감마저 갖게 만들었다. 승부야 결과로 드러나겠지만, 김일로서는 무엇보다 먼저 그들의 기술에 얼마나 버티어 나가느냐 하는 것이 문제였다. 그만큼 상대는 세계 정상의 프로 레슬러였다.

마침내 공이 울렸다. 김일은 역도산의 후계자답게 결코 만만치 않은 도전자였다. 김일의 실력이 보통이 아니라는 걸 깨달은 레스파테와 베어기어 라이트는 시간이 흐를수록 점점 거칠게 나오기 시작했다. 그리고 페이스를 그들 특유의 힘의 대결로 이끌어가기 시작했다.

초반전에 김일은 상대의 거친 펀치를 무수히 허용했다. 그런 반칙 플레이를 당하다 보니 김일은 키 록에서 풍차 돌리기로 이어지는 깨끗한 그라운드 레슬링만으로 게임을 펼쳐나가기가 어려워졌다.

'역도산 선생은 가라테춉을 마지막 기술로 삼아 상대를 꺾었다. 나는 박치기로 승부를 걸겠다.'

일찍이 역도산도 사용한 바 있는 박치기는 김일에 이르러 비로소 그 진가가 드러나고 있었다. 어느덧 갈색의 핵폭탄 보보 브라질을 능가하는 원폭 철두(鐵頭)가 되어 있었던 것이다. 벼락같이 들이받는 김일의 이마 앞에서는 거대한 황소도 입에 거품을 물고 쓰러질 지경이었다. 김일은 상대의 허점을 노려 재빨리 가슴팍에 이마를 들이받았다.

"컥!"

상대는 고통스런 신음을 토해냈다. 샌드백, 나무조각, 나무기둥, 석벽(石壁) 그리고 황소의 이마도 이겨낸 김일의 철두였다. 상대는 휘청거렸다. 잇따라 김일의 박치기가 상대의 이마에 직격탄으로 꽂혔다.

"으아악!"

상대는 자지러지는 비명을 쏟았다. 피가 터졌다. 찬스를 잡은 김일은 조금도 틈을 주지 않고 밀어붙였다. 연거푸 이어지는 김일의 박치기 화포(火砲)에 챔피언은 더 이상 견디지 못하고 거품을 문 채 매트 위에 길게 뻗어버렸다.

"우워!"

김일은 양손을 힘껏 치켜들고 포효했다. 이국의 하늘 아래서 한 한국인의 혈맥이 또다시 용솟음치고 있었다. 세계 만방이 또다시 놀라고 있었다. 역도산에 이은 또 하나의 쾌거였다. 김일이 한국인이라는 사실을 아는 재미 한국인 관중들은 일제히 일어나 환호성을 올렸다. 태극기가 물결치기 시작했다. 그 태극기에서 스승 역도산의 얼굴이 스며 나왔다. 김일의 얼굴에는 잇따라 격정이 겹쳐지고 있었다.

'내가 이긴 것은, 역도산 선생의 비보를 접한 뒤, 나 자신도 모르게 삼손 같은 힘이 불끈 솟아올랐기 때문인지도 모른다……'

아무튼 김일은 첫 도전에서 당당히 WWA 세계 태그 챔피언의 자리에 올랐

다. 루 테즈도 놀라지 않을 수 없는 대사건이었다. 이제 역도산의 가라테춉 못
지않게 김일의 박치기는 수많은 미국과 일본의 프로 레슬링 팬들 사이에서
강력한 초대형 무기로 등장하기 시작했다. 김일의 박치기, 그것은 세계의 어
떤 강자에게도 결코 질 수 없다는 백두산 호랑이의 우렁찬 포효였다.

불사신의 저쪽

    1963년 12월 8일 밤늦게 다시 산노 병원에 입원한 역도산은, 이튿날인 9일 새벽 5시 45분에 성 로카(聖路加) 병원의 우에나카(上中) 외과부장 집도로 수술을 받았다. 소장(小腸)이 두 군데다 잘려 있었으나, 30바늘을 꿰맨 수술은 성공적으로 끝났다. 상처 회복 속도도 예상보다 빨랐다.

    그로부터 닷새 뒤인 14일 아침 6시에 눈을 뜬 역도산은, 우유, 죽, 사과 주스 등을 마시고 기운을 되찾았다. 역도산은 일본 프로 레슬링 흥업 영업부장인 이와다(岩田)를 붙잡고 말했다.

    "이번 사건을 각 신문사가 어떤 식으로 다루고 있는지 볼 테니까 가져와봐."

    그리고 이와다가 가져다준 신문을 보고서 김일이 세계 태그 챔피언이 된 사실을 알았다.

    "그 녀석, 현해탄을 건너와서 고생깨나 했지……."

    역도산은 빙그레 웃으며 말했다. 역도산 문하생 가운데서 김일이 가장 먼저 세계 일인자의 자리에 올라선 것이었다. 다른 제자가 타이틀을 차지한 것보다 훨씬 기쁜 소식이 아닐 수 없었다.

김일은 역도산에게 단 하나뿐인 한국인 제자였다. 아니, 한 명 더 있기는 했다. 조국을 방문했을 때 발굴한, 신장 206센티미터의 씨름 선수 김영주. 뒤에 알고 보니 그는 척추에 이상이 있었다. 김영주는 일본 땅을 밟고 싶은 의욕 때문에 역도산에게 허리를 다친 사실을 숨기고 제자가 되었던 것이다. 프로 레슬러에게 허리의 힘은 생명이었다. 김영주를 재목감이라고 점찍었던 역도산으로서는 기대만큼 실망도 컸다. 그래서 자신의 화를 참지 못하고 골프채를 휘둘렀다.

　그러므로 김일은 역도산에게 단 하나 남은 믿음직한 한국인 제자였으며, 스승의 기대에 어긋나지 않게 기어코 세계 정상에 우뚝 선 것이다(김일은 뒤에 WWA 세계 싱글 챔피언, 인터내셔널 챔피언까지 잇따라 석권한다).

　"내가 4, 5일은 쉰 셈이지?"

　역도산은 기분 좋은 농담까지 할 정도로 상태가 좋았다. 그리고 문안 인사하러 온 제자들에게도 반가운 얼굴로 말했다.

　"모두들 잘 있는가?"

　이제 역도산의 회복은 기정 사실처럼 보였다. 모두들 마음을 놓은 채 하룻밤이 지났다. 그런데 15일 아침 6시경, 상태를 체크하러 온 간호사에게 역도산은 갑자기 통증을 호소했다.

　"배가 부풀어올라서 괴롭소……."

　가스가 가득 찼다는 얘기가 아닌가. 주치의 우에나카가 급히 달려와 진찰했다.

　'장폐색(腸閉塞)이 병발(倂發)할 징후가 보이는군…….'

　장폐색은 장관(腸管)의 일부가 막혀 창자 안의 것이 통하지 않게 되는 고약한 병증이었다. 오후 2시 30분 가까울 즈음, 역도산은 주치의의 예상대로 장폐색 증상을 일으켰다. 주치의 우에나카는 내과적인 처치가 필요하다고 판단하여, 재수술을 받아야 한다고 역도산에게 일러주었다. 재수술에 들어가기 전에 역도산은 불안에 떨고 있는 아내 게이코에게 나지막하지만 부드러운 목소리로 말했다.

"걱정하지 마오."

주치의 우에나카는 오후 2시 30분부터 재수술을 집도하기 시작했다. 그런데 역도산은 보통 사람보다 혈압이 많이 떨어져 있었기 때문에 보통 사람의 다섯 배나 되는 1천cc의 혈액을 공급받아야 했다. 오후 4시가 되어서야 식은땀 나는 대수술은 끝났다. 재수술 결과는 양호했다.

"4, 5일 후면 회복될 겁니다. 그때까지 절대 안정이 필요합니다."

수술 집도의의 말을 듣고서야 게이코는 비로소 안도의 한숨을 내쉬었다.

그러나 역도산은 불편한 몸에도 불구하고 가만히 누워 있지 못하는 체질이었다. 주치의가 나가고 난 뒤, 스승을 안정시키기 위하여 손과 발을 누르고 있는 제자들의 손을 역도산은 가볍게 떨쳐버렸다. 그리고 방금 수술받은 사람답지 않게 무서운 속도로 원기를 회복했다. 제자들은 자신의 스승이 역시 초인적인 힘을 지니고 있다고 생각했다. 역도산은 침대 곁에 붙어 앉아 있는 사랑스런 아내 게이코의 작은 손을 잡고서 말했다.

"당신 몸은 홀몸이 아니니까 너무 신경쓰지 마오. 나는 곧 일어나게 될 테니까 걱정하지 말고 돌아가서 쉬어요."

방금 중태에 빠져 있었던 사람이 임신 5개월의 사랑하는 아내를 오히려 걱정하는 것이었다. 결국 게이코는 남편 역도산의 고집을 꺾지 못하고 일시 귀가했다. 그런데 집에 돌아와서도 마음을 놓지 못하고 있던 게이코는, 오후 9시에 병원으로부터 긴급 연락을 받았다.

"부인, 역도산 선생의 상태가 급격히 악화되었습니다."

깜짝 놀란 게이코가 임신 5개월의 몸을 이끌고 급히 달려왔을 때는, 이미 역도산은 혼수상태에 빠져 있었다. 역도산은 일종의 허탈 상태라고 불리는 쇼크를 일으키고 있었다. 병원 측에서 손을 쓸 대로 다 썼지만 소용없었다. 워낙에 심장이 쇠약해진 데다, AB형의 혈액을 혈액 은행에서 채집해 수혈도 했지만 소용없었다.

역도산이 눈을 감은 시각은 오후 9시 50분. 힘의 상징, 무적(無敵)의 사나이, 어린이들의 우상, 천황보다도 더 숭앙(崇仰)을 받아온 불사신 역도산. 그는 이제 영원히 세상 이쪽으로 돌아올 수 없는 말 없는 영웅이 되었다.

에필로그

 '역도산 사망'의 비보는 오후 10시에 흘렀으며, 평소에는 한산한 산노 병원 건물은 그 순간부터 이상한 긴장감에 휩싸이기 시작했다.

 가장 먼저 달려온 사람은 역도산이 아버지처럼 여기고 있는 자민당 부총재 오노 반보쿠(일본 프로 레슬링 위원회 위원장)였다. 수없는 인생의 소용돌이를 체험한 이 노정객의 눈가에는 눈물이 맺혀 있었다.

 내년 봄 3월에 출산 예정인 게이코와 차남 모모다 미쓰오(百田光雄)는 당장이라도 쓰러질 듯 핏기 잃은 얼굴로 간신히 버티고 서 있었다. 두 사람 주위에는 만일에 대비해서 역도산 문하생들이 둘러 서 있었다. 하나같이 허탈한 표정들이었다. 가장 거친 스포츠맨인 프로 레슬러들의 안면에는, 더불어 폭력에 대한 분노의 이글거림도 뒤섞여 있었다. 일본 프로 레슬링 협회 임원들도 넋을 잃고 서 있을 뿐이었다.

 고교생인 장남 모모다 요시히로(百田義浩)는 학교에서 벌어지는 축구 시합에 참가하느라 아직 부친 역도산의 사망 소식을 듣지 못했다. 장신인 김정일이 성난 얼굴로 들어와 소리쳤다.

"이럴 수가! 도대체 누가 이런 짓을 했는가!"

장훈도, 모리 도루도, 도요노보리도, 엔도 고키지도, 요시무라 미치아키도, 안토니오 이노키도, 모두들 폭력에 대한 분노의 표정을 감추지 못하고 있었다. 영웅을 잃은 모든 사람들의 입은 굳게 닫혀 있었고, 또 울고 있었다. 역도산이 39세의 파란만장했던 생애를 마감한 산노 병원 501호실은 더할 수 없이 침통한 분위기로 휩싸였다.

12월 17일의 한국 대통령 취임식에 특파 대사로서 출석하기 위하여 이튿날 방한(訪韓)하는 오노 반보쿠는 둘러싼 기자들 앞에서 천천히 입을 열었다.

"역도산의 급사(急死)를 맞은 지금은 망연자실하다고밖에 할 말이 없소이다. 믿을 수가 없소. 그 터프한 사나이가 죽었다니……. 일본의 프로 레슬링을 세계적인 수준으로까지 끌어올린 것은 모두가 역도산의 공적이오. 역도산은 프로 레슬링을 통하여 청소년에게 쾌활한 즐거움을 주었을 뿐만 아니라, 내년에 있을 도쿄 올림픽에도 상당한 지원을 해주는 등 스포츠계에 공헌한 힘이 크지요. 아무튼 역도산은 일대의 쾌남아였으며, 일대의 노력가였고, 또한 일대의 성공가였소. 나는 아직껏 이만큼 정력적으로 활동하는 사람을 본 일이 없소. 아무튼 싸움으로 다친 것이 원인이었지만, 인명을 대수롭지 않게 생각하는 풍조는 지구상에서 영원히 사라져야 합니다."

이때쯤 링 위에서 역도산에게 호되게 얻어터진 바 있던 기무라 마사히코는 도쿄에서 구마모토로 돌아가다가 신문을 한 장 사들어 펼쳐보고는 소스라치게 놀랐다.

"아니? 역도산이 죽었단 말인가? 그렇다면 나의 암시가 맞았단 말인가?"

기무라 마사히코는 어느 누군가가 자기를 대신하여 역도산의 목숨을 빼앗아주었다고 생각했다. 그렇지 않아도 기무라 마사히코는 역도산과의 장외(場外) 대결을 꾀하려고 부심하고 있었는데, 이제 더 이상 그 문제로 골치 썩힐 필요가 없어진 셈이었다. 그런데 공교롭게도 기무라 마사히코가 역도산에게 얻어터지고 나서 전치 3주의 치료를 받았던 병원이 바로 역도산이 숨진 산노

572

병원이었다.

한편, 역도산 상해 사건을 수사중인 경시청 수사4과는, 거물 역도산이 상해 사건으로 상처를 입고 사망했기 때문에 한층 신경을 곤두세웠다. 역도산을 찌른 무라다 쇼지가 조원으로 있는 대일본흥업은, 전전(戰前)부터 도쿄 일원에 세력을 두르고 있는 노름꾼 스미요시 일가 소속. 그리고 역도산과 프로 레슬링 흥행 관계로 친교를 맺고 있는 동성회는 전후의 신흥 야쿠자. 이 두 세력은 최근 들어 끊임없이 이권 다툼에 따른 살상 사건을 되풀이하고 있었다.

그래서 경시청 수사4과는, 신(新)·구(舊) 폭력단의 대립이 역도산 상해 사건의 배후에 있다고 보는 한편, 역도산의 사망을 둘러싸고 배후에 있는 두 폭력단끼리의 대립이 심화될 것을 우려하여, 12월 15일 밤에 즉각 아카사카 경찰서를 비롯한 관계 지구 각 경찰서에 폭력단의 움직임을 철저히 경계하라고 지시했다.

그리고 아카사카 경찰서는, 역도산을 찌른 무라다 쇼지의 체포 영장을 역도산이 사망함에 따라 상해 치사 용의로 고쳤다. 현재 무라다 쇼지는 아카사카의 마에다 외과에 입원 치료중이므로, 무라다 쇼지의 회복을 기다려 즉각 체포할 예정이었다.

그리고 12월 25일 저녁. 아카사카 경찰서는 마침내 대일본흥업 조원이자 스미요시 일가의 간부인 무라다 쇼지를 살인 용의로 체포했다.

형사가 다그쳐 물었다.

"왜 찔렀어?"

"죽일 작정은 아니었습니다. 내가 살려다 보니까 우발적으로……."

"뭐야? 칼날로 사람을 찌르는 식의 흉악한 행위에 살의(殺意)가 없다고 말하는 것은 통하지 않아! 죽일 작정이 아니라도, 경우에 따라서는 죽이게 될지도 모르지 않는가! 그걸 예측 못한단 말인가!"

살인 용의범 무라다 쇼지는 곧 구치소로 이송되었다.

무라다 쇼지의 재판 과정에서, 역도산의 사망 원인을 규명하기 위하여 산노 병원 측으로부터 역도산의 진료 기록이 제출되었다. 그런데 중요한 마취 기록이 빠져 있었기 때문에 일단 마취약의 투약 실수가 의심되었으나, 수술 집도의인 우에나카는 일관되게 마취 기록을 분실했다고 주장했다.

결국 역도산의 사망 원인은 천공(穿孔)에 따른 화농성 복막염(腹膜炎)으로 일단락 지어졌으며, 무라다 쇼지 역시 누군가의 사주를 받은 것이 아니라 우발적으로 사고를 일으켰던 것으로 일단락 지어졌다. 그렇다면 기적적으로 회복되어가던 역도산이 천공에 의한 화농성 복막염을 일으킨 원인은 무엇인가?

발단은 음료수에 있었다. 배를 찔린 사람에게 수분 섭취는 금지되어 있다. 어째서 배를 찔린 사람은 물을 마시면 안 되는 것일까? 창자나 위 같은 사람의 내장은 뱃속의 복강(腹腔)이라는 공간 속에 들어 있으며, 이 복강 내부는 무균(無菌) 상태로 이루어져 있다. 그리고 이 복강의 내측 표면을 덮고 있는 것이 복막(腹膜)이다.

배에 칼날이 들어가면 이 복강에 구멍이 생기는 법. 더욱이 그 칼날이 좀더 깊숙이 들어가서 장을 건드리면 어찌되는가. 당연히 장에도 구멍이 생겨버리는 법. 그렇다면, 장에 구멍이 생기면 또 어찌되는가? 창자 속에 들어 있는 것은 말할 것도 없이 변(便)이다. 그리고 이 변이라는 것은 한 마디로 잡균 덩어리라고 할 수 있다. 그러므로 장에 칼날이 들어가 복강과 장을 손상시키면 그 장에 생긴 구멍에서 복강 내부로 잡균이 새어 나가는 법.

역도산의 배의 부상은 바로 그러한 상태였다. 그래서 수술을 받았다. 그러나 수술을 받았다고 해서 장의 상처가 닫히는 것은 아니다. 그러니까 장의 내부가 빈 경우에는 괜찮지만, 역도산이 우유, 죽, 사과 주스를 마셨기 때문에 그것들이 장을 통과하여 상처 부위를 통과할 때에 그 상처 구멍을 통해서 복강 내부로 흘러 들어간 것이다. 그래서 역도산은 복막염을 일으켰던 것이다.

역도산으로서는 설마 이러한 일이 일어나리라고는 생각지 못했을 것이다. 아니면 초인적인 역도산으로서는 다른 생각을 했을지도 모른다. 다른 사람이

574

라면 모르지만 나 역도산만큼은 끄떡없다고 자신했을지도 모른다. 그래서 주저하지 않고 음료수를 마셨을지도 모른다. 아니면, 혹 베일에 가려져 있는 또다른 어떤 원인이 있는 것은 아닐까?

중요한 것은 일본 최강의 무도인이요 일본 1백대 자산가의 한 사람으로 성장한 역도산이, 거들떠볼 필요도 없는 한 젊은 일본인 야쿠자 조무래기 손에 찔려 쓰러졌다는 사실이다. 이렇듯 강자일수록 죽음의 발단은 하찮은 일에서부터 비롯되는 건지도 모른다.

역도산은 숨을 거두기 직전에 제자 김일, 그리고 일본에 체류중이던 한국의 프로 복싱 유망주 김기수를 찾을 정도로, 또한 자기 재산의 일부를 조국 건설에 희사하겠다고 측근들에게 밝혔을 정도로 조국과 민족을 잊지 않은 분명한 한국인이었다. 그리고 그는 부처님의 품에 한 인간으로 돌아가, 눈에는 귀기(鬼氣)가 어려 있고 전신은 투지에 불타오르는 목상(木像)으로 우뚝 다시 태어났다.

_끝

忍